Hera Lind

Mord an Bord

Roman

Ullstein

Ullstein Taschenbuchverlag 2001
Der Ullstein Taschenbuchverlag ist ein Unternehmen der Econ Ullstein List
Verlag GmbH & Co. KG, München

Umschlagkonzept: Lohmüller Werbeagentur GmbH & Co. KG, Berlin
Umschlaggestaltung: DYADEsign, Düsseldorf
Titelabbildung: Mauritius, Mittenwald
Gesetzt aus der Sabon
Satz: Josefine Urban – KompetenzCenter, Düsseldorf
Druck und Bindearbeiten: Elsnerdruck, Berlin
Printed in Germany
ISBN 3-548-25337-7

Für E . .

und für Wolfgang, Erich, Holger,
Kristina, Ivo, Renato, Joachim,
Hayo, Jens-Uwe, Rollo und Marion,
meine Freunde auf hoher See

Nebenan bewegte sich was. Ein mageres, sonnengegerbtes Gerippe im gelben Sträflingsfetzen schlich vorbei. Der Blick war tot und leer. Als das Gerippe weg war, herrschte wieder lähmende Stille. Die anderen Gefangenen lagen auf ihren Pritschen oder hockten auf ihren Holzschemeln. Sie rührten sich nicht. Erbarmungslos der Hitze ausgeliefert, der glühenden Sonne, der Heimatferne. Mitten im Ozean. Der Dampfer mit den 800 Gefangenen dümpelte vor sich hin. Niemand sprach ein Wort. Alles döste. Links die Schattendöser und rechts die Sonnendöser. Aufstehen war verboten. Wenn man versuchte, sich aus dem kärglichen hölzernen Gestell zu erheben, um seinem armen, geschundenen Körper etwas Bewegung zu verschaffen, kam sofort ein Aufseher herbeigeschossen, drückte einen zurück in den Stuhl und blaffte: »Was darf's denn sein?!« – »Wasser!« stöhnte dann der eine, und ein anderer konnte gerade noch »Gin Tonic« ausstoßen oder sich ein gehauchtes »Champagner« von den festgetrockneten Lippen ringen. Die Aufseher hatten Matrosenanzüge an. Forschen Schrittes wendeten sie, fegten zur Bar und besorgten flugs das Getränk, das sie dann auf einem Silbertablett servierten.

Die Sträflinge verfügten kaum über Kleidung. Sie trugen, wenn überhaupt, Lendenschurze oder waren in unförmige Kittel gehüllt, was bei ihren ausladenden Körperformen nicht immer ein schöner Anblick war. Ich sah mich um. Welch unvorstellbares Grauen! In einem der Liegestühle döste Wollsocken-Gangster vor sich hin. Ich nannte ihn so, weil er seinen rechten Arm in einem riesigen weißen Wollsocken untergebracht hatte. Vielleicht hatte er die Krätze oder einen Holzarm, vielleicht war er auch tätowiert, was ihm im nachhinein peinlich war. Jedenfalls wollte Wollsocken-Gangster seinen Arm nicht zeigen. Niemals. Auch nicht abends beim Antreten zum Essenfassen. Oder morgens, beim Appell. Zeigen wollte Wollsocke aber durchaus seine schweren Ketten, die ihm um den Hals hingen. Sie baumelten vor seinem dicklichen weißen Bauch. Auch seine Handschellen waren furchterregend anzusehen: dicke silberne Eisen, zum Teil mit Uhren dran – schrecklich. Er gehörte zu den Lebenslänglichen, das tuschelte man sich zu. Die Lebenslänglichen blieben nicht nur für eine oder zwei Reisen auf dem Sträflingsschiff, sondern waren dazu verurteilt, den Rest ihres Lebens hier zu verbringen! Was mußten sie angestellt haben, daß ihnen diese Strafe auferlegt worden war!

Zwischen den Pritschenreihen war ein Wasserschacht vom Ausmaß einer Garage eingelassen. In diesem dümpelten einige weibliche Gefangene, die wegen ihrer Gumminoppenhauben wie Teichhuhnweibchen aussahen, vor sich hin. Hinten, an der Bar, dumpften drei Gefangene, festgekettet an ihren Barhockern, dem Delirium entgegen. Einer von den drei Dumpfbacken hieß Rudolf, das hatte er mir gestern bierdunstgeschwängert ins Ohr geraunt. Rudolf, gestern abend noch im Smoking, rasiert und gekämmt, mit einer Nelke im Knopfloch und tadellosen Manieren, hing heute mit »Ich-bin-ein-Tourist«-Käppi und faltenwerfendem Oberkörper an der Bar ab. Seine Füße, die mich gestern noch in tadellos geputzten schwarzen Lackschuhen über das Parkett gewirbelt hatten, steckten nun in hühneraugenfreundlichen Reformhauslatschen. Seit einer Stunde versuchte Rudolf, mich an die Bar zu locken. Ich war aber nicht willens. Ich war doch erst drei Tage hier. Warum sollte ich mich sofort dem ersten besten Gefangenen unterwerfen? Rudolf blickte mehrmals zu mir rüber. »Am Schluß kriege ich dich noch!« rief er halblaut über die Meute der Mitgefangenen hinweg. Mich schauderte. Er duzte mich einfach so! Wahrscheinlich war es nicht Brauch, auf einem Strafgefangenenschiff »Sie« zueinander zu sagen. Er hatte mich regelrecht angebaggert! Dabei war Rudolf mit Gattin zum Strafvollzug! Inzwischen waren sie auf ihren spartanischen Latschen mit letzter Kraft über die Holzplanken in ihre Zellen gewankt. Karge, enge Verliese waren das, mit erschreckend wenig Marmor im Bad und kaum goldenen Wasserhähnen, die Betten wurden höchstens einmal pro Tag frisch bezogen, die Blumen kaum gewechselt, und abends fand man höchstens drei bis vier Champagnertrüffel auf seinem erbärmlichen Kopfkissen vor. Ein Jammerleben! Ich konnte mir nicht vorstellen, daß die geschwächten Sträflinge es nun lustvoll miteinander trieben. In so einer Atmosphäre konnte sich einfach keine Fleischeslust entfalten.

Ich schaute mich weiter um. Hinten im Schatten an der Wand lag diese unförmige Diseuse, die gestern abend »Ich bin von Kopf bis Fuß auf Liebe eingestellt« ins Mikro tremoliert hatte. Hinten im Nacken war sie glattrasiert wie ein Wildschwein, vorne hing ein fettiges Pudellöckchen, das aussah, als hätte sie es sich mit Uhu über das linke Auge geklebt. Ihre weißen Massen zwängte sie anscheinend gern in viel zu eng sitzende Zwanziger-Jahre-Leberwurst-Ensembles, aus denen ihre labberigen Oberarme quollen. Mut zur Häßlichkeit schien sie zu haben. Daß sie von Kopf bis Fuß auf Liebe eingestellt war, vermochte man auf den ersten Blick gar nicht zu glauben. Dabei hatte sie so einen süßen Klavierbegleiter in ihrer Begleitung! Einen goldigen, schnuckeligen Kerl, der, rein optisch, ihr Sohn hätte sein können! Sie hatte mich aber gleich wissen lassen, daß es sich bei »Lars« um ihren Lebensgefährten handelte. Ich taufte ihn »Lars-Dars« im Sinne von »Laß das!« und hakte ihn innerlich ab. Ich seufzte. Welch eine trostlose Zeit lag vor mir! Rüdiger hatte mich ja gewarnt. »Geh nicht auf dieses Schiff!« hatte er gesagt. »Du kommst da mit Leuten zusammen, die sind nicht gut für dich!« Sollte er etwa recht behalten? Dabei hatte ich mich so auf diese Kreuzfahrt gefreut!

Hinter mir zog ein Opa geräuschvoll Rotz durch die Flanken. Er würde doch nicht auf die Planken spucken? Nein. Im letzten

Moment wurde er gewahr, daß er sich auf einem Fünfsterneschiff befand. Das gelbe Skelett kam zurück. Ruhelos schleppte es sich zwischen Eistörtchen und Kuchenbuffet hin und her, nur um festzustellen, was es alles nicht essen würde. Es war dieser Sträfling, der abends immer über den Köpfen der Tafelnden an einer Ferse aufgehängt wurde. Schrecklich, was für Foltermethoden die hier hatten! Hinter der Trapezkünstlerin watschelte eine fette schwarze Ente, die allerdings mehrere Törtchen mitsamt Schirm und Requisite verschlungen hatte. Sie sank geschwächt auf den Rand des Swimmingpools. Müde starrte sie ins Wasser, auf dem die drei gumminoppenbewehrten Teichhühner phantasielos durcheinandertrieben. Ach, welch trostloses Dasein! Alles, was hier jung und schlank war, gehörte zum Personal. In solchen schwimmenden Strafkolonien wird das Personal »Staff« oder »Crew« genannt. Zum Beispiel die zwei Dutzend appetitlichen, knackigen Vietnamesen, die für die Handtücher und Liegestühle zuständig waren. Oder die stets freundlich vor sich hin grinsenden Barkeeper im weißgestärkten Hemd und mit gut sitzender schwarzer Hose. Rastlos eilten sie hin und her und fragten, was man zu trinken oder zu essen wünschte. Bei den sieben Mahlzeiten am Tag mußte das auch sein, sonst wäre man an Vertrocknung oder Kraftlosigkeit eingegangen. Wobei wohl keiner merken würde, wenn hier einer sanft einschliefe. Frühestens der Handtuch-Vietnamese mit dem Matrosenanzug würde nach Einbruch der Dunkelheit feststellen, daß da ein Fleischberg nicht mehr erwacht war und somit versäumt hatte, zum Galadiner zu schwanken. Vielleicht hatte er Order, den Fleischberg diskret über Back- oder Steuerbord zu kippen und den Haien zum Fraß vorzuwerfen. Öffentliches Ärgernis war hier, soviel hatte ich schon mitgekriegt, nicht erwünscht. Man verhielt sich ruhig und unauffällig, indem man sich möglichst wenig bewegte, kaum sprach, auf keinen Fall laut lachte – worüber auch? – und sich nicht durch Verweigerung der Nahrung unbeliebt machte.

Na, das konnte ja heiter werden.

Im inneren Strafvollzug – hinter Glas, im Salon »Prinzessin Caroline« – saß einsam am Kuchenbuffet der dickliche, bleiche Jüngling, der hier für die Diavorträge zuständig war. Er hieß Peer-Holger Kowalski und legte sich niemals in die Sonne, auch nicht in den Schatten, denn er war ja nicht zum Vergnügen hier. Seine Aufgabe war es, jeden Morgen im »Fürst-Rainier-Saal« die Gefangenen unter Kontrolle zu halten. Er sprach über die Ziele unserer Reise, über die Gepflogenheiten der Eingeborenen, über die Länder und Sitten. Bei ihm schliefen die meisten Gefangenen ihren Rausch aus. Diese Art des Strafvollzugs war besonders hart, denn während des Diavortrags war man auch noch in Dunkelhaft, und als verschärfende Maßnahme wurden eine ganze Stunde lang keine Getränke serviert. Ich konnte Peer-Holger Kowalski trotzdem gut leiden, denn in seinen Diavorträgen vergaß man eine ganze Stunde lang sein eigenes Ach und Weh. Wenn man sah, in welch erbärmlichen Verhältnissen die Menschen in der dritten Welt lebten – und diese dritte Welt bereiste ja unser Luxussträflingsschiff –, dann wurde einem bei aufmerksamem Hinsehen bewußt, daß es uns trotz all dieser grausamen Strafmaßnahmen noch nicht so übel ging.

Aber, wie gesagt, die meisten Sträflinge verschliefen Peer-Holger Kowalskis Diavorträge.

Jetzt erschien der eifrige Professor Weißenreim, der immer morgens um sieben auf dem Trimmfahrrad seine Ringelnatz-Gedichte auswendig lernte. Ein vorbildlicher Sträfling, fürwahr. Er gehörte allerdings, wie ich, zum offenen Vollzug, das heißt, wir durften uns ab und zu bewegen, und wir durften den anderen Sträflingen abends etwas die unerträgliche Langeweile vertreiben. Die fette Diseuse durfte singen, ich war für die Klassik zuständig, es gab noch die bereits erwähnte völlig verhungerte Lebenslängliche und einen tätowierten Kerl, der im düsteren Verlies »Prinz Ernst August« Karnickel aus dem Hut zauberte, und der gute Professor durfte Ringelnatz-Gedichte aufsagen, soviel er wollte. Der Ort seiner allabendlichen Veranstaltungen war ein besonders dunkles Gemach im Bauche des Schiffes, das »Fürstin-Gracia-Patricia-Kino«, in dem während seines Vortrags immer zwei Dutzend Sträflinge in den Stuhlreihen zusammengekauert vor sich hin schnarchten. Ich nannte diesen Ort der Dunkelfolter heimlich »Gähno«.

Ich mochte den guten alten Professor Weißenreim, hatte er doch als einer der ganz wenigen Gestalten hier ein keckes Strahlen in den Augen. Außerdem trafen wir uns jeden Morgen um sieben in der Folterkammer am Heck. Er strampelte sich auf seinem Fahrrad ab, das sich keinen Millimeter von der Stelle bewegte, und ich trappelte wie ein Hamster über ein Laufband. Der Schweiß rann mir dabei nur so über Stirn und Schläfen, denn es war unerträglich schwül in der Folterkammer, und kein Lüftchen regte sich. Ab und zu schaute schlitzäugig ein Handtuch-Vietnamese durchs Bullauge herein, oder man sah einen Koch oder einen Steward geschäftig draußen vorbeihuschen. Sonst sah man nichts. Nichts als den unendlichen blauen Ozean. Der Schweiß des Professors war angereichert mit Wort- und Silbenfetzen von Ringelnatz, Kästner, Tucholsky, Heinz Erhardt und allerlei zeitgenössischen Humoristen. Meiner enthielt puren konzentrierten Alkohol.

Als ich in meine Kabine kam, lag da ein Zettel auf dem Bett: »Heute abend Künstlerbesprechung auf der Empore des ›Fürst-Rainier-Saales‹, Eingang Deck sieben.« Ich war gespannt. Klar hatte ich die anderen Künstler schon gesehen, einige sogar auf der Bühne erlebt. Aber nun wurde es offiziell. Ich überlegte. Feinmachen? Bloß nicht overdressen. Das wäre peinlich und würde mir bei den anderen Sträflingen nur Hohn und Spott einbringen. Für so eine Künstlerbesprechung reichte vielleicht die weiße Jeans mit dem blau-weiß gestreiften Body.

Um Punkt 18 Uhr schob ich mich durch die schwere Eisentür auf Deck sieben und betrat die Empore des »Fürst-Rainier-Saales«, eines prachtvollen, prunkvollen Raumes, an dessen kunstvoll bemalter Decke ein riesiger Kronleuchter hing. Bei schwerem

Seegang baumelte der über den Köpfen der Sträflinge gefährlich knarrend hin und her, was sicherlich zur weiteren Einschüchterung und psychischen Entkräftung der Gefangenen beitrug.

In einer brokatenen Sitzecke neben der Künstlerbar lümmelten schon einige Gestalten.

»Hallo«, sagte ich und ließ mich auf das Sofa fallen.

Als meine Augen sich an die Dunkelheit gewöhnt hatten, gewahrte ich den Zauberkünstler mit dem proletenmäßigen Sascha-Schwänzchen im Nacken, ein paar Ballettratten, die sich auf dem weinroten Teppichboden die Glieder verrenkten, meinen alten Freund Professor Weißenreim, den kleinwüchsigen Tontechniker, der während der Shows hinten in der Regie immer an irgendwelchen Knöpfen herumdrehte, und einige andere Typen. Niemand sagte ein Wort. Man saß nur so da und starrte sich an. Wer mochte hier zuständig sein? Ich lächelte aufmunternd in die Runde. Gab es einen Moderator oder ein Frollein, das uns alle miteinander bekannt machte? Oder sollten wir das selber tun?

Die Tür öffnete sich wieder, und herein schlangelte sich die verhungerte Lebenslängliche, die allabendlich kopfüber an einem Reck aufgehängt wurde. Ich hätte ihr gern gesagt, wie sehr ich sie dafür bewunderte, daß sie an den nackten Hacken über den gedeckten Tischen baumeln konnte, ohne in die Saucenschüsseln zu fallen, aber ich hatte den Eindruck, daß sie an keiner Konversation interessiert war. Gelangweilt verdrehte sie die Augen und kaute mit offenem Mund auf einem Kaugummi herum.

Dann nahte der dickliche Lektor Peer-Holger Kowalski. Er war der erste, der etwas sagte. »Na?!« schnarrte er, während er sich ächzend in einem samtüberzogenen Sessel niederließ. »Was gibt's Neues?!«

Keiner antwortete ihm. Wahrscheinlich gab es nichts Neues. Ich wollte nicht vorlaut sein und sagen: »Mich«, denn ich war hier ganz offensichtlich die Neue.

Der Professor begann, ein paar Ringelnatz-Verse zu rezitieren:

»An einem Teiche
Schlich eine Schleiche,
Eine Blindschleiche sogar.
Da trieb ein Etwas ans Ufer im Wind.
Die Schleiche sah nicht, was es war,
Denn sie war blind.
– – – –
Das dunkle Etwas aber war die Kindsleiche
Einer Blindschleiche.«

»Geil«, sagte der proletenhafte Zauberer.

»Hahaha«, kaute die Ausgehungerte ihren Kaugummi.

»Du kannst ja mal 'ne Blindschleiche aus deinem Hut zaubern«, regte der dicke Lektor mit der hohen Stimme an.

»Du kannst ja mal 'ne Blindschleiche aus deiner Hose zaubern«, erwiderte der Zauberer unfein.

Ich schaute ratlos von einem zum anderen.

Der Professor gab ein weiteres Gedicht zum besten:

»Ein männlicher Briefmark erlebte
Was Schönes, bevor er klebte.
Er war von einer Prinzessin beleckt.
Da war die Liebe in ihm erweckt.

Er wollte sie wiederküssen,
Da hat er verreisen müssen.
So liebte er sie vergebens.
Das ist die Tragik des Lebens!«

Er war wirklich perfekt präpariert, der alte Knabe. Strophe um Strophe spulte er seine Verse ab, aber außer dem dicken Lektor zeigte niemand Regung. Ich klatschte höflich, als er fertig war.

Inzwischen waren noch ein paar Gestalten lustlos hereingekommen und hatten sich irgendwo hingelümmelt. Schließlich schienen alle dazusein, die Künstlerbesprechung konnte beginnen.

Der Kreuzfahrtdirektor, der sich durch ein weißes Hemd mit vier goldenen Streifen auswies, erschien mit einer guten halben Stunde Verspätung in der Eisentür. Er baute sich vor mir auf, und ich wollte ihm schon erfreut die Hand reichen, als er sprach: »Sie sitzen auf meinem Platz!«

Ich sprang peinlich berührt auf. »Entschuldigung«, rang ich mir ab, »das konnte ich nicht wissen, und keiner hat's mir gesagt!« Ich hockte mich auf die Armlehne des Sessels, in dem der Professor saß. Der sprang sofort auf, um mir seinen Platz anzubieten, worauf der Sessel mitsamt meiner Wenigkeit zur Seite kippte. Nun bleiben Sie doch sitzen! Diese alten Kavaliere bringen einen immer wieder in höchste Verlegenheit!

Der Kreuzfahrtdirektor kramte eine Marlboro aus der Hemdtasche und zündete sie an. »Wir sind hier auf einem Fünfsterneschiff«, sagte er, ohne jemanden anzublicken. »Und wir sind nicht zum Vergnügen hier.«

Alle sahen betreten zu Boden. Das hatte ich ja auch schon festgestellt, daß hier niemand zum Vergnügen war. Schade eigentlich. Man hätte soviel Spaß haben können!

»Ich muß euch noch mal bitten, abends nicht in Horden in die Bar einzufallen, immer den Passagieren den Vortritt zu lassen, in den Ausflugsbussen nur hinten zu sitzen, am Buffet zu warten, bis die Paxe sich bedient haben, grundsätzlich die Liegestühle und die Plätze in den Restaurants den Paxen zu überlassen und natürlich höflich und nett zu ihnen zu sein. Wenn euch einer bittet, was zu singen oder einen Handstand zu machen oder mal eben was zu zaubern oder was Bestimmtes auf dem Klavier zu spielen, dann MACHT ihr das. Ihr seid hier IMMER im Dienst, klar?«

»Wir konnen abends auf Deck drrai alle geschlossen antreten, und jemand spritzt uns mit dem Wasserschlauch sauber, dann mussen wir kaine Duschen benutzen«, höhnte der amerikanische Tenor Anthony Dusseldorfer. »Wir konnen auch alle zusammen auf Deck drrai aus eine Plastikschussel essen, und wir konnen in Motorraum in Hängematten schlafen, immer abwechselnd, dann brauchen wir keine Kabinen!«

Ich blickte betroffen zwischen den erregten Künstlern hin und her. Hier schien echt dicke Luft zu sein!

»So, wir haben ein paar Neue an Bord«, das Vierstreifenhorn blätterte in seinen Unterlagen, »und ich stelle euch am besten alle einmal vor.«

Das fand ich auch angebracht. Wie hätte ich sonst unter den ungepflegten, gelangweilt blickenden Gestalten, die rauchend oder an ihren Nägeln knibbelnd auf der Erde saßen, jemanden erkennen können? Gestern abend auf der Bühne waren sie alle strahlend schöne Götter und Göttinnen gewesen!

»Zuerst stelle ich euch mal die Weltreisenden vor«, sagte der Kreuzfahrtdirektor. »Die sind ein ganzes Jahr an Bord.«

Aha, dachte ich, die Lebenslänglichen. Schrecklich. Die Armen.

»Stellen Sie sich erst mal selbst vor!« sagte eine kecke Dünne mit kurzem Leder-Mini.

Donnerwetter, dachte ich. Die hat Mut.

Der Kreuzfahrtdirektor grinste und entblößte eine Reihe auffallend gleichmäßiger Zahnkronen. »Fred Hahn.«

O Gott. Ich hatte es geahnt. Hahn im Korb. So sah der auch aus. Wie die Ballettratten ihn anhimmelten! Aber er hatte was Markiges in der Stimme. Und die Art, wie er rauchte: echt männlich. Ich versuchte, ihn nicht weiter anzustarren. Ich konzentrierte mich auf die Weltreisenden. Die Verhungerte gehörte dazu, sie hieß Natascha, wie sonst, das war reine Lautmalerei. Wenn sie abends mit ihrem seidenen Fähnchen durch den Speisesaal wehte, zerriß sie die Luft mit Geräuschen wie »Natascha! Natascha!«. Sie kam vom Theater des Ostens in Berlin. Der Zauberer erwies sich als ihr Ehemann, aber die beiden machten keinen glücklichen Eindruck. Er hieß Rudi und war außerdem Croupier im Spielcasino. Eine nette rundliche Dame mit kinnlangem Mutti-Schnitt hieß Mareike und war die Kindergärtnerin an Bord. Glücklicherweise gab es kein einziges Kind auf dieser Reise, noch nicht mal einen kleinen Hund, weshalb Mareike nichts weiter zu tun hatte, als im Schönheitssalon auszuhelfen. Neben ihr saß Gloria, eine sehr sportliche, schlanke Journalistin mit knapp-frechem Leder-Minirock und schulterfreiem Top. Von ihr war eben der Einwand gekommen. Sie war vom STERN und sollte einen Artikel über die »MS Blaublut« schreiben. So hieß unser Fünfsterneschiff. Gloria lachte mehrmals laut, schlug dabei ihrem Nebenmann auf die Schulter und drohte lachend, die ganze »MS Blaublut« zu verreißen, wenn es ihr hier nicht gefiele. Der Kreuzfahrtdirektor grinste gequält und stieß einen Rauchschwaden aus, bevor er weiterredete: »Und dann haben wir hier unsere Anna, die macht jeden Morgen mit den Passagieren... Ping-Pong. Tschi-Gong. Anna, hilf mir, wie heißt das, was du immer machst?«

»Wing Tsun«, sagte Anna lachend. »Das ist eine asiatische Kampfkunst zur Selbstverteidigung.«

»Das muß man hier zwischen die viele bose blickende Leute auch learnen«, murmelte mein Nachbar, der amerikanische Tenor. Er schien schon länger in Haft zu sein. Der Arme. Er wirkte frustriert.

Weiter hinten im Dunkeln saß neben den bulgarischen Kerls von der achtköpfigen Bänd noch ein älterer Mann mit Jeanshemd und Lederweste. Ich hatte ihn für einen Mechaniker gehalten, aber es handelte sich um niemand Geringeren als Hasso von Tegern, einen weltberühmten Einhandsegler. Ich betrachtete ihn neugierig, stellte aber fest, daß er zwei Hände hatte.

»Was tut ein Einhandsegler?« fragte Gloria, die Journalistin, keck, indem sie sich rauchend den Lederrock glattstrich.

Hasso von Tegern antwortete stolz, daß er siebenmal die Welt umsegelt habe, ganz allein, und immer mit einer Hand, da er die andere Hand ja für andere Zwecke gebraucht habe, wie man sich denken könne. Kochen, waschen, Zähne putzen, fotografieren, Tagebuch schreiben, Kombüse putzen. Ich war beeindruckt. Den alten Knaben wollte ich näher kennenlernen.

Die dicke Diseuse mit der angeklebten Locke über dem linken Auge hieß Klara-Viktoria, und sie sah als einzige privat genauso bescheuert aus wie auf der Bühne. Neben ihr saß schüchtern Lars-Dars, ihr Pianist und Lebensbegleiter. Lars-Dars hatte auch noch die Aufgabe, nachts in der »Erzherzog-Ferdinand-Bar« zu spielen und Leute wie Rudolf und andere Saufbolde bei Laune zu halten.

»Wann kann ich eigentlich abends aufhören?« fragte Lars-Dars. »Gestern war es fünf Uhr früh!«

»Bis der letzte Gast in seine Kabine gegangen ist«, antwortete Fred Hahn. »Steht im Vertrag.«

»Da kann ich ja lange warten«, maulte die dicke Diseuse.

Ich grinste schadenfroh.

»Euer Problem«, sagte Fred Hahn.

Der liebe, gute alte Professor Weißenreim hielt es für angebracht, mit ein paar Ringelnatz-Verslein die Stimmung zu entschärfen.

»Gibson (sehr nervig), Australien,
Schulze, Berlin (ziemlich groß).
Beißen und Genitalien
Kratzen verboten. – Nun los!

Ob sie wohl seelisch sehr leiden?
Gibson ist blaß und auch Schulz.
Warum fühlen die beiden
Wechselnd einander den Puls? ...«

Wir klatschten. Er beteuerte, daß er noch eintausendsechsundvierzig andere Gedichte auswendig hersagen könne, und Fred Hahn sagte: »Alles zu seiner Zeit.«

Hinten am Bullauge saß der Schiffsarzt. Er hieß Notker Hundtgeburth. Ich betrachtete ihn versonnen. Schiffsärzte sind nach Kapitänen ja sicherlich die interessantesten Streifenhörnchen, aber dieser schien mir auf Anhieb nicht dazuzugehören. Er war zwar groß und halbwegs gut aussehend, hatte aber immer eine kleine weiße Schleimspur in jedem Mundwinkel, und wenn er länger sprach, wurde aus dem Schleim ein blubbernder Brei, der Fäden zog. Ja konnte denn dieser Schiffsarzt nicht mal eine Serviette zur Hand nehmen oder einfach nur schlucken, wie andere Leute auch? Nein, dieser Doktor Notker Hundtgeburth kam für mich überhaupt nicht in Frage. Er erzählte heiter, daß sich an Bord eine komplette Dialysestation befände, auch ein Kreißsaal für Gebärfreudige, aber das käme bei dem Alter der mitreisenden Passagierinnen nicht so häufig vor (kicher), auch ein komplettes Zahnarztbesteck sei vorhanden (würg), und außerdem würden immer mindestens acht Zinksärge mitgeführt (schluck!). Gerne dürften wir Künstler ihn auf Deck drei in seiner Bordklinik »Queen Mum« besuchen, er säße doch meistens untätig herum und freue sich über Abwechslung.

Das tun hier alle Sträflinge, dachte ich.

Dann war ich an der Reihe. Fred Hahn blätterte in seinen Unterlagen und sagte: »Und dann haben wir hier eine Operndiva, Burkharda Meier.«

Er schaute mich erwartungsvoll an. Das mit der Operndiva fand ich unfair von ihm. Ich war keine Operndiva. Leider. Ich war eine Kirchenmusikmaus aus Geilenkirchen bei Aachen. Und ich wollte ENDLICH mal die große weite Welt erleben. Und einen Hauch von Sünde. Ich fand, das stand mir endlich zu, mit einunddreißig.

»Wie heißt die?« fragte der Zauberer entsetzt. »Burkharda? Ick hab wohl 'n Krümel im Trommelfell!«

»Tja«, sagte ich, »ich heiße tatsächlich Burkharda. Wahrscheinlich wollten meine Eltern angesichts des Allerweltsnamens Meier wenigstens einen unverwechselbaren Vornamen, der mich von allen anderen Frau Meiers dieser Welt unterschied. Und ›Burkharda‹ heißt wirklich kein Schwein auf dieser Welt. Nur ich.« Ich schaute festen Blickes in die Runde. »Ich hab mich dran gewöhnt. Burkharda. Burkharda Meier.«

»Das vergessen wir jetzt alle nicht mehr«, sagte der liebenswürdige Professor Weißenreim. Der alte Einhandsegler dehnte noch hinzu: »Burkharda ist ein zauberhafter Name.«

Fred Hahn grinste zynisch. »Und was dürfen wir sonst so von Ihnen erwarten, Frau ... Burkharda ... Meier?«

Ich leierte mein Repertoire herunter: Liederabende mit Schumann, Wolf und Strauss, Schubert, Brahms und Debussy. Dann natürlich 61 Bachkantaten, alle Passionen, Requiems und Oratorien. Ganz nach Wunsch.

»Ist hier alles nicht gefragt«, sagte Fred Hahn und steckte sich eine neue Zigarette an. »Was haben Sie noch?«

»Opernarien«, sagte ich. »Carmen, Azucena, Ulrika, Fricka, Freia, Brunhilde, Prallgunde, Brüllhilde, Schwertleite ...« Ich atmete schwer.

»Burkharda«, sagte Fred Hahn rauchend, »das können Sie sich alles von der Backe putzen. Das krieg ich in keinen Abend rein. Weder in den karibischen Abend an Deck noch in ›Zaubereien der Südsee‹, noch in ›Liebe alte Operettenmelodien von Berlin bis zum Wörthersee ...‹«

»Sie könnte sonntags im Gottesdienst singen«, meldete sich der evangelische Pastor Nölenberg.

Ich erstarrte. Alles, nur das nicht! Das tat ich doch schließlich seit vielen Jahren zu Hause, in meiner lieben Kleinstadt Geilenkirchen bei Aachen, wo mich jedermann kannte und schätzte und ehrte als Gattin des Gymnasialdirektors und Organisten Rüdiger Meier!

Ja, phantasieloserweise hatte ich, eine geborene Meier, auch wieder einen Meier geheiratet. Die Frage nach dem Doppelnamen hatte sich somit gar nicht gestellt. Burkharda Meier-Meier, das hätte etwas übertrieben geklungen.

Aber warum war ich auf diesem Schiff? Doch nicht, um im Gottesdienst zu singen! Endlich hatte ich mal die Chance, in blaublütigem Dunst mit verrauchter Stimme »Carmen« zu geben, vor tafelnden Neureichen und steinalten Witwen aus noch nicht verarmtem Adel! Endlich einmal wollte ich mit dem Hintern wackeln und mit den Augen zwinkern! Endlich etwas anderes singen als brav-bieder-bürgerlich im Gottesdienst »Ach daß ich Wassers genug hätte, zu beweinen meine Sünden«! Das hatte ich mein Leben lang getan!

Ich war jetzt einunddreißig. Und das konnte doch einfach noch nicht alles gewesen sein!

Jetzt war ich hier, auf diesem Schiff. Und ich liebte es, von Anfang an. Die »MS Blaublut« war mein Traumschiff. Und die Reiseroute war auch nicht zu verachten! Australien–Neuseeland! Mitten im kalten Winter! Für ein paar Liedchen!! Wer hätte da nein gesagt?!

Ich war wild entschlossen, alles zu geben, was ich in Geilenkirchen niemals geben konnte.

»Nee, laß mal«, sagte zum Glück der Kreuzfahrtdirektor. »Wir haben schon irgendwie Verwendung für Sie!«

An diesem Abend tafelte ich gemeinsam mit der netten Kindergärtnerin Mareike im »Prinz-Edward-Restaurant« auf Deck acht. Eigentlich durften wir vom einfachen fahrenden Künstlervolk nicht in diesem elitären Restaurant speisen, aber Mareike war die Gattin des Hoteldirektors, und dieser war wegen einer Dienstbesprechung verhindert. Ich leistete der Guten also aus reiner Nächstenliebe Gesellschaft. Alle anderen Künstler mußten in der Offiziersmesse auf Deck drei ihr Essen in sich reinschaufeln. Da gab es, ähnlich wie in der Mensa der Musikhochschule damals, verschiedene Bottiche mit dampfenden Massen, die man sich mit Hilfe einer Schöpfkelle selbst auf seinen Teller laden mußte.

O nein. Dafür war ich nicht auf ein Fünfsterneschiff gegangen. Ich hatte auch meinen Stolz.

Ein Steward mit Silberknöpfen auf weißem Wams schwebte auf uns zu und fragte, ob wir einen Aperitif wünschten. Ich bejahte gierig. Zu empfehlen, sagte der Steward artig, sei heute der Kaviar vom australischen Stör, dann ein Steinbeißerfilet mit Kräuterhaube, pochiert, als Hauptgang ein geschmorter Frischlingsrücken mit sautierten Pfifferlingen, Honigkuchensauce, Wirsing in Sahne, Kronprinzenkartoffeln und Wildpreiselbeeren, und als Dessert empfehle er Trüffeltörtchen mit Cointreau und Zimtorangen.

Ich nickte froh.

Mareike protestierte auch nicht weiter, und so ließen wir den Steward ziehen. Ich schaute mich interessiert im Saale um.

An den Nebentischen tafelten mit eiserner Disziplin die Sträflinge von heute mittag, die allerdings inzwischen in feinstes Garn gekleidet waren. Anscheinend war Sprechen genauso verboten wie Lachen, denn überall standen die Aufseher mit den Goldknöpfen herum und blickten streng.

Ich beugte mich vor und wisperte: »Wie lange hältst du es hier schon aus?«

»Fünf Jahre!« wisperte Mareike zurück. »Mein Mann ist seit fünf Jahren Hoteldirektor. Ich hätte schrecklich gern ein Kind, und es klappt bei uns irgendwie nicht. Deshalb bin ich hier die Kindergärtnerin. Das ist ein leichter Job, weil hier niemand Kinder hat.« Sie hob ihr Champagnerglas und lachte mich verschwörerisch an. »Und du? Was ist mit dir?«

»MEIN Mann ist Kirchenmusiker und Gymnasialdirektor in Geilenkirchen«, flüsterte ich unter den schmallippigen Blicken der umherstehenden Wärter. »Er sieht es gar nicht gern, daß ich jetzt hier bin. Aber ich wäre in der spießigen Kleinstadt gestorben! Also habe ich mich bei der Künstlervermittlung als Sängerin beworben.«

»Und?« flüsterte Mareike neugierig. »Habt ihr keine Kinder?«

»Es klappt nicht«, wisperte ich zurück. »Rüdiger sagt, es liegt an mir. Meine Eierstöcke sind verklebt, behauptet er.«

»Bist du sicher, daß es nicht an Rüdigers Samensträngen liegt?« fragte Mareike über den Tisch, und in diesem Moment näherte sich der Oberaufseher mit den goldenen Knöpfen und goldenen Streifen auf der Uniform.

»Verzeihung, die Damen, würde es Ihnen etwas ausmachen, wenn noch zwei Herren an Ihrem Tisch Platz nehmen würden?«

Mareike und ich wechselten einen Blick.

Einerseits machte es uns etwas aus. Klar. Wo wir gerade so kurzweilige Themen erörterten.

Andererseits: Zwei Herren! Warum nicht?!

»Bitte«, sagte Mareike, und »Immer her damit!« sagte ich.

Das Streifenhörnchen führte zwei männliche Wesen an unseren Tisch, der eine klein und schmal und mit runder, glitzernder Brille, der andere eher phlegmatisch und gediegen. Beides keine Volltreffer. Leider.

Sie gaben uns die Hand und dienerten und murmelten ihre Namen, und wir erhoben uns mit halber Pobacke, hielten unsere Servietten fest und lächelten gönnerhaft.

Dann saßen sie.

»Wir sind gestern erst an Bord gekommen, odr«, sagte der Kleine mit der runden Brille eifrig. »Das ist ein gigantisches Schiff!«

»Hat seine fünf Sterne wirklichch verdient«, bestätigte der andere. Wir tranken. Champagner. Und nickten uns zu. Sie hatten beide einen Schweizer Akzent.

Schade. Mit den Burschen konnte man fürs erste nicht mehr über Unfruchtbarkeit und schlechten Sex und Langeweile in der Ehe sprechen. Obwohl sie bestimmt eine Menge dazu beitragen konnten.

Mareike plauderte charmant über die letzten Landausflüge auf Bali, die Aufgaben ihres Mannes als Hoteldirektor und ihr völlig leerstehendes Haus in Hamburg an der Alster. Ich gab zum besten, daß ich als Sängerin engagiert sei, aber bis jetzt noch nicht zum Einsatz gekommen sei, weil niemand meine Opernarien hören wolle, und da legte sich der Kleine vehement ins Zeug: »Ich liebe Opern, odr! Ja! Fürrwahrr! Ich bin ein begeisterter Opernfan, odr! Zweimal im Monat gehe ich in die Oper, egal, in welche!!« Er sprach mit einem goldigen Schweizer Akzent, was mich irgendwie für ihn einnahm. Der Phlegmatische ging nicht in die Oper. Das gab er auch offen zu. Er hörte lieber Soul und Funk. Wenn er überhaupt mal was hörte. Er sei alleinerziehender Vater, sagte er, und da habe er überhaupt keine Zeit für solcherlei Abendveranstaltungen. Mareike blickte ihn mißtrauisch an.

Die beiden teilten uns dann über verstörtem Stör mit, daß sie Bänker seien. Aus Zürich. Beide. Und daß sie die Aufgabe hätten, den Paxen hier an Bord die Knete abzuschwatzen. Nirgendwo sonst als auf einem Fünfsterneschiff gäbe es so viele alte Leute, die nicht wüßten, wohin mit ihrem Geld. Und ihre Zürcher Privatbank habe durchaus Verwendung für solche armen Menschen.

Ich nickte gelangweilt. Der Obersteward mit dem hübschen Namen Gerald Gier brachte das Zwischengericht: Steinbeißerfilet. Die Bänker bestellten eine Flasche Champagner. Mir sollte es recht sein.

Um uns herum wurde gelangweilt getafelt.

Beim dritten Glas Champagner schaute mir der kleine Bebrillte so gut wie möglich in die Augen und sagte: »Ulrichch! Ulrichch Schröder, odr!«

»Burkharda«, sagte ich irritiert. »Burkharda Meier.«

Der Dickliche mit der müden Fliege hieß »Jürgi, Jürgi Schmied«.

Mareike hieß mit Nachnamen Müller, und das fanden wir lustig, weil wir alle vier Allerweltsnamen hatten. Meier, Müller, Schröder und Schmied.

Und nun saßen wir hier auf einem Fünfsterneschiff nach Australien, tafelten Steinbeißerfilet mit Kräuterhaube, tranken

Champagner und hatten nichts weiter zu tun, als die übersättigten Passagiere auf andere Gedanken zu bringen.

Wir plauderten sehr nett und angeregt, und der Kleine mit der runden Brille wurde immer begeisterter, und nach weiteren vier Gläsern Champagner hatte ich ihn mir schöngetrunken. Mareike unterhielt sich mit dem Dicklichen über Steuern und Immobilien in der Schweiz, und der kleine begeisterte Ulrich legte seine Hand auf meine Hand und sagte immer wieder, völlig aus dem Häuschen: »Ja Wahnsinn, was für eine Frau du bist, Burkharda, das ist der Wahnsinn, du, so ein Wahnsinn!«

Ich vermutete, daß er zu Hause an seinem Zürichsee ein ziemlich bläßliches Frauchen hatte, weil er imstande war, sich so über eine arbeitslose Kammersängerin aus Geilenkirchen zu begeistern.

Gerade als wir beim Dessert Butterscotch-Zitronen-Eiskrem in Limonenschaum an Lychees angekommen waren, betrat überraschenderweise der Kreuzfahrtdirektor Fred Hahn das Etablissement. Er sah umwerfend gut aus mit seinen vier Streifen auf der blütenweißen Uniform. Jedenfalls nach soviel Gläsern Champagner.

»Hier stecken Sie also!« schnarrte er bassig. »Im ›Fürst-Rainier-Saal‹ ist Welcome!«

»Oh, danke, wir schauen nachher mal vorbei«, lallte ich freundlich. Der Schweizer hatte immer noch nicht seine Hand von meiner genommen.

»Sie haben einen Auftritt!« bellte der Kreuzfahrtdirektor böse.

»W...wer, ich?« Ich entriß dem Schweizer meine zitternde Hand.

»Sie sind im dritten Teil dran«, schnauzte der Kreuzfahrtdirektor. »Die Dispo liegt in Ihrer Kabine!«

»Aber da war ich seit vier Stunden nicht mehr!« Ich fühlte meine Stimme wackeln.

»Das ist Ihr Problem. Wenn Sie es vorziehen, in einem Restaurant rumzusitzen, das unseren Gästen vorbehalten ist...« Er blickte finster auf Mareike und die Bänker.

»Das wußte ich nicht...«

»Sie sollten die Dienstvorschriften lesen!«

»Frau Meier ist mein persönlicher Gast«, sagte Mareike liebenswürdig. »Mein Mann war verhindert, und ich habe sie gebeten, mir Gesellschaft zu leisten!«

»Sie hat in acht Minuten ihren Auftritt«, sagte der Kreuzfahrtdirektor im Weggehen.

»Aber was singe ich?!« rief ich entgeistert hinter ihm her. Alle Farbe war aus meinem Gesicht gewichen. Der Schweizer war auch blaß geworden. Selbst der Phlegmatische zeigte Regung.

»Die Carmen steht auf dem Programm«, ließ mich der Kreuzfahrtdirektor noch wissen. »Das hängt ebenfalls seit Stunden unten im Schaukasten.«

»Und wer begleitet mich??«

»Die Bänd!« Damit fiel die gläserne Tür hinter dem Erhabenen zu.

»Die Bänd«, hauchte ich blutleer. »Carmen! Mit BÄND! Hoffentlich spielen die d-Moll! Die kommen aus Bulgarien, vielleicht spielt man da nicht d-Moll!«

»Das ist eine ungeheure Schweinerei!« entrüstete sich der kleine Schweizer mit der runden Brille. »Das hätte er dir wirklichch eher sagen können, odr!!«

»Kcheine gute Kchinderstube«, sagte auch der andere.

»Der Fred ist ein Arschloch.« Mareike stand auf und winkte dem Steward. »Geht auf mich, Gerald!« Sie knallte ihre Crewmitgliedskarte auf den Tisch und eilte von hinnen.

Wir huschten wie die Hühner aus dem Restaurant. Die anderen tafelnden Gäste blickten kopfschüttelnd hinter uns her.

»Ich bin überhaupt nicht eingesungen«, jammerte ich auf dem langen Gang, während ich auf meinen hohen Absätzen hinter Mareike hertrippelte.

Die Schweizer richteten ihre Krawatten und trotteten verwirrt hinter uns her. Sie hätten ja eigentlich sitzen bleiben können, aber sie schienen sich mit mir solidarisch zu fühlen.

Verdammter Mist, dachte ich. Verdammter, verdammter Mist. Da fühle ich mich als was Besseres und gehe mit dieser Hoteldirektorsgattin ins feinste Etablissement auf dem ganzen Schiff, tafele fünf oder sechs Gänge, trinke sieben Gläser Champagner, baggere mit irgendwelchen Schweizer Bänkern rum und vergesse völlig, warum ich hier bin: um zu singen! Ich habe einen Vertrag! Ich bin hier engagiert! Gleich am ersten Abend falle ich aus der Rolle! Was soll ich nur machen? Was zieh ich an?! Wo liegt meine Kabine?! Schaffe ich es noch, das lange Abendkleid anzuziehen? Oder singe ich die Carmen im Hosenanzug?

»Mareike! Hilf mir! Wo liegt meine Kabine?« Ich zeigte der Voraneilenden meinen goldenen Schlüssel.

»Deck acht, ganz hinten, am Heck! Das kannste vergessen!« Sie trabte weiter.

Wir klapperten die Treppen hinunter, vorbei an wunderschönen Gemälden von Prinzessinnen und deren Gemahlen, an Statuen vom Alten Fritz und hingegossenen Bronzejungfrauen, die uns sinnlos im Wege standen.

Mareike führte uns sicher in den wunderschön beleuchteten »Fürst-Rainier-Saal«. Auf der Bühne sang ein Tenor. Es war Anthony Dusseldorfer, der Amerikaner. Er war in einen glitzernden Anzug gewandet, und eine achtköpfige Bänd begleitete ihn kapriziös.

»*Schade, klaine Frrau*«, sang der Tenor und kniete vor einer rosaschillernden Ballettdame nieder, »*isch hätte disch gelippt wie niemand zuvor auf där Wällt! Isch tu, was isch kann, doch du hast einen Mann, der sähr viel von Trräue hällt . . .*«

O Gott, dachte ich. Der ist leider gut. Warum muß ausgerechnet ICH danach dran sein?

»Wie komm ich auf die Bühne?«

Mareike stand inzwischen mit den Schweizer Bänkern heiter an der hinteren Bar. Man hatte schon wieder Champagner geordert.

Larry, der kleinwüchsige Tontechniker, hockte in seinem Regiekabuff, das glücklicherweise direkt neben der Bar lag. Er regelte das mit dem Licht und das mit dem Sound und das mit den Vorhängen und das mit der Technik. Er war entsetzt, mich zu dieser Stunde im Zuschauerraum zu sehen.

»Über Deck sieben!« zischte er panisch. Spucketröpfchen flogen durch das grelle Licht.

»Und wo bin ich hier??«

»Deck sechs, Menschenskind!!«

»Und wie komm ich ...«

»Über die Empore!!«

»Welche Empore??!!«

»Deck sibbe!«

»Schade, klaine Frrau, isch hätte disch gelippt wie niemand zuvor auf där Wäällt!«

Mein Gott, die setzten zum Finale an!

»Da hinne die Treppe nuff un dann zur Eisentür naus un dann den Gang nunner bis zur Eisentür, wo druffsteht ›Staff only‹, also betrede verbode, und dann die Eisentreppen nunner, un dann biste hinner der Bühne!« zischte Larry. Er kam aus Saarbrügge, das konnte man höre.

Ich raste los. Zuerst die breitgeschwungene wunderschöne Treppe nuff. Oben saßen fröhlich angetrunken Rudolf und seine greiffreudigen Kegelbrüder und versuchten, mich im Vorbeirennen wie einen Schmetterling zu erhaschen.

»Wohin so eilig, schöne Frau?« wollte der wissen, der heute mittag in Plastiklatschen am Pool gehangen hatte.

»Dich krieg ich noch!« drohte Rudolf lachend, während er seine Videokamera auf mich hielt.

Der dritte griff einfach nach mir, aber er erwischte nur den Zipfel meines kleinkarierten Strenesse-Hosenanzugs.

Mein Gott, wie kann man nur in einem kleinkarierten Strenesse-Hosenanzug die Carmen singen!

Ich riß die schwere Eisentür auf und trappelte über den samtbezogenen Flur. Hier waren die Siebener-Kabinen. Immer noch die Top-Elite. »*Doch du hast einen Mann, der nix dafür kann und sähr viel von Trräue hällt*«, sang der Tenor zum letztenmal.

Ich dachte für den Bruchteil einer Sekunde an Rüdiger und seinen Bachchor in Geilenkirchen. Und seine Abiturklasse in Latein. Und daran, daß er als letztes gesagt hatte: »Ich bin mal sehr gespannt, ob du mir treu bleibst!« Ich hatte geantwortet: »Ich auch.«

Dann verstummte der Tenor. Beifall schwoll auf. Drunten im Saale unter dem zehn Tonnen schweren Kronleuchter saßen nun die Satten und Matten und klatschten müde in ihre Hände, und die Goldarmbänder schepperten. Klatscht weiter, Leute, dachte ich! Hört nicht auf!

Ich riß die schwere Eisentür auf, an der »Staff only« stand. Eiserne Treppen fuhrten nach unten. Meine hochhackigen Pumps klapperten garstig auf den schmucklosen Stufen.

»Meine Damen und Herren«, hörte ich Fred Hahn ins Mikrophon sagen, »seit heute haben wir eine Sängerin an Bord, die Sie begeistern wird. Ihr Repertoire erstreckt sich von Wagner über Verdi, von Mozart bis hin zu Puccini, von Bach zu Beethoven, und sie ist mit Preisen übersät worden, sie hat ihr Konzertexamen mit Auszeichnung bestanden, sie hat Tourneen um die ganze Welt gemacht, sie sang unter Solti und Karajan ...«

Ich verlangsamte meinen Schritt. Mich konnte er ja nicht meinen. Wie gut. Ich atmete ruhiger. Da kam noch eine andere. Vor mir. Die hundertmal besser war. Eine berühmte Kammersängerin. Ich konnte erst mal verschnaufen. Auch wenn ich danach die Arschkarte hatte – sie würden es vielleicht nicht merken. Daß die Weltberühmte, Preisüberhäufte viel besser war als ich. Außerdem tranken sie alle und redeten. Da fiel das nicht weiter auf.

Der Kreuzfahrtdirektor redete weiter. Mit sehr sonorer, bassiger Stimme. Voll professionell. »Sie stammt aus einer rheinischen Kleinstadt, fühlt sich in der Kirchenmusik genauso zu Hause wie auf der großen Opernbühne, und sie ist zum erstenmal auf einem Schiff«, sagte er.

Die Dame war mir sympathisch. Ihr ging es genauso wie mir! Ich hastete auf Stöckelschuhen über Eisenplanken. Seine Stimme war nun ganz nah. Hier mußte irgendwo die Bühne sein!

»Sie wird Ihnen auf Anhieb gefallen, meine Damen und Herren«, sagte der Sonore professionell, und Rauchschwaden aus der Nebelmaschine waberten zu mir herüber. »Sie ist vielseitig, witzig, jung und flexibel, und sie ist, was Sie alle am meisten schätzen werden ... noch vor fünf Minuten im Restaurant gewesen, weil sie keine Ahnung davon hatte, daß sie jetzt auftreten muß!«

Mein Herz begann zu rasen. Redete der von MIR?! Und dann hörte ich meinen Namen!!

»Begrüßen Sie mit mir ... Burkharda ... MEIER!!«

Ich rannte um mein Leben.

Wo war hier der verdammte Eingang zur Bühne??

Der Zauberer, der lässig in einer Ecke hing und rauchte, zeigte mir mit seinen weißen Handschuhen die Richtung. Der Vorhang ging auf, und dann stand ich plötzlich ... auf der Bühne! Die Bänd spielte unverdrossen seit zwei Dutzend Takten das Auftaktmotiv zur »Habanera«. »Tam – dadamm tam Tam dadamm tam Tam dadamm tam Tam!«

Ich warf einen scheuen Blick auf die Jungs. Sie nickten mir aufmunternd zu. Immerhin. Sie spielten d-Moll. O.K. Ich holte Luft und setzte ein.

»L'amour est un oiseau rebelle, que nul ne peut apprivoiser ...«

Es ging. Es ging leicht! Sie spielten wie ein Teppich! Sie trugen mich! Ich sang! Die Bühne war groß. Larry ließ die Lichter über meinen kleinkarierten Strenesse-Anzug gleiten. Ich sang und spielte mit den Händen und versuchte, ins Publikum zu sehen. Da saßen die blutleeren Sträflinge neben ihren Drinks in dem Saal, vollgestopft mit Menschen in Abendkleidern und Smokings. Man rauchte, Stewardessen huschten zwischen den Reihen hindurch, Gläser klirrten leise, kaum einer sprach, man hörte mir zu!

»*Et c'est bien en vain qu'on l'appelle, s'il lui convient de refuser. Rien n'y fait, menace ou prière, l'un parle bien, l'autre se tait; et c'est l'autre que je préfère, il n'a rien dit, mais il me plaît!*«

Die Bänd intonierte gekonnt und routiniert das Zwischenspiel. »L'amour!« sang ich. »L'amour!!« – »Die Liebe, die Liebe! Die Liebe ist ein Zigeunerspiel, sie fragt nach Rechten nicht, Gesetz und Macht, liebst du mich nicht, bin ich entflammt, und wenn ich lieb, nimm dich in acht!«

Das hohe Fis saß wie 'ne Eins.

Die Bänd fing mich auf wie eine Wolke.

Das Publikum klatschte wohlwollend. Für die Verhältnisse eines Fünfsterneschiffes geradezu euphorisch. Ich verbeugte mich. Larry in seiner Kabine warf Kußhände.

Wurdigen Blickes und mit kaum zu unterdrückender Siegermiene schritt ich am Kreuzfahrtdirektor vorbei, der rauchend hinter dem Vorhang stand. Er würde mir jetzt doch begeisterte Blicke zuwerfen? Mir die Hand küssen? »Gnädige Frau waren zauberhaft« zu mir sagen?

Doch mitnichten. Er schenkte mir keinerlei Beachtung.

»Blauer Vorhang zu!« zischte er in sein Mikrophon. »Weißer Vorhang auf!«

Ich blieb stehen und wartete auf ein Lob. Der Kreuzfahrtdirektor rauchte aggressiv und blies die Schwaden in das ohnehin rauchgeschwängerte Dämmerlicht.

»Fahr die Lichter runter, Larry!« zischte er in sein Mikro. »Bist du blind, Mensch! Halbes Licht! Die blauen Scheinwerfer, du Dämlack! Und Nebel! Hast du gehört, Mann! NEBEL bis zum Erblinden!!«

Der Zauberer, der eben noch lässig geraucht hatte, schob sich nervös an uns vorbei und warf sich mitsamt seinem Kaninchenwagen auf die Bühne. Man klatschte.

So. Jetzt konnte doch der Kreuzfahrtdirektor mich anlächeln. Und sagen, wie gut ich war.

Abwartend blieb ich stehen.

»Nächste Nummer der Charlie Chaplin!« zischte er in sein Mikro. »Weißer Vorhang auf, roter Vorhang auf, Kulisse vier, kein Nebel, Charlie-CD, alles Vollplayback!!«

Ich fühlte mich überflüssig. Die mageren Tänzerinnen huschten eilig an mir vorbei.

»Vorsicht! Bitte die Gasse frei machen!«

»Larry!! Bist du wahnsinnig!! Leuchte das Kaninchen an! Und nicht den Ärmel vom Rudi!«

O.K., O.K., ich sah es ein. Hier und jetzt war nicht der richtige Zeitpunkt für ein Lob. Ich schlängelte mich an den anderen vorbei, dem Tenor, der »Schade, klaine Frrau« gesungen hatte, den Ballettratten, der Verhungerten, die wieder an dem Reck baumeln sollte und für diesen Zweck schon mal ihre Hände und Füße mit Kreide einrieb, der fetten Diseuse mit der angeklebten Locke über dem linken Auge, Lars-Dars im Frack und allen, allen Künstlern, die heute abend ein Stelldichein auf der Bühne gehabt hatten. O.K., Leute, das war's. Ich gesell mich jetzt wieder zu meinen Schweizern. Die nehmen mich wenigstens zur Kenntnis.

Erhobenen Hauptes verließ ich die Stätte der Kunst.

Zwei Minuten später stand ich bereits wieder lässig mit den Bänkern an der Bar. Wie cool ich doch gewesen war! Voll der Profi, ich!! Sie nickten mir zu und wisperten auf Schwyzerdütsch, wie unglaublich geil ich doch gesungen hätte, und wie professionell ich doch gewirkt hätte in meinem Strenesse-Hosenanzug, dieweil ich die Carmen gesungen hätte, und der Kleine mit der runden Brille streichelte mir den Unterarm (höher kam er nicht) und reichte mir ein eiskaltes Glas Champagner, und der Dickliche mit der schlapp sitzenden Krawatte murmelte auch etwas Anerkennendes, dieweil vorne die Charlie-Chaplin-Nummer lief und die Leute gutartig klatschten. Dann kam noch Anna, die Kampfkünstlerin, die mehrere muskulöse Männer aus dem Ballett und aus dem Orchester mir nichts, dir nichts in die Eier trat und über die Schulter warf, und dann kam noch mal der schwule Tenor und sang: »Diese Klaine, die hat Baine!«, und wir lachten und klatschten und tranken Champagner, und ich dachte an Rüdiger und an Geilenkirchen und an den Kirchenchor und wie gut ich es doch hier hätte, zwischen Bali und Australien, mitten auf dem Stillen Ozean, und wie wunderbar doch alles sei, so easy und voll im grünen Bereich. Da trat wieder dieser Kreuzfahrtdirektor auf die Bühne und begann mit der Abmoderation:

»Auf dieser Reise haben sich heute Ihnen mit einer Kostprobe vorgestellt und sind für Sie dabei: ...« Und dann zählte er sie auf, die Haserln und die Spatzerln, die Tänzerinnen und Geräteturnerinnen, die Zauberer und die Kampfkünstler, die Blumenbinder und Verseaufsager und Lektoren und den Einhandsegler und die Reiseleiter und Sänger ...

Und alle Genannten sprangen gar artig hinter dem Vorhang hervor und verbeugten sich und wurden von der Bänd mit einem Trommelwirbel gewürdigt.

»Derr nännt gleich dir, odr«, sagte der phlegmatische Schweizer langsam.

Ich knallte mein Champagnerglas auf den Tresen und raste los. Über die breite Treppe mit den Statuen und nackerten Putten, auf die Empore, wo schon Rudolf und seine Kegelbrüder ihre Videokameras auf mich richteten und mich gierig am Ärmel zogen, durch die schwer aufgehende Eisentür, die hinter mir mit Krachen ins Schloß fiel, durch den langen Gang auf Deck sieben, wo die Kabinen schon von außen »Betreten verboten, hier sind nur die Schwerreichen drin!« signalisierten, bis zur schmucklosen Eisentür, »Staff only«, dann diese schauderhafte Klappertreppe runter, bis hinter den Vorhang, o Gott, dieser Nebel, man sieht ja nix, nur

Requisiten und Garderobenfummel und Pappkartons und Perücken und Leute, die rumstehen und rauchen ...

»Unsere bezaubernde Sängerin ... Burkharda ... MEIER!«

Ich suchte das verdammte Loch im Vorhang. HerrrrGott!! Wieso ging dieses Ding nicht auf!!

Der Kreuzfahrtdirektor sah wohl die Beulen im edlen Stoff, nicht aber die Kammersängerin im Strenesse-Hosenanzug, und so erbarmte er sich und zog mich mit charmanter Geste hervor. Die Leute klatschten.

Ich verbeugte mich. Knallrot hinter meiner Schminke.

»Völlig professionell und auf allen Bühnen dieser Welt zu Hause«, sprach Fred Hahn in sein Mikrophon, und die Bänd spielte einen Tusch nach dem anderen, und wir marschierten winkend im Halbkreis herum, und schließlich nahm der Zauberer das Mikrophon und sagte: »Und durch den Abend führte auf seine bekannte charmante Weise Kreuzfahrtdirektor: FRED ... HAHN!!« Und alle klatschten begeistert, während das Streifenhorn sich eitel am Bühnenrande verbeugte.

Was ein schnödes, freudloses Leben, dachte ich vor mich hin, während der Lichtkegel über uns fuhr. Ein ganzes Dasein lang auf so einem Schiff zweitklassige Künstler ansagen. Schrecklich. Der arme Mann. Der hat kein Zuhause. Und keiner hat ihn lieb. Das sieht man ihm an.

Später trafen sich noch alle Künstler an der Bar auf Deck sieben. Der gute alte Professor Weißenreim stand mit einem Glase Mineralwasser in den knochigen Fingern inmitten einer Gruppe abgeschlaffter Typen, die alle rauchten und Bier tranken, und rezitierte ein gar schalkhaftes, ja geradezu schlüpfriges Gedicht:

»Zu einem Freund, der Landwirt war,
kam einst ein junges Ehepaar.
Der Freund zeigt ihnen Hof und Haus
und schließlich auch das Hühnerhaus.

Die junge Frau stand stumm dabei,
das Hühnerleben war ihr neu,
doch plötzlich sprang der Hahn aufs Huhn,
wie das die Hähne nun mal tun.

Sie voller Interesse scheint
und fragt den väterlichen Freund:
›Herr Schulze, sagen Sie doch an,
wie oft am Tag macht das der Hahn?‹

Herr Schulze denkt ein wenig nach:
›So zirka zwanzigmal am Tag.‹
Worauf die Frau ihr Männlein küßte
und lächelnd sagte: ›Siehste, siehste!‹

Doch hierauf fragt der Mann den Freund:
›Sag, Schulze, wie ist das gemeint?
Läuft denn der Hahn den ganzen Tag
immer derselben Henne nach?‹

›O nein‹, erwidert Schulze nun.
›Der Hahn nimmt stets ein anderes Huhn!‹
Worauf der Mann sein Frauchen küßte
und lächelnd sagte: ›Siehste, siehste!‹«

Natascha, das sonnengegerbte Knochengerüst, verzog genervt das Gesicht. Ihr Rudi, Zauberer mit Proletenbömmel im Nacken, drehte sich angewidert weg. Ich klatschte begeistert Beifall, war dies doch schließlich schon das vierte Gedicht, das dieser geistig rege Mensch fehlerlos und mit gleichbleibender Heiterkeit vorgetragen hatte. Der liebe alte Professor Weißenreim verbeugte sich höflich in meine Richtung. Mit mir klatschten die beiden Schweizer Bänker, die sich ganz selbstverständlich unter das Künstlervolk gemischt hatten. Besonders der Kleine mit der runden Brille, der Ulrich hieß, war anscheinend hingerissen von der dichterischen Darbietung. Peer-Holger Kowalski, der dickliche

Lektor mit dem schneeweißen Streber-Oberhemd, klopfte immerhin anerkennend mit dem Fingerknöchel auf seine Sessellehne. Ihn konnte ich mir gut mit einem Schlagende-Verbindung-Käppi der christlichen Altherren-Vereinigung vorstellen. Der Kreuzfahrtdirektor Fred Hahn lehnte matt in einem dieser samtenen Sessel und rauchte seine Marlboro. Um ihn herum standen einige schlanke Schöne, seine Assistentinnen und Sekretärinnen, aber auch die Ballettratten, die sich zur Feier des Tages alle in prächtige Abendfummel geschmissen hatten. Das Gedicht war eindeutig für ihn bestimmt gewesen! Der Hahn nimmt sich stets ein anderes Huhn! Zwanzigmal am Tag, bestimmt, das traute ich dem zu. Ich würde mich nie, nie, niemals unter ihnen einreihen. Ich war kein Huhn, ich war ein Schwan! Viel zu schade für den Hahn!

Der rundbebrillte kleine Schweizer näherte sich mir. »Du hast wahnsinnig toll gesungen, du! Nein, wirklichch! Wahnsinnig!!«

»Danke«, sagte ich bescheiden. Obwohl ich wußte: Ich war wirklich wahnsinnig gut gewesen. Das mußte mir erst mal eine nachmachen! Im Rennen mal eben die Carmen abliefern! Eigentlich hatte ich ja noch ein Hühnchen mit dem Hahn zu rupfen. Wie unfair der sich verhalten hatte! Mich wie eine Schülerin aus dem Fünfsternerestaurant zu holen! Während ich mit der Hoteldirektorsgattin und zwei Schweizer Bänkern tafelte! Das konnte er mit seinen Ballettratten machen! Aber doch nicht mit mir, Burkharda Meier!

Drunten im »Fürst-Rainier-Saal« auf Deck sechs spielte die achtköpfige bulgarische Bänd unermüdlich Tanzmusik. Einige wenige Paare tummelten sich auf der Tanzfläche. Ich beugte mich über die Brüstung, um sie zu beobachten. Die meisten trotteten halbwegs im Takt vor und zurück, wobei sie mit den Hüften einknickten und einander, möglichst unbeteiligt blickend, über das Parkett schleiften. Die Damen hielten die Hand auf dem Rücken des Gatten künstlich abgespreizt, als hätten sie eine englische Teetasse zu balancieren. Aber wie immer bei Tanzveranstaltungen gab es das ultimative Gold-Star-Kurs-Paar. Jenes eine Paar, das allen anderen erbarmungslos die Show stiehlt durch Wirbeln, Drehen, Stolzieren, Wenden, Schreiten und einfach penetrant Im-Takt-Bleiben. Das sind die Pfauen unter den Tanzpaaren. Sie haben ein unsichtbares Rad geschlagen, mit dem sie alle anderen beiseite wischen. Dieses Pfauenpaar war deshalb besonders interessant, weil das Pfauenweibchen über eine Hochsteckfrisur verfügte, die aussah wie ein mittlerer Adlerhorst. Vermutlich brütete sie darin unermüdlich weitere Pfaueneier aus. Der Mann, der sie herumwirbelte, wirkte lächerlich klein an ihrer Seite. Und: hmpf cha cha cha, cha cha cha!! Wie sie auseinanderflogen und wieder zusammenprallten, das war schon eine Augenweide! Ich kicherte in mich hinein. Neben mir lachte jemand laut und ordinär. Es klang wie eine eingerostete Klospülung. Ich blickte nach rechts, und da lehnte Gloria, die forsch-fröhliche STERN-Reporterin.

»Die sehen voll bescheuert aus, ey!« rief sie begeistert, und einige Köpfe drehten sich indigniert nach oben.

»Pscht!« machte der Kreuzfahrtdirektor Fred Hahn genervt. »Wir sind nicht zum Vergnügen hier, wie oft muß ich das noch sagen! Wir machen hier alle unseren Job, klar! Und Sie auch, Frau Kolumnenschreiberin!«

Gloria störte sich nicht an dieser Zurechtweisung. »Ich will tanzen!« schrie sie mit ungebremster Energie. »Gibt es hier unter den ganzen knackigen Kerls keinen, der tanzen kann? Hä? Wat is hier mit den Tänzern ausm Ballett??«

Die Tänzer ausm Ballett, das hatte ich gleich gesehen, waren allesamt schwul. Keiner von ihnen hatte Bock auf die laute Gloria.

Doch der kleine rundbebrillte Schweizer ließ sich das nicht zweimal sagen. Er packte Gloria beherzt am Arm und zerrte sie die geschwungene Freitreppe hinunter. Ich lehnte nun allein über der Brüstung und mußte neidvoll beobachten, wie die zwei dünnen Gestalten dort unten sich bogen und verrenkten zwischen den gediegen vor sich hin trottenden Paaren und natürlich dem

Pfauenpaar mit dem Adlerhorst, das sich nun sichtlich in seiner Bewegungsfreiheit eingeschränkt fühlte. Ulrich schleuderte und zerrte die biegsame Gloria, und diese genoß das ganz augenscheinlich, was sie durch lautes Klospülunglachen und wildes Armschlenkern zur Kenntnis brachte. Das Adlerhorstpaar wehte elegant, wenn auch mit zusammengekniffenen Lippen, um die wild Zappelnden herum. Die Gediegenen schlurften auf zwanzig Quadratzentimetern am Rande hin und her. Die achtköpfige Bänd grinste. Ich liebte dieses Spektakel. Jemand füllte mir mein Champagnerglas neu. Hurra, dachte ich, was für ein Leben! Hier werde ich nun wochenlang verweilen dürfen, auf diesem wunderbaren Schiff voller Luxus und reicher Menschen, und in drei Tagen werde ich Australien sehen! Ich konnte mein Glück kaum fassen. Wenn ich da an Geilenkirchen und den gemischten Chor dachte, in dem ich dreimal wöchentlich Stimmbildung machte! Mim mim mim, die Klarinett, die Klarinett macht dua dua dua gar so nett! Und Hugo Distler: »Ich brach ein dürres Reiselein!« Dies hier war kein dürres Reiselein. Das war eine supergeile Reise!! Und ich wollte sie genießen!

Ich hätte gar zu gern auch getanzt. Niemals hatte ich in meinem anderen Leben in Geilenkirchen die Gelegenheit dazu. Höchstens mal auf dem Alten-Gemeindefest beim ökumenischen Beisammensein. Doch da mußte ich immer Rüdiger assistieren, der an der Hammondorgel saß und verschiedene Register gezogen haben wollte. Immer mußte ich Arme Rüdigers Register ziehen! Kein Mensch glaubt mir, wie langweilig dieser Job ist! Nun war ich einmal frei! Ich wollte tanzen, hemmungslos, bis zur Besinnungslosigkeit! Doch mit wem? Ob der nette, höfliche alte Professor wohl ein Tänzchen wagen wollte? Ich schielte zu ihm hin. Er verstand – ganz Mann von Welt – meine geheimen Sehnsüchte und näherte sich mir galant. Er verbeugte sich, der fünfarmige Kronleuchter warf interessante Spiegelreflexe auf seine Glatze, und schon schritten wir anmutig die Freitreppe hinab, um die Tanzfläche mit unserer Anwesenheit zu bereichern. Der Herr

Professor nahm mich beherzt in den Arm und steuerte mich taktfest zu einem Eins-zwei-Wechselschritt, Eins-zwei-Wechselschritt ins Getümmel hinein.

»Ich liebe Ihre Gedichte!« strahlte ich ihn an.

Der Professor roch gut. Ehrlich und sauber. Nach Kernseife.

»Ich habe sieben abendfüllende Programme auswendig im Kopf«, antwortete er liebenswürdig. »Zu welchem Thema wollen Sie was hören?«

Gloria und der kleine Schweizer neben mir wanden sich wie zwei Fische im Netz. Gloria lachte laut.

»Zum Thema Tanz«, lächelte ich.

Der Herr Professor erhöhte seinen Händedruck auf meinem Rückenausschnitt und hob an:

»Flatternde Röcke und wogende Brüste,
Mühsam verborgene freche Gelüste,
In den Augen ein fiebernder Glanz:
Heißa hurra, das ist der Tanz! –
Tolles Gemenge von dampfenden Leibern,
Weiber an Männern, Männer an Weibern,
Röchelndes Schnaufen, süßes Gestöhn,
Bänder und Schleifen winken und wehn;
Und aus dem schweißbedeckten Getriebe
Schreit es so grell und brünstig nach Liebe ...
Mitten im stampfenden, brausenden Tosen
Ächzen welke, zertretene Rosen
Aus dem zerfetzten, modrigen Kranz.
Heißa hurra, das ist der Tanz!«

»Das muß ich alles in mein Tagebuch schreiben! Von wem war das?«

»Leo Heller.« Der Professor verbeugte sich bescheiden.

»Noch eins, noch eins, noch eins!« Ich hüpfte hyperaktiv vor ihm her. »Über diese Dünne mit dem Vogelnest!«

Der Professor grinste süffisant und sprach:

»Sie sollten sich ein Jäckchen leisten.
Sie sind ein Scheusal. Auch von vorn.
Gott schlug Sie hart in seinem Zorn.
Doch hinten schlug er Sie am meisten.

Ich bitte Sie, mir zu verzeihen.
Man wird nicht schöner, wenn man älter wird.
Wer anderer Ansicht ist, der irrt.
Doch Sie war'n sicher schon als Kind zum Speien.

Zieh dir was an, du alte Gans.
Der ganze Saal sitzt voller Klimakterien.
Und so was gibt's! Und so was nennt sich Ferien –
eines noch ziemlich jungen Manns.«

Ich brüllte vor Lachen. Gloria und Ulrich, die sich zu uns herübergebeugt hatten, brüllten auch.

Kein Zweifel. Das Super-Mega-Tanzpaar aus dem Gold-Star-Kurs fühlte sich verlacht. Sie wankten betreten mit eisernem Durchhaltewillen weiter über das Parkett. Und: hmpf cha cha cha, hmpf cha cha cha! Und das Vogelnest flog im Bühnenstaub auf dem Kopf der knochigen Alten, während der untersetzte Gatte sie bösen Blickes herumschleuderte.

Der gute Professor wollte gleich noch ein Gedicht vortragen, aber da spritzte der begeisterungsfähige kleine Schweizer herbei und klatschte mich ab.

Gloria schnappte sich den Professor, und nun fühlte ich mich von Ulrich herumgeschleudert. Obwohl er einen Kopf kleiner war als ich und vermutlich zwanzig Kilo leichter, war er ein exzellenter Tänzer. Ich erinnerte mich an den Spruch von »Rain Man« Dustin Hoffman: »Ich bin ein exzellenter Fahrer. Aber nur in der Auffahrt.«

Und genauso war Ulrich. Ein exzellenter Tänzer. Aber nur in

der Auffahrt. Wir nahmen die ganze Tanzfläche für uns in Anspruch. Die Gediegenen hatten längst die Segel gestrichen und sich kopfschüttelnd in ihre Clubsessel begeben. Einzig das Adlerhorstpaar gab nicht auf. Mit Blicken, die töten konnten, fegte es eisern über die Bühne. Wisch, stampf, Wechselschritt, Knie beugt, Knie streckt, wisch, stampf, Wechselschritt! Die Bändmitglieder grinsten. Ich wurde immer alberner, genau wie Gloria.

Wir lachten und tanzten, wir flirteten und kicherten, und Ulrich schwitzte in seinem Smoking, daß ihm die Schweißtröpfchen nur so von der Stirn rannen.

»Du, das ist der Wahnsinn, du!« brachte er immer wieder hervor.

»WAS ist der Wahnsinn?«

»Na, wie du tanzen kannst, du, das ist wirklichch Wahnsinn!«

Ich ließ mir das Kompliment gefallen. Anscheinend war Ulrich nichts Gutes gewöhnt daheim.

Als endlich die Bänd was Langsames spielte, ließ ich meinen Blick nach oben schweifen, auf die Empore, wo die Künstler gesessen hatten. Ob Fred Hahn mich heimlich beobachtete?

Doch die Empore war leer.

Die Künstler waren längst gegangen.

Am nächsten Morgen schwankte ich bereits um halb sechs den Gang hinunter in Richtung Fitneßcenter. Ich wollte unbedingt vor dem Frühstück meine neunzig Minuten trainieren. Das Mädel an der Rezeption blickte irritiert hinter mir her. Tja, dachte ich, da hängt ihr, ihr schlappen Gewächse! Ich war so voller Tatendrang! Ich hatte eine Mega-Power! Die hatte ich in Geilenkirchen nie! Wenn mich in Geilenkirchen einer aufgefordert hätte, um halb sechs ins Fitneßcenter zu gehen, ich hätte ihn erschlagen. Doch hier, auf der »MS Blaublut«, war das etwas ganz anderes.

Für zehn Uhr war eine Probe angesetzt. Und ich wollte gut sein. Fit wie ein Turnschuh, blendend aussehend, mit gewaschenen Haaren, strahlenden Augen, und diesmal natürlich eingesungen bis zum hohen H. Der Kreuzfahrtdirektor sollte Augen machen. Das, was ich gestern geleistet hatte, war doch noch gar nichts!

Das Fitneßcenter lag ganz hinten, am Heck. Der Zugang war nur von draußen möglich. Man mußte zuerst über das Schachspieldeck. Die Schachfiguren auf ihrem quadratischen Feld schliefen alle noch. Im Stehen. Kein einziger Rentner bemüßigte sich zu dieser frühen Morgenstunde, sie auf ein anderes Feld zu stellen. Auch auf dem Frühstücksdeck, eine Treppe tiefer, war noch alles ruhig. Nur die emsigen Vietnamesen mit den Handtüchern für die Liegestühle rückten bereits Tische und putzten Goldverzierungen und Leisten. Sie entwässerten Sonnenschirme und wienerten die Kopfteile der Liegestühle. Was für fleißige Heinzelmännchen! Solche hätte ich zu Hause in Geilenkirchen auch brauchen können!

Sie grüßten mich sehr freundlich und schienen erstaunt, um diese frühe Stunde schon ein weibliches Wesen im Fitneßdreß zu sehen. Und dann noch ein so appetitliches wie mich! Das geschah sicher nicht oft.

Ein weiteres Deck tiefer lag das Fitneßcenter. Die Sonnenstühle, auf denen tagsüber die nackerten Opas vor der Sauna lagen, um einen Blick auf die Fitneßmiezen zu erhaschen, waren alle noch zusammengeklappt.

Ich öffnete mit Schwung die Tür. Da waren doch schon welche vor mir da! Aber besonders Fitte! Was waren das für Übungen? Oh, là, là!! Auf einer der hinteren Matratzen, neben dem Schrank mit den Bauchrollern und Gewichten, waren zwei männliche Wesen sehr beschäftigt miteinander! Sie waren ineinander verkeilt und stöhnten leise. Ach je! Was sollte ich tun?! Hinter mir fiel mit Krachen die Tür ins Schloß. Der, der oben lag, hob den Kopf. Es war Lothar, der schwule Friseur aus dem Schönheitssalon von Deck sieben. Ich beneidete ihn um seine prächtigen kinnlangen Locken. Und im Moment beneidete ich ihn um den prächtigen Kerl, mit dem er beschäftigt war. Doch leider machte ich diesem sportlichen Tun ganz unabsichtlich ein jähes Ende. Der Friseur sprang auf, und der Matrose, der unter ihm lag, knurrte verärgert: »Fuck yourself, damned!« und griff nach einem dieser Handtücher, die die Vietnamesen immer so liebevoll falteten.

»'tschuldigung«, stammelte ich. »Ich wollte nicht stören.«

»Scheiße«, sagte der Friseur, indem er sich die Hose über die muskulösen, braungebrannten Lenden zog. Sein prächtiges Organ schrumpfte in Sekundenschnelle.

Was für eine Verschwendung, dachte ich erschüttert. So ein Bild von Mann! Uns Frauen für immer verwehrt!

Die beiden rafften sich und ihre Habseligkeiten zusammen und verließen grußlos die Stätte der Nicht-Erfüllung.

»Tut mir echt voll leid, ey!« rief ich hinter ihnen her, aber die Eisentür krachte erneut ins Schloß.

Ich atmete tief durch. Es roch nach süßlichem Parfum und nach Schweiß und nach süßlichen anderen Ausdünstungen. Ich wollte ein Bullauge aufreißen, aber das ging natürlich nicht.

Niedergeschlagen betrat ich das Laufband. Ich setzte mir meine Walkman-Kopfhörer auf und stellte das Weiterbildungsseminar »Nie wieder sprachlos« aus dem Rusch-Verlag an. Immer, wenn ich renne, höre ich ein Weiterbildungsseminar aus dem Rusch-Verlag. So ist die Zeit doch sinnvoll genutzt.

Während ich vor mich hin trabte und versuchte, diesen unerträglichen Geruch nicht wahrzunehmen, fühlte ich mich unendlich schuldbewußt. Da hatte ich eine romantische Liebesnacht jäh beendet! Warum konnte ich denn nicht anklopfen! Es war doch wohl anzunehmen, daß dieses herrliche Fitneßcenter nachts nicht ungenutzt blieb! Wo sollten die armen Kerle denn auch hin! Gloria, die neugierige Journalistin, hatte mir gestern abend noch erzählt, wie winzig die Crewkabinen waren, wie menschenunwürdig zusammengepfercht die armen Matrosen und Stewards da unten in ihren Zellen hausen mußten! Und natürlich waren sie dort zu dritt und zu viert in ihren Kojen. Da konnten neue zarte

Bande nicht geknüpft werden. Und wenn doch, dann wich man gern in das großzügige, bequeme Fitneßstudio mit Meerblick aus. Das konnte ich nur zu gut verstehen.

Ich trabte verdrossen vor mich hin. Nun hatte ich bereits vier Feinde auf diesem Schiff. Eine alte dürre Frau mit Adlerhorstfrisur nebst kleinem dicklichem Gatten, denen ich gestern abend die Show gestohlen hatte, einen Friseur und einen Matrosen, denen ich den Beischlaf vermasselt hatte.

Nach etwa acht Kilometern, die ich auf der Stelle getrabt war, öffnete sich die schwere Eisentür erneut, und mein guter alter Freund, der Professor, betrat den Raum.

»Einen wunderschönen guten Morgen!« rief er fröhlich.

»Hallo«, keuchte ich und stellte mein »Nie wieder sprachlos«-Seminar vorübergehend ab.

»Hier riecht es aber interessant!« Der Professor krabbelte auf ein Fahrrad an der Wand und schlug seinen Gedichtband auf. Während er strampelte, begann er zu lernen.

»Ich war das nicht«, fühlte ich mich bemüßigt, mich zu verteidigen. »Hier haben es eben zwei Schwule miteinander getrieben! Der Friseur und ein Matrose.«

Der Professor ignorierte meine peinliche Aussage.

»Kein Problem, gnädige Frau.« Er vertiefte sich wieder in seinen Gedichtband.

Ich trabte. Er strampelte.

»Was lesen Sie?« fragte ich, lästig wie ein Kind.

»Die eheliche Liebe«, antwortete der Professor, vornehm transpirierend.

Mich verlangte nach Zerstreuung. »Bitte laut!«

»Klorinde starb; sechs Wochen drauf
Gab auch ihr Mann das Leben auf,
Und seine Seele nahm aus diesem Weltgetümmel
Den pfeilgeraden Weg zum Himmel.
›Herr Petrus‹, rief er, ›aufgemacht!‹

›Wer da?‹ – ›Ein wackrer Christ!‹
... – – Das Tor wird aufgetan.
›Ha! ha! Klorindens Mann!
Mein Freund‹, spricht Petrus, ›nur herein;
Noch wird bei Eurer Frau ein Plätzchen ledig sein.‹
›Was? meine Frau im Himmel? wie?
Klorinden habt Ihr eingenommen?
Lebt wohl! habt Dank für Eure Müh!
Ich will schon sonst wo unterkommen!‹«

Der Professor schmunzelte strampelnd. »Raten Sie, von wem!«

»Kästner?«

»Kalt, eiskalt!«

»Tucholsky?«

»Noch kälter, viel kälter!!«

»Goethe, Schiller, Heine, Kleist?«

»Schon wärmer.«

»Uhland, Lessing, äääähhh ...«

Ich schwitzte.

»Lessing«, sagte der Professor und vertiefte sich wieder in seinen Gedichtband.

Ich trabte weiter. Bestimmt wollte er jetzt in Ruhe lernen. Draußen lag der Ozean in der Morgensonne, grauschwarz, mit einem gigantischen roten Lichtband, das blendete und funkelte. Laut Anzeige war ich nun zehn Kilometer getrabt, bei einer Geschwindigkeit von neun Komma acht Stundenkilometern, und hatte dabei siebenhundertvierunddreißig Kalorien verbraucht.

Ich ließ das Band auslaufen, wischte mir an einem dieser blauen Handtücher den Schweiß ab und kletterte auf den Crosstrainer. Während meine Beine auf und ab walkten und meine Arme zogen und stemmten, ging ich meinen Gedanken nach. Die eheliche Liebe. Von Lessing. War auch nicht viel anders als die eheliche Liebe von Rüdiger und mir. Rüdiger kam bestimmt in den Himmel. Und wenn das der Fall war, wollte ich tatsächlich nicht auch dort enden. In meiner Seele wohnte nämlich ein kleiner bis mittelgroßer Teufel. Wieso der sich dort eingeschlichen hatte, wußte ich nicht. Aber er wohnte da. Dessen war ich mir sicher. Ich konnte ihn in Geilenkirchen nie rauslassen, aber hier, an Bord der »MS Blaublut«, das fühlte ich, da konnte ich es. Mein kleiner bis mittelgroßer Teufel würde hier das Licht der Welt erblicken. Vermutlich würde er ein paar sehr interessante Spielgefährten finden. Und ich freute mich ganz teuflisch darauf.

Um Punkt zehn betrat ich den »Fürst-Rainier-Saal«. Einige emsige Stewards putzten mit Hingabe die Goldverzierungen an Tischen und Stühlen. Sonst war noch niemand da. Aha, dachte ich, zu spät kommen ist hier an der Tagesordnung. Ich lümmelte mich in einen dieser roten Samtsessel und schaute zum Bullauge raus. Draußen Wasser, Wasser, nichts als Wasser. Nach wie vor hatten wir überhaupt keinen Seegang. Wie ein öliger Teppich lag der Ozean da. Die Sonne brannte unbarmherzig. Draußen auf den Sonnen- und Schattendecks darbten schon wieder die vielen hundert Sträflinge, schweigend in ihr Schicksal ergeben, vor sich hin. Ich würde sie im Laufe dieser Reise schon in Stimmung bringen, das schwor ich mir!

Der kleinwüchsige Tontechniker namens Larry kam herein. Er schlüpfte gleich in sein Regiekabuff und machte sich an den Lautsprechern zu schaffen. Ich schlenderte zu ihm hin.

»Hallo, Katze!« begrüßte er mich.

Was eine coole Begrüßung! Bei uns in Geilenkirchen, da hätte sich nie jemand erdreistet, mich »Katze« zu nennen! Da war ich »Frau Meier«, die Frau von »Herrn Meier«, und ich benahm mich auch so. Aber hier ... Katze! Das hatte was!

»Hallo, Kater!« Ich kam mir unendlich verwegen vor! Einen fremden Tontechniker, den ich erst seit einem Abend kannte, mit »Kater« anzureden! Als hätte ich es schon nächtelang mit ihm auf der Matratze getrieben! Wenn ich das in meinem evangelischen Frauen-und-Mütter-Club erzähle, dachte ich.

Wie locker die hier alle drauf sind.

»Sach ma, eeh ... wie heißt du noch mal ...«

»Burkharda«, sagte ich.

»Wat isn des für 'n Name? Henn isch noch nie gehört!«

»Dann nenn mich weiter Katze«, sagte ich.

»Det fällt mir ehrlisch gesagt leischtä. Aber ich sach hier für alle weiblische Wesen Katze. Nich, daß de mir bös bist am End!«

»Nee, Kater, ist gebongt«, sagte ich cool.

»Was de da singst, nee, also sei mir net bös ...«

»Nee. Bin ich nicht. Also was?!«

»Also diese ... Arie da ... nix für ungut, aber isch mein, un der Fred meint och ... dieses Gejaule ...«

»Der Fred?« Mein Herz begann laut zu schlagen. Hatte er das etwa nicht mega-super-hyper-genial gefunden, was ich da gestern abend geleistet hatte?

»Der find des aunet ... saaremermol ... brilljant!«

»So. Findet er also nicht.« Mein Herz sank in die Hose.

»Nee, du ... des ... sei mir net bös, isch mein des net persönnlisch, nee, nich, daß de denkst, isch will disch jetzt ... saaremermol ... verletze ...«

»Nein, nein«, heuchelte ich. Dabei verletzte er mich, der kleinwüchsige Tontechniker aus Saarbrügge! Und WIE er mich verletzte!! Mir mitzuteilen, daß Fred, der unnahbare Kreuzfahrtdirektor, meinen Gesang ... nicht ... gut fand!! GEJAULE!! Ich wollte in den Ozean springen.

»Hat der ... Herr Hahn ...«, ich schluckte, »... GEJAULE gesagt?«

»Nee, du, nich, daß de misch jetz mißverstehst, des hätt der so direkt nit gesaacht, aber ... saaremermol ... so ähnlisch hat der sich usgedrückt.«

»WIE ähnlich?«

»Des kann isch jetz so wörtlisch net mehr widdergebbe. So ... GESINGE oder so.«

Ich erschlage dich, kleinwüchsiger Tontechniker. Wieso verdirbst du mir mein Leben, jetzt, hier, an dieser Stelle? Gerade, wo es anfängt, Spaß zu machen!

»Und ... was ... willst du mir jetzt sagen?«

»Desde ... dein Dings ... dein Reberdoaar ... hier net anbringe kannst.«

»Keine Opernarien? Kein Kunstlied? Kein Schubert, Schumann, Brahms, Hugo Wolf?«

»Nee, Katze, des lockt hier kain hinnäm Oowen vor.«

»Aha.« Ich lehnte mich kraftlos an die verwaiste Bar. »Und warum sollte ich um zehn zur Probe kommen?«

»Weil der ... Dings ... der Pianist, der soll jetz was mit dir einübe. Was Neues.«

O Gott, das durfte nicht wahr sein! Aussteigen. Ich wollte von Bord. Auf welche Weise auch immer. Zu Lande oder zu Wasser.

In dem Moment schob sich die dicke Diseuse mit der angeklebten Locke über dem linken Auge zur Tür herein.

Hinter ihr kam Lars-Dars.

Sie fledderte mir einen Packen Noten auf den Tresen. »Hier. Soll ich dir geben. Schöne Grüße vom Kreuzfahrtdirektor.«

»Wa ... was?« Mir wurde heiß und kalt, und ich fühlte meine Flecken kommen, besonders den einen auf der Stirn, der aussieht wie Afrika.

»Sollst du alles singen. Bitte sehr.«

»Aber Klara-Viktoria!« stammelte ich entgeistert. »Das ist alles deine Literatur!«

»Ich bin in die ›Prinzessin-Caroline-Bar‹ verbannt!«

Sie durchbohrte mich mit eisigem Blick aus dem einen wäßrigen Auge. Das andere war ja zugeklebt.

»Was soll das heißen?«

»Du hast die große Opernstimme und füllst diesen Saal«, sagte Klara-Viktoria unfroh. »Ich hab die kleine Stimme und darf nach Mitternacht in der Bar singen. Schönen Tag dann noch!«

Sie drehte sich um und ließ mich nur noch ihren ausladenden Hintern schauen. Lars-Dars blieb an meiner Seite.

»Mensch, das wollte ich doch nicht!« schnaufte ich.

»Laß mal, Burkharda, da muß die durch.« Lars-Dars schien mit seinem Schicksal nicht so unzufrieden.

Larry, der Tonknecht, drückte mir ein Mikro in die Hand. »Hier, probier des omol. Da mußt disch dran gewöhne, abbä des wird schon klabbe!«

Ich schaute auf das Mikro wie andere Leute auf ein Eis, das sie nicht bestellt haben.

Lars-Dars nahm mich an der Hand und ging mit mir auf die Bühne. Er schlug den Deckel vom Flügel auf und begann mit dem Vorspiel zu »Kann denn Liebe Sünde sein?«.

Ich kannte alle diese Lieder vom Hören, aber bei uns in Geilenkirchen sang man so was nicht.

»Jeder kleine Spießer macht das Leben mir zur Qual«, sang ich, und durch das Mikrophon ging das ganz leicht, *»denn er spricht nur immer von Moral; und was er auch denkt und tut, man merkt ihm leider an, daß er niemand glücklich sehen kann. Sagt er dann: Zu meiner Zeit gab es so was nicht! Frag' ich voll Bescheidenheit mit lächelndem Gesicht:*

Kann denn Liebe Sünde sein? Darf es niemand wissen, wenn man sich küßt, wenn man einmal alles vergißt, vor Glück?«

»Gut!« schrie Lars-Dars und nickte bestätigend. Seine schönen, langen Locken flogen.

» Was die Welt auch spricht von mir, das ist mir einerlei«, sang ich begeistert weiter, *»ich bleib' immer nur der Liebe treu! Ach, die Frau'n, die soviel spotten, tun mir höchstens leid; meine Damen, bitte, nur kein Neid! Keine Frau bleibt doch immun, wenn ein Mann sie küßt; jede würd' es gerne tun, wenn's auch verboten ist ...«*

»Geil!« schrie Lars-Dars. Hinten ging die Tür auf. Die dicke Diseuse? Meinetwegen. Sollte sie nur hören, wie gut das klang, wenn jemand echt Stimme hatte.

»Kann denn Liebe Sünde sein? Darf es niemand wissen, wenn man sich küßt, wenn man einmal alles vergißt, vor Glück?«

Hahaha, guck doch, wie glücklich dein Lars ist, wenn er mal 'ne richtige Sängerin begleiten darf! Der taut ja regelrecht auf, der Junge!

»Kann das wirklich Sünde sein, wenn man immerzu an einen nur denkt, wenn man einmal alles ihm schenkt, vor Glück?«

Lars-Dars spielte göttlich, so leicht und so peppig, und er warf dabei seine Locken auf und ab, und ich fühlte mich frei und lokker, das Mikro verstärkte meine Stimme, es hallte im Saal wider, und sogar die Putzmänner in ihren Goldknopfuniformen hatten sich aufgerichtet und hörten mir begeistert zu. Und in dem Moment gewahrten meine Augen an der Bar eine uniformierte Gestalt. Sie hatte vier Streifen auf der Schulter. Und sie rauchte.

»Niemals werde ich bereuen, was ich tat und was aus Liebe geschah, das müßt ihr mir schon verzeihen, dazu ist sie ja da! Liebe kann nicht Sünde sein, doch wenn sie es wär', dann wär's mir egal, lieber will ich sündigen mal, als ohne Liebe sein!«

Etwas atemlos stand ich auf der Bühne und starrte gegen das grelle Licht. Die Staubkörnchen sausten hin und her. Die Putzmänner klatschten. Larry in der Technik klatschte auch. Sogar Lars-Dars klatschte.

Die rauchende Gestalt hinten an der Bar drückte ihre Zigarette aus und verließ den Saal. Die schwere Eisentür fiel krachend hinter ihr ins Schloß.

Später am Nachmittag suchte ich mir an Deck einen freien Liegestuhl. Ich hatte zwanzig neue Lieder geprobt und war körperlich und stimmlich fix und fertig.

Lars-Dars hatte mir alle Noten in die Hand gedrückt und mir aufgetragen, diese bis übermorgen abend auswendig zu lernen. Zuerst wollte ich aber etwas Tagebuch schreiben. Dies hier wollte ich für mein Schatzkästlein der Erinnerungen aufbewahren. Wenn ich wieder in Geilenkirchen war, alt und grau, und es regnete, dann würde ich mein Tagebuch von der »MS Blaublut« hervorholen und gleich wieder gute Laune haben.

Ich schlenderte also über das Sonnendeck. Überall dösten scheintote Sträflinge. Wollsocke, der Lebenslängliche mit den vielen schweren Ketten und Handschellen, ließ sich gerade wieder von seiner Frau den Nacken einreiben. Oh, und da lag ja auch Familie Adlerhorst! Sie war in einen pinkfarbenen Bademantel gehüllt und hatte ein feinmaschiges Netztuch um ihren Haarturm geschlungen. Er lümmelte klein und fettleibig mit einem drittklassigen Schmuddelkrimi neben ihr und trank Whisky. Die Aufseher mit den tadellos sitzenden Uniformen flitzten um sie herum, leerten Aschenbecher und füllten Gläser.

»Gnädige Frau?« sagte einer von ihnen aufmunternd zu mir, als ich mich in einen leeren Stuhl fallen ließ.

»Wasser!« stöhnte ich.

»Der Stuhl ist BESETZT!« krächzte eine Vogelscheuche aus der Schattenreihe.

»Meinen Sie mich?« Ich wollte schon wieder aufspringen.

»Sie bleiben da LIEGEN!« Eine Frauenhand drückte mich wieder in den Stuhl.

»Ich kann auch gerne aufstehen ...«

»LIEGENBLEIBEN!!« Die Frau hinter mir schrie auf die Schattenseite hinüber: »Weggegangen, Platz vergangen!!«

»Das ist von Beginn dieser Reise an MEIN STUHL!!« krächzte die Vogelscheuche von gegenüber wieder.

Die anderen Passagiere schreckten aus ihrer Döserei auf. Auch Rudolf in seinen Plastiklatschen und die anderen Saufbrüder, die vor einer Champagnerflasche im Eiskühler hingen, beobachteten das kleine Zwischenspiel voller Interesse. Rudolf zückte sofort die Videokamera. Ich wollte mich erneut erheben, doch die Frau hinter mir drückte mich mit aller Kraft zurück. »DIESER STUHL GEHÖRT DER REEDEREI!« keifte sie quer über den Swimmingpool. »UND NICHT IRGENDEINEM PASSAGIER, DER SICH FÜR WAS BESSERES HÄLT!!«

»Aber meine Damen!« Der Oberdecksteward mit seinen zwei Streifen auf der Schulter kam herbeigeflogen. Im ersten Moment hatte ich schon gedacht, es sei der Kreuzfahrtdirektor, und komischerweise fing mein Herz ganz unrhythmisch an zu klopfen. Aus dem Augenwinkel sahen diese Burschen auch alle gleich aus. »Bitte, meine Damen, dieses kleine Problem läßt sich doch ganz leicht beheben!«

Der Oberdecksteward wedelte zwei philippinische Sklaven heran, und diese zauberten einen frischen Liegestuhl herbei, den sie peinlich genau neben mir aufstellten.

»So, meine Damen. Nun können Sie beide in der Sonne liegen.«

»Ich will aber nicht DEN Stuhl, ich will MEINEN Stuhl!« keifte die Vogelscheuche aus dem Schatten.

»Auch noch UNVERSCHÄMT werden!« brüllte die mit der Eisenhand, die mich immer noch festhielt.

»Die KÜNSTLER gehören ÜBERHAUPT nicht auf das PASSAGIERDECK!« zeterte die Vogelscheuche. »Die haben auf Deck drei einen EIGENEN SWIMMINGPOOL!«

Das war mir neu. Aber ich war ja auch noch nie auf Deck drei gewesen.

»Was das für eine KLOAKE ist, können Sie sich ja selbst mal anschauen!« keifte nun wieder meine Festhalterin. »Sie sind zwar WELTREISENDE, aber noch lange kein MENSCH ERSTER KLASSE!!«

»Aber meine Damen! Hier gibt es NUR Menschen erster Klasse«, versuchte der Decksteward zu beruhigen.

Ich blinzelte hilflos in die Sonne. Träumte ich, oder wachte ich? Wer war denn der Kerl mit den Streifen auf der Schulter, der sich da über mich beugte?

»Frau Meier, kommen Sie bitte in mein Büro!«

Doch. Das war die markige Baßstimme von Fred Hahn, dem arroganten Kreuzfahrtdirektor.

Immerhin ließ mich die Kampfhenne hinter mir aufstehen.

»Das ist auch RICHTIG SO!« zeterte die Weltreisende aus dem Schatten. »Pfeifen Sie Ihre Leute ruhig zurück, Herr Hahn! So geht das ja nicht! WIR sind hier die zahlenden Gäste!«

Rudolf und die anderen Säufer über der Champagnerflasche machten »Buh!« und pfiffen wie auf dem Fußballplatz. Rudolf ließ die Videokamera sinken. Gelbe Karte. Oder war das schon die rote?

Ich schlang mir eines von diesen blauen Badehandtüchern um die Hüfte und trabte barfuß hinter dem Kreuzfahrtdirektor her. In der Hand hatte ich den Stapel Noten. Ausgerechnet die dicke Klara-Viktoria, die natürlich ebenfalls im Schatten lag, sah mir schadenfroh hinterher.

Fred Hahn hielt mir eine Eisentür auf – »Staff only« – und führte mich über schmucklose Gänge durch den Crewbereich. Schließlich öffnete er eine Tür zu einem Büro.

Am Schreibtisch saß eine von diesen schlanken Schönen, die gestern abend Champagner ausgeschenkt hatten. Am Computer hockte die zweite Schöne, und am Drucker stand die dritte.

»Fred, was wird denn jetzt aus deiner ›Versteckten Kamera‹?« fragte die eine. »Soll ich das nun ins Programmheft schreiben oder nicht?«

»Alle mal raus hier«, sagte der Hahn, und die Hühner flatterten davon.

»Patricia, hol uns mal Kaffee!«

Der Hahn kramte eine Marlboro aus der Brusttasche und zündete sie sich an. Mit einer Arschbacke hockte er sich auf den Schreibtisch.

»Versteckte Kamera?« fragte ich neugierig.

»Ach, ich probier da was. Aber das steckt noch in den Kinderschuhen. Nehmen Sie Platz.«

Das tat ich, im Badeanzug, Handtuch um die Hüften und mit zwanzig dicken Notenbänden auf dem Schoß.

»Wir haben Sie heute morgen etwas überfallen«, sagte Fred Hahn, indem er den Rauch gegen das Bullauge blies.

»Sie haben mich auch gestern abend überfallen«, sagte ich lässig. »Das scheint eine Ihrer interessantesten Eigenschaften zu sein!«

Fred stutzte. Auch noch schlagfertig, diese Landpomeranze aus Geilenkirchen!

»Wir haben Ihnen da mal ein anderes Programm vorgelegt.«

Was heißt hier wir, dachte ich. Du hast es deinen Larry-hol-schon-mal-den-Wagen-Knecht machen lassen.

»Im Meeting heute morgen haben wir über die Künstler auf dieser Reise gesprochen.«

»Wer ist wir?« wagte ich einzuwerfen.

»Der Kapitän, der Hoteldirektor, meine Assistentinnen, die Sekretärin, die Chefstewardeß und ich. Wir sind uns alle einig: Die dicke Diseuse singt so grauenvoll, daß ich sie nicht im großen Saal auftreten lassen kann.«

»Aha«, sagte ich und wartete ab.

Patricia, die langbeinige Sekretärin, kam herein, warf mir einen undefinierbaren Blick zu und stellte zwei Tassen Kaffee neben den Kreuzfahrtdirektor auf den Schreibtisch.

»Laßt uns mal hier einen Moment in Ruhe«, sagte Fred Hahn.

Der Blick, den mir Patricia zuwarf, war noch undefinierbarer als der vorige. Ich ließ meine Augen schweifen. Hunderte von Künstlerfotos hingen an den Wänden, alle signiert mit den herzlichsten Widmungen für Fred, den markigen Kreuzfahrtdirektor. Wie viele Sängerinnen, Tänzerinnen, Diseusen, Pianistinnen und andere Künstlerinnen der wohl schon flachgelegt hatte?

»Das zweite Problem sind Sie«, sagte Fred und schnippte seine Asche auf eine Untertasse. »Milch?«

»Danke, ja.«

Der große Fred schenkte mir eigenhändig Milch ein. Ich betrachtete seine Hände. An wen er die wohl schon gelegt hatte? ICH würde mich nicht einreihen. Ich nicht.

»Wieso bin ich ein Problem?« Ich bin kein dummes Schulkind, das sich vom Lehrer abkanzeln läßt, dachte ich sauer. Wenn der hier den großen Meister rauskehrt, steige ich in Australien aus. Bei aller Liebe zu diesem Schiff. Dann lieber Geilenkirchen. Da bin ich wer.

»Sie haben das falsche Repertoire«, sagte Fred. »Sie haben eine irre Stimme, aber das falsche Repertoire.«

Das mit der irren Stimme ging mir runter wie Öl. Ich wollte noch mehr hören.

»Larry hat gesagt, Sie hätten gesagt, ich jaule«, sagte ich beleidigt.

»Quatsch. Hab ich nie gesagt. Der Larry soll seine Schnauze halten.«

Ich schwieg. Die Zahl meiner Feinde an Bord wuchs im Sekundentakt.

»Was haben Sie denn gesagt?«

»Die Leute hier stehen nicht auf Klassik. Das hab ich gesagt. Die wollen was Leichtes, was aus ihrer Zeit, Zwanziger-bis-vierziger-Jahre-Schlager. Genau das, was die Diseuse singt. Aber die hat eine Stimme wie ein Schaf, das gerade geschlachtet wird. Grauenvoll. Ich will, daß Sie das singen. Mit Ihrer Stimme.«

Der Kreuzfahrtdirektor blies mir Rauch ins Gesicht.

Ich wedelte unwillig mit der Hand. Prolet! Und überhaupt! Ich war keine Schülerin, die Hausaufgaben zu machen hatte! Ich hatte einen Vertrag von der Reederei! Und da stand drin: »Klassischer Gesang«! Genau mein Repertoire, das ich dabeihatte! Das war schriftlich fixiert! Ich ließ mich doch nicht zum Mäuschen degradieren!

Gerade als ich lautstark protestieren wollte, sagte der Kreuzfahrtdirektor: »Und außerdem sehen Sie besser aus. Um Klassen besser. Aber das wissen Sie ja selbst.«

Nun sagte ich doch nichts mehr.

»Also, was ist? Kann ich mit Ihnen rechnen?«

»Natürlich«, hörte ich mich sagen. Herr Lehrer, ich werde eifrig üben. Sie können sich auf mich verlassen. Mäh, mäh.

»Das war's im wesentlichen«, sagte Fred Hahn.

Sein Piepser ging. Der Wichtige wurde gebraucht. Ich schlich zur Tür. Draußen lauerten bestimmt Patricia und die anderen Hühner, die regelmäßig von diesem Hahn besprungen wurden. Das Programmheft von heute abend lag aufgeschlagen auf dem Schreibtisch. Anthony Dusseldorfer, der Tenor, sollte eine »Revue aus sieben Jahrzehnten, von Johannes Heesters bis Johannes Heesters« geben.

»Ach, übrigens ...« Fred Hahn drückte die Tür wieder zu. »Mir ist zu Ohren gekommen, Sie hätten ein Liebesnest aufgeschreckt?!«

Ich wurde rot. Verdammt. Konnte denn auf diesem Schiff nichts verborgen bleiben?

»Ich ... es tut mir leid«, stammelte ich. Nun war ich doch so verlegen wie die kleine blöde Burkharda aus Geilenkirchen. Wo ist das böse Händchen? Patsch, patsch, au, heul, tröst, schluchz, ich will's nicht wieder tun.

»Das muß Ihnen nicht leid tun«, sagte Fred. »Aber den beiden wird es leid tun. Und allen anderen von der Crew auch. Ab sofort darf niemand von denen mehr das Fitneßcenter benutzen. Das ist den Passagieren vorbehalten.«

Ich schluckte. Scheiße!! Wie sollte ich ohne das Fitneßcenter diese wochenlange Mastkur überstehen!!

»Das gilt natürlich nicht für Sie«, sagte Fred, der meine Gedanken zu erraten schien. »Sie haben Passagierstatus, genau wie der Professor Ringelnatz und der Tenor und die Kindergärtnerin, weil sie die Frau vom Hoteldirektor ist, und der Einhandsegler und alle unsere Gaststars. Nur die festen Crewmitglieder sollen ihre Fickneßübungen woanders machen.«

Ich zuckte zusammen. Fickneß! Hatte ich mich verhört?!

Fred Hahn grinste. »Das ist unser Vokabular hier an Bord, natürlich nur in den untersten vier Decks. Sie werden sich dran gewöhnen, Frau ... Burkharda Meier.« Meinen Namen sprach er so spöttisch und gedehnt aus, daß ich ihn am liebsten gehauen hätte. Fred Hahn war auch nicht besser! Zynischer Idiot! Warum hatte er nur so eine verheerende Wirkung auf meinen Beckenboden? Blöder Hengst! Ich wollte sofort raus hier!

Ich fühlte meine Flecken kommen, besonders den einen auf der Stirn, der aussieht wie Afrika.

»Ich halte es allerdings nicht für besonders klug, mir den Klavierbegleiter von der Diseuse aufs Auge zu drücken«, maulte ich schnippisch. Ich wollte unbedingt das letzte Wort haben.

»Wieso? Der sieht doch ganz schnuckelig aus! Paßt optisch wesentlich besser zu Ihnen als zu seiner Glucke.«

Das zynische Grinsen wurde unerträglich.

O Gott. Auf welches Niveau war unsere Dienstbesprechung gesunken?

Ich räusperte mich. »Eine letzte Frage: Das mit dem Passagierstatus – gilt das auch für die Liegestühle?«

»Selbstverständlich. Sie können sich legen, wohin Sie wollen. Wir haben hier ein paar Weltreisende, die meinen, nur weil sie zweihunderttausend Mark bezahlt haben, gehört ihnen das Schiff. Das sind meine Sargnägel, zum Teil unerträgliche Dumpfbacken. Also. Lassen Sie sich nicht abschrecken. Das gilt auch für die Wahl des Restaurants. Sie haben Passagierstatus. Sagte ich ja bereits.«

Guten Tag, Sie Arschloch, wollte ich sagen, aber ich biß mir auf die Lippen, als ich wortlos das Etablissement verließ.

Beim Abendessen kam ich diesmal neben dem Einhandsegler Hasso von Tegern zu sitzen. Er war ein kleiner, kahlköpfiger alter Mann mit blitzenden Augen und einem spitzbübischen Lachen.

»Und Sie haben tatsächlich mehrmals allein die Welt umsegelt?« fragte ich ihn bei Flounderfilet, gebraten in Haushofmeisterbutter.

Er nickte und strahlte und erzählte mir, wobei er mir immer wieder charmant Wein nachschenkte, von seinen Abenteuern. Einmal war er im Jemen entführt worden, von wilden Burschen mit Lendenschurz und Säbel, die ihn in einem dunklen Verlies einbuchteten. Ein anderes Mal war er vor Grönland gekentert und hatte, dem Erfrierungstode nahe, mit einer Suppenkelle sein Boot ausgeschöpft, nachdem er es in stundenlanger Arbeit wieder umgedreht hatte. Ein drittes Mal war er dem Sonnenstichtode nahe, als er sechzig Tage ohne eine Meeresbrise bei den Kleinen Antillen trieb. Alles in allem ein hochinteressanter Mann, der mir jeden Film und jeden noch so spannenden Roman ersetzte. Als wir nach vier Stunden bei Eiskaffee Jaffa mit Pistazienkernen angekommen waren, hatte ich einen völlig verdrehten Hals, weil ich immer nur nach rechts geschaut hatte.

»Und Sie, Sie haben großartig gesungen gestern abend«, sagte Hasso, auf einem Pistazienkern kauend.

Unsere gemeinsame Flasche Rosé war nun leer.

Der Steward schwebte herbei und fragte, ob er noch eine öffnen dürfe.

Gerade als ich antworten wollte: »Klar doch, gerne, man gönnt sich ja sonst nichts!«, kam der rundbebrillte kleine Schweizer herbeigeeilt, der uns vom Nachbartisch aus beobachtet hatte.

»Jetzt habe ich mich vier Stunden geduldet, jetzt bin ich mal dran!«

»Mit was?« fragte ich entgeistert.

»Na, mit Tanzen, odr!«

Der alte Hasso zog die Schultern hoch und warf mir einen vielsagenden Blick zu. Ulrich der Begeisterte zerrte mich mit sich fort und bugsierte mich zwei Treppen hinunter in den »Fürst-Rainier-Saal«, wo soeben der Liederabend des Tenors zu Ende ging.

»Schade, klaine Frrau«, sang er, *»isch hätte disch gelippt wie niemand zuvor auf där Wällt! Isch tu, was isch kann, doch du hast einen Mann, der sähr viel von Trräue hällt!«*

Was für ein süßes Lied! Schade, daß ich den Liederabend verpaßt hatte. Dieser Anthony hatte eine tolle Stimme, und sein Repertoire war anscheinend genau das richtige für dieses Schiff.

»Du, das ist der Wahnsinn, du«, begeisterte sich Ulrich unverdrossen, als er mich durch den festlich beleuchteten »Fürst-Rainier-Saal« schob.

»Was ist der Wahnsinn?«

»Wie du zuhören kannst, du!« sagte der Schweizer Bänker, während er mich aufs Parkett zog.

Der Vorhang hinter dem Tenor war noch gar nicht richtig zugegangen, und ich hatte das Gefühl, daß er gern noch eine Zugabe gegeben hätte. Hatte ich etwa schon wieder einen Feind mehr? Aber nun strömten die Tanzpaare auf die Tanzfläche. Allen voran natürlich Familie Adlerhorst. Das Vogelnest saß wieder eins a. Ich überlegte, während ich in Ulrichs Armen über das Parkett schwebte, ob sie den Inhalt ihres Staubsaugers darin verstaut hatte.

»Wie, ich kann zuhoren?«

»Na, ich habe dich jetzt vier Stunden lang beobachtet«, krächzte Ulrich begeistert. »Wie der alte Kchärl da auf dich eingequatscht hat, du, Wahnsinn, du! Und du hast zugehört, du, mit einer Liebenswürdigkeit, du, na wirklichch, das ist der Hammer, du!«

»Wie du meinst«, sagte ich geschmeichelt. Von der Warte hatte ich das noch gar nicht betrachtet! Dieser Ulrich schien sich einfach per se für mich begeistern zu wollen! In dem Moment kam die laut lachende Gloria mit dem dicklichen anderen Bänker, und dann lachte ich laut, und Ulrich lachte erst rechcht laut, und ich fing einen Adlerblick von Frau Adlerhorst auf, die es anscheinend völlig unpassend fand, daß wir ihr schon wieder die Show stahlen. Wo sie doch den Gold-Star-Kurs in allen Standard- und Gesellschaftstänzen absolviert hatten!! Wofür denn bloß, hä? Damit man sie bewunderte und bestaunte! Und nicht, damit ein paar hergelaufene halbseidene Bänker und Künstler und Journalisten, allesamt Leute, die keinen Pfennig bezahlten, sich hier aufführten, als gehörte ihnen das Schiff!

Ulrich und ich ließen keinen Tanz aus, Gloria und der phlegmatische Schweizer auch nicht, dann kam noch der Hoteldirektor mit seiner rundlichen Frau Mareike, und der Schiffsarzt mit den unappetitlichen Mundwinkeln, Herr Dr. Hundtgeburth, schob eine Dialyseschwester vor sich her, und so hatten wir bald die Tanzfläche im Griff. Am Rande stand wohlwollend mein neuer Freund, der alte Einhandsegler, und am anderen Ende stand mein alter Freund, Professor Weißenreim, mit einem Glase Mineralwasser in der Hand. Sicher hatte er wieder ein passendes Verslein auf den Lippen. Alle amüsierten sich prächtig, während wir die tausendste Seemeile auf dem Stillen Ozean vor uns hin trieben. Einzig die Adlerhorsts kämpften sich schmallippig um uns herum.

»Das wird der Reederei zur Kenntnis gebracht«, giftete die Frau mit der Stopffrisur.

Ich hörte auf zu tanzen und gesellte mich zu meinem gutartigen Freund, dem dichtenden Professor.

»Was fällt Ihnen zu der aufgeplusterten Heuschrecke ein?«

»Erst die Verpackung schafft die Mythe,
Sei's schickes Kleid, sei's bunte Tüte,
Und je bescheidener die Füllung,
Um so gekonnter die Umhüllung.
Was für den Kaufmann die Reklame,
Das ist die Mode für die Dame,
Und die, zwecks männlicher Erhitzung,
Leiht nur den Kurven Unterstützung,
Zeigt Busen, Schultern oder Knie –
Das Ziel der Kurven aber nie!«

Der Mann hatte immer den passenden Zehnzeiler parat! Diesmal von Herrmann Mostar. Ich war beeindruckt.

Diese ständige Dichterei wirkte ansteckend. Das wäre doch gelacht, dachte ich, wenn ich das nicht auch hinkriegte! Ich setzte mich, kritzelte auf einen Bierdeckel und verlas binnen zwei Minuten meinen Erguß:

»Die Frau, die sich so gar nicht fühlte
als was Besondres, tja!, die wühlte
sich in die Haare ein paar Reste
und trug die dann zu jedem Feste
zu einem Turme aufgetürmt.
So kühn verkleidet abends stürmt
sie bösen Blickes gern zum Tanz.
Ihr armer Mann, er heißt wohl Hans,
viel kleiner wirkte jäh ihr Gatte,
was sie anscheinend auch vorhatte.
Sie fühlt sich groß, er fühlt sich klein,
das muß für manche Frau'n so sein.«

Ich grinste.

»Welcher Dichter?« fragte irritiert mein guter Professor.

»Ich«, sagte ich keck. »Geil, woll?!«

Der Professor wollte mir nicht glauben. »Das haben SIE... selbst... gedichtet?«

»Klar«, strunzte ich stolz. »Na ja, gedichtet ist zuviel gesagt. Gereimt.«

»Wahnsinn, das ist der Wahnsinn, du, da kannst du auch noch dichten, du, ja Wahnsinn, wie du das kannst, du, ich bin wirklichch beeindruckt, du!« ließ sich der kleine Schweizer vernehmen. Er schwitzte vom Tanzen und hielt zwei prallvolle Champagnergläser in der Hand.

Wir tranken. Hach, was war das für ein Leben auf diesem wundervollen Schiff! Wie wohl ich mich doch fühlte! Wenn das meine Geilenkirchener Kirchenchorfrauen sähen! Oder Rüdiger gar! Kinder, nein, was war ich in meinem Element! Schade nur, daß das der neunmalkluge Kreuzfahrtdirektor nicht mitbekommen hatte. Wo steckte der bloß? Leider interessierte er mich. Verdammt. Das hatte ich doch verhindern wollen!

Wir winkten unsere Freunde von der Tanzfläche, und dann verlas ich mein Machwerk vom Bierdeckel noch einmal, und dann lachten wir alle so laut und hämisch und schadenfroh, daß Frau Adlerhorst sich wirklich verarscht fühlen mußte. Und ihr kleiner Dicker noch dazu. Doch was scherte es uns? Wir amüsierten uns prächtig.

Später, als die achtköpfige bulgarische Bänd ihre Brocken zusammenpackte, stapften wir noch unternehmungslustig in den »Eitlen Fratz«, die Bar am Heck auf Deck sechs. Ich hatte den kleinen Schweizer am einen Arm, den Einhandsegler am anderen, und Gloria, die rege Journalistin, schleppte den Dichter und den Doktor mit sich. Hinter uns schlenderten noch tatendurstig Larry, der Tontechniker, Anthony, der Tenor, und ein paar alleinreisende Passagiere. Hier war doch wenigstens mal was los!

Ulrich stieß mit dem Fuß eine Tür nach draußen auf und schubste mich ins Freie. Ich mußte leider den Einhandsegler loslassen, der daraufhin alleine weiterging.

Ulrich stellte sich an die Reling.

Der Mond leuchtete in unbeschreiblicher Weise milchig und rund auf das schwarze, stille Meer. Kein Lüftchen regte sich. Es waren sicherlich noch 25 Grad draußen. Paradiesisch. Wie im Traum.

»Ist das nicht der Wahnsinn, du?« fragte Ulrich, indem er mich an sich zog.

»Doch, total«, sagte ich.

»Voll der Wahnsinn, so ein Mond, du, das hast du noch nicht mal in Kanada, und auch in Mexiko nicht, das hast du nur hier im

Stillen Ozean, du, das ist der Wahnsinn, du«, schwärmte Ulrich der Unabschüttelbare.

An der anderen Reling hörte ich Gloria mit ihrer Klospülunglache gurren. Wer bei ihr war, konnte ich nicht erkennen. Jedenfalls war es wahnsinnig romantisch. Zumindest der Mond und das Meer. Ulrich war nicht so romantisch, aber er war in reizender Weise um mich bemüht. Er war ein exzellenter Schwärmer. Aber nur in der Auffahrt.

Wir standen eine Weile da, Ulrich und ich, und betrachteten – ja Wahnsinn, du – den Mond, und dann schlug ich vor, wieder hineinzugehen. Ich strich mir, ein Frösteln vortäuschend, über die nackten Arme, aber Ulrich, ganz Gentleman, streifte mir sofort seine Smokingjacke über, und die war von innen schweißnaß und nur mäßig appetitlich. Ich wollte wieder rein. Ich wußte nicht genau, warum und zu wem. Aber tief drinnen in meinem Herzen wollte ich wissen, wo dieser arrogante, zynische Kreuzfahrtdirektor steckte. Nur so. Nur, damit ich Feindesland abstecken konnte. Einfach so, ohne Grund. Ich würde mich besser fühlen, wenn ich wüßte, wo er war.

Bestimmt war er längst »auf Kabine«, wie man hier sagte, mit einer oder mehreren seiner Lustmiezen. Was ging mich dieser rauchende Arroganzling an. Vier Streifen! Ph! Was bedeutete das schon! Bei uns in Geilenkirchen hatte niemand vier Streifen. Und die Erde drehte sich doch!

»Laß uns reingehen!«

»Wie du willst, du!«

Ulrich der Beflissene hielt mir die Tür auf, ich schlüpfte hindurch, und wir wanderten den langen Gang hinunter, vorbei an der Edelboutique, in der es fast nur Escada in Übergrößen gab und für die Herren Lacoste, und vorbei am Spezialitätenrestaurant, das aber längst geschlossen hatte.

»Das ist der Wahnsinn, du«, sagte Ulrich zur Abwechslung mal.

Im »Eitlen Fratz« war aber noch was los!

Lars-Dars saß am Piano und spielte unverdrossen Schlager. Seine fette Gattin lehnte im altrosa Leberwurstkleid am Flügel und sang mit Schlachtschaf-Timbre: *»Ich steh' im Regen und warte auf dich ...«*

»Na, da kann sie lange warten!« flüsterte mir der Einhandsegler zu, der an der Tür gestanden und nur auf mich gewartet hatte. Ich kicherte aufgekratzt. Daß sie aber auch alle auf meiner Seite waren!

An der Bar lehnte die laute Gloria im aufreizenden Leder-Super-Mini, mit Stiefeletten zu Strapsen – na ja – und kokettierte mit dem phlegmatischen Schweizer, mit dem Barkeeper und noch mit einigen uniformierten Streifenhörnchen, die in erstaunlicher Anzahl am Tresen hockten.

Ich verspürte sofort ein undefinierbares Herzklopfen. War ER dabei? Aber nein. Es waren alles völlig unbekannte Gesichter. Keiner interessierte mich von denen. Keiner. Noch bevor Ulrich mich auf die Tanzfläche zerren konnte, hatte schon Rudolf, der alte Kegelbruder, seine Chance gewittert. Er packte mich gläsernen Blickes und legte einen wirklich anständigen langsamen Walzer mit mir aufs Parkett, während die dicke Klara-Viktoria mähte:

»Ich weiß nicht, zu wem ich gehöre, ich bin doch zu schade für einen allein. Wenn ich jetzt grad' dir Treue schwöre, wird wieder ein andrer ganz unglücklich sein. Ja soll denn etwas so Schönes nur einem gefallen? Die Sonne, die Sterne gehör'n doch auch allen! Ich weiß nicht, zu wem ich gehöre, ich glaub', ich gehöre nur mir ganz allein!«

Rudolf drückte mich fester an sich, und ich schwebte mit ihm im langsamen Walzer übers Parkett. Eins mußte man Rudolf lassen: Er war ein phantastischer Tänzer.

»Wo ist Ihre Frau?« fragte ich anstandshalber.

»Wir waren schon beim Du!« Rudolf drückte mich noch fester an sich.

»O.K. Wo ist DEINE Frau?«

»Im Bett!«

»Sprechen die Männer von Treue, lächle ich nur vor mich hin. Liebe ist ewig das Neue, Treue hat gar keinen Sinn! Heute schon ist mir entschwunden, was ich noch gestern besaß, Liebe macht selige Stunden, Treue macht gar keinen Spaß.«

»Genau«, sagte Rudolf und drückte mich fester an sich. »Treue macht gar keinen Spaß!«

Wenn er nicht so verdammt gut getanzt hätte! Aber das war noch um Klassen besser als Ulrich, der einfach immer nur wahnsinnig begeistert vor sich hin hampelte. Ich hörte Gloria lachen. Es klang wirklich wie eine Klospülung.

Ja, was sah ich denn da??

Mit wem tanzte Gloria?

Das durfte doch nicht wahr sein ...

»Ich weiß nicht, zu wem ich gehöre ...«

Es war Fred Hahn, den sie da im Arme hielt!

Sie hatte es geschafft, ihn auf die Tanzfläche zu kriegen!

FRED HAHN!! Der Kreuzfahrtdirektor!!

Er ließ sich unwillig von ihr herumführen, und ich merkte gleich, er tanzte miserabel.

Arme Gloria, dachte ich. Was für ein Pech du immer hast! Was willst du auch mit dem ungehobelten Kerl!

Und dann drehte ich mich mit Rudolf, daß es eine Freude war. Sollten doch alle gucken, wie gut wir tanzen konnten! Selbst das Ehepaar Adlerhorst, das tatendurstig den Saal betrat, zog sich sofort zurück, als es uns sah. Tja, Freunde, dachte ich. Kapituliert. Geht schön ins Bettchen und vollzieht die Ehe, haha!

»Du tanzt gut!«

Rudolf ließ sich zu einem wirklich wortgewaltigen Kompliment herab.

»Danke, du auch!«

Ich strahlte ihn an. Ulrich stand an der Bar. Er hatte zwei Gläser Champagner bestellt. Sie machten einen eiskalten Eindruck.

Ich fühlte mich immer besser.

»Für eine Nacht voller Seligkeit, da geb' ich alles hin!« mähte die dicke Diseuse. Wir rockten begeistert mit. *»Doch ich verschenk' mein Herz nur dann, wenn ich in Stimmung bin!«*

Ach, wenn das meine Kirchenchorschwestern in Geilenkirchen sehen könnten! Wie begehrt ich war! Und wie locker! Bei Vollmond auf dem Fünfsterneschiff! Die Kavaliere standen Schlange. Alle wollten sie mit mir tanzen. Ach, Rüdiger! Warum hast du nie mit mir »Für eine Nacht voller Seligkeit« gespielt? Immer nur Fugen und Präludien! Was haben wir alles verpaßt?!

Ich taumelte durstig an die Bar, wo schon Ulrich meiner harrte. Eigentlich war mir nicht nach Champagner. Mir war nach Bier.

Der Professor stand neben mir.

Ich bestellte ein Bier, den Ulrichschen Champagner ignorierend.

»War ich, wo's Bier zu trinken gab,
stell ich die Frage unterwegs mir:
Wenn ich beim Bier geschäkert hab,
bin ich dann wohl ein Schäksbier?«

sprach der Professor prompt. Ich kicherte und trank auf Heinz Erhardts Wohl herum.

Gloria lachte, daß es sich anhörte, als würde ein ganzes Campingklo entsorgt. Die Schweizer lachten auch. »Ja Wahnsinn, du!« Rudolf steckte sich säuerlich eine Zigarette an. Und da gewahrte ich seine Frau! Die mit den lilabläulichen Haaren! Sie war ja doch noch nicht zu Bett gegangen! Sie hockte inmitten anderer älterer Damen in einer Ecke und stopfte frustriert Erdnüßchen in sich hinein!

Oh, oh! Die Zahl meiner Feinde wuchs mit jeder Minute.

Wir hockten an der Bar. Zwar hatte der Kreuzfahrtdirektor gesagt, wir sollten nicht in Horden in die Bar einfallen und den Passagieren die Show stehlen, aber das war mir jetzt egal. Wir

WAREN nun mal die Show! Und wenn die Passagiere keine jungen Menschen ertragen konnten, die noch Lebensfreude hatten, dann war das IHR Problem. Und außerdem: Fred Hahn war ja selber hier!

Der Vollmond schien so hell, daß ich mir einbildete, er würde mich wärmen. Die Stimmung in der Bar »Zum eitlen Fratz« nahm ungeahnte Formen an.

»Noch 'n Gedicht!« schrie Gloria.

Aber plötzlich spielte Lars-Dars das Vorspiel von dem Lied, das wir morgens geprobt hatten: »Kann denn Liebe Sünde sein?« Und ehe ich mich's versah, hatte ich die dicke Diseuse aus der Flügelbeuge weggeschubst, griff selber zum Mikro und sang:

»Jeder kleine Spießer macht das Leben mir zur Qual, denn er spricht nur immer von Moral; und was er auch denkt und tut, man merkt ihm leider an, daß er niemand glücklich sehen kann.«

Meine hochhackigen Schuhe drückten. Ich streifte sie einfach ab und kickte sie unter den Flügel. So was würde ich in Geilenkirchen nie tun! Aber schließlich waren wir hier nur noch im ganz engen Kreise zugegen. Barfuß stand ich auf den hölzernen Planken, wiegte mich in den Hüften und sang in das Mikro, das meine Stimme über das planglatte Meer trug:

»Kann denn Liebe Sünde sein? Darf es niemand wissen, wenn man sich küßt, wenn man einmal alles vergißt, vor Glück?«

Hierbei warf ich einen flüchtigen Blick auf den Kreuzfahrtdirektor, und siehe, Fred Hahn lehnte an der Bar, nippte an seinem Drink, sog an seiner Zigarette und hörte mir aufmerksam zu.

Ich bekämpfte ein plötzlich heraufsteigendes Lampenfieber.

»Kann das wirklich Sünde sein, wenn man immerzu an einen nur denkt, wenn man einmal alles ihm schenkt, vor Glück?«

Lars-Dars hieb in die Tasten. Ulrich fand alles »Wahnsinn, du«. Ich sah seine begeisterten Blicke. Auch der phlegmatische Schweizer namens Jürgi Bürgi klebte an meinen Lippen. Meine beiden alten Verehrer nickten mir zu. Gloria wippte mit ihren

Stöckelschuhen im Takt. Sie hatte inzwischen den Bordingenieur an ihrer Seite. Auch ein Hörnchen mit vier Streifen.

Ich schielte heimlich zu Fred hinüber.

»Niemals werde ich bereuen«, sang ich, und der gute alte Mond leuchtete, *»was ich tat und was aus Liebe geschah, das müßt ihr mir schon verzeihen, dazu ist sie ja da! Liebe kann nicht Sünde sein, doch wenn sie es wär', dann wär's mir egal, lieber will ich sündigen mal, als ohne Liebe sein!«*

Frenetischer Applaus ging auf mich nieder. Soviel Beifall hatte ich in Geilenkirchen nie, nie, niemals bekommen!!

Rudolf sah mich mit feuchten Augen an. Ulrich sagte: »Ja Wahnsinn, du!« Der Professor klatschte Beifall, nachdem er sein Mineralwasser abgestellt hatte. Der alte Einhandsegler warf mir Kußhände zu. Gloria und ihr Ingenieur klatschten auch, und selbst die Frau von Rudolf klatschte, daß ihre Armreifen schepperten.

Ich fühlte mich so glücklich wie noch nie im Leben.

Mit einem Glas Champagner, das Ulrich mir gereicht hatte, lief ich barfuß hinaus in die Mondnacht. Der laue Wind streichelte meine nackten Schultern. Hättwich Courths-Mahlers alter Flaschengeist säuselte aus der Salzwasserbrise zu mir herauf: Kind, du benimmst dich zwar ziemlich daneben, aber laß es zu, daß du zum Heulen glücklich bist! Solche Stunden der Unbeschwertheit muß es im Leben eines jungen Menschen geben!

Jetzt wollte ich das alles genießen, genießen, genießen, wie geklaut. So ein Mond! So ein Meer! So ein Schiff! So ein Mann ... was der kann ... Ozean ... weiterfahrn ... was ein Mann ... Streifen dran ... Uniform ... Streifenhorn ... was ein Mann ... äh, was? Wat für 'n Mann?!

Jemand näherte sich mir.

Bitte jetzt nicht Ulrich, dachte ich noch.

Ich beugte mich über die Reling und schaute heckwärts ins

Meer hinaus, immer auf die unermüdliche Schraube, die nimmersatt Furchen in das schwarze Wasser pflügte.

Die Schritte kamen näher. Ich spürte einen Atem im Nacken. Bitte jetzt nicht »ja Wahnsinn, du«!

Ich konzentrierte mich auf den glitzernden Strahl, den der Mond in das Meer zauberte. Da stand doch jemand dicht hinter mir! Rudolf? Der Professor? Der Einhandsegler? Hättwich, laß es bitte jemand anders sein!!

»Sie können ja wirklich singen.«

Ich fuhr herum. Danke, Hättwich!!

Es war Fred Hahn, der Kreuzfahrtdirektor.

Mir zitterten die Knie. Ich wußte nicht, wohin ich schauen sollte. Sein Gesicht war ganz nah an meinem. Küßnacht? Einfach so? Ohne Vorwarnung? Sacht man da nicht noch irgendwas? Und außerdem mußte Hättwich erst die anderen Leute wegzaubern.

Er steckte sich eine Zigarette an.

Fast hätte ich ihm Feuer gegeben.

Ich wollte ihn prügeln, würgen, in die Eier treten.

Aber ich wollte ihn auch küssen.

Fred rauchte. Ich hasse es, wenn mir einer Rauch ins Gesicht bläst. Bei Fred Hahn jedoch wurde ich willig in den Knien.

Gloria, die rege Journalistin, drängelte sich unfein in unsere rüde Romantik. Sie hatte die beiden Schweizer im Schlepp. O Gott. Nicht auch das noch. Herr, gib Kraft.

»Ein bißchen muß ich hier auch aabei'n!« stieß sie lachend hervor. Sie kam aus Oberhausn, das hörte man gleich. Ihr Ruhrpottslang paßte total zu ihrer rauhen, aber heazlichn Aat, ey.

»Wie fühln Se sich eigentlich, imma auf große Tour?« Sie hielt Fred Hahn sehr professionell ein Aufnahmegerät unter die Nase.

Verpiß dich, Gloria. Los, Hättwich, zauber sie wech.

»Immer muß ich um die Welt reisen«, sagte Fred Hahn mit gespieltem Selbstmitleid. »Ich will endlich mal woandershin!«

Und dann lachten wir alle, daß die Reling wackelte.

»Sind Se niagendwo zu Hause?« Gloria hielt unbarmherzig ihr Kästchen unter sein Kinn.

»Nirgendwo«, sagte mein Streifenhörnchen, das ich so verdammt ins Herz geschlossen hatte.

Kein Zuhause. Immer nur um die Welt reisen. Und mit solchen Passagieren herumschlagen. Und mit solchen Künstlern. Schrecklich. Keiner hatte ihn wirklich lieb. Ich wollte ihn in den Arm nehmen. Aber ich traute mich natürlich nicht. Bestimmt hatte er tausend Ballettratten und Sekretärinnen und Assistentinnen und Sängerinnen und wer weiß wen noch alles, die das schon besorgten. Da hatte ich ihm bestimmt noch gerade gefehlt.

»Ja Wahnsinn, du«, sagte Ulrich. Und sein Kumpel, der phlegmatische Bänker mit der müden Fliege, sagte: »Das ställe ich mir anstrrängend vor, odr!«

Immerhin. Das war der erste zusammenhängende Satz, den dieser Jürgi Bürgi hervorgebracht hatte.

Plötzlich sagte Fred Hahn zu mir: »Kommen Sie mit?!«

Ich kicherte.

Gesagt. Getan. Wenn ich auf eine Aufforderung gewartet hatte, so auf diese! Hättwich, alte Schabracke, wie du das wieder im Griff has, ey!!

Ein bißchen dachte ich ja in diesem Moment an Rüdiger. Aber nur ein bißchen. Was hatte er gesagt? Ich bin mal sehr gespannt, ob du mir treu bleibst.

Jetzt war ich's aber auch!

Ich stolperte barfuß hinter diesem markigen Mann her und hoffte, daß wir unbemerkt davonkämen.

Fred Hahn öffnete wieder gekonnt diese und jene Eisentür, wir stiegen sehr schmucklos wirkende Treppenstufen hinauf, liefen durch Gänge und Flure, wobei mich Fred Hahn weder beachtete noch gar das Wort an mich richtete, und dann standen wir plötzlich in einem spärlich beleuchteten Raum, in dem ein Steuermann-haaaalt-die-Wacht! am hölzernen Ruder drehte.

Wir waren auf der Brücke!

Ein einzelnes Streifenhorn mit Mütze und tadelloser Uniform lenkte das Schiff. Unser Schiff. Australien entgegen.

»Laß dich nicht stören, Alter«, sagte mein Halbgott in Weiß.

»Nee, wie immer nich«, sagte der Steuermann.

Wir schoben uns an ihm vorbei ins Freie.

Und dann standen wir plötzlich ganz allein da, wo sonst nur Kate Winslet und Leonardo DiCaprio stehen. Nur er und ich, und der Mond.

Ich breitete die Arme aus und ließ den australischen Wind durch meine Haare streichen.

»Denk bloß nicht, daß ich mit dir schlafe«, sagte ich.

»Ich will überhaupt nicht, daß du mit mir schläfst«, sagte Fred Hahn. Und dann drehte er mich zu sich herum und küßte mich.

Er küßte wunderbar, ganz zart und weich und trotzdem nicht lasch oder unmännlich. Er sagte auch dankenswerterweise kein Wort, erst recht nicht »ja Wahnsinn, du«.

Er sagte nichts, er küßte nur, und der gute alte Mond leuchtete.

Ich konnte mein Glück nicht fassen.

Da stand ich mit diesem Mann meiner Träume ziemlich champagnertrunken AUF DER BRÜCKE!! eines Fünfsterneschiffes, welches ich liebte wie mein Zuhause, und er küßte mich, und weit und breit war keine Sekretärin und keine Sängerin und keine Tänzerin und keine Assistentin zu sehen, nur das Meer und der Mond und ein finster vor sich hin blickender Steuermann mit drei Streifen auf der Schulter.

Doch meiner hatte vier Streifen!!

Und er küßte MICH!!

»Glaub ja nicht, daß ich mit dir schlafe!« stammelte ich, weil ich fühlte, daß mein Flaschengeist aus der Flasche krabbelte und Gewalt über mich bekam.

»Ich glaube es nicht«, sagte Fred Hahn.

Und er küßte mich!

Mein Flaschengeist umnebelte mich. Er kroch mir die Waden rauf und leider noch höher, und er war so voller Zauberkraft und teuflischer Begierde! Ich wollte, daß Fred mich berührte. O ja, ich wollte es so sehr! Los! Ich will deine Hände spüren!!

Hättwich schüttelte das schlohweiße Haupt. Soo doch nicht, Dummerchen!

Doch der Kreuzfahrtdirektor tat mir den Gefallen!

Und jetzt wurde es mir klar: Fred Hahn hatte AUCH einen Flaschengeist!

Er loderte in meinem Körper wie ein heimlich angezündetes Feuer, das sich nicht mehr löschen ließ.

Ja, Kreuzfahrtdirektor! Tu's! Ich sehne mich nach dir!! Ich habe jahrelang – was sag ich ... jahrzehntelang gewartet, daß so ein unglaubliches Mannsbild wie du auftaucht und mich endlich willig und rasend macht!!

Ich lehnte mich weit über die Brüstung zurück und stöhnte wollüstig. Wenn ich jetzt in den Ozean stürzte, wäre das der schönste Tod der Welt. Das Schiff würde mich auf der Stelle diskret in zwei säuberliche Teile schneiden. Den guten Teil – und den bösen.

»Ey, das ist gegen die Vorschrift«, meldete sich humorlos das Streifenhorn am Ruder. »Nicht über Bord lehnen! Ich muß Sie verwarnen!«

»Komm, Karl-Heinz, laß uns in Ruhe!« sagte Fred Hahn über die Schulter.

»Nee, das ist gegen die Vorschrift. Vögel sie in deiner Kabine, aber hier geht das nicht«, sagte der unromantische Karl-Heinz.

Ich haßte diesen Scheißkerl. Warum mußte er uns so die romantischste Nacht unseres Lebens verderben?!

»Komm, wir gehen.«

Fred Hahn nahm mich an die Hand, und ich schwebte willenlos barfüßig hinter ihm her, durch Gänge, über Treppen und Flure, durch Eisentüren und wieder Gänge, an Kabinentüren vorbei, hinter denen vollgefressene Passagiere schnarchten ... Oh, wie war das aufregend, wie war das unglaublich, ja Wahnsinn, du!, und er war der Mann meiner Träume, so männlich, so überlegen, so markig und dann doch so verletzlich, so sensibel, so einzigartig, so verlassen auf dieser großen weiten Welt ...!

Niemand sah uns, niemand.

Irgendwo blieb mein geliebtes Streifenhörnchen stehen, sah sich nach rechts und links um, Sorgenfalten zerfurchten sein eh schon zerfurchtes Gesicht, er schloß eine Tür auf. Ich gewahrte, es war das Viererdeck. Keine luxuriösen Kemenaten, fürwahr.

Ich plumpste auf ein Doppelbett. Immerhin. Es lag niemand drin.

»Mach's dir gemütlich«, sagte Fred Hahn, und dann ging er erst mal pinkeln, ziemlich geräuschvoll, in seinem spartanischen Bad.

Ich schaute auf die Tür. Jetzt einfach aufspringen, rauslaufen, abhauen. Irgendwie würde ich mein Achterdeck schon finden, meine Kabine auch, in meiner Handtasche steckte der Schlüssel, es war halb drei. Keine Frage, ich würde morgen einen harten Tag haben, um zehn Uhr war Probe mit Lars-Dars, und ich hatte gerade mal drei von zwanzig Stücken auswendig gelernt ...

Aber da ging mir dieses Lied durch den Kopf:

Kann denn Liebe Sünde sein? Darf es niemand wissen, wenn man sich küßt, wenn man einmal alles vergißt, vor Glück?

Fred Hahn kehrte zurück.

Er hatte ein weißes schmuckloses T-Shirt an, völlig ohne Streifen, und längsgestreifte Bermudashorts, die ihm bis zu den Knien gingen.

Besonders sexy sah er nun nicht mehr aus.

Mensch, Hättwich. Pennst du, Alte, oder was?!

Aber ich hatte ihn ins Herz geschlossen, egal, wie er aussah und wieviel Streifen er auf der Uniform hatte.

Er warf sich auf das Doppelbett.

Ja, jetzt. Nimm mich. Ich bin wild entschlossen.

»Was möchtest du trinken?«

»Nichts«, stammelte ich. Ich wollte nichts mehr trinken. Ich wollte nun ganz zärtlich und ultimativ mit ihm schlafen, mit dem verkannten, hinreißend privaten, weichkernigen harten Kreuzfahrtdirektor.

Nie hatte ich mit jemand anderem als meinem Rüdiger geschlafen. Und nun war ich einunddreißig Jahre alt und spürte definitiv, daß dies die Nacht war, in der ich mein Leben ändern wollte.

Fred Hahn machte sich an seiner Minibar zu schaffen. Immerhin hatte er eine in dieser schmucklosen Unterkunft.

Ich hätte nie, nie gedacht, daß so ein mächtiger Mann mit vier Streifen in so einem unterirdischen Verlies hausen mußte, auf zwölf Quadratmetern. Nicht ein Blümchen schmückte seine Kemenate, nicht ein Bild, kein Foto von Weib und Kind zu Haus, nichts Persönliches, allerdings auch keine Jagdtrophäe. Ich stellte mir vor, daß alle Köpfe von den blonden Nataschas und Kerstins und Silvias und Danielas und Patricias an der Wand hingen wie bei anderen Leuten die der erlegten Rehe und Hasen und Steinböcke. Vielleicht hatte ich schon ein bißchen viel Champagner in der Birne.

Fred klaubte sich ein Fläschchen Apfelsaft heraus, öffnete es und bot es mir an. Ich hatte doch keinen Bock auf APFELSAFT!! Ich hatte Bock auf IHN!! Warum kapierte er das denn nicht?!

Ich hockte in meinem Abendkleid barfüßig auf seinem Bett. Los, nun mach, Alter. Wir sind doch nicht zum Vergnügen hier.

Er küßte mich, wobei er nach Apfelsaft schmeckte.

Ich bäumte mich wollüstig auf.

Selbst ohne Streifen und ohne Champagner war er für mich der wunderbarste Mann dieser Welt! Und ich wollte ihm jetzt gehören!

Fred Hahn legte sich neben mich und schlüpfte unter seine Decke. »Ich hab morgen ’n harten Tag.«

»Ich auch.« – Der wollte mich doch jetzt nicht abservieren?

Das Telefon auf seinem Nachttisch klingelte.

»Geh nicht dran«, flehte ich.

»Geh ich auch nicht«, sagte Fred und trank seinen Apfelsaft aus. Ich sah auf die Tür. Jetzt konnte ich noch verschwinden! NOCH konnte ich das Gesicht wahren ...

»Findest du mich gar nicht attraktiv?« hörte ich mich fragen.

»Findest du mich gar nicht attraktiv?« äffte mich Fred Hahn nach. »Natürlich finde ich dich attraktiv! Aber warum soll ich mich einreihen in die Schar deiner Verehrer? Ich hab genug Streß auf diesem Schiff!«

Ich spürte eine große Welle Mitleid und Sympathie für ihn. Ja. Er hatte bestimmt Streß. Wenn ich nur an diese bescheuerten Weltreisenden dachte. Da mußte ich ihn nicht auch noch mit dämlichen Fragen wie »Findest du mich gar nicht attraktiv?« belästigen.

Das Telefon klingelte wieder.

»Mußt du rangehen?«

»Ich muß gar nichts.«

Er legte sich neben mich und kraulte mir den Nacken.

Ja! Heiße Wogen des Verlangens schlugen ozeangleich über mir zusammen. Jetzt!

Ich streichelte vorsichtig seine vernarbten Wangen. »Wer hat dich so hart gemacht?« murmelte ich liebestoll. »Wer hat dir das angetan, daß du so ein Mensch geworden bist ...?«

Ich hoffte, er würde mir jetzt unter Tränen gestehen, daß seine Mutter ein hartherzig Weib gewesen sei, oder seine erste Exfrau oder seine zweite oder alle zusammen, und daß er seit fünfundvierzig Jahren auf eine singende blonde Fee aus Geilenkirchen gewartet habe, die seinen harten Kern knacken und seine weiche Seele zum Vorschein bringen würde.

Er hatte aber keine Lust auf eine Psychoanalyse.

Ich wertete es als Zeichen von männlicher Hilflosigkeit, daß er aufsprang und eine Videokassette reinschob. »Streiche mit versteckter Kamera« stand da. »Ihr Kreuzfahrtdirektor beobachtet Sie überall!«

Zuerst sah man lachende Delphine, und dann sah man Passagiere, die sich unbeobachtet fühlten, in der Nase bohren und an den Zehennägeln knibbeln und auf die Planken spucken und heimlich Champagnergläser in ihre Handtücher wickeln und in ihrem Gepäck verstauen. Eine ältere Dicke kniff mehrmals einen knackigen vietnamesischen Handtuchknecht in den Hintern, als er versuchte, ihr Badelaken geradezuziehen, eine andere drängelte sich am Buffet so unfein vor, daß eine halbe Ananas in ihr Dekolleté fiel, wieder eine fraß vor Gier die Dekoration und spuckte sie angewidert in ihre Handtasche, dann kam ein Schnitt, und man sah Passagiere beim abendlichen Konzert tief schlafen, Köpfe fielen auf Nachbarschultern, entsetzte Blicke der Damen, offene Münder der schlafenden Herren, es waren prächtige Schnarchgeräusche unterlegt, wieder Schnitt, dann sah man Passagiere im Beiboot um den besten Platz streiten: Ein Dicker wollte nicht rücken, eine Dame knallte ihre Landausflugtasche auf seinen Kopf und setzte sich brutal auf seinen Schoß, und zwischenrein hatte der Kreuzfahrtdirektor kichernde Delphine geschnitten, die sich über das kindische Verhalten der Passagiere amüsierten.

Ich hätte zu jedem anderen Zeitpunkt auch herzlich gelacht, aber im Moment hatte ich anderes im Sinn, als mir so ein albernes Video anzugucken. Ich war doch nicht in das Allerheiligste gelangt, um mit einem Glas Apfelsaft in der Hand auf der Bettkante zu hocken und »Verstehen Sie Spaß?« zu gucken!!

Das Telefon klingelte zum drittenmal. Es war halb vier.

»Geh nicht ran«, flehte ich Fred an.

Fred schaltete wütend den Fernseher ab, schlüpfte in seine Badelatschen, die denen von Kegelbruder Rudolf leider ähnelten wie ein Ei dem anderen, sprang zur Tür und sagte: »Bin gleich zurück.«

Ich starrte leeren Blickes auf die tote Mattscheibe.

Er war abgehauen! Hatte mich vertröstet wie ein Tante-Emma-Laden-Betreiber seine Kundschaft!

Mitten in unserer zärtlichen, romantischen Liebesnacht!!

Nun hatte ich EINMAL beschlossen, Rüdiger zu betrügen, und da mußte nur irgend jemand penetrant bei ihm anrufen, und er sprang auf und ging WEG!!

Zu wem mochte er gehen? Wem war er verpflichtet?

Nicht mit mir, Burkharda, sagte ich laut zu mir. Nicht mit mir. Du stehst jetzt auf und gehst, du wirst dein Achterdeck schon finden, und wenn nicht, gehst du gleich ins Fitneßcenter und strampelst dich wieder nüchtern. Denk dran, du bist eine Dame.

Aber ich WOLLTE keine Dame sein!

Ich wollte bleiben!

Ich wollte diesen göttlichen Mann für mich!

Und so blieb ich auf seinem Bette hocken.

Fred kam nach einigen Minuten wieder. »So«, sagte er, »das wäre erledigt.«

Er machte sich noch eine Flasche Apfelsaft auf und hielt sie mir hin.

»Danke, nein«, sagte ich sauer.

Da ZICKTE ich rum, genau wie alle anderen Weiber, die meinen geliebten Kreuzfahrtdirektor die Nerven kosteten, da war ich keinen Deut besser als die, die unsichtbar hier an den Wänden hingen, die bereits Erlegten, die nachts bei ihm anriefen und ihn nicht in Ruhe ließen, diesen armen Mann, der nichts als Schlaf brauchte und einen verständigen Menschen, der ihm keinen Druck machte und ihn nur einfühlsam und mit weiblicher Intuition spüren ließ, daß er geliebt wurde, so wie er war!

Also trank ich den Apfelsaft.

»Dein Film ist wirklich genial!«

»Dein Film – ist – wirklich – ge-ni-al!«

Da äffte er mich schon wieder nach! Statt dankbar zu sein für die moralische Aufmunterung, die ich ihm gab!

»Weißt du, was mich der Film für Arbeit gekostet hat?« fuhr er mich an. »Stunden und Aberstunden! Ich bin auf allen vieren gekrochen, ich habe mir den Arsch verrenkt, weil ich unter dem Buffet gelegen habe mit meiner schweren Kamera oder in stickigen Umkleidekabinen, und im Beiboot, bei dieser Szene, da lag ich sogar hinter den Rettungswesten im Gepäcknetz! Nur, um ein paar Sekunden zu filmen!«

»Ich wußte nicht, daß du Kameramann bist«, wandte ich schüchtern ein.

»Ja, das bin ich, aus Berufung, ich habe Dokumentarfilme in der ganzen Welt gemacht, aber kein Sender will sie kaufen, und jetzt schlage ich mich mit so einem geistlosen Schwachsinn herum, indem ich fette Passagiere beim Nasebohren filme...!«

Der arme, wunderbare, hochsensible, künstlerisch verkannte Mann. Wie dankbar konnte ich sein, daß er mir das alles anvertraute!

»Aber das wird der Renner werden, wirst sehen!« tröstete ich ihn, während ich ihm den Nacken kraulte. »Die Passagiere werden jubeln! Besser als jede Show!«

»Ich darf nicht!« schmollte Fred.

»Du DARFST nicht? Du darfst diesen wundervollen Film nicht zeigen? Wer kann dir das verbieten?«

»Der Kapitän, dieses Arschloch«, sagte Fred.

O je. Da hatte ich wohl in ein Wespennest gestochen. Dabei wollte ich doch nur lieb zu diesem Mann sein, ihm eine unvergeßliche Nacht bescheren. Und nun wühlte ich seine verletzliche Seele auf, nachts um vier.

Das war wirklich ungeschickt von mir.

Aber Fred war nicht mehr von diesem Thema abzubringen. Der Kapitän, nach Freds Schilderungen ein mieses, bulliges, ungebildetes Schwein namens Hans-Dieter Schulz, der keine Ahnung von der Nautik und erst recht keine Ahnung von Menschenführung habe, erlaubte seinem direkten Untergebenen nicht, die Passagiere öffentlich zu verunglimpfen. Die Reederei sei von seinen Plänen unterrichtet worden. Der Film sei vom Unterhaltungsprogramm gestrichen.

»Das bedeutet nicht nur, daß ich jetzt die Arschkarte habe«, sagte Fred sauer. »Das bedeutet auch, daß ich noch einen Abend füllen muß mit irgendeiner Show, die ich mir aus den Fingern saugen darf!«

»Ich helf dir!« sprudelte es aus mir heraus. »Ich stell dir noch einen gigantischen Abend auf die Beine! Der Kapitän wird Augen machen!«

»Aber keinen Klassik-Scheiß«, sagte Fred. »Verschon mich mit deinen Schubert-Liedern.«

»Nein, ich weiß was viel Besseres!« Wozu war ich seit zehn Jahren im Gemeindechorwesen tätig? Ich würde einen Chor gründen aus allen Sängern und Künstlern hier an Bord, und ich würde mit ihnen ein superattraktives Programm einstudieren, für gemischten Chor a cappella, das würde alle Beteiligten vom Hokker reißen und das Publikum natürlich auch.

Ich trug Fred meinen Plan voller Eifer vor.

»Und woher willst du die Noten kriegen?«

Er hatte recht. In Australien gab es vermutlich kein »Musikhaus Tonger«, das ein ganzes Regal voll »Musik in der Schule, Band drei« mit Werken wie »Kommt, ihr G'spielen, wir woll'n uns kühlen« und »Wenn alle Brünnlein fließen« und »Der Gutzgauch auf dem Zaune saß« parat hatte.

»Ich lasse Rüdiger sie faxen!«

»Wer ist Rüdiger?!«

»Mein Mann!«

»Einen Mann hat die Dame also auch!«

»Na und?« schnaubte ich. »Ist das verboten?«

Fred grinste spöttisch auf mich herunter. »Nein«, sagte er mit widerlicher Ironie, »wieso sollte eine monogame, treue Ehe verboten sein?!«

Ganz klar. Ich hatte den armen Mann verletzt. Er sah in mir die Frau seiner Träume, und ich knallte ihm so ganz nebenbei an den Kopf, daß ich verheiratet war. Aber erst, nachdem ich mit ihm im Doppelbett lag und ihm den Nacken kraulte. Das war nicht fair. Ich hatte ihn schon wieder in seiner weichen Seele verletzt.

»Du mußt jetzt gehen«, sagte Fred.

»Ja«, sagte ich und blieb sitzen.

Fred wickelte sich in seine Decke, drehte sich auf die Seite und schlief ein.

Ich betrachtete sein Profil noch lange.

Was für ein Mann.

Irgendwann in den frühen Morgenstunden rappelte ich mich auf und schlich davon.

Als ich barfuß und im Abendkleid an der Rezeption vorbeikam, fing ich den Blick der diensthabenden Tussi auf. Es war genau wieder halb sechs, wie gestern.

Ich ging »auf Kabine«, warf das Abendkleid aufs Bett und zog mir den Fitneßdreß an. Dann trabte ich ins Fitneßcenter, das diesmal dunkel und leer war.

Ich warf das Laufband an. Auf den Ohren das Weiterbildungsseminar aus dem Rusch-Verlag »Besser miteinander reden«, fing ich an zu rennen.

Keine Sekunde, aber auch nicht eine, konnte ich den Tag über an etwas anderes denken als an Fred.

Meine Seele war weidwund, ich war ein angeschossenes Reh, eines, das bald auch an seiner Wand hängen würde, als Jagdtrophäe. Aber noch lief ich lebend herum! Ich war anders als die anderen! Ich war klug, lebenserfahren, selbstbewußt, reif, verheiratet, ja, ich hatte alle Voraussetzungen, mich von seinen Betthaserln gründlich zu unterscheiden.

Ab zehn Uhr probte ich mit Lars-Dars, dieweil die dicke Diseuse mit der angeklebten Locke über dem linken Auge bösen Blickes im Saale saß und mich nicht aus dem rechten Auge ließ. Ach, Klara-Viktoria, dachte ich, während ich ihre besten Songs schmetterte. Ich will doch nichts von deinem Lars-Dars! Wenn du wüßtest, was träumen heißt! Ich liebe einen anderen! Und wie ich ihn liebe! Ich schlafe nicht mehr, ich esse nicht mehr, ich schwebe nur noch auf Wolken dahin, und ich bin bereit, in die unergründlichen Tiefen des Ozeans zu sinken, wenn ich dort unten auf dem Grunde sein wahres Herz finde.

Gott, dachte ich, daß ich das noch mal erleben darf. So verliebt zu sein. So bedingungslos, verrückt, wundervoll, grund- und ziellos verliebt. In Rüdiger war ich NIE verliebt gewesen. Nie. Er war der Leiter des Kirchenchores, in dem ich meine behütete Jugend verbracht hatte. Und kurz nach dem Abitur durfte ich bei ihm mein erstes Solo singen. Danach durfte ich ihm für immer an der Orgel assistieren. Und mit zweiundzwanzig hatte ich ihn geheiratet. Eine richtig feine Vernunftehe. Aber ver-liebt?! Was bedeutet das eigentlich, ging es mir durch den Kopf. Die Vorsilbe »ver« bedeutet immer, daß etwas ver-kehrt ist. Ver-dreht. Ver-dorben. Ver-rückt. Ver-fahren. Ver-liebt. O ja, das war ich. Wie oft hatte ich davon gelesen, gehört, im Kino hatte ich es schon so oft gesehen, im Theater, in der Oper, sogar in diesen lächerlichen, geschmacklosen Soaps im Fernsehen, daß man einander ver-fiel, gegen alle Vernunft, gegen den Rest der Welt. Was MUSSTE das für ein übermächtiges Gefühl sein, bar jeder Logik, unerklärlich für den Rest der Welt! Ach, Rüdiger, dachte ich, das mit dir, das ist doch eine völlig andere Baustelle. Du bist zu Hause, weit weg, auf deiner Orgelbank, und ich bin hier, kurz vor Australien, mit dem Mann, der mich und meine Seele vom Hocker reißt. Nur ER und ICH wußten um die letzte Nacht, nur ER und ICH fühlten so, wie wir fühlten. O Hättwich!! Ich will dich drücken und küssen und dein greises Haupt mit Tränen benetzen!!

Warum kam er nicht im »Fürst-Rainier-Saal« vorbei? Er wußte doch, daß ich jetzt hier probte! Warum steckte er nicht seinen Kopf zur Tür rein?

Alle kamen, alle steckten ihren Kopf zur Tür rein. Die vietnamesischen Putzmänner, die Stewardessen, die laut klappernd für den Vormittagskaffee die Tische eindeckten, Larry, der Tontechniker, dessen Assistent, der Kalte-Platte-Koch, alle, alle kamen herein und hörten mich singen und blieben andächtig stehen, um mir zu lauschen, und immer, wenn ich so ein Streifenhorn aus der Ferne sah, setzte mein Herzschlag aus, und ich dachte, ich müsse sterben. Aber es waren immer andere Streifenhörnchen, der Obersteward, der Hoteldirektor, der Ingenieur, ja sogar der Chefkoch steckte seinen Schädel zur Tür herein. Ich sang mir die Kehle aus dem Leib. Irgendwo auf diesem riesigen Schiff mußte er mich doch hören! Aber Fred kam nicht.

»Ich weiß, es wird einmal ein Wunder gescheh'n, und dann werden tausend Märchen wahr. Ich weiß, so schnell kann keine Liebe vergeh'n, die so groß ist und so wunderbar!«

Dann sang ich ganz persönlich für Fred:

»Wir haben beide denselben Stern, und dein Schicksal ist auch meins, du bist mir fern und doch nicht fern, denn uns're Seelen sind eins. Und darum wird einmal ein Wunder gescheh'n, und ich weiß, daß wir uns wiederseh'n!«

Erschöpft hielt ich inne. Die Umherstehenden klatschten. »Volle Kanne gigantisch geil!« schrie Lars-Dars, während er seine schweißnassen Locken schüttelte.

Und Klara-Viktoria blickte stumm in dem ganzen Saal herum.

Da! Da näherte sich – von vorn – ein Streifenhorn!

Da kam jemand zur Bühne!

DAS war Fred, mein Traummann!

ER, der Herrlichste von allen! Wie so milde, wie so gut!! Doch – narrte mich ein Trugbild? War mein geliebter Fred so bullig, so stiernackig, so fett? Hatte er so einen schwankenden Seemannsgang? Vierzig-Mann-auf-des-toten-Mannes-Kiste-und-'ne-Buddel-voll-Rum?!

Nein. Er war es nicht.

Es war bloß der Kapitän, der sich meiner Wenigkeit auf der Bühne näherte. Was hatte Fred Hahn über ihn gesagt? »Arschloch« war noch der mildeste Ausdruck für ihn gewesen.

»Sie singen ja ganz anständig, junge Frau!«

»Danke«, sagte ich kühl. Freds Feinde waren auch meine Feinde.

Der Feind reichte mir die Hand, und ich wollte sie distanziert schütteln, aber er führte sie zum Munde und küßte sie.

»Oh«, sagte ich süßlich. »Charmant!«

Der Käpt'n, ein wirklich bulliger Kerl mit versoffener Nase und schlechten Zähnen, grinste mich an und sagte: »Ich sehe Sie dann heute abend beim Käpt'ns-Dinner.«

So, dachte ich. Tun Sie das. Dann müssen Sie mich erst mal einladen, Sie Rotzlöffel!

Aber meine Lippen sprachen: »Ich bin entzückt, Herr Kapitän!« Und der Schweiß des positiven Stresses rann mir den Rükken runter. Wie ich aus meinen Weiterbildungsseminaren aus dem Rusch-Verlag erfahren hatte, war positiver Streß »Eustreß«, und er setzte neue Energien frei. Das passierte mir hier auf dem Schiff ständig.

Der Käpt'n grüßte zackig, nahm Haltung an und machte kehrt. Die Stewardessen und philippinischen Putzmänner verbeugten sich, als ginge Queen Elizabeth an ihnen vorbei. Wahrscheinlich hielt sich dieser Hans-Dieter Schulz für Fürst Rainier. Ich kicherte unverhohlen.

»So, da sitzt unsere Kammersängerin heute abend schon am Käpt'ns-Tisch«, ließ sich Klara-Viktoria säuerlich vernehmen.

Ach, liebste Klara-Viktoria, ich SCHENK ihn dir! wollte ich rufen. Und alle Leicht- und Schwermatrosen dieses Schiffs, du kriegst sie alle, ich will nur den EINEN, dem mein Herz gehört!

Aber natürlich gingen Klara-Viktoria meine Gefühle nichts an, und ich sah nicht ein, daß ich mich bei ihr entschuldigen sollte, nur weil der dicke alte Käpt'n MICH eingeladen hatte und nicht sie.

»Bestimmt lädt er dich auch noch ein, Kollegin!« sagte ich huldvoll von meiner Bühne herunter.

Lars-Dars klimperte schon wieder erwartungsvoll auf seinem Flügel herum.

»Los, laß uns proben, gleich fängt die Bingo-Stunde an, dann müssen wir hier raus!«

»Ich BIN bereits eingeladen.« Klara-Viktoria zog einen Taschenspiegel heraus und reparierte die Locke über ihrem linken Auge. »Heute zur Cocktailstunde empfängt der Kapitän im ›Erzherzogin-Charlotte-Palais‹ auf dem Neunerdeck ALLE Künstler!«

»Oh«, sagte ich, »also auch mich?!«

»Klar«, sagte Lars-Dars. »Wir sollten ihm eine Kostprobe geben, was meint ihr?«

Ich überlegte.

»Aber MEINE Songs singst du beim Käpt'n nicht!« zeterte Klara-Viktoria.

Nein, das hätte ich auch unfair gefunden. Schlimm genug, daß ich ihre große Abendshow übernommen hatte.

»Ich hab eine Superidee!« entfuhr es mir. Und dann erzählte ich Klara-Viktoria und Lars-Dars von meinem genialen Plan, aus allen Künstlern an Bord einen Chor zu bilden.

»Da wird der Kreuzfahrtdirektor beim Kapitän sofort einen Stein im Brett haben!« sagte ich enthusiastisch.

»Ob der eine Arsch beim anderen Arsch einen Stein im Brett hat, ist mir egal«, maulte Klara-Viktoria. »Aber der Gedanke an sich hört sich interessant an!« Sie fühlte sich natürlich jetzt unterfordert und wollte unbedingt auch noch mal auf die große Bühne. Und wenn es nur im Chor war.

»Also, was ist?« Aufgeregt zupfte ich an Lars-Dars' Arm. »Bist du dabei?«

Lars-Dars warf einen fragenden Blick auf seine Domina.

»Wenn du trotzdem noch Zeit für die Landgänge hast, kannst du mitmachen«, erlaubte diese großzügig.

Landgänge! Natürlich! Wir würden ja heute mittag in Darwin anlegen!

Keine Zeit, keine Zeit!! Ich mußte sofort Rüdiger dazu bewegen, mir die besten Chorstücke zu faxen! Wie spät war es denn jetzt in Deutschland?

Drei Uhr morgens.

Egal! Ich MUSSTE ihm ein Fax schicken!

Den Rest der Probe konnte ich an nichts anderes mehr denken. Ich würde einen bombastischen Chor gründen, hier an Bord der »MS Blaublut«, aus Künstlern und Passagieren! So etwas hatte die »Blaublut« noch nie erlebt, und man würde noch Generationen später davon sprechen.

Und Fred Hahn würde mir für den Rest seines Lebens dankbar sein.

»Lieber Rüdiger«, kritzelte ich auf feinstes Büttenpapier mit dem Emblem der »MS Blaublut«, »bitte fax mir umgehend ALLE Noten, die Du für ein gemischtes Chorkonzert für geeignet hältst! Ich gründe hier einen Chor! Es geht mir super, habe schon zwei tolle Auftritte gehabt, alle hier sind nett, der Kreuzfahrtdirektor hat gesagt, ich hätte eine phantastische Stimme! Jetzt will ich auch noch zeigen, daß ich dirigieren kann! Bitte, Rüdiger, mach Dir die Mühe! Alle Fax-Nummern stehen auf dem Briefkopf! Ich warte voller Ungeduld!! In Liebe und Treue – Deine Burkharda«

Das mit der Liebe und Treue war keineswegs gelogen. Schließlich war nichts Erwähnenswertes vorgefallen. Der Kreuzfahrtdirektor war ohne zu grüßen in einen murmeltierhaften Schlaf gefallen. Und ich war gegangen. Vollständig bekleidet, bis auf die Schuhe, die vermutlich immer noch in der Bar »Zum eitlen Fratz« unter dem Flügel lagen.

Ich gab meinen Schrieb bei der Rezeption ab.

»Bitte rufen Sie DIESE Nummer an und faxen Sie das umgehend nach Geilenkirchen!«

»Beides? Anrufen und faxen?« Der Zahlmeister, der auch über zwei Streifen verfügte, schaute mich fragend an.

»Ja, beides! Ich erwarte umgehend den Rückruf auf meiner Kabine!«

»Sicher?«

»Ja, Mann! Machen Sie schon! Das ist wahnsinnig wichtig und sehr, sehr eilig!!«

Ich rannte davon. Was sollte ich jetzt machen?

Schlafen konnte ich nicht.

Essen konnte ich nichts.

An Land gehen konnte ich nicht.

Schließlich erwartete ich ab sofort Stapel von Noten, die Rüdiger mir faxen würde!

Ich rannte wie ein Tiger im Käfig in meiner Kabine herum. Zwischendurch ergoß ich meinen inneren Streß in mein Tagebuch. Seitenweise. Papier ist geduldig.

Das Telefon läutete.

»Ja?!« Rüdiger?!

»Hier ist der Ulrichch, du! Ja Wahnsinn, du! Kchommst du mit mir an Land, du? Das ist ein Wahnsinns-Land, Australien, du, ich sage dir, diese Eingeborenen, du, unglaublich, und diese Känguruhs, du, die haben eine Power, genau wie du, du, ich sage dir, du, ein Wahnsinn, du ...«

»Ulrich, ich kann nicht!«

»Warum nicht, du?«

»Ich warte auf ein wichtiges Fax! Bitte laß mich jetzt, ich muß arbeiten!«

»Du machst mich wahnsinnig unglücklichch, du!«

Geh allein zu deinen Eingeborenen und zu deinen Känguruhs! Ich hab Wichtigeres zu tun!

Ich legte den Hörer auf.

Wieder wanderte ich auf und ab, auf und ab. Ruf an, Rüdiger, ruf an! Ich muß die Noten kopieren, vorbereiten, zusammenstreichen, ein Programm erstellen, jedem Chormitglied eine Kopie in die Kabine bringen und einen Probenplan erstellen. Meine Güte, ich habe keine Sekunde Zeit übrig!

Das Telefon klingelte.

Rüdiger!

»Ja?!«

»Fred hier.«

Plumps. Ich sank auf das Bett, meine Schläfen hämmerten. Wenn er jetzt mit mir an Land gehen wollte, zu den Eingeborenen und zu den Känguruhs, dann würde die Sache mit den Noten auch noch ein bißchen Zeit haben.

Ich hatte Herzklopfen, wie ich es nie zuvor gehabt hatte!

»Ja?!«

»Ich wollte nur sagen, es tut mir leid wegen gestern.«

Ich saß wie erschlagen auf meinem Bett. Hämmer, hämmer, hämmer, meißelten meine Schläfen Schmerz in meine Seele.

»Es tut dir LEID?!«

»Ja, daß ich dich belästigt habe. Sorry. Wird nicht wieder vorkommen.«

Du hast mich nicht belästigt, Mann! Du hast mich wahnsinnig glücklich gemacht!! Ich kann an nichts anderes mehr denken als an dich, wie du so schutz- und wehrlos in deinem völlig streifenlosen T-Shirt und den unkleidsamen Bermudashorts auf deiner Bettkante gesessen hast und mir dein Scherzvideo vorgeführt hast! O Mann, ich bin verrückt nach dir, kann weder hören noch sehn, nur stöhnen in meinen Wehn!

»Ist schon gut«, hörte ich mich sagen.

»Also dann ...« Es knackte. Er hatte AUFGELEGT!!

Nein. Ich fühlte deutlich dieses Schiff sinken. Obwohl es im Hafen lag.

Ich saß auf meinem Bett und starrte durch das Bullauge. Draußen am Kai liefen Leute hin und her, aufgeregte, hektische Gestalten, Touristen, Einheimische. Die Reiseleiter hielten runde Schilder hoch: Bus eins, Bus zwei, Bus drei. Die dicke Klara-Viktoria hielt auch so ein Schild hoch. Sie hatte sich sämtliche Landgänge auf diese Weise gratis erschlichen, als Busbegleiterin! Na, sie hatte ja auch sonst nichts zu tun. Schäferhunde vom Zoll bellten an zu kurzen Leinen, Uniformierte hetzten hin und her, Händler boten ihre Waren feil, Touristen drängelten sich um die Busse,

Fotografen gruppierten die Leute auf der Schiffstreppe, Welcome to Darwin ...

Und ich saß wie tot auf meinem Bett und rührte mich nicht.

Er hatte aufgelegt!

Er hatte mich abgehakt!

Ich gehe jetzt an Land und scheiße auf ihn, dachte ich.

Los, Burkharda. Vielleicht ist Ulrich noch an Bord. Oder Gloria. Oder Mareike. Oder Anthony oder sonst wer.

Und wenn nicht, dann gehst du allein.

Ich wollte mich erheben, doch meine Knie versagten ihren Dienst.

Wenn ich jetzt ging, und Rüdiger rief an?

Ach was, Rüdiger! Rüdiger war in Geilenkirchen, und da war es jetzt tiefe Nacht. Und Dezember noch dazu.

Hier, in Darwin, war es 12 Uhr mittags! Und 35 Grad!! Und ich hockte in meiner klimatisierten Bude und wartete auf einen Stapel Noten! Wozu? Um diesem Kreuzfahrtdirektor zu gefallen, der mich ABGEHAKT hatte?

Los, Burkharda, auf. Du bist eine Frau von Welt.

Schnapp dir ein Landgangmärkchen und mach dich vom Acker. Australien ist toll.

Ich stand auf, wankte ins Bad, tuffte mir den Rougepinsel auf die graublassen Wangen. Wie ich aussah!! Zwei Nächte nicht geschlafen, zwei Tage nichts gegessen ... das mußte ein Ende haben!

Das Telefon blieb still.

Gut, Rüdiger, penn weiter, ich geh mir jetzt Australien anschauen.

Ich ließ die Kabinentür hinter mir ins Schloß fallen.

Beherzt lief ich den Gang hinunter, mein Landgangtäschchen mit der royal-blauen Aufschrift »MS Blaublut« lässig über der Schulter.

Vielleicht konnte ich sogar noch so einen Ausflugsbus erwischen. Dann kam ich auf andere Gedanken.

Auf der Treppe nahm ich immer zwei Stufen auf einmal.
Da kam mir jemand von oben entgegen.
Fast wären wir zusammengestoßen.
»Hoppla«, sagte ich.
»Hoppla«, äffte mich jemand nach.
Es war Fred.

»Oh, hallo.«
»Na, geht's an Land?« Spöttischer Blick aus wasserblauen, kalten Augen.
»Ja, ich warte eigentlich auf ein Fax, aber ... ich glaube, ich gehe doch ...« Mein Gott. Wo konnte man sich hier festhalten? Ich klammerte mich an das Goldgeländer. Das überlebensgroße Porträt von Fürstin Gracia Patricia blickte milde lächelnd auf uns herab.
Unten an der Rezeption standen der Zahlmeister und seine Maiden und blickten bedeutungsvoll zu uns herauf. Die Passagiere drängten sich landganghungrig die Gangway hinab.
»Ah, ich erinnere mich. Jung-Rüdiger will Noten faxen ...« Oh, diese Häme in seiner Stimme! Ich wollte ihm meine Landausflugtasche über die Birne hauen.
Aber ich liebte ihn doch so!
Fred gewahrte die Blicke der überall lauernden Ratten und trat gleich einen Schritt zurück. Da! Ich bedeutete ihm was! Wenn ich ihm egal wäre, würde er sich nicht beobachtet fühlen!
»Ich muß jetzt gehen«, stammelte ich.
»Schade«, sagte Fred. »Ich wollte dich gerade fragen, ob du einen Kaffee mit mir trinkst.«
Meine Knie versagten ihren Dienst.
Und mit diesen Weichlingen von Beinen wollte ich an Land gehen?
Unmöglich! Wenn ich es schaffte, mich auf ihnen noch vier Treppen höher aufs Sonnendeck zu schleppen, dann war das schon viel!

Ich schlich, so unbeteiligt wie möglich vor mich hin blickend, die Treppen hinauf.

»Na, geht's nicht an Land?« Zahllose Passagiere quollen mir entgegen und strömten alle in die andere Richtung.

»Doch, doch, später!«

»Aah, unsere Kammersängerin! Geht's nicht an Land?«

»Doch, später!«

»Aah du, Wahnsinn, du, daß ichch dichch noch treffe, du, ichch wollte gerade alleine an Land gehen, du...«

»Dann GEH allein an Land, du! Ich muß hier noch arbeiten! Ich erwarte noch ein Fax!«

Ulrich streichelte meinen Arm. »Ichch warte unten im Hafen auf dichch, du!«

»Tu das, du. Aber es könnte sein, daß ich gar nicht mehr komme.«

Ja, das könnte wirklich sein, du. Wenn sich nämlich aus dem Kaffeetrinken noch ein kleines Tête-à-tête ergibt, du, in des Kreuzfahrtdirektors Kabine, oder wenn der Kreuzfahrtdirektor mir vorschlägt, mit ihm privat an Land zu gehen, um vielleicht einen Rangerover zu mieten und eine Krokodilfarm zu besichtigen, du, dann kannst du da unten lange warten. Ich hoffe es sehr für mich.

Gloria mit ihrem Ingenieur am Arm kam mir lachend entgegen. Der Ingenieur war in Zivil. Er sah gleich zwanzig Jahre jünger aus. Echt netter Typ irgendwie.

»Ey, Burkhaada! Kommze mit an Land, ey? Wir wollen uns 'n Rangerover miet'n! Ham noch 'n Plätzken frei, woll, Äawin?«

Äawin nickte willig.

»Geht schon mal vor«, sagte ich. »Ich warte noch auf ein Fax.«

»Na, die FAXEN kenn ich!« grölte Gloria durchs Treppenhaus. »Dein Kreuzfaatdirektor is uns graad entgegengekomm!« Sie haute mir anerkennend auf die Schulter und lief weiter.

O Gott. Welch ein Spießrutenlauf.

Das Sonnendeck lag verwaist und einsam in der sengenden Sonne.

Im Pool plätscherten nur zwei Teichhühner mit Plastiknoppen auf dem Kopf. Es waren die zwei Weltreisenden, die sich nicht ausstehen konnten. Obwohl alle Liegestühle nun frei waren und sie das ganze Becken für sich hatten, fingen sie wieder an zu streiten.

»Und ich BESTEHE darauf, daß in der Mittagspause niemand über unseren Köpfen herumtrampelt«, keifte die eine. Es war die Frau vom Wollsocken-Gangster, der im Schatten vor sich hin schnarchte.

»Wo ich mich in der Mittagspause aufhalte, ist ganz allein MEINE Sache«, zeterte die andere. »Und was heißt hier überhaupt Mittags-PAUSE?! Von was wollen SIE denn PAUSE machen, wenn ich fragen darf?«

Verbissen schwammen sie ein paarmal hin und her. Dabei spritzte das eine Teichhuhn ganz absichtlich immer dann mit dem Fuß, wenn das andere Teichhuhn in seine Nähe kam.

»Schwimmen Sie doch vernünftige Bahnen!« schnauzte die andere.

»Wie soll man in so einer lächerlichen Grotte VERNÜNFTIGE Bahnen schwimmen!« schimpfte die Spritzende.

Und: spritz. Und: spritz.

Das hintere Teichhuhn kniepte mit den Augen. »Ich lasse mir diese ABSICHTLICHEN Schikanen nicht mehr länger gefallen! Ich hole den Kreuzfahrtdirektor!«

O nein, dachte ich. Bitte nicht. Der ist mit MIR verabredet!!

Ich blieb stehen.

»Meine Damen!« sagte ich. »Wie können Sie so egoistisch sein! Der Kreuzfahrtdirektor hat auch ein Privatleben, ob Sie es glauben oder nicht!«

»Was FÄLLT Ihnen ein?« fielen die beiden Teichhühner nun über mich her. »Sind Sie die PERSÖNLICHE SPRECHERIN des Kreuzfahrtdirektors?!«

»Nein, natürlich nicht«, lenkte ich hastig ein. Noch nicht. Leider. »Aber ich bitte Sie zu bedenken, daß der Kreuzfahrtdirektor nicht für jede lächerliche Zänkerei zuständig ist!«

»LÄCHERLICHE ZÄNKEREI!!« Die beiden ertranken fast in ihrem Pfuhl. »Das wird eine BESCHWERDE nach sich ziehen! Ich beschwere mich bei der REEDEREI persönlich!! Ich KENNE den REEDER!! Mein verstorbener Mann war mit ihm befreundet!! Das wird Sie noch Ihr Engagement hier kosten, junge Frau!!«

»Bitte beruhigen Sie sich«, rief ich verzweifelt, und ausgerechnet da näherte sich eine Mütze mit vier Troddeln und ein Hemd mit vier Streifen. Es war Fred, der mich wahrscheinlich suchte.

Ich wollte mich in den Pool fallen lassen und darin ersaufen.

»Das hier sind ganz UNERTRÄGLICHE Zustände!« rief die Frau mit der türkisen Badehaube. »Zuerst nimmt mir diese UN-Person meinen Schattenstuhl weg, und jetzt BELEHRT sie mich auch noch und BELEIDIGT mich!! Sie können diese arrogante halbseidene Person gleich hier bei den WILDEN aussetzen, wo sie hingehört!«

Ich hoffte, Fred würde sie jetzt genauso zynisch nachäffen, wie er das mit mir immer tat.

UNERTRÄGLICH, UN-Person, BELEHRT, BELEIDIGT, bei den WILDEN aussetzen...! O ja, Fred, gib's ihnen!

Aber Fred tippte an seine Mütze und sprach untertänigst: »Meine liebe gnädige Frau! Ich bitte Sie im Namen der ganzen Besatzung um Entschuldigung, wenn es hier zu Mißverständnissen gekommen ist! Selbstverständlich hat Frau Meier nicht das Recht, Sie zu belehren. Darf ich Sie als Entschädigung für heute abend zur Cocktailstunde zum Kapitänsempfang einladen?«

»Das ist ja wohl das MINDESTE, was ich erwarten kann!« blubberte die türkise Badehaube.

»Und Ihre PRIVATEN Verhältnisse sollten Sie nicht auf Kosten der ZAHLENDEN PASSAGIERE ausleben!« ereiferte sich die Orange. »Das haben wir hier schon OFT GENUG erlebt!!«

Was? Das hatte sie schon oft genug erlebt? Daß Fred seine

Fistanöllchen öffentlich auslebte? Womöglich sprang er nächtens volltrunken nackt mit seinen gehörnten Ballettratten im Pool herum? Oder er knutschte mit ihnen auf den begehrten Schattenliegestühlen? Ich drehte mich um und marschierte weg. Zum Heck. Überhaupt. Wie unsolidarisch er sich verhalten hatte. Warum hatte er mich nicht vor diesen alten Hyänen in Schutz genommen? Diese neidischen alten Weiber! Ich war den Tränen nahe.

Die Schiffsschraube ruhte müde im schwarzen Hafengewässer. Hinter uns parkte ein riesiger amerikanischer Pott. Er war bestimmt viermal so groß wie die »MS Blaublut«. Ich starrte auf die gläsernen Aufzüge, die glitzernden Fensterfronten, in denen die flirrende Mittagssonne reflektierte. Welch ein Pomp, welch ein Luxus. Und doch: Wie viele unzufriedene Passagiere mochten sich dort über Kleinigkeiten aufregen? Was mochte sich dort abspielen? Wie viele unglücklich Liebende aus dem Crewbereich mochten dort auf engstem Raume zusammen eingepfercht sein?

»Frau Kammersängerin?!« Fred stand neben mir. »Burk-harda ...«

Mir zogen die Hormone in die Knie.

Wir beugten uns beide über die Reling und starrten ins schwarze Wasser.

»Herr Kreuzfahrtdirektor? – Fred?!«

»Ich denke, Sie wollten an Land gehen?«

»Das wollte ich auch, aber Sie haben mich daran gehindert, indem Sie sagten, Sie wollten einen Kaffee mit mir trinken.«

»So, habe ich Sie gehindert.« Schon wieder äffte er mich nach, dieser kaltherzige, widerwärtige, arrogante Schnösel von falsch spielendem, katzbuckelndem, zu Kreuze kriechendem ... Kreuzkriechdirektor.

»Ich gehe jetzt an Land!« Trotzige Tränen wollten mir die Stimme brechen. Nicht mit mir, mein lieber Kreuzschmerzdirektor. NICHT mit Burkharda Meier!! Du hast mir schon das Herz gebrochen, aber meinen Stolz brichst du mir nicht! Ich wandte mich brüsk ab.

Er hielt mich fest. »Ich wollte Ihnen noch was sagen, Frau ... Kammersängerin.«

»Sag's.« Böse starrte ich ihn an.

»Ich habe mich in dich verliebt. Obwohl ich es wirklich nicht wollte. Aber es hat mich erwischt.«

Päng.

Da stand ich nun.

Wir sagten lange nichts. Ich fühlte meine Lippen zittern, ob vor Trauer, Glück oder Schmerz, vor Erschöpfung, Triumph oder Hilflosigkeit, kann ich nicht mehr ermessen.

»Ich habe mich auch in dich verliebt, Fred.«

Hättwich klatschte begeistert in die Hände. Na also, Kinder, nun küßt euch und tragt einander die Ehe an, und dann läuft der Abspann!

Aber den Triumph wollte ich ihr nicht gönnen.

»Und ich finde es verdammt scheiße von mir, daß mir das passiert ist. Damit du es weißt. Ich bin glücklich verheiratet. Und das soll auch so bleiben.«

So. Und jetzt kam endlich mein wohlverdienter Abgang. Nase hoch, Augen geradeaus, forscher Schritt, und ab über die Planken, Ausgang acht. Das hatte ich mir verdient.

Im Gang fing ich an zu hüpfen und zu springen. Er liebt mich, er liebt mich, er liebt mich!! Ja, hurra! Hüpf, jubel, juchz! Aber ich habe ihn abblitzen lassen!! Wie er es nicht anders verdient hat!! Ich gehe jetzt an Land und schließe alle australischen Eingeborenen und Känguruhs in mein befreites, erlöstes, gerächtes Herz!! Ich rannte mit einem Serotoninspiegel, der höher als alle Ozeane dieser Welt war, die Gangway hinab. Land! Zum erstenmal nach vier Seetagen LAND!! Ich war in AUSTRALIEN!! Jetzt wollte ich endlich das Leben genießen!! Welch eine Gluthitze hier unten im Hafen. Kein Lüftchen regte sich. Die Luft flirrte. Es mochten über vierzig Grad sein. Verwirrten Sinnes reichte ich dem Leichtmatrosen an der Gangway unten mein Kärtchen, damit er mich als »An Land« registrieren möge. Ob Fred jetzt oben auf Deck neun über der Brüstung lehnte und mich beim leichtfüßigen Landgang beobachtete? Warum hatte er nicht gesagt: »Ich habe mich in dich verliebt und möchte jetzt mit dir an Land gehen«?! Selber schuld! Er hatte durch seine aufgesetzte »Frau Kammersängerin«-Masche meine letzten Sympathien verspielt. Jetzt mußte er an Bord bleiben, ätsch, bätsch, während ich mir ein paar schöne Stunden machte! Na? Guckte er? Durch welches Bullauge wurde ich beobachtet? Ich blinkerte durch die grelle Sonne. Das schneeweiße Schiff blendete. Ich kramte nach der Sonnenbrille. Der Leichtmatrose gab mir meine Karte wieder.

»Da bist du ja endlichch, du, das ist der Wahnsinn, du!«

Ulrich der Belagerer saß in der Gluthitze auf dem Mäuerchen. Wie ein Gecko, der sich braten läßt.

Er hatte tatsächlich auf mich gewartet.

Wir verbrachten einen traumhaften Nachmittag.

Ulrich hatte einen Rangerover gemietet, und mit diesem fuhren wir in ein Naturschutzreservat, wo die Känguruhs und Koalabären zu Tausenden in glühender Hitze vor sich hin stanken. Die Ausflugsbusse mit dem »MS Blaublut«-Emblem in der Windschutzscheibe waren auch schon da. Jede Menge unserer vertrauten Passagiere trotteten dort zwischen den phlegmatischen Tieren herum, um sie zu fotografieren oder gar zu streicheln. Auf einer großen Wiese, auf der Jungkänguruhs herumkrabbelten, trafen wir eine lustige Gesellschaft: Gloria, die laute, fröhliche Journalistin, mit Äawin, dem netten Ingenieur in Zivil, dazu den phlegmatischen Schweizer namens Jürgi Bürgi, den ein unkleidsames buntes Hemd mit kurzen Hosen zierte, und die nette, kurzhaarige Anna, die morgens immer mit den Passagieren diesen fröhlichen Kampfsport machte. Ich hatte ihre Veranstaltungen noch nie besucht, weil ich zu der Zeit immer im Fitneßstudio weilte. Rudolf mit lilahaariger Frau war auch dabei, und er warf mir eindeutige Blicke zu, als ich mit Ulrich Hand in Hand auf sie zurannte.

Sofort zückte er seine Videokamera, der alte Spanner. Ach, ich war ja so glücklich! Fred liebte mich, und ich hatte ihn STEHENLASSEN!! ABSERVIERT!! Er hatte mir seine Seele aufgeschlossen, und ich hatte die Tür einfach mit der Fußspitze zugekickt! Nun konnte ich freien, frohen Herzens mit Ulrich Hand in Hand Känguruhs streicheln. Oh, diese lieblichen kleinen Zeitgenossen, halb Reh, halb Kuh, mit diesen schnuckeligen Kaninchen im Bauchbeutel!

Wir wanderten kichernd und albernd mit den Känguruhs über die glühend heiße Prärie, und wir fütterten die Känguruhs mit kleinen braunen, übelriechenden Köttelchen, die man am Automaten ziehen konnte, und die Känguruhs köttelten genausolche kleinen braunen, übelriechenden Köttelchen auf die verbrannte Wiese, und dann trafen wir in den Eukalyptusbäumen jede Menge pennende und vollgekiffte Koalabären, die nur mühsam ein Auge offenhalten konnten. Wir streichelten begeistert die pelzigen Penner, und Ulrich streichelte dabei ganz aus Versehen auch manchmal mich, und so zogen wir heiter und unbeschwert unserer Wege.

»Ich habe dich gestern abend in der Bar singen hören«, sagte plötzlich Anna, die schwarzhaarige Trainerin dieser asiatischen Kampftechnik, zu mir. »Ich fand's phantastisch. Du HAST aber auch eine Power!« Anna lachte, und sie hatte strahlend weiße, gesunde Zähne. »Wie du deine Schuhe unter den Flügel gekickt hast und barfuß weitergesungen ... du hättest die Blicke von einigen Passagieren sehen sollen!«

»Gut oder schlecht?!«

»Von grenzenloser Bewunderung bis grenzenlosem Neid war alles dabei!« Anna strahlte.

»Leider hatte ich noch nie Gelegenheit, deine Chi-gong ... oder wie das heißt ...«

»Wing Tsun!« lachte Anna. »Das ist eine Kampfkunst zur Selbstverteidigung! Speziell für Frauen! Du mußt mal vorbeikommen, wir trainieren immer morgens um zehn!«

»Ja, siehst du, morgens um zehn hetzte ich bisher immer vom Fitneßcenter in die Probe! Aber ich komme, so bald ich kann! Meine Show ist in drei Tagen, danach wird es ruhiger zugehen!«

»Stimmt es, daß du einen Chor gründen willst?« fragte Anna begeistert.

Ach, das hatte ich fast vergessen! In Deutschland war es jetzt sieben Uhr früh! Rüdiger würde mein Fax finden und sich sofort durch die Notenberge wühlen!

Neuer Tatendrang überflutete mich.

»Ja! Was hältst du davon?!«

»Großartige Idee! Ich bin dabei, wenn du magst!«

»Und wie! Ich bin begeistert! Hört mal«, rief ich durch die Eukalyptusbäume, »wer hat Lust, in meinem Chor mitzusingen?« Die Koalabären riskierten ein müdes Auge, bevor sie in ihr Koma zurückfielen.

Alle hatten Lust. Besonders Ulrich. Er fand das »einfach Wahnsinn, du, das ist gigantisch, du, du hast eine Power, du, ja Wahnsinn, du«.

Auch Rudolf und seine Kegelbrüder wollten mitsingen, und die Gattin mit den lila Haaren teilte mir mit, sie sei in Hamburg-Blankenese sogar in einem Hugo-Distler-Chor. Zweiter Alt.

»Ich freu mich so«, rief ich begeistert aus. »Sobald ich die Noten habe, rufe ich zur ersten Probe auf!«

»Morgen ist wieder ein Seetag«, sagte Anna. »Da werden viele Leute Zeit und Lust haben. Der Hahn kann ja tierisch froh sein, daß er so jemand Engagiertes an Bord hat wie dich.«

»Meinst du?« Mein Herz fing schon wieder an zu rasen. Ganz unregelmäßig und polternd. RABUMM. Ich fürchtete, alle hier könnten es hören.

»Ich habe den Eindruck, er mag dich!«

»Wie kommst du darauf?«

»Du hättest ihn sehen sollen, wie er dich gestern angeschaut hat, als du gesungen hast.«

»Ach was, der hat doch tausend Sängerinnen und Tänzerinnen und Künstlerinnen jedweder Couleur«, heuchelte ich. »Was soll der denn ausgerechnet mich anschauen?«

»Er ist schätzungsweise verliebt in dich.«

Gut geschätzt, Anna. Er hat es mir sogar GESAGT!!

»Ach was«, sagte ich leichthin. »Glaube ich nicht.«

Ich ließ mich von Ulrich weiterziehen. Hand in Hand umwanderten wir das Baby-Koala-Teddybärchen-Haus.

Ulrich legte mir ein überraschend schweres, knarzendes Stinktierchen in die Arme. »Du wärest eine phantastische Mutter, du!«

»Ach was...«

»Mit dir hätte ichch gern Kinder, du!«

»So. Hättest du.« Ich kicherte, weil das Koala-Baby mich verpennt anblinzelte und weil ich so verliebt war. Natürlich nicht in Ulrich. Sondern in Fred.

»Ichch könnte michch wirklichch in dichch verlieben, du!« Als könnte Ulrich Gedanken lesen!

Ich kicherte wieder. Diesmal eher geschmeichelt. Ulrich streichelte das Koala-Baby und rein zufällig auch mich. Wir sahen wirklich aus wie ein junges Elternpaar. Irgendwie lächerlich. Jemand hielt einen Fotoapparat auf uns. Es knackte im Geäst.

Fred. Streiche mit versteckter Kamera.

Er verschwand genauso schnell, wie er gekommen war.

»Scheiße!« murmelte ich tonlos hinter ihm her.

»Achch, der Kreuzfahrtdirektor! Wie der dichch immer anschmachchtet!«

»Schnauze, Ulrich!« Wütend drückte ich ihm das schwere, pralle Stinktier in die Hand. »Hier!« Ich wandte mich ab. Fred nachlaufen? Sagen: »Das war doch alles ganz anders«? NEIN. Ich gönnte mir den Triumph, daß er jetzt verletzt war. Er versetzte mich förmlich in Hochstimmung.

»Ach, da sind ja unsere lieben Freunde!«

Der gute alte Professor Weißenreim war auch da!

»Alle Koalabären stehen unter Drogen. Sie vertragen zwar nur eine ganz besondere Sorte Eukalyptusblätter, aber mit diesen stopfen sie sich so voll, daß sie in Trance in den Bäumen hängen und kaum noch anständige Nahrung zu sich nehmen.«

Wir lauschten alle fasziniert.

Der Professor beugte sich interessiert über ein Exemplar dieser rauschgiftverseuchten Stinktiere. »Aber dieser hier frißt Maden.«

»Gutes Protein«, sagte Anna. »Reines Eiweiß. Hm, lecker, ist gesund!«

»Iihh«, machten die anderen mit Hingabe.

Ulrich fand alles Wahnsinn, du.

Also los. Jetzt »Die Made«. Von Heinz Erhardt.

Und tatsächlich. Der Professor sprach:

»Hinter eines Baumes Rinde
wohnt die Made mit dem Kinde.«

»Dat kenn isch! Dat is geil! Heinz Fahaaat!« schrie Gloria begeistert.

»Sie ist Witwe, denn der Gatte,
den sie hatte, fiel vom Blatte.
Diente so auf diese Weise
einer Ameise als Speise.

Eines Morgens sprach die Made:
›Liebes Kind, ich sehe grade,
drüben gibt es frischen Kohl,
den ich hol. So leb denn wohl!
Halt, noch eins! Denk, was geschah,
geh nicht aus, denk an Papa!‹

Also sprach sie und entwich. –
Made junior aber schlich
hinterdrein; und das war schlecht!
Denn schon kam ein bunter Specht
und verschlang die kleine fade
Made ohne Gnade. Schade!

Hinter eines Baumes Rinde
ruft die Made nach dem Kinde ...«

Wir klatschten frenetisch Beifall. Dieser Professor! Zu jedem Thema hatte er ein munteres Verslein auf den Lippen! Ich versuchte es mal wieder auf meine Weise:

»Ein fauler Bär war voll bekifft,
der Blick verkokst, das Fell versifft,
der hing phlegmatisch in 'nem Baum,
bewegte sich so gut wie kaum
und griff mit seinen dicken, prallen,
behaarten Koalabärenkrallen
nach einem Wurm, 'nem fetten, weißen,
den mußte er noch nicht mal beißen,
denn er zerging im Mund wie Brei.
Der Made war das einerlei.«

Die anderen lachten.

»Welch nettes Verslein«, sagte der goldige Professor Weißenreim. »Haben Sie das selber erdacht?«

»Es flog mich gerade so an«, grinste ich selbstzufrieden. »Ihre Gedichte animieren mich einfach.«

»Ja Wahnsinn, du, der Wahnsinn, du, das glaub ichch nichcht, das ist unglaublichch, du«, stammelte Ulrich.

Na, so toll war das nun auch wieder nicht! Diese Leute hier waren ja leicht zu begeistern! Alles war so easy! Wenn man verliebt ist, geht alles so leicht!

Anna lachte. »Du bringst wirklich frischen Wind hier in den Laden!«

Und Gloria schrie: »Dat schraib ich auf, ey, dat is ja voll genial!«

Ich grinste schon wieder selbstzufrieden. Tja, Leute. Und wenn ich erst mal den Chor gegründet habe, dann werdet ihr sehen, was wirklich in mir steckt.

Und Fred wird mir noch verfallen. Ich schwör's euch.

Und das schrieb ich auch in mein Tagebuch.

Als wir um 18 Uhr vom Landausflug zurückkamen, zerzaust, verschwitzt, glücklich und übermütig, stand schon Lars-Dars im Smoking mit seiner dicken Thusnelda im Abendkleid mit Fuchsschwanz um den kaum vorhandenen Hals an der Rezeption. »Wo bleibst du denn! Der Käpt'n erwartet uns zum Cocktailempfang!«

»Ach du Scheiße! Das hab ich voll vergessen!«

Der Zahlmeister hob unwillig den Blick. »Bitte nicht dieses Vokabular in den Passagierzonen.«

Einige ältliche Herrschaften schauten mich pikiert an.

»Diese junge Dame fällt auch überall unangenehm auf!«

Aha. Die Teichhühner von heute mittag hatten gepetzt.

»Ich brauche drei Minuten!« schrie ich Lars-Dars an. »Warte hier!«

»Ich habe eine Rechnung über 2684 DM für Sie«, rief der Zahlmeister hinter mir her.

Ich tat so, als sei ich taub.

Das konnte ja wohl nicht wahr sein!! Die Faxe? Das Telefonat?! Arsch voll, Zahlmeister!

Wie von Furien gehetzt, raste ich »auf Kabine«, riß mir die verschwitzten Klamotten vom Leibe, sprang unter die eiskalte Dusche, zerrte mein eierschalenfarbenes Escada-Kostüm hervor, das ich mal für hundertzwanzig Mark »secondhand« erstanden hatte, und fuhr mir mit dem Feudel durch die Haare. Parfum,

Rouge, Lippenstift, fertig. Ich hetzte wieder zur Rezeption zurück.

»Boh, das ging aber obersuperschnell!« Lars-Dars war sichtlich beeindruckt.

»Wahrscheinlich hat sie ihre Spielhöschen noch drunter«, mutmaßte Klara-Viktoria säuerlich.

»Sie haben etwa siebzig Seiten Fax«, sagte der Zahlmeister ungerührt. »2 684 DM bekomme ich von Ihnen!«

»Später!«

Wir rannten die Treppe hinauf zum Deck neun, wo im »Erzherzog-Ferdinand-Palais« der Kapitän bereits an der Tür auf uns wartete.

»Es ist vier Minuten nach sechs«, begrüßte er uns.

»An MIR lag's nicht.«

Huldvoll ließ ich mir von ihm die Hand küssen und warf einen abfälligen Blick auf die dicke Klara-Viktoria, die nur mühsam die Treppe hochkeuchte.

»Sie lassen Ihren Kapitän warten!« rügte Hans-Dieter Schulz die schnaufende Diseuse. Hähähä, rieb sich mein Flaschengeist die Hände. Ich war schon ins Innere geschwebt, wo einige blankgeputzte Stewards uns mit Champagner erwarteten.

Zu meiner Zufriedenheit konnte ich wahrnehmen, daß der Käpt'n Klara-Viktoria mitnichten die Hand küßte.

Alle anderen Künstler standen schon peinlich berührt im Halbkreis, ihr gefülltes Glas in der Hand, von dem sie sich nicht zu trinken getrauten. Der Zauberer im schwarzen Smoking, seine unzufriedene Gattin Natascha im lila rückenfreien Abendfummel, der schwule Tenor Anthony im weißen Smoking, die Tänzer und Tänzerinnen, die anderen Sänger, der liebenswürdige Einhandsegler, mein Dichter natürlich und die Mitglieder der Bänd. Auf gläsernen Tischchen standen Glasschälchen mit Nüßchen und glasierten Früchten. Der dicke Lektor knabberte mit unverhohlenem Appetit davon. Statuen und Putten hielten Blumengebinde und goldene Schalen mit goldenen Weintrauben in ihren bronzenen Armen. Der Hoteldirektor war auch zugegen, mit seiner Gattin Mareike. Sie hatte ein pinkfarbenes Etwas an, bestimmt von Escada. Es machte einen sehr teuren Eindruck. Außerdem waren noch die beiden Bordgeistlichen da, der evangelische Pastor Nölenberg und der katholische Pfarrer Klein, und der Arzt Dr. Mundgeruch, Verzeihung, Hundtgeburth.

Leute, dachte ich, macht hin, ich will noch ins Fitneßcenter. Und dann setzte mein Herz aus.

Am anderen Ende des Saales stand Fred Hahn.

Er sah phantastisch aus. Tadellos sitzender weißer Anzug, goldene Troddeln und vier goldene Streifen auf der Schulter. Ich hoffte, er würde mir einen Blick schenken. Vielleicht ein verschmitztes Lächeln? Ein verschwörerisches Mundwinkelspiel? Doch für Fred Hahn war ich Luft. Er redete mit den zwei Teichhühnern, die er heute im Swimmingpool für mein peinliches Verhalten angeschleimt hatte. Es war so ungerecht!! ICH, ich wollte bei Fred stehen! Die Teichhühner, die inzwischen bei dem blondgelockten Friseur gewesen waren, den ich unlängst in den Morgenstunden beim Vögeln gestört hatte, warfen mir verächtliche Blicke zu. Ich hätte ihnen gern mein Champagnerglas über die aufgetufften Locken gekippt. Aber eine Dame tut so was nicht. Wir standen alle betreten da.

Endlich kam der breitbäuchige Käpt'n zu uns geschwankt. Er hob sein Champagnerglas und sprach: »So, da nun alle da sind, kann ich uns nur eine gute Reise wünschen und bla bla bla ...«

Ich hörte ihm nicht mehr zu. Fred. Fred Hahn. Ich würde ihn zwingen, mich zu beachten. Siebzig Seiten Fax waren angekommen! Das bedeutete, Freds Abend war gerettet. Und das hatte er Rüdiger zu verdanken! MEINEM Mann! Der gute Rüdiger! Vielleicht waren es dreißig Chorstücke. Da mußte man doch etwas draus machen können! Ich würde sie alle einzeln fotokopieren, die Stimmen bearbeiten, Proben einberufen, Einzelproben machen, o ja, ich würde diesem Kreuzfahrtdirektor zeigen, was ich so draufhatte, ich würde ihn in die Knie zwingen! Er würde mir bewundernd die Hand küssen, das schwor ich! Andere waren schon mit Recht begeistert von mir, warum sollte mir das ausgerechnet bei dem Kreuzfahrtdirektor nicht gelingen?

Wir tranken. Der Champagner war sehr kalt und sehr trokken.

»Was ist denn jetzt hier mit 'ner Kostprobe?« fragte der dicke Kapitän. »Von Ihren Künsten? – Meine Damen und Herren! Ich will was hören!«

Mein Herz fing an zu rasen. Sollte ich ... ?

Sofort schleifte Klara-Viktoria ihren armen Lars-Dars zu dem weißen Flügel. Er verschüttete vor Schreck seinen Orangensaft, und die Nüßchen, die er ergattert hatte, fielen ihm aus der Hand.

Noch nicht mal essen durfte dieser arme Mann. Er mußte spielen. Die Diseuse mähte:

»Ein rätselhafter Schimmer, ein je ne sais pas quoi, liegt in den Augen immer bei einer schönen Frau. Doch wenn sich meine Augen bei einem vis à vis ganz tief in seine saugen, was sprechen dann sie?

Ich bin von Kopf bis Fuß auf Liebe eingestellt, denn das ist meine Welt und sonst gar nichts. Das ist, was soll ich machen, meine Natur: Ich kann halt lieben nur und sonst gar nichts. Männer umschwirrn mich wie Motten um das Licht, und wenn sie verbrennen, ja, dafür kann ich nicht. Ich bin von Kopf bis Fuß auf Liebe eingestellt, denn das ist meine Welt und sonst gar nichts.«

Fred Hahn warf mir einen gequälten Blick zu. Meine Augen saugten an seinen. Die Teichhühner wackelten pikiert mit den Köpfen.

Als die Diseuse fertig war, klatschte niemand. Es herrschte peinliche Stille. Das eine aufgetuffte Teichhuhn ließ sich auf einen weißbezogenen Sessel fallen. In dem Moment entfuhr dem Teichhuhn ein knatternder Pups. Alle starrten noch viel betretener vor sich hin. Außer mir. Ich fing an, hämisch und schadenfroh zu kichern, und Lars-Dars fing auch an zu kichern, und dann kicherten noch Mareike und Anna, und selbst die stets übellaunige Natascha wurde rot und giggelte in ihren Kaugummi hinein. Sogar Fred Hahn hustete in seinen vierstreifigen Ärmel.

Und, wie aufs Stichwort, wußte der nimmermüde Herr Professor Weißenreim ein passendes Gedicht, diesmal von Robert T. Odeman:

»Einer Königin entfuhr,
wenn auch ein ganz kleiner nur,
aber immerhin ein Ton,
als sie Platz nahm auf dem Thron.
Nachdem dies Malheur passiert,
standen alle sehr geniert.
Jeder blickte vor sich hin,
niemand auf die Herrscherin.
Doch ein junger Kapitän,
braungebrannt von Sturm und Böen,
der zur Audienz erschien,
stammelte: ›Vergebt mir, Queen!‹ ...«

Der Kapitän klatschte, indem er mit seiner fetten Zigarre an sein Champagnerglas haute. Fred Hahn klatschte auch. Wir waren alle begeistert. Ach, dieser Professor! Jede Situation wußte er zu retten!

Die beleidigten Teichhühner wanden sich ein bißchen und mußten gute Miene zum bösen Spiel machen.

Wir plauderten nett, und der Zauberer Rudi zauberte noch ein Kaninchen aus der Weintraubenschale der Bronzegestalt, und die Stewards füllten Champagner nach, aber ich wollte nur eins: Beachtung und Bewunderung von Fred. Er sollte einmal, ein einziges Mal »ja Wahnsinn, du« zu mir sagen.

»Herr Kapitän«, sprach ich mutig, indem ich mein Glas abstellte, »ich werde hier an Bord einen Chor gründen. Darf ich Ihnen eine erste Kostprobe geben?«

Des Kapitäns Schweinsäuglein ruhten wohlwollend auf mir.

»Aber bitte, junge Frau. Wenn's nicht zu lange dauert, ich muß... auf die Brücke, ich werde dort erwartet!«

Selbst der dicke Kapitän
muß mal auf die Brücke gehn,
um im Schatten dieser Brücken
einmal ordentlich zu f...

BURKHARDA!! Also BITTE!! So was darf man nicht mal DENKEN!! Was ist das denn für ein Vokabular, dessen du dich befleißigst! Aber ich war so übermütig! Nur wer verliebt ist, kann es ganz verstehn, schwer ist der Anstand, schön das Danebenbenehm!

Ich wollte den Alten vorher noch ein bißchen in Stimmung bringen. In gewohnter Manier ordnete ich flink alle Umherstehenden in drei Gruppen und befahl: »Sie hier singen die Melodie von ›Der Mond ist aufgegangen‹. Das können Sie doch sicher, nicht?«

Alle schwiegen geschockt. Natascha mit dem Kaugummi verdrehte genervt die Augen. Der Zauberer Rudi verdrückte sich mit seinem verhaltensgestörten Karnickel in den Hintergrund.

Einzig der evangelische und der katholische Pfarrer nickten erfreut. Ich ordnete sie der ersten Gruppe zu.

»Und Sie«, sagte ich zur zweiten Gruppe, »singen auch die Melodie, aber zwei Viertel später und eine Quarte tiefer. Haben Sie das verstanden?« Natürlich. Das war doch wirklich nicht schwer zu verstehen. Meine Leute in Geilenkirchen verstanden so was.

Der Einhandsegler und mein lieber alter Professor waren in dieser Gruppe. Sie nickten hoffnungsfroh.

Ich war sicher, daß das funktionierte.

»Die dritte Gruppe« – das waren meiner Ansicht nach die

Musikalischen, also Lars-Dars, Anthony, die Jungs aus der Bänd und Klara-Viktoria –, »ihr improvisiert dazu. Schön soft. Mit ein paar Sixt ajoutées und so. Klar? Ich selber singe die Oberstimme. Also los.«

Ich gab der ersten Gruppe den Einsatz, dann plärrte ich die Stimme der zweiten Gruppe, eine Quart tiefer, und als der schwerfällige Karren lief, improvisierte ich flink eine Oberstimme, während die Jungs aus der Bänd, leider alle aus Bulgarien und deshalb des deutschen Liedgutes nicht mächtig, irgendwas dazu brummten. Auch Anthony hatte noch nie was von »Der Mond ist aufgegangen« gehört, weshalb er vornehm schwieg, und Lars-Dars konnte überhaupt nicht singen. Leider ließen mich auch meine alten Verehrer im Stich. Herr Professor Weißenreim verfügte über einen kläglichen Tenor, und der wind- und wettergegerbte Hasso von Tegern war leider heiser. Es klang grauenvoll. Ein einziger peinlich verebbender, zäher Klangbrei. Die Dissonanzen prallten von den kostbaren Marmorwänden ab. Einzig die zwei Bordgeistlichen hatten bis zum Schluß durchgehalten, allerdings von den altjüngferlichen Teichhuhnstimmen arg in Mitleidenschaft gezogen. Oberpeinlich, katastrophal. Der Käpt'n verzog schmerzvoll das Gesicht. Jetzt hatte er bestimmt keine Lust mehr auf »Brücke«. Fred Hahn wandte sich ab und guckte durch das Bullauge.

»Na gut«, sagte ich, »das klang zugegebenermaßen scheiße. Wenn wir erst mal geprobt haben, wird das gigantisch gut. Tja. Lassen Sie sich nicht verdrießen. Alles wird gut.«

Ich trank mein Glas aus, bedankte mich und verließ als erste den Käpt'ns-Cocktail.

Zwei Stunden später trat ich durch die Glastür des Spezialitätenrestaurants »Vier Himmelsrichtungen«. Mist! Wie es schien, war ich schon wieder die letzte!

Ich hatte noch zehn Kilometer auf dem Laufband hinter mich gebracht, um meinen gigantischen Frust loszuwerden, danach kalt geduscht, Haare gewaschen und die Faxe von Rüdiger durchforstet. Für 2 684 Mark mußten doch verdammt noch mal ein paar Fetzer dabeisein! Ja, war Rüdiger denn von Sinnen? Lauter bescheuerte, verstaubte Lieder wie »Der Gutzgauch auf dem Zaune saß!« und »Ich brach drei dürre (G)Reiselein« und »Wenn sich Nachtigallen schlagen«! – Die paßten ja alle irgendwie zu den Passagieren dieser Weltreise, aber wie sollte ich das peppig servieren? Ich kramte und wühlte in den Noten und raufte mir die Haare und fluchte auf Rüdiger und überlegte fieberhaft, wo im australischen Busch ich noch andere Noten erstehen konnte. Was Peppiges, Mann, Rüdiger!

Aber es war typisch für ihn. Er fand das geil. Und faxte mir das. Für ZWEITAUSENDSECHSHUNDERTVIERUNDACHTZIG Mark!! Wie sollte ich hier bestehen?

Vor lauter Frust war mir fast das Käpt'ns-Dinner durch die Lappen gegangen!! Nun stand ich da, verwirrt, und überlegte immer noch, wie man »Gutzgauch« und »dürren Reiselein« einen Unterhaltungswert abgewinnen konnte.

»Wir warten nur noch auf Sie!«

Ich lächelte huldvoll. Na, das will ich auch meinen! Daß ihr alle auf mich wartet!

Galanter Handkuß – mein Gott, jetzt hatte der bullige alte Käpt'n mir heute schon zum drittenmal die Hand geküßt mit seinen fiesen braunen Zähnen! –, und die herumstehenden Herrschaften wurden zu Tisch geführt. Der riesige ovale Tisch stand in der Mitte des Restaurants, und er war prunkvoll geschmückt.

Hinter jedem Gedeck lagen rosa und weiße Rosen, und siebenarmige Kerzenleuchter spendeten Licht. Es war sehr feierlich und unglaublich gediegen. Kinder, nein, dachte ich, wenn ich das zu Hause in meinem Kirchenchor erzähle! Zum Glück war Gloria, die Journalistin, auch an diesem Tisch. Und Mareike mit ihrem Gemahl. Wir nahmen alle Platz. Ich kam unglücklicherweise neben dem Käpt'n zu sitzen. Gloria, die Glückliche, war neben Fred Hahn plaziert! Die beleidigten Teichhühner saßen auf seiner anderen Seite. Ich vermied jeden Blickkontakt.

Der Kapitän schwang wieder eine hölzerne, ungeschlachte Rede mit seinem gräßlichen Kohlenpott-Slang, und ich merkte, das Entertainment an sich lag ihm nicht.

Vielleicht war er ein hervorragender Nautiker. Von Umgangsformen verstand er jedenfalls nichts.

Bei Avocadobirne mit marinierten Garnelen, überzogen mit Zitronen-Tomaten-Schaum, und Butterbaguette polterte der Kapitän los: »Und Sie sind also 'ne Opernsängerin, was?!«

Ich erklärte dem groben Kerl, der kaum ein Weinglas zu halten imstande war, daß ich nicht wirklich eine Opernsängerin, sondern eine Konzertsängerin und Dirigentin im geistlichen Fach sei.

»Wat is dat denn, geistliches Fach?!«

»Mein Tätigkeitsbereich ist hauptsächlich in der Kirche.«

Der Kapitän bollerte los: »Da werden die zwei Priester sich ja die Finger nach Ihnen lecken!«

»Nun«, sprach ich würdevoll, indem ich einen Schluck Chablis Premier Crus Montains zum Munde führte, »Sie sollten wissen, daß die Bordgeistlichen den Zölibat leben, zumindest der katholische Kollege, und daß ich sie nicht in Versuchung führen werde.«

»Dat merkt man«, grunzte der Käpt'n, indem er sich mit dem Finger einen Essensrest aus den braunen Zähnen bohrte. »Sie führen hier jeden in Versuchung!«

»Wie meinen Sie das?«

»Na, wat Se alles machen, und wo Se überall gleichzeitig sind, dat is schon doll. Gestern abend noch inne Baa, heute früh schon widda aufe Probenbühne, im Swimmingpool ham Se nur dieses weiße knappe Dings an, und dann schäkan Se noch mit diesen Schweizer Bänkern rum und machen der Diseuse ihren Lustknaben abspenstig. Donnawetta, Sie ham 'ne Energie.«

»Herr Kapitän, wo Sie überall Ihre Augen haben!«

»Ich muß überall meine Augen haben, dat können Se mir glauben! Ich bin der beste Kapitän, den diese Reederei je hatte!«

Boh, war das ein widerlicher Wichtigtuer! Gut, daß er nicht bemerkt hatte, wo ich meine Nacht verbracht hatte. Anscheinend war dem wachen Auge dieses so aufmerksamen Mannes das entgangen.

»Steward!« Der Käpt'n schlug mit seiner Pranke auf den Tisch. Der Chefsteward Gerald Gier sprang erschrocken herbei. »Wieso ist dieser Schrank da auf?!«

»Wir entnehmen diesem Schrank soeben das Porzellan für den Suppengang, Herr Kapitän!«

»Dat stört mein ästhetisches Empfinden! Macht den Schrank zu, aber dalli!«

»Jawohl, Herr Kapitän!« Der Chefsteward schlug die Hacken zusammen und herrschte seine Kollegen an, die Suppentassen aus dem zwei Decks entfernten »Königin-Louise-Restaurant« zu holen.

Ich fand das Gebaren dieses ungepflegten alten Kerls schier unerträglich. Wollte er mir damit imponieren oder was?!

Wir löffelten schweigend unser Süppchen: Essenz von jungen Bresse-Täubchen in Trüffelklößchen und altem Cognac.

»Dat schmeckt nich.« Mit einer vernichtenden Geste schob der alte Sack das Süppchen beiseite. »Nur vom Cognac, da könnt ihr mir noch mal nachschenken.«

»Jawohl, Herr Kapitän.«

Ich verdrehte die Augen zum Himmel. Und traf dabei zufällig die Augen von Fred Hahn. Zufällig. Eine Zehntelsekunde nur. Aber das genügte. Er litt.

Neben ihm die aufgeplusterten Teichhühner: gräßlich. Und Gloria mit ihrer lauten Lache und ihrer gar zu direkten Art schien ihn in seiner heutigen Verfassung auch nicht zu amüsieren. Die arme, liebe, verletzliche Seele! Er hatte sich in mich verLIEBT!! Er hatte es GESAGT!! Ich wärmte ihn mit meinen verliebten Augen.

»Verzeihung, gnädige Frau, dürfen wir Ihnen nun unseren Sechsundneunziger Pouilly Fuisse einschenken, oder bleiben Sie bei Ihrem Weißwein?«

»Mir können Se beides einschenken«, sagte der Kapitän. »Und räumen Se mal das Regal da hinten auf, das sieht ja grauenvoll aus!«

»Jawohl, Herr Kapitän. Gleich morgen früh wird es aufgeräumt.«

»Morgen früh isset zu spät! Heute nacht noch räumen Se dat auf! Sobald wir hier raus sind, klar!«

»Natürlich, Herr Kapitän.«

Kotzbrocken, Kotzbrocken, Kotzbrocken, dachte ich. Mal sehen, wie dumm du wirklich bist.

»Sie haben aber auch eine anspruchsvolle Aufgabe als Leiter eines so imposanten Apparates«, seifte ich ihn ein. »Achthundert Passagiere und vierhundert Crewmitglieder!« Hättwich soufflierte mir schon wieder, weil mir von selbst nie so ein Gesülze eingefallen wäre.

»Die Passagiere sind ja ein Kapitel für sich«, sagte Hans-Dieter Schulz.

»Das glaube ich gern!« Hechel, hechel. Jetzt packte er aus, der alte Sack, und Gloria, die Klatschreporterin, saß am anderen Tischende!

»Die Weltreisenden scheinen schwierig zu sein«, träufelte ich dem Manne Öl in sein geschwätziges Maul.

»Schreckliches Pack«, stöhnte Schulz. »Da hinten die zwei Spinatwachteln ... na ja, die zahlen vierhunderttausend Mark, da kriegen andere eine Doppelhaushälfte für, die legen ihren Arsch für ein Jahr auf unseren Kahn, und da erwarten sie, daß man ihnen den Arsch auch nachträgt.«

Ich hüstelte und griff nach meinem Pouilly Fuisse. »Erzählen Sie doch mal etwas Pikantes!« stachelte ich ihn an. Hähä, Gloria! Ich hab hier das Mega-Interview!

»Der eine Weltreisende, der mit dem Wollhandschuh, verbietet, daß in der Mittagszeit jemand über seiner Kabine rumläuft. Ja Herrschaftszeiten, da ist das Schachbrett über seiner Suite, da laufen halt die Leute rum und rücken die Schachfiguren, und das macht Geräusche, aber das will der Toofmann nicht dulden.«

»Der Doofmann ...?«

»Toofmann. Er heißt Toofmann. Herr und Frau Toofmann. Steinreiche Leute. Mir blieb nichts anderes übrig, als das Schachbrett in der Mittagszeit abzusperren. Damit der Toofmann seinen Mittagsschlaf halten kann. Da war aber der Teufel los bei den anderen siebenhundertachtundneunzig Passagieren! Bullshit!«

»Ja, aber ...« Mir blieb der Mund offenstehen. Warum erfuhr Gloria diese köstlichen Geschichten nicht! »Und wie haben die anderen Passagiere reagiert?«

Ich platzte vor Neugier. Das hier war viel besser als alle Skandälchen in Geilenkirchen der letzten zwanzig Jahre!

Der Hauptgang wurde serviert.

»Da hätten wir jetzt das feine Filet vom Hasenrücken mit glasierten Maronen, angelehnt an australisches Preiselbeerrotkraut, umlagert von hausgemachten Haselnußspätzle nach Ureinwohnerart«, sagte der errötende Steward mit feuchten Händen, während seine Mannen die glänzenden Bottiche von unseren Tellern rissen.

»Sind Sie sicher, daß es nicht gesottenes Känguruh im vorgeheizten Beutel an Eukalyptusblättern ist?« wisperte ich in die andachtsvolle Stille hinein. Fred Hahn warf mir einen winzig kleinen Blick zu. Einen winzig kleinen. Mit 'nem diabolischen Lächeln drin. Ja. Sein Flaschengeist und meiner, die waren aus einem Gas.

Aber der Käpt'n hatte keinen Sinn für meinen Humor.

»Sehen Sie mal, ganz aktueller Fall. Die zwei Weiber da neben dem Hahn. Nur weil die mittags Streit im Swimmingpool hatten, mußte der Hahn sie heute zum Käpt'ns-Dinner einladen.

So geht das jeden Abend. Der Hahn kriegt immer nur den Schrott.«

»Mit Ausnahmen, Käpt'n«, sagte ich und prostete ihm zu.

Der Käpt'n winkte nach dem Lakaien mit dem Cognac. »Nachschenken!«

Der Vorgang mit den Teichhühnern war mir ja schon bekannt, und ich wollte ihn nicht noch einmal hören. Aber »der Hahn« interessierte mich natürlich brennend.

»Der Kreuzfahrtdirektor hat auch eine nicht immer dankbare Aufgabe«, heuchelte ich weiter Mitleid.

»Der Mann ist selber Schrott.«

»Bitte?«

»Völlig untauglich«, wetterte Schulz. »Ein Schwätzer, ein Schürzenheld, ein Alkoholiker.«

»WAAS?!« Mir blieb das gesottene Känguruh im Halse stecken.

»Der macht nur jeden Abend seine Show auf der Bühne. Hört sich selber gerne reden. Hauptsache, er steht im Mittelpunkt. Um seine Künstler kümmert er sich überhaupt nicht.«

»Stop mal, stop«, unterbrach ich. »So kann man das aber nicht sagen!« Ich fand, daß er sich – zumindest zeitweilig – echt nett um mich gekümmert hatte.

»Na gut, es mag Ausnahmen geben. Seine Ballettmädels vögelt er regelmäßig. Und seine Assistentinnen und seine Sekretärin und seine Chormädels. Da kümmert er sich mit großer Sorgfalt drum. Das muß man ihm lassen.«

Arschloch, Arschloch, Arschloch, dachte ich. Ich kippe dir dein Känguruh-Ragout in dein teigiges Gesicht.

»Und seine Hobbyfilmerei ist ihm wichtig. Aber diese Filmchen sind völlig untauglich. Alberner Schwachsinn ist das. Das kann man keinem zumuten.«

Ich schwieg. Wie konnte er als Kapitän so über seine Leute sprechen! Wenn du wüßtest, du fettes, altes, fieses Oberstreifenhorn, dachte ich, daß ich letztens nachts längst den Film von »dem völlig untauglichen Mann« gesehen habe.

»Der Mann ist mir ein Dorn im Auge«, fuhr der Kapitän ungefragt weiter fort. »Eitel, unfähig, egozentrisch. Und mit jedem dieser Frauenzimmer hat er ein uneheliches Kind.« Er bohrte sich ungeniert in den Zähnen herum.

Gloria, dachte ich, laß dein Band mitlaufen, Mädel! So spricht der Kapitän eines Fünfsterneschiffes öffentlich über seine Leute!

Und gleichzeitig wollte mir das Herz brechen.

»Und wie spricht Herr Hahn Ihrer Meinung nach über Sie?«

»Er kann mich auf den Tod nicht ausstehen. Wir grüßen uns nicht, wenn wir uns auf dem Gang begegnen. Schlimm genug, über Jahre mit so einem Idioten auf engstem Raume eingesperrt zu sein.«

»Und Sie wollen zusammen ein Fünfsterneschiff leiten?« fragte ich entgeistert. »Sie haben die Verantwortung für über tausend Menschen!«

»Soll der Reeder diesen Idioten abziehen«, sagte Schulz. »Ich bleibe!«

»Und was ist mit Ihren anderen Leuten?«

Ich mußte mein Herzklopfen erst mal unter Kontrolle bringen. Ich schaute auf Fred. Und Fred erwiderte meinen Blick, angeschossen, wie ein weidwundes Reh, während er Gloria zuhörte, die laut auf ihn einredete.

Oh, Mann, dachte ich. Wie hab ich dich doch ins Herz geschlossen. Du kannst sicher sein: Ich steh zu dir. Und wenn ich jetzt Spionin bin – alles zu deinem Vorteil. Ich bin auf deiner Seite. Das weißt du, Streifenhörnchen. Ich zerreiß mich für dich in Stücke.

Krieg der Streifenhörnchen. Wer hätte das gedacht.

Schulz redete, während ihm das gesottene Känguruh fast aus den schlecht gepflegten Zähnen fiel. »Der Hoteldirektor ist ebenfalls eine Flasche. Völlig unfähig, der Mann. Hat ein Fünfsterneschiff in Null Komma nichts auf den Standard eines Dreisterneschiffes runtergewirtschaftet. Sehen Sie ja selbst! Schubladen stehen offen, während die Ehrengäste tafeln! Sie müssen die Suppentassen von unten holen, die Idioten, weil sie es sonst nicht geregelt kriegen! Der Cognac ist schlecht und das Essen auch! Die Kabinen werden nicht kostendeckend verkauft. Wie kann es angehen, daß irgend so ein namenloser Künstler auf Deck acht wohnt, während ein Weltreisender die Kabine auf dem vierten Deck bekommt?«

Oh, là, là, dachte ich. Ich bin auf Deck acht. Irgend so ein namenloser Künstler.

Und der göttliche Fred Hahn, der sein Leben auf diesem schwimmenden Knast fristet, haust auf Deck vier! Ich werde sofort morgen mit ihm tauschen.

»Keine Ahnung«, stammelte ich. »Das ist sicher ein Fehler in der Organisation!«

»Eine Riesenschlamperei ist das! Und wer muß das ausbaden? ICH! Der Kapitän!« Schulz schlug verärgert mit der Faust auf den Tisch. Sofort sprang der Obersteward herbei.

»Schenken Sie Cognac nach!« herrschte Schulz ihn an. »Und bringen Sie endlich die Weinkarte!«

»Sehr wohl, Herr Kapitän.«

»Auch der Ingenieur ist ein Schlappschwanz«, sprach der Käpt'n unaufgefordert weiter. »Und der Steuermann und der Maat und der Staffkapitän und der Obersteward und der Zahlmeister. Alles ausgewachsene Idioten. Ich bin von Idioten und Versagern umgeben, liebe gnädige Frau. Was soll ich bloß tun?«

Dich vom Heck in die Schraube stürzen, du sagenhaftes Arschloch, wollte ich sagen. Da wirst du wenigstens geräusch- und geruchlos entsorgt. Keiner hier wird dich vermissen. Aber ich schwieg und zuckte mit den Schultern.

Das Essen war mit Panna cotta auf Himbeermark und Kakaoküchlein »Cappuccino« zu Ende gegangen. Der Käpt'n hatte noch über weitere zwei Dutzend Mitglieder seines Teams geschimpft. Dann hatte er mir die Hand geküßt und war von dannen geschwankt.

Ich saß fassungslos da.

Und hatte nun zwei Möglichkeiten:

Entweder Gloria alles brühwarm erzählen.

Oder Fred alles brühwarm erzählen.

Ich schlich auf dem Außendeck herum und betrachtete den Mond. Wie wunderbar er schien! Wie romantisch! Wie hell er das Meer erleuchtete! Man müßte verliebt sein, glücklich, zufrieden zumindest, und diese Brise inhalieren, dieses Gottesgeschenk von samtwarmer, lauer, weicher Nacht.

Aber die Negativenergie des Kapitäns hatte von mir Besitz ergriffen.

Ich mußte, ich wollte, ich sollte ... Fred Hahn ... WARNEN! Er saß mit einem Verräter in einem Boot!

Wenn dieser unsägliche Kapitän es fertigbrachte, wildfremden Sängerinnen aus Geilenkirchen das gesamte Spektrum seiner unfähigen Mannschaft unaufgefordert darzulegen, was würde er tun, wenn das Schiff sänke??!! Ich zitterte vor Empörung, vor Zorn, vor Solidarität mit meinem geliebten Fred. Vielleicht schäkerte er jetzt in irgendeiner Bar mit der lauten, besitzergreifenden Gloria herum?! Ich hatte wohl noch eine Aufgabe, bevor ich endlich, nach drei Tagen und vier Nächten, SCHLAFEN ging!!

Ich schritt entschlossen in die »Prinzessin-Stephanie-von-Monaco-Bar«, wo man sich ab Mitternacht traf.

Als erstes fiel ein begeisterter Ulrich über mich her.

»Du, Wahnsinn, du, wie ichch dichch vermißt hab, du, das ist Wahnsinn, wie deine Power mir abgegangen ist, heute abend, du!«

»Vielen Dank, Ulrich, aber ich suche jemanden.«

Da schnappte mich schon Rudolf, der Kegelbruder, und drückte mich auf die Tanzfläche. Sofort hielt seine Frau die unvermeidliche Videokamera auf uns.

Wir tanzten. Erwähnte ich schon, daß Rudolf gut tanzen konnte? Doch, Rudolf konnte ausgezeichnet tanzen. Wenn auch nur in der Auffahrt. Zumal seine nüßchenknabbernde Gattin immer im Eck saß.

Ich hatte aber wirklich nicht vor, den Abend mit dem lüsternen Rudolf zu verbringen, so gut er auch roch, und sosehr er auch seinen Unterleib an meinen preßte. Nein! Ich hatte eine Mission! Ich wollte Fred vor seinem falschen, gemeinen, verschrobenen und grobschlächtigen Chef warnen! Zwar waren wir hier in Australien, am anderen Ende der Welt. Aber NOCH konnte Fred mit seinem Leben ganz neu anfangen. Und zwar am besten mit mir. Fand ich.

Nach drei Tänzen ließ ich Rudolf stehen und warf mich in die Künstlerecke. Und richtig! Hier saß Fred.

Allerdings hatte er den Arm um eine dieser Balletträttinnen gelegt. Das paßte mir gar nicht in den Kram.

Nichts gegen die Ballettänzerin, aber ich mußte ihn dringend sprechen.

»Fred, kann ich dich mal sprechen?!«

»Alles, was du mir sagen willst, kannst du laut sagen.«

»Nein, kann ich nicht!« Du Idiot! Vielleicht will ich ja sagen, daß du letztens nachts geschnarcht hast!

»Doch. Ich hab gesehen, wie du mit dem Kapitän geredet hast. Ich weiß, daß er schlecht über mich gesprochen hat. Also. Sag schon. Hier sind alle auf meiner Seite.«

Wie nett für dich, dachte ich.

Es waren alle zugegen: der Zauberer Rudi, seine ewig Kaugummi kauende und stets genervt die Augen verdrehende Frau Natascha, der willige Tontechniker Larry-hol-schon-mal-das-Beiboot, der schwule Tenor Anthony, der immer nervös mit dem Mundwinkel zuckte, die Sekretärin Patricia, die Oberhosteß Silvia, der Hoteldirektor mit seiner Frau Mareike und die von Fred leider umfaßte Tänzerin Jenni.

Laß das Mädel los und folge mir an die Reling, dann bin ich bereit zu sprechen.

Aber Fred saß da und hielt das Mädel umfaßt und sah mich herausfordernd an.

»Los! Spuck's aus! Was hat der alte Bock gesagt?«

»Er hat gesagt, daß du unfähig bist und daß du von mehreren Frauen hier uneheliche Kinder hast und daß du Alkoholiker bist und daß du ein jämmerlicher Filmemacher bist...« Ich schluckte. Hatte ich das alles gesagt? In der Öffentlichkeit?

»So!!« Fred sprang auf. »Ihr habt es alle gehört! Jetzt mach ich den Burschen platt!«

Wollte er ihn ermorden?

Über Bord schmeißen womöglich?

Ja liebe Zeit, wo war ich denn hier hingeraten?

In welches Wespennest hatte ich denn gestochen?

»Halt, Fred, so halt doch ein!«

Hilflos rief ich hinter dem Erbosten her. War das etwa meine Absicht gewesen? Daß er jetzt hinging und den Käpt'n erdrosselte? Ich persönlich hätte nichts dagegen gehabt, aber ich wollte gelobt werden für meine Tat! Ich wollte, daß er mich an sich zog und »gut gemacht, Baby« raunte! Daß er mich küßte und mit auf seine Kabine nahm und mir Apfelsaft anbot und sich in Bermudas auf sein Bett warf! Das alles war mir vorbehalten!

Statt dessen lief er Amok und schrie: »Ihr habt es alle gehört!«

»Fred! Beruhige dich! Setz dich wieder hin!«

»Laß ihn«, sagte Rudi, der Zauberer. »Er hat mit dem Käpt'n noch ein Hühnchen zu rupfen.«

»Aber doch nicht auf meine Kosten!« entrüstete ich mich.

Da kam Ulrich, der Retter der Enterbten, der Belagerer, der nimmermüde.

»Du, ichch würd jetzt so gern mit dir tanzen, du!«

Ich wünschte mir auch nichts sehnlicher, du, als mit Ulrich zu tanzen.

Lars-Dars spielte »Strangers in the night«, und Ulrich, der einen Kopf kleiner war als ich, schwenkte mich über die Planken.

Frau Adlerhorst verließ mit ihrem dicken Gatten fluchtartig die Tanzfläche, als Ulrich und ich zu hampeln anfingen.

Rudolf und seine Kegelbrüder, und besonders die Gattin mit den lila Haaren, betrachteten mich argwöhnisch. Schon wieder richteten sie ihre verdammten Videokameras auf mich. Gloria tanzte genauso hampelig mit ihrem Ingenieur. Der STERN-Fotograf ließ sein Blitzlicht zucken.

Klara-Viktoria lutschte an ihrer Cola light und erdolchte mich mit Blicken.

Die Spinatwachteln vom Käpt'ns-Dinner steckten ihre Köpfe mit anderen Spinatwachteln zusammen und redeten über mich.

Hinten an der Reling sah ich gerade noch den Käpt'n im Laufschritt verschwinden, als er Fred nahen sah.

Und ich wußte nur eins: Ich hatte alles falsch gemacht.

»Gnädige Frau? Kann ich Sie mal unter vier Augen sprechen?«

Ich saß gerade mit Ulrich dem Belagerer, mit Jürgi Bürgi, dem anderen Bänker, mit Gloria und ihrem Fotografen Stefan, mit Mareike, Anthony und Anna beim Frühstück.

O Gott. Es war der Käpt'n. Er sah grauenvoll aus. Seine Mundwinkel zitterten.

Und meine auch. Jetzt gibt's Schläge, dachte ich.

»Natürlich, Herr Kapitän.« Die gnädige Frau bewahrte die Contenance.

Anna warf mir einen Blick zu. Nicht klein beigeben, klar? Hauen! Du bist stark!

Der Kapitän verzog sich ins Eck neben den Rühreiern mit Speck.

Ich erwiderte Annas Blick. Versprochen. Ich stehe zu allem, was passiert ist. ICH habe doch nichts verkehrt gemacht. ER hat sich ja wohl höchst blamabel verhalten.

Ich legte meine Serviette auf meinen ohnehin leeren Teller und ging erhobenen Hauptes hinter dem Käpt'n her. »Was kann ich für Sie tun, Herr Kapitän?«

»Haben Sie dem Hahn über unser Gespräch berichtet?«

»Sollte ich das etwa nicht, Herr Schulz?«

Der Käpt'n zuckte zusammen. Er sah sowieso schon so elend aus, klein, krumm, dick, als hätte er geweint.

»Ich möchte mit ›Herr Kapitän‹ angesprochen werden«, trotzte er. Er wirkte wie dieser dicke Nackedei in der Badewanne von Loriot, der seine Ente zu Wasser lassen und dabei aber bitte mit HERR Müller-Lüdenscheidt angesprochen werden möchte.

»Bitte, Herr Kapitän.«

»Also, haben Sie ... gepetzt?«

»Aber Herr Kapitän! Sie haben mir doch nichts unter dem Siegel der Verschwiegenheit anvertraut! Sie haben unaufgefordert und ziemlich lautstark Ihre gesamte Mannschaft schlechtgemacht!«

»Ja aber doch nicht, damit Sie das brühwarm weitererzählen!«

»Nicht? Ach, das wußte ich nicht. Ich hatte den Eindruck, daß Sie immer und überall so über Ihre Leute sprechen.«

»Das sind nicht meine Leute!« Trotziger, bengelhafter Unterton. Der fing echt gleich an zu flennen.

»Doch, Herr Kapitän«, sagte ich mit fester Stimme. Hättwich mußte mir noch nicht mal soufflieren. »Das sind Ihre Leute. Ich verstehe nichts vom Schiffsleben, aber soviel weiß ich als Laie: Sie sind als Kapitän verantwortlich für alle Menschen, die auf Ihrem Schiff arbeiten. Und Sie dürfen Unbeteiligten gegenüber nicht in so negativer und abfälliger Form von diesen Menschen sprechen. Das lernt man im ersten Wochenendseminar Personalführung, Herr Kapitän.«

Ich lächelte ihn liebenswürdig an. Die Rühreier dufteten.

»Das geht Sie alles einen Scheißdreck an!« Der Käpt'n rang um Fassung. Bestimmt hätte er mich gern gehauen.

»Das hätte Ihnen gestern klargewesen sein müssen, Herr Kapitän. Ich frage mich, warum Sie mir als unbeteiligter, fremder Frau, die gerade mal seit einer Woche auf Ihrem Schiff ist, einen so intimen Einblick in Ihre Personalangelegenheiten geben. Warum haben Sie es nicht gleich der STERN-Reporterin erzählt?«

»Und ich habe Ihnen vertraut!« schnaufte Schulz erschüttert.

»Ihr Pech.« Ich zuckte lachend die Schultern. »Wir sind keine Freunde!«

»Aber mit dem Hahn, da sind Sie befreundet, was?« Meine Güte, was konnte der Gift im Auge haben. Und so was ließ man einen Tausendtonner durch die Weltmeere lenken.

»Mit dem Hahn bin ich befreundet.« Hättwich nickte zufrieden. Ja, so hätte sie ihre Heldin auch aus der Schlinge gezogen.

»Haben Sie auch schon mit ihm gevögelt?«

Holla, Käpt'n! Und das neben den Rühreiern! Hättwich zog den Kopf ein.

»Sehen Sie, Herr Kapitän, und das ist der Unterschied zwischen uns beiden: ICH kann diskret sein.«

Ach, wie gern hätte ich durch den Frühstücksraum geschrien: Ja! Wir haben es getan! Wir haben uns gelippt wie niemand zuvor auf där Wällt!! Aber das wäre gelogen gewesen! Er hatte neben mir zu schnarchen begonnen, nachdem sein Video abgelaufen war! Also, um bei der Wahrheit zu bleiben: Wir waren nur gute Freunde. Und selbst das war noch maßlos übertrieben. Wir hatten eigentlich keinerlei Beziehung zueinander. Wir hatten uns gegenseitig in einem schwachen Moment gestanden, daß wir uns ineinander verliebt hatten. Aber ohne jedwede Konsequenzen.

Seitdem gingen wir uns aus dem Weg.

»Und was soll ich jetzt machen?« jammerte der Kapitän.

Hörte ich recht? Er fragte MICH, was ER machen sollte? Ja, sollte ich vielleicht jetzt mal eben ein bißchen steuern gehen, da oben auf der Brücke? Hallo, Maat, geh ma ehm zur Seite, ich übernehm dat hier mal, der Käpt'n weiß nicht, was er machen soll! Volle Pulle backbord voraus!

»Das fragen Sie mich im Ernst?«

Hättwich schüttelte betroffen den Kopf. Wat für ein Schlappschwanz, nää, aber in echt!

»Ja. Sonst stünd ich nicht hier.«

Irgendwie hatte der schon wieder Mut zur Feigheit.

»Sie wollen wirklich meinen Rat?«

»Ja. Sagen Sie schon. Wie krieg ich meinen Kopp wieder aus der Schlinge?«

»Entschuldigen Sie sich bei Herrn Hahn. Das ist mein Rat.«

Oh, wie großartig fühlte ich mich! Jetzt MUSSTE Fred mir einfach die Hand schütteln kommen! Er MUSSTE hinter mir herrennen, um mir zu sagen, was für ein feiner, großartiger, loyaler Kerl ich sei!

»Nein. Nie im Leben. Eher springe ich von diesem Schiff.«

Den letzten Satz hatte er so laut ausgesprochen, daß mehrere Passagiere, die sich interessiert über die Rühreier beugten, erschreckt zusammenzuckten.

»Dann springen Sie, Herr Kapitän«, sagte ich und ließ ihn stehen.

Jeden Morgen trabte ich bereits um halb sechs im Fitneßcenter auf dem Laufband herum.

Ich konnte einfach keine Sekunde schlafen! Alles ging in meinem Kopf herum, wie Affengeschnatter, die vielen Worte, die vielen Gesichter, die viele Musik, die Eindrücke der letzten Tage. Ich war durch Darwin geschlendert, immer mit Ulrich dem Belagerer, seinem Kollegen Jürgi Bürgi, Gloria, dem Fotografen Stefan, Mareike, Anthony und Anna. Wir hatten uns Motorräder geliehen und waren durch die australische Wüste gedüst. Wie herrlich, wie befreiend, mit nichts als einem T-Shirt und kurzen Hosen durch den Wüstensand zu rasen! Ulrich hatte sich nicht wieder eingekriegt vor Begeisterung – ja Wahnsinn, du, du, unglaublichch, du! –, und selbst Jürgi Bürgi hatte ansatzweise Freude gezeigt! Anna und ich, wir hatten laut gesungen, und Gloria hatte »GEIL, EY, EINFACH GEIL!!« gebrüllt. Wir hatten die Aborigines besucht, wir hatten Höhlenmalereien angeschaut, wir hatten Sydney gesehen. Und ich hatte einen Bord-Chor gegründet! Es waren über dreißig Crewmitglieder und fünfzig

Passagiere, die regelmäßig an meinen Chorproben teilnahmen! Jeden Seetag-Vormittag um elf und jeden Nachmittag um vier probte ich mit meinen Leuten im Kino, auf Deck sieben. Das Kino war so brechend voll, daß die Crewmitglieder an der Wand stehen mußten. Ich kam dem Geschmack unserer Passagiere übrigens sehr entgegen, indem ich schönes altes deutsches Liedgut einstudierte.

Und alles, alles, alles, was ich tat, erinnerte mich an Fred Hahn.

»Wenn alle Brünnlein fließen, so muß man trinken! Wenn ich mein' Schatz nicht rufen darf, tu ich ihm winken!«

Wir sangen die dreistimmige Fassung von Fritz Jöde und Felix Oberborbeck, und es klang wirklich überraschend gut. Die Passagiere, besonders die vielen älteren Damen, die sich meinem Chorkreis angeschlossen hatten, waren hellauf begeistert. Sie lobten mich und sprachen von »hervorragendem pädagogischem Konzept« und von »außergewöhnlicher musikalischer Begabung«, und ich schluckt' es wohl gern und hütete mich, ihnen zu verraten, daß ich seit zehn Jahren in Geilenkirchen nichts anderes tat, als alten Jüngferlein mit endgeilen Liedern wie »Innsbruck, ich muß dich lassen« einzuheizen.

Und ich verzehrte mich bei jeder gesungenen Zeile nach Fred. Weil einfach alles, alles auf uns paßte.

»Mit Lieb bin ich umfangen, Herzallerliebster mein, nach dir steht mein Verlangen, könnt's oder möcht's gesein. Könnt ich dein Gunst erwerben, käm ich aus großer Not. Viel lieber wollt ich sterben und wünscht mir selbst den Tod.«

Mir wurden gar die Äuglein naß, wenn ich das dirigierte. Könnt's oder möcht's gesein! Ich wußte von Larry, meinem Freund aus der Technik: Fred hockte während der Proben heimlich hinten im Filmraum, hinter dem schmalen Schlitz, und sah sich das Dilemma an.

Wir waren viel schlimmer dran als Kate Winslet und Leonardo DiCaprio, und das fand Hättwich auch. Sie war ganz bekümmert und hatte Mitleid mit mir, zumal ich immer weiter abnahm und bald ein Schatten meiner selbst war.

Natürlich kam es auch zu Streitereien im Chor.

Es gab nämlich im ganzen Kino nur eine erste Reihe. Leider. Warum hatte der Reeder dieses Prachtschiffes sich nicht die Mühe gemacht, ein Kino zu bauen, das nur aus einer einzigen, gigantisch langen ersten Reihe bestand? Er hätte das Kino auf Deck sieben so anlegen können, daß es vom Bug bis zum Heck ging, mit einer Leinwand, die achthundert Meter lang war. Dann hätten alle in der ersten Reihe gesessen. Aber nein, der Reeder hatte ein ganz normales Kino mit 27 Reihen bauen lassen. Und in die erste Reihe paßten nun mal nur zwölf.

Und ich hatte angeordnet, daß auch ein paar Tenöre und Bässe vorne sitzen sollten, wegen der Ausgewogenheit der Stimmen. Völlig klar, daß alle alten Jüngferlein nun auch vorne sitzen wollten, neben den wenigen männlichen Wesen.

Zu allem Überfluß wollte auch noch die Dame mit der Hochfrisur vorne sitzen. Man hätte gut und gern den Inhalt eines ganzen Badezimmerabfalleimers in ihrem Haarturm unterbringen können! Ich fand es ja auch unfair von Frau Adlerhorst, daß sie den anderen die Sicht versperrte.

»Es ist eine ZUMUTUNG, mit solchen RÜCK-SICHTS-LO-SEN Menschen auf einem Schiff sein zu müssen!« zischte eine kleine Dicke von hinten.

»Und IHR Sohn springt immer in der Mittagszeit auf MEINES MANNES Schlafzimmer herum!«

»Aber bitte, meine Damen!« rief ich. »Bitte!«

»SIE halten sich da raus!« kam es zurück.

»MEIN SOHN hat eben ein NATÜRLICHES BEDÜRFNIS ZU SPRINGEN!«

»Bitte, meine Damen, bitte!«

»Ich VERLANGE für mein Geld meine RUHE!« schnauzte nun auch der Kettengangster mit der Wollsocke, der erstaunlicherweise ebenfalls an meiner Chorprobe teilnahm. Herr Toofmann.

»Wenn Sie Ihre RUHE wollen, dann buddeln Sie sich doch zu Hause ein und gehen nicht auf ein FÜNFSTERNESCHIFF!«

»Wir wollen uns hier amüsieren, dafür haben WIR nämlich VIEL GELD bezahlt!«

So ging das immer hin und her.

Jemand verlangte nach dem Kreuzfahrtdirektor, aber ich wollte nicht, daß der arme Fred wegen einer lächerlichen Lappalie gestört wurde.

Ich wußte, daß er froh war, wenn er mal in Ruhe ein Zigarettchen rauchen konnte.

Es war der neunte Tag unserer Reise.

Ich hatte schon drei Kilo abgenommen und war kraftloser und magerer als je zuvor in meinem Leben.

»Guten Morgen, meine Damen und Herren, wir befinden uns jetzt sechsunddreißig Seemeilen vor der Westküste Australiens, der Wind weht mit drei Knoten von Ostnordost, es sind dreiunddreißig Grad Luft- und vierunddreißig Grad Wassertemperatur, gegen vierzehn Uhr werden wir am Barrier-Riff festmachen, unsere Beiboote sind groß genug, es wird wie immer für jeden Passagier einen Platz geben, Sie brauchen also nicht zu drängeln, bitte vergessen Sie nicht, ein extra starkes Sonnenschutzmittel einzustecken, und für alle, die schnorcheln oder tauchen wollen, gilt das erst recht. Heute abend darf ich Sie dann wie gewohnt um zwanzig Uhr zum Internationalen Abendessen in eins von unseren vier Bordrestaurants einladen, wo unsere Fünfsterneköche Ihren anspruchsvollen Gaumen verwöhnen werden. Um zweiundzwanzig Uhr beginnt wie immer unsere große Show im ›Fürst-Rainier-Saal‹, heute abend singt für Sie unsere zauberhafte und talentierte Burkharda Meier!«

Ich saß hingerissen am Frühstückstisch, unter dem gelben Sonnenschirm, unter blauem Himmel.

ER hatte MEINEN Namen ausgesprochen! Er hatte »zauberhaft und talentiert« gesagt!! Dazu hatte ihn keiner gezwungen. Er hätte einfach nur so meinen Namen sagen können. Oder ihn ganz weglassen. Er hätte sagen können: »Heute abend gibt's Schlager der Zwanziger und Dreißiger.«

Aber er hatte »UNSERE ZAUBERHAFTE UND TALENTIERTE« gesagt!! WO stand er? WO konnte ich jetzt hinrennen und ihn umarmen? In WELCHER Kabine war dieser Lautsprecher, durch den er täglich morgens um neun so charmant das »r« rollte? Ich MUSSTE, MUSSTE, MUSSTE ihn finden. Und gleichzeitig wußte ich, daß ich mich keinen Millimeter auf ihn zubewegen würde, solange er es nicht tat.

Ausgerechnet heute konnte ich noch nicht mit Lars-Dars im »Fürst-Rainier-Saal« proben, weil der dicke Lektor mit der hohen Stimme noch nicht mit seinem Diavortrag fertig war. Ich schlich trotzdem in den Saal. Vielleicht konnte ich einen Zipfel von Fred erhaschen?

Hinten in der Regie stand Larry, der freundliche Licht-und-Ton-Knecht.

»Na, Katze? Wie geht's?«

»Blendend«, log ich, bleich und übernächtigt.

»Du siehst müde aus, Katze.«

»Wo ist Fred?«

»Dich hat's echt erwischt, was, Katze?«

Ich lehnte mich an des kleinwüchsigen Tontechnikers Schulter und nickte stumm.

Larry steckte zwei Finger unter mein Kinn. »Katze, wenn isch dir omol was sagen darf, es geht misch zwaa nix an, abba ... laß die Fingä von demm ...«

»Warum? Was weißt du, was ich nicht weiß?«

»Isch bin sein Freund. Isch hallde discht. Aber isch mag disch auch, Mädsche. Und deshalb rade isch dir: Laß die Fingä von demm. Mehr will isch dazu net saare.«

»Ist gut. Danke. Bist ein feiner Kerl.«

Ich lehnte mich kraftlos an eine Säule und schaute mir etwa

zweihundert Dias über Australien an, ohne ein einziges davon wahrzunehmen.

Später am Nachmittag – die anderen waren an Land gegangen – fläzte ich mich erschöpft in einen Liegestuhl am Pool, um ein letztes Mal meine Texte zu lernen. Es waren zweiundzwanzig Lieder, die diese Diseuse im Gepäck gehabt hatte, und jedes Lied hatte zwei Strophen!!

Fast niemand war an Bord, selbst die Sträflinge, die nie Landgang hatten, waren heute auch für ein paar Stunden in die Freiheit entwichen. Sie alle schnorchelten vor dem Barrier-Riff herum. Ich glaubte, ich hätte das Schiff für mich.

Ich setzte mir die Kopfhörer meines Walkmans über die Ohren und blätterte in den dicken, zerfledderten Noten der dicken, zerfledderten Diseuse herum.

»Männer umschwirrn mich ...«, murmelte ich mit geschlossenen Augen. »Motten umschwirrn mich ... ach Quatsch, MÄNNER umschwirrn mich ... wie Motten um das Licht. Männer umschww ...«

Ein Schatten beugte sich über mich. »So, tun sie das?!«

Erschrocken richtete ich mich auf und grabbelte nach meiner Sonnenbrille. Die Stimme hätte ich unter Tausenden auf der Welt erkannt.

Es war Fred. Fred Hahn.

»J ... jaja, tun sie.« Ich mußte mich erst mal räuspern. »Was tust du hier?«

»Ich umschwirre dich. Wie Motten um das Licht.«

Mein Gott. Mir krampfte sich alles zusammen. Da lag ich hingestreckt im weißen Badeanzug auf dem blauen Laken, und Fred stand in weißer Uniform an meinem Fußende.

Kamera eins, die ERSTE! Hättwich klatschte begeistert in die Hände. So, Kinderchen. Jetzt aber mal.

Wie aus dem Boden gestampft. Er, der Herrlichste von allen. Nichts und niemand war hier. Wir hatten das ganze Sonnendeck für uns. Ich hatte so ein Herzrasen, daß ich nicht sprechen konnte.

»Ich weiß, wie grausam und kaltherzig du bist«, sagte Fred.

Ich schluckte. Das meinte der doch nicht ernst?

»Wie ... wie meinst du das?«

»Du läßt dich gern von Männern umschwirren, um sie dann stehenzulassen.«

»Nein, tu ich nicht! Das weißt du ganz genau!«

Fred zog sich einen Schemel heran und setzte sich.

»Ich habe lange nachgedacht«, sagte er, »und ich hätte nie geglaubt, daß noch mal EIN ROCK ...« Er unterbrach sich.

Mein Herz wollte mir schier aus dem Munde fallen.

Was? Was weiter? Meinte er mich mit »ein Rock«?

»Ich habe schon zig Affären gehabt. Dutzende. Hunderte. Mit allen Tänzerinnen, Sängerinnen, Künstlerinnen, Passagierinnen, Ureinwohnerinnen und Kapitänsgattinnen dieser Welt. Und ich bin so abgebrüht wie ...«

Seine Finger zitterten, als er nach seinen Zigaretten fingerte.

Ich weiß, wie abgebrüht du bist, Lieber, dachte ich weich. Unsere Flaschengeister sind sich so teuflisch ähnlich, aber auf dem Grunde unserer Flaschen, da liegt unsere Seele im Koma ... Hättwich wischte sich die Augen.

»... aber ich wußte nicht, daß ich mich noch mal WIRKLICH VERLIEBEN konnte. Das ist ein unbeschreibliches Gefühl.«

Aber ich fühle es doch auch! Genau das! Man muß immerfort aufs Klo und kann nichts mehr essen und nichts mehr denken und sieht hinter jedem Mast und jeder Marmorsäule das Objekt seiner Träume, und der Magen zieht sich jedesmal zusammen, wenn man an den Moment denkt, an dem man sich nahe war ...

Ich klammerte mich an die vergilbten Noten, damit er nicht gewahr wurde, wie sehr meine Hände zitterten. Hättwich stand hinter einer weißen Putte, aus deren Brustwarzen Wasserfontänen in den Pool spritzten, und krallte sich vor Spannung daran fest.

»Aber mir geht es so schlecht wie noch nie im Leben.«

»Warum, Fred? Du weißt, was ich für dich empfinde. Warum geht es dir schlecht?«

»Da treffe ich EINMAL die Frau meiner Träume, und dann kommt sie aus Geilenkirchen und ist verheiratet«, sagte Fred bitter.

»Aber hier ist nicht Geilenkirchen! Hier ist Australien! Wir sind am anderen Ende der Welt! Warum geht es dir schlecht?«

»Wenn ich dich beobachte, wie du diesem unsäglichen Schweizer Bänker die Sinne verwirrst ...«

»Du BEOBACHTEST mich?!« Meine Stimme überschlug sich vor Begeisterung. Aber ich versuchte, Empörung mitschwingen zu lassen.

»Natürlich. Tag und Nacht. Du weißt ja, daß ich darin Spezialist bin.«

»Und du weißt genau, daß mich dieser ... anhängliche Schweizer nicht für fünf Pfennig interessiert.«

»Dafür verdrehst du ja auch dem alten Professor gehörig den Kopf.«

»Weißenreim? Gildetnicht! Wir sind nur Sportskameraden! Wir radeln jeden Morgen zusammen um sechs im Fitneßcenter.«

»Im Fickneßcenter spielt sich ja bekanntlich einiges ab ...«

»Fred! Jetzt wirst du geschmacklos!«

Fred kramte in seiner Brusttasche herum und steckte sich seine unvermeidliche Marlboro an.

Eine tiefe, wohlige Wärme breitete sich in mir aus. Das bedeutete, daß er eine ganze Zigarettenlänge bei mir sitzen bleiben wollte!

»Und der alte Einhandsegler, der dir immer seine Abenteuer erzählt, der würde wohl gerne zwei Hände an dich legen ...«

»Fred ...«

»Und dieser Rudolf mitsamt seinen Kegelbrüdern ...«

»Was soll das denn jetzt ...«

»Ganz zu schweigen von diesem lockigen Knaben am Klavier, den du seiner Diseuse ausgespannt hast...«

»Fred...« Ich nahm all meinen Mut zusammen. »Du weißt genau, daß mir keiner von denen was bedeutet. Also ... nicht das, was DU mir bedeutest. FRED! Warum gehst du mir aus dem Weg? Wir könnten eine so schöne Zeit miteinander haben! Ich verzehre mich nach dir!«

Hättwich hinter der Putte nickte. Ja, Mädel! Genauso hätte ich das auch geschrieben!

»Weil ich hier vierundzwanzig Stunden am Tag beobachtet werde.«

»Aber wieso denn? Von wem?!«

»Von allen. Vom Käpt'n, der mich nicht ausstehen kann, vom Zahlmeister, der mich erst recht nicht ausstehen kann, von fünfundvierzig Crewmitgliedern, die mich auch nicht ausstehen können, von allen Jennis und Pattys und Natjas und Sarahs und Claudias, die mich dafür um so besser ausstehen können, und von achthundert Passagieren. Ganz speziell aber von etwa vierzig alleinreisenden alten Jungfern, die alle glauben, ich sei nur für sie ganz persönlich auf diesem Schiff.«

Er blies erschöpft seinen Rauch in die australische Sonne.

Ich konnte nicht anders. Meine Hand streichelte seine arme erschöpfte, einsame, narbige Wange. Hättwich hätte das auch getan. Dessen war ich mir ganz sicher.

Stand sie eigentlich immer noch hinter der Putte?

Ja! Da stand sie! Aber wieso hatte sie eine Kamera auf uns gerichtet?! Träumte ich? Ich sprang erschrocken auf.

»Was machen Sie da?!«

»Ich fotografiere. Ist das verboten?«

»Gottverdammte Scheiße«, sagte Fred, schnippte seine Zigarette über Bord und verschwand durch die nächste Eisentür. »Staff only«. Weg war er.

Sie blöde, alte, widerliche Krähe, dachte ich, und meine Seele SCHRIE es, Sie neidische, verhärmte, spießige, verklemmte, hormonunterversorgte, vertrocknete Jungfer! Was soll das? Jetzt hatte ich ihn EINMAL, für hundert Sekunden, unter vier Augen. Meine verletzte, kranke, ja schon scheintote Seele war im Staube der Wüste auf seine verdurstende Seele zugekrochen, wir hatten die Oase der einen gemeinsamen Minute gefunden, sie aber noch nicht berührt, und da stellen Sie dämliche alte Ziege sich hinter eine PUTTE und FOTOGRAFIEREN uns?! Wir hätten einen traumhaften Nachmittag hier an Bord der »MS Blaublut« gehabt, in seiner Kemenate oder in meiner!! Sie haben mich um das ULTIMATIVE LIEBESGLÜCK gebracht!!

Ich, im weißen Badeanzug, schön, schlank, blond, braungebrannt, starrte die alte Schachtel haßerfüllt an.

Sie, im schwarzen Badeanzug, blaß, krumm, dick und mit Noppenbadehaube auf dem Kopf, näherte sich auf Badelatschen.

»Sie haben ja eine unglaubliche Wirkung auf die Mannsbilder hier an Bord.«

Ich zwang mich, zehnmal tief ein- und auszuatmen.

Ja, hab ich, alte Schnepfe, im Gegensatz zu IHNEN, vermutlich. Ihre Ausstrahlung auf Mannsbilder – ha! Wenn ich dieses Wort schon höre!! – beschränkt sich auf das Blitzlicht Ihrer beschcuerten Sofortbildkamera!!

»Ja. Hab ich. Was haben Sie dagegen?!«

»Sie sind meines Wissens hier kein zahlender Passagier.«

»Nein. Ich zahle keinen Pfennig. Im Gegenteil, ich bekomme noch ein saftiges Honorar.« Das stimmte gar nicht. Das Honorar war nicht gerade toll. Aber das war egal. Ich LIEBTE dieses Schiff! Und ich LIEBTE Fred Hahn! Und das war ein geldwerter Vorteil, fürwahr!!

Ich schäumte vor Wut. Am liebsten hätte ich die Alte mitsamt ihrer Sofortbildkamera in den Swimmingpool geschubst.

»Sie sollten Ihre Arbeit tun.«

»Die tue ich. Kommen Sie heute abend in meine Show. Dann können Sie sich überzeugen.«

»Ich werde mit Sicherheit NICHT kommen! Ihre zweideutigen Schweinereien höre ich mir nicht an!«

»Dann lassen Sie es bleiben.«

»UND Sie tanzen jeden Abend. Auf UNSERE Kosten.«

»Das denke ich nicht. Wenn ich nicht tanzen würde, würde keiner meiner Tanzpartner statt dessen mit Ihnen tanzen.« So. Schnauf. Ich fühlte meine roten Flecken kommen, besonders den einen auf der Stirn, der aussieht wie Afrika.

Die Eisentür ging auf. »Staff only«. Kam er zurück?

Kam mein Held, mein Geliebter, mein Vertrauter zurück?

Um mir beizuspringen?

Nein.

Es war Professor Weißenreim, mein alter lieber Kavalier. Auch er war nicht an Land gegangen.

»Ich habe wieder ein paar neue Gedichte gelernt!«

Er schaute zwischen der Spinatwachtel und mir hin und her. Blitzschnell erfaßte er die Situation und entschärfte sie auf seine unglaublich originelle Weise und mit Hilfe von Robert T. Odeman:

»Ein grantig Jüngferlein spazierte
mit finstrer Miene durch den Wald.
Es brummelte und meditierte:
›Jetzt, wo ich fünfundfünfzig alt,
da kommt kein Freier mehr in Frage,
sie meiden mich geflissentlich.
Mein Leben ist mir eine Plage...‹
Sie räsonierte fürchterlich...«

Ich kicherte schadenfroh, während ich mich mit den Noten in meinen Liegestuhl zurückzog. Dann ließen wir einander in Ruhe, der Professor und ich. Ich mußte den Liederabend vorbereiten und er seinen abendlichen Gedichtvortrag im »Fürstin-Gracia-Patricia-Kino«.

Das grantig Jüngferlein spazierte über das Sonnendeck, als ob nichts geschehen wäre. Aber die Zahl meiner Feinde wuchs von Minute zu Minute.

Beim Abendessen im Restaurant »Vier Himmelsrichtungen« saß wieder der alte Einhandsegler neben mir.

Er erzählte mir bei Bleichsellerie mit Käsecreme in Orangenhälfte von seiner Rundung des Kaps der Guten Hoffnung im Jahre 1956.

»Die glatte, rauhe Oberfläche der See färbte sich wieder dunkelblau. Ich verband die Pinne in gewohnter Weise mit der Steuerleine von der Fock und einem Gummistropp.«

»Ja«, sagte ich abwesend, »das hätte ich auch gemacht.« Ich hatte vom Segeln nicht die geringste Ahnung, aber ich wollte diesem liebenswürdigen alten Mann nicht den Eindruck vermitteln, als sei ich mit den Gedanken woanders.

»Ich hatte jetzt Zeit, meinen Standort zu berechnen, und stellte fest, daß ich während der Flautentage 145 Seemeilen ...«

Ich kaute an meinen bleichstengeligen Sellerie herum.

Wie ging gleich die zweite Strophe von »Ich weiß, es wird einmal ein Wunder gescheh'n«?

»Vom Boot aus konnte ich schon sehen, daß eine Landung am Strand bei dieser Brandung nicht möglich war, ich mußte also Segel setzen und die Fock einholen ...«

Der Steward fragte, ob er jetzt das Estragon-Schaumsüppchen bringen dürfe.

Wir bejahten, beide sehr in unsere Gedanken vertieft.

»Ich mußte mir die Fock herunterholen ...«

Mir war im Moment ziemlich egal, ob er sich eine Fock runterholen mußte, der arme, einsame Einhandsegler. Ich fieberte meinem Auftritt entgegen.

Lars-Dars und die Diseuse saßen zwei Tische weiter. Ich lächelte, so entspannt ich konnte, hinüber. Lars-Dars schien sich auch nicht wirklich wohl zu fühlen.

Am Käpt'ns-Tisch speisten außer dem Hoteldirektor mit Mareike, seiner rundlichen Gattin, wieder mal Gloria mit ihrem Fotografen Stefan, meine zwei Schweizer Bänker – ihr Vortrag mußte zum Sterben langweilig gewesen sein – und, zu meiner Überraschung, das beleidigte Jüngferlein vom Swimmingpool. Das bedeutete, daß die alte Krähe sich postwendend beim Kapitän beschwert hatte. Und der arme Fred mußte neben ihr sitzen! Und ihr das lästerliche zahnlose Maul einseifen! Ich warf einen kurzen Blick hinüber, aber er wich mir aus. Das Jüngferlein hatte es indes wohl bemerkt. Sie warf mir einen triumphierenden Blick zu.

»Ungeduldig begann ich zwischen den unzähligen Korallenstöcken herumzukreuzen, bis das Boot schließlich in eine Sackgasse geriet, in der es von Riffen so eingekreist war, daß ich auch nicht mehr wenden konnte. Mit dem Rückwärtsgang versuchte ich nun die Jolle aus ihrem Gefängnis zu befreien, mit dem Erfolg, daß das Ruderblatt auf eine Riffwand krachte. Die Pinne flog mir aus der Hand und mit solcher Wucht auf die Verstrebung des Heckkorbes, daß sie wie ein Streichholz brach. Dabei knickte auch das Stahlrohr an der Strebe ab und riß ein Loch in das Süll des Cockpits.«

Das Süll! Das alte Süll wollt wohl nicht, wie er wüll. Das erinnerte mich an unseren altdeutschen Liedschatz. Der alte Knabe schien ja seine olle Jolle ganz schön rüde behandelt zu haben. Ich nickte und schluckte und schlürfte mein Estragon-Schaumsüppchen, das mir jedoch im Halse steckenblieb. Noch siebenunddreißig Minuten bis zum Auftritt.

Die Leute strömten. Mein Gott, dachte ich, könnt ihr denn nicht woanders hingehen heute abend? Geht doch zum Bingo-Spiel oder springt auf dem Schachbrett herum, gibt's denn nichts im Bordfernsehen oder im Kino? Liest nicht Herr Professor Weißenreim 99 seiner weniger beliebten Reime? Oder spinnt nicht der alte Seebär Hasso von Tegern sein Seemannsgarn? Ist nicht Tanz in der »Prinzessin-Stephanie-von-Monaco-Bar«? Oder »Spiel ohne Grenzen« an Deck?

Doch mindestens fünfhundert Passagiere strömten in den »Fürst-Rainier-Saal«. Zu meiner Show.

Ich kannte inzwischen den Weg hinter die Bühne.

Vorbei an den saufenden Kegelbrüdern Rudolf und Konsorten, die wie immer ihre Videokameras auf mich hielten, sobald ich mich näherte.

»Trink 'n Gläsken Champagner mit uns, singen kannze später imma noch!«

Ich riß mich nervös los und flatterte in meinem schulterfreien Abendkleid an ihnen vorbei.

O ja, ich war gut bei Stimme. Und ich hatte alle 22 Lieder drauf. Inklusive der zwei Zugaben »Warum soll eine Frau kein Verhältnis haben« und »Der Onkel Doktor hat gesagt, ich darf nicht küssen«.

Viel lieber hätte ich jetzt »Nun bitten wir den heiligen Geist« gesungen, da fühlte ich mich firm, aber das paßte nicht ins Programm.

Am Bühneneingang stand die knochige Gloria im sündhaft ausgeschnittenen, schambeinkurzen Fummel, zu dem sie geschmackloserweise spitzhackige Stiefeletten trug, und verstellte mir den Weg. »Na? Aufgeregt?«

»Quatsch. Nicht die Spur.«

Doch, natürlich war ich aufgeregt! Ich konnte mich kaum von einer Toilette zur nächsten retten!

»Stefan möchte ein Bild von dir machen! Die Künstlerin vor dem Auftritt!«

»Ja. Mach. O.K. Schnell. Ich muß schon wieder.«

Hastig trat ich von einem Bein aufs andere. Wie ging das noch mal: »Wir machen Musik, da geht euch der Hut hoch, wir machen Musik, da geht euch der Bart ab, wir machen Musik, bis jeder beschwingt singt...«

Stefan rief: »Bitte recht freundlich!« Und ich stammelte: »Wir machen Musik, da bleibt euch die Luft weg, wir machen Musik, da geht euch der Knopf auf, wir machen Musik, bis euch unser Takt packt...«

O je. Mach schon. Drück ab. Los.

»Fertig?«

»Ja. Toi, toi, toi, Mensch! Wir sind alle bei dir!«

Ich riß die Eisentür zur Hinterbühne auf. »Staff only«.

Ja, ich gehörte auch dazu, ich war ein Mitglied dieser wunderbaren schwimmenden Maschinerie, ich war ein ganz kleines Rädchen im Getriebe, und heute abend würden fünfhundert Passagiere WEGEN MIR im »Fürst-Rainier-Saal« sitzen!! UND einer, dieser eine, dieser kleine ... Fred ... der würde dasein. Er konnte es sich dienstgradmäßig nicht erlauben, sich zu verdrücken.

Ich atmete seine Aura, als ich die Eisentür hinter mir zufallen ließ.

Hinter der Bühne war es wie immer staubig und dunkel. Kostüme lagen herum, Perücken, Schminkzeug, Choreographiepläne, Spielpläne, Probenpläne, Federboas, Noten.

Ich hastete im Dunkeln weiter. Die achtköpfige bulgarische Bänd spielte noch Tanzmusik, und ich sah durch den roten Vorhang Frau Adlerhorsts Haarturm sich im Kreise drehen. Da waren die Künstlergarderoben! Und die Schminktische! Ich sank vor einen Spiegel. Ich war so blaß unter meiner Bräune. Und trotzdem! Ich leuchtete wie der Kronleuchter im »Fürst-Rainier-Saal«. Ich war verliebt! Und ER, er mußte einfach in meiner Nähe sein! Ohne seine Anmoderation würde mein Abend nicht beginnen! Er mußte, mußte, mußte seinen Abend mit mir verbringen! Schon allein deshalb hätte ich hundert oder zweihundert Lieder auswendig gelernt.

Lars-Dars hockte an einer stummen Klaviatur und spielte sich warm. Seine dunklen Locken fielen ihm frisch weichgespült auf die Schultern. Er sah phantastisch aus. Nie vorher war mir aufgefallen, wie phantastisch er aussah.

»Na, alles klar?« sagte ich, gespielt lässig.

»Burkharda.« Lars-Dars stand auf und ließ seine Fingerknochen knacken. Es klang gräßlich. Wie wenn der alte Hasso sich seine Fock runterholte. »Ich muß dir noch was sagen.«

Na, toll. Fünf Minuten vor dem Auftritt. So was kann ich leiden.

»Hat das nicht Zeit bis nachher?«

»Nein, hat es nicht. Ich hätte es dir schon längst sagen sollen.«

»O.K. Sag's. Haben wir das Programm nicht richtig zusammengestellt, habe ich den Text nicht richtig drauf, singe ich unsauber, sind die Zwischenmoderationen scheiße, oder sehe ich scheiße aus?!«

»Du siehst wahnsinnig aus.«

O Gott. Jetzt bitte nicht die »Du-Wahnsinn-Du-Arie«.

»Du auch. Also. Was ist los? Mach schon, ich muß aufs Klo.«

»Ich weiß nicht, wie ich es dir sagen soll...«

Ich weiß nicht, zu wem ich gehöre, ich bin doch zu schade für einen allein...

»Dann sag's halt einfach, Mann! In drei Minuten ist unser Auftritt! Wo ist eigentlich Klara-Viktoria?«

Es war das erste Mal, daß seine Glucke nicht auf ihm brütete.

»Sie sitzt im Saal und trinkt 'ne Cola. Ich habe sie weggeschickt. Ich wollte mit dir allein sein.«

»Bist du ja nun. Also. Spuck's inne Tüte.«

Lars-Dars knetete noch mal alle seine Finger und knackte mit jedem einzelnen Fingerknochen und sprach dann: »Ich habe mich in dich verliebt.«

»Ach so«, sagte ich, »wenn's weiter nichts ist!«

Und dann fing ich hilflos an zu lachen und zog den armen Jungen an mich und umarmte ihn und streichelte seine prachtvollen weichgespülten Jünglingslocken und klopfte ihm beruhigend auf den Rücken.

Ein Geräusch. Da war jemand hinter die Bühne gekommen. Wir waren nicht allein!

Schnell schob ich den erhitzten Jüngling von mir. »Ist da jemand?«

»Wir wollen ja nicht stören«, sagte Fred, der unbemerkt aus dem Dunkel des zugezogenen Vorhangs gekommen war. »Aber die Show fängt gleich an!«

»Ihr ... stört nicht«, stammelte ich und fühlte meine roten Flecken kommen, besonders den einen, der aussieht wie Afrika.

Wer ist wir? dachte ich, und dann sah ich, wer hinter ihm stand: Es war Klara-Viktoria, die dicke Diseuse.

»Ich wollte euch nur noch toi, toi, toi wünschen«, brachte sie mit tränenerstickter Stimme hervor. »Aber wie ich sehe, amüsiert ihr euch auch ohne mich.«

»Unsere Burkharda Meier ist da sehr flexibel«, sagte Fred in seiner spöttischen, zynischen Art, und ich sah einen unglaublich verletzlichen Funken in seinen Augen schwelen.

Hättwich schüttelte traurig den Kopf.

Ach, Kinder, kommt, das ist doch jetzt alles scheiße!

Ich rannte noch ein letztes Mal zum Spiegel, zupfte mein Kleid glatt, ölte meine Stimme mit einem Schluck Champagner und sagte: »O.K.«

»O.K.?!« Fred schenkte mir einen Blick, der Mitleid, Liebe, Wärme, Achtung, Respekt, Zuneigung... fasel, fasel... alles enthielt. Er war bei mir. Vier Streifen auf der blütenweißen Uniform. Er war das beste, größte, schönste, tollste Streifenhorn.

Er guckte mich an, Hättwich! Sonst nichts!

Fred zog sich die weiße Uniform glatt, die vier Streifen prangten im Scheinwerferlicht, dann drückte er seine Zigarette aus und ging, ohne mir noch einen Blick zu gönnen, zu dem Schaltpult, von dem aus er mit Larry sprechen konnte. »Technik klar?«

»Klar wie Kloßbrühe! Toi, toi, toi, Katze!«

Ach, Larry! Wie hatte ich ihn ins Herz geschlossen!!

»Dann: Roter Vorhang AUF! Weißer Vorhang ZU!«

Ich stand in der dunklen, rauchigen, zugigen Gasse neben der Bühne und FIEBERTE. Die letzten Tanzpaare schlichen auf ihre Plätze. Die Bänd verkrümelte sich. Fred drückte mir mein Mikro in die Hand. Es war das gelbe.

Jetzt war SHOW TIME!! Burkharda Meier aus GEILENKIRCHEN!!

Ich hätte Fred gern noch berührt, ihm noch etwas Liebes gesagt. Dabei wäre es an ihm gewesen, MIR etwas Liebes zu sagen, so wie »toi, toi, toi« – ZUMINDEST!! –, und mir zärtlich über die Schulter zu spucken. Aber er trat routiniert auf die Bühne.

Er begrüßte das Publikum, machte ein paar Scherze, erntete Lacher. Sie LIEBTEN ihn. Alle. Männer, Frauen, alleinreisende Jungfern. ALLE. Und sie mußten mich HASSEN.

»Bühne frei ...«, sagte er, »für ... Burkharda MEIER!!«

Und dann war ich dran.

Ich fühlte keinerlei Unsicherheit mehr.

Keinerlei Versagensangst.

Ich fühlte nur eine große, große Liebe zu Fred – und natürlich zu meinem Publikum. Heuchel. Für sie wollte ich singen. Und ihnen einen unvergeßlichen Abend bereiten. Mitten auf dem schwarzen, stillen, schwülen Ozean.

Als wir die zweite Zugabe gegeben hatten, verbeugten wir uns wieder und wieder. Lars-Dars und ich, Hand in Hand. Larry warf das wunderbarste Licht auf uns, und die Leute im Saal klatschten, wie sie selten geklatscht hatten. Auf Kreuzfahrtschiffen klatscht man nicht. Da tut man gelangweilt.

Ich werde nie diese wunderbarsten zwanzig Sekunden meines Lebens vergessen, als Fred in weißer Uniform und mit vier goldglänzenden Streifen von rechts hinten auf die Bühne kam und mir einen riesigen Strauß roter Rosen überreichte.

ROTE ROSEN!!

Die konnte er unmöglich in Darwin am Straßenrand aufgetrieben haben! Die hatte er BESTELLT! Mit VORSATZ bestellt! Und eine seiner Nataschas, Claudias oder Patricias hatte sie für ihn entgegengenommen, angeschnitten und bewässert. Er hielt sie in beiden Händen, weil es so ein mächtiger Strauß war, und überreichte sie mir.

Das Publikum raste. Längst hatte ich »Warum soll eine Frau kein Verhältnis haben« und »Der Onkel Doktor hat gesagt, ich darf nicht küssen« gesungen. Und jetzt küßte mich dieser Kreuzfahrtdirektor! Auf offener Bühne! Ich küßte ihn zurück. Schweißgebadet, glücklich, dankbar. Das hier war das erste Konzert meines Lebens gewesen, das nicht im geistlichen Bereich stattgefunden hatte!

Ich streckte meinen Arm aus nach Lars, und ich zupfte eine einzelne rote Rose aus meinem Strauß und überreichte sie ihm, und er stand schweißgebadet neben mir, nahm meine Hand, verbeugte sich, und wir drückten, drückten, drückten unsere Hände, Lars-Dars, Fred und ich!

Ich war so glücklich!

Ja, es war gut gelaufen. Ich hatte alle Texte gekonnt, und Lars-Dars hatte mich über alle Schwellen und Klippen getragen.

Nun verbeugten wir uns wieder und wieder, und dann wollte ich nur noch Champagner.

Hinter der Bühne umarmte ich Lars-Dars, und dann umarmte ich Fred.

»Ich bin so glücklich, daß ich heute hier mit dir stehen darf«, faselte ich euphorisch.

Fred hatte sich bereits wieder eine Zigarette angezündet und blies mir den Rauch ins Gesicht.

»Ich bin so glücklich, daß ich hier stehen darf!« äffte er mich nach.

»Arschloch!« fauchte ich und rannte hinter der staubigen Bühne davon.

Die Bänd hatte bereits wieder ihre Plätze eingenommen. Die Leute strömten auf die Bühne, um zu tanzen.

Das erste, was ich hinter dem roten Vorhang wahrnahm, war das turmhohe Profil von Frau Adlerhorst.

»Du, das war Wahnsinn, du! Gi-gantische Leistung, du! Zweiundzwanzig Lieder mit zwei Strophen, du, und keinmal vertan, das ist der Wahnsinn, du!«

Ich tanzte mit Ulrich, als würde die »Titanic« untergehen und wir hätten nur noch eine Viertelstunde zu leben.

Die achtköpfige Bänd spielte, und außer Familie Adlerhorst und noch vier weiteren ehrgeizigen Gold-Star-Tänzern fegte niemand mehr das Parkett. Doch. Jürgi Bürgi, der phlegmatische Bänker, schwenkte noch Gloria, und Stefan, ihr Fotograf, tanzte mit Anna.

Sonst war alles tot und leer. Niemand saß mehr in den rotplüschigen Clubsesseln. Ich äugte zur Empore hinauf, wo sich nach Konzerten immer die Künstler trafen. Aber ICH war die Künstlerin, und ich traf mich nicht.

Ich tanzte. Sollte ER doch auf mich warten!

»Ja Wahnsinn, du!«

Ich fand auch, alles sei Wahnsinn.

Der einzige Mensch auf diesem riesigen Schiff, den ich liebte, war gruß- und wortlos abgehauen, wohin, wußte ich nicht. Vögelte er eine von seinen Patricias oder Nataschas? Oder kümmerte er sich um alleinreisende weltreisende Jüngferlein?! Wie auch immer, er machte seinen Job SCHLECHT!! Denn jetzt war ich mal dran! Heute war MEIN Abend! Ich hatte einen ausverkauften »Fürst-Rainier-Saal« zum Toben gebracht! ICH war es, die gebauchpinselt zu werden wünschte! Und was tat er? Glänzte durch Abwesenheit. Während ein kleinwüchsiger, rundbebrillter, versponnener Schweizer Bänker mich begeistert über die Tanzfläche wirbelte.

»Ja Wahnsinn, du!«

SCHEISSE!!! Ich wollte zu Fred! Und nur zu FRED!! Ging das diesem Bänker nicht in sein Schweizer Kleinhirn?

Und … DA!! Während ich noch die gewagtesten Kapriolen mit Ulrich drehte, da erschien ER – DER HERRLICHSTE VON ALLEN!! – am hinteren Saalende an der Tür. Und stand und schaute. Ein weißer Schatten. Wenige Sekunden.

»Ulrich, ich muß dir was sagen.«

»Ja, sag schon! Ichch bin so begeistert!«

»Ulrich, ich habe mich verliebt!«

»Ja!! Holladiho! Ichch michch auchch!«

»Ulrich, ich muß dir noch was sagen!«

»Ja, sag's! Du willst mit mir schlafen! Holladiho! Ichch will auchch schon lange mit dir schlafen! Schneekoppe!«

»Nein, Ulrich, du verstehst mich miß! Du darfst mir jetzt nicht böse sein, Ulrich, aber der Mann, in den ich mich verliebt habe, Ulrich, der steht …« Ich tanzte energisch mit Ulrich in eine Richtung, wo ihm alle Schuppen von den Augen fallen MUSSTEN!! »… DAAA!!«

Ulrich starrte auf die Tür, die gerade hinter Fred ins Schloß fiel. »Ach nein!«

»Achch dochch!«

»Du liebst den … Fred?«

»Ja. Den lieb ich. Und er mich auch.«

Wir tanzten noch den Tanz zu Ende.

Oder vielleicht zwei oder drei.

Ulrich war ein Mann von Welt. Er verlor nicht die Contenance.

Aber dann hielt mich nichts mehr.

Ich ging davon aus, daß Fred wegen mir an der hinteren Saaltür gestanden hatte.

Und daß er jetzt auf mich wartete.

Und ich wäre in den Ozean gesprungen oder hätte in der Küche viertausend Gläser gespült, wenn ich gewußt hätte, daß ich dadurch zu Fred gelangen könnte.

Ulrich ließ mich gentleman-like gehen.

Ich rannte durch den leeren, dunklen Saal. Die schwere Eisentür ließ sich kaum öffnen.

Wo mochte Fred hingegangen sein?

Ich suchte ihn, auf den Gängen und Pisten, auf den Planken und Treppen, auf den Außendecks und Innendecks und in den Bars und überall, an der Reling, am Bug und am Heck, aber er war nirgendwo zu sehen.

Ich war verzweifelt.

Er hatte vor zwanzig Minuten noch in der Tür zum großen Saal gestanden! Doch nicht, um sich danach in LUFT aufzulösen! Ich hatte alle vergrault, alle! Larry, den Professor, Lars-Dars, den Einhandsegler, Ulrichch, seinen Freund Jürgi Bürgi, Rudolf und seine Kegelbrüder, alle, alle. Ich irrte allein über das riesige Schiff, und es war nachts um zwei!! Doch nicht, um festzustellen, daß er mit seinem unsexy T-Shirt und seinen Bermudas mit einer Flasche Apfelsaft IM BETT war?! Womöglich mit einer Ballett-rättin?!

NEIN! Das durfte nicht sein! Dies hier war MEIN ABEND!!

Meine Nacht! Wie konnte ich mich erniedrigen, ihn auf Gängen und Treppen, auf Deck neun und acht, auf Deck sieben und sechs, auf Deck fünf und vier zu SUCHEN!!

Plötzlich hörte ich Musik.

Da war doch irgendwo noch etwas los.

Was war das? Crew-Fete? Deck DREI?! So tief?! So tief war ich noch nie gesunken.

Aber ich stolperte auf meinen hochhackigen albernen Pumps die Eisentreppen hinunter. »Staff only«.

Viele Gestalten. Dunkle, unbekannte. Oder bekannte?

Stewards, Köche, Zimmermädchen, Rezeptions-Mädels, Matrosen, Liegestuhl-Vietnamesen, Wäsche-Chinesen. Welch ein Getümmel! Hier war also der Crew-Swimmingpool! Er war abgedeckt. An der Bar gab es Bier aus der Flasche. Weinpullen standen herum, Zigarettenkippen lagen herum, Biertische wie auf einer Studentenfete. HIER spielte also die Musik! Während ich mit Ulrich im menschenleeren »Fürst-Rainier-Saal« tanzte!

Und da stand er. Fred. In einem bunten ätzenden Hawaiihemd. Grauenvoll. Ohne Streifen. Ohne Mütze.

Die achtköpfige Bänd war auch gerade eingetroffen. Man hatte Girlanden aufgehängt und Luftballons, die Nachtluft war zum Schneiden schwül.

Und er stand da, und die Bänd spielte.

Und er sang:

»Es war wie ein schöner Traum – und du –
Sommer, Sonnenschein, das Meer dazu
und die Zärtlichkeit von dir,
die ich heut noch in mir spür.
Es war wie ein schöner Traum – und du –
manchmal schauten Mond und Sterne zu.
Dieses Bild blieb in mir stehn,
dieser Traum darf nie vergehn.«

Ich stand und starrte. Er sang das FÜR MICH! ICH war die Fee, die ihm Zärtlichkeit gegeben hatte, Sonnenschein und Meer waren zufällig auch dabeigewesen, Mond und Sterne sowieso! ICH, ICH, ICH war sein schöner Traum gewesen! Da stand er auf einer Crew-Fete und sang dieses Lied FÜR MICH!! Warum tat er das, ohne mich vorher davon in Kenntnis zu setzen!?

Die achtköpfige Bänd spielte, und alle Crewmitglieder, alle Leichtmatrosen und Maate, alle Ingenieure und philippinischen Stuhlpolierer, alle Zimmermädchen und Deckstewards, alle Kellner, alle Masseure, Friseure, Fitneßraumbetreiber, Reiseleiterinnen und Tänzerinnen, Sängerinnen, Zauberer und Tenöre swingten dazu im Takt. Ich war die einzige, die nicht eingeladen war. Oder WOLLTE er mich einladen, als er vorhin in der Eisentür des »Fürst-Rainier-Saales« stand? Und hatte es dann frustriert unterlassen, weil ich schon wieder mit Ulrich dem Belagerer tanzte?

So mußte es gewesen sein.

Er sang es für MICH. Ich war mir so sicher wie seit meiner Firmung in Geilenkirchen nicht mehr.

Ich stand an der Eisentür und kämpfte mit den Tränen.

Er hatte es ganz allein und nur FÜR MICH gesungen!!

Und eine Gänsehaut zog über meine dünnen, schwachen Ärmchen, die kaum die Eisentüren dieses Schiffes zu öffnen imstande waren.

Später ging ich zu ihm hin. Er stand mit einem Pappbecher Rotwein am Tresen und redete mit Jenni, einer Ballettrattin. Es war mir egal, was die anderen dachten. Es war mir egal, was er von mir dachte.

Ich ging zu ihm hin und fragte ihn: »Hast du das für mich gesungen?«

Und er äffte mich nach: »Hast du das für mich gesungen?«

Mir schossen die Tränen in die Augen. Ich hatte seit neun Nächten nicht mehr geschlafen und seit zehn Tagen nicht mehr gegessen, und ich fand, ich hätte ein Recht darauf, daß er mir ehrlich antwortete, zärtlich und privat, wie er schon mit mir gesprochen hatte, vor einigen Nächten und gestern, auf dem Liegestuhl, als alle anderen an Land waren.

»Sag es! Ich weiß, du hast es für mich gesungen!«

Fred steckte sich eine Zigarette an und blies mir den Rauch ins Gesicht und sagte kalt: »NEIN!«, und dann ging er auf eine Eisentür zu – »Staff only« – und ließ sie hinter sich zufallen.

Er war weg.

Und mit ihm waren auch Jenni, Claudia, Patricia und all die anderen WEG. »STAFF ONLY«!

Er war WEG!! Und ließ mich in meinem Elend allein!

Ich taumelte fassungslos die Eisentreppen hinauf, bis ich wieder im Passagierbereich angelangt war.

Hier saß noch brav Lars-Dars am Piano, und Klara-Viktoria mähte:

»Immer warten nur die Menschen, die wirklich lieben! Kommst

du noch nicht? Wie die fallenden Tropfen am Ärmel zerstieben! Ich steh' im Regen und warte auf dich, auf dich! Auf allen Wegen erwart' ich nur dich, immer nur dich!«

»Bist du allein, du?« fragte Ulrich.

»Ja«, hauchte ich. »Allein.«

»Bist du traurig, du?«

»O ja, verdammt, du. Ich bin traurig, du.«

»Du, ich will dichch jetzt küssen, du!«

O.K. Du kannst michch jetzt küssen, du.

Wir gingen eine Treppe tiefer.

Richtung Heck. Da, wo die Schraube war.

Wir langten vor dem Fitneßcenter an.

Ulrich küßte mich.

Und ich ließ es geschehen.

Eigentlich liebte ich ja Fred. Aber Ulrich tröstete mich, und Hättwich fand auch, daß er ein gediegener und gutmütiger Mann war.

Warum sollte ichch michch gegen Ulrichch wehren, du? Er war dochch der einzige Mensch, der michch nochch gärn hatte, odr?!

Und so standen wir an der Reling und küßten uns, und der gute alte Mond läuchchtete. Odr.

»Mehr!« schrie der kleine Häwelmann.

»Gute Nacht, Ulrich.«

»Ichch bringe dichch auf deine Kabine, du.«

»Nein, danke, ich finde sie allein.«

»Du, Burkharda, du ... willst du's wirklichch nichcht wissen, du?«

Eigentlich fürchtete ich nur eins: jetzt wieder mal allein in meiner Kabine in der Koje zu liegen und an die Decke zu starren.

Also blieb ich bei Ulrich stehen.

Und ließ es zu, daß er die Träger meines Abendkleides über meine Schultern zog. Warum sollte er das nicht tun? Ich ließ ihn die Früchte ernten, die ich für Fred gesät hatte.

Und Hättwich stand hinter einer Marmorsäule und schüttelte beschämt den Kopf.

»Du bist eine Wahnsinns-Frau, du!« Ulrich atmete heftig.

»Wie du meinst.«

Ulrichs Erregung kannte keine Grenzen. Und der gute alte Mond leuchtete.

»Kchomm!«

Er zerrte mich auf einen der blankgewienerten Liegestühle direkt vor dem Fitneßcenter. Dahin, wo sonst immer dieser lüsterne Opa mit dem Krückstock lag, der hoffte, von den saunierenden Damen einen Streifen nackte Haut zu sehen, dieser unangenehme Spanner.

Wir sanken auf so einen Liegestuhl.

Und dann ging alles ganz schnell. Wir taten das, was alle Menschen irgendwann mal tun. Jedenfalls fast alle. Wir taten es. Irgendwie hatte ich das Gefühl, daß ich es ihm schuldig war. Weil er sich doch so unglaublich um mich bemühte. Außerdem hatte ich ihn wirklich schrecklich gern. Ich wollte ihn einfach nicht so kaltherzig stehenlassen, wie Fred mich immer stehenließ. Und ich wollte mich natürlich auch trösten. Über meine gekränkte Eitelkeit hinweg.

Es war eine schnelle Nummer.

Zwischen vier Uhr zwei und vier Uhr vier.

Fertig. Es war wie ein schöner Traum ...

Ja Wahnsinn, du.

Und ich lag da, in meinem schulterfreien Abendkleid unter australischer Mondsichel. Und dachte an Fred.

Mit wem mochte er wohl jetzt zusammensein?

Mit Natascha? Claudia? Jenni? Katja? Tina? Nadja? Oder mit allen zusammen?

Und dann schlief ich ein. Zum erstenmal seit neun Nächten. Ich schlief wie ein Stein. Jetzt war ja alles egal. Auf dem Liegestuhl, mit Ulrichch, der vor Erschöpfung schnarchte. Vor dem Fitneßcenter.

Und der gute alte Mond leuchtete.

Ich erwachte, als einer dieser Handtuch-Vietnamesen ein Handtuch über uns warf. Er schüttelte den Kopf und gestikulierte wild und wedelte mit seinem Putzlappen.

O Gott. Jetzt mußte er aus dem makellosen blauen Polster einen wirklich unfeinen Fleck entfernen.

Und wir lagen auch noch im Weg herum.

Schuldbewußt sprang ich auf. Es war halb sechs. Die Sonne stieg gerade glutrot aus dem Meer empor und ärgerte sich über mich. Wie beim kleinen Häwelmann. Erst immer »mehr, mehr« schreien und »leuchte, alter Mond, leuchte!« und den Hals nicht voll kriegen, aber dann ist es am Schluß die Sonne, die einen packt und ins kalte Wasser wirft. Ulrichch schlief noch fest seinen schweizerischen Ur-Schlaf. Ich war keinen Deut besser als der schwule Friseur und sein Leichtmatrose, die ich vor knapp zwei Wochen hier aufgescheucht hatte. Auch ich hatte es getan. Und sogar im Freien. Hoffentlich hatte uns niemand gesehen!

Ich schlich wie ein geprügelter Hund die Außentreppe hinauf, über Deck sieben, wo noch nicht mal die Frühstücksstewards erschienen waren, über Deck acht, wo das Schachspiel im Morgentau vor sich hin schlief. Wie in so vielen Nächten vorher kam ich barfuß und im Abendkleid an der Rezeption vorbei. Die Nachtschicht-Tussi warf mir einen vernichtenden Blick zu. Ich wankte in meine Kabine, warf mich aufs Bett und starrte an die Decke.

»Was auf dem Herzen?« fragte Weißenreim, mein alter Freund, der ab sechs Uhr dreißig im Fitneßcenter neben mir herradelte.

»Scheiß-Männer«, stieß ich hervor. Ich war bei Kilometer acht Komma drei, und der Schweiß der Erschöpfung tropfte mir von der Stirn.

»›Doktor Erich Kästners Lyrische Hausapotheke‹«, sagte Weißenreim. »Für Liebeskummer das beste Rezept.«

»Bitte, sagen Sie es!« Ich riß mir die Kopfhörer von den Ohren, mit denen ich das Weiterbildungsseminar aus dem Rusch-Verlag »Emotionale Intelligenz« gehört hatte.

»Das Gedicht eines Mannes, der die Geliebte zu einem anderen Mann hat gehen lassen.«

»Ja!« keuchte ich und liebte Weißenreim für seinen Genius.

»Das ist mein Zimmer und ist doch nicht meines.
Zwei Betten stehen Hand in Hand darin.
Zwei Betten sind es. Doch ich brauch nur eines.
Weil ich schon wieder mal alleine bin.

Der Koffer gähnt. Auch mir ist müd zumute.
Du fuhrst zu einem ziemlich andren Mann.
Ich kenn ihn gut. Ich wünsch dir alles Gute.
Und wünsche fast, du kämest niemals an.

Ich hätte dich nicht gehen lassen sollen!
(Nicht meinetwegen. Ich bin gern allein.)
Und doch: Wenn Frauen Fehler machen wollen,
dann soll man ihnen nicht im Wege sein.

Die Welt ist groß. Du wirst dich drin verlaufen.
Wenn du dich nur nicht allzuweit verirrst...
Ich aber werd mich heute nacht besaufen
und bißchen beten, daß du glücklich wirst.«

Ich trabte, und Schweiß und Tränen tropften auf mein Laufband. Ich konnte mich nicht erinnern, jemals unglücklicher gewesen zu sein. Und den lieben alten Professor Weißenreim, den mochte ich zum Schreien gern.

Ein paar Tage später fand der Zwanziger-Jahre-Ball statt.

Schon seit Tagen konnten die Passagiere Requisiten kaufen: Federboas, Handschuhe, Gamaschen, Haarschmuck, wie man ihn in den Zwanzigern getragen hatte, wadenlange Abendkleider, Hemdbrüste, lange Zigarettenstengel.

Die Friseure machten den Damen Frisuren wie in den Zwanzigern, und die Herren setzten Monokel auf.

Wir Künstler sollten alle ein oder zwei Titel aus dieser Zeit beitragen. Schon beim Abendessen – ich tafelte wieder mal mit meinem alten Freund Hasso, dem Einhandsegler, im »Königin-Louise-Restaurant« – kamen die »Gigolos«, das heißt alle männlichen Künstler dieses Schiffes, mit Pomade im Haar, angemaltem schmalem Schnauzer und ganz im Dreß der Zwanziger, und luden alle Anwesenden mit einem Ständchen – Anthony sang hinreißend! – in den »Fürst-Rainier-Saal« ein. Alle meine Freunde – Lars-Dars mit angegelten Haaren, Larry im Frack, Anthony, Rudi, die achtköpfige Bänd, sogar der gute alte Professor Weißenreim, die beiden Bordgeistlichen, die offensichtlich großen Spaß an diesem Job hatten –, alle, alle luden ein. Sie verteilten Tanzgutscheine an die tafelnden Damen. Ich bekam gleich zwei Dutzend.

Und der Champagner floß in Strömen.

Wir waren wieder mal seit drei Tagen auf See und brauchten dringend Abwechslung. Gloria, Anna und ich hatten uns in enge, knielange Kleider geschmissen, und ausgerechnet Klara-Viktoria, die dicke Diseuse, hatte uns Accessoires wie Zigarettenspitze, Fuchsschwanz, Handschuhe und Federschmuck fürs Haar geliehen. Wir sahen einfach phantastisch aus. Ich war so gespannt!

Nach dem Essen schoben wir uns die breite Freitreppe hinauf. Nicht von meiner Seite wich Ulrichch, der seit unserer »Liebesnacht« von nichts anderem mehr schwärmte. »Ja Wahnsinn, du« – die Sache hatte ihm augenscheinlich gefallen. Ich hatte mich fast an diesen begeisterungsfähigen Menschen gewöhnt. Auch sein Kumpel Jürgi Bürgi war ein echter Freund geworden. Bei einigen Landausflügen hatten wir beide lange Spaziergänge gemacht und geredet. Jürgi Bürgi wußte von meiner unerfüllten Leidenschaft für Fred und hatte großes Verständnis für mich.

»To fall in love«, sagte er. »Man kann nichts dagegen tun, odr. Du wirst den richchtigen Mann noch finden.«

»Ich muß dir was gestehen, Jürgi Bürgi. Ich bin verheiratet.«

»Das ist nichcht der Richtige, odr. Wenn du den Richtigen gefunden hast, dann suchst du nichcht mehr.«

»Und Fred? Meinst du nicht, daß er der Richtige ist?«

»Ich will dich nichcht kränken, odr. Aber ich bin sicher, daß du den Richtigen noch nichcht gefunden hast.«

Sprach Jürgi Bürgi. Bei einem Spaziergang durch den Regenwald.

Mit den Schweizern, mit Anna und Mareike, mit Anthony und der lauten Gloria fühlte ich mich einfach wohl.

Obwohl meine Seele in Fetzen hing.

Nun ja, heute abend war also der Zwanziger-Jahre-Ball.

Der STERN-Fotograf und der Bord-Fotograf stürzten sich auf uns. Wir sahen aber auch wirklich wunderbar aus in unseren engen Zwanziger-Jahre-Fummeln und mit unseren schmucken Kavalieren am Arm! Meine Chormitglieder grüßten mich an jeder Ecke mit einem jovialen: »Phantastisch sehen Sie aus!« und »Viel Spaß! Der Jugend gehört die Welt!« und »Was singen Sie uns heute?« Ich war der glücklichste und zugleich unglücklichste Mensch auf diesem Schiff.

Wir tanzten. Ulrichch schwenkte mich, und Rudolf schob mich übers Parkett, und dann kam Stefan dran, der STERN-Fotograf, und dann Jürgi Bürgi, der stille Bänker. Mit ihm tanzte ich jetzt besonders gern, obwohl er wahrhaftig kein Beau war. Er war ein stiller, feiner Mensch, ein Freund auf den zweiten Blick.

Auf der Bühne standen die Gigolos mit gegelten Haaren und arrogantem Blick. Am arrogantesten blickte Larry. Er liebte diese Rolle. Ich forderte Larry auf, meinen alten lieben Freund aus der Technik.

Er tanzte göttlich. Was HATTE ich aber auch immer für ein Glück!

»Na, Katze? Alles im grünen Beraisch?«

»Nicht wirklich, Larry!«

»Hängt dein Häzz immä noch am Fred?«

»Nur an ihm. Auch wenn ich mit tausend anderen tanze.«

»Laß die Fingä von ihm. Isch beschwöre disch.«

»Warum, Larry, warum?!«

»Es is bessä für disch! Darum!«

Wir tanzten und drehten uns, und dann kamen noch viele andere, mit denen ich tanzte. Aber das Gespräch mit Larry ging mir nicht mehr aus dem Kopf.

Der Ball war ein voller Erfolg. Die Leute amüsierten sich wirklich.

Zwischendurch traten wir alle auf, mit ein oder zwei Liedern.

Ich sang:

»Davon geht die Welt nicht unter, sieht man sie manchmal auch grau, einmal wird sie wieder bunter, einmal wird sie wieder himmelblau! Geht's mal drüber und mal drunter, wenn uns der Schädel auch raucht, davon geht die Welt nicht unter, die wird ja noch gebraucht!«

Später, als Tanz und Rausch zu Ende waren, versammelten wir uns noch auf Deck sieben, auf der Empore, beim Künstlertreff, an der Bar.

Es war wieder mal zwei Uhr nachts. Ich war erschöpft und gleichzeitig so aufgekratzt, daß ich nicht schlafen konnte.

Mit Gloria und Anna hing ich an der Bar herum.

Ich schielte zu Fred. Er sah wieder mal phantastisch aus. Ob er an mich dachte? Ob ich in seinem Kopf genauso herumspukte wie er in meinem? Fred schien nicht unter besonderem Liebeskummer zu leiden. Er plauderte mit Rudolf und seinen Kegelbrüdern. Sie tranken Gin Tonic in rauhen Mengen.

»Mensch, Fred, ey!« schrie Gloria in ihrer derben, aber herzlichen Art. »Sach ma! Bisse nich froh, daß de so ratt'nschaafe Frau'n an Boad has? Kuck uns doch an! So wat hasse aunich alle Tage!«

Fred guckte uns an. Anna, Gloria und mich. Wir waren drei schlanke Tannen im Wind. Er hätte uns wirklich mal als etwas Besonderes wahrnehmen können. Wir blühten vor Schönheit, Jugend, Anmut, Weiblichkeit. Besonders ich, natürlich.

Er rauchte. Er blies mir den Rauch ins Gesicht.

Dann sagte er: »Na und? Nächste Reise kommen andere Tussis.«

Und dann lachte er. Zynisch, grausam und sarkastisch.

Ich hatte viel erduldet. Viel. Ich hatte meine Seele gegeben. Und immer versucht, die Contenance zu wahren.

Aber das konnte ich nicht mehr lächelnd hinnehmen.

Ich stand auf, ging erhobenen Hauptes zum Ausgang und rannte auf meine Kabine.

Dort warf ich mich aufs Bett und konnte endlich heulen.

Oh, wie wohltuend war es, endlich weinen zu können!

Mein Kopfkissen hatte unendlich viel Geduld mit mir! Ich weinte und weinte, und ich hatte das Gefühl, daß alle Sturzbäche dieser Welt sich mit dem Ozean vereinen und mein Liebesleid mit sich fortspülen würden.

Endlich, endlich ging es mir besser. Ich fühlte, daß ich jetzt einschlafen konnte. Wo Fred doch so ein fundamentales Arschloch war. Ja. Jetzt konnte ich ihn endlich vergessen. Er war ein seelischer Krüppel. Zu keinerlei Gefühlsregung fähig. Ich gelangte endlich an das andere Ufer. Ich konnte einen Strohhalm greifen. Was hatte Jürgi Bürgi gesagt? Ich hätte den Richtigen noch nicht gefunden. Und was sagte Larry: Laß die Fingä von demm. Der is kain Mann für disch.

Sie hatten alle recht. Fred hatte sich gerade selber den Todesstoß versetzt. Wie konnte man so einen Mann lieben? Ich würde endlich geheilt sein von meinem Liebeswahn.

Er war es nicht wert. Ich war eine von vielen »Tussis«. Er hatte es klar und deutlich gesagt!! »Na und? Nächste Reise kommen andere Tussis.« – JA! Danke, Fred! Endlich hatte er mir den letzten Funken Anhänglichkeit, Loyalität und Liebe mitsamt Wurzeln aus dem Herzen gerissen. O.K. Hättwich war's auch zufrieden. Jetzt kehre zu deinem orgelspielenden Rüdiger zurück, und wir schlagen das Buch zu. War doch eine nette Lebenserfahrung. So was muß frau im Leben erlebt haben. Zur Läuterung und damit sie später auf dem Totenbett was zu erzählen hat. Ich drehte mich auf die andere Seite und schloß die Augen.

Ja, es tat gut, so leergeweint zu sein. Und es tat auch gut, der Tugend wieder ins Auge zu sehen.

Und während ich noch das Kopfkissen mit schwarzem verheultem Lidschatten verknautschte, schob sich meine Kabinentür auf. Anna? Mareike? Gloria? Ach, wie gut war es, Freundinnen zu haben! Ich würde ihnen meinen Entschluß sofort mitteilen.

»Ja?« schluchzte ich. Kommt rein, tröstet mich, bemitleidet mich, nehmt mich in den Arm und bringt mich zum Lachen!

Eine Gestalt schob sich im Dunkeln in meine Kabine.

Ich rutschte schon mal zur Seite in der Erwartung, jetzt von einer meiner Freundinnen auf der Bettkante getröstet zu werden. Es war wirklich stockdunkel in der Kabine.

Jemand setzte sich zu mir auf den Bettrand.

Ich nahm tränenblind eine Hand.

Die Hand schob sich in mein Gesicht.

Alles naß und verschmiert.

»Ich wollte dich nicht verletzen«, sagte Fred mit unglaublich weicher, zärtlicher Stimme. »Manchmal sage ich Dinge, die mir dann ganz schrecklich leid tun.«

Ich erstarrte, fassungslos. FRED! Hatte sich IN MEINE KABINE bemüht!!

»Ist ja schon gut«, stammelte ich. »Ich hab ja auch überreagiert!« Ich nahm seine Hände und benetzte sie mit meinen Tränen und küßte sie.

»Du bist die wunderbarste Frau, die mir jemals begegnet ist«, sagte Fred heiser. »Aber glaub mir, ich kann einfach nicht aus meiner Haut. Ich bin ein alter Seemann. Ich treffe immer mal wieder tolle Frauen. Und dann denk ich, die gehen wieder von Bord, und ich muß für immer hierbleiben. Dann sag ich manchmal solche Sachen, um nicht sentimental zu werden ...«

Ich setzte mich auf und preßte mein verheultes Gesicht an seine schneeweiße Hemdbrust.

Er war bei mir. Er saß auf meinem Bettrand. Und streichelte mir den Schmier von den verheulten Augen. Seine Hand löste sich aus meiner, er suchte den Schalter der Nachttischlampe. Klick. Gedämpftes Licht. Sein geliebtes Gesicht, so nah bei meinem. Mein Kopfkissen war schwarzfleckig. Sein Hemd auch.

»Was ist das denn für 'ne Schweinerei!« sagte Fred.

Ich lachte hilflos und weinte gleichzeitig. O Fred! Wie ich dich liebe! Unsere Flaschengeister haben die gleiche Chemie! Das weißt du! Bitte, bleib bei mir! Nur zwei Minuten! Oder fünf! Eine Zigarettenlänge lang!

Oder ein ganzes Leben! BITTE!

Hättwich sandte mir einen skeptischen Blick. Nach IHREM Drehbuch wäre der Typ jetzt achtkantig rausgeflogen! Aber ICH, ich LIEBTE ihn doch!!

Fred erhob sich bereits wieder. »Ich wollte nur sehen, ob es dir gutgeht.« Damit wandte er sich zum Gehen.

»Aber es geht mir NICHT gut!!«

»Du solltest mal 'ne Runde schlafen.«

Damit fiel die Tür ins Schloß.

Ich war mit meiner verdammten verheulten Schminke auf dem Kopfkissen allein.

Am nächsten Tag – nach zwei Stunden Laufband – war wieder Landgang. Ich war leer. Einfach leer. Mein Liederabend war vorbei. Der Zwanziger-Jahre-Ball auch. Der nächste Auftritt war erst in ein paar Tagen. Ich hatte nichts mehr zu tun. Außer, auf dem Sonnendeck zu liegen und zu versuchen, Romane zu lesen, was mir nicht gelang, oder, was sicher besser war, mit meinen wohlmeinenden Freunden an Land zu gehen. Wir legten um zehn Uhr morgens in Melbourne an.

Anna, die schwarzhaarige Powerfrau, gab wie immer ihr Morgenseminar. Selbstverteidigung aus der Kraft des Gegners. Avci Wing Tsun. Zum erstenmal seit Beginn meiner Reise schaute ich ihr dabei zu. Ich hatte sie wirklich sehr ins Herz geschlossen, diese drahtige, fröhliche, strahlende Frau, die immer lachte und von keinerlei Falsch oder Neid geschlagen war. Zwar mochte ich nicht mittrainieren – mit lüsternen Rentnern den Griff zwischen die Beine üben –, aber ich lehnte an der Säule, kraftlos, ideenlos, und sah ihr zu. Fred lehnte an einer anderen Säule. Und sah auch zu. Oder sah er zu mir? Ich konnte unter seiner Mütze nicht seine Augen erkennen.

»Heute stellen wir uns vor, der Angreifer kommt von hinten und will uns würgen!« rief Anna froh, und alle fünfzig Teilnehmer stellten sich das begeistert vor. Es gab ein Gelächter und Geflirte auf dem Sonnendeck morgens um zehn, daß es eine Freude war. Viele alte Damen würgten gern alte Herren und umgekehrt. Auch viele alte Damen, die als »Freundinnen« an Bord waren und sich von ihrer kargen Rente eine Innenkabine teilten, würgten einander mit Begeisterung. Ich beobachtete die zwei älteren Tanten, die sich immer so liebevoll umeinander kümmerten: »Liebes, du solltest dir einen Schal umbinden, sonst erkältest du dich!« – »Schau mal, es gibt heute Apfelkompott, ich habe dir ein Schälchen mitgebracht, das magst du doch so gern!« – »Liebes, du solltest jetzt aus der Sonne gehen, sonst kannst du heute nacht wieder nicht schlafen...« Diese beiden würgten einander mit einer solchen Begeisterung, daß ich das Lachen nicht unterdrücken konnte. Das Schiff war eben im Begriff, nach drei Seetagen wieder anzulegen, aber Annas Seminarteilnehmer waren viel zu beschäftigt, um sich mit ihren Videokameras über die Reling zu lehnen.

»So«, rief Anna, wie immer strahlend. »Als erstes mal ein bißchen Beinarbeit! Jeder sucht sich einen Partner! Kick zum Knie nach außen, Kick zum Knie nach innen! Das stärkt die Oberschenkelmuskulatur!«

Ich beobachtete lächelnd die alten Pärchen, die sich begeistert das Knie ans Schienbein rammten und dabei ins Hüpfen und ins Taumeln gerieten.

»Ja, gut, ihr Lieben! Schön! Wie die Känguruhs!« Anna lachte, und ich schloß sie in diesem Moment für immer ins Herz. »Ihr Lieben, können wir noch mal den Schrei üben, Siu-nim-Tau – richtig schreien, aus dem Bauch, nicht mit fistelnder Stimme, hört ihr! Laßt es richtig raus!«

Und die Leute schrien! Heidewitzka, was ein Spaß! Endlich durften sie sich mal anbrüllen, daß es eine Lust war! Ich lehnte, wie sonst immer Hättwich, hinter einer Säule und kicherte.

Dann trainierte man »Lat-Sao« und »Pak-Sao«, eine rasend schnelle Schlagabfolge, die bei manchen Leuten zu komisch aussah.

»Gut! Geraden Kick nach vorn!« rief Anna, während sie von Pärchen zu Pärchen ging und die Haltung korrigierte.

»Wing Tsun ist ein sehr weiches System«, rief Anna lachend in den Tumult hinein. »Man borgt sich die Kraft des Gegners und benutzt SEINE Energie. Das erreicht man durch ein spezielles Chi-Sao-Training. Frei übersetzt: klebende Hände! Was wir hier machen, ist ein Reflex-Training, ein Gefühls-Training! Also nicht durch Zurückweichen, sondern durch Kontaktsuchen die Kraft des Gegners nutzen!«

Alle probierten dies mit heiligem Ernst.

»Wunderbar, ihr Lieben, ganz wunderbar. So. Jetzt zeig ich euch mal was für den Notfall. Wir wollen also unseren Angreifer über Bord werfen! Das können wir ruhig machen, denn wir sind im Hafen von Melbourne, und keiner würde hier ernsthaft untergehen! Also üben wir! Fak-Sao zur Kehle!!«

Zwei Dutzend alte Damen hieben zwei Dutzend alten Herren ihre Handfläche an die Kehle, natürlich nur zum Schein, und die zwei Dutzend Herren wichen willig nach hinten, fast als würden sie über die Reling fallen.

Ich beobachtete Anna mit Bewunderung und Respekt. Wie sie das schaffte! Mit so vielen verwöhnten Passagieren, die normalerweise nicht bereit waren, sich zu bewegen! Sie setzte Aggressionen frei, aber gleichzeitig lachten die Passagiere, machten sich einen Spaß draus, flirteten, entspannten sich! Ja, genau so sollte gute Unterhaltung sein, dachte ich. Und das macht diese strahlende Anna nun seit Wochen. Ich hatte sie gar nicht richtig wahrgenommen vorher. Anna kämpfte nun gegen eine Gummifigur, eine aufblasbare. Die sah bescheuert aus, hatte sie doch vier Streifen und eine Troddelmütze auf! Ich sah schon Gespenster!

»Jetzt packe ich ihn am Nacken, geb ihm ein Knie zwischen die Beine, bücke mich und fasse seine Beine! Achtung, Leute, herschauen! Ich ramme ihm zwei Finger in die Augen, mit aller Wucht, und verpasse ihm gleichzeitig einen Handflächenstoß ins Gesicht, hebe ihn mit dem Knie ein bißchen hoch und ... zack ... Stirn nach hinten drücken – er ist über Bord! JA! Er ist über Bord! Das Ganze hat im besten Fall fünf Sekunden gedauert! Das ÜBEN wir jetzt noch mal!!«

Die Kursteilnehmer klatschten Beifall.

Anna schmiß fünfundzwanzig aufgeblasene Streifenhörnchen unters Volk.

Nein. Was ein Spaß.

Die fünfzig Kursteilnehmer entsorgten die Schwimmhörnchen in Sekundenschnelle.

Zack, zwischen die Beine ein Knie, dann zwei Finger in die Augen, gleichzeitig mit voller Wucht das Gesicht nach hinten gedrückt, nun bücken, die Beine nach oben, und – ZACK!! – das Feindbild über Bord geschmissen. Bestenfalls in die sich drehende Schraube. JA!

In mir loderten Mordgefühle. Ich würde den Fred über Bord schmeißen! Ich hatte es genau beobachtet, wie leicht das war. Heute abend, wenn wir wieder abgelegt hatten, würde ich ihn auf das Fitneßdeck locken. Und in Vortäuschung der falschen Tatsache, ihm Zärtlichkeiten zukommen lassen zu wollen, würde ich ihm den Ellbogen unters Kinn pressen, ihm gleichzeitig das Knie in die Weichteile stoßen und ihm zwei Finger in die Augen stechen. Dann würde ihm gar nichts anderes übrigbleiben, als sich nach hinten zu lehnen – und dann, DANN würde ich blitzschnell seine Beine fassen und ihn mit Fak-Sao und Handkantenschlag gegen die Kniekehlen rückwärts über die Brüstung werfen. Die Schraube würde harakiri, harakiri, harakiri vor sich hin blubbern, wie sie das immer tat, und dann wäre Mister Streifenhorn weg. Aus meinem Leben getilgt. Und ich könnte endlich wieder mit Appetit am sich biegenden Buffet vorbeiwandern. Entspannt und voller seelischer Kälte ging ich mit den anderen in glühender Hitze an Land.

Arm in Arm marschierten wir fünf Freunde, Ulrichch und Jürgi, Anna, Gloria und ich, durch den Swanston Walk, Melbournes Fußgängerzone. Zwischen den modernen Hochhaussilhouetten gab es noch viele viktorianische Häuser, die in der heißen Sonne strahlten. Die verspiegelten Bankfassaden der ultramodernen Prunkbauten blendeten. Alte grüne Straßenbahnen ratterten quietschend um die Kurve. Wir betrachteten das Parlamentsgebäude, neben dem eine neugotische backsteinfarbene Kirche geradezu klein wirkte. Alte Welt und neue Welt – ganz dicht nebeneinander. Es herrschte Hochbetrieb in den Straßen. Gloria und Anna blieben an jedem Modegeschäft stehen, »Flüdderken kucken«, wie Gloria sich ausdrückte. Ich war zu beschäftigt mit meinen Gedanken an Fred. Obwohl Ulrichch ja so verknallt in mich war, konnte man hervorragend mit ihm und dem stillen Jürgi über alles reden.

Ich erzählte den beiden von Freds gestrigem Besuch in meiner Kabine.

»Der liebt dichch«, sagte Jürgi Bürgi. »Sichcher.«

»Der ist ein Arschlochch«, sagte Ulrich. »Sichcher.«

»Das eine schließt das andere nicht aus, odr«, sagte Jürgi Bürgi. Ulrich schaute ihn säuerlich an.

Anna und Gloria wollten ins »Myers«, den größten Konsumtempel der südlichen Hemisphäre, wie im »Polyglott« zu lesen war. Wir durchschlenderten die gigantischen Geschäftspassagen. Hier drin war alles voll klimatisiert, schön kühl. Während die Mädels weiter an Fummeln herumfühlten, wanderte ich mit Ulrichch und Jürgi durch die Royal Arcade. In meiner Seele bin ich ein Kerl. Ich muß nie Flüdderken gucken, nie. Wenn ich was zum Anziehen brauche, dann kaufe ich es. Fertig. Und ich brauchte nichts. Ich hatte irgendwie keinen Blick für Weltliches. Ich war immerfort nur mit meinem Fred-Problem beschäftigt. Liebt er mich? Und wenn, warum? Und wie stark? Liebt er mich nicht? Und wenn, WARUM NICHT?? Und wie kann ich ihn dazu bringen, daß er mich liebt? Und wenn er mich liebt, warum zeigt er's nicht? Oder warum zeigt er's auf so spätpubertäre Weise? Ist es aber nicht gerade das, was mich so wahnsinnig reizt?

Fragen über Fragen. Ich starrte einfach nur so vor mich hin. Und WARUM war mir das mit Ulrichch passiert? Nicht, daß ich es bereute. Aber es war einfach überflüssig gewesen. Ich hoffte, mein heißgeliebter Fred würde es nie, nie erfahren.

»Hallo, Burkharda, bist du noch auf dieser Welt?«

Jürgi Bürgi wedelte vor meinen Augen herum.

»O ja, natürlich.«

»Er liebt dich. Aber er ist nicht der Richtige.«

Wir betrachteten eine wunderschöne alte Uhr aus der englischen Kolonialzeit und schlenderten dann weiter Richtung Bahnhof, wo wir die St. Paul's Cathedral bestaunten.

»Ein Meisterstück der Neugotik«, sagte Jürgi Bürgi.

»Wie du meinst«, sagte ich.

»Laßt uns einen Kaffee nehmen«, sagte Ulrich.

»Alles, was ihr wollt.«

Wir sammelten die Mädels wieder ein, die inzwischen mit Tüten behängt waren.

»Ratet, wen wir getroffen haben«, schrie Gloria quer über die Straße.

»Na, Fred wohl, wen sonst!«

»Nää! Den Al'n mit dem Krückstock, der immer vor de Sauna rumliecht!«

»Keine Ahnung – ach der! Der Spanner!«

»Genau, ey! Und ratet, wat der gesacht hat!«

»Weiß ich doch nicht!«

»Ihr seid geseehn wordn!« plästerte Gloria laut.

»Wer – ist – wo – gesehen worden?«

»Na, du und der Ulrich! Vor dem Fitneßcenter! Auf'm Liegestuhl! Morgens um vier! Ihr macht abba auch Sachen, ey!«

Mir wurde heiß und kalt.

»Und er meint, dat würd den Kreuzfahrtdirektor interessiern, wat da so allet abgeht nachts!«

NEIN! Alle, meinetwegen das ganze Schiff, sollten erfahren, was Ulrich und ich für ein nettes Schäferminütchen hatten, aber NICHT FRED!! Der arme, sensible, leicht verletzbare Mann, der gerade anfing, an mich und meine große wahre Liebe zu glauben! Wäre er sonst heute nacht in meine Kabine gekommen, um mich zu trösten?

»Also, wennde mich fraachs, der Alte hat so 'n Mitteilungsbedürfnis, der macht dat.«

»Gloria! Wenn hier eine ein Mitteilungsbedürfnis hat, dann bist du das!« rief Anna. Doch Gloria überhörte das.

»Und wennde mich noch was fraachs, dat is natürlich genau dat, wat meine Leser lesen wolln. Wat da so wirklich abgeht auf so 'm Fünfsternekahn.«

»Da ist überhaupt nichchts abgegangen, odr«, sagte Ulrichch mit Nachdruck. »Ichch habe die Burkharda getröstet, als sie traurig war, odr. Das ist alles, odr. Und der Rest geht dichch nichchts an.«

»Der Alte schildert dat abba anders«, röhrte Gloria unfein. Die Leute auf der Straße drehten sich um.

»Gehen wir einen Kchaffee trinken«, sagte Jürgi Bürgi. »Im Windsor Hotel. Da herrscht noch die aristokratisch-mondäne Welt britischer Lebensart«, las er aus seinem Reiseführer vor. Ihm war das alles sichtlich peinlich.

Wir setzten uns in Bewegung. Aber ich konnte keinen klaren Gedanken fassen. Was, wenn der alte Spanner meinem geliebten Fred davon Mitteilung machte, daß ich mit Ulrich ... ausgerechnet mit Ulrich ... vor dem Fitneßcenter ... eine Nummer geschoben hatte!! Völlig blind stolperte ich hinter den anderen her.

»Soll doch der Kreuzfahrtdirektor das ruhig erfahren«, sagte Ulrichch. »Dann hört er auf, dich zu quälen, du.«

Ich sandte Ulrich nur einen leidenden Blick.

»Da isser!« schrie Gloria und zeigte auf die andere Straßenseite.

Wer? Fred? Herzklabastern. Rabumm, rabumm, rabumm.

Es herrschte dichter Berufsverkehr auf der vierspurigen Straße.

Nee! Der Alte war's! Mit dem Stock! Die Autos fuhren links, und ich mußte mich konzentrieren, um in die richtige Richtung zu schauen, als ich, wie im Affekt, über die Straße lief, um den alten Spanner zur Rede zu stellen.

»Geht ihr schon vor!« schrie ich über die Schulter.

Der Alte wackelte mit seinem Krückstock mühsam in Richtung Town Hall am City Square. Dort wühlte er an einem Kiosk in Postkarten und Broschüren.

Ich hatte Herzklopfen. Sollte ich ihn ansprechen?

Ihm Geld bieten, damit er die Schnauze hielt?

Ihn fragen, was er überhaupt gesehen hatte?

Das alles machte die Sache für ihn noch viel spannender. Sollte ich ihm erklären, daß Ulrich mich nur getröstet hatte? Aber war ich diesem Kerl Rechenschaft schuldig?! WAS hatte der alte Spanner gesehen? Von WO? Wenn er oben an der Brüstung gelehnt hatte, konnte er eigentlich nur unsere Fußspitzen gesehen haben.

Oder war er IN der Sauna gewesen? Nachts um vier? Dann hätte er den Super-Logenplatz gehabt. Oder schlich er über das Personaldeck? Das Fitneßcenter lag mitten in einem beliebten Durchgang – von einer »Staff only«-Tür zur anderen! Lungerte er dort herum? Um zu lauern, was die Crew so trieb? Eine letzte Möglichkeit war der Fitneßraum selber. Aber was sollte der gehbehinderte Opa da drin, um diese Zeit? Er machte nie Fitneß. Er lag nur immer vor der Sauna, mit nichts als seinem Stock, und beobachtete die Leute, die da rauskamen. Wir alle fanden ihn schon lange widerlich.

Und jetzt wackelte er weiter. Mit seinen Postkarten in der Hand. Mühsam und umständlich klebte er Briefmarken darauf. Da vorne war das General Post Office mit dem Uhrturm. Ganz klar! Er mußte über die Straße, um dorthin zu gelangen. Ich weiß auch nicht, wie ich auf die Idee kam. Aber der Zufall eilte mir zu Hilfe. Aus beiden Richtungen nahten ratternd und quietschend Straßenbahnen. Die, die von rechts kam, war schon etwas näher als die linke. Der Alte schaute glatt in die verkehrte Richtung und trat auf die Fahrbahn. Die Straßenbahn klingelte. Er schien es nicht zu hören! War der taub?! Alles ging rasend schnell. Ich sah meine Chance!

Plötzlich rannte ich los, von hinten in seinen Stock rein. Es sah so aus, wie wenn ich, um meine Straßenbahn noch zu kriegen, rücksichtslos überholt hätte. Es klappte! Meine Wucht war immens! Die Kraft des Gegners nutzen! Ich rammte ihm mein Knie in seine Kniekehle. Er strauchelte, ich wischte ihm meinen Rucksack über die Birne, genau wie ich es bei Anna heute morgen gesehen hatte, und hörte ihn fallen. Die Straßenbahn rasselte und quietschte, ich rannte knapp vor ihr her, spürte noch ihren Windzug an der Wange, ein Klingeln und Bremsen, die Fahrerin schüttelte genervt den Kopf, ich erwischte die entgegenkommende Straßenbahn und sprang auf. Gut, daß ich so fit war. Durch das Fenster konnte ich gerade noch sehen, daß die Straßenbahn, unter die der Alte gekommen war, in Intervallbremsung zum Stehen kam. Leute liefen erschrocken zusammen, ich sah in entsetzte Gesichter, man zeigte, man schrie. Hören konnte ich nichts mehr. In meiner Straßenbahn schien keiner etwas bemerkt zu haben. Man las Zeitung oder schaute teilnahmslos aus dem Fenster. Wir waren in Sekundenschnelle hundert Meter vom Unfallort entfernt.

An der nächsten Haltestelle ließ ich mich von der Rampe fallen.

Mit gräßlichem Sirenengeheul hetzte ein Blaulichtwagen in die Gegenrichtung.

Unbeteiligt schlenderte ich weiter. So langsam wie möglich bestieg ich ein Taxi.

Wenig später gewährte mir der Portier in Frack und Zylinder Einlaß in das altehrwürdige Windsor Hotel.

Die anderen saßen beim Kaffee.

»Na, allet klaa?«

Gloria machte bereitwillig Platz, indem sie ihre Tüten von ihrem Nachbarstuhl räumte.

Ich ließ mich auf den Stuhl fallen. »Er war schon weg.«

Abends war Tanz. Ich war supergut drauf. Zuerst tanzte und lachte ich mit meinem Freund Professor Weißenreim, der wieder mal zu meiner privaten Erheiterung ein flottes Verslein auf den Lippen hatte:

»Das ist das Verhängnis:
zwischen Empfängnis
und Leichenbegängnis
nichts als Bedrängnis.«

Ich kicherte. »Kästner?«

»Genau. Sie sehen heute besser aus. Haben Sie sich von Ihrer ... Seekrankheit ... erholt?«

»Danke, ja. Ich fühl mich wie neugeboren.«

Und dann tanzten und walzten wir über das Parkett. Ulrich der Belagerer lauerte bereits in einem Plüschsessel hinter seiner Bacardi-Cola, und ich dachte, daß es ein Abend wie jeder andere werden würde.

Zu meiner Überraschung forderte mich danach ein Streifenhorn auf, das ich noch nie gesehen hatte.

»Gnä Frau? Mäm? Wolln S' mir die Ehre gehm? Let's dance!«

Meinetwegen. Sollte Fred ruhig sehen, daß sich noch andere Uniformierte um mich bemühten. Das Streifenhorn führte mich galant zum Podium, verbeugte sich – Manieren hatte er, klar, als Vierstreifer! –, und dann walzten wir los! Der konnte tanzen wie ein Gott, und riechen tat er auch gut.

»Fühln S' Ihnen wohl an Bord, gnä Frau?«

Ach so, ein Pflichttanz. Der mußte mit jeder Schabracke mal eine Runde drehen, das war ein Dienstgespräch.

»Welche Position haben Sie inne?« fragte ich neugierig.

»Hotelmanager.«

»Aber Herr Müller ... der Mann von Mareike ...«

»In Sydney von Bord. I bin der Neue.«

Mareike war weg? Mir nichts, dir nichts? Ohne auf Wiedersehen zu sagen? Was hatte es da gegeben?

»Probleme?«

»Der Kapitän hat sich nicht mit mei'm Vorgänger verstanden. Differenzen, gnä Frau. Aber dös is nix für Sie. Let's talk about other things.«

»Äm, ja, gern.« Was sollte ich talken mit dem? Hatte der alte widerliche Schulz also Mareike und ihren Mann einfach rausgesetzt. Dieser Mistkerl.

»Sind S' mit der Kabine zufrieden? All O.K.?«

»Danke, ja, die Heizung funktioniert gut und die Klimaanlage auch, und der Radiowecker ist intakt, und die Klospülung tut's, und der Fön ist auch O.K. Danke. Alles bestens. Sie müssen mit mir nicht tanzen.«

»O.K.« Der Hotelmanager war kein Freund vieler Worte. Er

drehte und schwenkte mich sehr zielbewußt und absolut korrekt im Takt. Er tanzte göttlich. Wir umrundeten großräumig die vielen Paare, die auf der Stelle tanzten. Wo kam der auf einmal her?!

»We should talk about ...« Er drehte sich um, als kontrolliere er, ob er belauscht würde.

»Was?« Sprach der nun deutsch oder englisch oder steirisch oder alles zusammen, der maulfaule Seebär?

»Thörwssäiläddr.«

»Bitte?« War das ein unsittlicher Antrag oder was?

»There was a letter.«

»Was? Da war ein Brief? An MICH?« Sprich DEUTLICH, Mann!

»A letter ... nicht unbedingt AN Sie, gnä Frau. Eher ...«, er drehte sich wieder suchend um, »... über Sie.«

Sofort schoß mir das Blut ins Gesicht. Meine kleinbürgerliche Kindheit in Geilenkirchen spulte sich in Sekunden vor meinem inneren Auge ab. Kind, da hat sich einer über dich beschwert. Geh hin und entschuldige dich. Und wasch dir vorher die Hände und zieh dir was Nettes an.

»Wes Inhalts?«

»Da hat Sie jemand g'sänn.«

»Ja, das kommt vor, daß man auf einem Schiff gesehen wird. Ich meine, ich zieh mir keine Tarnkappe auf oder 'ne Gumminoppenbadehaube, wenn ich an Deck gehe.« Frechheit siegt, Burkharda. Laß dich bloß nicht fertigmachen.

»Bäim Jim.«

»Bei WEM? Ich kenne keinen Jim. Wer soll das sein?«

Ein Leichtmatrose, ein Maat, ein Barkeeper, ein einheimischer Lotse gar?

»Jim! GYM!! Der Fitneßbereich drunten auf Deck sex!«

Wie der das »sechs« aussprach, der Österreicher!

»Ja, da bin ich jeden Morgen. Wieso schreibt das jemand in einem Brief nieder?«

Und PLÖTZLICH wurde mir heiß und kalt, und ich wurde starr und steif wie ein Stock, und meine Füßlein wollten keinen einzigen Schritt weiter im Takt drehen.

»Da hat mich jemand ... gesehen? Und das schreibt er ... IHNEN?«

»Tonz mer wäiter, gnä Frau. Don't stop. Mer wern beobachtet.« Das Streifenhorn drehte mich sehr professionell. Ich versuchte zu lächeln, und er sagte, weil gerade Frau Adlerhorst des Weges tanzte: »Sehr gut ham mer das jetzt mit den Tischzäiten g'löst. Käine zwäi Sitzungen mehr, just one, the people want to see the show ...«

Mann! Komm zur Sache! Wie oft du am Tag Sitzungen hast, ist mir egal!

»Wa ... was stand in dem Brief?«

»Da schäint's äin Foto zu gem. Oder än Film. Tanzen S' wäiter, gnä Frau.« Er nickte und grüßte und faselte wieder etwas von Tischzeiten und Vorspeisenbuffets.

»Ein ... Foto? Von MIR? Wer hat ... ich meine, was ...« Mir sackten die Knie weg. Die Hölle tat sich auf.

Er hielt mich fest im Griff. »Wenn S' Schwierigkäiten kriegn, wenden S' sich an mich. Ja, dös Perlhuhn an Mousse von der Taube wurde heute abend gean gessen, gnä Frau. Ham S' probiert? War ganz frisch from the food market today. Good evening, Mister Winterbottom, good evening, Miss Sophie.«

»WAS denn, ich weiß gar nicht, wovon Sie reden, worum geht es denn überhaupt, HERR Hotelmanager?«

Ich starrte den Mann an.

»Da schläichen manchmal des Nachts die Leit übers Deck, können net schlofn, und da stoßn s' manchmal auf Dinge, die ... aber das Restaurant kann mer noch sinnvoller nutzen. Dös Dessertbuffet nimmt zvui Platz weg. Hello, how are you, Mistress Halmackenreuther?«

So. Das war ja interessant. Dieser kleine miese, hinterhältige, widerliche Spanner, der heute in Melbourne das Zeitliche gesegnet hatte, war im Besitz eines Fotos oder gar eines Videos!! Hatte er das bereits in Umlauf gebracht? Oder war es unter die Räder gekommen, genau wie er?

Und dieser wirkliche First-class-Hoteldirektor maulte mich nicht etwa an, daß ich solch ein Treiben auf seinem Fünfsternekahn unterlassen solle, sondern er bot mir auch noch vorsorglich seine Hilfe an!

Am liebsten hätte ich gesagt: Junge, vielen Dank für Ihre Mühe, aber die Sache hat sich bereits erledigt. Der Kerl ist in der Hölle.

Aber ich sagte natürlich nichts. Statt dessen lächelte ich den forschen Tänzer milde an. »Bitte, eine Frage.«

»Fragn S'.«

»WANN haben Sie den Brief bekommen?«

»Vor zehn Minuten, gnä Frau.«

»Vor ... ZEHN ... Minuten ...«

Meine Knie knickten ein.

»Bitt schön, gnä Frau, brauchen S' an Schluck Wasser?«

»Von ... wem ...?« Schwebte der Geist des Spanners durch den Saal?

»Ist an der Rezeption abgeben wordn, gnä Frau.« Ich schluckte. Mein Ritter hielt mich fest in seinen Armen. »Danke für den Tanz.« Er verbeugte sich, als die Bänd ein Päuschen machte, und führte mich auf meinen Platz zurück. »Wenn S' Hilfe brauchen – i bin für Sie da!«

»Es war mir eine große Freude«, sagte ich bleich.

Ich hielt Ausschau nach Ulrich dem Belagerer. DAS mußte ich ihm erzählen! Wir waren nicht nur gesehen, wir waren fotografiert worden! Und ganz anscheinend NICHT von dem Spanner mit dem Stock!! Es mußte noch jemand anders davon wissen. Vielleicht waren wir DAS Tagesgespräch beim Tontaubenschießen oder beim morgendlichen Bingo auf dem Neunerdeck?

»Na, amüsiersse dich?« Gloria schlug mir auf die Schulter.

»Blendend.«

»Wat hasse denn mit dem Al'n gemacht heute nammittach?«

»Äh ... wieso?«

»Ja, wollt ich nur mal wissn. Kommt ja leider nich mehr an Bord, happ ich schon recherchiert.«

Ich packte Gloria erschrocken beim Arm. »Gloria, ich kann dir versichern, es war ein Unfall ...«

Aber Gloria hörte mir gar nicht zu. »Den hättste ma fragen solln, woher er dat weiß mit Ulrich und dir.«

Ich begriff gar nichts mehr. »Was? Bitte? Wieso weißt du, daß er nicht mehr an Bord kommt?«

»Der hat in Melbourne seine Tochta wohn. Bei der bleibt der getz.«

»Nein.« Ich starrte ratlos ins Leere. »Und was hatte er dir erzählt?«

»Er hat dat ja nich selps gesehn, hatta gesacht. Er hat dat nur so mitgehört. Ham sich zwei erzählt.«

»Und das sagst du mir JETZT erst?!«

»Du bist ja gleich wie vonne Taran'l gestochn übba de Straße gelaufn. Hassen denn noch erwischt?«

»Nee. Er war schon weg.« Ich sank auf eine Sessellehne. »Das sagte ich ja bereits. Er war wie vom Erdboden verschluckt.«

O nein! Das durfte nicht wahr sein!

Der alte Spanner war unschuldig!

Und ich hatte ihn ins Jenseits befördert!

Es gab einen Brief! Und ein Foto! Und der eigentliche Spanner war noch auf dem Schiff! Wahrscheinlich sogar hier im Saal! Was sollte ich machen? An wen sollte ich mich wenden? Ich konnte doch unmöglich jetzt allein mit dieser Sache fertig werden ...

Da näherte sich jemand von hinten.

»Ulrichch, du, ich muß dir ...«

Es WAR gar nicht Ulrich! Es war einer von diesen Greisen, die hier ihren zweiten Frühling erlebten!

Nun war ich schon aufgesprungen, nun konnte ich dem lebensfrohen alten Herrn keinen Korb geben. Also tanzte ich mit dem Greis. Er hatte einen Strohhut auf und war allerbester Stimmung. Er tanzte schlecht. Und sein Kukident-Gebiß war eine Zumutung. Er drückte mich an sich, als sei ich sein lange verloren geglaubtes Enkelkind, und ich konnte mich nur mühsam seiner Küsse erwehren. Au nein. Nicht jetzt auch das noch.

Meine dünnen, schwachen Ärmchen versuchten tapfer, den alten Lüstling auf Abstand zu halten.

»Sie beobachte ich schon lange«, gurrte der Alte mit seinem hellen Zitterstimmchen. Dabei versuchte er, sein Bein zwischen meine Beine zu drücken.

»Ach was«, gab ich maulfaul zurück. Wenn der wenigstens einen Zwischenschritt machte! Aber dieses Wiegen von einem Bein aufs andere ließ mir fast keine Ausweichmöglichkeit!

»Sie sind eine scharfe Frau.«

»Was Sie nicht sagen ...« Mir schwante Schreckliches. DER?

Er grinste mich verschwörerisch an. »Ich habe hier die Hochzeitssuite gemietet.«

»Ach, Sie sind auf Hochzeitsreise? Das hätte ich auf Anhieb nicht von Ihnen gedacht ...«

Ich taxierte den Alten spöttisch.

»Nein, ich bin mit meiner Frau schon fünfundfünfzig Jahre verheiratet. Aber die mag mich nicht mehr.«

Was ich verstehen kann, wollte ich sagen. »Ja, und mit wem sind Sie jetzt in dieser Hochzeitssuite?«

»Mit meiner Frau.«

»Mit der, die Sie nicht mehr mag?«

»Ich bin ihr zu groß«, flüsterte der Alte mir verschwörerisch ins Ohr.

»Na, so groß sind Sie doch auch wieder nicht.« Ich tippte auf eins fünfundsechzig oder so.

»Im BETT! Sie mag mich IM BETT nicht mehr! Sie ist ZU ENG, und es tut ihr weh! Ich bin ihr ZU GROSS!«

Ich konnte es nicht fassen. Das sagte dieser Mensch mir beim allerersten Tanz! Ja, wo sind wir denn hier!

»Das hört sich alles interessant an. Erzählen Sie weiter!«

Wir wechselten Standbein und Hängebein gegen den Takt. Gräßlich. Dieser Kerl kam direkt aus der Hölle.

»Dabei kann und will ich noch jeden Tag!«

»Wie schön für Sie!«

Ja Herrschaftszeiten, was sind das denn für Gespräche an Bord eines Fünfsterneschiffes? Die Hochzeitssuite kostete 60 000 Mark pro Reise, das hatte ich im Prospekt gelesen. Und da baggerte mich der Alte an?

Hättwich hinter der Säule war ganz grün im Gesicht und übergab sich dezent in eine Silberschale. Nein, heute war wirklich kein schöner Tag gewesen.

Zum Glück war der Tanz zu Ende.

Der Alte führte mich ohne Hemmungen zu seinem Tisch und stellte mir seine Gattin vor. Diese saß gramgebeugt in ihrem Sessel und sagte: »Karl-Heinz, das ist NICHT SCHÖN.«

Nein, dachte ich. Wirklich nicht, Karl-Heinz.

Karl-Heinz war aber in Superlaune, drückte mich in den Plüschsessel zwischen Gattin und sich selbst und orderte eine Flasche Champagner. Hilflos sah ich mich um.

Der einzige, der dieses peinliche Zusammentreffen zynisch grinsend betrachtete, war Fred. Fred Hahn.

Als ich wie immer spät nachts auf meine Kabine kam, lag da ein Brief. Sofort hatte ich Herzklopfen. Fred! Du schreibst mir! Endlich!!

Aber der Umschlag war mit zittriger Altmännerhand beschriftet. »Frau Burkharda Meier, im Hause«. Scheiße. Nicht Fred. Ich riß das Kuvert auf. Zum Vorschein kam ein Foto. Darauf war ein Pferd, und auf dem Pferd saß ein alter Mann mit Reitkäppi und Joppe. Das Pferd stand auf einem Hügel in der Eifel oder so, und im Hintergrund sah man ein schmuckes Einfamilienhaus. Es war der Lustgreis mit dem unsittlichen Antrag!

Auf der Rückseite des Fotos stand in krakeligen Buchstaben:

»Es war mehr als ein Tanz für mich. Ich habe ein geiles Foto von Dir! Heute nacht bin ich allein in meiner Hochzeitssuite! Meine Frau ist im Hospital, wegen Herzbeschwerden! Herzlich, Karl-Heinz Rehm. PS: Hast Du ein Kondom für mich?« – Und dann hatte der guterzogene Mann noch seinen Hausprospekt dazugelegt. »REHM-Teppichschaum macht garantiert fleckenfrei.« Auf der Rückseite waren Staubsaugerbeutel und Reinigungsmitteltuben und zum Teil verdreckte Teppiche abgebildet. Ich hielt den unromantischen Antrag fassungslos in den Händen. War das eine Erpressung? Natürlich! Keine Frage! ER hatte das Foto gemacht! Und den schmierigen Brief an den amerikanischen Hotelmanager geschrieben!

»Karl-Heinz! Das ist NICHT SCHÖN!« schrie ich fassungslos. »Karl-Heinz Rehm! Sie sollten sich was schäm!!«

Ich kritzelte aufgeregt in mein Tagebuch und schrieb diesen Wisch ab. Was für ein Kondom meinte der? Eins für sich oder eins für das Pferd? Wo hatte er den Gaul überhaupt untergebracht? Im Laderaum? Oder war das Pferd zu Hause in Trier geblieben, und er hatte nur gerade kein anderes Foto von sich zur Hand gehabt? Warum sandte er mir nicht gleich ein paar Tuben »garantiert fleckenfrei«? Die hätten Ulrich und ich gut gebrauchen können. Ich rätselte. Was sollte ich tun? Heute hatte ich schon einmal sehr spontan gehandelt. Ich wählte kurz entschlossen die 8002, die Hochzeitssuite.

»Rehm?«

»Meier.«

»Kommst du zu mir?« fistelte der Alte aufgeregt.

»NICHT in deine Hochzeitssuite. Komm dahin, wo du mich beobachtet hast.«

Meine Güte, BURKHARDA!! Was redest du da! Hättwich lauschte mit versteinertem Blick.

»Also, wo treffen wir uns?« Karl-Heinz Rehms Stimme war heiser vor Gier.

»Na, das weißt du doch. Am Fitneßcenter!«

»Am Fitneßcenter!« wiederholte der alte Lüstling begeistert. »Du wirst staunen, wie fit ich noch bin!«

Fünf Minuten später stand ich am Heck. Die Schraube pflügte unermüdlich weißen Schaum in den ansonsten völlig stillen, schwarzen Ozean. Es war drückend schwül. Kein Lüftchen regte sich. Da. Es knackte auf der Treppe. Eine winzige Sekunde lang hoffte ich, es wäre Fred Hahn. Aber es war der lüsterne Alte. Er hatte immer noch den Strohhut auf. Karl-Heinz Rehm erschien schnaufend mit einer Flasche Champagner und zwei Gläsern.

»Da bist du, ich habe gewußt, daß du kommst!«

»Klar«, sagte ich freundlich. »Wenn ich was verspreche, dann halte ich es auch.« Ich schenkte ihm einen zweideutigen Blick.

»Mir werden die Knie weich!« ächzte er.

»Sie brauchen Ihre Knie noch«, kicherte ich.

Er ließ jubelnd den Korken knallen. Mit zittriger Hand schenkte er von der schäumenden Gischt in die Gläser.

»Prost, du Wahnsinnsweib!« giggelte er.

»Prost, Karl-Heinz!« Ich schaute ihm tief in die Augen. In dem Moment dachte ich an seine Gattin, die jetzt im Hospital lag, wegen Herzbeschwerden.

Wir tranken. Sehr schön. Eiskalter Champagner stimmt mich immer unternehmungslustig.

Ich nahm Karl-Heinz Rehm das Glas aus der Hand, trank es aus und schmiß es mit Wonne über die Reling.

»Du hast aber auch ein Temperament!« schrie der lüsterne Opa begeistert.

Ich drängte ihn an die Reling.

Er keuchte. »Wie du rangehst! Wahnsinn! Wenn so einmal meine Elsie wäre!«

»Ist Elsie das Pferd?«

»Nein doch! Meine Frau!« Er lachte schallend, und ich sah auf sein Kukident-Gebiß. Ich trank nun auch mein Glas aus und schmiß es in die Fluten.

»Wahnsinn! Wie du mich in Stimmung bringst!« Jetzt hatte ich den Alten da, wo ich ihn haben wollte. Er lehnte rückwärts an der Brüstung und versuchte, mich zu küssen. Ich drehte den Kopf weg, um aus der Champagnerflasche zu trinken. »Ja! Solche Weiber liebe ich!! Du bist ein WEIB!!« Er schob meine Hand gierig zwischen seine Beine. Und – tatsächlich! Da schien sich ein Regenwurm aus der Totenstarre zu rühren. Gleichzeitig versuchte der alte Rehm, meine Brust anzufassen. Ich hob die Champagnerflasche hoch und ließ sie mit Wucht auf seinen Schädel sausen. Sie zerbarst nicht, aber es hörte sich schrecklich an. Der Schädel des Fleckenentsorgers zerbarst!

Mit einer einzigen Wucht aus Haß, Ekel und Wut rammte ich ihm mein Knie in den Regenwurm.

Er stöhnte, sackte zusammen ... Ich packte seine schlappen Beine und warf den Alten wie einen Wäschesack nach hinten über die Reling.

Das ging überraschend einfach. Der Kerl wog ja nichts.

Der Strohhut war das einzige, was ungeschoren davonschwamm. Die Schraube zerteilte den alten Rehm innerhalb von Sekunden in viele kleine blutige Fetzen. Ich beugte mich über die Reling und betrachtete interessiert das Schauspiel: Sofort wurden seine sterblichen Überreste von gierigen Haimäulern verschlungen. Donnerwetter, daß die Jungs aber auch so präsent sind, dachte ich. Wahrscheinlich hatten die Küchenhilfen gerade die Reste des Abendmahls über Bord geworfen. Und jetzt noch das! Um seinen feinen Anzug tat es mir leid. Ich stand noch eine Weile versonnen da.

Am nächsten Tag war wieder Chorprobe im Kino. Wir sangen:

»Es ist ein Schnitter, der heißt Tod, Hat G'walt vom höchsten Gott, Heut wezt er das Messer, Es schneidt schon viel besser ... Hüt dich schöns Blümelein!«

In g-Moll. Zu meiner Überraschung saß Elsie, die Witwe von Karl-Heinz Rehm, in der zweiten Reihe. Ihr schien es besserzugehen, die Augen leuchteten.

Mit Inbrunst gab sie sich der zweiten Strophe hin:

»*Was heut noch grün und frisch da steht, Wird morgen schon hinweggemäht: Die edlen Narcissen, die Zierden der Wiesen, Die schön' Hiazinten, die türkischen Binden. Hüt dich schöns Blümelein!*«

Über die »türkischen Binden« mußten wir alle kichern.

Nach der Probe herrschte ausgelassene, heitere Stimmung.

Anna kam zu mir auf die Bühne gerannt. »Du kannst aber auch alle mitreißen! Schau nur, wie ihre Augen leuchten!«

»Tja, das hab ich von dir! Du reißt ja auch alle mit!«

»Du, ich wußte nicht, daß ich singen kann! Aber es macht Spaß! Es macht süchtig!«

»Kann ich nur an dich zurückgeben! Ich wußte nicht, wie ich ... hauen kann! Es macht süchtig!«

»Hast du geübt?«

»Klar! Heute nacht!«

»Was? Mit wem?«

»Mit einem überflüssigen Lustgreis! Erst hab ich ihm eine Champagnerflasche über die Birne gehauen, dann hab ich ihm den Handkantenschlag an den Kehlkopf versetzt, mit der anderen Hand hab ich ihm zwei Finger in die Augen gegeben, und dann hab ich – Fak-Sao – ihn über die Reling entsorgt! Genau, wie du es uns gezeigt hast!«

»Hahaha! Dein Sinn für Humor! Köstlich!«

Wir fielen uns in die Arme und lachten. Über die Schulter von Anna sah ich noch, wie die Witwe Rehm heiter durch die Saaltür verschwand. Sie schien ihren alten Schwerenöter Karl-Heinz nicht weiter zu vermissen.

Gerade als auch ich die letzten Notenblätter eingesammelt hatte, um zu Tisch zu gehen, prallte ich mit Fred zusammen.

»Du machst das ausgezeichnet«, sagte er.

Sein Lob rührte und freute mich mehr, als wenn meine Handarbeitslehrerin jemals meine verkrösten Topflappen gelobt hätte. Ich fühlte zu meinem Ärger, wie mir das Blut in die Wangen schoß. »Danke«, brachte ich zickig heraus.

»Ich bin seit vier Jahren nicht mehr freiwillig an Land gegangen«, sagte Fred. Er schaute sich um, ob uns auch niemand belauschte. Aber außer Larry, dem Licht-und-Ton-Knecht, war niemand mehr in dem Kabäuschen zu sehen. Larry tat geschäftig und werkelte mit seinen Kabeln herum.

Mein Herz raste. Fred würde doch nicht...

»Ich gehe nie an Land«, sagte Fred. »Ein richtiger Seemann verläßt sein Schiff nicht. Aber...«

»Aber?!« Ja, Fred, sag's!!

Hättwich schüttelte den Kopf. Nicht so willig, Mädchen! Bißchen taktieren ist jetzt angesagt!

»Aber wenn du heute nachmittag Zeit hast, dann würde ich mich glatt dazu durchringen...«

JA! Fred! Ring dich durch! Ich beschwöre dich! Ich gehe mit dir an jedes Land der Welt! Grön-, Finn-, Lapp-, Est-, JEDES LAND!! Egal, ob bevölkert oder nicht!

»O.K.«, hörte ich mich sagen. »Wann kannst du?«

»Um...« Fred schaute hastig und heimlich auf die Uhr.

In dem Moment polterte der dicke, häßliche, schwitzende Kapitän um die Ecke.

»HAHN!! Ich suche Sie überall! Ihre Privatgespräche führen Sie gefälligst woanders als hier im Durchgang zum Kino, wo jeder Passagier Sie beobachtet!«

Ich fühlte mich erstaunlich ruhig. Sag erst mal anständig guten Tag, du Eierloch. Außerdem STÖRST du gerade, Arschgesicht!!

»Ich ruf Sie an.« Fred nahm Haltung an, sprach's, drehte sich um und verschwand. Er SIEZTE mich! Vor dem Käpt'n, klar!

Ja, wie, ich ruf Sie an? WO rufst du mich an? In meiner KABINE? Willst du damit sagen, du erwartest, daß ich mich jetzt, vormittags um elf, in die Kabine setze, um auf deinen Anruf zu warten?

»Wie meint der das?« fragte ich verwirrt Larry, der mit dem Schnüreaufrollen gerade fertig war.

»Katze«, sagte Larry mit feuchten Augen. »Wenn isch dir doch saach, du sollst die Fingä von demm lasse. Geh net mit demm an Land! Nimm dir dein schmuckn Schwaizä mit un die ganze Bande, mit denne du immä am lache bist, und happ dein Spaß und vergiß jetz endlisch den Fred!«

»Ach, Larry, du hast doch keine Ahnung!« rief ich, drückte dem kleinen goldigen Tontechniker ein Küßchen auf die Stirn und rannte glücklich in meine Kabine.

Dort wartete ich. Tagebuch schreiben mochte ich nun nicht mehr. Nach allem, was passiert war.

Ohne mein Tagebuch fühlte ich mich einsam. Ich wartete.

Der Zeiger der Kirchturmuhr – rückt von Strich zu Strich. Ach, wo bleibst du denn nur – denkst du nicht mehr an mich?

Unruhig wanderte ich in meiner Kabine hin und her. Ließ mich auf die Bettkante fallen, sprang wieder auf. Setzte mich in den Sessel. Starrte aus dem Bullauge. Der tiefe, dunkelblaue, spiegelglatte Ozean. Hatte den alten Rehm verschluckt. Ganz dezent. Schweigend. Vornehm. Weg. Einfach weg. Und seine Frau schien ihn nicht im geringsten zu vermissen. So fröhlich hatte lange niemand mehr vor sich hin tremoliert. »Es ist ein Schnitter, der heißt Tod ...« Und der andere Alte. Ihn einfach vor die Straßenbahn zu schubsen! Aber er hatte mich BEDROHT! Er hatte an meinem Glück zu rütteln versucht. Mit seinem Krückstock. Und um dieses Glück kämpfte ich doch so verbissen! Das ließ ich mir von einem alten Spanner nicht nehmen! Auch nicht von zwei alten Spannern! Von keinem!!

Ich sprang wieder auf. Zwei Schritte zum Kleiderschrank, zwei Schritte zum Schreibtisch. Zwei Schritte zum Bett. Ins Badezimmer. Mein Spiegelbild: Hatte ich mich verändert? Sah ich plötzlich anders aus? Ich starrte mich an. Nun gehörte ich zu ihm.

Für immer. Unsere Flaschengeister hatten sich vereinigt. Er war ein schlechter Mensch. Ich war ein schlechter Mensch. Wir gehörten zusammen. Ruf an!!

Telefon. TELEFON!!

Ich sprang hin. Mein Herz fiel mir fast aus dem Mund. Ich räusperte mich, vor lauter Aufregung hatte ich einen Frosch im Hals. »Hallo?«

Ich schloß die Augen, um seine tiefe Stimme zu genießen.

»Du, WAAAHNSINN, DU!! HIER IST DER ULRICHCH! WIR GEHEN HEUTE AN EINEN STRANNDD SCHNORRCHÄÄLLN ... odr!!«

Ich knallte den Hörer auf die Gabel. Es durfte ja nicht besetzt sein, wenn ER anrief.

Ich mußte irgendwas schreiben! Irgendwas Belangloses.

Ich versuchte Limericks à la Weißenreim.

Ein kräftiger und ein hagerer
Bankier – als Männer Versagerer,
die cham aus St. Gallen
und wollten gefallen,
speziell Ulrich – der Belagerer.

Zwei Bänker aus Schweizer Gefilden
tun schwimmende Rentner verbilden
und belagern die Fraun,
die jünger ausschaun.
Nachts machen sie einen auf Wilden.

Nee. Nix. Ich knüllte die Blätter zusammen und warf sie in den Eimer.

Nichts. Stille. Die Schiffsmotoren knarrten. Anlegemanöver. Durch das Bullauge konnte ich beobachten, wie die Hafenmauer von Tasmanien sich näherte. Zentimeterweise. Der bullige, schrullige Käpt'n Schulz lehnte jetzt da oben auf der Brücke, da, wo Fred mich zum erstenmal geküßt hatte, und schrie mit seinem gelbzahnigen Katastrophengebiß seine Leute an und hängte seinen Schmerbauch über die Reling und versuchte, die schöne »MS Blaublut« nicht an die tasmanische Kaimauer krachen zu lassen.

Es konnte sich nur noch um Minuten handeln, bis Fred mich anrief. Ich sprang wieder auf. Schreibtisch, Bett, Tisch, Stuhl. Schreibtisch.

Da lag Schreibpapier. Mit dem blütenweißen Emblem der »MS Blaublut« – ein wunderschönes Schiff auf hellblauem Büttenpapier. Ich MUSSTE jetzt irgendwas tun, bevor ich mir alle Fingernägel einzeln abbiß!

Ich setzte mich und schrieb:

Ein Mensch, der sich ganz ohne Mann
zum erstenmal bewegen kann,
betritt ein Schiff und will nur leben,
begegnet Fred, fängt an zu schweben,
hat nichts Besonderes im Sinn,
als schwimmen nach Australien hin,
ein bißchen singen, tanzen, lachen,
ein paar gewagte Späße machen,
und will nur in der Sonne liegen,
da gehn ihm die Gefühle fliegen!
Die liegen doch seit Jahrn in Ketten!
Da gibt's kein Halten, gibt's kein Retten.
Sie landen, wie man denken kann,
bei einem völlig falschen Mann.
Der will sie nicht, tritt sie mit Füßen,
schläft ein, ohne vorher zu grüßen,
und läßt den Mensch mit den Gefühlen
im Schlamm des Selbstmitleides wühlen.

Ich kaute am Kuli. Zwanzig vor vier. Längst waren alle Touristenbusse davon.

Und ich hockte in dieser Kabine und schrieb alberne Reime, wie ein Teenager! O Gott, mich hatte es so erwischt! Hättwich weinte mit mir.

Es war wie ein schöner Traum – und du –
Sommer, Sonnenschein, das Meer dazu
und die Zärtlichkeit von dir,
die ich heut noch in mir spür.

Ich ging zum Telefon. Hatte ich es richtig eingehängt?

NEIN!! Ich hatte es nach dem Ulrich-Erguß nur lose in seine Halterung geworfen! Jetzt hatte Fred es bestimmt schon zwei Stunden lang probiert! Ich Idiot!!

Sofort wählte ich seine Nummer. 4015. Es tutete. Nichts. Ich wollte schon auflegen. DA! Seine Stimme. Heiser.

»Hahn?!« Es klang verschlafen.

»Äm, ich bin's, also, ich, Burkharda.«

»Wer?« Ich hörte, wie er sich eine Zigarette ansteckte.

»Burkharda. Burkharda Meier. Wir ... sind verabredet.«

Er blies erst mal in Ruhe den Rauch aus. »Ach so, ja, waren wir das.«

Waren! Er sagte WAREN!! Die Sache hatte sich erledigt!

Ich bring dich um, Fred. Ich bring dich um.

Er rauchte. Dann: »Ich muß wohl eingeschlafen sein.«

»Ja«, hauchte ich kraftlos. »Mußt du wohl.«

Er war EINgeschlafen!! Er dachte nicht im mindesten an mich! Während ich vor Liebe durchdrehte!

Aber WIE fertig mußte er sein! Wenn er tagsüber fest schlief. Der arme Mann. Was hatte der auch für einen Streß. Und wie der widerliche Käpt'n den wieder angeblafft hatte.

»Wartest du schon lange?« fragte er.

Er hatte es nicht einmal VERSUCHT!!

»Nein, überhaupt nicht!«

»Wie spät ist es denn?«

»Gleich vier.«

»Dann lohnt es sich nicht mehr.«

Mein Herz setzte aus. »WARUM nicht?«

»Ich muß schon um sieben wieder an Bord sein. Wegen der Sail-away-Party.«

»Aber Fred! Das sind drei wunderschöne, endlos lange Stunden! Soviel Zeit hatten wir noch nie füreinander! Wir können bummeln gehen, die Stadt anschauen ...« Ich wollte mit diesem Mann Hand in Hand durch die Straßen gehen, und er würde mir alles zeigen ...

»Also bummeln kann ich schon mal gar nicht. Ich kenne alles und hasse dieses Gelatsche durch die Stadt. Außerdem treffen wir dort das halbe Schiff. Wenn, dann fahren wir an einen Strand.«

»Ja! Gern, wenn dir das lieber ist!«

Ich sah uns schon verliebt auf einem Badelaken herumliegen, er cremte mir den Rücken ein und ich ihm, und dann küßten wir uns und liefen lachend Hand in Hand in die warmen Fluten und wir würden GANZ ALLEIN sein! Wie WUNDERVOLL!!

»Ich hab ein Gedicht für dich geschrieben!« hörte ich mich sagen.

»So, hast du das.«

»Ja, ich hab mir die Wartezeit verkürzt, und da hab ich ...«

»Gib's an der Rezeption ab.«

»Bitte?«

»Zu meinen Händen.«

»Ja. Klar. Natürlich.« Ich räusperte mich. Er würde jetzt mit mir an den Strand fahren! Mit mir ganz allein!!

»Wie lange brauchst du?« fragte er mich.

»Ich – ich bin schon lange fertig.«

»Ach so, ja.« Er rauchte. »Also, ich muß jetzt noch mal die E-Mails abfragen, dann muß ich noch auf die Brücke, die Faxe abholen, dann muß ich noch ins Büro, schauen, ob die

Tagesprogramme für morgen und übermorgen fertig sind, und dann muß ich natürlich noch duschen und mich umziehen ...«

Mir sank das Herz in die Hose.

»In einer Stunde«, sagte er und legte auf.

Eine Stunde.

Ich atmete tief ein und aus. EINE STUNDE!! Bis ich ihn für mich allein haben würde! Fred und ich waren aus einem Holz. Und das sollte er wissen.

Meine Reimwut kannte keine Grenzen.

Ich schrieb in mein Tagebuch:

Wir beide haben was gemein,
guck mal in deine Seele rein,
da ist ein Stückchen Hölle drin.
Darum bin ich so, wie ich bin,
darum bist du so, wie du bist,
was wirklich ganz bezaubernd ist.

Ich schaute auf die Uhr. Erst drei Minuten vorbei. Also noch 'n Gedicht:

Guck mal in deine Seele rein,
da wohnt ein kleines Macho-Schwein.
Der Zwilling davon wohnt bei mir,
wir beide können nix dafür.

Ich kicherte. Das würde ihn begeistern. Er mußte doch merken, daß ich ein ganz anderes Kaliber war als diese blonden Ballettratten, die ihn ständig umschwirrten wie Motten um das Licht. Ich hatte was in der BIRNE!! Solche Liebesbriefe hatte er bestimmt noch nie bekommen.

Ich war eben eine außergewöhnliche Frau.

»Ich bleib hier sitzen.« Fred ließ sich in einen Stuhl an der Bar fallen und kramte nach seinen Zigaretten.

»Wie du willst. Ich sitz auch viel lieber im Schatten.«

Das war gelogen. Ich hätte rasend gern ein bißchen in der Sonne gelegen, hatte ich doch fast den ganzen Tag auf der Kabine verbracht. Und an den Tagen davor hatte ich nur gearbeitet, gelernt, geprobt... Jetzt wäre ein Sonnenbad verdient gewesen. Aber natürlich nicht um den Preis, die anderthalb verbliebenen Stunden mit Fred nicht neben ihm liegen zu dürfen. Also hockte ich mich auch an die Bar.

»Was trinken wir?« Fred klopfte ungeduldig mit den Bierdeckeln auf den Tisch.

»Weiß nicht. Was trinkst du?«

»Bacardi mit viel Eis.«

»Gut. Ich auch.«

Ich hatte noch nie Bacardi getrunken, und erst recht nicht mit viel Eis, und erst recht nicht auf völlig nüchternen Magen nachmittags um fünf.

Aber wie sang ich immer auf den Hochzeiten in Geilenkirchen: »Wo du hingehst, da will auch ich hingehn, und wo du bleibst, da bleibe auch ich.«

Und was du säääuuufst, das saufe auch ich.

»Wie geht es dir?« fragte ich mitfühlend.

»Schlecht.«

»Warum geht es dir schlecht, Fred?«

»Der Kapitän ist ein Arschloch.«

»Ja, ich weiß. Aber ich steh hinter dir wie 'ne Eins, das weißt du ja.«

»Hast ihn gut für mich abgebügelt.«

»Oh, ich mach noch mehr für dich. Ich bring ihn auch für dich um!«

»Hahaha. Sehr witzig.« Fred blies seinen Zigarettenrauch in die flirrend heiße Luft. »Er hat den Müller – den Hoteldirektor – einfach so geschaßt. In Sydney. Da hat diese Tussi vom STERN

Wind von bekommen, und schon stand das Ganze am Donnerstag drin.«

»Sie hat das wirklich geschrieben? Gloria? Wie skrupellos!«

»Ja, die Tussi kannste in der Pfeife rauchen. Jedenfalls bekam die ›MS Blaublut‹ sofort Punkteabzug! Statt der gewohnten fünf Sterne haben wir jetzt nur noch dreieinhalb!«

»Dieser Widerling.«

»Dabei hätten wir einen guten Programmpunkt für die Tagesunterhaltung der Passagiere, für lange Seetage.«

»Was denn?«

»Dentales Gruselkabinett mit Käpt'n Schulz.«

Ich lachte aus vollem Halse. Was Fred doch für ein witziger, origineller Mann war! Genau der richtige Humor für mich! Schwarz, böse, makaber.

»Guck mich nicht so verliebt an!« Fred setzte sich seine verspiegelte Sonnenbrille auf.

»Oh, Entschuldigung.« Ich kicherte verlegen. »Ich hab dir was gedichtet. Hier. Kannst du das lesen?«

»Das WILL ich gar nicht lesen. Ich hab jetzt frei.«

Aha. Gut. Wieder mal 'ne Watschen. Aber das kannte ich ja nun schon.

Ein tasmanischer Kellner, der zwar mit nacktem Oberkörper, aber dafür mit Cowboyhut und spitzen Stiefeln hier im Strandhotel in der Beach-Bar die Drinks servierte, brachte den Bacardi.

Ich las Fred alle meine Gedichte vor. Ohne Punkt und Komma. Zwischendurch äugte ich verstohlen auf sein Gesicht – und seine Augen hinter der verspiegelten Brille lachten!! Er rauchte ununterbrochen, aber er beugte sich sogar zu mir herüber, damit er alles verstand. Und er freute sich! Klar, noch nie hatte eine von seinen blonden Ratten sich die Mühe gemacht, für ihn etwas zu dichten. Ihren Rattenhintern hatten sie ihm alle hingehalten, aber ist das denn gut für so 'n Mann? Der braucht doch Liebe und Nestwärme und was Intelligentes fürs Herz!! Ich fühlte mich großartig.

»Hübsch«, sagte Fred und trank sein Glas leer. »Hey, Mister! – Daß die aber auch so lahmarschig sind hier! Die bewegen sich bei der Hitze keinen Zentimeter, wenn sie nicht müssen!«

»Findst'n das?« Ich WOLLTE Anerkennung! EINMAL! Von IHM!

»Sag ich doch.« Fred rauchte. »Hübsch. Da hätten wir den alten Weißenreim gar nicht engagieren müssen. Deine Verse sind doch ganz ähnlich wie seine.«

»Aber dies hier ist FÜR DICH!« raunte ich leidenschaftlich. »Von MIR! Frisch gedichtet!«

»Och, die könntest du genauso gut im Kino vorlesen wie der Weißenreim seinen Ringelnatz. Die Leute würden genauso tief schlafen.«

Hahaha. Sehr witzig.

Ich wußte, daß Fred es nicht so meinte. In Wirklichkeit war er unglaublich gerührt und tief in seiner Seele getroffen von soviel unverdienter Liebe.

Hättwich riet mir, nun nicht länger auf den armen Mann einzureden, sondern erst mal eine Runde schwimmen zu gehen. Sicher würde er hinter mir herlaufen in die Fluten, mit mir hinausschwimmen in die Untiefen des türkisen Ozeans, und wenn wir dann ganz alleine wären im kristallenen, klaren Strudel der Liebe, dann würde er mich küssen. Ganz klar. Ich mußte mir nur den Vorsprung geben. Ich zog meinen roten Sommerfetzen aus und hatte drunter natürlich schon meinen weißen, edlen Badeanzug an. Hoffentlich würde er meine Orangenhaut nicht bemerken. Nicht, daß ich viel davon habe. Aber gegen die Knackärsche der Ballettratten bin ich ein einziger Orangenhain.

»Ich geh schwimmen.«

»Tu, was du nicht lassen kannst.« Er lehnte sich zurück und schob sich die Mütze übers Gesicht.

Ach was, sagte Hättwich zu mir. Der kommt schon noch. Gib ihm Zeit.

So anmutig, wie mir eben möglich war, lief ich über den heißen Strand und stürzte mich in die Fluten. Ich schwamm und schwamm und schwamm. Als ich fünfhundert Meter geschwommen war, drehte ich mich um. Bestimmt war er mir schon lange auf den Fersen!

Doch nein. Was sich um mich herum tummelte, waren die anderen jungen Leute von der Crew. Ein paar Kaltköche aus dem »Vier Himmelsrichtungen« umschwammen mich neckisch, und der Obersteward vom Sonnendeck paddelte mit der Krankenschwester herum. Dr. Mundgeruch kraulte sehr zielorientiert mit Badehaube und Nasenschutz seiner Wege, und der Sorbet-Meister aus dem »Erzherzog-Ferdinand-Spezialitätenrestaurant«, dessen Kreationen immer so aussahen und schmeckten wie alte, kalte Pfefferminzteebeutel, schnorchelte mir um die Waden. Sonst war niemand da, der mich interessiert hätte.

»Hallo«, sagte Dr. Mundgeruch und spie mir eine Salzwasserfontäne ins Gesicht. »Lange nicht gesehen.«

»Ja, stimmt.« Ich paddelte vor mich hin. »Wie geht's?«

»Müde! Heute morgen um fünf hatten wir eine Seebestattung.«

Mein Herz begann zu rasen. »Wer?«

»Der Herr Rehm. Dieser Fleckenheini von der Mosel.«

Ich schluckte Salzwasser. »Der wurde ... BESTATTET?« War der etwa häppchenweise wieder aufgetaucht, und die Frau hatte ihn ... identifiziert?

»Na ja ...« Mundgeruch sah sich um, ob auch niemand uns belauschte. »Er ist eigentlich ... spurlos verschwunden. Weg.«

»SPURLOS VERSCHWUNDEN?!« Hoffentlich bemerkte der gute Doktor nicht, daß ich im warmen Wasser fröstelte. Es schauderte mich regelrecht. »Wie kann ein Mensch auf einem Fünfsternekahn SPURLOS VERSCHWINDEN?!«

»Keine Ahnung. So was passiert öfter mal. Die Frau hat jedenfalls um eine Seebestattung gebeten.«

»Wie? Seebestattung?«

»Na ja, wir ham ihn heute morgen um fünf in aller Stille zu Wasser gelassen.«

»Ich denke, er ist weg ...«

»Jetzt ist er's.« Mundgeruch grinste. Mit seiner Nasenklammer und seiner Schwimmbrille sah er aus wie der Leibhaftige. Mich schauderte.

»Versteh ich nicht ...«

»Ich hab das Gefühl ...«, Mundgeruch schaute sich um, ob auch niemand zuhörte, »... aber das ist eigentlich Arztgeheimnis.«

Erzähl schon, Mundgeruch!!

»Ist klar«, sagte ich verständnisvoll.

»... also, wenn Sie es nicht weitersagen ...«

»... natürlich nicht!!« Geifer! Spuck's aus! Sag's!!

»... ich habe das Gefühl, daß die Gattin richtig froh ist, daß der Alte weg ist. Ich vermute ...«, er sah sich verstohlen um, »... daß sie ihn über Bord geschmissen hat.«

»WAS?!«

»Na ja, sie hat doch diesen Selbstverteidigungskurs besucht, davon hat sie mir noch begeistert erzählt, als sie wegen Herzbeschwerden bei mir in der Klinik lag!«

»Und Sie glauben, sie hat ihn ...«

»Klar. Sie meinte, es sei voll leicht, so einen Kerl über die Reling zu schmeißen. Die haben das wohl mit Gummipuppen geübt.«

»Ach ja?«

»Todsicher.«

»Ja, und ... ich meine ...«, nun schaute ich mich um, ob auch niemand uns belauschte, »... hatte sie denn ... ein Motiv?«

»Und ob! Er war ein krankhafter Schürzenjäger. Allen möglichen Weibern hat er plumpe Briefe geschrieben.«

»WIRKLICH?!« Ich schnappte nach Luft.

»Ja, er hat sie in seine Hochzeitssuite eingeladen. Unter PS stand immer: ›Ich hab ein geiles Foto von Dir! Hast Du ein Kondom für mich?‹ – Aber ...«, Mundgeruch guckte sich noch mal um, ob auch kein Schnorchler uns belauschte, »... das muß wirklich unter uns bleiben.«

»WAAAS? Ich hab ein ga-ga-geiles ... Foto ...« Ich schluckte Salzwasser. »Das hat er JEDER geschrieben?«

»Ja. Er hat wohl rumfotografiert, was das Zeug hielt. Das fällt ja nicht weiter auf auf so'm Schiff.«

»Nein«, stammelte ich tonlos.

Dann HATTE Rehm gar nicht DAS Foto? Sondern nur irgendeins? Wie er es von jeder hatte?! Ich wollte versinken.

»Also, es BLEIBT unter uns?!«

»Bleibt es«, versprach ich. »Todsicher.«

Meine Güte. Ich hatte ihn doch wohl nicht AUS VERSEHEN umgebracht?! – Ach was, tröstete ich mich schnell. Um den alten Lüstling war es nicht schade, so oder so nicht. Weder um den Flecken-Lüstling noch um den Straßenbahn-Spanner. Und wenn es wirklich noch jemand anderen gab, der DAS FOTO hatte, dann mußte der eben auch noch dran glauben.

Ich erinnerte mich daran, daß ich mit dem Mann meiner Träume hier war.

Verdammt! Wir hatten doch gar nicht mehr soviel Zeit!

Nun sollte es aber bald zu dem lange fälligen Gespräch unter vier Augen mit ihm kommen. Hastig schwamm ich wieder an Land. Ich trabte sandverschmiert über den Strand. Mist. Wo war noch mal unser Bar-Tischchen gewesen? Ach, da ganz weit hinten! Ich war auch noch abgetrieben! Ich rannte, so schnell ich konnte. Die Möwen über mir kreischten sich vor Schadenfreude kaputt.

Als ich keuchend und erschöpft zu unserem Platz an der Bar zurückkam, saß da niemand mehr. Unter dem Glas von Fred steckte ein Fünf-Dollar-Schein.

»Sie sind ja eine sehr fotogene Frau!«

Frau Adlerhorst lehnte beiläufig an der Bar und schaute mich spöttisch an. Der Bordfotograf hatte gerade ein Bild von mir gemacht. Ich hatte mich in mein knallrotes Escada-Kostüm geschmissen. Ja, ich war fotogen. Besonders in dem Fummel.

»Wie meinen Sie das?« Ich griff nach dem Champagnerglas, das der nimmermüde Ulrich mir reichte.

»Nun, ich meine, Sie sind in jeder Lebenslage fotogen.« Sie musterte mich herausfordernd.

Der Hoteldirektor kam mit einigen Gästen herein. Er grüßte kurz und plauderte dann mit irgendwelchen Leuten.

Frau Adlerhorst sagte: »Selbst wenn Sie nicht Escada tragen, sind Sie noch fotogen!«

Ich stutzte. Also wirklich nicht HERR Rehm? Sondern FRAU Adlerhorst?! Sie hatte natürlich allen Grund, mich zu hassen.

»Was wollen Sie damit sagen?!« Mein Unterton wurde drohend.

»Sie sind sehr ... engagiert«, lächelte Frau Adlerhorst mit gekonnt eingesetztem Kalkül. »Mein Mann freut sich immer, wenn er Sie sieht.«

Der Mann war auch öfter im Fitneßstudio. Dort wanderte er stundenlang unverdrossen auf dem Laufband herum. Natürlich! Das war ganz klar eine Drohung. Die ADLERHORSTS hatten das Foto!

Meine Knie wurden weich. Verdammt. Mußte ich etwa schon wieder zu einer ungeliebten Handlung schreiten? Ich wollte jetzt endlich meine Ruhe haben!

»Für eine verheiratete Frau geben Sie sich ganz besonders lokker«, sagte Frau Adlerhorst lächelnd. »Was sagt denn Ihr MANN dazu?!«

»Kennen Sie meinen Mann?«

»Nicht persönlich, aber er ist ja als Chorleiter weit über die Grenzen des Rheinlandes hinaus bekannt...«

»Und was wollen Sie damit andeuten?«

»Oh, es wird ihn interessieren, was für eine lebenslustige Frau er hat... was meinen Sie?«

»Schreiben Sie ihm doch einen Brief«, sagte ich sauer.

»Aber Liebes! Sie werden doch jetzt nicht aggressiv werden?«

»Es ist immer wieder interessant, daß Frauen wie Sie als erstes nach der Meinung des MANNES fragen«, giftete ich. »Aber das ist eine Generationsfrage, wissen Sie. Wir sind heute schon selbständige Lebewesen!«

Ich wendete mich von ihr ab und ließ mich von Ulrich fortziehen. Er hatte mich um ein Abendessen zu zweit gebeten. Meinetwegen. Das sollte er haben.

»Darf i bittn! Bitt schön, gnä Frau!«

Der Hoteldirektor mit dem amerikanischen Akzent schob Frau Adlerhorst nun vor sich her zum Kapitänstisch. Er warf mir einen kurzen Blick zu, und ich grüßte freundlich zurück. Zum Glück mußte ich heute nicht am Kapitänstisch sitzen. Ich konnte mir ganz in Ruhe von unserem Zweiertischchen aus das Spektakel ansehen.

Frau Adlerhorst genoß sichtlich ihren Auftritt im »Erzherzog-Ferdinand-Restaurant«. Alle Köpfe drehten sich nach ihr und den anderen beneidenswerten Gästen um, die heute abend am Kapitänstisch sitzen durften.

Der Hoteldirektor schob Frau Adlerhorst den Stuhl zurecht, und sie ließ ihren Hintern huldvoll darauf fallen. Die Stewards standen schon wieder angsterfüllt in ihren Startlöchern, um den Aperitif zu servieren.

Schulz bohrte sich am anderen Ende des Tisches in den Zähnen. Frau Adlerhorst warf einen Blick zu mir herüber, beugte sich zum Hoteldirektor und fing an zu tuscheln.

Ganz klar. SIE war diejenige, die das Foto hatte.

Ulrich redete begeistert auf mich ein, aber ich hörte ihm nicht zu. Aus den Augenwinkeln beobachtete ich nur Frau Adlerhorst. Ihr Gespräch mit dem Hoteldirektor wurde immer intimer, und sie beugte ihren Haarturm immer näher an den armen Mann heran. Ihr Haupt hing fast auf seiner Brust. Diese armen Streifenhörner, dachte ich noch, was die sich alles anhören müssen.

Nun näherte sich eine andere Dame, die sich verspätet hatte. Der Hoteldirektor sprang höflich auf, wie alle Herren am Kapitänstisch dies taten, um der Dame die Ehre zu erweisen.

Und was baumelte da am goldenen Knopf seiner Uniform?

Was WAR das? Ein graues flusiges, wirres Etwas!

Ein Nest?! Was war das für Unrat! Am Tisch! Iiiieh!

Ich starrte hinüber. Es war ein Haarteil!

Es war FRAU ADLERHORSTS HAARTURM!!

Niemand hatte etwas bemerkt.

Doch. Die Stewards von gegenüber. Schreckensbleich standen sie da.

Der Hoteldirektor setzte sich wieder, und in diesem Moment fiel ihm auf, daß da etwas an seinem goldenen Uniformknopf hing. Irritiert sah er an sich hinunter.

Die Stewards starrten schreckerfüllt auf ihre Vorspeisen, die sie ratlos in den Händen hielten.

Frau Adlerhorst fühlte auf ihrem Kopf herum. Wo war der Turm?

O Gott! Er hing an ihres Nachbarn goldbeknopfter Brust!

Ich fing laut und schadenfroh an zu lachen.

Der arme Hoteldirektor versuchte, das Vogelnest zu entwirren, um es von seinem Knopf loszukriegen. Doch je mehr er fummelte, desto mehr schien es sich zu verzurren!

Tja, so ein Hoteldirektor ist nicht unbedingt Fachmann für Seemannsknoten!

Frau Adlerhorst, auf einmal ungewohnt platt auf dem Kopf, sprang entsetzt auf, um das Etablissement zu verlassen. Der Hoteldirektor folgte ihr, so diskret das eben ging, mit dem Staubsaugergefissel an der Brust.

Er hielt ihr – ganz Gentleman – sogar noch die Tür auf, weil Gerald Gier, der Chefsteward, so in seiner Starre gefangen war, daß er sich nicht rühren konnte.

Ich ließ Ulrich an seinem Zweiertischchen sitzen und rannte hinter dem Unglückspaar her.

Endlich hatte der Hoteldirektor das Ding von seiner Uniform gezerrt. »Hier, bitte, gnädige Frau.«

Sie riß das Vogelnest an sich und stülpte es sich notdürftig auf den Kopf. Es sah zum Brüllen komisch aus.

»Kann ich Ihnen noch irgendwie behilflich sein ...?«

»Nein.« Frau Adlerhorst rannte hektisch die Treppen hinunter, wobei sie das Haarteil erneut verlor.

Die Passagiere, die ihr gerade in feierlichen Abendroben entgegenkamen, hielten indigniert inne. Ich bückte mich und hob den Feudel auf. Sie rannte nur blind weiter. Ich stob hinter Frau Adlerhorst her, die in Panik die Tür zum Crewbereich geöffnet hatte und nun über einen langen, weißgetünchten Gang lief.

Einige Wäsche-Chinesen schleppten Säcke. Sie grüßten freundlich und ließen die panisch Flüchtende passieren.

Wo rannte sie hin?

Sie war kopflos. Im wahrsten Sinne des Wortes, hahaha!

Eine Tür stand offen. Drinnen, in feuchtheißen Nebelschwaden holperten riesige Waschmaschinen vor sich hin. Es roch nach Heißmangel, wie in meiner Kindheit. Mehrere chinesische Wäscher standen schweißgebadet an der Plättmaschine und schoben mit stoischer Gelassenheit Tischdecken und Bettwäsche in den Schlitz. Es war mindestens fünfzig Grad heiß.

Frau Adlerhorst, immer noch die Hände auf ihrem platten Schädel, rannte weiter. Panisch suchte sie nach einem Versteck, an dem niemand sie so sah. Sie verkroch sich hinter dem Wäschetrockner in einem Verlies, in dem auf einem riesigen Haufen nasse, heiße, noch dampfende Bettwäsche lag.

Ich lugte um die Ecke.

Die arme Frau war völlig derangiert. Sie hockte keuchend auf dem Wäscheberg und wimmerte vor sich hin. Tränen liefen ihr über das Gesicht. Der sonst so stolze dürre Tanzkurs-Pfau war ein Häufchen Elend. Sie tat mir leid.

Aber Mitleid war jetzt nicht angesagt! Sie hatte das Foto!

Die eifrigen Chinesen schoben gerade einen riesigen Wagen mit fertiger Wäsche aus dem heißen, nebeligen Raum. Sie brachten die Wäsche zu einem Aufzug, mit dem sie nach oben zu den Zimmerstewardessen gelangten.

Das war meine Chance!

Ich stürzte um die Ecke, auf Frau Adlerhorst zu. Sie riß den Mund auf, um zu schreien, aber ich drückte ihr das Haarteil auf Mund und Nase und knebelte sie regelrecht damit. Mit ein paar gezielten Griffen, die ich Anna beim Wing-Tsun-Training abgeschaut hatte, zwang ich Frau Adlerhorst in den feuchten Wäscheberg. Ich stülpte ihr ein Bettlaken über den Kopf. Sie wehrte sich und strampelte, aber ich versetzte ihr einen Stoß mit dem Knie, so daß sie sich nicht mehr rührte. Ich löste das Seil, mit dem ein Wäschesack zugebunden war, und machte aus der geknebelten Frau Adlerhorst einen Wäschesack. Sie war nun inmitten der nassen Handtücher, Tischdecken und Laken gefangen.

Die Chinesen kamen zurück. Ich huschte hinter den Trockner. Von dort aus konnte ich beobachten, wie die fleißigen Arbeiter all die nassen, noch dampfenden, schweren Wäschestücke in den riesigen Trockner hievten. Auch Frau Adlerhorst. Da kannten die nichts. Alles, was auf dem feuchten Berg lag, wurde in den Trockner geworfen. Die eifrigen Chinesen knallten die schwere Eisentür zu und stellten den Trockner an. Er begann zu rumpeln und zu dröhnen.

Frau Adlerhorst kam hier, wenn überhaupt, als Dörrfleisch wieder raus. Die Chinesen knipsten das Licht aus. Offensichtlich war jetzt Feierabend.

Klar. Es war zehn Uhr abends.

Nachdem die Chinesen weg waren, stellte ich den Trockner noch auf »Extratrocken«. So. Er würde nun ein paar Stunden brauchen. Nach dem Abendessen mit Ulrich würde ich hier mal nach dem Rechten schauen. Und eventuell ein knochentrockenes Bettlaken im Fahrstuhl nach oben schicken, um es von dort über die Reling zu werfen.

Jetzt hatte ich aber Hunger. Bestimmt stand schon die Vorspeise auf dem Tisch. Ich mußte mich doch stärken! Mit großem Appetit verließ ich ungesehen den dunklen, nebeligen Raum.

Neuseeland! Die letzte Station meiner Reise! In drei Tagen ging mein Flugzeug nach Hause. Ich konnte mir nicht vorstellen, nach allem, was gewesen war, wieder in Geilenkirchen Choräle zu singen.

Fred. Er hatte mir ein Lebenszeichen gegeben! Ein kleines, schwaches Lichtlein flackerte noch am Kerzenstummel meiner Sehnsucht, die einst eine so riesige züngelnde Feuersbrunst gewesen war.

Gestern abend hatte ich mein Chorkonzert gehabt. Mit deutschen Volks- und Weihnachtsliedern. Und es war phantastisch gelaufen. Über siebzig Mitglieder hatten mit Begeisterung in meinem Chorkonzert mitgewirkt, auch der dicke Lektor, Anna, Anthony, die Verhungerte, die immer am Reck über den Tafelnden baumeln mußte, ihr Mann, der Zauberer Rudi, sogar Larry, der Ton-und-Licht-Knecht, hatte in der hintersten Reihe gestanden und inbrünstig mitgesungen. Mein lieber alter Professor Weißenreim sang ersten Tenor, mein anderer alter Freund, der Einhandsegler, sang im Baß, Gloria, die neugierige STERN-Reporterin, saß am Rande der Bühne und machte eifrig Notizen, und Stefan, der Fotograf, ließ ein Blitzlichtgewitter nach dem anderen auf uns niederzucken. HERR Adlerhorst sang im Bariton, und es schien ihm genauso gut zu gehen wie FRAU Rehm, die im zweiten Sopran tremolierte. Auch Frau Adlerhorst war morgens um fünf in aller Stille zu Wasser gelassen worden. Sie hatte es schon immer mit den Nieren gehabt, wie mir Dr. Mundgeruch beim Barte des Propheten Hippokrates raunend mitgeteilt hatte. Und zwar habe sie vermutlich den Freitod gewählt. Sie sei ja völlig kopflos – hahaha, im wahrsten Sinne des Wortes – davongerannt! Einige Passagiere hätten sie noch im Treppenhaus gesehen, aber dann sei sie spurlos verschwunden gewesen. Doch offiziell habe sie es an den Nieren gehabt und sei bestattet worden. Auch er, der gute Doktor, sang beherzt im Weihnachtskonzert mit, und er mußte sich zwischenzeitlich die Augen wischen vor Ergriffenheit. Ja, das war schon etwas ganz Besonderes, am zweiten Advent bei 40 Grad im Schatten »Macht hoch die Tür, die Tor macht weit« und »Es kommt ein Schiff gelahahaden« zu singen! Sie alle hatten Sehnsucht nach ihrer deutschen Kleinstadt, nach dem Weihnachtsmarkt, den kalten Füßen, dem Glühwein aus Pappbechern, dem Tropfen an der Nase, dem Kinderkarussell, in dem dick vermummte Kleinkinder im Kreis herumfahren, den Ökokerzen und Lichterketten und Strohsternen und Bretterbuden, in denen fröstelnde Gestalten sitzen, um ihre Bratwürste und gebrannten Mandeln feilzubieten. Was nützt einem Deutschen am zweiten Advent ein Sieben-Gänge-Menü im »Vier Himmelsrichtungen«, wenn er sein Sauerkraut mit Mettwürstchen und seine Lebkuchenherzen nicht hat?

Nach dem Konzert hatten wir noch lange gefeiert. Trotz der flirrenden Hitze nachts um eins servierten die Decksstewards Glühwein und Bratäpfel. Der neue Hoteldirektor mit dem amerikanischen Akzent, der ja eigentlich Österreicher war, hatte das blitzschnell angeordnet.

Fürwahr: Die »MS Blaublut« hatte ihre fünf Sterne wieder verdient! Ich hoffte doch, Gloria würde darüber einen neuen Artikel schreiben!

Bei der Nachfeier hielt ich – wie immer – Ausschau nach Fred.

Und DA war er! Als Nikolaus verkleidet, verteilte er Geschenke an alle, die heute abend mitgesungen hatten. Und das waren siebzig Personen. Schließlich kam Fred auch zu mir.

»Du bist schon ein tolles Mädel!« raunte der Nikolaus unter seinem weißen Bart. »Ich hab dir was mitgebracht.«

Und aus seinem dicken Sack zauberte er breit grinsend eine Rute!

Ich nahm sie milde lächelnd entgegen. »Soll das eine leere Versprechung sein?«

Da sagte der sonst so wortgewandte Mann gar nichts mehr und ging mit seinem albernen Jutesack schnell weiter.

Aber unten an der Rute klebte ein kleiner gelber Zettel, den er mit Geschenkband zu einem Röhrchen zusammengerollt hatte. Darauf stand: »Auckland Stadtrallye?«

Ich war der glücklichste Mensch auf der Welt.

Auckland! Endlich Land unter den Füßen! Nachdem die Zollformalitäten erledigt waren, durften wir Paxe das Schiff verlassen. Ich hatte mir fest vorgenommen, NICHT mehr in der Kabine zu sitzen und auf einen Anruf von Fred zu warten. Ich war ein freier Mensch! Sollte ER doch hinter MIR herlaufen, nicht umgekehrt! Also unternahm ich zuerst mal ein ausführliches Jogging am Meer entlang. Aus der Hafenanlage trabte ich, begleitet von lüsternen Blicken der Leicht- und Schwermatrosen aus aller Herren Länder, und hielt mich an der vierspurigen Straße links. Die Sonne stand schräg über dem Meer, und das Wasser glitzerte in tausend kleinen Lichterkegeln. Ich hatte mir wieder mal die Kopfhörer des Walkmans über die Ohren gezogen und hörte eine Weiterbildungskassette aus dem Rusch-Verlag. »Nie wieder sprachlos« hatte ich bis gestern beim Traben gehört, und heute begann ich mit »Lassen Sie sich nichts gefallen«. Es paßte genau zu meiner Stimmung. Glas und Chrom der Skyline schillerten, von gleißendem Sonnenlicht angestrahlt, wie ein Paradies aus Zuckerwatte und Kandisstangen. Das grelle Weiß der zahllosen Segelboote im Hafen blendete mich. Am liebsten wäre ich mit geschlossenen Augen weitergetrabt. Wie schon in Australien herrschte hier Linksverkehr – auch bei den Joggern! »Hello, Darling!«, »How are you, Babe?« begrüßten mich die entgegenkommenden Läufer freundlich, während sie rechts an mir vorbeiliefen. Ich fühlte mich großartig. Wie immer beim Laufen kamen nach kurzer Zeit die Glückshormone aus ihren Löchern gekrabbelt und versetzten mich in wahre Hochstimmung. Heute noch würde ich mit Fred an Land gehen!

Er würde mir diese wunderbare Stadt zeigen! Er wollte sogar eine Rallye mit mir machen! Ich war so weit von zu Hause weg wie noch nie im Leben. Und ich war so frei wie noch nie im Leben. Ich konnte und wollte, nach allem, was passiert war, nicht mehr mit Rüdiger leben. Ich war ein anderer Mensch geworden. Ich gehörte zu Fred. Wir waren beide abgrundtief schlecht.

Ich rannte bis zur Mission Bay – einer Bucht, in der das pralle Leben herrschte: Überall lagerten Familien, picknickten, man spielte Ball, man sonnte sich, badete, segelte, surfte. Großartig. Welch ein Lebensgefühl! Ich hockte mich, jede Zelle meiner pulsierenden Haut genießend, auf einen Baumstamm und schaute den Leuten beim Leben zu. Wenn man bedachte, daß es jetzt Mitte Dezember war! Der zweite Advent! Zu Hause in Geilenkirchen, da schoben sie sich jetzt im Regen und im Dunkeln über den Weihnachtsmarkt, drängten sich zusammen an den Buden, hielten ihre Nasen in die Glühweingläser, der Kirchenchor von Rüdiger stand jetzt sicher irgendwo in einem mit Tannengrün geschmückten Pavillon und sang mit kalten Füßen Choräle ... ach, wie weit, weit weg das doch alles war! In diese Welt gab es einfach kein Zurück mehr! Ich mußte Fred für mich gewinnen! Mir blieben noch drei Tage Zeit!

Der Schweiß lief mir in Strömen am Körper herab. Ich zog die Laufschuhe und Strümpfe aus, deponierte sie neben einem umgekippten Boot und rannte einfach in die warmen Fluten. Niemand störte sich daran, niemand rief: »Wenn das jeder machen wollte!« oder »Das ist nicht gestattet!« Alle lächelten mich an und waren gut drauf.

Ich hatte dieses Land auf Anhieb lieb.

Ja, hier würde ich leben können. Nach allem, was geschehen war. Nur hier. Am anderen Ende der Welt. Wo der Mond auf dem Rücken lag.

Und keiner keinem böse war.

Später trabte ich gemächlich zurück zum Hafen. Das Salzwasser verdampfte an mir. Ich hörte mit halbem Ohr das Weiterbildungsseminar »Lassen Sie sich nichts gefallen«, mit meinen Gedanken war ich natürlich wie immer bei Fred. Fred, Fred, Fred, trabten meine Füße.

So, dachte ich beim Stretchen, als der dicke Schiffsbauch mich wiederhatte, jetzt bin ich zweieinhalb Stunden weg gewesen. Inzwischen wirst du hoffentlich ein bißchen auf mich gewartet haben.

Im Fach vor meiner Kabine steckte ein Zettel: »Bin auf dem Sky Tower, F.« Keine Uhrzeit, kein »Bitte komm schnell, ich erwarte Dich!«. Ich sprang unter die Dusche, kramte nach einer kurzen Hose und einem weißen T-Shirt, stopfte mein knitterfreies Schwarzes und meine Beischlafutensilien mitsamt zwei Jogging-Outfits (man wußte ja nie!) in den Rucksack und war zwanzig Minuten später schon wieder auf dem Weg in die City.

Der Sky Tower war nicht weit. Ich nahm den Aufzug und fuhr mit einer Gruppe Japaner nach oben. Mein Herz raste. Fred! Wenn sich diese Fahrstuhltür öffnete, würde er vor mir stehen! Vielleicht würde er rauchend und lässig am Fenster lehnen, aber er wartete auf mich!

»You are welcome!« Der Fahrstuhlführer lächelte verbindlich, als die Tür sich öffnete. Herzrasen! Fred! Wo?! Schwindelerregende Höhe! Ich blinzelte. Das Panorama der Stadt erschlug mich. In 328 Metern Höhe über den Dächern tastete ich mich vorsichtig über den Glasfußboden. War ja ein netter Gag von den freundlichen Neuseeländern, einen Glasfußboden zu installieren, als kleinen Nervenkitzel. An der Wand stand zu lesen, daß dieser Glasfußboden nur vier Zentimeter dick sei. Aber er würde reichen. Ehrlich. Es wär noch keiner eingebrochen auf dem dünnen Eis. Ich versuchte, nicht nach unten zu blicken, sondern lieber geradeaus. Dort hinten lag die Harbour Bridge, mindestens einen Kilometer lang, auf der die Spielzeugautos entlangkrochen. Aber dann mußte ich doch runtergucken. Meine Füße auf vier Zentimeter dickem Glas. Nur vier Zentimeter!! In mir zog sich alles zusammen. Ich wollte jemanden anfassen, weil mir so schwindelig war. Aber da mußte ich nun allein drüberlaufen. Um mich herum Gekicher und Geschrei. Huch! So hoch! Schwindelig! Pärchen kritzelten Sprüche an die Wände, in allen möglichen Sprachen. Fred! WO?! Ich tastete mich, meinen Schweißausbruch ignorierend, zentimeterweise weiter. Das Scheißding drehte sich auch noch! Unter mir: Dächer, Straßen, winzige Autos, Schluchten, Kaufhäuser, winzige Menschen, die durcheinandereilten... nein. Ich durfte nicht runtergucken. Nur geradeaus. Fred! WO?! Neben mir filmte einer. Er filmte seine eigenen Füße, die sich hoch über der Stadtkulisse langsam weiterbewegten. Meine Güte. Mir wurde schlecht. Ich wollte zu Fred! Wollte seine Hand! Er würde mich halten und beschützen! Tapfer umkreiste ich einmal die Aussichtsplattform. Kein Fred. Bestimmt hatte ich ihn nur übersehen! Ich ging noch einmal andersherum. Ich zwang mich, nur auf die Leute zu schauen, nirgendwo anders hin. Nein. Niemand. Hunderte von fremden Menschen, aber nicht Fred. Erschöpft lehnte ich mich an die Wand, schloß die Augen. In mir drehte sich alles. Was für ein Spiel spielte er mit mir? Natürlich! Die Rallye! Die Kritzelwand. Hatte er eine Nachricht für mich hinterlassen? Ich studierte die vielen Sprüche, Zeichnungen, Schmierereien. In hundert Sprachen. Nein. Nichts. In meinem Rucksack fand ich einen Kugelschreiber. Ich schrieb, mit Grün, direkt neben die Fahrstuhltür: »Fred, wenn Du auf Deine Füße siehst, dann weißt Du, wie ich mich fühle, wenn ich an Dich denke.«

Gerade als ich mich bückte, um den Kugelschreiber wieder in den Rucksack zu versenken, sah ich unten, dreihundert Meter unter dem Rucksack, ein winzig kleines Fredlein im hellblauen Hemd neben dem rosafarbenen Carlton Hotel in ein Taxi steigen. Er sah kurz auf und winkte. Schadenfroh? Hämisch etwa?

»Das darf nicht wahr sein«, stammelte ich verzweifelt.

Ich starrte dem Taxi nach. Es fuhr um einige Straßenecken herum, stand lange, entsetzlich lange an einer roten Ampel, ließ dann noch beim Rechtsabbiegen fünfundzwanzig Touristen vorbei – mein Gott, dachte ich, in der Zeit wäre ich unten gewesen und hätte die Taxitür aufgerissen! – und schlängelte sich dann auf die Uferstraße. Es fuhr in Richtung Mission Bay! Ich legte mich bäuchlings auf den Glasboden und starrte, bis mir fast die Pupillen aus den Augenhöhlen fielen. Die Leute stiegen über mich hinweg.

»Sorry, Ma'am?! Can I help you?!« Ein Baum von einem Kerl bückte sich zu mir herunter. Ich sah bestimmt lächerlich aus, wie ich da auf dem Glasboden lag und nach unten starrte!

»I'm observing this taxi!« sagte ich und zeigte hilflos auf das winzige Auto, das am Horizont vor sich hin krabbelte.

»Oh, that's a good game!« lachte der Riese und entblößte eine Reihe tadelloser weißer Zähne. Ach, wenn Fred nicht gewesen wäre, dann hätte ich jetzt ein heiteres Geplänkel mit ihm angefangen! Aber so? Ich hatte nur eine Mission auf dieser Welt. Ich mußte zu Fred.

»What's over there to see?« Ich zeigte in die Richtung, wo das Taxi in der flirrenden Sonne wie ein Marienkäfer am Horizont verschwand.

»There's Kelly Tarlton's Underwater World.«

Natürlich. Dahin fuhr er bestimmt. Er testete meine Intelligenz! Na, das konnte er haben! Heiteres »Fang mich doch, du Eierloch!«. Bitte schön. So drängelte ich mich unfein in den nächsten Fahrstuhl nach unten, schnappte mir ein Taxi, warf mich fast dem Fahrer auf den Schoß, weil ich wieder vergessen hatte, daß man hier rechts am Steuer saß, krabbelte dann über seine Beine nach links und befahl dem armen Manne, auf schnellstem Wege in Kelly Tarlton's Underwater World zu fahren.

Schwärze und Dunkelheit. Ich tastete mich voran.

Ein endloser Acryltunnel unter Wasser. Um mich herum schwamm alles mögliche Meeresgetier und glotzte mich aus desinteressierten Augen an. Ey, Flossen! Habt ihr Fred gesehen? War hier so ein gutaussehender Mann im hellblauen Oberhemd? Rauchte er? Dann war er's! Sagt! Wo ist er hin?! Platte Rochen schlängelten sich stumm vorbei, verschlagen aussehende Haie zogen ihre Bahnen direkt über meinem Kopf, grinsten zynisch, sagten aber nichts. Abgeschlaffte Riesenschildkröten paddelten träge herum. Keiner von ihnen gab mir Auskunft. Mütter mit Kleinkindern ließen sich auf dem Laufband an den Glasfronten vorbeigleiten. »Look, the big fish, Darling!« – »Don't touch the window, Kevin, it's dirty!« – »O look, this marvellous great shark! It's dangerous!«

Wech hier, ihr habt alle keine Sorgen, außer eure Zeit totzuschlagen!

»Did you see a man with a blue shirt?« fragte ich, indem ich all meinen Mut zusammennahm.

»No, Love, I'm sorry!« sagte die erste. Aber die zweite beteuerte, sie hätte gerade erst, vor zwanzig Minuten, einen rauchenden Mann im blauen Oberhemd gesehen! Obwohl hier »No smoking!« an allen Wänden stünde! Ich hastete weiter. Ach, ich hätte so gern alles näher betrachtet, aber ich war fanatisch darauf konzentriert, Fred hier zu finden! Wohin würde er als nächstes entwischen? Mir rann der Schweiß.

In einem weiteren Komplex war die Welt des Südpols nachgestellt. Man konnte einen kleinen Zug besteigen, der einen in die Welt des ewigen Eises fuhr. Obwohl es heiß und stickig war, begann ich unter kaltem Schweiß zu frösteln, als ich durch künstliche Wind- und Sturmgeräusche fuhr, wo nur noch Eisvögel und Pinguine im ewigen Eis zu sehen waren. Sie starrten mich desinteressiert an. Ihr Frostbeulen! Habt ihr Fred gesehen?! Ein gutaussehender Mann im hellblauen Oberhemd! Raucht, leicht vernarbt, wirkt einsam! Aber die Pinguine steckten ihre Köpfe zusammen, tuschelten hämisch über mich und wackelten in ihren angeschmuddelten Fräcken auf und ab, wie meine Chormitglieder in Geilenkirchen kurz vor einem städtischen Chorkonzert vor der einzigen Toilette auf und ab wackelten. Alle schienen sich ungeheuer wichtig vorzukommen. Sie lebten in ihrer eigenen Welt. Keiner vermißte dort einen Fred.

Ich krabbelte wieder aus dem Zug. Und jetzt? Was sollte ich jetzt tun?

Und da sah ich ihn. Fred. Endlich. Er stand am Ausgang und zündete sich eine Zigarette an.

»Na? Hast du mich endlich gefunden?«

»Ja. Hab ich.« Ich zitterte vor Glück.

»Eine Minute hätte ich dir noch gegeben. Dann wäre ich wieder aufs Schiff zurück.« Fred blies mir den Rauch ins Gesicht. »Hab doch keinen Bock, hier die ganze ätzende Touristenschiene zu fahren. Dauernd laufen einem Paxe über den Weg.«

»Ich hab dich vom Fernsehturm in ein Taxi steigen sehen«, strahlte ich stolz.

»Das hat ja ewig gedauert.« Freds Ton war eine einzige Rüge. Ich dachte an mein Weiterbildungsseminar vom Rusch-Verlag mit dem Titel »Lassen Sie sich nichts gefallen«. Ich zwang mich, mich nicht für meine Langsamkeit zu entschuldigen.

»Und was machen wir jetzt?« fragte ich unsicher.

»Wieso WIR?« Fred genoß es offensichtlich, mal wieder die Oberhand zu haben.

Ich schwieg. Vielleicht sollte ich ihn doch umbringen.

»O.K., laß uns essen gehen«, brummte er schließlich. Ich konnte zwar vor lauter Glück und Liebe nichts runterbringen, aber selbstverständlich war ich bereit, mich fastend und schweigend neben Fred zu setzen und ihm beim Verzehren eines landestypischen Gerichtes zuzusehen.

Wir bestiegen ein Taxi. Diesmal krabbelte ich artig nach hinten. Fred setzte sich neben mich. Ich war mit ihm allein! Niemand beobachtete uns! Ich schaute aus dem Fenster, um mich erst mal zu sammeln. Der Tag neigte sich schon fast wieder dem Ende zu. Die Familien, die ich morgens beim Joggen noch beobachtet hatte, räumten ihren Picknickkram zusammen und machten sich an ihren Autos zu schaffen, die am Straßenrand neben dem Strand parkten.

»Ferry to Devonport«, befahl Fred dem Taxifahrer.

Oh! Wir würden mit der Fähre übersetzen! Er hatte noch große Dinge mit mir vor! Wie gut, daß ich mein schwarzes Knitterfreies und die Übernachtungsutensilien im Rucksack hatte.

Vorsichtig sah ich ihn von der Seite an. Welch ein weiches Gesicht unter so markanten Zügen! Er war so verletzlich, so einsam, so verhärtet! Hättwich, die vorne auf dem Beifahrersitz saß, drehte sich zu mir um und raunte: Laß ihn ein wenig in Ruhe, Kind. Er spielt dieses Katz-und-Maus-Spiel mit dir, um zu schauen, wie sehr du ihn liebst. Gib ihm Zeit. Er wird sich fangen. Klar, Hättwich, raunte ich verständig zurück. Ich bin ja nicht von gestern. Solche Nüsse knacke ich am liebsten. Laß mich nur machen.

Als wir ein wenig später auf der Fähre standen, die uns im abendlichen Dämmerlicht über den glitzernden Wasserarm nach Devonport brachte, und als in Auckland die Lichter angingen, die sanfte Abendluft uns umfing und die Sonne letzte rötliche Strahlen über das Wasser warf, da legte Fred plötzlich den Arm um mich. »Du frierst ja!«

»Nein, nein, ich finde den Anblick nur so ... wunderschön!« Ich mußte mit den Tränen kämpfen. Er hatte den ARM um MICH gelegt! Wir waren unbeobachtet! Er fühlte sich endlich frei! Oh, wie ich diesen Mann liebte! »Ich denke an zu Hause und an die Leute da, an die eingefrorenen Gesichter in den grauen überfüllten Straßen ... Ich genieße es so, mit dir hier zu sein. Am anderen Ende der Welt!« faselte ich verliebt. Verdammt. Jetzt war ich bestimmt wieder zu kitschig gewesen. Aber Hättwich fand's in Ordnung. Sie nickte mir mit ihrem schlohweißen Haupte gütig zu.

»Weißt du«, sagte Fred leise, indem er sich eine Zigarette anzündete, »ich hab schon Tausende von Sonnenuntergängen gesehen. Und ich war schon zwanzigmal in Auckland. Die laue Luft interessiert mich einen Dreck. Keine einzige Stadtkulisse haut mich noch vom Hocker. Die Skylines auf der ganzen Welt öden mich an. Ich kann die verdammte laue Meeresbrise nicht mehr riechen, und das Geschrei der Möwen löst in mir Brechreiz aus. Doch wenn ein Mensch sich so über diese Dinge freuen kann wie du, dann sehne ich mich nach einem Zuhause. Egal, wo das ist. Aber es müßte mit einem Menschen wie dir sein.«

Und dann küßte er mich.

Mitten auf der Fähre von Auckland nach Devonport.

Und auf der anderen Seite des Paradieses gingen die Lichter an.

Das Restaurant war ein verschwiegenes, gemütliches Reetdachhaus auf Stelzen. Kormorane und andere Wasservögel staksten durch den Schlick. Die Luft war so lau, daß ich sie fangen und einpacken wollte. Ich kämpfte immerfort mit den Tränen des Glücks. Wir stiegen die urigen Holztreppen hinauf. Freundlich wies man uns einen Zweiertisch an der Wand zu. Ich war so stolz! Er und ich! Ein Paar! Das Restaurant war gut besucht, aber nicht überfüllt. Es war ziemlich düster. Ich drückte mich auf die Bank an der Wand. Fred setzte sich neben mich. Wir blätterten gemeinsam in der Speisekarte, und ich nahm nichts wahr. Nichts. Sie hätten Glühwürmchenrisotto oder Maorikot oder Kiwischnäbel in Lehm servieren können, ich hätte es nicht bemerkt. Fred roch gut. So männlich und herb. Wie er eben war. Wir bestellten Bier und schütteten es durstig in uns hinein. Besonders ich. Keine feste Nahrung wollte seit Wochen bei mir bleiben! Fasziniert betrachtete ich den Mann meines Lebens von der Seite. Noch zwei Tage! Dann würde ich zurück nach Geilenkirchen müssen! Oder sollte ich einfach für immer hier bleiben? In Neuseeland? Aber würde Fred mit mir von Bord gehen? Oder sollte ich für immer auf dem Schiff bleiben? Aber würde Fred das wollen? Vielleicht kamen schon übermorgen »wieder andere Tussis«? Wie sollte mein Leben nur weitergehen ohne diesen Mann!

Hilfe, ich liebe ein Streifenhorn.
Gott schlug mich hart in seinem Zorn,
er schickte mir ein Streifenhorn.
Leute, ich hab den Verstand verlorn,
und ausgerechnet an so 'n bodenfernes Streifenhorn!

Während Fred in der Speisekarte las, hatte ich das auf eine Serviette gekritzelt.

Glasigen Blickes schaute ich ihn an.

»Na«, lächelte Fred, »kriegst du's wieder stärker?«

Ich kicherte und trug ihm selbstgefällig mein Verslein vor. Er rückte ganz nah an mich heran, um zuhören zu können. Immerhin: Er grinste. Er war amused.

»Und das fällt dir so spontan ein?«

»Hm, hm!!« Nimm mich in den Arm und sag mir, daß du mich genial findest! Hinreißend, ideenreich, intelligent, spritzig, witzig, frech und froh. Und daß du auf mich schon seit Jahren wartest. Los. Sag's mir jetzt. Hier am Ende der Welt kannst du alles sagen. Geilenkirchen ist fern.

Hättwich rüttelte mich am Oberarm. Ki-hind!! Nicht schon wieder um An-er-ken-nung buh-len!!

Fred legte den Arm um mich. »Du bist schon ein einmaliges Mädchen.«

Tja. Endlich schnallst du's, Mann. Das DAUERT!!

»Weißt du, ich bin ein einsamer Mensch. Seit zwanzig Jahren fahre ich zur See.« Fred rauchte trübe vor sich hin. »Ich hab tausend Affären gehabt, aber niemals war eine dabei, für die ich die Seefahrt aufgegeben hätte. Ich war immer froh, wenn eine Reise vorbei war, dann ist die Tussi wieder gefahren.«

Siehste, dachte ich. Das isses. Ich bin nur eine Tussi.

Er schaute mich an. Seine Augen waren eisblau. Mir gefror das

Blut in den Adern. Sollte das jetzt etwa ein ANTRAG werden? Hättwich!

»Aber wenn DIE Tussi in drei Tagen weg ist, dann werd ich mich scheiße fühlen.«

Mein Gott. Er hatte es gesagt. Es war eine LIEBESERKLÄRUNG!! Mit »DIE Tussi« meinte er MICH!!

»Ich werde mich auch scheiße fühlen«, flüsterte ich heiser.

»SCHEISSE!!« entfuhr es Fred plötzlich. »Da sitzt der Schulz!« Wie von der Tarantel gestochen, zuckte er zurück. Dann schnaufte er: »Die gesamte Führungsbesatzung ist hier!«

Tatsächlich. Da vorne an einem runden Tisch saß der widerliche fette, plumpe Käpt'n Schulz. Mit dem Zahlmeister, dem Staffkapitän Harm Los oder Hein Blöd oder wie der hieß, und diesem schroffen Hoteldirektor mit dem amerikanischen Akzent. Seit wann saßen die da, die Brüder?

Schulz lehnte sich nach hinten, das Hemd über seinem Schmerbauch wollte schier zerspringen vor Glück, und pulte sich mit einem Zahnstocher die Essensreste aus den Zähnen. Der Zahlmeister und der Hoteldirektor spielten gedankenverloren mit ihren Bierdeckeln. Jetzt hatte Schulz uns gesehen. Spätestens. Er grinste fies, und ich fühlte mich mies.

»Na, wen haben wir denn da! Den Hahn mit einem Hühnchen!«

»Ratte!« spie Fred Verachtung zwischen den Zähnen hervor.

Der Zahlmeister hob die Hand zum Gruße. Hein Blöd oder Harm Los, dieser nordisch schweigsame Seebär, grinste. Ich winkte scheu lächelnd zurück. Nein, das war jetzt wirklich kein nettes Zusammentreffen.

Fred erhob sich. Ich blieb ratlos sitzen. Gerade servierte die Kellnerin das köstlich duftende Gericht für Fred: Süßkartoffeln mit großen Fleisch- und Gemüsestücken, die jeweils in Blätter eingewickelt waren.

Sollten wir uns jetzt zu den Seemännern gesellen, vielleicht war Hein Blöd in der Stimmung, ein paar nette Seemannsgarngeschichten zum besten zu geben? Mir gefiel der Gedanke, mit lauter solchen Streifenhörnern jetzt einen zu heben. Und 'ne Buddel voll Rum!! Das passiert einer Kirchenchormaus aus Geilenkirchen nicht jeden Tag! Außerdem war ich inzwischen so hartgesotten und abgebrüht wie die ganzen Kerle auf einmal. Ich gehörte dazu! Ich war eine Seemannsbraut!

Aber Fred wollte gehen. Er knallte einen Hundert-Dollar-Schein auf den Tisch und stopfte seine Zigaretten in die Hemdtasche. Das Essen blieb unangetastet stehen.

Ich trippelte scheu hinter Fred her.

»Schönen Abend noch, die Herren!« sagte ich bedauernd.

»Treibt's nicht so doll!« grölte der ungehobelte Käpt'n noch hinter uns her. »Übermorgen legen wir ab!« Harharhar, lachte der Prolet ungeschlacht und ließ uns sein dentales Gruselkabinett schauen.

Ich fing einen Blick vom Hoteldirektor auf. Einen undefinierbaren Blick. Aber was interessierte mich der Hoteldirektor. Ich liebte ja Fred.

»Hast du 'ne Zahnbürste dabei?«

»Wieso?« Mein Herz raste in wilden Sprüngen.

»Weil ich jetzt entweder aufs Schiff gehe und mich zwei Tage in meine Kabine einschließe, oder wir jetzt auf der Stelle abhauen.«

»Abhauen!« Ich hüpfte begeistert wie ein bezopftes Gör vor ihm herum. »Wohin, wohin?!«

»Laß dich überraschen.«

Wir mieteten einen Wagen mitsamt Fahrer, das heißt, Fred mietete, und ich stand vor Respekt fröstelnd daneben und wartete. Fred war ein Mann von Welt! Er löste alle Probleme in wenigen Sekunden. Wenn ihm etwas stank, wurde er richtig sauer, und das machte ihn erst recht männlich! Er zückte irgendeine Kreditkarte mit vielen Sternen drauf, und schon saßen wir in der Karosse, die nun zwei Tage lang uns gehören würde. Eine Karosse mitsamt Fahrer!

Ich kuschelte mich behaglich in Freds Arm. Zwei Tage und Nächte! Unbeobachtet! Allein mit dem Mann meines Lebens! Diese zwei Tage würden NIE VERGEHN!!

Fred rauchte. »Warst du schon mal in Rotorua?«

»Klar.« Ich tat gelangweilt. »In Rotorua hab ich schon öfter den Messias gesungen oder das Mozart-Requiem. In der Kirche am Marktplatz.«

Fred stutzte. Dann lachte er lauthals los. Hurra! Er hatte einen Sinn für meinen Humor! Ich fühlte mich großartig. Ich konnte diesen Mann noch zum Lachen bringen! Das war bestimmt keiner einzigen seiner tausend flachgelegten Rattenarschtussis gelungen!

»Wir besuchen die Maori«, erklärte Fred. »Das sind die Nachkommen der ersten Einwanderer Neuseelands.«

»Polynesier«, gab ich meine gesunde Halbbildung zum besten. »Steht jedenfalls im Polyglott.«

»Vor tausend Jahren sind die Burschen mit einfachen Holzbooten über den Pazifik gepaddelt.«

»Und weshalb sind sie von Polynesien abgehauen?«

»Überbevölkerung, Hungersnot, was weiß ich. Jedenfalls hatten sie massenhaft Setzlinge von Nutzpflanzen, Schweine, Hühner und Hunde in ihren Booten. Ein echt interessantes Volk, wirst sehen. Du kannst nicht in Neuseeland gewesen sein, ohne die Maori kennengelernt zu haben. Die Maori leben zum Teil heute noch so wie vor tausend Jahren.«

»Wie haben die sich denn um Himmels willen ernährt auf ihrer Überfahrt? Kein Fünfsternerestaurant ›Vier Himmelsrichtungen‹? Keine Bar, kein Kino, keine Show, kein Tanz, kein Zimmermädchen, das einem jeden Tag das Bett frisch bezog, keine Stewards, die einen von vorne bis hinten bedienten ...?«

Fred lachte. »Die hockten da nackt in ihren Holzkanus und fraßen Kokosnüsse. Und bumsten durcheinander. Und schlugen sich gegenseitig die Köppe ein.«

»Woher weißt du das?«

»Ich war dabei«, grinste Fred.

Diesmal stutzte ich. Dann mußte ich lachen.

Der Kerl hatte einen köstlichen Humor! Der paßte zu mir, die freche, schwarze Seele! Was WÜRDEN wir in diesem Leben noch Spaß zusammen kriegen! Langweilen mußten wir uns jedenfalls nicht miteinander.

»Zuerst nannten die Maori ihre neue Heimat ›Aotearoa‹, das heißt ›Land der langen weißen Wolke‹.«

»Hast aber brav deine Hausaufgaben gemacht.« Fred stupste mich spöttisch.

»Und irgendwann um 1800 rum, als Neuseeland englische Kolonie war, da hat so 'n Gouverneur 46 Maori-Häuptlinge zu sich in sein Kolonialhaus eingeladen, und sie mußten alle ihre drei Kreuze unter den Vertrag setzen, der besagte, daß die Engländer und die Maori friedlich in Neuseeland zusammenleben. Die wollten nicht den gleichen Streß wie die Australier mit den Aborigines.«

»Woher du das alles weißt!« staunte Fred.

»Heute morgen habe ich meine Nase mal in so 'n Heftchen gesteckt. Ich wußte ja, wir würden an Land gehen ...«

Wir fuhren durch die Nacht. Es war herrlich. Die Mondsichel leuchtete genau verkehrt herum.

»Hier in Neuseeland ist alles genau spiegelverkehrt«, sagte Fred, während er mein Haar streichelte. »Die Sonne steht im Norden am höchsten, das Badewasser fließt gegen den Uhrzeigersinn ab, und statt des Großen Bären leuchtet in einer sternklaren Nacht wie dieser das Kreuz des Südens.« Und dann zeigte er mir das Kreuz des Südens. Ich muß sagen, ich war beeindruckt. Irgendwann schlief ich in seinen Armen ein.

Ich erwachte von einem unglaublich impertinenten Gestank. Hatte mein göttlicher Fred etwa ... Und dann gleich so einen? Das hätte meine Begeisterung für ihn auf Anhieb auf Fingernagelgröße zusammenschrumpfen lassen!

Aber auch Fred schnupperte, erwachend, irritiert im Auto herum.

»Ich war's nicht!« stammelte ich.

»The volcanic area«, sagte unser Fahrer, indem er entschuldigend die Fenster schloß.

»Ach, dann sind wir da«, sagte Fred.

»Wo? In der Hölle?« Ich rieb mir die Augen.

»Klar! Wir zwei haben doch die gleichen Schwefelseelen! Hast du selbst gesagt!«

Ich dachte erschrocken an die drei Leichen, die ich auf dem Gewissen hatte. Ob die mich schon beim lieben Gott verpetzt hatten? Ging das so prompt mit der Abrechnung?

Fred zerrte mich aus dem Auto. »Wir kommen beide in die Hölle, also warum fangen wir nicht gleich damit an?«

In der Morgensonne qualmte es aus unzähligen Erdlöchern. Unerträglich beißender Gestank umhüllte uns. Mir verschlug es den Atem. Faule Eier waren ein liebliches Parfum dagegen! Ich fühlte mich wie Jim Knopf mit Lukas, dem Lokomotivführer, bei Frau Mahlzahn, dem widerlichen Drachen. Schwefeldämpfe strömten aus unzähligen Erdlöchern. Es blubberte und brodelte. Als würden Kröten tanzen, spritzten kochende Schlammquellen mit leckenden, schmatzenden Geräuschen aus dem braunvermatschten Erdboden. Ich sprang erschrocken zur Seite. Geysire von heißem, ätzendem Stinkwasser ergossen sich auf hartes, verkrustetes Schlammgestein. So mußte es in der Hölle sein! Alter Spanner? Herr Rehm? Du hier? Frau Adlerhorst? Ich guckte heimlich nach dem Haarteil. Lag es hier irgendwo im Schlamm herum?

Aber wir waren in einer Art Thermalbad angelangt.

Es gab sogar direkt neben diesen Stinkbrunnen ein Hotel, aus dessen Fenstern sich erste erwachende Kurgäste beugten. Daß die überhaupt noch lebten nach einer ganzen Nacht in diesem Gestank!

»Wie heißt das hier?« schrie ich gegen den Lärm der schmatzenden, züngelnden Teufelsgeysire an.

»The Whakarewarewa Thermal Reserve«, gab der Fahrer höflich Auskunft.

»Hier singst du immer deine Kirchenkonzerte, ja?« stichelte Fred.

»Klar«, rief ich. »Begleitet von einem Teufelsorchester. Die spielen auf Mistgabeln und blasen auf Hörnern und Schwänzen!«

Ich dachte an diese gräßlichen Altarbilder, die die Hölle darstellen. Wo widerlich grinsende Teufel und schäbige einhufige Ungeheuer die armen Sünder mit Mistgabeln und brennenden Fackeln in genau solche stinkenden Schlammlöcher schubsen. Nun war ich also da angelangt, wo ich hingehörte. Nach drei Meuchelmorden.

Wir wanderten ein paar Schritte um die kochend heißen Teiche und Pfützen, deren Ränder schwefelgelb verfärbt waren. Sicher würden gleich ein paar Hexen auf ihren Besen vorbeireiten, mit gräßlichen Eiterbeulen auf der Nase und Warzen auf dem Kinn, und mich mit kreischendem Gelächter auf ihre Besen hieven. Mich beschlich ein leises Unwohlsein.

»Nett ist es hier«, sagte ich. »Bleiben wir lange?«

Fred zündete sich eine Zigarette an. Ich erwartete, daß sie mitsamt Fred jeden Moment explodieren und mit gräßlichen Furzgeräuschen in die Lüfte entweichen würde.

»Bleiben wir lange?« äffte Fred mich nach. Dann griff er mit dem Finger unter mein Kinn. »Ich dachte, du liebst mich? Du wolltest doch mit mir durch die Hölle gehen!«

Eine Stunde später war ich im Himmel. Noch nie hatte ich so riesige Bäume gesehen! Sie waren fünfmal so dick und zehnmal so hoch wie alle Bäume, die ich bisher gekannt hatte. Der Regenwald von diesem unaussprechlichen Whakarewarewa Forest Park war sensationell! Ich trabte hingerissen, fernab von allen Geschehnissen dieser Welt, über den feuchtwarmen Moosboden. Ein göttliches Fleckchen Erde, sonnig und heiß, grün und duftend. Aus dem Walkman gönnte ich mir das Weiterbildungsseminar »Alles ist möglich«. Die Wege waren markiert. Ich nahm eine Steigung, trabte bergan, der Schweiß tropfte mir ununterbrochen von der Stirn, ich war wie in Trance. Fred liebte mich! Er wollte mit mir durch die Hölle gehen!

Ja, er und ich, wir waren aus dem gleichen Holz. Ich wollte für ihn durchs Feuer gehen. Und genau hier, in diesem wundervollen Neuseeland, dem Land der unbegrenzten Möglichkeiten, dem Land der freundlichen, relaxten Menschen, dem Land der unendlichen grünen Landschaften, wollte ich mit ihm leben. Auf einer Farm. Meinetwegen den ganzen Tag Schafe scheren oder Kiwis ernten. Egal. Tausend Träume. Ich trabte und trabte. Ein neues Leben. Wie symbolisch. Alles hinter mir lassen. Neu anfangen. Gucken, was kommt.

Oben angekommen, hatte ich einen gigantischen Blick auf den Lake Rotorua. Der Himmel war blau. Der See war blau. Der Wald war von einem satten Grün. Die Luft duftete. Mir schossen die Tränen in die Augen. Ich war so glücklich! Fernab von Geilenkirchen und allem, was mein Leben bisher eingegrenzt hatte, durfte ich nun mit dem Mann meiner Träume das Land meiner Träume entdecken! Ich würde mit allem abschließen, was bisher gewesen war. Mit Rüdiger, mit dem evangelischen Kirchenchor, mit dem kalten grauen Deutschland, dem Spießertum und der Enge. Mit allem. Noch eineinhalb Tage. Ich mußte Fred für mich gewinnen.

»Na, biste wieder deiner Jugend nachgerannt?« Fred lehnte am Auto und rauchte.

Au Mann. Warum mußte er mir IMMER, aber auch IMMER, wenn ich gerade glücklich war, einen reinwürgen! Ich sagte doch auch nicht: »Na? Rauchste dich wieder dem frühzeitigen Krebstod entgegen?«

»'ne Dusche wär jetzt nicht schlecht«, sagte ich, seine miese Bemerkung ignorierend.

»Stürz dich doch in die Schwefelquellen.« Fred musterte mich verschwitztes Bündel Erschöpfung. »Obwohl du mit deinen Schweißflecken auf dem Leibchen ganz schön sexy aussiehst.«

Der Fahrer hüstelte. Anscheinend verstand er das Wort »sexy«, was ja nicht abwegig war. »To the Polynesian Spa, Mister?«

»O.K. Let's go.«

Wir fuhren nur ein paar Meter durch die leeren, sonnigen Straßen. Es war brüllend heiß. Kurz darauf durfte ich in einen herrlichen Private Pool eintauchen. Welch köstliche Erfrischung!

»Komm doch rein!« Ich spritzte ein bißchen und streckte meine nasse Hand nach ihm aus.

Fred stand rauchend am Beckenrand. »Nein.«

Hättwich mahnte mich, den armen Mann nicht allzusehr mit meiner Begeisterung zu nerven. Langsam, Kind, langsam! Nicht alles auf einmal! Der muß erst mal damit fertig werden, daß es plötzlich in seinem Leben eine Frau gibt, die ihm das Wasser reichen kann! Nun reich es ihm aber auch nicht gleich!

Fred hatte inzwischen ausgiebig gefrühstückt. Ich konnte sowieso nichts essen. Nachdem ich etwa zwei Liter köstlichen kalten Leitungswassers in mich reingeschüttet hatte, fuhren wir weiter.

»Hot water beach!« befahl Fred dem Fahrer.

Und das war zweifellos das bizarrste Stranderlebnis, das ich je gehabt hatte! Am Strand lagen die Leute in selbstgebuddelten Sandgruben wie in einer warmen Badewanne und aalten sich genüßlich darin herum.

»Ist das heiß?« Meine Begeisterung wollte schon wieder überschwappen.

»Ist das heiß?« äffte Fred mich nach. »Probier doch mal! Setz deinen süßen Popo doch einfach mal rein!«

Und das tat ich. Tatsächlich! Weil gerade Ebbe war, strömten unter dem Sandstrand die heißen Quellen aus der Erde. Wenn man geschickt seine Höhle so anlegte, daß kaltes Meerwasser dazufloß, konnte man sich sein Badewasser selbst temperieren. Unglaublich. Ich genoß es wie ein kleines Mädchen. Fred lehnte mit seiner verspiegelten Sonnenbrille genervt am Felsen und rauchte. Der Fahrer jedoch freute sich an meiner kindlichen Begeisterung. Er war richtig stolz auf sein Land, und das zu Recht!

Wir fuhren weiter. Ich liebte alles hier, die Vielseitigkeit der Landschaft, die Freundlichkeit und Wärme, die Helligkeit, das weite grüne Land, die fruchtbaren Ländereien, die vielen Obstplantagen, die liebevoll angelegten Feriendörfer, in denen sich jetzt um die Weihnachtszeit die Neuseeländer in der Sommerfrische tummelten. Welch ein Paradies! Wir fuhren noch zu einer Kiwiplantage. Die Mittagssonne flirrte. Fred zog sich sogleich auf die Veranda des Farmhauses zurück. Eine schwarze Katze lag auf der Fußmatte. Fred streichelte sie abwesend.

Ich umstreifte die Kiwibüsche, fühlte an den prallen, aber noch nicht reifen grünen Früchten, steckte meine Nase in ihren Duft, sang verliebt vor mich hin, träumte und schwärmte. Hättwich hatte ihre helle Freude an mir. Schließlich wanderte ich auf die Veranda zurück, wo Fred bei einem kühlen Bier im Schatten auf einem Schaukelstuhl vor sich hin döste. Er verarbeitet das Ganze, raunte Hättwich. Laß ihn bloß in Ruhe jetzt mit deiner Begeisterung.

Ich hockte mich auf die Treppe, streichelte die Katze, hielt die Schnauze und gleichzeitig den Atem an. Liebe Zeit, dachte ich, bitte vergeh nicht. Einfach nicht. Bleib stehen, Zeit, ruh dich aus. Du kannst doch mal Pause machen. Setz dich zu mir, streichel die Katze, mach die Augen zu. Ich will hier hundert Jahre sitzen bleiben, neben Fred, und mit ihm allein sein auf diesem Fleckchen Paradies am anderen Ende der Welt, wo keiner uns kennt und keiner uns beobachtet, wo kein Passagier und kein Käpt'n Schulz und keine knackarschige Ballettratte auftaucht und ihn mir wieder nimmt. Er ist so weich wie Wachs in der Sonne. So kann es hundert Jahre bleiben. Ich und die Zeit, wir streichelten die Katze, und die Katze schnurrte, als hätte sie einen elektrischen Rasenmäher verschluckt, und die Fliegen und Schmetterlinge umsummten uns, und ich dachte an das Weiterbildungsseminar »Alles ist möglich« und war ganz sicher, daß dieser Tag der Anfang eines neuen Lebens war.

»Grrrruuuaaaah! Mbääääähhh! Rrrröööuuuaaaooorrr!!«

Mit gräßlichem, furchterregendem Gebrüll schlug sich der Oberhäuptling auf die nackte Brust. Dabei riß er die Augen so weit auf, daß ich fürchtete, sie würden ihm aus dem Kopf fallen. Blitzartig streckte er die Zunge raus. Greuliche Drohgebärden schreckten die Horde dicker, schwitzender Touristen ab, die eigens zum spitzgiebligen Versammlungshaus der Maori gekommen waren, um sich anbrüllen zu lassen. Aber es handelte sich hier um eine landestypische volkstümliche Tanz- und Gesangsdarbietung, und so ließen wir uns vorerst leicht eingeschüchtert weiter anbrüllen. Viele Touristen hielten tapfer ihre Videokameras auf die kriegerischen Kämpfer, und ich verschwieg Fred aus taktischen Gründen, daß sich leider auch eine Gruppe Paxe von der »MS Blaublut« unter ihnen befand. Wo die nun wieder hergekommen waren! Wir waren doch die ganze Nacht gefahren, nur um ihnen zu entwischen! Ich entdeckte zu meinem Schrecken auch den Witwer Adlerhorst und die griesgrämigen Teichhühner vom Bord-Swimmingpool. Ach, du Schreck! Da standen auch der Wollsocken-Gangster und seine Gemahlin! Hoffentlich bemerkten sie uns nicht! Sie waren allerdings mit ihren Fotoapparaten beschäftigt. Die drei wirklich gut gebauten Jungmänner vom Stamme der Maori zeigten uns dickbäuchigen Bleichgesichtern mal, wie man Fett verbrennt. Sie sprangen barfuß herum, ihre Drohgebärden kosteten jede Menge Energie, sie tobten und schrien, wedelten mit Schwertern und Dolchen und lieferten sich Schlägereien, wie sie bei uns in Geilenkirchen jeden verwöhnten Schüler hinter seinem Videospiel hervorgelockt hätten.

Schließlich waren die drei fertig. Der feine Schweiß lief ihnen am sehnigen Körper herab. Ein appetitlicher Anblick, fürwahr. Wir durften nun, nachdem einer von den dicken Bleichgesichtern ihnen zum Zeichen der untertänigsten Unterlegenheit einen Palmenwedel vor die Füße gelegt hatte, durch die niedrige Tür in das *marae* eintreten. Vorher mußten wir uns die Schuhe ausziehen.

Meine Nike-Joggingschuhe stopfte ich vorsichtshalber in den Rucksack. Nicht, daß so ein tobendes Ungetüm von Eingeborenem Gefallen daran fände und mich brutal zusammenschlüge, um in ihren Besitz zu gelangen! Gegen so einen sehnigen Maori, der sein Leben lang nichts anderes tat als schreien und hauen, hatte ich wahrscheinlich mit meinem Avci Wing Tsun keine Chance.

Im schummrigen Licht des Innenraums schienen die geschnitzten Fratzen der Holzpfosten lebendig zu werden. Ich fühlte mich wie in einer Kirche. Andächtig schoben wir uns in die Stuhlreihen. Vorne am Altar standen einige dicke Maori-Frauen in Baströcken, die unvorteilhaft ihre Problemzonen betonten, schwangen ihre rundlichen Hüften und sangen gar lieblich zur Schalmei. Wir Touristen glotzten sie an, und tausend Videokameras waren auf die prallen Maiden gerichtet. Komisch, dachte ich, daß die Kerls so knackig und sehnig sind und die Mädels so fett. Irgendwas machen die falsch. Entweder ernähren sie sich nicht fettarm, oder sie joggen nicht.

Ich betrachtete die Maori-Schnitzereien am Giebelbalken mit Ahnenköpfen und Spiralornamenten. Es waren wahre Kunstwerke aus der Hand von Meisterschnitzern! Vorne führten dic Maori weiterhin ihren Reigen aus lieblichen Gesängen und furchterregenden Kriegsritualen vor. Ich war hingerissen. »Fred«, flüsterte ich, »ich danke dir so sehr, daß du mir das alles zeigst!«

»Und ich danke dir, daß wir jetzt gehen!«

Fred drängelte sich bereits durch die Besuchermeute.

»Aber Fred! Warum denn? Ist doch gerade so spannend!«

»Scheiße!« zischte Fred. »Das halbe Schiff ist hier!«

»Na und...?« rief ich enttäuscht, als ich auf Socken über den Rasen hinter ihm herrannte. »Was ist denn dabei?«

»Was ist denn dabei, was ist denn dabei?« äffte Fred mich nach. »Ich will EINMAL im Leben unbeobachtet mit einer Frau zusammensein. DAS ist dabei, verdammt!«

»Steh doch einfach zu mir«, sagte ich geknickt.

Er aber sprang ins Auto und war für den Rest des Tages beleidigt.

Dabei WAR er doch jetzt mit mir allein! Wir hätten so toll auf dem Rücksitz knutschen können! Aber Fred war einfach nicht mehr in Stimmung zu bringen.

Gegen Abend hielt der Fahrer vor einer Schafzuchtfarm.

»Muß das sein?« fragte Fred sauer.

»Ach ja! Bitte!« Jetzt war ich einmal in Neuseeland, da wollte ich auch ein paar Schafe sehen. Man gönnt sich ja sonst nichts. Also machten wir uns auf, stiefelten durch den Matsch und betraten die Stallungen, wo ziemlich viele wollige Viecher in ihren Boxen durcheinanderstanken.

»O.K.? Hast du's jetzt gesehen?« Fred wollte schon wieder gehen.

»Ooh! Wie süß! Da sind Lämmchen!«

Ich kniete mich zu den zauberhaften Tierchen, deren Stummelschwänzchen wie Propeller rotierten und die gierig an meiner Hand leckten. Ein gutmütiger Farmer, der genauso aussah wie der schöne Pater Ralph aus den »Dornenvögeln«, drückte mir eine Babymilchflasche in die Hand. Ich war hingerissen. Nein, was war Neuseeland toll! Die Lämmchen drängelten sich gierig um mich, stupsten ihre Kollegen beiseite und wollten alle mal einen feinen Schluck aus der Flasche. Fred lehnte lässig am Gatter und sah mir zu. Er hatte wieder seine verspiegelte Sonnenbrille auf, ich konnte nicht ermessen, ob er genervt war oder eventuell doch erfreut. Hättwich mahnte mich, nicht allzuviel

Wert auf seine Gemütsschwankungen zu legen. Bestimmt malte er sich gerade aus, wie es wäre, mit mir ein paar Babys zu haben. Ich versuchte, meine Säuge-Nummer so professionell wie möglich abzuziehen, obwohl diese Lämmchen ziemlich aufdringlich waren und kein bißchen in Reih und Glied abwarten wollten, bis sie an der Reihe waren. Ich fand den Job anstrengend und stellte die ekelige angeleckte Flasche unauffällig in die Ecke. Der freundliche Pater Ralph fragte mich, ob ich Lust hätte, ein Schaf zu scheren. »Would you like to cut the sheep's wool?«

Klar hatte ich Lust! In Geilenkirchen hatte ich nie Gelegenheit dazu! Allerdings – hätte mich in Geilenkirchen ein Bauer gefragt, ob ich Lust hätte, seine Schafe zu scheren, hätte ich ihm einen Vogel gezeigt und ihm gesagt, er solle seinen Scheißjob gefälligst alleine machen, ich machte meinen schließlich auch! Aber hier, in Neuseeland, da war man so freundlich und hilfsbereit, so locker drauf, so relaxed, da war das was anderes! Ich ließ mir also eine übelriechende fleckige und behaarte Gummischürze umbinden und folgte dem Farmer auf eine Art Bühne. Dieser zerrte ein besonders sperriges Riesenschaf aus seinem Verschlag, packte es beherzt bei den Ohren und schleifte es zu meiner erschrockenen Wenigkeit. Es wehrte sich und bäumte sich auf, es zappelte mit den Hufen und versetzte mir einige unsanfte Tritte an die Gummischürze, und ich wollte mich nicht ungeschickt anstellen oder gar vor Fred blamieren. Anscheinend testete er ja gerade meine Alltagstauglichkeit für ein Leben hier. Jetzt konnte ich kein Weichei sein. Was Fred brauchte, war eine hartgesottene Frau, die trotzdem nicht an Liebreiz einbüßte. So was wie mich halt!

Also griff ich dem stinkenden Vieh in den verlausten Zottelpelz, nahm das Rasiermesser und schnippelte ein bißchen an dem zappelnden Schaf herum. Das Schaf aber wehrte sich und stach, half ihm auch kein Weh und Ach! Ich fühlte mich wie der Lehrling vom Dorffriseur in Geilenkirchen. Der Farmer lachte mich mit strahlend weißen Zähnen aus. »Don't be so shy, young lady!

The sheep won't bite!« Und dann schrie er zu Fred hinüber: »You should make a foto of your wife!«

Your wife!! Er hielt Fred für meinen Ehemann! Und mich für seine Frau! Wie wunderbar das klang! Ich errötete bis unter die Haarwurzeln.

Fred schnippte seine Zigarette weg und näherte sich lässig.

Wenn er jetzt sagte: »She is not my wife, she is only a stupid Tussi«, dann würde ich tot umfallen.

Leider wehrte sich das Schaf gerade in diesem Moment so heftig, daß ich nicht verstand, was Fred sagte. Ich schrie ihm zu, der Fotoapparat sei in meinem Rucksack!

Es strömten ziemlich viele Leute herbei und setzten sich auf hölzerne Bänke. Ich war aber zu beschäftigt damit, die Tritte und Bisse des Schafes abzuwehren, um mir darum Gedanken zu machen. Kurzerhand griff Pater Ralph seinem Opfer mit geschicktem Griff an die Gurgel, drückte gleichzeitig mit dem Unterarm die zuständigen Sehnen des armen Tieres lahm, und dann – ratz, fatz – schor er das Vieh in Null Komma nix nackt. Splitternackt. Das Schaf wunderte sich etwas und fröstelte wie ein Nackedei, der aus der Badewanne steigt und gerade kein Handtuch findet, zitterte ein bißchen, stieg dann pikiert über seinen riesigen dreckigen Wollehaufen und hoppelte geknickt davon.

»Mäh«, sagte es noch abfällig, bevor es seiner Wege ging.

Ich drückte dem schönen Farmer meinen Respekt aus und stammelte was von kurzen Prozeß gemacht und gar nicht erst lange rumdiskutiert mit dem Tier, der Farmer lachte strahlend weiß und schlug vor, noch ein neues Schaf gemeinsam zu scheren, und ich fand Gefallen an dem Farmer und am Schafescheren. Also bemühten wir uns gemeinsam noch um einige sich aufbäumende, stampfende und um sich schlagende Viecher, und dann hörte ich immer mehr Menschen lachen.

Fred zog mich am Ärmel. »Du stehst auf einer Bühne, Mensch!«

»Was? Auf einer Bühne?«

Normalerweise war mir immer bewußt, wenn ich auf einer Bühne stand!

Aber tatsächlich! Da hinter dem Gatter hatten sich jede Menge Leute niedergelassen, Japaner, Amerikaner, ganze Busladungen von Touristen, und die Dolmetscher und Reiseleiter schrien durcheinander, Damen durften die Lämmchen füttern, Herren hielten ihre Videokameras auf mich ... ach du Scheiße. Das waren ja bekannte Gesichter! Der dicke Lektor mit seinen Riesenkameras, der immer die Vorträge im »Fürst-Rainier-Saal« hielt, verschoß ein ganzes Magazin! Und schräg hinter ihm stand Stefan, der STERN-Fotograf! Was machten DIE denn hier? Und weiter hinten Rudolf mit seiner Gattin mit den lila Haaren! Auch er hielt die Videokamera auf mich!

Fred stieß einen Fluch aus und machte sich – im wahrsten Sinne des Wortes – vom Acker. Ich beteuerte Pater Ralph, im Moment kein weiteres Schaf scheren zu wollen, und ging mir die Hände waschen.

»Tach, Burkhaada! Wie komms du denn hiahea?!« Gloria schlug mir laut lachend auf die Schulter.

»Och«, sagte ich. »Und du?«

»Na, mit dem Team vom STERN natürlich. Bisse mit der Busladung untaweechs?«

»Nein, nein, nicht so direkt.«

»Also doch mit dem Fred. Paß bloß auf, ey, Burkhaada. Iagendwer hat 'n Video von dir.«

»Klar«, brummte ich, während ich mir am dünnen Strahl des Wasserhahnes die stinkigen Hände säuberte. »Dieser Rudolf und seine Kegelbrüder filmen mich ununterbrochen. Ihre Gattinnen werden mich noch erwürgen!«

Gloria schaute sich um, ob auch niemand mithörte. »Nee, nich, wat du denks. 'n eher privates Video.«

Ich wurde bleich. NICHT der alte Spanner, NICHT Herr Rehm, NICHT Frau Adlerhorst? Hatte ich die ganz umsonst umgebracht?

WER hatte die Kamera auf uns gehalten? WER?

Und WER machte sich damit wichtig?

»Wann hast du es gesehen?« Ich wischte mir die Hände am T-Shirt ab.

Gloria reichte mir ein Tempo. »Gesehen nich. Aber ich hab davon gehört.«

»Scheiße! WANN?!«

»Gestern.«

»Von WEM?«

»In der Bar wurde davon erzählt.«

»WER?!«

»Ich weiß nich genau. Ich hab nur mitgehört.«

Mir zitterten die Beine. Wer wußte denn noch alles von dem Video? Wer hatte es gemacht? Wer besaß es? Wer ging damit hausieren? Ich schluckte. »Und was ist ... zu sehen?«

»Du ... bis gerade am ... So richtig, fallze wissn willz, wat ich meine.«

»Hat man gesagt ... mit wem?« Mann, war mir das peinlich. Aber ich mußte um jeden Preis vermeiden, daß Fred davon erfuhr. Er hatte sich gerade mal ein bißchen für mich erwärmt. Wenn er das Video zu sehen bekam, würde er denken, daß ich ihn nicht liebte. Und daß er für mich nur einer von vielen war.

»Dat Video is 'ne Menge Geld wert!«

»Ach Gloria«, sagte ich. »Halt bloß die Schnauze!«

»Schnauze halten is nich mein Job«, erwiderte Gloria. »Ich schreibe einen Bericht über die ›MS Blaublut‹. Und dieses kitschige Heile-Welt-Traumschiff-Geseire will kein Schwein lesen. Knallharte Geschichten, geiles Fotomaterial, DAS recherchiere ich! Übrigens ...«, sie taxierte mich von oben bis unten, »... sind ja schon zwei Passagiere hopsgegangen. Der Aaz sacht zwar jedesmal, natürlicher Tod, abba ich weiß nich ... alles sehr interessant ...«

»Ich muß jetzt gehen«, sagte ich schnell. »Schönen Tag noch.«

Weiß im Gesicht rannte ich hinaus, an all den Touristen vorbei, die sich grölend und Beifall klatschend die Schafschur ansahen. Pater Ralph winkte mir noch grinsend hinterher. Draußen war es jetzt dunkel, aber ganz warm. Ein herrlicher Abend! Die Mondsichel lag auf dem Rücken und leuchtete.

Fred lehnte rauchend am Auto. »Na? Haste noch nett geplaudert?«

»Laß uns fahren«, sagte ich und ließ mich auf den Rücksitz fallen.

Gloria! Sie wußte zuviel! Sie wollte meinen Ausrutscher mit Ulrich veröffentlichen! Das mußte ich verhindern. Und zwar noch bevor ich zurück nach Deutschland flog.

Die Nacht verbrachten Fred und ich in der Puka Bay Lodge, die von einem deutschen Ehepaar bewirtschaftet wurde. Wir saßen noch lange unterm Sternenhimmel auf der Terrasse und ließen unseren Blick schweifen über die Tannen- und Fichtenwälder, hinter denen ein schmaler Streifen glitzernden Meeres hervorlugte. Ich hatte mein knitterfreies Schwarzes an und fühlte mich wunderbar. Hier gab es wirklich weit und breit keinen Bustouristen von unserem Schiff. Auch von der Besatzung war niemand zu sehen. Fred kannte die Hotelbesitzer schon lange, und sie versicherten ihm, daß wir die einzigen deutschen Gäste seien. Fred aß als Vorspeise eine Meeresfrüchteplatte, bestehend aus Green Lipped Mussels, Langusten, Krebsen, Austern und Hoki, und bestellte zum Hauptgang in Basilikum geräucherten Lachs mit Wasabi, einer grünen Meerrettich-Dill-Sauce. Ich konnte keinen Bissen herunterbringen, sondern nippte nur an einem eiskalten neuseeländischen Chardonnay.

»Wie soll es jetzt weitergehen mit uns?« hörte ich mich fragen.

Kind! Nicht doch! rügte Hättwich.

Fred aß mit großem Appetit. Er antwortete nicht.

Schließlich tupfte er sich den Mund mit der Serviette ab, nahm einen kräftigen Schluck Wein und sagte: »Das überlasse ich dir.«

»Wie meinst du das?«

Hättwich zuckte ratlos die Schultern. So was stand nicht in ihrem Drehbuch.

»Wie meinst du das?« äffte Fred mich nach. Er lehnte sich zurück und zündete sich eine Zigarette an. Den Rauch stieß er in die laue Nacht hinaus. »Schau«, sagte er, indem er in mein Haar griff. »Du willst mich. Um jeden Preis. Stimmt's?«

»Ja, Fred«, hauchte ich.

Fred beugte sich zu mir, rollte meine Haarsträhne zwischen den Fingern und sprach: »Mich haben schon tausend Tussis gewollt. Um jeden Preis. Alle Weiber kommen aufs Schiff, verknallen sich in mich, weil ich ein paar Streifen auf der Schulter habe und auch noch ganz nett sein kann, wenn ich will. Dann rennen sie mir nach wie die Schoßhündchen, dann schieben wir 'ne Nummer zusammen oder auch nicht, dann kommt der Abschied, da weinen sie und jammern und versprechen, zu schreiben und immer und ewig an mich zu denken, und dann sind sie weg.«

Er machte eine Kunstpause.

»Und dann?« flüsterte ich erregt.

»Und dann ... nix. Dann kommen neue Tussis. So ist das. Ich hab das letztens nicht gesagt, um dich zu kränken. Es ist mein Leben. Seit zwanzig Jahren. Frauen im Drei-Wochen-Rhythmus. Wie soll ich da plötzlich glauben, daß es eine von den vielen Tussis ernst meint.« Er schaute mich mit seinen tiefblauen Augen an, daß mir das Blut in den Adern gefror. Er hörte mit dem Strähnedrehen auf, und plötzlich streichelte er mir mit dem Handrücken vorsichtig die Wange. Sein Gesicht wurde ganz weich, seine Stimme leise, und in seinen Augen schimmerte es plötzlich feucht: »Hm?«

Sonst nix. Nur »Hm?« – aber dieses fragende, ja fast flehende, hilflose »Hm?«, das drückte alles aus, was ich wissen mußte. Hättwich und ich, wir waren uns einig. Es bedeutete: »Oder bist du etwa die Einzige, Rechte, die stark ist und den Mut hat, durch die Dornenhecke zu reiten, um den einsamen Prinzen endlich aus seinem Eisschloß zu holen? Hm?«

Und ich war felsenfest entschlossen, genau das zu tun.

Am nächsten Morgen verließ ich bereits um fünf mucksmäuschenstill unseren Bungalow. Wir waren mitten im Wald, der Ventilator über unserem Bett machte das einzige Geräusch, das außer Freds gleichmäßigem Atem zu hören war. Ich hatte keine Sekunde geschlafen. Zu viele Gedanken pulsierten durch meinen Kopf. Mein Leben begann soeben neu! Ich mußte reinen Tisch machen. Und alles aus dem Weg schaffen, was Fred glauben lassen könnte, ich würde nur mit ihm spielen. Gloria! Die Frau quatschte zuviel! Ich hatte mich ratlos unter unserem Mückennetz hin- und hergewälzt. Wie immer in den frühen Morgenstunden überfiel mich ein suchtartiger Bewegungsdrang. Also joggen!

Mit dem Weiterbildungsseminar aus dem Rusch-Verlag »Alles kein Problem« auf den Ohren trabte ich durch die köstlich duftende Morgenluft. Die Welt draußen war wie ein Schwarzweißfoto – die Farben schliefen noch. Es war ein verwunschenes Feriendörfchen auf der Coromandel-Halbinsel mit gepflegten kleinen Häuschen im Kolonialstil, die in Reih und Glied an der verwaisten Straße standen. Beim Laufen betrachtete ich die friedlichen Gärtlein mit kleinen weißen Skulpturen und Brünnlein, in denen blühende Büsche und Blumen erwachten. Ich trabte bis zum Strand. Das Meer glitzerte friedlich und still in der rosaroten Morgendämmerung. Ein wunderbares Bild, das ich nie vergessen würde. Und wie symbolisch das doch war! Ich würde ein neues Leben beginnen. Mit Fred an meiner Seite. Am besten hier, in Neuseeland, wo uns niemand kannte, wo uns niemand beobachtete, fotografierte, beneidete, unser kleines Glück mißgönnte. Fred und ich, wir würden eines von diesen kleinen heilen Häuschen hier kaufen, am Strand, und dann würden wir ein kleines heiles Leben führen mit kleinen heilen Kinderlein. Ich mußte ihn nur erst aus der Höhle des Löwen retten. Ich mußte ihn von diesem Schiff holen. Ihn erlösen. Aus eigener Kraft kam er da nicht mehr runter. Er hatte keine Wurzeln, keine Familie, keine Heimat. Das alles wollte ich nun für ihn sein. Alle anderen Tussis hatten es nicht ernst gemeint mit ihm. Ich meinte es ernst. So ernst hatte ich es noch nie im Leben gemeint. Jeder Schritt mußte nun sorgfältig bedacht werden. Als erstes würde ich jetzt, wenn ich nach Hause kam, die Scheidung von Rüdiger einreichen. Das war nicht besonders elegant vom Zeitplan her, so kurz vor Weihnachten. Aber es mußte sein. Das Weiterbildungsseminar »Alles kein Problem« war mir bei diesem morgendlichen Abspeichern meiner Gedanken ausgesprochen hilfreich. Es erschien alles so einfach! Ich trabte und trabte. Die blendende Sonne ging auf und warf einen gigantischen roten Teppich über das weich glitzernde, graublaue Meer. Fast schien es mir, als werfe sie diesen Teppich für mich aus, damit ich darüberlaufen könne. Ich fühlte mich so leicht und beschwingt, daß ich sicher war, ich könnte es.

Abends zur Farewell-Gala mußten wir wieder an Bord sein. Die böse, böse Zeit! Sie hatte doch nicht Pause gemacht. Sie war einfach verstrichen. Und mir blieb nur noch eine einzige, einzige Nacht!

Fred eilte die Gangway hinauf und sagte nicht mal mehr »Tschüs«, als unser Fahrer uns im Hafen wieder absetzte. Ich blieb noch ein bißchen im Wagen sitzen, damit niemand uns zusammen kommen sah. Dann gab ich dem Fahrer ein großzügiges Trinkgeld, bedankte mich für den wunderschönen zweitägigen Ausflug und trödelte so langsam über das Hafengelande. Der Zweitagesausflugsbus kam auch gerade an. Die müden Paxe ließen sich so langsam aus dem Bus tropfen. Es wurde geplaudert und gescherzt. Schon stand ich in der Schlange auf der Gangway.

»Na, Burkharda, haste den Fred doch noch rumgekriegt?« Klara-Viktoria, die fette Diseuse, kam mit dem armen Lars-Dars im Schlepp hinter mir her.

»Nur kein Neid«, sagte ich über die Schulter hinweg.

»Ph! Iwo! Ich doch nicht! MEIN Mann ist ja wohl um Klassen schöner als DEIN Fred!«

»Also erstens bin ich nicht dein Mann, und zweitens ist er nicht ihr Fred«, mischte sich Lars-Dars ärgerlich ein. Er hatte ein Hawaiihemd an. Sein magerer weißer Hals stakte aus dem geschmacklosen lappigen Teil heraus. Auf der Bühne im Frack hatte ich ihn richtig appetitlich gefunden, aber jetzt?

»Jedenfalls ist unsere Burkharda in jeder Hinsicht auf ihre Kosten gekommen«, stichelte Klara-Viktoria weiter. »Du läßt ja anscheinend nichts anbrennen.«

»Engel, bitte halt den Mund«, sagte Lars-Dars.

»Wieso denn!« Der Engel schob sich schnaufend zwei Stufen weiter hoch und pustete mir seinen keuchenden Atem in den Nacken, schauderhaft.

»Sie nimmt sich, was sie kriegen kann, die Gute. Zuerst nimmt sie mir mein gesamtes Programm, dann nimmt sie sich meinen Pianisten und Lebensgefährten, dann treibt sie es mit dem Schweizer Bänker vor dem Fitneßstudio, und dann nimmt sie sich den Kreuzfahrtdirektor.«

»Engel, bitte!«

Sie! Sie wußte es also auch! Das mit Ulrich und mir!

»Wenn der Kapitän nicht so eine Horrorfigur wäre, würde ich vorschlagen, du kannst dich heute abend noch steigern ...« Klara-Viktoria kramte in ihrer Tasche nach dem Bordausweis. »Schatzi, kannst du mal halten?«

Und in dem Moment kippte die Tasche um. Es ergossen sich einige peinliche Gegenstände wie vollgeschnupfte Tempos, Tampons der Größe super plus und Slipeinlagen auf die Gangway. Und auch einige Fotos. Klara-Viktoria hob nicht etwa die peinlichen Sachen zuerst auf. Also, wenn aus MEINER Handtasche Tampons eine überfüllte Gangway hinunterpurzeln würden, würde ich als erstes versuchen, die Tampons aufzuheben. Klara-Viktoria trat aber in Blitzesschnelle mit ihrer Stampfsandale auf eines der Fotos. Ich konnte nicht erkennen, was darauf war. Es war irgendwie dunkel, und man sah einen Liegestuhl. Oder bildete ich mir das nur ein? Es ging alles viel zu schnell. Nur eine Zehntelsekunde sah ich dieses Foto. Und doch: An der Reaktion, an der Überreaktion von Klara-Viktoria konnte ich ermessen, daß sie nicht wollte, daß ich dieses Foto sah. Man schob mich im Gedränge weiter die Gangway rauf, und Klara-Viktoria-Engel und ihr Lars-Dars-Schatzi blieben zurück, um die Gegenstände einzusammeln. Ich verlor die beiden aus den Augen. Aber das Ganze gab mir doch sehr zu denken.

Die Farewell-Show wurde eine wunderschöne Abschiedsgala. Während die achtköpfige Bänd »Muß i denn, muß i denn zum Städtele hinaus« spielte, brachten knapp hundert Stewards im Marschschritt knapp hundert brennende Eistorten in den »Fürst-Rainier-Saal«. Die Leute klatschten begeistert im Takt in die Hände, viele fette Oberarme wabbelten, Videokameras waren auf die marschierenden Stewards gerichtet, die die brennenden Eistorten im Kreis herumtrugen. Über den Köpfen der Tafelnden baumelte wieder halbnackt die ausgezehrte Natascha. Der Zauberer Rudi ging von Tisch zu Tisch und ließ mit dem gleichen eingefrorenen Lächeln wie immer seine Kaninchen und Täubchen aus seinem Zylinder krabbeln. Der dicke Lektor pries seine Videos, die er von dieser Reise gemacht hatte und die zu einem Vorzugspreis von dreihundertvierzig DM zu erwerben waren. Der Bordfotograf war unermüdlich am Werk, der STERN-Fotograf auch, Gloria war mit ihren Luchsaugen überall, und eigentlich beobachtete jeder jeden. Unser Chor sang auf vielfachen Wunsch der Mitwirkenden noch ein paar Weihnachtslieder, und dann wurde getanzt, getrunken und gelacht. Ich tanzte auch. Mein lieber alter Einhandsegler forderte mich mal wieder auf. Ich plauderte nett und angeregt mit ihm, und er erzählte mir von seinen Abenteuern auf Neuseeland, als er mit seiner winzigen ollen Jolle im Jahre 57 dort gestrandet war. Ich vertraute ihm an, daß ich

Fred Hahn liebte. Aber das wußte der alte Einhandsegler schon. Irgendwie hatte sich das alles schon rumgesprochen. Frau Rehm tanzte glücklich lachend mit Herrn Adlerhorst. Klara-Viktoria, die dicke Diseuse, sang zu den Klängen der achtköpfigen bulgarischen Bänd »Warum soll eine Frau kein Verhältnis haben?«. Sie hatte ihre wogenden Massen in ein orangerotes wallendes Gewand gehüllt, und ihre schwarzen Haare klebten wie immer wie eine Badehaube am Kopf. Das eine Auge war von der albern gedrehten Locke verdeckt, mit dem zweiten Auge taxierte sie mich hämisch. Ich schenkte ihr keinerlei Beachtung, und nur, um sie zu ärgern, tanzte ich sogar noch mit Ulrich dem Belagerer.

»Wo hast du so lange gesteckt, du! Ja Wahnsinn, du!«

»Ich war an Land! Du nicht?«

»Dochch, du, ja Wahnsinn, du, mit der wahnsinnigen Anna, du, ich sage dir, du.«

»Du und Jürgi?«

»Ichch und Anna und Jürrrgi und Gloria, du, ja, wir waren ein unglaublichch gutes Team, du.« Er schwenkte mich begeistert im Kreise.

»Das kann ich mir vorstellen!«

»Wir haben einen Wagen gemietet, odr, und dann sind wir nach Coromandäll gefahren, odr, und nach Rotorua, zu den Schwefällquällän, odr, und dann haben wir die Schaffarm besucht und zugeschaut, wie so ein Rräinggrr ein Schaf geschoren hat, odr ...«

Ja Wahnsinn! Die hatten exakt das gleiche Programm wie wir!

»Habt ihr uns nicht gesehen?« fragte ich bang.

»Dochch! Ständichch!« Ulrich lachte und drückte mich an sich. Jemand fotografierte uns. Ich konnte nicht sehen, wer. Es blitzlichtete eigentlich ständig und überall.

»Hat Gloria was erzählt?«

»Gloria erzählt unaufhörlich was, odr!« Ulrich lachte.

»Ich meine, hat sie was von einem ... Foto ... erzählt?«

»Du, mach dir keine Sorgen, du! Laß die Leute fotografieren, soviel sie wollen!«

»Oder gar von einem ... Video?«

»Schau mal, hier filmt jeder jeden!«

»Schon gut.« Ich wollte den unschuldigen Ulrich nicht beunruhigen.

Ulrich lachte und drehte mich im Kreise und war bester Dinge.

Sollte ich ihm sagen, daß es Drohungen, Briefe und schmutzige Andeutungen von allen Seiten gab?

Nein. Das hätte dem fröhlichen Landmann völlig die Stimmung versaut. Er war so ein netter, herzlicher und begeisterungsfähiger Schweizer. Warum sollte ich ihn mit solchen Details belasten? Auch seinen Freund Jürgi Schmied wollte ich in Frieden scheiden lassen.

»Wir sehen uns ja im Flieger morgen früh!«

Ich hielt nach Fred Ausschau. Nur noch wenige Stunden bis zum Abschied!

Ulrich führte mich wieder zu meinem Platz zurück. Wir umarmten uns. »War 'ne schöne Zeit! Mach's gut! Paß auf dich auf!« Ulrich küßte mich auf beide Wangen. Ach, dachte ich, wenn doch alle Männer so wären! Wir würden immer gute Freunde bleiben.

Ich lehnte mich an den Regiekasten, wo mein süßer Freund Larry der Tonknecht soeben mit seinen Lichtkegeln beschäftigt war.

Der gute liebe Professor Weißenreim gab zum Abschied noch einen selbstgereimten Limerick zum besten:

»Moralisch entrüsten sich viele.
Sie haben die Tugend zum Ziele.
  Doch ist die Moral
  sehr oft nur formal.
Am meisten ist Neid wohl im Spiele.«

Ich lachte und umarmte auch meinen lieben guten, alten Freund, den musisch begnadeten Dichter Professor Weißenreim, der das Herz so auf dem rechten Fleck hatte. »Ich werde Sie vermissen, Professor!«

»Passen Sie auf sich auf, Mädchen, und tun Sie das Richtige.«

Und da sah ich Fred! Er lehnte an der Bar und trank Whisky! Sollte ich zu ihm hingehen? Würde er mich zum Flughafen begleiten? Ich wollte unsere letzten zwei Stunden nicht fruchtlos verstreichen lassen!

Gerade als ich mich in Bewegung setzen wollte, hielt mich jemand an der Schulter fest.

Es war der schmuddelige, widerliche Käpt'n Schulz. »Sie verlassen uns schon?«

»Ja. Um fünf Uhr dreißig ist Abflug.«

»Dann schulden Sie mir noch einen Tanz.«

Er knallte sein Champagnerglas auf den Tresen und zog mich auf die Tanzfläche. Die achtköpfige Bänd spielte gerade einen Walzer.

»Spielt mal was Anständiges!« herrschte er die armen Bulgaren an.

Diese stiegen sofort auf einen Foxtrott um.

»Genauso untauglich, diese Bänd«, maulte Schulz. »Alle hier sind untauglich. Alle. An Sie hätte ich mich noch gewöhnen können, aber Sie sind ja nicht auf meiner Seite.«

Natürlich konnte Schulz nicht tanzen. Ich hatte nichts anderes von ihm erwartet. Seine Hände waren feucht und klamm. Trotz seiner schmucken Uniform mit seinen fünf Streifen auf der Schulter sah der Kerl einfach wie ein Bierkutscher aus Vechta aus.

Er zog mich ungeschickt an sich und sprach: »Du hast mir ganz schön in die Suppe gespuckt, Mädchen!«

»Inwiefern?«

»Du hast mich beim Fred verpetzt. Wie konnte ich ahnen, daß du mit ihm schläfst!«

Ich versuchte angewidert, ihn auf Abstand zu halten. »Das geht Sie nichts an, Kapitän.«

»O doch, meine Leute gehen mich was an. ICH bin der Kapitän, und ich muß wissen, was meine Leute tun. Wenn so eine . . .«, er musterte mich herablassend, obwohl ich einen Kopf größer war als er, ». . . kleine hergelaufene Sängerin meint, mich bei meinen Leuten verpfeifen zu müssen, dann schadet das dem Ruf meines Schiffes.«

»IHRES Schiffes?« höhnte ich gereizt. »Ich kann mich erinnern, daß Sie vor gar nicht langer Zeit noch gesagt haben, das SEI nicht IHR Schiff und das SEIEN nicht IHRE Leute!«

»Untergebene wie den Hahn kann ich nicht brauchen!« Schulz schlenkerte mich unrhythmisch. Wir wankten gegen den Takt auf und ab. Grauenvoll. »Den schmeiß ich raus. Der kann in einer drittklassigen Spelunke auf der Reeperbahn den Ansager machen, aber nicht bei mir!«

Ich sah meinen geliebten Fred hinten bei Knecht Larry stehen und sorgenvoll auf mich blicken, und plötzlich reifte in mir ein schrecklicher Gedanke.

»Kommen Sie noch auf das Achterdeck?« gurrte ich, während ich überlegte, wie ich den fetten Sack im Hafen von Auckland unauffällig über Bord werfen könnte.

»Ich komme noch auf Deck SEX«, dehnte der Fiesling lüstern. »Vor dem Fickneßstudio treiben Sie es doch besonders gern!«

Ich schaute ihn erschrocken an. ER wußte es also auch schon?!

»Wobei Sie bei der Wahl Ihrer Partner nicht zimperlich sind . . .«, sagte Schulz. Er entblößte seine gräßlichen schiefen braunen Zahnstummel. Drinnen im Saal tobte die Eisbombenpolonaise. Lars-Dars saß am Klavier und beobachtete uns. Alle beobachteten uns, alle!

»Wie meinen Sie das?!«

»Na, was ich da gesehen habe . . . Frau Meier, Frau Meier! Sie sind ein vielseitiges Mädchen . . .!« Er tätschelte mir den Oberarm. Mich schauderte. Die Tanzmusik verstummte.

In dem Moment betrat Fred die Bühne. Mein Herz setzte komplett aus. Ich starrte Fred an, und der schmierige Käpt'n drückte mich um so fester an sich. Die achtköpfige Bänd spielte ein Vorspiel, das mir sehr bekannt vorkam. Und dann sang Fred:

»Es war wie ein schöner Traum – und du –
Sommer, Sonnenschein, das Meer dazu
und die Zärtlichkeit von dir,
die ich heut noch in mir spür.
Es war wie ein schöner Traum – und du –
manchmal schauten Mond und Sterne zu.
Dieses Bild blieb in mir stehn,
dieser Traum darf nie vergehn.«

Ich machte mich unsanft vom Käpt'n los und starrte Fred an. Diesmal sang er es für mich!!!

»Dat singt der immer«, raunte der fiese Käpt'n in mein Ohr. »Dat is dem seine Giftspritze! So gehen der Spinne alle Schmetterlinge ins Netz! Da bis du nich die erste!«

Fred verbeugte sich, warf mir einen undefinierbaren Blick zu und verschwand hinter der Bühne.

Der fiese Käpt'n drückte sich lüstern an mich. »Was Langsames!« schnauzte er die achtköpfige Bänd an. O Graus. Jetzt spielten sie »Strangers in the night«, und der Widerling grunzte lüstern in mein Ohr: »Deinen schlechten Geschmack werde ich dir noch austreiben!«

Ich sah die tausend Blicke, die auf uns gerichtet waren. Und lächelte. Und drehte mich wie eine aufgezogene Puppe im Kreise. Meine Chormitglieder spornten mich an und lachten und klatschten. Blitzlichtgewitter von hundert Touristenkameras. Videokameras. Unerträglich.

»Ich gehe jetzt auf Deck sechs«, raunte ich, ließ den dicken Mann stehen und rannte über die Hinterbühne davon. War Fred noch hier? Wartete er auf mich? Saß er einsam in der Maske, das narbige Gesicht dem Spiegel zugewandt? »Habe doch, ach, Theologie, Seefahrerei, Vielweiberei ... durchaus mit heißem Bemühn...« Ging er in sich? Hielt er Zwiesprache mit dem Mephisto? Ein letztes Mal rannte ich zwischen den Perücken, Kostümen, Schminkkoffern, Kulissen und den Utensilien des Zauberers umher, immer auf der Suche nach Fred. Das Kaninchen und die Taube schliefen.

Ich hastete durch die Kulissen, doch Fred war nicht mehr da. O.K. So wollte ich auch dieses noch vollbringen.

Ich rannte auf das Sechserdeck und lehnte mich über die Reling. Hier hatte ich schon den alten Rehm problemlos ins Jenseits geschickt. Doch diesmal: Keine Chance. Die Schraube stand still. Unmöglich konnte ich den Käpt'n hier entsorgen! Er würde den ganzen Hafen zusammenschreien, und schlimmstenfalls konnte er sowieso schwimmen! Irgend jemand würde ihm eine Schwimmweste zuwerfen, und dann wäre es um mich geschehen. Außerdem war es taghell. Die Skyline von Auckland grüßte leuchtend herüber.

Nein. Ich mußte mir etwas anderes einfallen lassen.

Ich zog meine hochhackigen Pumps aus und rannte die eisernen Treppen an der Steuerbordseite hinunter. Hier war ich nur ein einziges Mal gewesen. Als die Crew-Fete war. »Staff only« stand an einer schweren Eisentür. Ich zog sie auf. Grüngestrichene, schmucklose Gänge. Eine Tischtennisplatte ohne Netz. Für die Crewmitglieder. Der Crew-Swimmingpool. Ein trübes Loch, abgedeckt, ohne Wasser drin. Ich tappte barfuß weiter. Hinter mir ein Schatten. Oder nicht? Ich drehte mich um. Verfolgte mich jemand? Nein. Alles still. Vermutlich war die Fahne der »MS Blaublut« kurzfristig vor die Mondsichel geweht. Ich blieb noch einen Moment starr und steif stehen. Nichts. Ich hastete weiter.

»Attention! Danger!« stand an einer Eisentür. Sie war so schwer zu öffnen, daß ich meinen ganzen Körper dagegenstemmen mußte. Aber sie WAR zu öffnen! Sofort schlug mir ein penetranter Geruch nach Farbe und Terpentin entgegen. Drinnen: Farbeimer, Kleister. Eindeutig der Abstellraum für die Anstreich-Vietnamesen, die tagsüber im Hafen immer unermüdlich den gefräßigen Bauch der »MS Blaublut« weiß anstrichen. Natürlich war die Kammer ohne Fenster. Luftdicht zu verschließen. Vor allen Dingen schön schalldicht.

Ich ließ die Tür wieder zufallen. Draußen war ein schwerer Riegel angebracht. Ich prüfte, ob er zuzuschieben war. Ja. War er. Ich schob ihn einmal feste zu und wieder auf. Wunderbar. Sogar geräuschlos. Richtig gut geölt. Dies war meine Chance. Ich schaute auf die Uhr. ZehnMinuten nach Mitternacht. Die Mondsichel lag wie immer auf dem Rücken. Morgen würde ich in Singapur und übermorgen in Geilenkirchen sein! Also! Warum zögerte ich noch? Schulz war ein Schwein, und mein geliebter Fred wünschte sich eine tatkräftige Frau.

Bitte. Die konnte er haben.

Als ich barfüßig und außer Atem auf dem Fitneßdeck ankam, war der Käpt'n schon da.

Er war zum Glück sturzbesoffen. Alles ging ganz einfach. Ich lockte ihn auf das Dreierdeck, vorbei an der Tischtennisplatte ohne Netz.

Er keuchte und trampelte plump hinter mir her. Seinen schwarzen Krawattenknoten hatte er gelockert und fummelte mit einer Hand daran herum. In der anderen Hand hielt er eine Pulle Champagner.

Ich öffnete kichernd die Tür mit der Aufschrift »Staff only«. Alles war verwaist. Oder war da ein Schatten? Ich stutzte. Nein. Bestimmt hatte sich wieder die Fahne vor die Mondsichel geschoben. Ich lauschte. Außer dem lauen Wind und ein paar krächzenden Möwenschreien war nichts zu hören. Der Käpt'n taumelte hinter mir her.

»Hier? Aufe Tischtennisplatte? Du liebs ja außergewöhnliche Leibesertüchtigungen, woll?«

Der Käpt'n kam aus Castrop-Rauxel, ein ungewöhnlicher Ort für einen Traumschiffkapitän.

»Die Tischtennisplatte ist zu morsch«, erklärte ich ihm. »Außerdem herrscht hier Durchgangsverkehr, Herr Kapitän.«

»Verkehr ja, Durchgang nein!« alberte der grobschlächtige schwitzende Kerl. Ich zog ihn an seiner gelockerten Krawatte weiter. Vorbei am Crew-Swimmingpool ohne Wasser. »Dat is ja alles nich romantisch hier!«

War da ein orangefarbener Stoffzipfel unter der Abdeckplane? Und wenn – war der da eben schon gewesen?

Der Käpt'n taumelte hinter die verwaiste Schmuddel-Bar. Hier hatte die Crew-Fete stattgefunden, jetzt erinnerte ich mich! Hier hatte Fred »Es war wie ein schöner Traum« gesungen! Es war schwarz vor Menschen gewesen. Jetzt war alles verlassen. Leere, ungespülte Biergläser standen herum, Zigarettenkippen lagen plattgetreten auf der Erde. Der Käpt'n machte sich am Bierzapfhahn zu schaffen. Es kam aber nichts raus als spritzende weiße Gischt. »Wie sieht dat denn hier aus!« schimpfte er, während er sich mit einem schmuddeligen Lappen die Uniform abtupfte. »Volle Schweinerei hier! Der Hoteldirektor fliegt genauso raus wie der Hahn! Keiner auf diesem Schiff macht seinen Job gut, keiner! Sauladen ist das hier!«

»Wer wird sich denn jetzt aufregen, Herr Kapitän! Als hätten wir nichts Besseres zu tun!«

Der Käpt'n bückte sich und hielt mir angewidert ein Kondom unter die Nase. »Dat is doch nich zu glauben! Wat 'ne Schweinerei!« Er warf das Kondom in den leeren Swimmingpool. Ich unterdrückte ein Kichern. Täuschte ich mich, oder bewegte sich da etwas unter der Abdeckplane des Pools? Ich starrte zu der Stelle, wo eben noch der orangefarbene Zipfel gewesen war. Waren das schwarze Haare, die da auf dem Grund des Pools lagen? Iih! Wie unappetitlich! Nein, hier mußte wirklich mal einer für Ordnung sorgen. Ich kniepte die Augen zusammen. Als ich noch mal hinschaute, waren die Haare weg. Quatsch. Einbildung. Ich sah schon Gespenster. Aber ich hatte nicht das geringste Interesse daran, schon wieder beobachtet zu werden.

»Kommen Sie, Käpt'n. Ich kenne da ein Räumchen, da sind wir ungestört!«

Der Käpt'n stolperte hinter der Crew-Bar hervor. Es stank nach altem Bier, Zigarettenkippen, Schweiß und anderen menschlichen Ausdünstungen.

»Ich werde diese Crew-Parties verbieten. Dat die hier so rumhuren, diese Kanaken, dat hört mir auf.«

Ich blieb vor der Tür mit den Farbeimern stehen und drückte die schwere Klinke runter.

»Hier drin doch nich, Mädchen! Du bis vielleicht blöd! Da kannze drin ersticken!«

Der Kapitän packte mich an der Schulter.

»Käpt'n, das törnt mich voll an! 'n bißchen schnüffeln, und Sie sind sofort im siebten Himmel!«

Ich versuchte, die Tür aufzuziehen. Sie ging vorhin schon schwer auf, aber soo schwer doch nicht!

Warum ging die ... verdammte ... Tür ... nicht auf?! Ich hatte nur noch wenige Sekunden zum Handeln!

»Mädchen, bisse blind? Der Riegel is doch vorgeschoben!«

Tatsächlich. Der Riegel war zu. Ich war mir ganz sicher, daß ICH den Riegel wieder geöffnet hatte. Schon, um bei meinem Plan leichtes Spiel zu haben. WER hatte den Riegel nach mir noch zugeschoben? Jemand war hier gewesen. Ich hatte es die ganze Zeit gespürt.

»Ja wat is nun, Mädchen? Mach dat Dingen auf!«

Die dicke Pranke des Käpt'n schob sich ungalant vor meine Brust. Mit einem Ratsch war der Riegel offen. Der Käpt'n riß die Tür auf.

Der penetrante Geruch von Farbe und Terpentin schlug uns entgegen.

»Meinze, 'n bißken schnüffeln macht high?« Der Käpt'n tappte neugierig in die Falle.

Ich wollte ihn gerade vollends hineinschubsen, als ich vor Schreck erstarrte: Da lag ... ein oranges Bündel! Mit schwarzen Haaren! Hinter dem Farbeimer mit der blutroten Farbe. Und ein bleiches, blasses Gesicht mit aufgerissenem Mund. Das eine Auge zur Decke verdreht, das andere Auge unter der Locke versteckt. Die eine Hand um die Falten des Kleides gekrampft. Am anderen Handgelenk baumelte ein Fotoapparat. Es war Klara-Viktoria. Und sie war ohnmächtig, wenn nicht tot.

»Wat is dat denn für 'ne Schweinerei?« grölte der Käpt'n los. Er machte zwei Schritte auf Klara-Viktoria zu und bückte sich, um sie näher zu betrachten.

Ich hatte nun zwei Möglichkeiten: Entweder die Tür hinter dem Käpt'n zuzuschmeißen, wie ursprünglich geplant. Oder den Fotoapparat von Klara-Viktoria in meinen Besitz zu bringen.

Ich entschied mich für Plan eins.

Auf dem Viererdeck im Kabinengang war alles still. Ich war wild entschlossen, an Freds Tür zu klopfen, um mit ihm noch ein letztes Mal Apfelsaft zu trinken.

»Hey, zu dir wollte ich gerade!« Aus ihrer Kabine kam Gloria!

Mist. Jetzt konnte ich doch nicht ungesehen zu Fred gelangen. Hatte Gloria etwa Freds Nachbarkabine??

»Wieso willst du denn zu mir?«

»Verabschieden! Du fährs doch heute nacht, nich?«

»Ja. Leider. Und du bleibst noch?«

»Ja. Klaa, ey! Muß noch 'n bißken Materiaal sammeln! Geiler Kahn hier!«

Ich taxierte Gloria, die in ihrem ordinären Fähnchen, das oben zu weit und unten zu kurz war, wie eine in die Jahre gekommene Professionelle aussah. Unpassenderweise trug sie spitzhackige Stiefel zu dem ganzen mißratenen Outfit. Mit gutem Geschmack war sie leider nicht gesegnet.

»Da musse dich ja getz auch von deinem Fred trennen!« grölte sie wie durch ein Megaphon über den nächtlichen Gang. »Ach, willze ZU FRED? DER IS NICH DA!«

»Pscht! Du weckst ja das halbe Schiff auf!«

»Komma mit aufe Kabine, da können wir reden.«

O.K., dachte ich. Gloria ist zwar ordinär, aber nicht gemein. Die kapiert doch wohl, daß ich nicht will, daß sie dieses Foto veröffentlicht!

Gloria schloß ihre Tür auf. In der Kabine sah es genauso aus wie in Freds. Nur unordentlicher.

Sie warf sich auf ihr Bett, das von herumliegenden Kleidern, Dessous, Schminkutensilien und anderem Kram bedeckt war. »Was finze eigentlich an dem Kerl?«

»Ach, Gloria«, seufzte ich.

»Soll ich dir mal was sagen?« Gloria patschte mit der Hand neben sich auf das Bett. »Setz dich! Das musse im Sitzen hörn!«

Ich ließ mich auf die Bettkante fallen und starrte sie an. Instinktiv fummelte ich an einer Nagelfeile herum, die neben meinem Popo lag.

»Jede Nacht treibt der's da drin. Ich hör dat alles. Die quietschen und schreien durcheinander, sarich dir, und dat is nich eine, dat sind mehrere! Ich hab den Stefan schon auf den angesetzt, dat der da mal 'ne Kamera installiert. Dat wär wat für meine Reportage! Kannze uns nich dabei behilflich sein? Dat der mal seine Kabine offenläßt? Soll auch dein Schaden nich sein!«

»WAS?« Ich klappte den Mund auf und zu, konnte aber nichts sagen.

»Paß auf. Ich schlag dir 'n Deal vor. Du machs mir die Kabine von dem auf, lenks den Fred ab und läßt mich und Stefan 'ne Kamera da drin installiern, und ich vergeß dafür die Story mit dir und Ulrich. Wär ja nich so toll, wenn ihr zwei unbescholtenen Spießbürger ganzseitig im STERN abgebildet wärt. Dat verpfuscht ja 'n ganzes Leben. Na? Wat sachste?«

Ich weiß auch nicht, wie es passierte. Aber irgendwie muß ich in plötzlicher Wut ihren Arm an mich gerissen haben.

Mit der Nagelfeile ritzte ich ihr das linke Handgelenk auf. Nur so. Als Warnung. Wie eine Katze, die plötzlich ihre Krallen ausfährt.

»Bis du verrückt?« schrie Gloria und preßte zwei Finger ihrer rechten Hand auf den Schnitt im Handgelenk. Blut quoll hervor. »Meinze, so krisse dat Bild?«

»Komm schnell, ins Bad, abwaschen!« stammelte ich erschrocken. »Das wollte ich nicht! War so 'n blöder Reflex!«

Gloria taumelte entsetzt kreischend hinter mir her. Nein, was konnte die Frau hysterisch werden!

Ich hielt ihren Arm unter den goldenen Wasserhahn, und das Wasser verfärbte sich blutrot.

»Abbinden!« schrie Gloria, während alle Farbe aus ihrem Gesicht wich. »Da! Dat Handtuch!!«

Sie wollte auf den Klodeckel sinken, aber in dem Moment riß ich ihr blutendes Handgelenk nach unten, öffnete den Klodeckel, und ehe sich die verdutzte Gloria noch wehren konnte, zwang ich ihr Handgelenk in die Kloschüssel und drückte einfach auf die Klospülung.

Mit einem gräßlichen gurgelnden Sauggeräusch sog die Klospülung alles Blut aus Glorias Körper.

»Och«, entfuhr es mir. »Das war ja leicht!«

So, wie Boris Becker ganz blöd schaut, weil er ohne Probleme ins Internet gekommen ist.

»Der Doktor wird Selbstmord diagnostizieren«, murmelte ich vor mich hin, als ich die Nagelfeile neben ihre rechte Hand legte. »Das wird wieder eine feine Seebestattung geben!«

»Bist du schon lange hier?«

Larry, der liebe, gutmütige Tonknecht, saß ganz allein an der Künstler-Bar auf Deck sieben.

»Nee. Gerade erst eingetroffen. Is ja nix los hier. Wo kommst du denn her?«

Ich unterdrückte mein Herzklopfen. »Bin noch ein bißchen

an Bord rumspaziert, Abschied nehmen. Hast du Fred gesehen?«

»Mädsche, isch henn gesaacht, laß die Fingä von demm!«

»Ach, Larry!« Ich legte meine Arme um seinen Hals und küßte ihn auf beide Wangen. »Ich LIEBE Fred! Und er liebt mich!«

»Des wüddisch gänn glaube! Abbä des sacht der jeder! Un du bis mir zu schaad für des Määrsche!«

»Das IST kein Märchen! Ich bin eine ganz besondere Frau! Wenn du wüßtest, was ich alles schon für den Fred getan habe!«

»Des saare alle!« Larry kippte sich frustriert seinen Gin hinter die Binde. »Bei dir hennisch denkt, du bis net so bleed!«

»Ich BIN nicht blöd! Aber sag mal, Larry, liebt Fred die Jenni?«

»Katze, des kann isch net saare, mal liebt er se, dann widdä net... Der Fred is e Seemann, den kriegste net in ’ne bürgerlische Ehe...«

»Aber?«

»Die Jenni will den Fred heirade. Abbä er will net.«

»Ja und, warum sagst du mir das?«

»Katze. Übbäleesch dir gut, was de machs. Dä Fred – des is keen Mann für disch.«

»Larry, ich danke dir. Aber die Entscheidung mußt du schon mir überlassen.«

»Katze, isch hab mir des lang überlegt. Isch bin em Fred sein Freund. Abbä disch mag isch auch. Un du solls net in dein Unglück renne.«

»Na ja«, sagte ich. Ich schluckte.

Larry schaute mich durchdringend an. »Wirste des dem Fred nie saare?!«

»Larry, ich verspreche es dir. Ehrenwort.« Ich bückte mich zu ihm hinunter und umarmte ihn.

»Meedsche, du wärs genau die Rischtige für den Fred gewese«, sagte Larry. »Du bis viellaisch net so schön... wie de Jenni un de Patricia...« Er musterte mich, wurde rot. »Nix für ungut,

Katze. Du has dem was annäs zu biede. Und da is der ganz schrecklisch dran am knagge. Glaub mir's. So schläschte Laune wie seit der disch kennt, het der noch nie gehabt.«

Das wertete ich als ausgesprochenes Kompliment.

»Bitte, Larry. Ich MUSS ihn finden. Sag mir, wo er ist.«

»Meedsche, isch waiß es net.«

Larry schwitzte. Es tat ihm in der Seele weh, mir von seinem Freund abgeraten zu haben. Aber er mochte mich auch. Fürwahr. Er war ein ganz fainä Kääl.

»Mensch, Larry. Ich fahre doch gleich. Egal, in welchem Puff er ist. Ich MUSS ihm noch Lebewohl sagen!«

Larry wanderte mit mir durch die Stadt, und ich merkte ihm an, wie mißmutig er war.

Immer mußte Knecht Larry die Suppe von seinem Fred auslöffeln. Immä. Un das tät ihm stinge.

»Kann sein, daß er in 'nem Cybercafé is... der surft so gänn im Indernäd!«

»Also los! Worauf warten wir noch!« Ich ergriff den armen gutmütigen Larry am Arm. »Taxi!«

»Saint Lorne Street«, sagte Larry zu dem Taxifahrer.

Wir fuhren an Aucklands Kneipenmeile vorbei. Es war drei Uhr nachts. Um fünf Uhr dreißig ging der Flieger.

»Meedsche. Isch beschwöre disch...«

»Ich MUSS ihm noch auf Wiedersehen sagen. Er wartet auf eine starke Frau. Er ist doch ständig auf der Suche... und jetzt hat er mich gefunden!«

Larry lachte bitter. »Wenn des wahr wär, Meedsche! Abbä isch möschte in deiner Haut net stegge!«

Ich fühlte mich auch höchst unwohl. Aber sollte ich jetzt die Segel streichen?

»Un in demm Fred seiner auch net!«

Wir hielten vor dem Cybercafé. Neonlichter, ungemütliche Atmosphäre. Kalt, steril, trostlos.

Und tatsächlich. Fred hockte rauchend und völlig allein in diesem Cybercafé und surfte im Internet.

»Isch mach misch dann glaisch vom Aggä!« Larry warf mir noch eine Kußhand zu und sprang wieder in das Taxi. Ich schlich mich von hinten an Fred heran und hielt ihm die Augen zu.

»Haste mich endlich gefunden.«

»Ja. Ich werde dich immer finden. Immer und überall auf der Welt.«

»Hat ja endlos lange gedauert. Krieg ich jetzt ein Abschiedsgeschenk?«

Fred hörte nicht auf, mit seiner Maus Vierecke anzuklicken. Auf dem Bildschirm erschienen vierzig weibliche Brüste.

»Was machst du da?«

»Busen-Memory.« Fred lachte kalt. »Arsch-Memory hab ich schon geschafft. In sieben Minuten.« Er zog gierig an seiner Zigarette.

Und dann widmete er sich intensiv den weiblichen Busen.

Ich hockte mich schräg hinter ihn. Jetzt bloß keine falsche Prüderie! Ich war hart im Nehmen, und ich wußte genau, daß dies hier wieder mal ein Test war.

»Der da, der Schielende. Der ist unten links noch mal.«

Fred klickte die Busen an und rauchte und lachte herb, und ich betrachtete seinen Nacken und wußte, daß ich in einer Stunde von ihm weg sein würde, und zwar so weit weg, daß der Mond wieder aufrecht stehen würde.

Wir spielten sehr ernsthaft und zeitintensiv das Busen-Memory. Nach einer Viertelstunde hatten wir alle Busenpaare einander zugeordnet. Fred hatte noch nicht einmal den Blick gehoben, um mich anzuschauen.

Unsere Zeit rann dahin wie der Sand in einer Eieruhr.

»Du, ich muß dann jetzt gehen«, sagte ich schließlich. Ich fühlte mich so unwohl wie noch nie in meinem Leben.

Was hatte ich alles getan! War er das wert?

»Tja«, sagte Fred, indem er mit der Maus ziellos auf dem Bildschirm herumwanderte.

»Bringst du mich noch raus?«

Kind! schrie Hättwich. Laß ab von dem Mann! Larry hat recht! Er ist es nicht wert!

Doch, dachte ich trotzig. Mit jedem Mord passen wir mehr zueinander. Wir haben einander verdient.

Fred legte die Maus beiseite, zündete sich eine Zigarette an und schaute auf die Uhr. »Muß früh raus morgen. Die neuen ...«, er guckte mich von schräg unten links an, »... Tussis kommen morgen.«

»Tja, dann ...«, sagte ich. Und fühlte einen stechenden Schmerz im Herzen brennen. Sollte das wirklich ALLES gewesen sein? Wollte er mich noch nicht mal zum Flughafen bringen? Geschweige denn, wenigstens ein Taxi für mich rufen und mir mit dem Gepäck behilflich sein?

»... dann mach's mal gut«, rang ich mir aus der Kehle.

Ich blieb immer noch stehen. Er hockte weiterhin auf seinem Schemel. Gerade drückte er seine Zigarette aus.

Hättwich drosch mit ihrem Krückstock auf mich ein. Jetzisses-aber-gut!! Der-Mann-isses-nicht-wert!! Hau ab! Ohne dich noch mal umzudrehen!! Klar?!

Ich küßte ihn flüchtig auf die Wange. »Tschüs.«

»Tschüs«, sagte er, ohne mich anzusehen.

Und dann ging ich.

Der Flug von Neuseeland nach Frankfurt dauerte fünfundzwanzig Stunden. Mit Zwischenlandung in Singapur.

Hättwich saß neben mir auf dem freien Platz. Kind, sagte sie und schüttelte betrübt ihr schlohweißes Haupt. Was hast du da nur gemacht.

»Ich bin krank vor Liebe, Hättwich.«

Ja. Das bist du. Was hat dieser Kerl nur, daß du so neben dir stehst?

»Ich weiß es nicht, Hättwich. Vielleicht brauch ich einfach 'n Macho?!«

Aber Kind! Schau doch mal auf deinen Rüdiger zu Hause! So ein gediegener, lieber und zuverlässiger Mann.

»Das IST es ja gerade, Hättwich. Der ist völlig blutleer, jeder Tag verläuft gleich, ich seh ihn immer nur auf seiner Orgelbank hocken, unser gesellschaftliches Leben ist oberspießig, das alles ist mir zum Speien langweilig geworden. Ich will LEBEN!«

Aber Kind! Gib dich zufrieden und sei stille!

NEIN! schrie der kleine Häwelmann. Ich will mehr!! Leuchte, alter Mond, leuchte!!

»Das KANN es doch noch nicht gewesen sein! Ich bin gerade einunddreißig. Seit fünfzehn Jahren dreht sich alles um Rüdiger und sein Orgelspiel. Jeder Sonntag verläuft gleich, jeder Alltag verläuft gleich. Rüdiger ist ein Zahnrad in der Kleinstadtkette. Er mag sich da drin wohl fühlen und sich bis zu seinem seligen Ende weiterdrehen in diesem Zahnrad. Aber ICH! Ich will da RAUS!! Und nach dem, was inzwischen passiert ist, gehöre ich da nicht mehr rein!«

Tja, sagte Hättwich betroffen. Das mag stimmen. Aber wie willst du nun weiterleben?

»Ich WERDE weiterleben. Auf MEINE Weise. Da laß ich mir von niemandem reinreden. Rüdiger und ich, wir passen nicht mehr zusammen.«

Wirst du es ihm sagen?

»Ja. Aber noch nicht jetzt. Ich muß erst nachdenken.«

Weihnachten war diesmal irgendwie anders. Wie immer hatte Rüdiger verschärft Kirchendienst. Er war mir noch nie so dünn vorgekommen. Krumm und dünn. Wie er da an seiner Orgel saß... wie Lehrer Lempel. Ich registrierte ihm, wie immer. Blätterte ihm die Noten um. Stellte die Nummern der Lieder ein für die Gemeinde. Und die vielen grauen und braunen Mäntel unten in der überfüllten Kirche sangen »O du fröhliche...«. Es war, als wäre ich nie weg gewesen. Dabei war ich ein neuer Mensch geworden.

Ein schlechter Mensch, fürwahr. Ich hatte meinen lange verborgenen Flaschengeist rausgelassen. Und er hatte sich sofort mit einem anderen giftigen Flaschengeist gepaart. Jetzt konnte ich ihn nicht mehr zurückpfeifen.

Er war entwichen.

Nach der Messe schritten Rüdiger und ich wie immer durch die schmalen Straßen nach Hause. Von der Reise erzählte ich nicht viel. Und Rüdiger erzählte auch nicht, wie es bei ihm gewesen war. Ich wollte ihm das Weihnachtsfest nicht verderben. Nach Weihnachten oder nach Silvester, da wollte ich ihm schon sagen, daß wir uns trennen würden. Und daß mein Leben vermutlich in Neuseeland weitergehen würde. Wir schritten schweigend nebeneinander her. Feuchte Schneeflocken regneten uns entgegen.

Es war Heiligabend, nachmittags um drei. Ich hatte endlos lange gepennt, um meinen Jetlag endlich zu überwinden. Abends würden wie immer die Eltern von Rüdiger kommen. Und seine spießigen Tanten und Onkel. Der Baum war bereits geschmückt. Rüdiger wollte, daß ich noch alle Geschenke für die spießigen Tanten und Onkel einpackte. »Die erwarten das so«, sagte er.

»Die erwarten das so!« äffte ich ihn nach.

»Du hast dich verändert«, sagte Rüdiger.

»Du dich leider nicht«, giftete ich. Und dann packte ich die ganzen spießigen Geschenke ein. Von Tchibo irgendwelche Untersetzer und Rheumaunterwäsche und Wecker und Nachttischleuchten und Heizdecken und Servierplatten. Das alles hatte Rüdiger in meinem Arbeitszimmer abgeladen. Wie immer. Diese Weihnachtsgeschenke gaben mir den Rest. Ich wollte RAUS aus dieser erdrückenden Bürgerlichkeit! Mir liefen die Tränen auf das tannennadelgrüne Geschenkpapier, während ich stundenlang diese nützlichen, aber lieblos ausgewählten Pflichtgeschenke einpackte.

Indessen wühlte sich Rüdiger durch die Weihnachtspost. Wieder spürte ich diesen zwanghaften Drang zum Weglaufen. Ich warf das Geschenkpapier auf die Erde und zog mich um. Nichts wie raus und joggen! Ich schnappte mir das Weiterbildungsseminar aus dem Rusch-Verlag »Lieber ein Ende mit Schrecken als ein Schrecken ohne Ende«, zog mir die warmen Handschuhe an und machte vor der Haustür meine Dehnübungen. Wie traurig, jetzt mit Handschuhen und Regenweste laufen zu müssen. Vorgestern noch ... in diesem Paradies auf der Coromandel-Halbinsel, wo die Sonne glutrot über dem dunkelblauen Meer aufging ...

»Wir werden über Scheidung reden müssen«, sagte Rüdiger von der Fußmatte aus. Er hatte einen Brief in der Hand.

»Wieso?« Wieso wollte ER über Scheidung reden? ICH wollte über Scheidung reden! Und den Zeitpunkt wollte ich auch bestimmen! Nicht am Heiligen Abend!!

»Du hast mich betrogen«, sagte Rüdiger.

»Quatsch. Fang doch jetzt nicht damit an. Bitte, Rüdiger. Es ist Weihnachten!«

»Du hast es mit einem Schweizer Bänker getrieben. Vor dem ...«, Rüdiger runzelte die Stirn und las angestrengt in dem einseitigen, mit Computer geschriebenen Pamphlet, »... Fickneßstudio.«

Mir wurden die Knie weich. Butterweich. Ich sank auf das Mäuerchen.

»Woher weißt du das?! Rüdiger!! Hast du mein Tagebuch gelesen ...?!«

»Aber das ist nicht alles. Du hast dem Kreuzfahrtdirektor ... Liebesbriefe geschrieben. Alberne Reime.«

Mein Herz polterte und raste.

Rüdiger ließ den Brief sinken. »Frohe Weihnachten!«

Das war typisch Rüdiger. Er liebte es, sich selbst zu bemitleiden. Man MUSS doch nicht »Frohe Weihnachten« sagen, wenn man gerade erfährt, daß die eigene Ehefrau einen betrogen hat!

»Gib her!« Ich riß dem geschockten Rüdiger den Wisch aus der Hand.

Zitternd vor Kälte und vor Empörung und vor Scham las ich den widerlichen Brief.

»Hamburg, 23. Dezember«. Suchender Blick auf die Unterschrift. Es gab keine. Ein ANONYMER Brief!!

»Sehr geehrter Herr Meier«, stand da mit Computer geschrieben. »Man kennt Sie als einen hervorragenden Kirchenmusiker, der weit über die Grenzen von Geilenkirchen hinaus bekannt ist. Bekannte von uns wiederum spielten jahrelang in Ihrem Orchester mit. Wir waren immer gern andächtige Besucher Ihrer Kirchenkonzerte. Um so größer war unsere freudige Überraschung, Ihre Frau Burkharda als Künstlerin auf der Dezemberreise der ›MS Blaublut‹ von Australien nach Neuseeland zu erleben!«

Mir polterte das Herz so laut, daß ich das Blut in meinen Ohren dröhnen hörte.

»Sie ist wirklich eine hervorragende, vielseitige Künstlerin. Abgesehen davon, daß sie wunderbar singen kann, hat sie auch – in altbewährter Manier – einen Chor an Bord ins Leben gerufen und uns mit weihnachtlichen Klängen erfreut. Leider ist sie aber nymphomanisch veranlagt.«

»PH!« rief ich verächtlich aus. »NymphomaNISCH! Und ihr seid anonyMISCH veranlagt!« Angewidert las ich weiter:

»Sie hat – was wir aus sicherer Quelle erfahren haben – mit einem Schweizer Passagier vor dem ›Fickneßstudio‹ ihre ganz eigenen Übungen gemacht. Leider müssen wir Ihnen mitteilen, daß es Foto- bzw. Filmmaterial von dieser unerfreulichen Szene gibt. Heutzutage gibt es hoch lichtempfindliche Videokameras, mit denen man sogar bei Nacht und auch aus einiger Entfernung messerscharfe Aufnahmen machen kann. Sie sind nicht ganz unbekannt, und es dürfte der Presse einiges wert sein, diese Aufnahmen zu veröffentlichen. Außerdem hat Ihre Frau dem Kreuzfahrtdirektor Fred Hahn Liebesgedichte geschrieben. Auch diese Gedichte eignen sich hervorragend für eine Veröffentlichung. Es tut uns leid, daß wir Ihnen das alles eröffnen müssen, aber Sie sollen das noch vor Weihnachten wissen. Welche Konsequenzen Sie daraus ziehen, überlassen wir Ihnen.«

Das ist aber großzügig, dachte ich. Wirklich. Echt großzügig. Deutsche Ehrenbürger.

»Näheres sagen wir Ihnen gerne, wenn wir Sie in den nächsten Tagen anrufen. Bei der Gelegenheit werden wir auch unseren Namen nennen.«

Schon wieder so großzügig! Das waren ja ganz feine, charakterstarke Leute!

Ich reichte Rüdiger den widerlichen Wisch zurück.

Rüdiger stand, ein dünnes Bündel Elend, in der Haustür.

»Warum schicken die dir das ausgerechnet Heiligabend?«

»Die wollen eben, daß ich weiß, woran ich bin.«

»Das scheint dir auch noch zu imponieren, was?« Ich bebte vor Wut. »So ein feiges anonymes Gewäsch!!«

»Aber es stimmt doch alles!«

»Und WENN! Dann ist es MEINE SACHE!!« Ich schrie den armen Rüdiger an. Dabei war er doch gar nicht schuld.

»Rüdiger«, sagte ich. »Ich hab dir 'ne Menge angetan. Aber die Zeit ist einfach gekommen. Ich möchte mich von dir trennen. Nur hätte ich es dir nie am Heiligen Abend gesagt.«

»Ich will mich aber nicht von dir trennen, Burkharda. Ich liebe dich immer noch!«

Und dann nahm ich Rüdiger in den Arm.

Er tat mir so leid!

»Was ist dieser Fred Hahn für ein Mensch?« fragte Rüdiger.

»Er paßt zu mir«, sprudelte es aus mir heraus. »Er ist aus dem gleichen Holz. Wir sind beide sehr stark, sehr hart, sehr egoistisch, wir wollen alles vom Leben und passen nicht in diesen spießbürgerlichen Alltag...«

»Ich will dich aber nicht verlieren.« Rüdigers Lippen zitterten. Seine Augen schwammen in Tränen.

Ey, Hättwich! Könntest du mir bitte mal soufflieren?!

Doch Hättwich war nicht da. Mit solchen Situationen konnte sie nichts anfangen.

»Ach Rüdiger, ich habe dich doch auch lieb ...«

Aber du bist kein MANN für mich, Rüdiger. Das weiß ich jetzt. FRED ist DER MANN für mich. Das sagte ich nicht laut. Ich wollte Rüdiger nicht noch mehr verletzen.

So standen wir lange in der Haustür, ich mit meinem Pulsmesser, der unaufhörlich piepste, weil mein Herz so raste. Und Rüdiger mit dem widerlichen, feigen, anonymen Wisch selbstgerechter Denunzianten in der Hand. Rüdiger weinte und tat sich ganz schrecklich selber leid.

Ich konnte es nicht mehr ertragen.

»Putz dir die Nase!« sagte ich und rannte in die düstere, feuchtkalte Dämmerung hinein. Stundenlang. Und nahm nichts wahr. Durch den stockfinsteren Wald lief ich, wie in Trance. WER hatte Rüdiger diesen Brief geschrieben? WER hatte das Sendungsbewußtsein, dies am Heiligen Abend zu tun? WER spielte sich als Richter auf? WER war so selbstgerecht und feige, einen anonymen Brief zu schreiben? Feine Kirchgänger waren das!

Ich zermarterte mir das Hirn. Da waren so viele gewesen, so viele! Ich sah Gesichter vor mir von Leuten, die mich beobachtet hatten, fotografiert, gefilmt.

Aber aus dem Brief ging ja eindeutig hervor, daß der Schreiber nicht identisch war mit dem Fotografen. Es gab also mehrere Menschen, die ihre Nase in mein Privatleben steckten. Und sich darüber austauschten.

Diese Leute hatten ja alle so viel Zeit!

In ihrem eigenen Leben passierte ja so wenig!

Deshalb mußten sie vor anderer Leute Tür kehren!

Weil es vor ihrer eigenen Tür so gar nichts zum Kehren gab. Das war ja so christlich. Am Fest der Nächstenliebe.

Ich trabte und trabte. Mein Atem dampfte feucht in der kalten, klammen Luft. Die Tannen rochen würzig, und die schneidend kalte Luft war klar und sauber. Mir tat das Laufen unendlich gut.

Längst schwitzte ich unter meiner Regenweste. Mein Haar war klatschnaß.

Als ich in unsere Straße einbog, sah ich schon die kleinbürgerlichen Kleinwagen von Rüdigers Verwandtschaft vor der Haustür stehen.

Der klapperige Kleinbus holperte über das Hafengelände von Dubai. Außer mir hingen noch zwölf müde Gestalten in dem rumpelnden Gefährt. Unsere sperrigen Koffer hatten wir in den Mittelgang und auf die freien Sitze stapeln müssen. Es war zwei Uhr morgens. Vor vier Stunden schon waren wir gelandet. Aber niemand hatte uns abgeholt, niemand kümmerte sich um uns. Es gab nur einen vermummten Busfahrer mit Turban, der Kautabak kaute und sich nicht einen Deut darum scherte, ob er Menschen karrte oder Esel oder tote Fische.

»Diese Kanaken hier in den Kanakenstaaten«, maulte einer der Musiker, der sich krampfhaft an seinem Geigenkasten festhielt. »Die können sich ja alles erlauben. Stinkend reich sind die, wegen ihrem Öl!«

»Genau«, murmelten seine Kollegen.

Ich hörte gar nicht richtig hin. Fred! Ich würde Fred wiedersehen! Meinen heißgeliebten Fred!

FRED!! Ich reite durch die Dornenhecke! Ich beweise es dir!!

Und dann kam der gigantische Augenblick, als ich die »MS Blaublut« im Hafen liegen sah.

Mein Herz stand still. DA! Welch wunderbarer, märchenhafter, gigantisch unwirklicher Anblick, mitten in den schäbigen nächtlichen Hafenanlagen, zwischen Tauen und Netzen, Booten und Tankern, alten Autoreifen und Drahtgestellen, ausrangierten Autobussen, ausgeschlachteten Autos, kaputten Fahrrädern und verrosteten Tankanlagen, MEIN Schiff, mein GELIEBTES, PRÄCHTIGES, HERRLICHES Schiff liegen zu sehen! Majestätisch und leise, weiß und riesig wie ein verwunschenes Schloß lag die »MS Blaublut«, geschmückt mit unzähligen bunten Lampions, an der

Hafenmauer von Dubai, und mein erster Gedanke war: WER mag das Schiff wohl dort hingesteuert haben? Gibt es einen neuen Kapitän?

Ich wollte raus, rausspringen aus diesem gräßlichen engen Bus und rennen, RENNEN! Mit offenen Armen und fliegenden Haaren meinem Schiff, der Heimat MEINES Märchenprinzen entgegen, und ich wollte schreien, ganz laut: FRED, ich hol dich! FRED, ich bin gekommen! FRED, ich bin wieder da!!

Aber der verhüllte Fahrer mit dem Turban ließ mich nicht aussteigen. Ich rüttelte an der morschen Tür.

Die anderen zogen mich zurück. Sie waren alle müde, übernächtigt, verschüchtert, gehörten sie doch zur Crew, waren aber neu. Zwei Deckstewardessen, junge Mädels in Jeans, die Kaugummi kauten und genervt zur Decke blickten, dann die drei alten Nazis mit ihren Musikinstrumenten, die fanden, daß alle Bewohner der Vereinigten Arabischen Emirate »Kanaken« waren, ein finnischer Pianist, den ich witzig fand, ein Bariton, der nett aussah, zwei Restaurantstewards und ein paar Arbeiter für den Maschinenraum.

Keiner hatte je zuvor die »MS Blaublut« gesehen.

»Da liegt sie! Sieht sie nicht hinreißend aus?!«

»Ja ja«, murmelten die anderen.

»Abholen hätten sie uns können«, maulte der Alte mit der Geige. »Setzen uns hier den Kanaken aus!«

»Auf den anderen Schiffen ist uns das noch nie passiert«, zeterte der andere mit dem Cello, das nur mühsam Platz in diesem Bus gefunden hatte. »Die Künstler so zu behandeln!«

Endlich hielt der Turban-Fahrer vor einem verlassenen Zollgebäude. Er wies uns alle an auszusteigen.

Ja! Jetzt wollte ich zum Schiff rennen! Aber da war ein eisernes Gitter! FRED!! Siehst du mich!? Ich KOMME!!

Wir quälten uns und unsere eingeschlafenen Gliedmaßen aus dem engen Gefährt. Jemand rammte mir seinen Koffer ins Kreuz. Verdammt!

Der Fahrer wies uns an, vor dem Gitter zu warten. Dann verschwand er im Inneren des Zollgebäudes. Wir standen. Und warteten. Die anderen rauchten. Ich knibbelte vor Erregung an meinem Daumennagel. Die beiden Kabinenstewardessen fingen an zu heulen.

Nach über einer Stunde kam der Turban-Fahrer mit einem weißverhüllten Großwesir zurück. »Passport!«

»O nein! Nicht schon wieder!«

Immerhin hatten wir am Flughafen etwa siebenmal unseren Paß gezeigt, dazu Formulare ausgefüllt, daß wir unsere Paßnummer längst auswendig konnten.

Der Großwesir wedelte unwillig mit der Hand. »Passport!«

O.K., O.K., sollte er haben.

Er verschwand mitsamt Fahrer und unseren dreizehn Pässen erneut hinter den Gittern. Meine Wiedersehensfreude wurde auf eine harte Probe gestellt. Die drei Musiker wurden immer ungnädiger. »In unserem Land würden solche Kanaken erschossen!« maulten sie. Sie waren mir auf Anhieb unsympathisch. Ich nannte sie »die drei Warmduscher«.

Schließlich ging der Bariton beherzt in das Zollgebäude hinein. »Den lahmen Brüdern heiz ich jetzt ein!«

Ich schloß mich ihm sofort an. »Au ja. Ich helf dir!«

Drinnen an kahlen Wänden saßen ein halbes Dutzend weiß verhüllte Araber beim Tee. Auch der Fahrer und der Großwesir waren dabei.

»What are you doing?« dröhnte der Bariton mit sonorer Stimme.

»We are waiting outside since five hours!« wetterte ich hinterher.

Die Araber rührten sich nicht. Erstaunt blickten sie uns Bleichgesichter an. Daß wir auch noch Forderungen stellten, statt froh und dankbar zu sein, auf dem Hafengelände ihres Landes stehen zu dürfen!

Schließlich kramte einer von ihnen ein paar rosafarbene

Antragsformulare unter seiner Soutane hervor. Er reichte sie dem Bariton. Der hieß Friedemann, wie er mir beim Warten bereits mitgeteilt hatte. Friedemann Gottlieb. Ich warf einen Blick auf die Wische. Alles arabische Schriftzeichen. Die hatten Nerven!

Friedemann Gottlieb war jetzt echt sauer. »That's all Arabian, we can't read it!«

Richtig, dachte ich. Gib's ihnen! Ich schlage alles kurz und klein, wenn ich nicht zu Fred gelassen werde! Habe doch schon alles kurz und klein geschlagen, mein ganzes Leben! Da werde ich wohl mit ein paar Scheichs und Großwesiren auch noch fertig!

Bedrohlich baute ich mich vor den Typen auf. So was hatten sie noch nie gesehen: eine Frau, die auch noch frech werden wollte!

Friedemann schob mich beiseite. »Ey, laß mich das machen. Nicht, daß die dich einbuchten.«

Und dann füllten wir alle treu und brav die arabischen Vordrucke aus. Ich schrieb wutentbrannt »Seaman, dutch, born 1921 in Ohio«. Die Araber nahmen es dankend entgegen und gaben es in ihren Computer ein.

Nach einer weiteren Stunde durften wir endlich mitsamt unseren Pässen das Zollgebäude durchschreiten. Die sperrigen Koffer und Musikinstrumente mußten wir selber schleppen.

Aber dann! Sanfte Beleuchtung, Champagnerkelche auf einem blütenweiß gedeckten Tisch neben dem riesigen Schiffsbauch! Wir schütteten dankbar die kühle Labsal in unsere ausgedörrten Kehlen hinein. Die »MS Blaublut« empfing uns königlich, huldvoll, milde. Wir schritten die Gangway hinauf. Hilfreiche Hände griffen nach meinem Koffer. Ich sah lauter weiße Uniformen, wohin ich auch blickte. Fred, Fred, Fred, jubilierte es in mir.

Ich schritt wie auf Wolken. Zum Märchenschloß meiner Träume!

Ich WAR wieder auf der »MS Blaublut«!! Wie es roch! So wunderbar frisch geputzt, gewienert, poliert!

Jemand drückte mir meinen Kabinenschlüssel in die Hand. »Auf Deck acht, wie immer, gnädige Frau!«

Ja! Wie IMMER! Ich war hier zu Hause!!

Ich tanzte über den Gang, mühsam ein Jubeln unterdrückend.

Nur schnell das Handgepäck in die Kabine geschmissen, nur schnell die Hände gewaschen, dann rannte ich weiter, nach hinten, zu meinem geliebten Achterdeck, auf dem ich so oft gestanden hatte. Ich SPÜRTE Freds Nähe körperlich! Er MUSSTE hier sein!

Und über dem schwarzen Wasser, hinter den brennenden Öltürmen von Dubai ging die Sonne auf.

»Hey, Anna! Was machst du denn hier?«

»Dasselbe könnte ich dich fragen! Bist du gestern gekommen?«

»Ja, mitten in der Nacht. Die Zollbehörden haben uns Ärger gemacht, ich war erst um halb fünf auf dem Schiff. Hab niemanden mehr getroffen und bin dann erst mal pennen gegangen.«

»Laß dich umarmen! Du siehst gut aus!«

»Aber du erst! So braun! Gegen dich bin ich totenblaß!«

»Ach, das gibt sich doch wieder! Komm, laß uns plaudern. Was gibt's Neues in Deutschland?«

»Warst du etwa die ganze Zeit an Bord?«

Wir sanken beide auf den Swimmingpoolrand.

Heimlich schielte ich immerfort nach Fred. Ich war ihm noch nicht begegnet.

»Klar! Seit drei Monaten, ohne Unterbrechung!«

»Meine Güte. Dann mußt du ja ... 'ne Menge ... erlebt haben.«

»Wieso?« Anna lachte mich mit strahlend weißen Zähnen an.

»Ja, gab es denn nicht ... einige ... Todesfälle an Bord?«

»Ach so, ja, davon hast du natürlich auch schon gehört. Obwohl die Reederei damit extra nicht an die Presse gehen wollte.

Ist ja klar, der gute Ruf des Schiffes war grad mal wiederhergestellt durch den neuen Hoteldirektor, weißt du. Das Schiff hatte wieder fünf Sterne. Und dann passierten die merkwürdigsten Dinge ...«

»Was ...?« Mir raste das Herz. Einerseits wegen meiner Leichen im Keller. Andererseits, weil ich jede Sekunde Fred begegnen würde. Er MUSSTE irgendwann über dieses Deck gehen! Aus dem Augenwinkel sah ich überall Streifenhörnchen herumhuschen. Nur das rechte war noch nicht dabei.

»Na ja, also, da du nun mal zur Crew gehörst und nichts weitertratschst wie diese schreckliche plumpe Gloria ...«, sie paddelte mit einer Hand im klaren Wasser des Swimmingpools herum, »... kann ich es dir ja sagen. Es sind einige Leute an Bord ... gestorben.«

»Gestorben«, echote ich.

»Ja. Erinnerst du dich an Klara-Viktoria, die dicke Diseuse?«

»Klar. Was ist mit der?« Mein Herz raste unrhythmisch, obwohl ich die doch gar nicht auf dem Gewissen hatte!

»Also, diese Dame hatte was mit dem Kapitän.«

»Nein!«

»Doch! Wenn ich es dir sage! Die beiden haben sich ausgerechnet im luftdicht verschließbaren Farben-und-Kleister-Raum getroffen, unten auf Deck drei. Die sind wahrscheinlich beim Liebesspiel erstickt.« Sie kicherte. »Die Polizei war an Bord. Ausgerechnet auf dem Weg von Neuseeland nach Bali. Sie haben erst mal den armen Lars festgenommen, weil sie ihm als Motiv Eifersucht untergeschoben haben. Aber er war's nicht! Lars hatte ein Alibi! Er hat in der ›Stephanie-von-Monaco-Bar‹ gespielt in der Nacht.«

»Aber ... sonst wurde niemand verdächtigt?«

»Die Polizei hat die Ermittlungen eingestellt. Ein Liebespaar beim Liebesspiel zwischen Farbeimern erstickt – saublöder Unfall. Übrigens ist Lars-Dars auf Bali geblieben. Er sagte, er wolle nun ein ganz neues Leben anfangen.«

Jetzt war der arme langhaarige Lars-Dars endlich ein freier Mensch, und auf Bali ließ es sich sicher gut aushalten.

»Na, und dann hat sich noch unsere Starreporterin das Leben genommen.«

»Gloria? Das Leben ... genommen?«

»Ja. Sie hat sich die linke Pulsader aufgeschnitten und ihre Hand dann in die Toilette gehalten und abgezogen.«

»Nein!!«

»Sehr eleganter Suizid. Die Putzfrau hatte nicht viel zu tun.« Anna kicherte wieder.

»Tja«, sagte ich betroffen. »Immer wenn es spannend wird, bin ich nicht dabei.«

»Aber jetzt BIST du wieder hier, und ich FREU mich so!« rief Anna herzlich aus. »Gründest du wieder einen Chor?«

»Mal schauen ...«, murmelte ich vor mich hin.

Alles war im Sande verlaufen. Keinerlei Spuren, die zu mir hinführten. Keinerlei Verdacht. Es waren alles keine Morde. Unfall, Selbstmord ... Ich atmete auf.

In dem Moment spazierten einige Gestalten über Deck neun. Allen voran die Ballettratte Jenni, das blonde Gift. Ich bekam Herzklopfen. Wo sie war, war Fred nicht weit!

Sie zeigte den Leuten anscheinend das Schiff.

»Und hier ist der Swimmingpool, frische Handtücher sind dort in der Box, aber sie werden auch zum Liegestuhl gebracht ... Oh! Hallo, Burkharda. Auch wieder da?«

»Hallo, Jenni. Ja. Heute nacht angekommen.« Ich blinzelte gegen die Sonne.

Der ältere Mann, der hinter Jenni stand, beugte sich zu mir herab. Er war sonnengegerbt, hatte das berühmte »Ich-spiele-Golf-und-weiß-auch-sonst-mit-meiner-Zeit-nichts-anzufangen«-Krokodil auf dem Polohemd und eine fette Rolex am Handgelenk. Um den braunfaltigen Hals trug er eine massive Goldkette. Er öffnete den Mund, und im Mund hatte er auch Gold. Schwerreicher Knabe, der Alte.

»So!« rief er aus. »SIE sind also die berühmte Burkharda Meier!«

»Ja …?« Was dagegen? wollte ich fragen, zumal er keinerlei Anstalten machte, sich vorzustellen.

»Ich bin ein guter alter Freund vom guten alten Fred!« dröhnte der Reiche jovial zu mir herab. Er hatte einen norddeutschen Akzent. Die Sonne blendete, und ich stand auf, um mit dem Alten besser reden zu können. Freds Freunde waren auch meine Freunde. Klar.

»Inwiefern bin ich berühmt?«

»Na, der gute alte Fred hat mir soo viel von Ihnen erzählt! Wissen Sie, wir wohnen in Hamburg, haben ein schönes Haus an der Alster, und der liebe Fred und seine Freundin Jenni waren über die Weihnachtsfeiertage bei uns, da haben wir viel Spaß gehabt …«

Ich guckte pikiert in Richtung Jenni. So. Hatte Jenni also mit MEINEM Fred Weihnachten Spaß gehabt. Ganz im Gegensatz zu mir. ICH hatte mich mit einem weinenden Rüdiger, dessen Verwandtschaft und einem verdammten anonymen Brief herumgeschlagen, dessen Urheber ich um jeden Preis finden wollte.

Jenni war aber mit den anderen Leuten schon weitergeschlendert.

»Daß ich DIE BERÜHMTE BURKHARDA mal IN NATURA sehe!«

»Pscht! Nicht so laut! WAS hat er Ihnen von mir erzählt?«

Mein Herz raste schon wieder. Sollte er diesem guten alten Freunde im Vertrauen seine Liebe zu mir gestanden haben? Und ich würde davon nun auf diese Weise erfahren?

»Nun, er hat mir erzählt, was für ein tolles Mädchen Sie sind, Sie singen, Sie dirigieren, Sie tanzen, Sie scheren Schafe, Sie lachen, Sie sehen gut aus, wovon ich mich ja jetzt überzeugen kann …«

»Ja. O.K. UND? Was noch?«

»Und … ich durfte einen sehr schönen Film von Ihnen sehen.«

»Was für einen ... Film?« Meine Beine begannen zu zittern.

»Na, Sie wissen doch! Fred ist ein MEISTER der versteckten Kamera! Er hat ja eine wunderbare Ausstattung, auch für Dunkelheit, so mit Ultralightstrahlen, und er macht sich doch immer einen Spaß daraus ... seine Mitmenschen ... in prekären Situationen ... na, na, na, Mädchen, Sie werden ja ganz bleich um die Nase, Sie müssen sich nicht schämen, ich hab mich köstlich amüsiert beim Anschauen. Sie machen eine gute Figur, das kann lange nicht jede Frau in so einer Situation von sich behaupten ... Sie haben sich doch wirklich geschickt angestellt! Dafür, daß Sie so einen schlechten Partner hatten!« Er lachte, und das Gold in seinem Mund blendete mich.

Ich sank auf den Swimmingpoolrand.

»Nein«, hauchte ich tonlos.

»Aber liebes Mädchen! Nicht doch! Ach, hätte ich das jetzt nicht sagen sollen? Der Fred führt den Film immer auf den Crew-Parties vor, und die Crewmitglieder lachen sich dabei kaputt, es ist ein wirklich netter Film! Und jetzt darf ich Sie sogar kennenlernen ... Sie sind so vielseitig begabt! Mit Ihnen möchte ich schon auch mal zusammen was Tolles machen!«

»Günther! Kommst du?« rief Jenni, und Günther machte sich aus dem Staube.

Aus. Alles aus. Tot. Sterben. Nie mehr aufstehen.

FRED hatte mich gefilmt!

FRED hatte das Material, für das ich schon fünf Leute umgebracht hatte! FRED machte mich zum Gespött der Crew!

FRED, FRED, FRED!!!

Natürlich! Die Rechnung ging auf!

Ich Idiot! Das lag doch ganz klar auf der Hand! Der zynische, kalte Fred! Das erklärte ja auch sein ganzes abweisendes arrogantes Verhalten! ER hatte an jenem Abend, als er »Es war wie ein schöner Traum« FÜR MICH gesungen hatte, beobachtet, wie ich es mit Ulrich dem Belagerer trieb! Was lag näher, als mich dabei zu filmen, um mit seinem Schmerz fertig zu werden? Es paßte zu

Fred, daß er so handelte! Natürlich! Ich hatte ihm meine Liebe geschworen, und er konnte sich vom Gegenteil überzeugen!

Ich kompletter Idiot! Da hatte ich alle möglichen Hobbyfotografen verdächtigt, mich nachts um vier am Fitneßcenter beobachtet und gefilmt zu haben. Irgendwelche harm- und arglosen Passagiere, die um diese Zeit längst schliefen. Schüttelfrost bemächtigte sich meines kraftlosen Körpers.

»Burkharda? Ist alles in Ordnung?« Anna legte ihre Hand auf meinen Arm.

Ich war nicht in der Lage zu antworten.

Meine Zunge lag bleischwer in einem Mund, der mir nicht gehörte.

Ich wollte den Arm heben oder den Kopf drehen, aber es ging nicht. Das einzige, was ich bemerkte, war mein Zittern. Es wurde immer stärker. Ich hockte auf dem Swimmingpoolrand und wurde geschüttelt.

»Burkharda!« Anna sprang auf, holte zwei sonnenwarme blaue Badelaken und legte sie mir um die Schultern. »Was hast du? Was ist los mit dir?«

Ich zitterte. Schnatterte. Klapperte. Starrte aus leeren Augen vor mich hin.

Meine Welt brach in tausend Scherben. Ich hatte alles für Fred aufgegeben, meine heile kleine Welt, meine heile kleine Beziehung, meine heile kleine Moral, meinen heilen kleinen Charakter. Alles. Ich war in die Hölle gegangen, um bei Fred zu sein.

Und er – ER – hatte mich gefilmt.

ER führte das Video auf Crew-Parties vor!

Das ganze Schiff lachte über mich!

Und von IHM ... war wohl auch der anonyme Brief, den Rüdiger ausgerechnet Heiligabend bekommen hatte?

Oder von seinem ... Freund? HAMBURG!! Der Brief war in Hamburg aufgegeben worden! Natürlich! Schließlich hatte auch von »Liebesgedichten an den Kreuzfahrtdirektor« darin gestanden!

Alles war plötzlich klar.
Ich wollte mich bewegen. Ich wollte aufstehen.
Aber meine Beine versagten ihren Dienst.

Anna schüttelte mich. »Burkharda! Brauchst du einen Arzt? Soll ich Doktor Hundtgeburth holen?«

Sie rannte davon und kam mit einem heißen Tee zurück.

»Ich muß von diesem Schiff«, raunte ich heiser, als Anna mir den Tee einflößte. Ich saß immer noch auf diesem Swimmingpoolrand.

»Ja, O.K.«, sagte Anna. »Komm. Steh auf. Ich helf dir.«

Wir versuchten es, aber es ging nicht. Meine Beine waren gelähmt.

»Was hat dir der Fred angetan?« fragte Anna. »Ich hau ihn, daß er nie wieder gerade gucken kann!«

»Nein«, stieß ich aus. »Laß mich das machen. Aber nicht ... jetzt. Ich ... kann ... nicht. Ich ... bitte, ich muß ... runter hier. Bitte ... pack meine Sachen und bring meinen Koffer ... vom Schiff. Bitte! Ich bleib hier sitzen ...«

Anna kramte meinen Kabinenschlüssel aus meinem Rucksack. »O.K.? Kann ich dich allein lassen?«

»Gegegegegeh pabababababacken. Bibibibibibitte.«

Anna war klasse. Sie stellte keine weiteren Fragen, packte einfach an, half ohne Wenn und Aber.

Ich saß da und starrte. Und zitterte. Immer wenn ich dachte, das Zittern hätte aufgehört, kam der Schüttelfrost mit einer neuen Welle. Eine Stunde, zwei, ich weiß es nicht mehr.

Gestalten gingen an mir vorbei, manche grüßten, manche nicht, die neuen Passagiere betrachteten neugierig das Schiff, Crewmitglieder hasteten vorbei, Streifenhörnchen, sicherlich, ich beachtete sie nicht mehr.

Schließlich kam Anna zurück.

»Alles gepackt! Es hat endlos gedauert, bis ich einen Steward erwischt habe, der bereit war, dein Gepäck runterzuschaffen! Die

Paxe sind gerade angekommen, und die haben alle Hände voll zu tun! O.K.! Dein Gepäck steht jetzt unten im Hafen, nur dein Handgepäck ist noch oben. Du mußt dich allerdings beeilen, wir legen gleich ab!«

»O.K.«, sagte ich und versuchte aufzustehen. Aber es ging immer noch nicht.

»Mädchen, so kannst du doch nicht aussteigen«, rief Anna bestürzt. »Ich lasse dich doch in dem Zustand nicht von Bord!«

»Ich muß ... hier ... runter«, stammelte ich tonlos.

Ich hatte keinen Willen mehr. Keine Pläne, keine Ziele.

Ich wußte nur eins: Nie, nie wieder wollte ich Fred begegnen.

Seit Stunden starrte ich gegen die Öltürme von Dubai.

Sie flackerten vor meinen Augen wie Gespenster.

Und da – bildete ich mir das ein? Die Öltürme! Sie entfernten sich! Langsam, schleichend, zentimeterweise nur ...

»Mensch, Burkharda! Deine Koffer stehen im Hafen!« hörte ich Anna rufen. »Ich renne und versuche sie noch zu kriegen!«

Ich wollte reagieren. Aber ich konnte es nicht.

Die Öltürme waren nun schon zwei Meter weiter weg.

Ich vernahm ein ganz leises Brummen. Das Schiff legte ab! Noch einmal versuchte ich aufzustehen. Aber es ging nicht.

TUUUUUUUUUUUUT! TUUUUUUUUUUUT! TUUUUUUUUUUUUUT! dröhnte die »MS Blaublut«, und dann kam die vertraute Traumschiff-Musik über Bordlautsprecher.

»Meine Damen und Herren, ich begrüße Sie im Namen der Schiffsleitung ganz herzlich. Soeben haben wir abgelegt. Wir verlassen Dubai nun und nehmen Kurs auf Bahrein. Bitte fühlen Sie sich wohl an Bord und vergessen Sie nicht, an der Seenotrettungsübung um achtzehn Uhr auf Deck sieben teilzunehmen. Nach internationalem Seerecht ist die Teilnahme an dieser Übung für alle Passagiere Pflicht. Bringen Sie bitte Ihre Rettungsweste mit. Diese befindet sich unter Ihrem Bett. Im Anschluß an die Seenotrettungsübung bittet Sie Kapitän Harm Lohs zum Begrüßungscocktail in den ›Fürst-Rainier-Saal‹. Heute abend dürfen wir Sie in unsere vier Bordrestaurants zu einem Welcome-Galadiner einladen. Um 22 Uhr stellen wir Ihnen dann die Künstler dieser Reise vor. Wir wünschen Ihnen einen wunderschönen Abend.«

Es war die Stimme von Fred.

Am selben Abend sahen wir uns wieder. Auf offener Bühne. Bei der Welcome-Show.

Fred moderierte wieder charmant und mit sonorer Stimme, machte seine üblichen Witzchen und hatte das jubelnde Publikum gleich auf seiner Seite. »Und mit dabei auf dieser Reise sind...« Er nannte ein paar Namen. Der Zauberer Rudi, seine Frau Natascha, die Ratten vom Ballett, ein Duo aus Rußland, das Klassik spielte, eine Lektorin, eine Blumenbinde-Meisterin.

Schließlich sagte er mich an. Ich stand mit Anna, die mich schwesterlich stützte, dem Bariton Friedemann Gottlieb, den drei Warmduschern von gestern abend und den anderen Künstlern, die noch übrig waren, in der Gasse.

»So! Jetzt du! Schaffst du's?!«

»Ja«, murmelte ich tapfer. Und unter dem tröpfelnden Beifall der satten Passagiere taumelte ich wie ein ferngesteuerter Panzer auf die Bühne.

Der Schiffsarzt Dr. Hundtgeburth hatte mir zwei Tavor verabreicht. Anna hatte ihm erklärt, daß ich unter starkem Lampenfieber litte.

»Und nun habe ich die große Freude, meine Damen und Herren, Ihnen eine äußerst vielseitige, talentierte und musisch begabte Künstlerin anzusagen. Sie ist auf unserem Schiff längst keine Unbekannte mehr, sie ist sozusagen zur Legende geworden...« Sah ich recht, und glomm in seinen verschlagenen, kalten Augen Schadenfreude?? »Begrüßen Sie mit mir die Sängerin, Dirigentin und Dichterin...« Jetzt WAR es reiner Sarkasmus!! »... Burkharda Meier!«

Die Leute applaudierten sparsam.

»Burkharda, herzlich willkommen. Das wievielte Mal sind Sie jetzt schon als Künstlerin bei uns zu Gast?«

»Das zweite«, sagte ich lasch.

»Und wieder haben Sie dieses kleinkarierte, nicht ganz dem festlichen Anlaß angemessene Kostüm an, in dem Sie beim letztenmal die Carmen gesungen haben ...«

Klar. Mein Koffer steht in Dubai im Hafen, du Idiot.

Ich sah ihn an. Im Scheinwerferlicht. Sein zerfurchtes Gesicht. Seine vom Rauchen vergilbte Haut. Seine Lippen, mit denen er so zynisch grinsen konnte. Staubkörnchen tanzten durch die Nebelschwaden der rauchenden Gäste.

Oh, wie anders hatte ich mir unser Wiedersehen doch vorgestellt! Wie oft hatte ich diesen Moment herbeigesehnt, wie oft mir unser erstes Gespräch, unseren ersten Blickwechsel ausgemalt.

Und nun war alles so gekommen.

Er war ein widerlicher Spanner, ein gemeiner Verräter, ein Heuchler, ein Falschspieler.

Und ich war die verratene, verlassene, abgeblitzte Trottelin, die zum Gespött des ganzen Schiffes geworden war.

»Was werden Sie uns auf dieser Reise bieten? Carmen? Im kleinkarierten Kostüm?« Er hielt mir das Mikro unter die Nase.

»Nur nicht aus Liebe weinen«, antwortete ich. »Es gibt auf Erden nicht nur den Einen!«

Tagelang lag ich apathisch im Bett. Ich konnte nichts essen, nichts trinken, nicht schlafen und nichts denken.

Fred. DU warst das mit dem Film! Alle hatte ich verdächtigt, alle, aber niemals wäre ich darauf gekommen, daß der Mann, den ich über alles liebte, für den ich mein Leben gegeben hätte, es war, der mir diese Schmach angetan hatte.

Er sah nicht nach mir, er rief nicht an.

Er schien mich nicht zu vermissen.

Währenddessen lachte das ganze Schiff über mich.

Und dieser protzige Günther ging mit seiner Story hausieren.

Die einzige, die regelmäßig bei mir vorbeischaute, war Anna.

»Du mußt was essen! Bitte!«

»Ich kann nicht, Anna.«

»Dann trink wenigstens was! Du trocknest mir ja aus!«

»Ich kann nicht. Es bleibt nicht drin.«

»Ich ruf den Hundtgeburth.«

Der Doktor mit den weißen Schleimspuren im Mundwinkel konnte mich auch nicht aus der Krise reißen. »Was ist denn los, Mädchen?«

»Nichts. Ich will sterben.«

»Aber wir haben doch fast keinen Seegang.«

»Nein. Das ist es nicht.«

»Sie hat Herzweh«, sagte Anna.

Der Doktor kramte sein Stethoskop hervor und hielt es mir auf die Brust. »Nichts Besonderes zu hören.«

»Geben Sie ihr Beruhigungsmittel«, sagte Anna.

Und dann schluckte ich meine Tavor, die mich ganz apathisch machten, und starrte an die Decke.

Larry, mein geliebter Freund aus der Technik, kam dann auch noch vorbei. »Katze! Was machste denn für Sache?«

»Ich sterbe, Larry!«

»Abbä doch woll net wege demm Fred?«

»Doch, Larry. Er hat mich verraten.«

»Isch happ dir gesaacht, Meedsche, laß die Fingä von demm.«

»Danke, Larry. Jetzt hab ich es geschnallt. Wenn ich jemals wieder aufstehe, dann ...« bring ich ihn um, wollte ich sagen. Aber ich fürchtete, Larry würde kein Verständnis für meine Pläne aufbringen. Schließlich war er Freds ergebener Freund.

»Larry ...?«

»Katze?!«

»Warum kommt er nicht...?«

»Waiß der denn, desde krank bis, Katze?«

»Du könntest es ihm ja ... sagen ... NEIN! Larry! Versprich mir, daß du es ihm nicht sagst! Ich will ihn NIE WIEDER SEHN! Erspare mir seinen Anblick!«

»Is ja gut, Katze, reg disch net auf. Ich saares ihm net.« Larry erhob sich. »Und jetz schlof omol en Ründsche, und morgen biste widdä die alde.« Er drückte mir ein Küßchen auf die Stirn und verdrückte sich.

Ich starrte an die Decke.

Wie könnte ich Fred umbringen?

Ich grübelte und grübelte.

Mir fiel nichts ein.

Meine Gedanken lagen bleischwer hinter einem Panzer der Kraftlosigkeit. Die Beruhigungstabletten taten ihre Wirkung. Ich vegetierte einfach so vor mich hin.

Nach drei Tagen endlich fühlte ich neue Lebenskraft in mir. Noch nie hatte EIN KERL mich derart außer Gefecht gesetzt. Ich wollte wieder leben.

In Abu Dhabi mußte ich mir als erstes mal Klamotten kaufen. Mit meiner heißgeliebten Anna schlenderte ich durch die Souks. Die Stadt war beeindruckend in ihren Gegensätzen: Hier der geradezu protzige Reichtum, die Designerklamotten in den Schaufenstern der marmorgefliesten Einkaufscenter, die alle Air-conditioning hatten, und da das geradezu mittelalterliche Gewühle von verschleierten Gestalten auf dem Markt. Gerüche aller Art, Geschrei, Gewusel. Wolkenkratzer und Moscheen mit eleganten Minaretten standen einträchtig nebeneinander. Wir bummelten über den Kamelmarkt, wobei wir bei dem Krach, den die jungen Tiere veranstalteten, kaum unser eigenes Wort verstehen konnten.

»Na, was meinst du, wie viele Kamele bist du wohl wert?« unkte Anna, die froh war, mich wieder unter den Lebenden zu sehen.

»Mindestens dreißig! So, wie die auf meinen Busen glotzen!« rief ich, während ich über einen Haufen dampfender Kamelkacke balancierte.

»Du hättest dir aber auch nicht gerade den knallengen Body ohne BH drunter anziehen müssen!« lachte Anna.

»DU hast alle meine BHs in Dubai von Bord geschmissen!« brüllte ich zurück. »Nun mach DU mir keine Vorhaltungen! Außerdem: Gönn diesen Kamelhändlern doch auch mal was!«

Wir lachten. Aber so ganz wohl war mir nicht. Klar genoß ich es, wenn bewundernde Männerblicke auf mir ruhten. Es amüsierte mich sogar. Aber so, wie die starrten, fühlte ich mich nackt. Zum erstenmal beneidete ich die verschleierten Frauen.

»Gleich gehen wir was Vernünftiges kaufen«, sagte ich zu Anna. »Ich hab Lust, mir eine ungeile Bluse Größe sechsundvierzig an den Leib zu hängen!«

»Hochgeschlossen, mit Schlüpp!« sagte Anna.

»Marke: Kind, du bist eine Dame!«

»Und einen Faltenrock bis über die Knie! ANSTÄNDIG!«

Wir kicherten herum, und die Kameltreiber starrten uns an.

»Laß uns gehen. Mir ist nicht wohl.«

»Mach dir keine Sorgen! Wenn die uns zu nahe kommen, dann HAU ich die!« lachte Anna.

Ach, was war das eine tolle Frau. Ich war so FROH, sie wiedergetroffen zu haben. Mit ihr an meiner Seite wollte ich die Fred-Krise wohl bewältigen.

Auf dem Fischmarkt boten dunkelhäutige, faltige Händler in weißen bodenlangen Kaftanen und mit kunstvoll geschlungenen Turbanen auf dem Kopf ihre frisch gefangenen Fische feil. Es roch unglaublich penetrant nach Fisch, aber es war ein appetitlicher, salziger Geruch. Die Fische lagen zum Teil auf dem blanken Fußboden, sie zuckten und zappelten noch, sie schlugen mit den Schwänzen auf den Boden, sie schrien stumm um ihr Leben. Ich starrte fasziniert darauf.

Die Fischhändler starrten auch fasziniert. Aber auf zwei liebliche Hügel, die meinen Body spannten.

Anna führte mich am Arm weiter. »Komm. Die fallen gleich tot um.«

Wir bestaunten die Meerestiere, die Schalentiere, die Krustentiere, die Austern und Muscheln aller Art und Größe, wir schoben uns durch die Menge, die toten Fische glotzten uns an, die Araber glotzten uns auch an, die Händler schrien und boten ihre Ware feil, und wenn sie mich sahen, hörten sie auf zu schreien und fingen an zu starren. Ich wünschte mir eine Verschleierung, die nur noch die Augenschlitze frei ließ. Kurz entschlossen setzte ich mir meinen Rucksack vorne herum auf. So. Der Laden ist geschlossen.

»Da, schau mal, wer da ist!«

»Wer?« Fred etwa? Schon wieder weiche Knie! Verdammt! Hörte das denn nie auf? Der Mann war doch ERLEDIGT!!

»Der Hoteldirektor! Hartwin Danz!«

Tatsächlich. Da stand dieser herrische Mensch, mit dem ich einmal getanzt hatte. Auch er hatte etwas von einem Foto oder einem Film gewußt. Und er hatte von einem Brief gesprochen. Und mir seine Hilfe angeboten.

Und nun trafen wir uns hier auf dem Fischmarkt, und ich hatte mir den Rucksack vor den Busen gehängt!

»Hallo, Herr Danz!«

Ich fühlte meine roten Flecken kommen, besonders den einen auf der Stirn, der aussieht wie Afrika.

Anna begrüßte den strengen Mann mit strahlendem Lächeln.

»Tach«, sagte ich peinlich berührt.

»Aah! San S' shopping!« bellte der Hoteldirektor. Er sah gut aus. Vier Streifen auf der blütenweißen Uniform – ein wahrhaft properes Streifenhorn.

Erwähnte ich schon, daß er in einer abgehackten Mischung von Österreichisch und Amerikanisch sprach?

»Ladies?! Where are you going?«

»Bi-bitte? Wir gehen hier nur so rum.«

»Klamotten kaufen«, sagte Anna. »Burkharda hat ihren Koffer in Dubai im Hafen stehenlassen.«

»DU hast meinen Koffer in Dubai im Hafen stehenlassen!« sagte ich rechthaberisch.

»Und da tun S' Ihre besten Teile schützen?« Knapper Blick auf meinen albernen Rucksack vor dem Busen.

Ich schluckte. »Die starren halt so!«

»Müssen S' aafpassen, die Damen, sonst you will be kidnapped, und dann wern S' äingetauscht gegen a paar Dutzend Kamele!«

»Hahaha«, sagte ich, »sehr witzig.«

Ich wollte weitergehen. Doch dieser Hartwin Danz sprach: »Wo hom S' d' baggage lossn?«

»Biddä?«

»Where let you 'n Koffa?«

»Was?«

»WO SIE DEN KOFFER HABEN LASSEN, GNÄDIGE FRAU!«

»Er meint, wo du den Koffer stehengelassen hast«, übersetzte Anna.

»Wo DU den Koffer stehengelassen hast!« beckmesserte ich.

»I könnt'n bsoagn, there's no problem, I'll phone in the harbour. I tu die z'sammschäßn, daß d'n Koffa bring solln mit 'n Schnöllboot ...«

»Echt?« stammelte ich begeistert. »DAS würden Sie tun?«

»That's my job, lady«, sagte Herr Danz. Und dann schrie er die armen Araber an: »Five hundred of the babysharks, three dozens of shellfish, twelve quarters of that white fish, is it fresh? Is it really fresh?«

»Aber klar sind die frisch, kucken Se mal, die leben ja noch ...«, mischte ich mich ein.

Anna zog mich am Ärmel weiter. »Laß ihn! Der macht das seit zwanzig Jahren! Seit der für die ›MS Blaublut‹ einkauft, hat die Küche wieder fünf Sterne! Der hat den ganzen Kahn gerettet, sag ich dir!«

Wir winkten dem beschäftigten Manne zu und suchten das Weite.

Im Buraimi-Souk, einem farbenfrohen Markt mit Obst und Gemüse, Fleisch und Haushaltsgegenständen, war das Leben und Treiben am sehenswertesten. Nach wie vor wurde ich beglotzt wie ein sechsköpfiges Kalb. Tief verschleierte schwarze Gestalten wanderten selbstbewußt zwischen den Waren hin und her. Sie wurden von den Händlern absolut respektvoll behandelt, und plötzlich setzte sich ein Gedanke in mir fest. Überall hingen diese schwarzen Umhänge.

»Ich will einen Tschador«, sagte ich zu Anna.

»Gute Idee«, sagte Anna. »Kind, das putzt.«

Wir stiefelten in einen Laden, der ausnahmslos schwarze Umhänge feilbot.

Der Händler grinste, als er von meinem Wunsch erfuhr. Dann hüllte er mich in Windeseile in mehrere schwarze Umhänge und Überwürfe, wickelte noch ein schwarzes Tuch um meinen Kopf, so daß kein einziges blondes Haar mehr herausschaute, und hielt mir einen Spiegel vor.

Mein Gesicht sah aus wie der Mond. Schrecklich. Ohne Haare. Grauenvoll. Das wollte ich keinem zumuten.

Ich bedeutete dem Mann, der kein Englisch verstand, daß ich völlig zugehängt zu werden wünschte. Alles. Bis auf die Augen.

Der Händler freute sich, kramte noch ein paar schwarze Fetzen hervor und wickelte sie mir geschickt um den Kopf. Nun sah ich gar nichts mehr.

»Hallo? Anna? Bist du noch da?«

»Er fragt, ob du einen Augenschlitz möchtest.«

»Ach ja«, murmelte ich in meine schwarzen Tücher hinein. »Das wäre zu aufmerksam.«

Der Händler fummelte an meinen Tüchern herum, zog und zupfte, und plötzlich sah ich wieder das Tageslicht!

Anna zückte ihre Kreditkarte, aber der Händler wollte Bares. So kramte ich in meinem Rucksack nach Dollars. Für 60 Dollar durfte ich die Vogelscheuche anbehalten.

Wir schlenderten weiter.

»Na, wie fühlst du dich?« fragte Anna.

»Irres Gefühl!« rief ich in meine schwarzen Schleier hinein. Die Menschen machten ehrfürchtig Platz, die Händler lächelten mich an und winkten mir, ich solle hereinkommen. Ein Schwarm Touristen von unserer »MS Blaublut« kam uns entgegen. Sie begrüßten Anna, plauderten mit ihr. Von mir nahmen sie keinerlei Notiz. Klar. Ich war ja unsichtbar! Vorsichtig schritt ich mit meinem bodenlangen Gewand hin und her. Es war zwar höllisch heiß, aber angenehm. Keiner starrte mich mehr an, ich fühlte mich frei und sicher. Man konnte sich tatsächlich an so einen Tschador gewöhnen!

Ich betrachtete neugierig durch meinen Augenschlitz die Welt um mich herum. Sehen, aber nicht gesehen werden! Das hatte doch was! Ich beobachtete die Touristen, die mit Anna schwatzten, und sah auf einmal, wie häßlich und unvorteilhaft sie gekleidet waren. Wie mußte das auf die zurückhaltenden Araberinnen wirken?

Und da kam doch tatsächlich in kurzen Hosen und Sandalen über weißen Socken ... Günther, der Hamburger Freund von Fred, herbeigeschlendert!

Ich tat geschäftig, fühlte und wühlte an Tomaten und Feigen herum. WELCH ein Gefühl! Völlig unerkannt!

»Na, da ist ja unsere bezaubernde Anna«, sagte Günther mit seiner verrauchten Stimme dicht an meinem Ohr. Diesen Hamburger Akzent würde ich nie vergessen.

»Wo haben Sie denn Ihre süße kleine Freundin gelassen?«

Ich bekam Ohren wie ein Elefant. Mit zitternden Händen befingerte ich reife Datteln. Ein Händler bot mir einen Sitz im Inneren seiner Bude an, aber ich schenkte ihm keine Beachtung.

»Sie ist ein bißchen seekrank«, sagte Anna. »Sie ist an Bord geblieben.«

»Ja, ich hab davon gehört«, sagte dieser Günther. »Fred hat sich schon Sorgen um sie gemacht.«

Ich kicherte in meinen Tschador hinein. Fred? Um mich? Sorgen? Zu freundlich. Aber: ZU SPÄT.

»Was HAB ich da nur letztens angerichtet?« sagte Günther dicht an meinem Ohr. »Ich hätte ihr von diesem Filmchen nicht erzählen sollen, was?«

»Keine Ahnung«, sagte Anna. »Ich weiß ja nicht, was darauf zu sehen war!«

»Ach, das war doch nur ein frecher Scherz vom Fred, Sie kennen ihn doch, er ist halt manchmal etwas übermütig, und wenn er dann jemanden in einer peinlichen Situation sieht, dann kann er gar nicht anders...«

Leider strömten in diesem Moment mehrere Kameltreiber mit ihren Tieren des Weges. Ich wurde zur Seite gedrängt, konnte nichts mehr hören. Aber ich war sicher, Günther schilderte Anna jetzt den ganzen peinlichen Inhalt dieses Videos. Verdammt, wie viele Tiere und Kameltreiber kamen da denn noch? Ich mußte fluchtartig in eine andere Gasse rennen, um nicht von den Hufen dieser Trampeltiere zertreten zu werden.

Als die Kamelherde endlich weg war, war auch Anna weg. Ich suchte sie überall. Sie war einfach von der Menge verschluckt. Wahrscheinlich suchte sie ihrerseits MICH! Ein wahrhaft hoffnungsloses Unterfangen. Ich geisterte durch den Souk. Anna hatte bestimmt schon aufgegeben.

Aber da sah ich Günther!! Natürlich konnte ich ihn in diesem Aufzug nicht fragen: Haben Sie Anna gesehen?

Aber ich konnte etwas anderes tun in diesem Aufzug.

Ich beschloß, mich an seine Fersen zu heften.

Günther durchstreifte noch lange die verschiedenen Souks von Abu Dhabi. Mehrmals fotografierte er verschleierte Frauen, was ihm den Unmut der dazugehörigen Männer einbrachte. Günther, dachte ich, du schaufelst dir gerade dein Grab. Er wanderte durch den Fischereihafen, betrachtete die Fischerboote und -netze, fotografierte wahllos alles, was ihm vor die Kamera kam, und bog dann in ziemlich finstere Gassen ab.

Ich folgte ihm wie ein Schatten.

Die ganze Zeit dachte ich daran, daß er das miese Schwein war, das meinem armen unschuldigen Rüdiger am Heiligen Abend diesen heuchlerischen, selbstherrlichen anonymen Brief geschrieben hatte.

Mein Haß auf ihn wuchs mit jedem Schritt, den ich hinter ihm herging.

Er überquerte ungeschickt schlecht geteerte Straßen, auf denen die Autos wie die Berserker rasten. Mehrmals lief er Gefahr, überfahren zu werden. Ich dachte kurz an den Spanner-Opa mit dem Stock in Melbourne. Doch war dieser Günther viel zu gut zu Fuß für einen erneuten Versuch. Aber meine Verschleierung sollte mir für irgend etwas nützlich sein. Für einen dickbäuchigen Touristen mit weißen Socken und braunen Sandalen wollten die Scheichs und Großwesire mitnichten bremsen. Für mich – eine verschleierte Frau – hielten sie freundlich an und winkten mich über die Straße. Ich fand immer mehr Gefallen an meinem verschleierten Zustand.

Günther war ganz offensichtlich auf der Suche nach dem etwas zwielichtigeren Viertel. Der Tag ging zur Neige. Um zwanzig Uhr sollte das Schiff ablegen. Günther schien jedoch noch etwas vorzuhaben. Er war nun – auf vierspuriger, vielbefahrener Straße – im Amüsierviertel angekommen. Ich folgte ihm ganz ohne Furcht. Zwar waren fast keine Frauen zu sehen, aber die, die es gab, waren verschleiert. Wie ich. Wir wurden nicht wahrgenommen.

Günther sprach einen Mann an, fragte ihn etwas in schlechtem Englisch, mit Hamburger Akzent. Der junge Kerl nickte, grinste, streckte seine Hand aus, kassierte ein paar Dollar und zeigte Günther bereitwillig den Weg. Der junge Araber führte Günther durch staubige, unbefestigte Gassen. In den winzigen, dunklen Häusern waren kaum schuhkartongroße Fenster. Verschleierte Gestalten huschten geräuschlos um die schäbigen Baracken. Magere Hunde und Katzen streunten herrenlos herum. An einigen Fenstern hing Wäsche in Fetzen. Die laue Luft war zum Schneiden still. Zahnlose alte Männer mit Turbanen auf dem Kopf und weißen Kaftanen saßen auf der Erde. Alle starrten Günther nach. Niemand beachtete mich. Ausgeschlachtete Autos standen am Straßenrand. Fürwahr, eine finstere Gegend. Der beißende Geruch von Urin schlug mir entgegen. Irgendwo flimmerte ein Fernseher in einer schmucklosen, schummrigen Bar. Drinnen hockten auf wackeligen Stühlen ein paar furchterregende Kerle in weißen Kaftanen und tranken Tee. Ich stieg vorsichtig über riesige Löcher im Asphalt, über Bretter und Geröll. Abfallhaufen lagen herum, dicke Fliegen umsurrten sie. Es stank bestialisch. Aber ich hatte keine Angst. Ich hatte mich noch nie im Leben so sicher gefühlt wie mit diesem Tschador in dieser schaurigen Gegend. Der junge Kerl zeigte nun auf eine Baracke, deren Fenster vollständig mit Brettern vernagelt waren. Dann entfernte er sich gruß- und geräuschlos. Günther stand unschlüssig vor der nicht gerade einladend wirkenden Baracke herum. Er sah sich suchend um. Ich war der einzige Mensch, der zu sehen war.

Und dann machte Günther den entscheidenden Fehler. Er sprach mich an. Anscheinend hatte er kalte Füße bekommen. Die Kerls in den Hauseingängen und Spelunken guckten aber auch gar zu furchterregend. Wäre ich nicht verschleiert gewesen, mich hatte die helle Panik ergriffen.

»Where can I find a taxi?«

Ich tat, als hätte ich ihn nicht verstanden.

»Foto?« fragte ich mit verstellter Stimme.

Günther blickte ratlos auf seinen Fotoapparat.

»Foto?« lockte ich und hob meinen Umhang um zwei Zentimeter.

Günther sah sich ängstlich um. Die Gestalten hockten bewegungslos am Boden.

»Foto!« Ich lupfte meinen Tschador bis über die Knöchel.

Sofort klappte bei dem erlebnishungrigen Günther das Messer in der Tasche auf.

Klar! So was hatte er noch nicht erlegt! So was Verschleiertes! Natürlich hielt er mich für eine Professionelle, in dieser Gegend.

Ich hob meinen Saum bis fast zur Wade.

Das schien ihn wahnsinnig zu erregen.

»Foto!« wiederholte ich lockend.

Und dann machte Günther den zweiten entscheidenden Fehler. Er fotografierte mich! Mit Blitzlicht! Mehrmals! Es war ein richtiges Blitzlichtgewitter. DAS war meine Chance! Ich schrie.

So laut und hoch und schrill hatte ich noch nie geschrien!

Günther war von plötzlicher Panik ergriffen. Er versuchte zu entkommen.

DAS war sein dritter entscheidender Fehler. Ich stellte ihm ein Bein, er strauchelte, stolperte, krallte sich an meinem Tschador fest. Günther war stark, aber auch total überrascht, von einer verschleierten Frau angegriffen zu werden. Wir wälzten uns im Staub, und ich kreischte, bis mir die Stimmbänder in Fetzen hingen. Lange mußte ich allerdings nicht kreischen.

Ein Messer blitzte auf, eine dunkle Hand, die aus einem weißen Umhang ragte, durchschnitt Günther die Kehle.

Günther ließ von mir ab.

Er fiel in den Dreck. Wie ein nasser Sack.

Ein dünnes Blutgerinnsel tropfte aus seinem Mundwinkel. Sein Hals war von einem roten Streif durchzogen. Direkt neben der dicken Goldkette. Es sah apart aus. Er verdrehte die Augen und starrte in den Sternenhimmel.

Ich raffte meine Röcke und gab Fersengeld.

Aus den Augenwinkeln sah ich noch mehrere dunkle Gestalten den toten Günther ins Innere der Baracke ziehen.

Klar, sie würden sich an seiner fetten Rolex und seiner goldenen Halskette erfreuen. Vielleicht würden sie ihm sogar das Zahngold aus dem Munde brechen.

Jedenfalls hatten sie einer armen, bedrohten arabischen Frau das Leben gerettet. Sie fühlten sich bestimmt nicht schlecht.

Ich fühlte mich auch nicht schlecht, als ich im Taxi zum Hafen saß. Der Fahrer beobachtete mit kugelrunden Augen durch den Rückspiegel, wie ich mir den Tschador und die Gesichtsschleier vom Leibe riß.

Unter der verschleierten Araberin kam eine blonde, etwas verschwitzte, aber keinesfalls trübe blickende Touristin in kurzen Hosen und einem rattenscharfen Body hervor.

»Look straight forward!« rief ich dem glotzenden Fahrer zu.

Als wir im Hafen ankamen, stieg auch gerade der Hoteldirektor mit dem amerikanischen Akzent aus seinem Taxi. »Gnä Frau? Warn S' shopping?«

»Mehr so rumgeguckt«, sagte ich vage. »Und Sie?«

Dem Fahrer steckte ich zwanzig Dollar zu und kickte den Tschador und die schwarzen Tücher unter den Vordersitz.

»In den finstersten Spelunken hob i Töpfe und Pfannen kauft«, schnarrte Hartwin Danz. »Gefährliche Ecken hat's hier! Warn ganz alläin zum Sightseeing, gnä Frau? That's dangerous!«

»Oh, ich habe das Taxi gar nicht verlassen«, lächelte ich charmant, indem ich mir die verklebten Haare aufschüttelte. »Heiß war's da drin! Der hatte kein Air-conditioning!«

Wir stiegen plaudernd und lachend die Gangway hinauf.

»Samma die letztn!« Der Hoteldirektor ließ mich höflich vorgehen.

Der asiatische Controlletti mit dem einen Streifen auf der Uniform, der die Landgangmärkchen einsammelte, grüßte seinen Oberboß zackig.

»Noch eine Passagiere fehle!«

»Macht's halt a Durchsage! – Gnä Frau, wo späisen Sie heut abend?«

»Vermutlich im Restaurant ›Vier Himmelsrichtungen‹.«

»Ihr Koffa steht auf Ihrer Kabine.«

»Oh! Danke! Das ging aber schnell!«

»Keine Ursache, gnä Frau. Dafür saama ja da!«

Ich verabschiedete mich und nahm immer zwei Stufen auf einmal durch das pompöse Treppenhaus. Klar, zur Feier des Tages wollte ich mit Anna im Spezialitätenrestaurant essen. Der Champagner sollte in Strömen fließen.

Und kurz darauf, als ich in der Dusche stand, hörte ich die Durchsage, von Fred höchstselbst:

»Herr Günther Dittmers, bitte melden Sie sich umgehend an der Rezeption! Herr Günther Dittmers, bitte!«

Aber ich wußte: Herr Günther Dittmers würde sich nicht an der Rezeption melden.

Nie mehr.

»L'amour est un oiseau rebelle, que nul ne peut apprivoiser...«

Ich stand in meinem blau-weiß gestreiften Body und kurzen Jeans auf der Bühne des »Fürst-Rainier-Saales« und probte die Carmen. Seit der Sache mit Abu Dhabi ging es mir wieder richtig gut. Ich war hervorragend bei Stimme.

Der Pianist auf dieser Reise war ein magerer, origineller Geselle mit Pferdeschwanz. Er sprach mit Berliner Akzent. Aber er spielte brillant, alles vom Blatt. Er hieß Friedrich Feist.

»Na, det fluppt ja wie 'ne Eens!« rief er während des Zwischenspiels.

Ich fühlte mich wie die echte Carmen, wackelte mit den Hüften und umgarnte den unfeisten Friedrich.

Hinten in der Technik saß Freund Larry und beleuchtete mich.

»*L'amour, l'amour,* die Liebe ist wie ein bunter Vogel...«, sang ich.

Hinten huschten Streifenhörnchen vorbei.

Tja, Fred, dachte ich. Komm du ruhig des Weges. Dich werd ich auch noch zur Strecke bringen. Meine Lebensgeister sind zurückgekehrt.

»Det klingt ja geil!« rief Friedrich Feist, der magere Pianist, und sein Kehlkopf wollte ihm schier aus dem Hemdkragen springen vor Bejaisterung, wa? »Wat haste denn noch so druff?«

Ich erklärte ihm, daß ich seit der letzten Reise das ganze Diseusen-Repertoire »druff« hätte, von einer Kollegin, die leider, leider durch einen tragischen Unfall von uns gegangen sei.

»Ach, det hab ick jehört, wa! Die Dicke, die da mit'm olln Schulz im Terpentinraum verreckt is, wa? Keen schöna Tod, nee, wa?«

Und dann spielte er brillant das Vorspiel zu »Nur nicht aus Liebe weinen«.

Ich tänzelte vergnügt auf der Bühne herum und trällerte, dieweil die Ballettratten auf der Hinterbühne ihre Knochen krachen ließen und sich warmdehnten. Ach, es war doch schön, wieder hier zu sein, auf meiner geliebten Bühne im »Fürst-Rainier-Saal«!

Gerade als ich bei *»Ich lüge auch und bin dein!«* angekommen war, öffnete sich die hintere Saaltür.

Herein schritten der Hoteldirektor Hartwin Danz, der Kreuzfahrtdirektor Fred Hahn und ungefähr drei Dutzend Scheichs! Mein Herz raste. Sollte ich verstummen?

Ich machte eine fragende Handbewegung.

Danz grinste. »Go on! Singen S' wäiter, gnä Frau!«

»Ick würd ma saagn, wir besorgen's ihnen!« schrie Friedrich Feist und drosch begeistert in die Tasten.

»Es ist ja ganz gleich, wen wir lieben, und wer uns das Herz einmal bricht, wir werden vom Schicksal getrieben, und das Ende ist immer Verzicht!«

Die Scheichs waren entzückt. Sie ließen sich in die vorderen Samtsessel fallen und kramten ihre supermodernen winzigen Videokameras unter den weißen Kaftanen hervor.

»*Wir glauben und hoffen und denken, daß einmal ein Wunder geschieht; doch wenn wir uns dann verschenken, ist es das alte Lied.*«

Ich gab in jeder Hinsicht mein Bestes. Für die Scheichs natürlich, im Zuge der internationalen Völkerverständigung, aber auch für Fred. Natürlich. Ich sang immer alles nur für Fred. Wenn er mich doch nur ein einziges Mal anlächeln würde. Oder in irgendeiner Weise ein bißchen Regung zeigen. Nur ein Mal.

»*Nur nicht aus Liebe weinen, es gibt auf Erden nicht nur den Einen. Es gibt so viele auf dieser Welt, ich liebe jeden, der mir gefällt!*«

Ich hatte wieder Oberwasser! Günther war in die ewigen Jagdgründe eingegangen, und sein Busenfreund Fred würde ihm noch auf dieser Reise folgen.

Als ich zu Ende gesungen hatte, klatschten die Scheichs begeistert Beifall.

Der Hoteldirektor redete englisch mit ihnen.

»That was the best price I ever made for a German woman«, grinste er dann herauf.

»Bitte?«

»Seventyseven camels! Stark! Sie san schon a ganz a tolle Frau! Aber mer gem Sie nicht her! Sie tun mer noch brauchen! Gell, Fred?!«

Doch Fred verließ bereits rauchend den Saal.

»Fred geht«, unkte der Pianist hinter ihm her.

»Wenn du wüßtest, wie recht du hast«, murmelte ich, während ich die Noten zusammensammelte.

An Bord, 17. März

Der Kapitän des Kreuzfahrtschiffes »MS Blaublut« freut sich,

Frau Burkharda Meier

heute abend um 20.00 Uhr in die Kaminecke des Salons »Prinzessin Caroline von Monaco« zu einem Cocktail und einem anschließenden Abendessen im Restaurant »Vier Himmelsrichtungen« einzuladen.

Harm Lohs, Kapitän

Ich hielt das kostbare Schreiben in meinen Händen.

Es hatte auf meinem Kopfkissen gelegen, als ich aus dem Fitneßstudio kam.

So, so. Wieder mal ein Kapitäns-Dinner. Beim letztenmal hatte der widerliche Schulz seinen schäbigen Charakter freigelegt.

Heute gab es einen neuen Kapitän. Harm Lohs. Was für ein Name für einen Kapitän.

Um Punkt zwanzig Uhr schritt ich in meinem knallroten Escada-Kostüm, das ich mal secondhand für 150 DM erworben hatte, in die Kaminecke des Salons »Caroline von Monaco«. Die drei Warmduscher klimperten dezent im Hintergrund vor sich hin. Der Kapitän, ein baumlanger, gemütlicher Kerl, erhob sich und drückte mir die Hand. Er machte nicht die geringsten Anstalten, sie zu küssen, und das fand ich sympathisch.

»Wir kennen uns ja schon«, rang er sich wortkarg ab.

»Ja. In Auckland im Restaurant haben wir uns kurz getroffen.«

»Genau«, sagte Harm Lohs. Dann setzte er sich wieder und starrte in sein Whiskyglas. Ein richtiger maulfauler nordischer Seebär. Ich mochte ihn auf Anhieb.

Zu meiner Freude war auch Anna eingeladen. Sie erschien, strahlend schön, in einem karamelfarbenen Kostüm. Und dieser neue Bariton, mit dem ich die Zoll-Odyssee erlebt hatte, Friedemann Gottlieb. Er hatte sich in Schale geschmissen. So 'n ganz gut Erzogener war das, Marke: Junge, benimm dich im Leben, dann kannst du was werden. Bestimmt war er Meßdiener gewesen. Wir blinzelten uns freundlich zu.

Und noch zwei bekannte Gesichter hockten da in der Kaminecke hinter Nüßchen und Salzmandeln: Herr und Frau Wollsokke, die Weltreisenden! Na, das konnte ja ein spannender Abend werden. Immerhin waren die meisten hier am Tisch schon in Australien und Neuseeland an Bord gewesen. Mal sehen, was es da zu erfahren gab.

Gerade als wir angefangen hatten zu plaudern, kamen noch zwei Streifenhörner herbei.

»So, dann wären wir ja komplett«, sagte Harm Lohs, indem er sich mit seinem Champagnerglas erhob.

Ich stand auf, nahm mein Glas und lächelte in die Runde.

Das eine Streifenhorn war der Hoteldirektor. Er warf einen zufriedenen Blick auf mein Outfit.

Und das andere war Fred. Er hielt meinem Blick nicht stand.

Wie schon beim letztenmal kam ich am großen runden Tisch neben dem Kapitän zu sitzen. Auf meiner anderen Seite saß Friedemann Gottlieb, der wohlerzogene Bariton. Rechts von ihm saßen Herr und Frau Wollsocke, mir gegenüber der Hoteldirektor, daneben die strahlende Anna und an ihrer anderen Seite Fred. In seiner dunkelblauen Uniform sah er perfekt aus. Ich versuchte, mir über meine Gefühle klarzuwerden. Aber es ging nicht.

Einerseits bekam ich nach wie vor weiche Knie, wenn ich ihn sah. Andererseits war ich sicher, daß er den Film gemacht hatte. Und daß er mich verraten hatte. Obwohl er wußte, daß ich ihn liebte. Dazu gehörte schon ein absolut verdorbener Charakter. Und eine Gefühlskälte, die in keiner Tiefkühltruhe Platz hat. Er lachte sich mit seinen Freunden über mich kaputt. Nein, Fred, dachte ich, du hast bei mir keine Chance mehr. Mein Leben ist verpfuscht. Und deines ist sowieso bald zu Ende. Schade. Dabei hätte es noch so schön werden können mit uns.

Ich starrte ihn haßerfüllt an. Und gleichzeitig liebte ich ihn noch, den verdammten Kerl.

Wir hoben alle wohlerzogen unser Champagnerglas und sagten »Auf einen schönen Abend« und »Zum Wohlsein« und schenkten uns gegenseitig ein süßliches Lächeln.

»Na, denn prost«, sagte Harm Lohs schlicht.

Fred und ich schauten uns nicht in die Augen. Dafür durfte ich einen tiefen Blick von Friedemann Gottlieb auffangen.

Auch der Hoteldirektor blickte mich wohlwollend an. »Gnä Frau ... stark schaun S' aus!«

»Sie auch!« Ich mochte den Mann.

»In die Augen schauen«, sagte Harm Lohs, der rauhe Käpt'n. »Sonst gibt es sieben Jahre schlechten Sex!«

»Ach, die drei Wochen krieg ich auch noch rum«, bemerkte Fred trocken.

Alle lachten. Aber ich war wie vom Donner gerührt. Immerfort stellte er mich bloß, dieser Widerling. Als wenn es nicht schön gewesen wäre mit uns!

Ich strafte ihn mit Verachtung.

»Seit wann sind Sie Kapitän?« fragte ich Harm Lohs.

»Seit Neuseeland.«

»Was ist mit Kapitän Schulz passiert?« Ich wollte es doch möglichst von vielen Seiten hören.

»Der ist im Farbeimerraum sanft entschlafen.«

Harm Lohs sagte das völlig emotionslos, als wäre es das Normalste von der Welt.

Ich wartete, ob er das Ganze noch irgendwie kommentieren würde, aber da kam nichts mehr.

»Ich hörte ...«, trotziger Seitenblick auf Fred, der schweigend vor sich hin rauchte, »... daß er da drinnen nicht alleine war?«

»Kann sein.« Harm Lohs war kein Schwätzer. »War wohl noch 'ne Dame drin.«

»Auch ... entschlafen?«

»Möcht wohl sein.«

Anna warf mir einen warnenden Blick zu.

Friedemann Gottlieb rechts neben mir wollte nun aber alles ganz genau wissen. »Entschuldigung, ich habe gerade mitgehört. WAS ist da passiert?«

»Na, die Frau Meier war ja zu der Zeit nicht mehr an Bord«, posaunte Frau Wollsocke los. »Aber was DA alles passiert ist auf der Reise, das ist schon Wahnsinn! Zuerst sind zwei Passagiere über Bord gegangen ...«

»Nicht so laut, Erna!« Herr Wollsocke schlürfte mit links seine Suppe.

»Wieso soll ich das nicht sagen! Hier gab es Ehekrisen, sag ich Ihnen, der eine, der Reiche, wie hieß der noch, Walter?«

»Erna! Bitte! Wir sind selber reich!«

»Der die Hochzeitssuite hatte mit seiner Frau! Der HAT ja die Frauen angegraben, auf GESCHMACKlose Weise, unglaublich. Haben Sie den noch kennengelernt, Frau Meier?«

»Nein«, sagte ich.

Fred warf mir einen kurzen, irritierten Blick zu.

»Na, auf SIE wäre der alte Lustmolch erst recht abgefahren! Aber seine Frau hat ihn über Bord geschmissen!«

»Das ist ja unglaublich!« Friedemann Gottlieb blieb die Geflügelcremesuppe mit Morcheln und Cognac im Halse stecken.

»Sie GLAUBEN gar nicht, was sich hier abgespielt hat«, schrie Frau Wollsocke über den Tisch. »Kurz danach ist eine Frau ins Wasser gegangen, wissen Sie noch, Herr Kreuzfahrtdirektor, die mit dem geschmacklosen Haarturm! DIE haben Sie aber noch gekannt, Frau Meier?!«

»Nein. Ich glaube nicht.« Desinteressiert löffelte ich mein Estragon-Schaumsüppchen.

»Na, die hat doch immer so affektiert getanzt! Da haben Sie doch mit dem Schweizer Bänker noch so drüber gelacht!«

»Welcher Schweizer Bänker?« fragte ich dreist.

»Jetzt ISSES aber gut, Erna!«

»Die hatten ja auch eine schreckliche Ehekrise. Sie war so reich, Alleinerbin einer Drogeriekette, und er, der Arme, war sowieso einen Kopf kleiner als sie ... und da hat er wahrscheinlich arge Komplexe gehabt ...«

»ERNA!!«

»Und da HAT er sie über Bord geschmissen. Ich weiß das ganz genau!«

»Das kannst du doch gar nicht beweisen!«

»LASS mich doch, Walter! Wer soll's denn sonst gewesen sein?!«

»Na, denn prost«, sagte Harm Lohs.

»Und dann gab es noch diese gräßlichen Leute, deren Sohn immer in der Mittagszeit auf unserer Owner-Suite herumgesprungen ist, verarmter Adel, total verblödet, der Junge ...«

»ER-NA!!«

»Na, dem hab ich Walters Beruhigungsmittel ins Essen getan, da ist er fast von gestorben, kriegte schrecklichen Ausschlag, da haben seine Eltern gedacht, er hätte die Windpocken ...«

»Erna, wenn du jetzt nicht still bist ...!«

Die Stewards näherten sich mit dem Hauptgang.

»So, und da hätten wir heute das gebratene Lammrückenfilet, mit Reis-Zwiebelmus überbacken, Prinzeßbohnen in Kräuterbutter und Blaublut-Kartoffeln, guten Appetit!«

Gleichzeitig rissen die treuen Diener die blankpolierten Bottiche von unseren Tellern.

»Aber das tollste war ja diese Reporterin«, nahm Frau Wollsocke den Faden wieder auf. »Frau Meier, haben Sie DIE noch kennengelernt?«

»Ja, natürlich.« Ich nahm einen Schluck 1997er Pinot Noir du Valais.

Friedemann Gottlieb konnte keinen Bissen mehr zum Munde bringen. »Was ist mit der passiert?«

»Die hat sich selbst umgebracht«, wußte Frau Wollsocke zu

berichten. »Auf ganz elegante Weise.« Sie zerteilte ihrem einarmigen Gatten das Lammrückenfilet. »Handgelenk aufgeschnitten und dann in die Toilette gehalten.«

»Aber davon stirbt man doch nicht...« Friedemann Gottlieb war ein ganz Naiver, das hatte ich gleich gemerkt.

»Nicht, wenn man nicht abzieht.«

»Erna, jetzt ISSES genuch!!«

»Ist Ihr... Freund... inzwischen wiederaufgetaucht?« fragte ich süßsäuerlich Fred, der dem ganzen Gespräch schweigend zugehört hatte.

»Nein«, grollte Fred. »Wenn ein Pax sich um mehr als eine halbe Stunde verspätet, wird abgelegt. Der muß auf eigene Kosten nachreisen. Außerdem ist er nicht mein Freund.«

»Günther? Günther Dittmers? Ist NICHT Ihr Freund?«

»Er hat sich allerdings als Ihr Freund ausgegeben!« sprang mir nun Anna bei. »Er hat behauptet, er hätte das Weihnachtsfest mit Ihnen in Hamburg verbracht!«

»Absoluter Schwachsinn«, grollte Fred. »Ein Aufschneider, ein Wichtigtuer, ein Neureicher. Sonst nichts.«

Bei »Neureicher« zuckten die Wollsockes aber zusammen!

»Er hat einen Film bei Ihnen gesehen.« Ich durchbohrte Fred mit Blicken.

Anna ließ die Gabel mit der Blaublut-Kartoffel auf ihren Teller zurückfallen.

»Na, denn prost«, sagte Harm Lohs.

Die anderen lauschten gebannt.

»Kann sein«, sagte Fred. »Weihnachten hab ich mal schnell bei ihm vorbeigeschaut. Ich brauchte ein Ersatzteil für meine kleine Minox. Er ist Fotohändler. Da hat er wohl mal kurz in ein Video reingeschaut.«

»So«, sagte ich. »Kurz.«

»Ich mache Filme. Das dürfte Ihnen bekannt sein.«

Freds Ton klang unglaublich verletzt.

Ich sah uns auf seinem Bette sitzen, damals, er mit Bermudashorts und Apfelsaft, ich liebestoll, und seine Videos anschauen. Jetzt war eine Wand aus Eis zwischen uns.

»Besonders gern Filme mit versteckter Kamera!« Mein Ton war messerscharf.

Die anderen hörten auf zu essen.

Ausgerechnet in diesem spannenden Moment kamen die Warmduscher mit ihren Quetschkommoden herein. O Gott. Jetzt nicht noch dieses! Immer wenn jemand auf dem Schiff Geburtstag hatte, schleimten die Warmduscher sich beim Essen an und knödelten dreistimmig »Zum Geburtstag viel Glück!«, und die Oberstewardeß gratulierte und tat, als sei der Jubilar ihr liebster Erbonkel, und der Bordfotograf knipste wild herum, und es gab Blumen und eine brennende Torte, und bis sich der ganze Tumult wieder beruhigt hatte, war das Essen kalt. Wir applaudierten alle artig dem unbekannten Jubilar, der im Kreise seiner Lieben in der Ecke saß.

Endlich verzogen sich die Warmduscher wieder.

Die Stewards brachten den Nachtisch.

»Na, denn prost«, sagte Harm Lohs.

»Bist du etwa sauer, weil ich dich gefilmt habe?« Fred schaute mich enttäuscht an. »Du hast doch sonst soviel Humor!«

Mir wollte der Topfennocken auf Marillensauce schier aus dem Munde fallen.

»Fred«, knirschte ich zwischen den Zähnen, »ich bring dich um!«

»Nicht schon wieder!« schrie Erna begeistert.

Harm Lohs, der zwischen uns saß, schaute von einem zum anderen. »Da haben sich aber zwei richtig gern. Na, denn prost.«

Wir starrten uns an, Fred und ich.

»WER hat alles diesen Film gesehen?« zischte ich.

»Och, das halbe Schiff«, grinste Harm Lohs. »Auf den Crew-Parties zeigt der Fred immer ›Best OF‹! Und da gehören Sie dazu, Burkharda! Ist 'n echtes Highlight!«

»Was denn für 'n Film?!« schrie Erna, während sie ihrem einarmigen Mann Pfefferminztee eingoß.

»Erna, BITTE!«

Gottlieb Wendehals neben mir guckte nur immer hin und her. Das alles war zuviel für den gutmütigen Mann.

»Sie sehen aber auch zu komisch aus, wie Sie sich da mit diesem sperrigen Kerl abmühen...«

Ich erstarrte. »Keine Einzelheiten bitte!«

»...mit dem Messer in der Hand... oder war es eine Rasierklinge?«

»WA...WAS?« Gloria, hämmerte es mir durch den Kopf. Nachbarkabine. Versteckte Kamera. Fred hatte mich auch DABEI gefilmt?!

Mein Herz raste.

»Sie haben sich gar nicht ungeschickt angestellt, aber Ihr Opfer hat sich ja fürchterlich gewehrt! Und geschrien und gezappelt! Und Sie hatten so einen verbissenen Blick, so...« Harm Lohs machte eine Schnute und preßte die Lippen aufeinander. »Wenn Sie mal in Rage sind! Frau Meier, Frau Meier!«

»Lauter«, rief Erna. »Wir verstehen nix!«

»Sie hat versucht, ein Schaf zu scheren!« rief Harm Lohs über den Tisch. »In Neuseeland! Da hat der Herr Hahn sie heimlich bei gefilmt!«

»Ach, DAS Video«, lachte Anna. »Ja, das kenn ich! Das ist wirklich süß!«

Harm Lohs schaute mich freundlich an. »Na, denn prost.«

Fred schaute mich auch an. Und schwieg.

Tagelang war ich schon wieder wie in Trance.

Fred war es also NICHT gewesen.

Fred war doch nicht des Todes.

Ich hatte ihn umsonst verdächtigt.

Aber was war mit meiner Liebe geschehen?

Nun war doch alles gut! O.K., ich hatte aus Versehen ein paar

Leute umgebracht, aber um die war es wirklich nicht schade. Was stand denn nun unserem gemeinsamen Glück im Wege? Ich war inzwischen frei. Frank und frei.

Zwei Dinge waren Tatsache: Fred war unschuldig. Aber ich liebte ihn nicht mehr. Sosehr ich auch in mich reinhorchte. Mein Herz klopfte nicht mehr, wenn ich an ihn dachte. Wenn er irgendwo am Rande des Horizontes auftauchte, dann bekam ich keine weichen Knie mehr. Ich konnte wieder essen, wieder schlafen. Ich hatte ihn bitterlich verletzt, ich ihn, und eigentlich hätte ich mich bei ihm entschuldigen müssen. Aber ich verspürte kein Bedürfnis dazu.

Die zweite Tatsache war, daß IRGEND JEMAND nach wie vor von Ulrich und mir ein Foto haben mußte oder ein Video oder was weiß ich. UND es gab jemanden, der diesen vermaledeiten anonymen Brief geschrieben hatte.

Ganz offensichtlich war Günther Dittmers es NICHT.

Ich grübelte und grübelte, während ich auf dem Laufband meine Kilometer abtrabte. Das Hörbuch aus dem Rusch-Verlag »Reg dich nicht auf« half mir nur bedingt weiter.

Die »MS Blaublut« hatte die Vereinigten Arabischen Emirate verlassen und nahm nun Kurs auf Bombay. Wir hatten drei Seetage vor uns. Wir Künstler hatten verstärktes Programm: Anna machte wieder jeden Morgen Wing Tsun mit den Gästen, ich hatte wieder einen Chor gegründet, Friedemann Gottlieb, der hundekuchengute Bariton, erfreute die kaffeetrinkenden Damen und Herren mit dem »Erlkönig« und dem »Leiermann« von Schubert. Das klang dann so:

»*Wer reitet so spät durch Nacht und Wind?*«

Friedrich Feist peitschte die Tasten.

»GERTRAUT!? Gibste mir mal die MILCH?«

»*Es ist der Vater mit seinem Kind.*«

»DIE SAHNE ODER DIE MILCH?«

»*Er hat den Knaben wohl in dem Arm ...*«

»OCH, ICH NEHM WOHL NOCH EIN STÜCKCHEN VON DER BROMBEERTORTE!«

»Mein Sohn, was birgst du so bang dein Gesicht? – Siehst Vater, du die Kunstbanausen nicht?«

»FROLLEIN? HOM SIE SÜSSSTOFF??«

Klapper, klapper, brummel, brabbel, quater die quater ...

»Die Kaffeetanten *mit Kron und Schweif? – Mein Sohn, es ist ein Nebelstreif.«*

»GIBT'S AUCH Kaffee HAAAACH?!«

»Du liebes Kind, komm, geh mit mir! Gar tausend Brombeertörtchen schenk ich dir!«

Und so weiter.

Anna und ich saßen hilflos vor Lachen in der Ecke und sahen unseren armen Friedemann Gottlieb leiden.

»Drüben hinterm Dorfe steht ein Leiermann ...«

Klapper, klapper, würg, schluck, mampf.

»Und mit starren Fingern dreht er, was er kann ...«

Friedrich Feist spielte mit klammen Fingern auf seinem Flügel herum. Es war so ergreifend!

Im Saal unterhielt man sich lautstark.

»Und dann sacht der Reiseleiter, es wär im Bus kein Platz mehr frei! Sachma! In der ersten Reihe wär nur für Behinderte!! Sachma!«

»Barfuß auf dem Eise schwankt er hin und her ...«

Der arme Friedemann Gottlieb tat mir so leid!

»Und sein kleiner Teller bleibt ihm immer leer ...«

»Ham Sie auch Pfefferminztee?« dröhnte jemand in das Zwischenspiel hinein.

»Keiner mag ihn hören, keiner sieht ihn an ...«

Ja. Das war das Los des armen Friedemann Gottlieb.

»Und die Hunde brummen um den alten Mann ...«

Keiner mochte ihn hören, keiner sah ihn an.

Aber ich mochte ihn, fürwahr. Endlich mal ein bis in die Knochen guter Mensch.

Auf See, 25. März

Ab 6.00 Frühstück für alle Frühaufsteher im Salon »August der Starke«.

7.30 »Hallo, Blaublut!« Fröhlicher Wecker mit Fred Hahn. Die Radiosendung, die munter macht.

8.00 Das große Frühstücksbuffet ist eröffnet! Greifen Sie zu und stärken Sie sich für den Tag.

8.15 Für Kalorienbewußte: Zerealien in 125 verschiedenen Zubereitungsarten – im Restaurant »Königin Fabiola«.

9.00 Frühstück für Ausgeschlafene – im Glaspavillon »Schöne Aussicht«. Das Frühstück wird am Platz serviert.

9.45 Bayrischer Imbiß mit Weißwurst und Leberkäs. Dazu: Bier vom Faß.

10.30 Großes Brunchbuffet im Restaurant »Vier Himmelsrichtungen« mit amerikanischem Breakfast. Greifen Sie kräftig zu!

11.00 Für den empfindlichen Magen: Bouillon mit Eierstich und Nüdelchen – im Glaspavillon »Schöne Aussicht«.

11.00 »Fürst-Rainier-Saal«: Diavortrag zum Thema »Magenbeschwerden, Völlegefühl – wer kennt das nicht?« Es spricht: Bordarzt Dr. Hundtgeburth.

12.00 Für den kleinen Hunger: Schnittchen und Canapés im Restaurant »Erzherzog Ferdinand«. Dazu: Bier vom Faß!

13.00 Großes Mittagsbuffet in allen vier Bordrestaurants. Im »Vier Himmelsrichtungen« mit Bedienung! Bitte sichern Sie sich rechtzeitig Ihr Sechs-Gänge-Menü! Guten Appetit!

13.45 Diavortrag zum Thema »Adipositas gestern – heute – morgen«. Es spricht: Bordarzt Dr. Hundtgeburth.

14.30 Zur Verdauung und Entspannung im abgedunkelten »Fürstin-Gracia-Patricia-Kino«: Verbringen Sie Ihr Mittagsschläfchen in netter Gesellschaft! Der Lektor Peer-Holger Kowalski zeigt 800 Dias über die Gewürzstraße.

15.00 Großes Kuchenbuffet im »Fürst-Rainier-Saal«! Heute:

»Aber bitte mit Sahne!« Unser Chefkonditor Josef Hamsterback backt für Sie kleine Sünden! Sündigen Sie mit!

16.00 Für den kleinen Appetit zwischendurch: Häppchen und Schnittchen auf allen Gängen und Treppen! Sie kommen an uns nicht vorbei!

16.15 Bulimie für Anfänger – Erbrechen erleichtert! Unsere Trapezkünstlerin Natascha demonstriert Ihnen gern, wie man die Figur hält! Der Treffpunkt richtet sich nach Windstärke und -richtung!

16.25 Kaffee und Kuchen im Swimmingpool.

16.30 Die Kunst des Cocktailmixens: Unser Chefbarkeeper Ulrich Nageldrauf zeigt Ihnen an der Pool-Bar, wie man tropische Cocktails mit viel Alkohol zubereitet! Dazu: tropische Knabbereien!

18.00 Für den kleinen Appetit zwischendurch: Würstchen und Frikadellen in der Bar »Zum eitlen Fratz«. Dazu: Bier vom Faß!

18.15 Tischplatzreservierung für die Bordrestaurants: Unser Obersteward Gerald Gier nimmt gerne Ihre Wünsche und Anregungen entgegen!

18.30 Dämmerschoppen in allen Bars! Es spielt für Sie: Friedrich Feist am Klavier! Dazu: Knabbereien und Häppchen!

19.30 Für Hungrige: Das Vorspeisenbuffet ist eröffnet! Heute: Rund um den Kaviar! Unser Chefkoch Detlev Löwensenf läßt Sie 27 verschiedene Kaviarsorten probieren!

20.00 Unsere vier Bordrestaurants wünschen guten Appetit! Sieben-Gänge-Menü in allen Restaurants! Kleidungsvorschlag: Cocktailkleid/Anzug und Krawatte.

(Unsere Änderungsschneiderei ist 24 Stunden täglich für Sie da.)

22.00 Tanz in den Orient! Unsere achtköpfige Bänd »Die acht Musketiere« verführt Sie bei türkischem Honig und anderen süßen Schnabulierereien zum Bauchtanz!

22.30 »Die große Abend-Show«! Unsere Künstler an Bord zeigen Ihnen einen bunten Reigen aus Tanz, Gesang, Zaubereien und Entertainment. Moderation: Kreuzfahrtdirektor Fred Hahn. Knabbereien und Erfrischungen auf allen Tischen!

23.30 Dessert- und Eisbuffet im Foyer des »Fürst-Rainier-Saales«. Unsere Stewards kommen mit den brennenden Eisbomben gerne an Ihren Platz!

24.00 Für Nachtschwärmer: Würstchen und Frikadellen in der Bar »Zum eitlen Fratz«.

Snacks und kleine Häppchen in allen Bars bis zum Morgengrauen.

An einem dieser schönen Tage hockten wir träge am Swimmingpool herum und beobachteten das Treiben auf Deck neun. Manche Leute spielten Bingo, andere lasen, die meisten dösten in der Affenhitze vor sich hin.

Ein paar Küchen-Vietnamesen schleppten einen riesigen Eisblock herbei. Er hatte die Ausmaße eines mittleren Sarges. Dann fingen die emsigen Vietnamesen mit Messerchen und Beilchen an, aus dem Eisblock eine Figur zu hacken. Die Leute schlenderten interessiert herbei. Sofort wurden Kameras gezückt.

»Was soll das werden?« fragte ich träge.

»Ein Pferd«, gähnte Anna. »Sie machen immer ein Pferd!«

»Was die sich alles einfallen lassen, um die Gäste bei Laune zu halten ...«

»Das Pferd machen sie aber nur, wenn drei Seetage hintereinander sind. Weil das wohl wirklich viel Aufwand ist.«

»Ja. Das sehe ich.«

Die fleißigen Buntspechte hackten und sägten und klopften im Schweiße ihres Angesichts.

Immer mehr Füße in Badelatschen schlappten über die Planken, immer mehr Fotoapparate und Videokameras wurden auf die Eisfigur gehalten.

Anna verabschiedete sich, um in den Fitneßraum zu gehen. Der Kapitän Harm Lohs näherte sich. Er hatte ein blütenweißes Hemd an mit fünf Streifen auf der Schulter.

Trotz der Affenhitze sah er tadellos gebügelt aus.

»Na? Alles klar?«

Mit größter Selbstverständlichkeit ließ er sich auf den frei gewordenen Nachbarliegestuhl plumpsen.

Die Leute guckten.

»Alles bestens.«

»Ganz schön heiß«, sagte Harm Lohs und wedelte sich mit einem Bierdeckel Luft zu.

Wollte er etwa ein Gespräch anfangen? Bei vierzig Grad in der Sonne? Mitten unter den vielen Leuten?

»Wo kriegen die eigentlich so einen riesigen Eisblock her?« fragte ich.

»Kühlraum.«

»Aha.« Danke für die erschöpfende Auskunft. »Bitte etwas präziser, wenn's keine Umstände macht?!«

»Wasser in Eisentruhe, und dann – minus vierzig Grad! In fünf Minuten ... fertig.«

Boh! Das war ja ein wahrer Redeschwall für den maulfaulen Käpt'n! Fürwahr, ich mochte ihn. Und er mich anscheinend auch.

»Wolln Se mal sehn?«

»Ja! Klar!«

Wir erhoben uns und gingen zusammen fort.

»O je«, sagte ich. »Die Leute denken jetzt ...«

»Lasse denken.«

Der Käpt'n latschte mit schwankendem Gang die Planken entlang, und ich folgte ihm leichtfüßig. Die Passagiere steckten die Köpfe zusammen und tuschelten hinter uns her.

Leider sah uns auch Fred Hahn gemeinsam hinter einer »Staff only«-Eisentür verschwinden. Seinen Blick werde ich nie vergessen. Er war not amused.

Aber – was hätte ich tun sollen? Zu ihm laufen, ihm versichern: »Wir gehen bloß Eisblöcke gucken«? – Nein. Ich schuldete ihm keinerlei Erklärung.

Der Käpt'n hatte anscheinend Zeit übrig. Er machte eine ausführliche Schiffsbauchführung mit mir.

»Hier. Maschinenraum.« Er öffnete eine Eisentür, und sofort schlug uns ein Höllenlärm entgegen. Schwitzende Arbeiter standen an riesigen, stampfenden Maschinen.

Der leitende Ingenieur Schlippowski und sein erster Ingenieur Jurgilewski kamen in schmierigen Overalls artig herbeigeeilt, zogen ihre Lärmschützer von den Ohren und grüßten den Käpt'n zackig.

»Die Dame hier will mal gucken«, rief Harm Lohs.

»Wenn ich darf!« schrie ich.

»Klar!« Die Ingenieure führten mich an brodelnden Kesseln vorbei, an stampfenden, ratternden Zahnrädern, an Pump- und Kläranlagen, es quietschte und rasselte, es tobte und dampfte, es spie und röchelte überall anders. Sie zeigten mir den riesigen Airconditioning-Raum, und dann gelangten wir in den Kühlraum. Es war klirrend kalt. An den Wänden standen einige dieser Särge, in denen Wasser vor sich hin fror. Einige philippinische Arbeiter schleppten einen schmelzenden Pferdekopf aus Eis herbei und hievten ihn in einen leeren Eisenbottich. Sie schwitzten trotz der klirrenden Kälte vor Anstrengung. Es dampfte gigantisch aus den Stickstoffbehältern.

»Hat ja nicht lange gehalten, das Prachtstück! Morgen gibt's wieder 'n Gaul aus Eis!« Der Käpt'n grinste.

»Hier halten Sie es nicht lange aus«, schrie Schlippowski gegen den Lärm an. Überall schufteten philippinische und vietnamesische Männer in Schutzanzügen herum.

Man zog mich aus dem Kühlraum. »Is gefährlich! Können Se Frostbeulen kriegen! Geht ganz schnell!«

Ein junger Kerl mit einer völlig verschmierten Gummischürze und triefenden Gummistiefeln latschte herbei. Er stank bestialisch.

»Sorry, daß ich mal stören muß. Aber die Abwasserleitung ist schon wieder verstopft!«

»Riesenschweinerei!« schimpfte Schlippowski wütend. »Hat wieder jemand einen Tampon oder so was in die Vakuum-Toilette geschmissen! Kann ich lange danach suchen!«

»Unser Azubi muß immer bis zum Hals in die Jauche!« grinste der Käpt'n.

»Ich bin immer der Arsch!« maulte der Azubi. »Was die Leute so ins Klo schmeißen! Letztens fand ich ein Damennachthemd in der Scheiße!«

»Was Sie nicht sagen!« rief ich entsetzt.

»Und vorige Woche einen Lockenwickler. Ein einziger Lokkenwickler legt die Abwasserentsorgung völlig lahm! Wenn die Leute das wüßten!«

»Aber das könnte man doch mal ins Tagesprogramm schreiben! Besichtigung der Abwasseranlage! Da würden die Passagiere sorgfältiger mit ihrer Toilette umgehen!«

»Könn' wir nicht machen«, sagte Schlippowski. »Das ist ganz allein unser Problem!«

»Ja, denn ... schönen Tach noch!«

Ich verabschiedete mich dankend von Schlippowski und Jurgelewski, und dann führte mich der leutselige Harm Lohs noch in die riesige Wäscherei.

Hunderte von chinesischen Heinzelmännchen schleppten Wäschesäcke, stopften Laken und Bettbezüge in riesige Waschmaschinen, es stiemte und waberte wie in einem römischen Dampfbad, die Luft war heiß und feucht wie in einem tropischen Urwald. Die schweißüberströmten Chinesen pfiffen bei ihrer Arbeit und waren guter Dinge. So viele fleißige weiße Ameisen hatte ich noch nie gesehen. Und das alles in diesem unermeßlichen, riesigen Schiffsbauch!

»Unglaublich! Und die fahren alle immerfort mit? Was machen die abends?«

»Pennen!« griente Harm Lohs. »Die malochen sechzehn Stunden pro Tag! Müssen ihre Familien ernähren!«

»Was machen die denn sechzehn Stunden pro Tag?!«

»Die Bettwäsche wird täglich gewechselt und immer gekocht«, sagte Harm Lohs. »Was da für ein Strom verbraucht wird, das geht auf keine Kuhhaut.«

Ich bestaunte die gigantische Waschküche mit den Dutzenden von Waschmaschinen, die ohne Pause liefen.

Auch die Trockner waren im Dauereinsatz. Weiß gekleidete Chinesen stopften und schleppten und ordneten und reckten die Wäsche. Nebenan war der Plättraum. Es war brüllend heiß. Aber es roch nach Kindheit.

»Früher habe ich meiner Mutter auch immer geholfen, die Wäsche zu recken, und dann trugen wir den Waschkorb in die Heißmangel.«

»Na, denn man tau«, sagte Harm Lohs.

Am Schluß führte mich der Käpt'n sogar noch in die Großküche des Restaurants »Vier Himmelsrichtungen«. Um diese mittägliche Zeit herrschte Hochbetrieb. Auch hier ein eifriges Treiben, ein Kommen und Gehen, ein Rennen und Eilen. Dreißig philippinische Küchengehilfen waren mit Gemüseputzen, Schneiden und Hacken beschäftigt. Ich bewunderte die vielen riesigen Messer, die an den blankgescheuerten Wänden hingen. Keiner der mit Messerchen und Beilchen beschäftigten Kerlchen schien sich bis jetzt einen einzigen Finger abgehackt zu haben. Die Köche mit den hohen Mützen warfen Fleisch in brodelndes Fett in riesigen Pfannen, andere buken rasend schnell Pfannkuchen, wieder andere schütteten gerade aus gigantisch großen Töpfen kochendes Wasser ab. Ich stand überall im Weg. Jeder Schritt, jede Handbewegung dieser fleißigen Kerls saß. Die Konditoren formten schon wieder Pralinés und Marzipanschweinchen und Sahnetrüffel, andere dekorierten Mandelsplitter an Erdbeerhälften, ein Schwein aus Butter glotzte starr auf das geschäftige Treiben. Riesige Brotkörbe wurden gefüllt, zwei Weißbeschürzte säbelten Käse vom Brett und dekorierten ihn mit Nüssen, Radieschen und Kümmelbaguette. Tausend verschiedene Düfte zogen an meiner Nase vorbei.

»Ich will nicht länger stören«, sagte ich zu Harm Lohs, der hier und da jovial in Töpfe blickte und kleine Kostproben zu sich nahm.

»Ach, Sie stören doch nicht! Hier! Probieren Sie mal!« Der freundliche Küchenchef Detlev Löwensenf überreichte mir ein Schälchen mit noch warmem Orangenschalenmus. Es schmeckte erfrischend säuerlich.

»Hm! Gut!«

»Und jetzt Grapefruit-Zitronen-Pfefferminz-Sorbet mit Zimt-Schafskäse«, sagte Löwensenf. »Da tanzen die Geschmacksnerven Tango! Eine Spezialität von unserem Sorbet-Meister!«

Ich probierte. Tatsächlich. Zunge und Gaumen zogen sich augenblicklich zusammen wie eine Schnecke, der man auf die Fühler packt.

Der Sorbet-Meister winkte mir freundlich zu. »Da ist alles drin! Süß, sauer, bitter und salzig!«

Den hatte seine Mutter bestimmt zu früh vom Topf geholt. Wie sonst wird man Sorbet-Meister und erfindet solche schwachsinnigen Kreationen?!

»Wir als Kinder, wir haben auch mal vor lauter Übermut einen alten Pfefferminzteebeutel mit Braunschweiger Teewurst beschmiert und das Ganze mit Maggi gewürzt«, scherzte ich. »Aber der Hund wollte es nicht fressen!«

Alle lachten. Der Sorbet-Meister fühlte sich gekränkt.

»War nicht so gemeint«, sagte ich schnell. »Wir haben's dann in den Gulli geschmissen.«

Der Küchenchef überreichte mir ein Schälchen. »Hier! Nehmen Sie eine Portion mit an Deck! Genießen Sie's in Ruhe!«

»Na gut. Danke!« Ich schleppte mein Schafskäse-Sorbet mit nach oben.

Als ich wieder an meinem Liegestuhl ankam, war der Pferdekopf schon gänzlich geschmolzen. Ich warf mich in den Stuhl und knabberte an meinem abartigen Sorbet herum.

Die Leute lagen wieder schnarchend und apathisch auf ihren Pritschen.

Eine riesige Wasserlache hatte sich unter dem Tisch gebildet, auf dem das Kunstwerk gestanden hatte.

»Was ist das denn für 'ne Riesenpfütze?« fragte Anna, die gerade aus dem Fitneßstudio zurückkam.

»Da haben sich heute morgen die anonymen Blasenschwachen getroffen«, sagte ich träge. Wir lachten uns kaputt. Dann setzten wir uns Kopfhörer auf und hörten Eric Clapton.

»Lassen Sie sich nicht stö-ren!«

»Bitte? Was?«

Eine kalte nasse Hand legte sich auf meinen sengend heißen Oberschenkel. Ich mußte in der Sonne eingeschlafen sein.

»Lassen Sie sich nicht stö-ren!« Eine ältere Dame mit Gumminoppenbadehaube im Teichhuhndesign beugte sich über mich.

»Nein! O.K. Danke!«

Ich schloß die Augen wieder. Eric Clapton sang gerade: »Do you feel all right? And I said yes, I feel wonderful tonight.«

»Aber ich will Sie doch mal an-spre-chen!«

Die Dame nahm ihre Hand nicht von meinem Bein.

Nun HATTE sie mich ja angesprochen. UND gestört. Beides.

Ich öffnete das eine Auge.

Sie sagte etwas, was ich nicht verstand. Widerwillig nahm ich den Kopfhörer ab.

»Ich setz mich nur mal ganz kurz zu Ihnen.«

Schon plumpste der nasse Popo dieser Dame auf meinen Liegestuhl.

Ich rutschte erschrocken zur Seite. »Kennen wir uns?«

»Nicht direkt, nein. Aber meine SCHWESTER laber laber, die war auf der Reise hier, als Sie auch da waren. Australien, im Dezember. Und die war auch in Ihrem wunderbaren CHOR!! So schöne Sachen haben Sie da ja Weihnachten laber laber, bla, bla ...«

Ich hörte der Dame nicht wirklich zu. Sie störte mich schrecklich, und ich wollte in Ruhe Eric Clapton hören und dabei an alle wunderbaren Streifenhörner dieses Schiffes denken. Ich zuckte erst zusammen, als sie das Wort »Brief geschrieben« sagte.

»Bitte? Entschuldigung, ich hab Sie gerade akustisch nicht verstanden ...« Ich riß mir nun Eric Clapton vollends vom Ohr und drückte auf die Stop-Taste. Sofort hörte Eric auf, sich wonderful zu fühlen. Genau wie ich.

»... ja wie ich schon sagte, und weil meine Schwester und mein Schwager Ihren lieben Mann ja von seinen schönen Kirchenkonzerten her kennen, haben wir ihm Weihnachten einen ganz besonderen Brief geschrieben.«

Ich erstarrte. »WAS haben Sie??«

»Weihnachtspost! Wir haben uns so Mühe gegeben, daß der Brief unbedingt noch am Heiligen Abend ankommt! Mein Schwager ist sogar nachts noch zur Post gefahren in Hamburg ...«

Ich starrte die Frau an. Sie saß auf MEINER Liegestuhlkante und hatte die unglaubliche Dreistigkeit, mir gerade von dem widerlichen anonymen Brief ... sie hatte die STIRN ... es mir so direkt ... ins Gesicht ... zu sagen?

»Was wollen Sie von mir?«

»Ich beobachte Sie schon lange. Meine Schwester und mein Schwager haben Sie auch beobachtet. Erinnern Sie sich nicht an meine Schwester?«

»Nein.«

»Na, sie hatte so eine Frisur wie ich ...« Die Frau lupfte ihre Badehaube. Zum Vorschein kamen: lila Zotteln! Plötzlich sah ich sie vor mir: die Frau von Rudolf! Die Kegelbruder-Clique! Natürlich! Die Frau hatte in meinem Chor mitgesungen! Und Rudolf hatte ich nicht nur einmal abgewiesen! Der Tänzer, der nur in der Auffahrt gut war! Die Badeschlappen-Brüder!! Es fiel mir wie Schuppen von den Augen. DIE hatten den Brief geschrieben! Natürlich! Und pausenlos ihre Kameras auf mich gehalten! Die Frau sang in HAMBURG im Chor! Zweiter Alt!

»Wir haben auch so schöne Fotos von Ihnen«, sagte die Frau.

Sie kicherte. Ich erschauerte. Welch eine unglaubliche Frechheit! Ich wollte sie von meinem Liegestuhl schubsen, in den Swimmingpool, und sie dort ertränken, aber das ging natürlich nicht, weil so viele Leute um uns herumsaßen.

»Wir wollten die Fotos auch Ihrem lieben Mann schicken, aber da waren sie noch nicht entwickelt!«

Meine Gedanken überschlugen sich.

Endlich. ENDLICH hatte ich die wahre Erpresserin!!

SIE, Frau Teichhuhn, hatte all mein Lebensglück auf dem Gewissen!

Ich mußte sie erledigen.

Ich wußte nur noch nicht, wie.

Aber der Zufall eilte mir zu Hilfe.

Gleich am nächsten Tag, es war der dritte Seetag in Folge, wurde wieder ein riesiger Eisblock herbeigeschleppt. Frau Teichhuhn paddelte plaudernd mit anderen Noppenbadehauben im Kreis herum.

»Ach, jetzt schnitzen sie wieder so einen Pferdekopf«, sagte sie. »Da werd ich ganz schnell meine Videokamera holen!«

Sie kletterte aus dem Becken und verschwand in der Dusche. Meine Gedanken rasten. Jetzt würde sie auf ihre Kabine gehen. Ganz allein.

Unauffällig stand ich auf, warf mir mein Strandkleid über und schlenderte Richtung Ausgang.

Und tatsächlich. Auf der anderen Seite des Pools ging auch sie zum Ausgang. Ich begegnete ihr wie zufällig im Treppenhaus. Niemand war in der Nähe. Alle standen draußen und begafften den Pferdekopf.

»Wollen Sie das Eispferd filmen?«

»Ja! Ich muß mich beeilen, denn sie fangen schon an zu arbeiten!«

»Ich zeig Ihnen was, das filmt sonst keiner!«

»Später, Frau Meier.« Sie hoppelte die Treppen hinab.

»Kommen Sie! Ich zeig Ihnen, wo das Eis herkommt!«

Jetzt mußte sie anbeißen, sie MUSSTE!!

Ich öffnete die Tür »Staff only« und hielt den Fuß dazwischen. »Dann haben Sie einen richtigen Dokumentarfilm!«

»Kindchen, ich muß aber erst meine Videokamera holen! Wenn Sie so freundlich sind und hier warten ... meine Kabine ist gleich da vorn!«

Sie wackelte über den Gang davon. Ich wartete, den Fuß in der schweren Eisentür. Komm wieder, dachte ich, komm schon! Es muß mich doch hier niemand sehen!

Und da kam sie angedackelt. Sie hatte die Videokamera dabei! Na los! Im Rennen drückte sie mir einen Umschlag in die Hand. »Hier, Kindchen. Das wollte ich Ihnen schon die ganze Zeit geben.«

Wir liefen die Eisentreppen hinab. Wo WAR hier noch mal der verdammte Tiefkühlraum?!

Aaah, da kamen die Filipinos zurück.

»Kommen Sie!« Wir folgten den fleißigen Männern wie zwei flatternde Hühner. Frau Teichhuhn war sichtlich erfreut über dieses ungewöhnliche Abenteuer.

Die beiden öffneten die schwere Tür, hinter der nur weißer, dichter Stickstoffnebel qualmte.

»Schnell«, sagte ich. »Vielleicht können Sie da drinnen filmen!«

Ich zog sie am Ärmel ihres Bademantels durch die offenstehende Tür.

»Aber leise! Bestimmt ist das hier verboten«, zischte ich.

Drinnen war es so nebelig, daß die zwei Filipinos uns gar nicht bemerkten. Sie wuchteten mit aller Kraft den Eisblock auf ihren Lastkarren, mit Hilfe von dicken Handschuhen, Schnüren und Seilen.

Frau Teichhuhn friemelte an ihrer Videokamera herum.

»Damit haben wir schon die schönsten ... kompliziertesten ... Aufnahmen gemacht! Die ist ausgestattet mit einer Nacht-und-Nebel-Linse ... ich muß die nur gerade einstellen ...« Nun stand sie direkt vor der Wanne.

Sie konzentrierte sich auf ihre Kamera.

In dem Moment versetzte ich ihr einen Stoß.

Sie stolperte, schrie auf, die Filipinos ließen gerade die Tür hinter sich ins Schloß fallen, ich wußte, zehn Sekunden würde ich es hier drinnen noch aushalten ... Frau Teichhuhn fiel wie geplant genau in die leere Zinkwanne hinein, aus der die Jungs gerade den Eisblock gestemmt hatten. Ich griff nach dem Wasserschlauch.

Pschschschschschscht! Volle Dröhnung Prasselstrahl!

Es dampfte vor Kälte. Die Wanne war voll. Ich schlotterte! Meine Hände waren starr vor Frost. Die Fingernägel liefen blau an. Frau Teichhuhn lag bäuchlings im Eiswasser. Sie erstarrte bereits. Nix wie raus! Ich warf mich mit voller Wucht gegen die Tür, sie ging auf, zum Glück, sonst wäre ich hier gemeinsam mit der Erpresserin verendet. Ich schaute rechts und links, rannte hastig über den leeren Gang – nein, niemand sah mich –, stürzte ins Treppenhaus, nahm immer zwei Stufen auf einmal, kam am Maschinenraum vorbei – hier wie immer irrer Lärm, ein Stampfen und Dröhnen, niemand nahm von mir Notiz –, ich rannte weiter, sah wieder Tageslicht, öffnete die Tür zum Seitendeck, umrundete das Schiff auf Deck fünf, wo um diese Zeit niemand war, kletterte dann die Hintertreppe hinauf und kam auf Deck neun an, als gerade der Eisblock von der Karre geladen wurde.

»Zwei Pferde! Heute machen sie zwei Pferde!« hörte ich die Leute sagen.

Ich ließ mich in meinen Liegestuhl plumpsen und versuchte, mein verräterisches Keuchen unter Kontrolle zu kriegen.

Langsam wurde ich ruhiger. Niemand beachtete mich. Die Leute beobachteten die Bildhauer. Eisspäne flogen, bewundernde

»Aahs« und »Oohs« wechselten sich mit Kamerasurren und dem Klicken der Fotoapparate ab.

Ich schaute auf meine fast erfrorenen Hände. Nun floß wieder Blut in ihnen. Meine starren Finger ließen sich wieder bewegen. Da erst bemerkte ich, daß ich immer noch diesen Umschlag in den Händen hielt.

Ich öffnete ihn mit zitternden Fingern.

Ein Brief fiel mir entgegen und einige Fotos.

Sie zeigten mich bei der Chorprobe und beim Konzert.

Ein Foto zeigte Rudolf und mich, wie wir tanzten.

Auf einem anderen Foto trank ich mit der lilahaarigen Gattin Champagner. Das war alles.

Kein kompromittierendes Foto von Ulrich und mir?

Ich blätterte die Bilder noch einmal durch.

Nein. Nichts. Nur völlig harmlose Urlaubsfotos.

Mit klammen Fingern nahm ich den Brief.

»Liebe Weihnachtsgrüße«, stand da zu lesen. »Und alles Gute im Neuen Jahr. Ihre Familie Wißmann aus Hamburg.«

Tags darauf war wieder Zwanziger-Jahre-Ball.

Anna und ich, wir warfen uns in die schicksten engen Fummel, staffierten uns aus mit Federboas, langen Zigarettenspitzen und Haarschmuck, und ich Übermütige klebte mir zur Feier des Tages sogar eine Locke übers rechte Auge.

Wir saßen am Zweiertisch im »Vier Himmelsrichtungen« und genossen das Galamenü. Mit Anna gab es immer etwas zu erzählen, immer etwas zu lachen.

Wieder kamen die Gigolos herein, begleitet von den drei Warmduschern.

Unser armer Bariton Friedemann Gottlieb fühlte sich sichtlich unwohl in seiner Rolle als Gigolo! Sie hatten ihm einen Schnauzer angemalt und die Haare mit Gel an den Kopf gepappt. Das war ganz entschieden unter seiner Würde! Der Arme! Wie gern hätte er mit Anna und mir am Tisch gesessen und gelästert und gelacht!

Wir mochten Friedemann Gottlieb inzwischen richtig gern. Er war hundekuchengut. Nie würde er auch nur einer Fliege was zuleide tun.

Auch Fred Hahn war unter den Gigolos. Mit seiner angeklebten Frisur, dem schmalen Schnauzer und dem Monokel sah er noch machohafter aus als sonst. Mein treuer Freund Larry-hol-schon-mal-das-Mikro machte als Gigolo eine ausgesprochen gute Figur.

Die drei Warmduscher sahen bescheuert aus in ihrem Zwanziger-Jahre-Outfit. Na ja. Sie sahen eigentlich immer bescheuert aus.

Die Gigolos verteilten Tanzkärtchen an die speisenden Damen. Jeder Gutschein versprach einen Tanz mit dem Gigolo ihrer Wahl.

Sah ich recht? Näherte sich Gigolo Fred Hahn unserem Zweiertisch im Eckchen? Chefsteward Gerald Gier zog irritiert eine Augenbraue hoch und verdrückte sich mit seiner Champagnerflasche, aus der er gerade diskret nachschenken wollte.

»Die Damen?!« Fred machte einen artigen Diener.

»Der Herr?!«

»Ich kann nicht tanzen«, sagte Fred, indem er einen Stapel Kärtchen auf den Tisch legte. »Aber ihr könntet mich gerade deshalb aus einer mißlichen Lage befreien.«

Ich bin ein gutherziger Mensch.

O.K., ich morde manchmal, wenn mir einer zu nahe tritt. Aber wenn mich jemand lieb um etwas bittet, kann er mich um den Finger wickeln. Das ist allgemein bekannt.

Also raffte ich die gesamten Tanzkärtchen an mich und sagte huldvoll: »Wir sehen uns später.«

Anna widmete sich interessiert dem interessant schmeckenden Pfefferminzbeutel-Sorbet an Schafskäse mit Zimt.

Fred verschwand im Kreise seiner Gigolos.

»Liebst du ihn noch?«

»Nein. Ich glaube nicht.«

»Aber du hast so viel darum gegeben ...«

»Ja«, sagte ich, indem ich gedankenverloren an meinem Vier-Geschmacksrichtungen-Sorbet nippte, »das habe ich wohl. Zu viel. Das wird's wohl sein.«

Im »Fürst-Rainier-Saal« war aber was los! Mindestens zwanzig Paare wogten und walzten auf der Tanzfläche herum! Mein armer Fred kämpfte gerade mit einer älteren Dame, die ganz und gar nicht akzeptieren wollte, daß er, ein professioneller Gigolo, nicht tanzen konnte! Fast hätte sie ihm mit ihrem Stockschirm eins über die Rübe gehauen!

Anna und ich betrachteten die Szene von Deck sieben aus, von der Brüstung.

»Nun befreie ihn doch schon!«

»Ich weiß nicht. Warum sollte ich!«

»Komm! Vergelte nicht Gleiches mit Gleichem! Das ist nicht dein Niveau!«

»O.K., ist ja schon gut!«

Ich knallte mein Champagnerglas auf die Bar und stöckelte die Freitreppe hinab. Prinzessin Caroline von Monaco lächelte von der Wand auf mich herunter.

»Darf ich bitten?«

»NEIN! Dieser Tanz gehört MIR!«

»Aber liebe Dame! Sie sehen doch! Dieser Mann KANN überhaupt nicht tanzen!«

»Deshalb kriegen Sie ihn trotzdem nicht! Und so was nennt sich Kreuzfahrtdirektor! Zu MEINER Zeit...« Sie wollte ihn hauen. Ich kam mir überflüssig vor.

»Gnä Frau...!« Ich fuhr herum. Oh! Der Herr Hoteldirektor! Hartwin Danz!

»Darf i bitt'n! Let's dance!«

Ich warf Fred einen bedauernden Blick zu. Versucht hatte ich's. Und dann schwenkte mich dieses göttlich tanzende Streifenhorn im Kreis. Ich schwebte.

»Wie geht's?« schnarrte er.

»Wunderbar!« Alles drehte sich. Wir umflogen geschickt die anderen Paare, beschrieben weite Kreise. Die Jungs von der achtköpfigen Bänd lachten und winkten mir zu, soweit das bei ihrer Beschäftigung möglich war.

»Hom S' noch problems kriegt?«

»Biddä?«

»Ob Sie noch Be-läs-ti-gun-gen aus-ge-setzt wurr-dän!«

»N ... Nein. Nicht, daß ich wüßte. Was für Belästigungen?«

»No, wegns dem picture. And about this dubious letter.«

»WAS?« Ich stolperte über meine eigenen Füße. Nicht schon WIEDER!! Wann war Schluß mit dieser Arie?! Ich wollte endlich meine Ruhe haben!

Harm Lohs tanzte an uns vorbei. Er hatte Anna im Arm. Die beiden waren ein schönes Paar.

Fred führte inzwischen die alte Dame zu ihrem Platz. Sie schüttelte böse den Kopf und hieb mit ihrem Stock auf den armen Fred ein.

Friedemann Gottlieb konnte AUCH kein bißchen tanzen! Der Arme! Er bezog gerade Dresche von einer sehr alten, dicken Frau, die mit zwei Krückstöcken auf ihn einschlug. Kein angenehmer Job. Ich überlegte, ob ich ihn retten sollte. Aber ich hatte Lust auf diesen wunderbar tanzenden Hoteldirektor. Dieser Mann hatte Klasse!

»What are you doing tomorrow?!«

»Morgen ... was ist morgen?«

»Bombay, gnä Frau.«

Einmal ... noch nach Bombay, einmal ... nach Shanghai ...

»Ich ... werd mir wohl die Stadt ansehen«, sagte ich, während wir Tango tanzten. Mein Gott, konnte dieser Mann Tango tanzen! Wahnsinn!

»Wenn S' bis two p.m. warten, I have a car at the harbour!«

»Ich ... wollte sowieso noch proben ...«, log ich. Ja, verdammt, mit DIESEM Mann durch Bombay schlendern ... das war nicht das Verkehrteste!

Hartwin Danz verstärkte seinen Griff und schwenkte ab übers Parkett.

Wahnsinn.

Es gibt ja eine Weisheit, die besagt, daß Männer genauso küssen, wie sie tanzen. Weiß Gott, dachte ich, was dieses Hörnchen mir noch für vergnügliche Stunden bringen wird.

Und auf einmal sah ich Fred, der gerade wieder ungeschickt mit einer alleinreisenden Dame auf dem Parkett herumwankte, mit ganz anderen Augen.

Nun würde ich Bombay sehen! Ich konnte es kaum erwarten! Um Punkt zwei stand ich an der Rezeption, mit einem bodenlangen, ärmellosen Kleid.

Hartwin Danz erschien in einem hellblauen Hemd und beigefarbenen, gut sitzenden Hosen. Er trug zum erstenmal Zivil, seit ich ihn kennengelernt hatte.

Kind, der Mann hat Geschmack, sagte Hättwich, die ich schon totgeglaubt hatte.

»Let's go!« sagte Hartwin schlicht und schob mich vor sich her die Gangway hinab. »Wie geht's?«

»Danke, gut!«

Dieser Mann war kein Schwätzer. Aber er war eine blendende Erscheinung, fürwahr.

Unter den neidischen Blicken der Passagiere und Crewmitglieder stieg ich mit ihm in einen bereitstehenden Wagen.

Der Fahrer, ein magerer junger Inder, fragte schüchtern, wohin er fahren solle.

Hartwin gab ihm auf Englisch barsche Befehle, und der junge Fahrer zuckte zusammen und zog die Schultern ein.

Hey, man, dachte ich. So redet man doch nicht mit einem Driver. Reiß dich doch mal am Riemen, Mensch.

»Wie geht's?« schnarrte daraufhin der Hoteldirektor in meine Richtung.

»Danke, gut!« Dem fiel wohl auch nichts anderes ein. Diese

Seebären sind alle keine Entertainer. Außer Fred, natürlich. Aber nun hatte ich Gefallen an diesem Halb-Ami mit dem steirischen Wortfetzen-Cocktail gefunden. Was war denn jetzt mit meinen Gefühlen für Fred?

Mit ihm hatte ich doch leben wollen! Leben und sterben!

Und auf einmal lösten sich alle meine Gefühle für ihn in Luft auf. Nur weil ein neues Streifenhorn meinen Weg gekreuzt hatte?

Ich starrte aus dem Fenster.

Kaum hatten wir den Hafen verlassen, umfing uns ein Gewühl von Menschen, Ochsenkarren, Pferdegespannen, Autos, die links fuhren, Hunden, Kindern, Bettlern, Gestalten ... ich glaubte zu träumen. Dies hier war doch nicht Wirklichkeit! Bombay war ein Schmelztiegel aus Tausenden von Sprachen, Lebensbedingungen, Rassen, Religionen. Alle zehn Millionen Bewohner der Stadt schienen auf dieser Straße unterwegs zu sein.

Unser Driver umrundete geduldig ein paar magere Kühe, die eine Kreuzung blockierten. Riesige rote Doppeldeckerbusse schoben sich durch den Verkehr, klapprige Karossen, Taxis, Mopeds, Fahrräder, zerlumpte Gestalten, die zu Fuß gingen ... es hupte ohne Unterbrechung. Das Hupen machte akustisch Bombay aus. Es gab tausend andere Geräusche, aber niemals verstummte das Hupen. Ich starrte aus dem Fenster. Tempel, Hotels, feine Villen, dann Slums, Slums, Slums, so weit das Auge reichte.

In den roten Doppeldeckerbussen Angestellte in weißen Hemden, mit feinem Gehabe, Sonnenschirm und Zeitung, aber direkt neben den Geschäftsleuten Bettler, Affenmenschen, Schlangenbeschwörer. Ein faszinierendes Durcheinander, in dem die britische Kolonialherrschaft ihre Spuren hinterlassen hatte. Die schimmernden Farben der Saris – feine, vornehme indische Frauen, die stolz und schön durch die staubigen Straßen wehten. Sonnengleißende Tempelwände vor dem glitzernden, schimmernden Hafengewässer, an dem wir entlangfuhren.

Kinder! Kleine Kinder! Winzige Kinder! Dünne, ausgemergelte Kinder! Ungepflegte, ungewaschene, strähnige schwarzhaarige Kinder, in Lumpen oder halb nackt. Sie alle liefen barfuß auf den vielbefahrenen Kreuzungen herum, hämmerten mit den flachen Händen an unser Fenster und machten die »Hunger-Essen!«-Geste. Ich konnte nicht hinschauen!

»Wie geht hier die Scheibe runter?«

»No way. The window is closed!« Hartwin sprach mit seinem lässigen amerikanischen Englisch mit dem indischen Fahrer, und dieser verstand offensichtlich kein Wort.

»Please open the windows!« rief ich verzweifelt, indem ich nach meinen Dollar-Scheinen wühlte.

Der Fahrer erklärte in seinem gebrochenen, indisch gefärbten Englisch, daß das »dangerous« sei, der Zustand und das Gebaren dieser Kinder »absolutely normal« und daß ich auf keinen Fall etwas geben solle.

»Aber WARUM nicht? Die haben Hunger! Die krepieren ja!«

Ich wollte meine Augen verdecken, weil ich vor so viel Elend und Menschenunwürde so machtlos war.

Ich war auf viel gefaßt gewesen, aber auf so eine geballte Ladung Elend nun auch wieder nicht.

Wir durchfuhren ein Viertel, in dem acht- bis zwölfjährige Kinder als Prostituierte in Käfigen feilgeboten wurden. Ich schrie entsetzt auf.

»Bitte, Herr Danz! Ich will hier weg!«

Hartwin herrschte den Fahrer an, schneller zu fahren! Über die Menschenknäuel hinweg!?

»Vorsicht! Bitte nicht!«

Mir wurde schlecht. Das konnte doch nicht DAS LEBEN sein! Um die Jahrtausendwende!

Inderinnen im Sari klopften an die Autoscheiben, boten sich und ihre kleinen Kinder feil! Hände, Hände, Hände an den Scheiben. Inzwischen war ich sogar froh, daß die Fenster nicht zu öffnen waren.

Hühner flatterten in Verschlägen, ausgezehrte Hunde humpelten über die Straße, überall rote Doppeldeckerbusse. Vor jeder Kuh wurde angehalten. Polizisten lenkten den Verkehr um die Tiere herum. Aber Menschen – MenschenKINDER waren nichts wert!

Unser Fahrer hupte ununterbrochen. Der Wagen wälzte sich mit den anderen Gefährten zentimeterweise voran.

Und plötzlich: der Anblick des neugotischen Bahnhofs, einer riesigen Kathedrale ähnlich! Er glich eher dem Bühnenbild einer Wagner-Oper! Von solchen Gebäuden mit Türmen und Erkern, mit Arkadenbalkonen und bleigefaßten Fenstern träumt man sonst nur! Gerade jetzt um die Mittagszeit herrschte ein unglaublicher Rummel.

»Was machen die da?«

Ich beobachtete nicht enden wollende Menschenschlangen, die sich an einer Kontrollstelle ihr Kochgeschirr mit Essen abholten.

»Die lassen sich ihr Essen von zu Hause bringen«, erklärte Herr Danz. »Wegen der Religion essen die nur ganz bestimmte Dinge.«

»WENN sie überhaupt essen.«

Wir rollten langsam an einem riesigen Markt vorbei.

In großen Hallen wurden Stoffe, Blumen, Obst, Gemüse, Fleisch und Fisch verkauft. Überall streunten Hunde und Katzen herum. Aber Kinder irrten noch herrenloser und elender umher als alles Getier.

»You've never been in India before?«

»No! Ich meine nein! Natürlich nicht!« Ich wischte mir eine Träne von der Backe.

»O.K.! Now I understand your reaction. Driver! Go another way!«

Der Fahrer versicherte, daß diese Straße der einzige Weg zu den Sehenswürdigkeiten der Stadt sei!

Ich senkte den Kopf und schaute auf meinen Schoß.

Wie klein und hilflos, wie machtlos und ratlos ich doch war!

»Schaun S'. Die Inder, die leben in verschiedenen Kasten. Wissen S'.«

»Klar weiß ich das. Habe viel über den Hinduismus gelesen«, schniefte ich.

»Und ... schau ... Mädchen.« Nun wurde die Mackerstimme ganz weich. »Die glauben, daß es ihre Bestimmung ist, wenn s' in a niedere Kaste hineingeboren wurden, dann nehmen s' des als Schicksal an und warten drauf, daß s' sterben und in a bessere Kaste wiedergeboren werden.«

»Ja. Ist mir bekannt.« Ich zog die Nase hoch.

»Und das Betteln, das ist deren Job! Look outside! Die lachen! Look! Schau hin! Die sind froh dabei!«

Ich riskierte ein Auge. Aber das hätte ich nicht tun sollen. Die HAND, die da an meine Scheibe klopfte, zu WEM gehörte die?! Ich sah niemanden! Nur eine HAND! Zehn Zentimeter neben meinem Gesicht! Nur mit einer dünnen Autoscheibe dazwischen. Ich beugte mich vor.

Und dann sah ich die Kreatur, die zu der Hand gehörte: ein magerer Rumpf in grauen Lumpen und ein dunkelbrauner, graubärtiger Kopf. Sechzig Zentimeter über dem Boden. Auf einem rollenden Brett. Ich zuckte zurück.

»Die werden schon als Baby verstümmelt«, sagte Danz ungerührt. »Das gehört bei denen dazu! Damit s' besser betteln können!«

Ich schluchzte auf. Verdammt! Nun nahm mich dieser göttliche Mann einmal mit in seinem Mietwagen, und dann war's gleich so ein Höllentrip!

»Gemma jetzt lieber essen«, sagte Hartwin Danz.

Das Restaurant »Kaiba« war ein ziemlich feiner Schuppen. Es tafelten ausnahmslos wohlbeleibte Inder darin.

Ich hockte mich auf eine Bank an der Wand. Hartwin Danz setzte sich neben mich. Er roch gut. Herb und männlich.

»Wie geht's?« schnarrte er. »San S' gut drauf?!«

»Natürlich.«

Wer wird denn gleich schlecht drauf sein, nur weil man mal ein paar Bettelkinder gesehen hat. Wir sind doch Frau von Welt. So was beeindruckt uns nicht im mindesten, gnä Herr!

»Wos essmer?!«

»Nix. Äh ... ich meine, ich habe nicht soviel Appetit im Moment.«

»Sie müssen prawn patia probiern!«

»Garnelen...?«

»Oder daahi maach, that's fish mit Joghurtsauce, und natürlich biriani, das ist der typische Safranreis, den würzen s' hier phantastisch mit Curry... aber mit 'n Fingern müssen S' essen. Mit der rechten Hand.«

Gegenüber die fetten Inder stopften mit den Händen allerlei Reis in Sauce mit Geflügelstücken in sich hinein. Sie begutachteten uns aus dunklen Augen.

»Appetit kommt bäim Essn. Sag i imma.«

Hartwin Danz lachte. Er hatte stahlblaue Augen und strahlend weiße Zähne.

»Waiter!« Und dann bestellte er in schneidendem Ton in seinem amerikanisch-steirisch gefärbten Englisch irgendwas zu essen, und der arme Waiter zuckte zusammen und bekam ganz feuchte Hände und dienerte und rannte schweißgebadet hin und her, um einen guten Wein zum Probieren zu kredenzen.

»Sagen Sie, ist Ihnen bewußt, daß Sie einen sehr herrischen Tonfall haben?«

»Näin. Dös hot mir noch käiner g'sagt. Wissen S', da bin ich froh, daß mir des jemand sagt. Wissen S'. Müssen S' mir sagen, da bin ich dankbar.«

»Sie sind es nicht anders gewöhnt. Sie beherrschen das ganze schwimmende Hotel. Mit großem Erfolg. Aber müssen Sie so barsch mit einem Fahrer oder einem Kellner sprechen?!«

»No, sorry, I won't do it, i werd mi bessan ...«

Wir prosteten uns zu. »Cheers«, strahlte er.

Die dicken Inder guckten über ihren Reismassen.

Meine Geschmacksknospen explodierten. Welch ein Wein! Und das nachmittags um drei! Auf nüchternen Magen!

»Ja, wissen S', gnä Frau, bäi Wäinen kenn i mi scho aaus. Cheers.«

Und dann erzählte mir Hartwin Danz, daß er seit zwanzig Jahren zur See fuhr.

Zuerst als Schiffsjunge, zum Tassenspülen, auf Deck drei eines Frachters, und später auf einem amerikanischen Luxus-Liner als Steward, dann als Obersteward, Chefsteward, später als Restaurant-Chef ... er sagte »F 'nd B-Manager«, und ich fragte: »Wat dat dann?«

»FOOD AND BEVERAGE-MANAGER.«

Also Freß-und-Sauf-Oberhörnchen.

Und nun war er auf dem besten aller Schiffe, der königlichen »MS Blaublut«, Hoteldirektor. WAHNSINN.

»Haben Sie keine Familie?«

»Doch. Hob i. A ... ssupa Frau, zwei ... ssupa Töchta. In Äll Äi. Ssupa. Schönes Haus, zwäi Hunde ... ssupa Pferde ...«

Scheiße. Das Hörnchen war verheiratet! Und auch noch glücklich! So ein MIST!!

»Und Sie? Ham S' Familie?«

»Nee. Nur einen Mann. Rüdiger. Er ist Orgelspieler.«

Einige neue Gäste betraten das Restaurant.

Der Waiter wies ihnen einen Tisch in unserer Nähe zu.

»Sagen Sie ... Sie haben da mal einen Brief erwähnt und ein Foto ...«

»Schäiße.«

»Bitte?! Ich würde gern wissen, von wem der Brief ...«

»Schääiße. Den bring i um.«

»Wen?« Ich sah mich suchend um.

Hartwin Danz knallte sein Glas auf den Tisch. »I hab dem

Agenten g'sagt, i geh nur in ein Restaurant, wo ich käinen vom Schiff treff. Käinen.«

»Ja, aber ... hier sind lauter Inder!«

»Da! Schaun S'!«

Die Leute, die sich gerade alle hingesetzt hatten, waren tatsächlich vom Schiff.

Die Hausdame, die Zahlmeisterin, die Leiterin der Touristik und die Hosteß. Vier Weiber. Und sie hatten uns längst entdeckt.

»Gemma«, sagte Hartwin sauer.

Er knallte einen Hundert-Dollar-Schein auf den Tisch und verschwand. Das kannte ich ja alles schon. Mist.

Ich grüßte verstört die Damen Kolleginnen und hoppelte hinter dem Herrn Hoteldirektor her.

»Laundry!« herrschte Hartwin Danz unseren klapperdünnen Fahrer an.

Der Fahrer stammelte etwas und fuhr los.

»Wäscherei?«

»Schaun S' amal. Wie die waschen und färben und arbeiten. Dös is a Wahnsinn.«

Wieder arbeitete sich unser Wagen durch Gewühl und Gedrängel, wieder bettelten Kinder an Kreuzungen, auf denen es nicht weiterging, wieder betrachtete ich dieses unbeschreibliche Leben da draußen, das eine Mischung war aus Mittelalter und Moderne.

»Mer könnten uns a Sänfte mieten und zu den Höhlentempeln 'nauftragen lassen.«

»Nein.« Ausgeschlossen. Ich ließ mich doch nicht von so mageren ausgehungerten Indern auch noch steile Treppen hinauftragen.

Wir fuhren an einem anderen Bahnhof vorbei.

Dann hielten wir am Straßenrand. Hartwin Danz half mir sehr ritterlich beim Aussteigen und führte mich dann an der Hand über die heftig befahrene Straße. Sie war weder vierspurig noch sechsspurig. In Bombay gibt's keine Spuren auf der Straße. Nur Chaos. Und zwar im Linksverkehr. Hartwins Händedruck war fest und bestimmt. Ich glaube, es war der Moment, als er mich so sicher und weltgewandt über diese Straße führte, daß ich mein Herz an ihn verlor.

Wir standen an einer schmuddeligen Mauer und starrten hinunter auf das Treiben dort unten in der »Laundry«: Hunderte von Arbeitern wuschen da riesige Wäschestücke mit der Hand in steinernen Bottichen im Freien, schlugen sie aus, hängten sie zum Trocknen über jämmerliche Bretterverschläge, färbten, wrangen, schleppten riesige Körbe voller Wäsche auf ihrem Rücken davon, den Riemen über der Stirn.

»Schaun S' amal, wie Sie bewundert werd'n!«

Ich wachte aus meiner Trance auf und gewahrte, daß ich von einer Traube staunender Kinder umgeben war.

»Klar, Sie san a große, blonde Frau, so was kennen die nicht ...«

Ich ging in die Hocke, wühlte in meinem Rucksack nach Dollarscheinen und verteilte sie in die mageren schmutzigen Händchen. Die Kinder starrten mich verständnislos an, sie lächelten nicht, sie staunten. Und mit den Geldscheinen konnten sie offensichtlich nichts anfangen.

Als ich mich wieder aufrichtete, waren wir von weiteren vierzig Indern umgeben – glutäugig, fremd, ohne zu lächeln starrten sie mich an.

»Gemma, gemma!« Hartwin nahm mich wieder an die Hand, bahnte uns einen Weg durch das Gewühl und führte mich sicher über die Straße zu unserem Wagen zurück.

Die Meute folgte uns. Wollten sie den Inhalt meines Rucksackes? Oder gar mir an den Kragen? Ich hatte überhaupt keine Angst. Ich war doch bei Hartwin! Dieser Mann strahlte eine Autorität aus! Alle wichen ehrfurchtsvoll zurück, wenn sie in sein entschlossenes Gesicht blickten.

Dann fuhren wir zu einem öffentlichen Rasenstück, das der

Fahrer stolz »Pherozheshah Mehta Gardens« nannte. Bei uns in Deutschland hätte dieser kleine mickrige Grüngürtel keinen Touristenwert gehabt, aber hier in Bombay war das Pärkchen ein echtes Highlight. Buschwerk, das grau vor sich hin grämelte, war irgendwann zu Tierköpfen beschnitten worden. Mit viel gutem Willen konnte man erkennen, daß diese »Gardens« von Menschenhand geformt waren. Zutritt hatten anscheinend nur die reichen Inder, denn uniformierte Wächter sorgten dafür, daß das Lumpengesindel, das bettelnd hier herumlungerte, nicht hineinkam. Von einer Plattform aus konnten wir hinuntersehen auf den Hafen, die Uferpromenade und das Gewimmel dort unten.

»Kommen S'.« Wieder nahm Hartwin mich bei der Hand.

Wir lustwandelten zwischen den kinderreichen Inderfamilien herum, die in feinen Saris, mit allerhand Schmuck behangen, hier spazierengingen.

Kleine Kioske verkauften köstlich duftende Imbisse und rosafarbenes »kulfi«, eine Art Speiseeis.

Auf dem bißchen Wiese, das mühsam begossen wurde, um sich so nennen zu dürfen, lagerten Großfamilien und hielten Picknick. Ich bewunderte die hübschen Kinder mit den Schokoladentaleraugen. Man bot uns sofort an, uns dazuzusetzen. Nun hockten wir bei einer indischen Sippe und knabberten am Picknickgebäck herum.

Wir schauten uns an, Hartwin und ich.

Hättwich zog mich am Rockzipfel: Du wirst dich doch nicht schon wieder verlieben, Kindchen?! Nicht doch!!

Er plauderte heiter und entspannt mit den englisch sprechenden Mitgliedern der Familie, ich durfte die zauberhaften Babys halten und wurde fotografiert, und dann wollte man Hartwin und mich zusammen fotografieren. Sie legten uns ihre goldigen Kinderlein in die Arme.

»Very nice husband!« – »Very pretty wife!« sagten die Inder und wackelten anerkennend mit den Köpfen.

Sie hielten uns für ein Ehepaar!

Ich fühlte mich so glücklich, wie ich mich immer gern mit Fred gefühlt hätte. WAS ein Mann! Hartwin war so ... weltgewandt, so ... charmant, so ... männlich. Seine natürliche Autorität faszinierte mich. Wenn sein Blick weich wurde ... ach, jee, Hättwich, mir fehlen die Worte!

Kind, sagte Hättwich, der Mann ist verheiratet!

Na und, rief ich lachend, wo leben wir denn! Er ist ein Streifenhorn! Er ist zehn Monate pro Jahr auf See! Da wird er nicht leben wie ein Mönch!

Wir schlenderten weiter. Hand in Hand.

Eine Gruppe von Sikhs mit farbigen Turbanen kam uns entgegen. Hartwin erklärte mir, daß die Sikhs aus religiösen Gründen niemals ihre Haare schneiden. Niemals. Und daß sie ihre oft meterlangen, nicht immer frisch gewaschenen, geschweige denn frisierten Haare eben deshalb in einen Turban winden.

Auf dem Rasen hielten einige Moslems andächtig ihre Gebete ab. Ihre Schuhe lagen abseits am Wegesrand. Die Moslems störten sich überhaupt nicht an dem wirren Treiben hier. Touristen schlenderten vorbei, in Jeans und T-Shirts, mit Fotoapparaten behangen.

Hartwin erzählte mir aus seinem Leben, ich ihm von meinem. Wir waren gerade sehr intensiv ins Gespräch vertieft, da begegnete uns doch tatsächlich die Kabinenstewardeß, die immer meine Kabine aufräumte! Eine junge Polin, der ich oft einen Zwanzig-Dollar-Schein auf das Kopfkissen gelegt hatte. Sie war mit einer Gruppe Stewards unterwegs.

»Guten Tag, Herr Danz, guten Tag, Frau Meier«, grüßte sie artig.

Ein kurzer taxierender Blick auf unsere Hände, dann schlenderten die jungen Leute weiter.

»Au weia«, entfuhr es mir. »Jetzt kriegen Sie Ärger.«

»Ich krieg kan Ärga«, sagte Hartwin knapp. »I bin der Chef von denen, nicht umgekehrt. Solln s' reden. I hab keine Affären.«

»Bitte? Sie HABEN keine Affären?«

»Näin. Nie.«

»Aber Sie fahren seit zwanzig Jahren zur See!«

»Früher, da hab ich Affären gehabt, Dutzende, in jedem Hafen und auf'm Schiff und überall. Aber heute, da hab ich keine Affären mehr.«

Schade, dachte ich. Echt schade. Mit dem hätte ich gern eine gehabt. Jetzt, wo ich mich Fred-mäßig gerade mal erhole.

»Wenn i mit äiner Frau Hand in Hand gehe, dann is des keine Affäre.«

»Nein? Sondern? ...«

Hartwin blieb stehen und schaute mich an. Seine hellblauen Augen. Ich hatte Herzklopfen. Was sollte denn das nun bedeuten? Hartwin ging weiter.

»Das schaut ja alles grauenhaft aus«, sagte er, indem er die verrotteten Parkbänke und die Abfalleimer betrachtete, die dringend mal wieder einen Anstrich benötigten. Klar. Er sah alles nur mit Hoteldirektorsaugen.

»Was war da jetzt mit'm Brief?« fragte er plötzlich.

»Ja, das wollte ich Sie fragen.«

»Is das a Erpressung?«

»Keine Ahnung.« Und dann erzählte ich diesem Hartwin Danz, der in mir soviel Vertrauen weckte, die ganze Sache. Also nicht die ganze Sache. Nur ein bißchen von der Sache. »Es gibt immer wieder Andeutungen von verschiedenen Leuten über ein ... Foto.«

»Was für an Foto?«

»Ein ... Foto.« Mensch. Mann. Kapier doch. Ein kompromittierendes Foto halt.

»Äin ... Foto-Foto?!«

»Genau.« Der Mann hatte Format. Der verstand und schwieg.

Wir lustwandelten zum dritten- oder viertenmal über dieses lächerliche Stückchen kargen verbrannten Rasen, den sie »Gardens« nannten. Und begegneten immer wieder denselben indischen Großfamilien.

»Ich habe mich mal dazu hinreißen lassen, mit einem... Schweizer Bänker... an einem Ort, der anscheinend einsehbar ist...«

»Deck sechs, achtern, wäiß i schon.«

»Ja. WAS? Sie WISSEN davon?«

»Den Barkeeper hob i scho lange entlassen.«

»Welchen Barkeeper?«

»Den Kerl, der damit angegeben hat, daß er das Foto hat.«

»Wie, Sie WISSEN, wer das war?«

»Ja. Der Keeper von der Pool-Bar. Willi Hammerschlag. Adresse kann i Ihnen geben. Ulm. Den Kerl hob i in Ho-Chi-Minh-Stadt entlassen.«

Ich sank auf ein schlecht gestrichenes Bänkchen. »In... Ho... Chi... Minh... – wann?«

»Vor der Weihnachtsreise. So Leute kann i net brauchen. Wenn einer indiskret ist, fliegt der. Und wenn's mitten in Vietnam ist.«

»Sie HABEN den Namen und die Adresse von dem Kerl, der mich... fotografiert... hat?«

»Natürlich. I hob die Adresse von jedem, von JEDEM bei uns an Bord.«

Ich konnte es nicht fassen. Da verdächtigte ich seit Wochen und Monaten alle möglichen Menschen, vom Kameramann über den harmlosen Touristen, von der alten alleinreisenden Dame mit Badehaube bis hin zu... Fred...! Und hatte inzwischen SIEBEN Menschen um die Ecke gebracht!

Wegen einem... BARKEEPER mit Namen Willi Hammerschlag! Aus ULM! Der längst ENTLASSEN war!

»Was... wo... ist der jetzt?«

»Dös wäiß i net. Vielleicht bei der Mama, daheim in Ulm. Der mußte auf eigene Kosten von Vietnam nach Deutschland fliegen. Wer fliegt, der fliegt.«

»Was war das für ein Typ?«

»Ein zwielichtiger Typ. I bin mir net sicher, ob der nicht sogar was mit Rauschgift zu tun hatte. Den hat noch der Müller eingestellt. I hätt den gar net erst genommen.«

»Und was macht der jetzt??«

»Der hat jetzt a Knäipe auf Ibiza.«

»Woher wissen Sie das?«

»Sagen die Kollegen. Muß aber net stimmen. Es wird so viel geredet auf'm Schiff.«

»Ja«, sagte ich matt. »Wie halten Sie das bloß aus?«

»Das Schiff ist ein DORF. Da bleibt nix verborgen. Nix. Was wolln S' mit dem machen?« Hartwin setzte sich interessiert neben mich.

»Ihn umbringen«, sagte ich.

Später fuhren wir zu Gandhis Geburtshaus. In sehr sorgfältiger, liebevoller Art war das Leben und Schaffen Gandhis in diesem düsteren, kargen Hause nachgestellt. Wir besichtigten die schmucklose Einrichtung, Gandhis Wohn- und Arbeitsraum, betrachteten das spartanische Eßgeschirr, den Löffel, den Blechnapf, aus dem Gandhi gegessen hatte. Falls er nicht gerade wieder fastete. Im Nebenraum war eine Ausstellung über die wichtigsten Ereignisse aus dem Leben Gandhis mit bunten Puppen in Glaskästen nachgestellt. Ich war gerührt darüber, daß die Glaskästen in Kinderaugenhöhe angebracht waren.

Wir vertieften uns in die Fotos und Beschreibungen, die das Leben und Wirken Gandhis erklärten. Aber so richtig konnten wir uns beide nicht auf Gandhi konzentrieren.

»Sie haben mir bei unserem ersten Tanz etwas von einem Brief angedeutet«, sagte ich. »Was stand denn drin?«

»G'lesn hob i dös net. Anonyme Sachen schmäiß i gläch weg. A Schmorrn. Mit so was geb i mich net ab.«

Dieser Mann wurde mir immer sympathischer.

Wir gaben uns der Besichtigung des Gandhi-Museums hin. Hartwin machte mich auf allerlei Einzelheiten aufmerksam. Ich versuchte, mich zu konzentrieren.

In einem Nebenraum, dessen Tür halb offenstand, saßen ein Dutzend ältere indische Frauen im Sari beieinander, die berieten sich offensichtlich über Frauenfragen. Eine von ihnen hielt eine Ansprache, die anderen lauschten und nickten und klopften Beifall mit dem Fingerknöchel auf den Tisch. Wir drückten uns wie die Schulkinder heimlich an der offenen Tür herum, um sie zu beobachten. Zwischen uns entstand eine Nähe, ein Vertrauen, eine Zusammengehörigkeit, wie ich sie mit Fred nie auch nur in Ansätzen gespürt hatte.

Hartwin zog mich auf einen klapprigen Balkon, der mit alten Tüchern und Bastmatten verhängt war.

»Du bist a starke Frau«, sagte er. Und schaute mich aus seinen wasserblauen Augen an.

»Du bist ein starker Mann.«

Und dann küßten wir uns. Er küßte hinreißend.

»Wahnsinn«, sagte der Hoteldirektor.

»Wahnsinn«, sagte auch ich.

Gandhi möge uns verzeihen.

»Verdammt, Hättwich, ich bin schon wieder verliebt.«

Kindchen, hast du dir das auch gut überlegt?

»Nein, Hättwich. Wenn man sich verliebt, dann überlegt man ja nicht.«

Wenn Hartwin frei hatte, bummelten wir Hand in Hand, ohne auf das Gerede der anderen etwas zu geben, am Strand von Sri Lanka entlang. Wir erzählten uns stundenlang aus unserem Leben. Er war früher Skiprofi gewesen. Hatte es bis zu den Olympischen Spielen gebracht. Bis er sich beide Beine brach. Da lag er monatelang im Gipsbett, in seiner steirischen Heimat irgendwo verlassen und vergessen in einem kleinen Krankenhaus. Mutter und Vater waren lange tot, seine Kindheit hatte er in kärglichen Verhältnissen verbracht, bei Tanten und Schwestern, die ihn weitergereicht hatten, bis sein Talent fürs Skifahren entdeckt wurde. Dann lebte er jahrelang in einem Sportinternat und trainierte hart, bis sein Unfall passierte. Damals schwor er sich, die Welt zu entdecken, wenn er jemals wieder würde laufen können. Er fuhr mit seinen letzten tausend Schilling nach Hamburg, stellte sich in den Hafen und fragte so lange bei Schiffen an, ob man Verwendung für ihn hätte, bis er auf einem Frachter als Tellerwäscher anheuern konnte. Damals war er zwanzig. Und jetzt, mit vierzig, hatte er es geschafft. Er war Hoteldirektor auf dem besten, teuersten und edelsten Schiff, das die Welt bereiste! Auf der »MS Blaublut«! Und er hatte selbst dieses Schiff vom Dreisterne- zum Fünfsterneniveau zurückgeholt. Innerhalb weniger Wochen. Was ein Mann! Ich war begeistert von soviel Kraft und Energie. Was er anfing, das wurde etwas. Er war kein moralinsaurer Apostel, keine gescheiterte Existenz, kein Weichei, kein Warmduscher, kein Laumann. Er war ein MANN!! Und was für einer! Und er stand zu dem, was er tat.

Abends trafen wir uns – an einem Ort, den niemand, aber auch NIEMAND einsehen konnte.

Die Hochzeitssuite war märchenhaft. Es war die einzige Kabine mit eigenem Balkon.

Hartwin brachte jeden Abend eine Flasche Champagner mit. »Die Hochzeitssuite will keiner mehr buchen«, feixte er, »seit der Alte, der hier drin gewohnt hat, verschwunden ist!«

Wir saßen auf dem Balkon und betrachteten die Sterne.

Das Schiff pflügte unaufhaltsam durch den stillen, tiefen schwarzen Ozean.

Wir tranken den köstlichen, eiskalten Champagner.

Und küßten uns.

Hartwin küßte unbeschreiblich.

WAS ein Mann! So hart und autoritär er sein konnte, wenn er seinen Job machte, so weich und zärtlich war er, wenn er mit mir alleine war.

Bestimmt hatte nie, nie, niemals ein Paar auf diesem Balkon so traumhafte Liebesnächte gehabt wie wir.

Der Herr Hoteldirektor beseitigte übrigens die Spuren der heißen Liebesnächte auf seine pragmatische, zupackende Weise: Champagnerflaschen, Gläser, Handtücher, Kissen und Stühle, die nicht mehr ganz unbefleckt waren, flogen in hohem Bogen über Bord.

»Was machst du da?!«

»Ich räume auf.«

»Aber sie werden es merken!«

»Klar! Das hoffe ich doch! Wenn es die Stewardeß nicht merkt, fliegt sie!«

»Aber sie wird es melden!«

»Das hoffe ich für sie!«

»Wem wird sie es melden?«

»Der Hausdame. Und die wird es mir melden.«

»Und wem wirst DU es melden?«

»Keinem. Ich bin der Chef.«

Ja, so war mein geliebter Hartwin Danz. Es gab keine Probleme, keine Ängste, kein Verstecken, kein Ducken.

Er stand zu mir. Und ich liebte ihn.

Alles würde ich für ihn tun, alles.

Hartwin war ein Mann. Ein richtiger Mann. Einer, der nicht mit mir spielte.

»Ich habe keine Affären«, hatte er gesagt.

Und das stimmte. Ich war keine Affäre. Ich bedeutete ihm viel mehr.

Auf meiner Kabine fand ich einunddreißig dunkelrote samtige Rosen.

»Was bedeutet das für dich?« fragte ich ihn, als er sich nach einem Schäferstündchen in der Mittagspause von mir verabschiedete.

Hartwin dachte lange nach. Dann sagte er: »Schäiße.«

»Bitte?!«

»Das bedeutet ... Schäiße. Da ist eine Frau in mein Leben getreten, die mir mehr bedeutet als ... alles, was ich vorher gekannt habe.«

»Aber wieso ›Scheiße‹?«

»Du weißt, daß ich verheiratet bin.«

»Ja. Weiß ich. Und daran rühre ich nicht. Ich bin's ja auch.«

Ich schaute betreten zu Boden.

Hartwin steckte zwei Finger unter mein Kinn und hob mein Gesicht: »Schäiße ... bedeutet ... daß ich mir ernsthaft überlegen muß ... wie es in meinem Leben ... und auch im Leben meiner Frau und meiner Töchter ... weitergeht.«

Damit lugte er aus der Tür, rechts und links, den Gang hinauf und hinunter, und als niemand zu sehen war, huschte er davon.

»Schäiße«, sagte ich leise vor mich hin. Und ich genoß es, dieses Wort in seinem wunder-wunderbaren Akzent auszusprechen. »Schäiße.« Das bedeutete, daß es ihm ganz ernst mit mir war.

Und ich erklärte »Schäiße« zum Wort des Jahres.

Hartwin rief mich regelmäßig auf meiner Kabine an. Es war wunderbar, dieses Gefühl, daß meine Liebe erwidert wurde! Niemals saß ich mehr wartend und bangend herum. Das Telefon klingelte immer schon, wenn ich noch in der Tür war.

»Servus! Wie geht's?«

»Wunderbar, Liebster! Wenn ich deine Stimme höre!«

Und dann verabredeten wir uns. Wir trafen uns in jeder freien Minute. Hartwin wollte alles wissen, alles hören. Ich erzählte ihm in einer schwachen Stunde sogar von meiner dummen Verliebtheit in Fred Hahn. Ich fand, Hartwin mußte das wissen. Bevor es ihm von irgend jemandem zugetragen wurde.

Und, wie erwartet, reagierte Hartwin weder eifersüchtig noch abfällig.

»Der ist schon ein ganz prima Kerl«, sagte er über Fred. »Aber er hat Affären, und die habe ich nicht.«

»Außer gerade.« Ich kitzelte ihn liebevoll an der Nase.

»Du bist keine Affäre«, sagte Hartwin. »Das ist ja das Problem.«

Und dann wagte ich es zum erstenmal, ihn nach seiner Frau zu fragen.

»Sie ist ein ganz wunderbarer Kerl«, sagte Hartwin auch über sie. »Und die Kinder ... ssupa. Ssupa Kinder.«

»Aber ...?«

Wir saßen in meiner Kabine auf dem Bett, das das polnische Zimmermädchen schon seit Bombay sehr dezent auf beiden Seiten aufdeckte.

»Schau ... Burrgl« – er nannte mich »Burrgl« mit seinem hinreißenden österreichischen Akzent!! Ich schmolz dahin, wenn er das sagte! Nicht »Burkhaada«, wie es Rüdiger und seine Leute in Geilenkirchen taten. »Schau ... Schatzl, Burrgl, i fahr seit zwanzig Jahren zur See. Und bin ... zehn Wochen im Jahr zu Hause. Bei meiner Frau. Und 'n Kindan. Da ist nicht mehr viel los zu Haus!«

Oh, wie gut konnte ich ihn verstehen.

»Schau ... Burrgl, und seit ich dich kenn, wie du da zupackst in deinem Leben, was du so machst, wie du die Welt wahrnimmst und wie du freundlich bist zu den Menschen, da denk i jeden Tag mehr ... wir tät'n scho verdammt z'sammpassen.« Hartwin strich mir eine Strähne aus dem Gesicht.

»Ja«, sagte ich nur schlicht. »Das täten wir, verdammt.«

»Aber ... mer dürf'n nix überstürzen, mer san beide erwachsen, mer dürf'n net nach drei Wochen sagen, das ist jetzt der Mensch meines Lebens. Das muß reifen. Und wachsen. Du fährst nächste Woche wieder heim. Und i sitz hier auf'm Schiff.«

»Ich könnte wiederkommen, wenn du willst.«

»O.K ... Ja. Ssupa. Mach des. Komm wieder, so schnell du kannst.«

WELCH ein anderer Tonfall als damals bei Fred.

Beim nächsten Mal kommen andere Tussis.

O nein. Das war nicht die Sprache von Hartwin.

Der war ehrlich, geradeaus, direkt.

Keine Spielchen. Aus dem Alter waren wir raus.

»Ist das dein Leben, Hartwin?«

»Bis vor zwei Wochen hab ich's geglaubt. Daß das mein Leben ist. Aber jetzt ... mer müss'n schaun.«

Wieder gelangte unsere wunderbare »MS Blaublut« in den Persischen Golf. Wieder bummelten wir über den Fischmarkt und durch die Souks. In Salalah im Oman machte ich mir einen Spaß daraus, verschleiert neben Hartwin Danz herzugehen. So konnte uns begegnen, wer wollte: MICH erkannte man jedenfalls nicht.

»Du brauchst dich nicht zu verschleiern, Schatzl«, sagte Hartwin. »Ich hab keine Affären. Jeder kann uns sehen!« Und dafür liebte ich ihn. Er stand zu mir, er stand zu allem, was er tat und sagte.

Aber ich genoß das kleine Spiel. Aus lauter Lebensfreude und Übermut. Hier hatte ich Hartwin damals zum erstenmal richtig wahrgenommen, als ich mir den Rucksack vor den Busen gehängt hatte, weil die Araber so starrten. Und am selben Tag hatte er mir meinen Koffer aus Dubai besorgt. Er machte keine leeren Versprechungen.

Alles war so klar, so gerade.

Mit ihm könnte ich leben, dachte ich. Verdammt.

»Mit dir könnte ich leben«, sagte Hartwin plötzlich, als könne er meine Gedanken lesen.

Mir wurden die Knie weich. Dieser Mann hatte eine Erotik! Mitten auf dem Fischmarkt von Salalah im Oman!

Ich schaute durch meinen Augenschlitz in seine Augen.

Und er schaute mich an. Minutenlang. Bewegungslos.

Sein Mienenspiel war mir ausgeliefert.

Meines nicht. Ich grinste unter meinem Tschador, ohne daß er es merkte.

»Ich würd jetzt so gern sehen, wie du schaust«, sagte er. Und faßte an meinen Schleier.

Das hätte er nicht tun sollen!

Sofort erhob sich lautes Geschrei, die Händler rotteten sich zusammen, man drängte Hartwin weg von mir, zwei Dutzend dunkelhäutige Männer in Kaftanen und Turbanen bildeten vor mir eine schützende Front. Ohne mir zu nahe zu kommen, versteht sich.

»Hartwin!« rief ich. Sie würden ihm doch jetzt nichts tun?

Voller Grauen dachte ich an Günther Dittmers, dem sie die Kehle aufgeschlitzt hatten.

»Hartwin!«

Ich versuchte, mir die Schleier vom Kopf zu reißen. Aber das war gar nicht so einfach! Sie waren durch komplizierte Klettverschlüsse rutsch- und reißfest.

Wie aus dem Boden geschossen, standen zwei bewaffnete Polizisten vor Hartwin.

»Your passport, please!«

Hartwin zückte, ohne Angst zu zeigen, seinen Bordausweis. Das prächtige Emblem der »MS Blaublut« ließ die Polizisten ein Stückchen zurückweichen.

»What about this woman?«

»She is my wife«, sagte Hartwin mit fester Stimme.

Alle Köpfe fuhren zu mir herum.

Ich hatte es endlich geschafft, mir die Schleier herunterzuzerren. Meine Haare klebten wirr und strähnig am Kopf. Aber sie waren, wie jedermann sehen konnte, blond.

»Yes«, sagte ich, verlegen lächelnd. »I'm his wife.«

Man ließ uns ziehen.

Wir gingen Hand in Hand davon.

Unsere letzte gemeinsame Station war Saigon. Schon vom Fitneßcenterdeck aus konnte ich sehen, was für ein schwarzes Gewirr von Mopeds, Fahrrädern und Rikschas auf der Straße herrschte. Bei näherem Hinsehen gewahrte ich kein einziges Auto! Da Hartwin noch arbeiten mußte, schlich ich mich neugierig durch das Hafengelände bis zum Ausgang zur Stadt. Ein Wahnsinn! In unglaublichem Chaos schlängelten sich Tausende von Zweirädern aneinander vorbei. Auf einem Moped saßen gut und gern vierköpfige Familien. Am Hafentor standen abwartend die Rikschafahrer. Ich schaute auf die Uhr. Noch zwei Stunden bis zur Verabredung mit Hartwin. Sollte ich es wagen? Allein? Durch Saigon?

Ja. Ich fühlte mich mutig und stark. An seiner Hand war ich schon durch magische Städte gegangen. Jetzt wollte ich es allein versuchen. Ich stieg also tapfer auf den schmuddeligen Vordersitz eines mageren Rikschafahrers und wedelte mit einem Zehn-Dollar-Schein.

Der Rikschamann nickte erfreut und setzte das schwerfällige Gefährt ächzend in Bewegung. Mein Herz klopfte. Wir stürzten uns in den dichten Verkehr. Rote Ampeln wurden grundsätzlich ignoriert. Man fuhr mitten in den entgegenkommenden Strom von Mopeds und Fahrrädern hinein. Ich hielt mir die Hände vor die Augen. Auf was hatte ich mich da eingelassen? Würde mich dieser dunkelhäutige Mensch mit den fehlenden Vorderzähnen jemals wieder zum Hafen bringen? Ich hatte mich nicht abgemeldet! Hartwin wußte überhaupt nicht, wo ich war!

Überall schwarzäugige braune Menschen, die mich anstarrten, mich blonde einsame Frau in der Rikscha. War es hier gefährlich? An wen würde ich mich wenden können, wenn der Rikschafahrer plötzlich in eine dunkle Gasse abbog? Diese unheimliche Stadt war ein Ameisenhaufen der ganz besonderen Art. Weder auf die französische Kolonialzeit noch auf die amerikanische schien es sich berufen zu können, obwohl noch einige prächtige Bauten aus dieser Epoche zu sehen waren. Das Postamt war gigantisch schön. Mein Rikschafahrer bedeutete mir, es mir anzusehen. Er hielt sein Fahrrad schräg, so daß ich aussteigen konnte. Ich krabbelte dankbar und mit zitternden Knien von meinem Sitz. Armselige Frauengestalten näherten sich mir, um mir armselige Postkarten anzubieten. Ich gab ihnen je fünf Dollar. Soviel Armut auf der ganzen Welt! Wie gut es mir doch ging!

Ehrfürchtig schritt ich durch das Postamt. An Holztischen saßen die Vietnamesen, die schreiben konnten, und ließen sich Briefe diktieren. Ich betrachtete ganz versunken diese völlig andere Welt. Dann trat ich wieder nach draußen. Gegenüber, hinter dem Moped- und Fahrradgewirr, erhob sich eine neoromanische Kathedrale! Ob man die besichtigen konnte? Ich versuchte, mich durch den unaufhaltsamen Verkehr zu kämpfen. Unter Einsatz meines Lebens rannte ich durch den klingelnden, hupenden Ameisenstrom. Mein Rikschafahrer schüttelte aber den Kopf, als ich an den schmiedeeisernen Gittertüren rüttelte.

»Na, kommscht net nei zum Bäde?« Schwäbischer Akzent. Mitten in Saigon. Ich fuhr herum.

Ein junger Kerl mit Fastglatze und Tattoo auf dem Oberarm grinste mich frech an. Er wirkte ungepflegt.

»Kennen wir uns?«

»Du kennscht MICH net, aber ich kenne DICH!«

Der Typ war eindeutig nicht ganz nüchtern.

Abwartend starrte ich ihn an. »Woher?«

»Vom Schiff, gell.«

Er friemelte in einem Säckchen herum. Ich hörte Besteck klappern. War der rauschgiftsüchtig? Was drückte der sich hier an der hinteren Kathedralenwand herum? Die Augen waren merkwürdig glasig. Irgendwie kam der Kerl mir wirklich bekannt vor. Aber ein Passagier war der nicht.

»Wer bist du?« Ich durchbohrte ihn mit Blicken.

»Willi Hammerschlag.«

Bumm. Willi Hammerschlag!! Der Kerl mit dem Foto!!

Hartwin! Bitte hilf!!

»Was willst du von mir?« Mein Herz raste. Ich HATTE ihn! Aber ich war allein! Mitten in Saigon!

»Ich hab auf dich gewartet.« Gelbliche Augen starrten mich an. Der war eindeutig high.

»Ich schlage einen kleinen Tausch vor«, lallte Willi.

Der war seit seiner Entlassung hier in Saigon! Der war überhaupt nicht nach Hause geflogen! Der hatte kein Geld für den Rückflug!

»Du willst Geld für das Foto«, sagte ich.

»Genau.« Ich HATTE ihn!! Ich HATTE IHN GEFUNDEN!!

»Wieviel?«

»Zwanzigtausend Dollar.«

»Die hab ich nicht dabei. Das weißt du genau.«

»Hol sie dir. An der Rezeption. Die geben dir einen Vorschuß.«

»Aber nicht über zwanzigtausend.«

»Dann leih sie dir. Da gibt's ja genug reiche Schweine.«

Ich überlegte. Der Mann war auf Turkey. Der brauchte Stoff. Und er wollte dringend nach Hause.

Ich fühlte mich ihm überlegen. Ich war stark. Ich hatte Hartwin. Ich würde jetzt sofort mit ihm sprechen. Hartwin wußte immer Hilfe.

»Achtzehn Uhr Hafen«, sagte ich zu Willi Hammerschlag. Bis dahin würde ich Hartwin hoffentlich getroffen haben.

Mit Herzklopfen stieg ich wieder in meine Rikscha. »Back to the harbour, please.«

Der Rikschafahrer war plötzlich jemand, zu dem ich Vertrauen faßte. Immer wieder drehte ich mich zu ihm um, lächelte ihn gewinnend an, und er grinste zahnlos zurück. Wir fuhren und fuhren. Ich schaute und staunte. Saigon war schon wieder wie ein unheimlicher Traum. Die Leute hockten auf der Straße und aßen. Kleine Kinder mit nacktem Hintern kackten in die Gosse. In den Geschäften bot man alles feil, vom gerupften Huhn bis zur supermodernen Stereoanlage.

Ich drehte mich um. »Harbour? Ship?«

Der Kerl verstand kein Englisch! Er nickte und grinste und schwitzte leise keuchend vor sich hin, während er mich durch das Gewühl schleuste. Inzwischen war Rush-hour. Mindestens viermal so viele Zweiräder waren unterwegs wie vorher.

»Ship!«

Der Rikschafahrer hielt an, schob mich todesmutig über die

Straße und zeigte auf ein Geschäft. Tatsächlich. Da drinnen gab es Schiffe. Holzschiffe, liebevoll handgemacht. Es war ein Souvenirladen. Ich stieg aus. Vielleicht sprach hier drin jemand Englisch?

Angenehme Kühle schlug mir entgegen. Sehr nett lächelnde Damen im Schmetterlings-Look fragten, ob sie mir helfen könnten. Ich erklärte ihnen mein Problem. Zum SCHIFF wollte ich, zum HARBOUR!! Sie nickten und lachten und schrieben ein Wort auf Vietnamesisch auf einen Zettel. Konnte der Rikschafahrer lesen? – Natürlich nicht.

Ich zog eine der reizenden Damen mit hinaus. Sie sprach mit meinem abgeschlafften Rikschafahrer.

Endlich! Endlich schien er zu kapieren!

Erleichtert ging ich ins Geschäft zurück. Was konnte ich dem armen Mann schenken? Ich griff zu zwei Dosen eisgekühltem Bier aus dem Kühlschrank.

Die Verkäuferin reichte mir eine merkwürdig aussehende Flasche. Es war Schnaps darin. Mit einer toten kleinen Schlange.

Dieser Schlangenschnaps sei hier das Nationalgetränk, erklärte mir die Mandeläugige. Er würde magische Kräfte wecken. Die Schlange sei lebend in der Flasche eingeschlossen worden. Man könne damit böse Geister bezwingen. Ich ließ mir eine solche Flasche aufschwatzen.

Endlich fuhren wir zum Hafen zurück. Ich war müde und verwirrt. Jetzt schnell zur Rezeption, den Zahlmeister um Geld anpumpen. Irgendwie mußte mir das gelingen.

Zwanzigtausend Dollar. Ich würde sie abarbeiten müssen, und wenn ich in der Küche Tassen spülte. Vielleicht konnte auch Hartwin mir helfen. Ich wollte zu ihm!

Doch gerade als wir auf die riesige Straße abbogen, die zum Hafen führte, sah ich ihn. Hartwin! Er hockte mit finsterer Miene in einer Rikscha und floß im Gegenverkehr davon.

»Hartwin!«

Das Knattern und Hupen und Klingeln verschluckte meinen Ruf. »HARTWIN!!!«

Die schwarze Schlange wälzte sich unaufhaltsam weiter. Hartwin war schon außer Rufweite.

»Turn around!« schrie ich meinen Rikschafahrer an. »Follow this Rikscha!!«

Aber er lächelte nur und nickte und trat weiter unaufhaltsam in die Pedale. Der Mann konnte nicht einen Fetzen Englisch.

»Verflucht!« schrie ich in die abgasverpestete Luft hinein. »Verdammter Mist!!«

Wo mochte Hartwin hinfahren? Hatte er auf mich gewartet?

Ich schaute auf die Uhr. Es war zehn vor sechs! Und wir waren um vier verabredet gewesen! Klar, daß er jetzt sauer auf mich war. Dabei war ich zuverlässig! Ich war der zuverlässigste Verabredungseinhalter der Welt! Darauf war ich stolz! Und jetzt hatte ich Hartwin versetzt!!

Am Hafeneingang stieg ich zitternd von der Rikscha. Mehrere große schmutzige Laster rangierten hin und her. Die Mopeds und Fahrräder schlängelten sich mit stoischer Gelassenheit um sie herum. Ich zahlte, gab meine Bierdosen ab und nahm die Schnapsflasche.

Vorbei an Bergen von dreckigen Säcken stiefelte ich ins Hafengelände zurück. Noch zehn Minuten! Wie sollte ich in zehn Minuten zwanzigtausend Dollar auftreiben?

Tiefe Schlaglöcher verunzierten den Weg. Laster wurden beladen. Dunkeläugige Männer starrten mich an.

Nur schnell weiter. Ich stieg über einige rostige Stangen. Ein riesiger Laster stand quer. Der Motor lief noch. Knatternd und stinkend quoll übler Rauch aus dem Auspuff. Ich hielt die Luft an und quetschte mich an ihm vorbei. Dicht an der Mauer des verfallenen Zollgebäudes balancierte ich über einige Säcke. Und da hockte er! Willi Hammerschlag! Und setzte sich gerade einen Schuß! Ich hielt inne. Mein Herz polterte.

Noch hatte er mich nicht gesehen. Er konzentrierte sich auf seine Nadel. Hatte ich eine Chance, ihn zu beseitigen? Ich pirschte mich vorsichtig an ihn heran.

Er zog die Nadel aus seinem Arm. Meine Güte, wie viele Einstichstellen! Der Kerl war ja völlig am Ende!

Aufseufzend ließ er sich zurückfallen, lehnte sich mit geschlossenen Augen an die Mauer. Im Schutze des Lastwagens hatte er sich in aller Ruhe noch einen Schuß gesetzt. Damit er bei unserer Geldübergabe relaxed war. Ich sah meine Chance! Heimlich schaute ich mich um. Nein. Niemand. Einige Arbeiter, die Säcke auf den stinkenden Lastwagen hievten. Sonst niemand.

Blitzschnell öffnete ich die Schlangenflasche. Ein penetranter Geruch schlug mir entgegen, mischte sich in den Gestank von Diesel und Benzin und Abgasen. Ich angelte nach der Spritze, die Willi Hammerschlag aus der Hand geglitten war, tauchte sie tief in das Innere der Schnapsflasche und zog sie auf. Die Schlange glotzte mich aus toten Augen an. Mit zitternden Händen stellte ich die Flasche an die Mauer. DA! Willi Hammerschlag öffnete die Augen! Ich rammte ihm die Nadel in den Arm. Er wimmerte kurz, als ich ihm die Ladung Schnaps in die Vene drückte. Sein Arm lief blau an. Willi verdrehte die Augen. Zur Sicherheit schoß ich ihm noch eine zweite Portion Schlangenschnaps hinterher. In wilder Entschlossenheit riß ich einen dieser blau-weißen Zementsäcke an mich und stülpte ihn über den ohnmächtigen Willi. Niemand konnte mich hier sehen. Ich stopfte die Schnapsflasche, das Rauschgiftbesteck und die Habseligkeiten von Willi in den Sack und zerrte ihn vor den Auspuff. Hektischer Blick auf die Beine der Arbeiter auf der anderen Seite des Lasters. Sollte ich noch nach dem Foto suchen? Nein. Keine Zeit. Mit einem herumliegenden Draht verschloß ich den Zementsack. Nichts rührte sich darin.

Rückwärts schlich ich mich vom Tatort weg, kletterte wieder über Eisenstangen und Säcke, umrundete das Zollgebäude, stieg über Unrat und Plastikabfälle, Mülltüten, menschliche Exkremente und leere Wasserkanister. Ich schlängelte mich vorsichtig durch das Loch eines Maschendrahtzauns. Ein wenig später betrat ich das Hafentor noch einmal. Die Rikschafahrer lehnten immer noch, auf Kundschaft wartend, an der Hafenmauer. Meiner zog sich gerade das kalte Bier rein und winkte mir freundlich zu. Auf der Straße tobte der Verkehr.

Ein Bimmeln und Hupen, ein Knattern und Rattern! Ich traute meinen Augen nicht! Da kam mein geliebter Hartwin!! Aber er saß nicht mehr vorne in der Rikscha. Er saß auf dem Fahrradsattel! Und der verwirrte Rikschafahrer rannte in Panik hinter ihm her!

Hartwin bog wild entschlossen in den Gegenverkehr ein, um in die Hafeneinfahrt zu gelangen. Der querstehende Laster blokkierte noch immer die Einfahrt.

Hartwin schwitzte wie ein Bär. Er sprang von dem Gefährt. Jetzt hatte er mich entdeckt.

»Burrgl! Schatz! Ich hab mir solche Sorgen um dich gemacht!«

Er riß mich an sich und umarmte mich, daß ich dachte, mein Brustkorb würde zerspringen.

»Hartwin! Paß auf! Da kommen Leute vom Schiff!«

»Sollen's doch alle sehen!« Er hielt mich eine Armlänge von sich ab. »Wo warst du, um Himmels willen? Ich bin vor Angst um dich fast gestorben!!«

»Och, ich bin nur ein bißchen rumgefahren.«

»Du bist ... allein ... mit der Rikscha durch Saigon gefahren?!«

»Ja! Warum denn nicht?«

»Das machst du mir nie, nie wieder, hörst du? NIE WIEDER!«

Hartwin drückte sein schweißüberströmtes Gesicht in meine Halsbeuge. Ich strich ihm über das dichte weiche Haar. Mein Gott, der liebte mich wirklich! Kein Streifenhorn radelt schweißgebadet durch den Berufsverkehr von Saigon, nur weil ein Mädel nicht zur Verabredung gekommen ist! Er hatte wirklich Gefühle für mich! Und ich liebte ihn auch. Zärtlich und vertraut. Zu ihm gehörte ich. Das war mir plötzlich so klar wie nichts auf der Welt.

»Ich liebe dich, Hartwin«, flüsterte ich.

»Ich hab mich so um dich gesorgt, Burrgl«, sagte Hartwin.

Hättwich lehnte an der Hafenmauer und freute sich.

Und dann küßten wir uns. Mitten in der belebten Hafeneinfahrt von Saigon. Die Hausdame, die Zahlmeisterin und der zweite Maat schlängelten sich verlegen lächelnd an uns vorbei.

Normalerweise schließe ich beim Küssen immer die Augen.

Aber diesmal nicht.

Diesmal beobachtete ich voller Genugtuung, daß der Laster beim Rückwärtsrollen einen Sack überfuhr. Die Arbeiter schrien und gestikulierten und klopften an das Fenster, woraufhin der Laster wieder nach vorn rangierte. Zwei, drei Kerle stemmten den Sack hoch und warfen ihn auf die Ladefläche. Sie schrien wieder irgendwas, klappten das Wellblech hoch und verschlossen die Öffnung.

»Liebster, wir stehen im Weg«, murmelte ich, weil Hartwin so gar nicht mit dem Küssen aufhören wollte.

Wir balancierten ein paar Meter zur Seite.

Der Laster schob sich zentimeterweise rückwärts aus der Hafenausfahrt. Die Arbeiter versuchten, durch wildes Gestikulieren ihm einen Weg zu bahnen.

Draußen tobte stoisch der Verkehr. Vierköpfige Familien auf Mopeds umrundeten den riesigen Laster. Die armen kleinen Kinder! Sie alle hatten einen Mundschutz im Gesicht. Ich mochte gar nicht hinschauen. Aber das mußte ich ja auch nicht mehr.

Der Flughafen von Saigon war nicht gerade das, was man gemütlich nennt. Müde und zerschlagen kämpften Hartwin und ich uns mit meinem schweren Koffer um die abgeschlafften Gestalten herum, die hier übernachteten.

»Gemma in die VIP-Lounge.« Hartwin bugsierte mich durch schmuddelige, dunkle Gänge. »Die Maschine aus Frankfurt hat Verspätung.«

»Hauptsache, ich schaffe morgen vormittag um elf mein Konzert in Düsseldorf.« Morgen war Ostern, und morgen hatte ich das Osteroratorium von Bach in der Lambertuskirche. Und jetzt, nachts um zwei, stand ich in Saigon am Flughafen. Im schwarzen Samtanzug. Falls ich keine Zeit zum Umziehen mehr haben würde.

»Burkharda – ich bewundere dich. Du bist eine starke Frau!«

»Hartwin! Liebster! Fahr nach Hause! Du bist müde! Schlaf dich aus!«

»Burrgl! Schatz! So was will ich nie, nie wieder hören!«

»Aber du hast, seit wir uns kennen, keine Nacht länger als zwei Stunden geschlafen! Ich schaff das schon hier!«

»Ich lasse dich nicht allein. Nie mehr. Daß du das weißt.«

Und dann saßen wir da. Auf einem zerschlissenen Plastiksofa. Mit je einer Dose Bier in der Hand. Meine Bach-Noten im Handgepäck. Sogar eingesungen war ich schon. Und die hochhackigen Lackpumps hatte ich an.

In der anderen Ecke des Raumes lehnten noch ein paar schläfrige Gestalten. Es war ein scheußlicher Raum. Aber ich war bei dem Mann, den ich liebte. Und ich hätte hier bis an mein Lebensende mit ihm sitzen mögen.

»Burrgl«, sagte Hartwin. »Das kann es doch nicht gewesen sein.«

»Nein«, sagte ich. »Kann es nicht.« Morgen singe ich Bach, dachte ich. In sechzehn Stunden stehe ich auf der Orgelempore und singe »Saget, saget mir geschwinde, wo ich meinen Jesum finde, welchen meine Seele liebt«.

Ich konnte es nicht mehr abspeichern auf der Festplatte des Gehirns. Die Diskette war voll. WAS für unterschiedliche, gegensätzliche Welten! – Hartwin! Hartwin Danz war in mein Leben getreten!

Nicht einen Moment lang hatte ich das Gefühl gehabt, daß Hartwin mit mir spielte. Das hier war ihm ganz ernst. Genauso ernst wie mir.

»Aber du bist verheiratet, Hartwin.«

Hartwin nahm mein Gesicht in seine Hände. Seine Augen waren klein und müde.

»Ich gehöre nicht zu den Männern, die behaupten, daß sie unglücklich verheiratet sind, nur um eine Frau rumzukriegen.« Seine Stimme war eindringlich. »Das ist für mich unterste Schublade. Das mache ich nicht.«

Ich sah ihn prüfend an.

Fürwahr, kein romantischer Ort für eine Liebeserklärung. Aber genau dieser Schauplatz sollte es sein.

Hättwich hockte hinter dem armseligen Kühlschrank mit den Bierdosen und lächelte uns aufmunternd an.

»Erzähl mir über deine Frau, Hartwin.«

»Wir sind seit zwanzig Jahren verheiratet. Aber wir haben keine Ehe mehr. Schon lange nicht mehr ...« Er schwieg. Ich wartete ab. Das hier war ganz anders als die üblichen »Keiner-liebt-mich«-Arien, die man so von frustrierten Männern um die Midlife-crisis hört.

»Wenn ich nach vier, fünf Monaten Seefahrt nach Hause komme, ist in ihrem Haus kein Platz für mich.«

Das klang nicht selbstmitleidig. Nur sachlich.

»Schlaft ihr nicht mehr zusammen?«

»Ich schlafe seit Jahren im Kinderzimmer.«

»WAS?! Du phantastischer, göttlicher Mann, du bester, zärtlichster, leidenschaftlichster Liebhaber aller Zeiten, schläfst im KINDERZIMMER?!« schrie ich empört. »Ja hat die Frau denn überhaupt keinen Geschmack?!«

Die schlafenden Vietnamesen zuckten zusammen.

Psst! Kindchen!! Nicht so laut! raunte Hättwich.

»Sie ist keine sehr ... leidenschaftliche Frau«, sagte Hartwin. »Ihre Welt ist rund und heil. Ich störe da nur.«

Ich stellte erfreut fest, daß er kein schlechtes Wort über seine Frau verlor. »Hat sie einen anderen?«

»Nein. Sicher nicht. Sie ist so ... konservativ ...«

»Ihr habt ÜBERHAUPT KEIN SEXUALLEBEN?!«

»Nein. Seit acht Jahren nicht mehr.«

»Was heißt das, sie ist konservativ?«

»Sie ging, als sie das Baby stillte, immer in einen anderen Raum. Ich durfte das nie sehen.«

»NEIN!!«

»Doch. So ist sie. Und seit sie das zweite Kind hat, will sie nichts mehr von mir. Sie sagt, ich schleppe ihr eine Krankheit nach Hause.«

»Aber doch nicht DU!! Du bist doch mit IQ-Punkten ausgestattet! Das muß sie doch wissen!«

Ich rückte näher an ihn heran. »Aber, Hartwin, sag: Was machst du? Behaupte nicht, du hättest keinerlei Sexualleben!«

»Du bist die erste Frau, der ich das sage«, antwortete Hartwin. »Weil du eine moderne, aufgeklärte und coole Frau bist. O.K. Ich gehe ab und zu in ein exklusives Etablissement. Aber ich mache absolut nichts Gefährliches.«

»Was ... machen sie da mit dir?«

Hartwin grinste müde. »Soll ich dir das wirklich sagen?«

»Nur, wenn du willst.«

»Man geht fein essen, mit Geschäftspartnern oder Kollegen, und unterm Tisch rutschen sie rum und ...«

»Vor oder nach der Hauptspeise?«

»Wie cool du bist, Burrgl! Andere Frauen würden jetzt hysterisch auf mich einschlagen!«

Ich verspürte keinerlei Eifersucht. Das war doch auf einer völlig anderen Ebene als das, was wir seit ein paar Wochen miteinander hatten!

»Hartwin, du bist ein Mann. Und was für einer. Abgesehen davon, daß ich dich liebe, gönne ich dir von Herzen das bißchen Spaß.«

»Meine Frau würde mich umbringen, wenn sie das wüßte.«

Was mußte das für eine Frau sein? Entweder war sie dumm, was ich nicht annahm, oder sie war kaltherzig.

Wie kann man einem Mann sein Sexualleben verbieten als Ehefrau, die ihn selber nicht mehr ranläßt!

»Aber... Burrgl, Schatz, jetzt könnte ich das nie mehr machen. Jetzt, wo ich mit dir so unbeschreiblich glücklich war!«

»Von mir aus kannst du's machen. Du bist mir keinerlei Rechenschaft schuldig. Ich kann sehr wohl Liebe und Triebe voneinander unterscheiden.«

Wir küßten uns. Ich dachte an mein Kirchenkonzert morgen in Düsseldorf. Plötzlich sprang ich auf. »Mein Paß!«

»Was ist damit?«

»Ich habe ihn vergessen! Auf dem Schiff! Er liegt noch an der Rezeption!«

Es war drei Uhr nachts. Hartwin stand auf, zog sich die Uniform glatt und sagte: »Dös krieg mer hin.«

Er ging zum Telefon, das an der Wand hing, und wählte einige Nummern.

Keine Szene, kein Geschrei, kein »typisch Frau!«, keine Hektik. Bei solchen Situationen erkennt man den wahren Kern eines Mannes.

»Verdammt. Ich erreich keinen. Der Agent ist nicht an seinem Platz, und die Durchwahl über Satellit funktioniert von hier aus nicht.«

In dem Moment wurde mein Flug aufgerufen.

»Hartwin! Ich kann nicht fliegen!«

»Du mußt! Du mußt dein Konzert singen und deine Sachen in Ordnung bringen.« Hartwin drückte mir einen Kuß auf die Stirn. »Ich nehm mir eine Rikscha und radle zum Schiff. Jetzt sind die Straßen leer. Sag der Stewardeß, daß ich in einer halben Stunde wieder hier bin.«

»Hartwin! Nicht! Das schaffst du nicht!«

»Für dich schaff ich alles!«

Hartwin war weg. Er war WEG!! Da stand ich einsam und mit klopfendem Herzen. Die Vietnamesen riskierten ein Auge.

Mein Herz raste. Morgen um 11!! Lambertuskirche!! Ohne

Probe!! Ich würde um 10 Uhr 10 landen. WENN ich landete. Was sollte ich machen?

Plötzlich hatte ich eine Idee. Ich griff zum Handy.

»Hahn?« Das klang verschlafen.

»Fred?!« schrie ich in den Hörer. Es hallte sekundenlang wider. Obwohl das Schiff höchstens fünf Kilometer entfernt lag, telefonierte ich ja um die halbe Welt, über Satellit, mit ihm.

»Hallo? Bist du das, Burkharda?«

»Fred?! – Hilf mir!! – Mein Paß liegt noch an der Rezeption!« Hall, hall, hall.

Lange Pause.

Dann: »Bist du am Flughafen?«

»Ja! Mein Flug geht in einer halben Stunde!« (... in einer halben Stunde, in einer halben Stunde, in einer halben Stunde ...)

Pause. Rauschen. Knacken.

Dann: »Ich komme.«

Ich sank auf den Plastiksessel zurück. Puh. Was ein Tag. Tausend Gedanken schwirrten mir durch den Kopf.

Hartwin. Ich liebe dich. Ich gehöre zu dir. Wir passen zusammen. – Fred. Ich hatte dich schon ganz vergessen. Wegen dir habe ich acht Leute über den Jordan geschickt. Ganz umsonst. – Rüdiger. Morgen um diese Zeit stehe ich schon wieder neben dir an der Orgelbank. – Willi Hammerschlag. Wo magst du jetzt sein? Bist du schon vom Lastwagen abgeladen? – Hämmer, hämmer, hämmer. Mein Flug nach Frankfurt wurde zum zweitenmal aufgerufen. Alle Passagiere krochen aus ihren Ecken und drängelten sich zum Paßschalter.

Ich wanderte nervös vor dem dunklen, verlassenen Flughafenterminal auf und ab. Hin und wieder fuhr ein Lastwagen vorbei. Sonst war alles tot und still.

Drinnen eine Durchsage: »Misses ... Bukada Meier ... bitte dringend ... zum Ausgang ...« Ich trat von einem Bein aufs andere. Die Maschine konnte ich vergessen. Und mein Konzert morgen auch. Alles konnte ich vergessen. Ich würde mit Hartwin zum

Schiff zurückkehren. Und einfach weiterfahren. Um die ganze Welt.

Endlich, ENDLICH!! näherte sich eine Rikscha.

Drinnen saß Fred. Er hatte meinen Paß in der Hand!

»Na, Frau Kammersängerin, haben Sie in Ihrem Liebeswahn nicht mehr alle Gedanken beisammen?« höhnte er.

Ich konnte ihm nicht mal böse sein.

»Ach Fred!« Erleichtert riß ich den Paß an mich. »Danke! Ich stehe tief in deiner Schuld!«

Halb lachend, halb weinend beugte ich mich zu ihm in die Rikscha hinunter und umarmte ihn.

Er legte beide Arme um mich und drückte mir einen Kuß auf den Mund. Schade, kleine Frau, isch hätte disch gelippt...

Zu spät, Fred, schoß es mir durch den Kopf.

»Der Flug wird geschlossen!« ertönte die Lautsprecherdurchsage.

Ich riß mich von Fred los. Am Horizont erschien eine Rikscha. Auf dem Sattel saß Hartwin. Er strampelte um sein Leben. Wie in Trance stürzte ich in das Flughafengebäude. In letzter Sekunde hechtete ich mit meinem Koffer durch die Paßkontrolle.

Düsseldorf war eiskalt und grau.

Ich sang mein Konzert. Das Orchester, die Orgel, der Chor. Rüdiger auf der Orgelbank. Ich sah alles mit völlig neuen Augen. Das hier war nicht mehr meine Welt. Ich gehörte hier nicht mehr hin. Ich hatte ein neues Leben angefangen. Das Leben einer Abenteurerin, einer Weltenbummlerin. Ein unbürgerliches Leben. Weitab von jeder Norm. Ich konnte nicht mehr hierher zurück.

»Rüdiger«, sagte ich, als die Onkel und Tanten endlich von ihrem Lammbraten aufgestanden und mit ihren Mittelklassewagen abgefahren waren. »Rüdiger, ich trenne mich von dir.«

Rüdiger starrte mich an. »Du liebst diesen Fred, ja?«

»Nein«, sagte ich. »Ich liebe Hartwin.«

»Welchen Hartwin?!«

»Hartwin Danz.«

»NICHT Fred Hahn?«

»Nein.«

»Aber in deinem Tagebuch steht in jeder zweiten Zeile das Wort FRED!«

»Du hast mein TAGEBUCH gelesen?!«

Rüdiger sank auf einen Stuhl. »Burkharda, du hast dich verändert. Ich wollte nie, daß du auf dieses verdammte Kreuzfahrtschiff gehst.«

»DU HAST MEIN TAGEBUCH GELESEN!!??«

»Ich mußte das tun.«

»Nein! KEIN Mensch muß anderer Leute Tagebuch lesen!!«

»Burkharda! Ich wollte wissen, was mit dir los ist. Du bist nicht mehr das kleine brave Mädchen, das ich geheiratet habe.«

»NEIN!« schrie ich erbost. »BIN ich nicht!«

Ich konnte es nicht fassen. Rüdiger hatte mein TAGEBUCH GELESEN!!

»Ich werde dich verlassen, Rüdiger.«

»Burkharda! Ich kämpfe mit allen Mitteln!«

Ich drehte mich um und ging aus dem Zimmer.

Auf diesen Schreck hin mußte ich erst mal zehn Kilometer laufen.

Wie unter Schock trabte ich durch den Geilenkirchener Forst. Rüdiger ... wußte alles. Alles, was in dem blauen Tagebuch stand. Inzwischen hatte ich schon das grüne vollgeschrieben. DAS GRÜNE!! Wo lag das? Das lag zu Hause! In meiner Schreibtischschublade! War die verschlossen? Ich trabte vor mich hin. Umkehren? Kontrollieren? Wenn er jetzt alles las, was ich über Hartwin geschrieben hatte! Undenkbar. Das ging ihn nichts an!

Was sollte ich tun? Ich wollte weg von Rüdiger. Dies hier war wirklich nicht mehr meine Welt. Ein neuer Abschnitt meines Lebens hatte begonnen.

Ich grübelte und grübelte.

Plötzlich kam mir der anonyme Brief in den Sinn.

Es hatten alle Details dringestanden, die eigentlich nur ich wissen konnte. Die Szene mit Ulrich auf dem Fitneßdeck, die Drohung mit dem Foto, die Liebesgedichte an Fred. Drei völlig verschiedene Baustellen. Die konnte niemand sonst wissen. RÜDIGER!! Hatte RÜDIGER gar am Ende SELBST diesen Brief geschrieben?!

Ich traute ihm nun alles zu. Wenn jemand das Tagebuch eines anderen Menschen liest, dann greift er auch zu solchen Tricks.

Ein mulmiges Gefühl ergriff von mir Besitz.

Was, wenn Rüdiger diesen Brief geschrieben hatte?

An sich selbst. Um mich abzuschrecken. Um mich in meine Schranken zu verweisen. Um aus mir wieder das kleine hilflose, brave Mädchen zu machen, das ich einmal gewesen war...

»Servus! Wie geht's?«

»Hartwin! Wo bist du?«

»Ich bin hier in Malaysia! Port Kelang! Wie geht's?!«

»Gut, Hartwin! Wenn ich deine Stimme höre!«

»Du gehst mir wahnsinnig ab!«

»Du mir auch.« Rauschen, Knacken. Ich hörte den Nachhall meiner eigenen Stimme.

»Wann kommst du wieder mal an Bord?«

»Ich weiß nicht, Hartwin. Ich habe viele Konzerte!«

»Ich hab alles versucht, um dir deinen Paß zu bringen, Burkharda! Aber der Fred war schneller als ich!«

»Ja. Ich hab ihn über Handy angerufen.«

»Warum hast du das gemacht? Liebst du ihn noch?«

»Hartwin! Quatsch! Ich liebe DICH!!«

Pause. Rauschen. Sekundenlang. Es kam mir wie eine Ewigkeit vor.

Dann hörte ich endlich seine geliebte Stimme, die Tausende von Kilometern weg war: »Burrgl! Es ist alles so leer ohne dich!«

»Ja! Ich vermisse dich auch!«

Und WIE ich ihn vermißte!

Sein Gesicht, seine Küsse, seinen Geruch, sein weiches Haar unter meinen Händen, seine Hände auf mir, seine Lippen, seine Stimme, sein Lachen, seine Gradlinigkeit und Ehrlichkeit... einfach ALLES!!

Ob er jetzt mit einer anderen »Tussi« schäkerte?

Neue Gäste waren an Bord.

Neue Künstlerinnen.

»Du, ich ruf dich morgen wieder an!«

»Ja. Tu das.«

»Servus.«

»Servus.«

»Servus! Wie geht's?«

»Hartwin! Wie schön, daß du anrufst! Wo bist du?«

»Ich bin in Brunei. Sultanat Brunei. Muara. Und wo bist du?«

»Ich sitze in Hildesheim auf dem Marktplatz und habe heute abend hier Schumann. In der Stadthalle!«

»Und ich komme gerade zurück vom Einkaufen! Habe fünftausend Rollen Klopapier eingekauft. Direkt vom Sultan.« Er lachte. »Wann kommst du wieder mal aufs Schiff?!«

»Ich weiß nicht, Hartwin. In den nächsten Wochen ist mein Terminkalender voll!«

»Ich hab dir was geschrieben!«

»Du hast mir was geschrieben?! Wohin?!«

»Bis jetzt hab ich es noch nicht abgeschickt. Ich will nicht, daß dein... Orgelspieler es findet.«

»Das ist gut so! Hartwin, fax es mir nach Hildesheim!! Hier ins Hotel!!«

»Soll ich das wirklich machen?«

»Ja! Bitte! Ich renne jetzt zurück zur Rezeption!«

»Stehst du auch wirklich da? Das darf keiner lesen, hörst du, Burrgl! Das ist zu privat!«

Ich zerrte meinen Hotelausweis aus dem Rucksack und schrie die Faxnummer in mein Handy.

Die Leute auf dem belebten Marktplatz schüttelten die Köpfe.

»So! Du gehst jetzt ins Hotel – hörst du, Burrgl! Und i fax das jetzt durch!«

»Ja, Liebster! Mach das! Ich stehe an der Rezeption.«

»I ruf dich danach sofort an, ob es angekommen ist.«

»Ja! Ich freue mich!«

»Servus!«

An der Rezeption saß ein blondes Mädel und hackte Zahlen in den Computer.

»Ich erwarte ein Fax.«

Sie schaute auf. »Keines da.«

»Dann warte ich hier.«

Ich ließ mich in einen Sessel in der Halle fallen.

Die Minuten verstrichen. Eigentlich fing jetzt gerade die Generalprobe an. Fünfzehn Uhr dreißig.

Nach einer Viertelstunde konnte ich es nicht mehr aushalten.

»Kein Fax?«

Das Mädel stand auf, verschwand in einem Hinterzimmer und brachte ein Blatt. Darauf war das Emblem der »MS Blaublut«!!!

»Ja! Das ist es! Geben Sie her!«

»Es steht nichts drauf. Nur der Briefkopf. Sonst nichts.«

»Verdammt!« – Hartwin!! Warum mußte unsere Liebe auf so steinigem Boden wachsen!! Nichts klappte!! Übers Handy erreichte er mich mühsam alle drei bis vier Tage, weil er auf See war und keinen Empfang hatte, und WENN er mir dann endlich einmal ein Fax schickte, kam es ohne Text!

»Faxen Sie zurück, daß es unvollständig durchgekommen ist!«

Wir warteten. Die Minuten wurden zu Stunden. Ich mußte zur Generalprobe!

Nichts. Keine Reaktion. Ich errechnete den Zeitunterschied. Drüben bei ihm war es jetzt 20 Uhr 30. Da saß er längst am Kapitänstisch! Verdammt! Er war jetzt überhaupt nicht abkömmlich! Da konnte ich lange hier sitzen!

Ich ließ der Maid an der Rezeption meine Handynummer da. »Wenn das Fax kommt, rufen Sie sofort an! Bitte!«

Meine Güte, dachte ich, während ich zur Generalprobe in die Stadthalle hinübereilte. Was Liebe doch auch weh tun kann. Es ist zermürbend, auf einen Anruf zu warten. Es ist zermürbend, auf ein Fax zu warten. Es ist zermürbend, Tag und Nacht an jemanden zu denken, den man bis zur Schmerzgrenze liebt. Es ist zermürbend, in Hildesheim Konzerte zu geben, wenn der andere gerade im Sultanat Brunei fünftausend Rollen Klopapier kauft.

Um Mitternacht kam das Fax. Ich fuhr hinauf in mein Hotelzimmer, nahm mir die Flasche Champagner aus der Mini-Bar, öffnete sie und zwang mich, den Brief erst zu lesen, nachdem ich zwei Gläser stilvoll gefüllt hatte.

»Cheers, Hartwin«, sagte ich laut. »Du bist bei mir.«

Mit zitternden Fingern öffnete ich den Umschlag.

»Burgl, ich wage es nicht, dir das zu schicken, was ich vorbereitet habe«, stand da. »H.«

»VERDAMMT!« schrie ich in mein leeres, viel zu großes, gutbürgerliches Hotelzimmer hinein.

Ich öffnete die Doppelfenster und warf beide Gläser Champagner auf den Hildesheimer Marktplatz. Wie Hartwin damals den Champagner ins Meer geschmissen hatte. Es klirrte scheußlich. Hildesheim ist eben nicht der Ozean.

Wutentbrannt klingelte ich mitten in der Nacht das Rezeptionsmädel heraus: »Bitte faxen Sie das an diese Nummer!«

»Lieber Herr Danz«, hatte ich geschrieben, »wenn Sie nicht wollen, daß ich das gesamte Mobiliar meines Hotelzimmers aus dem Fenster auf den Hildesheimer Marktplatz werfe, dann schikken Sie jetzt das angekündigte Fax.«

Das Mädel guckte mich bange an.

»Ist schon gut«, sagte ich, »ist nur ein Spaß!«

Das schien mir die Rezeptionsmaid nicht zu glauben. Mit gerunzelter Stirn verschwand sie in ihrem Kabuff, um das Fax zu senden.

Ich saß da und wartete.

Minuten. Stunden.

Warum tue ich mir das an? Warum liebe ich einen Mann, der am anderen Ende der Welt ist? Warum lasse ich meine ganze Power und Energie in einer so ausweglosen Situation?

Warum gehe ich nicht zu Rüdiger zurück und führe mein Leben weiter wie zuvor?

WARUM, WARUM, WARUM?

Gerade als ich blutleer und bar jeder weiteren Hoffnung auf den Fahrstuhl zuschwankte, wedelte die übernächtigte Rezeptionsmaid mit einem Fax.

»Burgl, ich denke Tag und Nacht an dich«, stand da mit Computerschrift. »Du gehst mir wahnsinnig ab. Ich höre dich lachen, und ich höre dich singen, und hinter jeder Ecke sehe ich dich stehen, und dann will ich dich greifen, und dann bist du weg. Ich träume jede Nacht von dir. Burgl, das ist der Wahnsinn. Das habe ich noch nie erlebt. Ich habe bis jetzt ein trauriges Leben gehabt, mit ständigem Ein- und Ausschiffen, im wahrsten Sinne des Wortes. Du weißt gar nicht, wie einsam ich immer war. In einer höheren Position darf man sich auf dem Schiff nichts erlauben, wie du weißt. Man wird Tag und Nacht beobachtet, man ist wie auf einem Silbertablett. Ich habe auf dem Schiff keine Affären gehabt. Niemals. Und du, du bist keine Affäre für mich. Ich brauche dich. Du fehlst mir.

Aber Burgl, du weißt, wir sind beide verheiratet. Es ist so wahnsinnig schwer, ich denke an meine zwei Töchter, die an mich glauben. Ich möchte sie nicht enttäuschen. Kannst du das verstehen? Bis jetzt hast du immer alles verstanden, Burgl. Mit dir konnte ich reden wie mit einem Mannsbild. Dabei bist du ein Weibsbild, wie ich es mir niemals ausgemalt hatte. Was soll ich tun, Burkharda? Soll ich es wirklich wagen? Hast du den Mut?

Mach dir keine Sorgen. Du bist bei mir drinnen, und da bleibst du auch. Hartwin«

Ich ließ das Schreiben sinken.

Die Kirchturmuhr von Hildesheim schlug Mitternacht.

»Rüdiger, ich verlasse dich.«

Rüdigers Augen waren tränenverschwommen.

»Burkharda! Als ich dich heiratete, warst du ein braves, liebes Mädchen! Du hattest einen anständigen Charakter. Und nun? Burkharda, dieser Hartwin ist es nicht wert!«

»Woher willst du das wissen?«

»Er ist ein ganz windiger Hund. Sagt auch seine Frau.«

»SEINE Frau? Die lebt in Los Angeles. Und hier ist Geilenkirchen, Mann!«

»Na und? Die Auslandsauskunft war so freundlich, mir die Nummer deines ... sauberen ... Herrn Danz in Los Angeles zu geben. Ich hatte Angela gleich am Apparat.«

»Angela? Duzt ihr euch etwa schon??«

»Ja. Wir sind richtige Freunde geworden.« Rüdigers Stimme wurde weich. »Sie ist eine ganz liebe, unschuldige, anständige Frau, Burkharda. So eine, wie du früher warst. Bevor du auf dieses Höllenschiff gegangen bist.«

Ich konnte es nicht fassen. Er hatte tatsächlich Hartwins Frau angerufen!!

»Bist du wahnsinnig?!« brüllte ich ihn an.

»Sie fiel natürlich aus allen Wolken! Sie ist seit zwanzig Jahren glücklich verheiratet. Und jetzt ist ihr Mann ein Ehebrecher.«

»Ehebrecher! Was für ein heuchlerisches, widerliches, bigottes Wort! Man kann nicht eine Ehe brechen, die keine mehr ist!«

»Und DU bist eine Ehebrecherin, liebe Burkharda!«

Dieses »liebe Burkharda« sprach er so widerlich und falsch und süßlich aus, daß mir ganz anders wurde.

»Sie war so unglücklich, und sie hat so bitterlich geweint, daß ich sie gleich am nächsten Morgen wieder angerufen habe. Sie hat keinen Menschen, nur mich!«

Ich starrte ihn fassungslos an. Zu was war der Mann fähig! Mein harmloser Kirchenmusik-Rüdiger!!

»Du hast dir damit den Todesstoß versetzt«, sagte ich kalt. »Ich liebe dich nicht mehr, und ich verlasse dich.«

»Aber du gehst doch nicht zu diesem ... halbseidenen ... Seemann?«

»Warum hast du seine Frau angerufen?«

»Ich habe sie nur angerufen, damit sie sich nichts antut, die Arme.«

»Hättest du sie überhaupt nicht angerufen, hätte sie sich auch nichts angetan, die ARME!!«

»Sie hat mir die Telefonnummer von Freunden in Santa Barbara genannt. Und diese Leute haben mir Auskunft über den sauberen Herrn gegeben.«

»Nein, das glaube ich nicht, Rüdiger. Das ist wie in einem schlechten Film.«

»Hier!« Rüdiger fummelte in seiner Gesäßtasche herum. Zum Vorschein kamen zwei Audiokassetten.

»Was soll das?«

»Das sind die Telefonate mit den lieben, schwer betroffenen Landmanns. Ganz ehrenwerte, anständige Leute sind das.«

»Du hast die Telefonate ... aufgenommen? Wissen diese ... Landmanns ... das?«

»Nein. Natürlich nicht. Aber ich tue das alles nur zu deinem Besten. Die Landmanns sagen ... aber hör es dir selber an!« Rüdiger hielt mir die zwei Kassetten hin.

»Ich DENKE nicht daran!« schnaubte ich voller Haß und Zorn. »Verlaß mein Zimmer!«

»Burkharda! Dieser saubere Herr ist es nicht wert! Er ist ein Betrüger, ein Hochstapler, ein Lügner! Er schlägt seine Frau und seine Kinder! Er hält sie wie Sklaven! Sie nagen am Hungertuch! Während er auf seinem Luxusschiff die hübschesten Damen bei Champagner und Kaviar in der Owner-Suite verführt, hat die arme Angela noch nicht mal Geld zum Leben! Sie mußte es sich bei den lieben Landmanns leihen. Er hat Schulden bis über die Ohren! Er hat es nur auf dein Geld abgesehen, Burkharda! Er ist einer dieser Seemänner, die so lange zur See fahren, bis sie eine reiche Frau finden!«

»Er hat keine Ahnung von meinem Geld!«

Ich hatte vor fünf Jahren eine nicht unbeträchtliche Erbschaft gemacht. Aber das hatte ich nie erwähnt.

»Das wird er längst rausgefunden haben, Burkharda. Es ist ein leichtes, an solche Informationen zu kommen!«

»Mag sein, daß es FÜR DICH zur Tagesordnung gehört, andere Leute zu bespitzeln! Aber NICHT FÜR HARTWIN!!«

Nebenan räusperte sich ein Orgelschüler. Es war mir EGAL!! Sollte doch die ganze Kleinstadt erfahren, daß wir uns anschrien. Ich verachtete Rüdiger! Und ich wollte ihn verlassen! – Aber wohin?! Hartwin war auf dem Schiff. Am anderen Ende der Welt. Irgendwo in einem entfernten Sultanat. Und ob er mich liebte, wußte ich nicht! Ich wollte sterben.

Ich rannte kopflos hinaus und tat etwas, was ich noch nie getan hatte. Ich fuhr, ohne mich anzumelden, zweihundert Kilometer zu meinen Eltern.

»Kindchen, Kindchen«, begrüßte mich mein gütiger greiser Vater. »Was machst du nur für Sachen.«

»Wie – was meinst du?« Ich drückte ihm einen Kuß auf die lieben eingefallenen Wangen. Ich liebte meinen Vater über alles. Und hatte noch nie Geheimnisse vor ihm gehabt. Aber dies hier –

dies konnte ich ihm einfach nicht sagen. Ich wollte ihm von Hartwin erzählen, aber nicht von den unerfreulichen Dingen, die sich mit Rüdiger abgespielt hatten.

»Mutti weiß nun auch schon Bescheid.« Mein Väterchen schleppte sich humpelnd in seinen Sessel am Fenster. Wie alt er geworden war! Mir schossen die Tränen in die Augen. Aber ich schluckte sie runter. Abwartend hockte ich mich auf die Armlehne. Dahin, wo ich früher immer gesessen hatte.

»Worüber weiß Mutti Bescheid?«

»Über die arme, betrogene Frau in Amerika.« Mein liebes greises Väterchen schaute mich betroffen an. »Was machst du nur für Sachen, Kindchen. In deinem Alter.«

»Du willst doch nicht sagen, daß Rüdiger ... MEINE Mutter angerufen hat? Während ich mich im Osterferienverkehr stundenlang durch den Stau quäle?«

»Rüdiger meint es nur gut mit dir. Er hat uns gebeten, dich zur Vernunft zu bringen, Kindchen. Sei doch vernünftig!«

Ich sprang von der Armlehne. »Und? Hast du das vor?«

»Ich werde mich jeglichen Urteils enthalten«, sagte mein Vater weise. »Ich kenne diesen Mann nicht.«

»Und Rüdiger kennt ihn auch nicht«, zischte ich böse. »Wie kann er es wagen, euch anzurufen? Er weiß genau, daß Mutter Herzbeschwerden hat und nächtelang nicht schlafen kann!«

Meine Mutter erschien mit der Kaffeekanne. Sie begrüßte mich so betont beiläufig, daß mir ganz anders wurde.

»Greif tüchtig zu, Burkharda! Der Kuchen ist selbst gebacken!«

»Danke, ich habe keinen Hunger.«

»Aber beim Kaffee kannst du tüchtig zulangen!«

Ich zwang mich, zwei Tassen Kaffee zu trinken. Wir plauderten über Belanglosigkeiten.

Dann stand ich auf, räumte das Kaffeegeschirr ab und trug es in die Küche. Wie in alten Zeiten begann ich, das Geschirr zu spülen. Hauptsache, ich konnte irgend etwas tun, das mich am Weinen hinderte. Ich fühlte mich wie ein dummes Kind.

»Aber Burkharda! Du mußt doch hier nicht spülen!«

»Laß mich nur, Mutter. Ich will dir wirklich keine Arbeit machen.«

Ich beugte mich über das Spülbecken. Um alles in der Welt sollte meine kleine alte, sorgenzerfurchte Mutter nicht merken, daß mir die Tränen über die Wangen liefen und ins Spülwasser tropften.

Zehn Minuten später saß ich bereits wieder im Auto.

Aber wohin? WOHIN??

Wie blind fuhr ich durch die Gegend. Wo war noch mein Zuhause? Rüdiger hatte alle meine Freunde angerufen.

Sie sollten mich zur Vernunft bringen.

Aber der Wagen war schon viel zu festgefahren.

Warum meldete sich Hartwin nicht? Ich wurde ganz krank.

Hartwin ein brutaler Macho? Ein Schwein? Ein Betrüger? Einer, der seine Frau schlug? Ich konnte es einfach nicht glauben. Ich wollte weg. Weg von Rüdiger. Weg von Deutschland. Weg von allen, mit denen Rüdiger bereits hinter meinem Rücken telefoniert hatte. Ich hatte keinen Boden mehr unter den Füßen.

Irgendwann setzte ich den Blinker und fuhr zum nächstbesten Reisebüro.

»Wann geht der nächste Flug nach Neuseeland?«

»Frühestens in vier Wochen.«

»Australien?«

»Ebenso.«

»Karibik? Südsee? Tasmanien?«

»Zur Zeit sind Osterferien. Da ist alles komplett ausgebucht.«

Ein drittklassiger Ferienclub in Guatemala hatte noch vereinzelte Single-Plätze frei. Es ging bereits übermorgen los.

»Nehmen Sie die Einwochen-Pauschale oder die Zweiwochen-Pauschale?«

»Kein Rückflug.«

»Aha ...« Die Dame hinter dem Schalter hackte etwas in ihren Computer. »Dann wird es aber teurer ...«

»Egal.« Von mir aus konnte ich im Urwald von Guatemala für immer verschwinden.

Ich leistete eine Anzahlung.

»Ihren Paß bräuchte ich bitte.«

Ich kramte in meiner Handtasche.

Der Paß aus meinem Innenfutterfach war weg.

»Du hast mir meinen Paß weggenommen!«

»Nur zu deinem Besten, liebe Burkharda. Damit du nicht wieder auf dieses Höllenschiff gehen kannst.«

»Gib ihn mir wieder, verdammt!!«

»Du willst ja sogar nach Guatemala fliegen! Hauptsache Vergnügen, was?«

»Woher weißt du das schon wieder?!«

»Die Dame aus dem Reisebüro war so freundlich, mich anzurufen. Sie singt bei mir im Kirchenchor.«

Ich war gefangen. Kurz nach der Jahrtausendwende, in einem westlichen, zivilisierten Land.

Als Ehefrau eines spießbürgerlichen Kirchenmusikers.

»Alles nur zu deinem Besten, Burkharda. Bitte hör dir das Tonband von den Landmanns an.«

»NEIN! NIEMALS!«

Ich wollte schreien, mit den Fäusten gegen die Tür hämmern.

»Du rennst in dein Unglück! Das will ich vermeiden! Du wirst mir später dankbar sein!«

»Ich bin erwachsen! Deine Selbstherrlichkeit ist unerträglich!! Wie KONNTEST du meine Mutter anrufen?! Hast du überhaupt keine moralischen Grenzen?!«

»DU hast keine moralischen Grenzen, meine liebe Burkharda! Du hast jetzt deine Krise, weil deine biologische Uhr tickt. Es ist meine Pflicht als dein Ehemann, dich an weiteren Untaten zu hindern!«

Ich rannte wutschnaubend aus dem Zimmer. Wo sollte ich hin? WOHIN??

Wie in Trance zog ich mir meine Joggingklamotten an.

Die Weiterbildungskassette aus dem Rusch-Verlag »Bei Anruf Erfolg« von gestern mußte noch im Walkman sein.

Automatisch trabte ich los. Durch den Geilenkirchener Kottenforst. Zuerst hörte ich gar nichts. Nanu? Batterie schon wieder alle? Doch dann: ein Rauschen, Knacken, Tuten.

»Landmann?!«

»Guten Tag, Frau Landmann, mein Name ist Rüdiger Meier, ich bin der Mann von Burkharda Meier, und unsere gemeinsame Freundin Angela Danz gab mir freundlicherweise Ihre Nummer ...«

»Jaja«, sagte die alte, tiefe Stimme der Frau Landmann leidend, »det is ja 'ne schreckliche Jeschichte.«

Ausjewanderte alte Berlinerin, schoß es mir durch den Kopf. Ich wollte mir die Kopfhörer von den Ohren reißen und in die Büsche schmeißen. Aber da redete die Alte schon weiter.

»Die arme, arme Angela hat uns schon allet erzählt. Wissen Se, wir sind alte liebe Freunde von der armen, lieben Angela, und det der Hartwin 'n janz falscher Hund is, det ham wa schon imma jewußt.«

Rüdiger sagte irgend etwas, das durch Rauschen und Knacken unverständlich blieb.

»Ja, er is natürlich durch seinen Beruf in 'nem janz halbseidenen Milieu! Die arme, anständige Angela leidet schrecklich! Wenn er dann mal nach Hause kommt, schlägt er sie und die Kinder. Er hält sie wie Sklaven, det sage ick Ihnen! Die armen, lieben Kinder nagen am Hungertuch. Er macht sich da auf seinem Luxusschiff ein feines Leben, und die arme, liebe Angela hat noch nich mal det Jeld für die Miete.«

Rüdigers Einwand konnte ich nicht verstehen.

»Ach, was glauben Sie denn! Det Jeld trägt er in den Puff! Und lädt reiche Passagierinnen zu Champagner und Kaviar ein!

Det is ’n janz windiger Hund! Ein janz zweifelhafter Charakter! Die arme, liebe Angela! Sie weint sich jeden Abend die Augen aus, während dieser gewissenlose Mann eine Frau nach der anderen verführt! Aber wissen Se, Herr Meier, ohne seine Uniform is der nur noch halb so schön! Er hat uns mal mit seiner Familie auf Föhr besucht, wissen Se, da haben wir ein Ferienhaus. Und da hab ick ihn in kurzen Hosen jesehen. Machen Se sich keene Sorgen! Er is ohne seine Uniform nich besonders attraktiv!«

Die mitteilungsfreudige Frau Landmann redete noch gut und gern zwanzig Minuten. Ich war schon hinter dem Geilenkirchener Feuerwehrteich, als sie endlich den Hörer an ihren Mann, Wolfgang Landmann, weiterreichte.

Rüdiger sagte irgend etwas, das wie »Entschuldigen Sie bitte die späte Störung, aber Ihre Gattin war so freundlich, mir Auskunft über Ihren Freund Hartwin Danz zu geben...« anhörte. Es war so grotesk! Ich mußte laut lachen, während ich durch die Kottenforster Pfützen trabte.

Wolfgang Landmann konnte dann noch beisteuern, daß Hartwin Danz ganz und gar unzuverlässig sei: »Vor einigen Jahren, da wollte er unbedingt das Haus kaufen, in dem Angela jetzt wohnt. Ihm fehlten noch genau zehntausend Dollar. Ich habe sie ihm nicht geliehen, obwohl ich es natürlich gekonnt hätte.«

Feine Freunde, dachte ich. Fürwahr. Superfeine, edle Freunde. Solche wünscht man sich immer und findet sie nie.

Dann berichtete dieser Wolfgang Landmann noch sehr ausführlich über Hartwins finanzielle Lage, über dessen Eigentum und Schulden und über seine beruflichen Fehlschläge. Schließlich lachte er jovial.

»Lassen Sie Ihre Frau ruhig wieder an Bord gehen. Sie wird schon zur Besinnung kommen! Wahrscheinlich hat Hartwin längst eine neue Flamme da unten!«

Rüdiger bedankte sich untertänigst für die erschöpfende Auskunft.

»Aber das muß unter uns bleiben«, sagte der mitteilungsfreudige Wolfgang Landmann. »Sie dürfen Ihrer Frau nicht sagen, daß wir so offen gesprochen haben. Wissen Sie, wir wollen ja nur das Beste für Angela und die Kinder!«

»Da können Sie ganz sicher sein«, sagte Rüdiger. »Dieses Gespräch wird natürlich vertraulich behandelt.«

Daß der liebe Rüdiger ein Tonband hatte mitlaufen lassen, vergaß er dem lieben anständigen Herrn Landmann mitzuteilen. Ich kam gerade keuchend an der Haustür an, als endlich der Hörer aufgelegt wurde.

Das ganze Gespräch hatte eine geschlagene Stunde gedauert.

Hartwin! Warum rief er nicht an?! Warum kam kein Fax?!

Gewiß hatte er über die Ostertage viel zu tun.

Gala-Menü, Gala-Diner, Gala-Empfang. Vollgestopftes Schiff, überbucht. Wahrscheinlich waren die Passagiere unzufrieden, beschwerten sich unaufhörlich über Kleinigkeiten, stritten sich, und Hartwin mußte schlichten. Aber ein kleiner Anruf? Ein klitzekleiner Anruf??

Und was, WENN er anrief? Er hatte ausgerechnet heute Geburtstag! Sollte ich ihm sagen, was ich wußte? Sollte ich ihm sagen, daß seine Frau alles wußte? Sie würde heute mit ihm telefonieren, sicher! Und die sauberen Landmanns auch! Sie würden ihm zum Geburtstag gratulieren! Sollte ich Hartwin sagen: Herzlichen Glückwunsch, du Eierloch, du bist ja 'ne feine Ratte, und was du fur Freunde hast, ich muß schon sagen, erste Sahne, und wen vögelst du denn gerade auf deiner Geburtstagstorte? Sollte ich ihm sagen, daß ich das Tonband seiner sauberen Freunde gehört hatte? Oder hatten sie ihm inzwischen etwa alles gesagt?

War das der Grund, warum er nicht mehr anrief?

Ich trug das Handy mit mir herum, Tag und Nacht, zum Joggen und zum Arbeiten, zum Schlafen und ins Bad.

Sechs Tage kein Lebenszeichen. Kein »Servus! Wie geht's?«. Ich wollte sterben.

Rüdiger höhnte: »Na, hat dein sauberer Herr Danz sich noch nicht gemeldet? Der bumst doch längst eine andere! Vergiß ihn, Burkharda, und komm zu mir zurück! Noch kannst du umkehren! Du bist über dreißig! Was denkst du denn?«

Aber ich wollte nicht umkehren. Und wenn ich den Rest meines Lebens allein verbringen würde.

»Frau Meier? Können Sie nächste Woche Dienstag in Bangkok an Bord der ›MS Blaublut‹ gehen?«

Es war die Künstlervermittlung. Die nette Dame, die mich damals, vor über einem Jahr, zum erstenmal engagiert hatte.

»Ja«, sagte ich tonlos. »Kann ich.«

»In Ordnung. An Bord freut man sich auf Sie. Sie landen um 14 Uhr 35. Sie werden abgeholt.«

Ich saß lange bewegungslos da.

Wußte Hartwin, daß ich kommen würde?

Wer war »man«? An Bord freut »man« sich auf Sie?

Die Passagiere? Die anderen Künstler? Die Besatzung? Fred Hahn? Hartwin ...?

Am achten Tag nach dem großen Landmann-Skandal rief er an. Hartwin Danz. Seine Stimme klang wie immer.

»Servus! Wie geht's?«

»Gut«, sagte ich kraftlos.

»Ich höre, du kommst wieder auf die ›Blaublut‹!«

»Ja«, sagte ich matt.

»Ich freu mich! Ich hol dich ab!«

Was hatte der Landmann gesagt? Hartwin sei unzuverlässig. Er sei ein Filou. Ein Schwätzer. Einer, der Verabredungen nicht einhält.

»Ja«, sagte ich. »Tu das.«

»Wie geht's?!« Hartwin schien zu spüren, daß etwas nicht in Ordnung war.

»Danke«, sagte ich einsilbig. »Und wie geht's dir?!«

»Du, wir hatten wahnsinnig viel Streß hier an Bord, das Schiff war völlig überbucht, da waren manche Passagiere unzufrieden, weil sie nicht im Pool baden konnten oder nicht an ihrem Lieblingstisch essen, du kennst das ja, du weißt ja, wie die Leute drauf sind ...«

»Ja.«

»Du, mach dir keine Sorgen, wenn ich nicht jeden Tag anrufe. Wir hatten Probleme mit dem Satelliten ...«

»Schon gut«, sagte ich kraftlos. »Du brauchst dich nicht zu entschuldigen.«

Oh, wie war das Gespräch kühl und distanziert! Nichts mehr von unserer Liebe, unserer Herzlichkeit, unserer Heiterkeit und Leichtigkeit war da. Alles weg. Alles begraben.

Er HATTE bestimmt eine neue Tussi.

Genau wie Fred. Nächste Reise kommen neue Tussis.

Streifenhörner sind alle gleich.

»Also! Ich freu mich! Dienstag, Bangkok, 14 Uhr 35! Ich hol dich ab! Servus!«

»Servus«, sagte ich traurig.

Ich drückte mein Ohr an den Hörer. Sagte er noch etwas? SAGTE er noch etwas? Es rauschte. Er hatte noch nicht aufgelegt.

»Ja, du gehst mir ab!« kam es schließlich vom anderen Ende der Welt. Mit einem Unterton, als wollte er sagen: »Wenn du es unbedingt hören willst!«

Ich drückte das Handy aus.

Mit unglaublich bangem Gefühl saß ich im Flieger von Frankfurt nach Bangkok. Alles war entsetzlich bedrückend, alles. Rüdiger hatte mir noch fürchterliche Szenen gemacht, als ich ihn aufgefordert hatte, mir meinen Paß zu geben.

»Geh doch zu deinem sauberen Herrn Danz«, hatte er schließlich gerufen. »Aber ich HABE dich gewarnt! Du hast gehört, was die Landmanns über ihn gesagt haben. Du wirst in dein Unglück rennen! Komm mir dann nicht und heul dich bei mir aus! Und sag ihm vor allen Dingen nichts davon, daß ich mit Landmanns telefoniert habe. Der schlägt die arme Angela sonst tot!« Er hatte mir den Paß über den Tisch gefleddert.

Und dann war ich gefahren. Die ganze Nacht hockte ich in diesem Flieger und konnte keinen klaren Gedanken fassen. WAS hatte ich getan?! Es gab kein Zurück mehr! Ich war wahnsinnig.

Die Stewardeß forderte uns auf, die Anschnallgurte wieder festzuziehen. Wir setzten zur Landung an.

Ich schaute aus dem Fenster. Unten: Golfplätze über Golfplätze. Kleine dunkle Menschen mit Sonnenhüten auf dem Kopf arbeiteten als Caddies. Ob Hartwin jetzt gerade Golf spielt? dachte ich. Oder ob er tatsächlich jetzt bei »arrival« steht?

Mit wackeligen Knien verließ ich als erste das Flugzeug. Ich war so wahnsinnig aufgeregt! Hartwin! War er der, für den ich ihn hielt? Oder war er das Schwein, als das ihn die Landmanns schilderten? Worauf hatte ich mich eingelassen?

Schweißgebadet stand ich am Kofferband. Ich war so nervös, daß ich nicht mehr gerade gucken konnte.

Beobachtete er mich bereits? War er DA?! Saß er da hinter der Zeitung und lachte sich über mich kaputt? Ich fühlte mich so an Fred Hahn erinnert. Kleine blöde deutsche Dorfdiva wird von souveränem Seemann ein bißchen verarscht. Zum Zeitvertreib. Bangkok ist nicht Geilenkirchen.

Mein Koffer kam als allererster.

Ich wuchtete ihn auf den Kofferwagen. Nur weg! Schnell! Forschen Schrittes marschierte ich davon. Wo war hier der Ausgang? Thailändische Schriftzeichen. »Transit«. Ich hastete durch einen langen Gang. Jetzt ist der Moment endlich gekommen. Ich bin stark. Ich will dich. Hartwin. Ich mache ernst.

Niemand ging vor mir, niemand ging hinter mir.

Egal. Ich war in Thailand. Nix zu verzollen. Also grüner Ausgang. Die Lichtschranke öffnete das Portal zur Ankunftshalle. Hunderte von kleinen schwarzhaarigen Abholern drängelten sich an der Barriere. Hartwin war groß und blond. Wo? Hartwin! Zeig dich! Mein Blick irrte suchend über die vielen kleinen dunklen Menschen. Sie wedelten mit Schildern, sie zupften mich am Ärmel. Menschenmassen. Männer, Frauen, Kinder. Alles Thailänder. Ich schob mich durch das Spalier. Hartwin! Komm raus! Du MUSST mich doch gesehen haben!! Es war wie eine Dornenhecke. Eine Dornenhecke aus fremden dunkeläugigen Menschen, die mich anstarrten. Mein Herz raste.

Kein Hartwin. Meine Zunge schmeckte nach Lehm.

Nein. Das konnte nicht sein. Hartwin war nicht wie Fred. Hartwin spielte keine Spielchen. Der versteckte sich jetzt nicht hinter einer Säule und lachte sich kaputt über meinen irren Blick, über meine Unsicherheit und meine roten Flecken, von denen einer aussieht wie Afrika. Hinter mir quollen nun neue Ankömmlinge durch die Tür. Ich wurde vor ihnen her gedrängt. Am Ende der Halle angekommen, wanderte ich langsam durch den Gegenverkehr zurück. Wurde angerempelt – »excuse me«, »sorry«.

Hartwin. Bitte, bitte erscheine! Du bist doch da!

Ich fühlte mich so einsam und verlassen wie noch nie zuvor.

Mitten auf dem Flughafen in Bangkok. Wie im Film.

Bestellt und nicht abgeholt. Wie im schlechten Film.

O.K., dachte ich. Du bist also wirklich unzuverlässig. So, wie die Landmanns gesagt haben. Du hast wirklich nur mit mir gespielt. Du denkst gar nicht daran, an einem stickigen, staubigen Dienstagnachmittag dein vollklimatisiertes Schiff zu verlassen, um mich abzuholen. O.K., ich habe verstanden.

Ich stand.

Ich wanderte.

Ich schaute und schaute.

Das KONNTE doch nicht wahr sein.

Mein Hartwin. Mein zärtlicher, liebevoller, ehrlicher und zuverlässiger Hartwin. Der mich noch in Saigon so fürsorglich zum Flughafen gebracht hatte. Vor acht Wochen. Und jetzt? Liebe schon vorbei?

Kindchen, hörte ich die Stimme meines Vaters. Muß das denn sein? Es hat doch keinen Zweck. Jetzt sitzt du in der Klemme, Kindchen. Fahr schön nach Hause, ja? Sei vernünftig.

Burkharda, jetzt wird nicht geflennt. Du bist eine erwachsene Frau – du gehst jetzt zur Information und fragst, in welchem Hafen die »MS Blaublut« liegt. Wenn dich hier keiner abholt, nimmst du dir eben ein Taxi. Du bist engagiert!

Die Dame mit dem netten Air Thailand-Blüschen an der Information verstand mich nicht.

Sie antwortete in einem Englisch, das ich wiederum nicht verstand. Falls es Englisch war.

»MS Blaublut« war hier in Thailand nicht jedermann ein Begriff. Und der Flughafen-Tussi schon mal gar nicht. Und ein Harbour sei hier nicht. Schon gar nicht für Cruise-Liners. Dü gübt's hür nüch.

Ich zwang mich, nicht zu weinen.

Mit zitternden Fingern klaubte ich mein Handy aus dem Rucksack. Ich wählte die Satelliten-Nummer der »Blaublut«.

Eine nette Stimme teilte mir auf Thailändisch mit, daß ich sie mal gern haben könne. Mein Herz sank immer tiefer.

Fred! Fred Hahns Handynummer! Die war doch eingespeichert! Nervös tippten meine Finger auf den Tasten herum. Aber was war das? Warum funktionierte das nicht?

Fred Hahn war gelöscht! Es gab keinen Fred Hahn mehr! RÜDIGER!! Was hast du »zu meinem Besten« gemacht?

O.K., Burkharda. Ruhig bleiben. Du bist erwachsen.

Es gibt in Bangkok keinen Hafen. Und Hartwin ist nicht da. Und Fred Hahn ist nicht zu erreichen. O.K. Bleib cool.

Ich wählte verzweifelt die Nummer der netten Künstlervermittlerin. In Neustadt in Holstein. Wieder die Stimme der thailändischen Tussi: Diese Nummer doesn't exist, und Neustadt in Holstein kennmer nich.

Wahrscheinlich existiere ich auch nicht. Ich erwache gleich. Es ist nur ein schlimmer Traum.

Seit über einer Stunde irrte ich durch die gaffenden Massen.

»Taxi, Madam?« Immer öfter sprach man mich an.

Ja, gern, Leute. Aber WOHIN?!

»To the ship!« konnte ich hier nicht sagen.

Neue Leute quollen aus dem Ausgang. Es waren Deutsche! Sie sammelten sich an einem Punkt, an dem ein Reiseleiter ein TUI-Schild hochhielt. Die üblichen Touristen-Gesichter.

»Bitte, ich gehöre nicht zu Ihrer Gruppe, aber wo ist hier in Bangkok ein Hafen, in dem die ›MS Blaublut‹ liegen könnte?«

Der TUI-Mitarbeiter bat mich, so lange zu warten, bis er alle seine Schäfchen im Bus hatte. Er flößte mir Vertrauen ein.

Dann telefonierte er mit seiner Agentur.

»Der Hafen ist achtzig Kilometer außerhalb. Hier.« Er zeigte mir einen Stadtplan und tippte zehn Zentimeter daneben in die Luft. »Da ungefähr. Aber ob Ihr Schiff da wirklich liegt, ist eine Frage. Denn der Hafen ist nur für Containerschiffe.«

»Aha. Vielen Dank.«

Der TUI-Mitarbeiter verschwand. Ich stand da mit dem Stadtplan in der brüllenden Hitze in der brüllenden Menge von Thailändern, die sich nicht für mich interessierten. Nicht weinen, Burkharda. Nicht weinen.

Ich beschloß, sofort zurück nach Frankfurt zu fliegen.

Mein Handy klingelte.

Hartwin?! – Rauschen. Das vertraute Rauschen!!

»Hallo?!« schrie ich in die Muschel. »Hallo?!«

Rauschen. Knacken. Sonst nichts. Es war zum Wahnsinnigwerden. Das Handy klingelte nun im Zwei-Minuten-Abstand. Aber außer Rauschen und Knacken war nichts zu hören.

»Madam?!« Die Dame vom Infoschalter hatte nun eine Information für mich: »The ship is in the harbour ...« Sie nannte mir einen Namen. »That's not in Bangkok. That's really far away. More than 180 km!«

Ich sank auf meinen Koffer. Hundertachtzig Kilometer!

Klar, daß Hartwin keinen Bock gehabt hatte zu kommen.

Bei der Hitze. Bei dem stressigen Job, den er hatte.

Nun hatte ich also die Möglichkeit, hundertachtzig Kilometer mit einem womöglich nicht ganz gutwilligen Taxifahrer durch die Wüste zu fahren.

Oder mich auf dem Absatz umzudrehen. Und nach Frankfurt zurückzufliegen.

Kindchen, warum hast du dir das denn angetan, hm? Wenn Rüdiger doch SACHT, daß dein Hartwin ein unzuverlässiger Haldodri ist. Hör doch EINmal auf einen besonnenen Mann, der es gut mit dir meint.

»Mistress Meier?«

»Ja?!«

»There is an announcement for you!«

»Was?«

»They call you since one hour now!«

Ich lauschte. Und tatsächlich! Bei genauem Hinhören konnte man »Misses Bulkalde Mei!« verstehen.

Das war ja ICH!!

Die nette Dame von der Information sprach: »Mister Danz is waiting for you!«

»Is he? Is he really?« Ich konnte es nicht fassen.

»Yes! Wait here. He'll come in a few minutes!«

Ich mußte mich an die Wand lehnen, um nicht umzukippen.

Mister Danz! Er war HIER! Er war hundertachtzig Kilometer gefahren, um mich abzuholen! Er hatte keinen Fahrer geschickt. Er war selbst gekommen.

Und dann stand er da.

»Servus. Wie geht's?«

»Danke, blendend.«

»Warum bist du bei Terminal B?«

»Ich weiß nicht. Ich bin hier rausgekommen.«

»Deine Maschine ist vor zwei Stunden gelandet. Bei Terminal A.«

»Ach was ...«

Kindchen. Guck doch, wo du hinläufst in deinem Liebeswahn. Du bist bei »Transit« durchgelaufen! Dummerchen! Tut man denn so was? Wenn einen ein Mann von Welt abholt? Hm?

Ich stolperte neben Hartwin her. Er hatte sich eine Sonnenbrille aufgesetzt. Er wirkte kühl.

»Servus. Wie geht's?«

»Wie geht's DIR?«

WUSSTE er, daß seine Frau wußte? WUSSTE er, daß Landmanns über ihn Auskunft erteilt hatten? WUSSTE er, wie ernst es mir war? WUSSTE er, ob es IHM ernst war?

Wir standen vor dem Flughafengebäude in Bangkok und warteten auf den Fahrer.

»I hab jetzt zwei Stunden lang alles versucht, um dich zu finden.« Hartwin wirkte derangiert. »I hab dich seit einer Stunde ausrufen lassen, i bin hinein zum Kofferband, i war in der VIP-Lounge, i hab insgesamt drei Maschinen aus Frankfurt abgewartet, i hab dich bei der Flughafenpolizei als vermißt gemeldet, i hab fünfmal auf'm Schiff angerufen, ob du dich gemeldet hast, i hab zwanzig Mann hier z'sammgschissn, warum du nicht wie alle anderen fünfhundert Passagiere da rausgekommen bist, wo alle rausgekommen sind, i hab dich zwanzigmal über Handy versucht anzurufen ...«

Es klang nicht wie ein Vorwurf. Eher wie eine Rechtfertigung. Der arme Mann war fertig.

ER hatte gedacht, ICH spielte mit IHM.

»Hartwin«, sagte ich. »Es ist meine Schuld. Ich bin einfach zu blöd, einen Flughafen auf dem direkten Wege zu verlassen.«

»Schau, Schatzl«, sagte Hartwin, indem er mich zum erstenmal an sich zog. »In den zwei Stunden hab ich gemerkt, wie gern ich dich hab. Und wie sehr du mir abgegangen bist.«

»Und ich hab in den zwei Stunden ein Stückchen Hölle kennengelernt.«

»Hast du denn im Ernst geglaubt, ich komme nicht?«

»Ja. Hab ich. Nimm's mir nicht übel.«

»Aber WARUM hast du das geglaubt?«

Weil ich inzwischen ein einstündiges Tonband darüber gehört habe, was du für ein unzuverlässiges Arschloch bist.

»Weil ... ich ... mir nicht mehr so sicher war.«

»Burrgl! Schatzl! Was ist passiert? Nur weil ich nicht JEDEN Tag angerufen habe? Wenn wir auf See sind und der Satellit ist überbelegt, dann krieg ich oft tagelang keine Verbindung ...«

»Ist ja schon gut.«

Wir stiegen in den Wagen.

»Magst noch ein bißchen in Bangkok bleiben, oder willst gleich aufs Schiff?«

Mir war alles egal. Hauptsache, ich war bei Hartwin.

»Welcome, Madam, welcome, Sir!«

Die weißbefrackten Pagen des »Oriental« rissen für uns die Tür auf. WELCH eine Pracht! Riesige Blumenbouquets schmückten die geschmackvoll mit Holzornamenten ausgestattete Hotelhalle. Ein orientalischer Blütenduft schlug uns entgegen. Die staubige Schwüle blieb draußen. Hier war alles angenehm klimatisiert. Europäer und Amerikaner hockten in tiefen, bequemen Sesseln, lasen Zeitung und tranken Tee.

»Wait a moment.« Hartwin winkte dem Pagen, und nach kurzer Zeit stand der Hoteldirektor des »Oriental« vor uns. Er war Schweizer und begrüßte uns ausgesprochen höflich.

»Darf ich Ihnen unseren besten Tisch auf der Terrasse anbieten? Folgen Sie mir bitte. Sie sind natürlich Gäste des Hauses.«

Welch ein Himmel gegen die Hölle von vorhin!

Wir schwebten vorbei an dem riesigen gepflegten Swimmingpool und durften unter einem großen Bambussonnenschirm Platz nehmen.

Mandeln und Nüsse, Früchte und Tee wurden unaufgefordert aufgetragen. Der Blick reichte über einen großen braunen Fluß, an dessen Ufer wir saßen. Gegenüber, hinter den Wolkenkratzern, ging gerade gigantisch dunkelrot die Sonne unter. Wir hatten ja sechs Stunden Zeitverschiebung! Diesen Tag hatte es nur zur Hälfte gegeben. Aber was war das für ein Tag gewesen! Und er war noch nicht zu Ende.

»Was magst trinken, Burrgl-Schatz?« Ich hatte ihn wieder, ich war wieder bei ihm! Er sorgte wieder für mich!

»Ich weiß nicht. Mir ist alles egal. Hauptsache, ich sitze hier mit dir.«

Ich war wirklich fertig. Die Unsicherheit der letzten Wochen, die Streitigkeiten mit Rüdiger, und dann diese entsetzliche Ungewißheit: Kann ich mich so in Hartwin irren? Ist er wirklich ein Betrüger, ein Frauenschänder, ein Aufschneider? Oder ist er der Mann, für den ich ihn halte? Kann ich ihm vertrauen?

Ich hatte viel riskiert. Eigentlich hatte ich alles riskiert. Ich war gegen den ausdrücklichen Willen meines Ehemannes und meiner Familie nach Bangkok geflogen, um den Mann wiederzusehen, von dem seine eigenen Freunde sagten, er sei ein Schwein. Nun gab es kein Zurück mehr. Aber was wußte er?

»Burrgl, was ist mit dir? Du mußt mir alles sagen!« Hartwin sah mich eindringlich an.

WAS wußte er? Hatte Angela ihm nicht längst gesagt, daß Rüdiger sie inzwischen fünf-, sechsmal angerufen hatte? Und WENN er wußte, wie würde er dann mit mir umgehen? Er hatte zwei Kinder, die er über alles liebte. Das hier war längst kein Spiel mehr.

Ich nippte an dem köstlichen fruchtigen Cocktail, den Hartwin für mich bestellt hatte. Langsam löste sich die Spannung. Wir plauderten über dies und das, Hartwin erzählte mir, was sich auf dem Schiff abgespielt hatte. Ich berichtete von meinen Konzerten zu Hause in Deutschland. Aber Hartwin war unkonzentriert. Schumann in Hildesheim interessierte ihn nicht so brennend. Als ich von den Champagnergläsern auf dem Marktplatz berichtete, lächelte er. War er noch mein vertrauter Hartwin?

»Sollen wir ein bißchen spazierengehen?«

Wir wanderten durch Bangkok, aber nicht Hand in Hand wie damals in Bombay oder Saigon. Hartwin hatte die Hände in die Hosentaschen gesteckt.

Er wußte was. Aber was?

Wir stiegen über Abfallhaufen, Plastikplanen, auf denen alte Männer und schmutzige Kinder schliefen, wir spähten in kleine Werkstätten, in denen Arbeiter auf der Erde saßen und töpferten und hämmerten. Magere Hunde streunten um uns herum. Autos hupten, Tuctucs knatterten. Hier war nicht Geilenkirchen.

Hier war wieder die andere Welt, die mich so faszinierte. Aber die Wärme, die Vertrautheit mit Hartwin, die war nicht mehr da.

»Let's take a tuctuc to Chinatown.«

Wir quetschten uns in so ein Knatterding.

Er legte den Arm um mich. »Do you feel all right?«

And I said: »Yes, I feel wonderful tonight.«

Inzwischen war es ganz dunkel geworden. In den Häusern brannten spärliche Lichter, beim Schein von jämmerlichen Funzeln wurde gearbeitet, gegessen, gelebt. Abgasgestank überall. Es war ein unheimlicher Lärm von knatternden Lastern, Tuctucs, Gehämmer, Geschrei, Gehupe. Überall schliefen Kinder auf Kartonpappe. Daneben saßen die Eltern ungerührt an Plastiktischen und aßen das, was die Garküchen auf den dunklen Straßen zubereiteten. Es sah nicht besonders vertrauenerweckend aus.

»Magst was essen?« Hartwin war wie immer besorgt.

»Nein. Hier nicht.«

Ich hatte das Gefühl, daß ich nie wieder im Leben etwas würde essen können. Der Knoten in meinem Magen wurde immer größer. Was hatte ich nur ins Rollen gebracht?

Wir bestiegen eine Barkasse und fuhren stehend ziellos über den Fluß. Die Stange, an die wir uns lehnten, war so wackelig, daß man gut und gern und ungesehen für immer im schwarzen schlammigen Fluß hätte versinken können. Keiner hätte es bemerkt. In den Bäumen hingen tausend Lämpchen. Die Mondsichel lag auf dem Rücken. Hartwin küßte mich. Endlich. Er küßte genauso wunderbar wie damals.

»Du mußt mir alles sagen, Burrgl.« Eindringlicher Blick. »Laß uns irgendwo etwas essen gehen.«

Das »Oriental« war mir im Moment am liebsten. Ich wollte in Ruhe und Abgeschiedenheit mit Hartwin reden. Wir kehrten dorthin zurück

Er bestellte Prawns und Seafood und tausenderlei kleine feine Vorspeisen und einen köstlichen eiskalten Weißwein.

»Cheers, darling. Ich bin so froh, daß du wieder bei mir bist.« Hartwin nahm meine Hand. Ich sah ihm in die Augen. Konnte ich diesem Mann vertrauen? Oder war er genau wie alle Streifenhörner? Oberflächlich, ich-bezogen, nicht beziehungsfähig?

Wie Fred? Nächste Reise kommen neue Tussis?

Was bedeutete ich ihm? Eine von vielen netten Begebenheiten? Oder war ich das für ihn, was er für mich war?

Ich mußte es wissen. Dafür hatte ich schon zuviel gewagt.

Ich trank mir mit einem kräftigen Schluck Wein Mut an.

Dann sagte ich: »Es ist nicht mehr so unbeschwert, wie es damals war, Hartwin. Mein Mann hat deine Frau angerufen.«

Die Reaktion von Hartwin werde ich nie vergessen.

Er sagte bestimmt fünf Minuten lang nichts.

Er saß da und schwieg.

Dann stand er auf und ging in den großen, mild duftenden Garten hinein. Mit den Händen in den Hosentaschen. Ich saß da über unseren Prawns und dem Seafood und schaute auf den schwarzen Fluß, die vielen tausend Lämpchen in den Bäumen und die schmale Mondsichel, die auf dem Rücken lag. Die Kellner umschwebten mich und schütteten mir neuen Wein ein. Ich nickte und lächelte mechanisch.

Die Würfel waren gefallen. Nun wußte er's.

Ich war ehrlich gewesen. Mehr konnte ich nicht tun.

Wenn er nun nicht zurückkehrte, würde ich hier im »Oriental« übernachten und morgen zurück nach Frankfurt fliegen. Ich würde Rüdiger verlassen. So oder so. Das Leben ging weiter.

In diesen Minuten würde sich entscheiden, ob ich mein weiteres Leben mit oder ohne Hartwin verbringen würde.

Wenn es ihm nicht ernst war mit mir, dann würde er jetzt die Möglichkeit haben, auf sein Schiff zurückzukehren. Er mußte nur meinen Koffer in die Hotelhalle stellen lassen und sich in seinen Wagen setzen. Dann wäre er weg.

Wenn er zu mir stand, würde er wiederkommen.

Die Minuten verstrichen. War ich »eine Tussi«?

Ich war ganz ruhig.

Die Luft war lau, und der Wein war kalt. Ich wußte, daß ich das Richtige getan hatte. Ich war bei dem Mann, den ich liebte.

Plötzlich fühlte ich eine Hand auf meiner Schulter.

Ich griff danach. Die Hand war warm und stark und weich.

»Dein Orgelspieler hat mir einen Gefallen getan«, sagte Hartwin.

Die nackten Mädchen in den dunklen Kneipen an der Padmong Road hatten alle irgendwie keinen richtigen Spaß.

Sie schoben ihre Unterleiber an Stangen, kauten Kaugummi und dachten ganz offensichtlich daran, ob sie ihren letzten Bus nach Hause noch bekommen würden. Aus dem Lautsprecher plärrte laute Musik. Rauchschwaden waberten durch die Spelunke. An der Bar lümmelten einige dicke Touristen und nippten an ihren teuren Drinks.

Und DAS waren nun die berühmten Etablissements, in denen Männer sich die sogenannte Befriedigung holten?

DAFÜR flogen die Sex-Touristen nach Bangkok?

Die Mädchen an den Stangen waren fertig, zogen sich ihr Höschen wieder an und latschten gelangweilt in ihre Umkleide zurück. Zwei neue Mädels kamen herbei.

Sie stellten sich an die Stangen, hielten sich daran fest, öffneten ihre Schenkel und zogen dann, mit gelangweiltem Blick an die

Wand, ein Dutzend Rasierklingen am Bande hervor. Wie sinnvoll! Ich hätte mich gerne totgelacht. Wir normalen Mädels ziehen uns ab und zu einen Tampon am Bande da raus. Wahrscheinlich gucken wir dabei genauso gelangweilt. Aber Rasierklingen? Und dann gleich zwei Dutzend? Ich schaute auf Hartwin.

Und DAS ist es, was einen Mann in den Wahnsinn treibt? DAVON schwärmen sie, wenn sie wieder zu Hause in ihrem Schrebergarten sitzen? DAS hätten sie gern von ihrer eigenen Frau? Hartwin lächelte und zuckte die Schultern.

War es DAS, worauf seine Frau eifersüchtig war?

War es DAS, weshalb sie ihn nicht mehr ins heimische Schlafzimmer ließ? Konnte sie nicht begreifen, daß dies hier NICHTS, aber auch nichts mit Liebe und Erfüllung zu tun hatte? Das war wie ein schlechter lauwarmer Hamburger in einem Schmuddelimbiß an der Durchgangsstraße.

Die Touristen glotzten. Mädchen umgarnten sie, drängten ihnen weitere Drinks auf. Als Höhepunkt der Veranstaltung kam eine neue Maid auf den Laufsteg, nahm eine Bierflasche und öffnete sie auf unerklärliche Weise mit den Beckenbodenmuskeln. Jede Schwangere bei der Beckenbodengymnastik würde vor Neid erblassen. Leider schien sich die Dame mit den unglaublichen Fähigkeiten nicht weiter über ihren Erfolg freuen zu können. Sie kippte den Inhalt der Bierflasche in ihren Unterleib und leerte ihn anschließend wieder in die Bierflasche.

Ich hätte gern laut gelacht – wer will denn das jetzt noch trinken, hä? –, aber niemand lachte hier, erst recht nicht die Maid.

»Laß uns gehen, Hartwin. Ich habe einen Eindruck.«

Hartwin legte einen Zwanzig-Dollar-Schein auf den Tresen. Die Animateurinnen mit den Höschen fanden das zuwenig, aber Hartwin nahm mich an die Hand und zog mich auf die überfüllte Straße.

»So, jetzt hast du's mal gesehen.«

»War nicht der Bringer.«

»Nein.«

Wir bummelten noch ein wenig durch die hell beleuchtete Sündenmeile von Bangkok. Es war wie die Reeperbahn, nur in warm.

»Was suchen Männer, die hierherkommen?«

»Liebe jedenfalls nicht.«

»Und warum sind ihre Frauen dann eifersüchtig darauf?«

»Bist du's?«

»Nein. Nicht im geringsten. Das, was wir miteinander haben, spielt sich doch auf einer völlig anderen Ebene ab als das hier! Wie könnte ich so dumm sein, mich auf diese Ebene zu begeben!«

»Ach, Burrgl, Schatz!« Hartwin zog mich an sich. »Wenn alle Frauen so denken würden wie du! Weißt du, wenn du zwanzig Jahre zur See fährst, dann gehst du abends in solche Spelunken. Jedenfalls habe ich das früher gemacht. Jetzt mache ich es schon lange nicht mehr. Da fühlst du dich hinterher noch viel leerer und einsamer als vorher. Ich bleibe abends auf meiner Kabine und lese.«

»Und wenn du nach Hause kommst, zu deiner Frau?«

»Dann gehe ich ins Kinderzimmer. Und lese da.«

»Könnte es sein, daß sich in deinem Leben ein kleiner Regiefehler eingeschlichen hat?«

»Ja. Könnte sein. Und weißt du, wer den Regiefehler korrigiert hat?«

»Rüdiger?« fragte ich.

»Liebe Künstler, herzlich willkommen an Bord! Für die Welcome-Show ist heute um neunzehn Uhr Künstlerbesprechung auf Deck sieben auf der Empore des ›Fürst-Rainier-Saales‹.«

Ich freute mich wie ein Kind, wieder hier zu sein.

Ja, ich gehörte längst dazu, zu dieser großen, bunt zusammengewürfelten Familie. So war das hier auf der »MS Blaublut«. Alle zwei bis drei Wochen drehte sich das Karussell wieder von neuem. Die Passagiere wechselten, aber die Crew- und Staffmitglieder blieben dieselben. Ein paar Karten wurden neu gemischt, aber sonst war alles beim alten. Seit vielen Jahren. Zum Beispiel für Leute wie Fred Hahn.

Ich freute mich aufrichtig darauf, ihn wiederzusehen, als ich um Punkt 19 Uhr die schwere Eisentür zur Empore öffnete.

Im Halbrund lehnten die Künstler in ihren Sesseln – die Tänzer und Tänzerinnen machten ihre Dehnübungen, mein heißgeliebter Larry vom Ton fummelte in der Regie an seinen Gerätschaften rum. Ich umarmte den braven Tenor Anthony Dusseldorfer und den guten alten Professor Weißenreim, der gleich wieder ein köstliches Verslein auf den Lippen hatte, diesmal über »Die eheliche Pflicht«:

»Als einst ein alter Herr ein junges Mädchen freite,
und ihm sein schwacher Leib nichts Gutes prophezeite,
sprach er zu ihr: ›Mein Kind, sie wird sich ja bequemen
und meine Ehepflicht quartalweis von mir nehmen.‹
Ihr Widerfragen war, da sie sich kaum bedacht:
›Wieviel Quartale, sprecht, gibt's denn in einer Nacht?‹«

Meine heißgeliebte Anna war zu meinem Leidwesen nicht mehr da. Ich vermißte sie schrecklich. Sie war der Sonnenschein auf diesem Schiff gewesen – immer strahlend, immer gut drauf. Aber es gab noch ein neues Künstlerpaar: die Schlagersängerin Jasmin Power und ihren Mann und Manager Kurt Schatz. Jasmin war eine nicht unbekannte, sehr selbstbewußte, fragile Blonde, die sich zäh und eisern nach oben gekämpft hatte. Sie war gerade für den »Echo« nominiert worden und gewann regelmäßig in der Hitparade. Kurt Schatz war besonnen, klug und intellektuell. Ich mochte die beiden auf Anhieb.

Auch Friedrich Feist, der magere Klavierspieler mit der frechen Berliner Schnauze, war wieder mit von der Partie. Er freute sich wie Bolle, mich wiederzusehen.

»Hallo, Burkhaada, Mensch, olle Knolle, für dich hab ick gleich wieda 'n neuen Witz uf Laga. Sacht der eene Kumpel zum andern: Du, ick gloob, meene Frau is tot. – Wiesodn det, ey? – Na ja, im Bett isse wie imma, aber die Küche sieht aus . . .!«

Während wir so lachten und herumalberten, kam Fred Hahn herein. Er sah angestrengt aus, angestrengt und müde. Aber seine weiße Uniform mit den vier goldenen Streifen auf der Schulter putzte ungemein. Diesmal saß ich nicht auf seinem Sessel. Und hatte auch kein Herzklopfen.

Ich lächelte ihn freundlich an.

Er sandte mir einen gequälten Blick.

Fred stellte die Neuen vor und entwarf den Showplan für die Welcome-Show. Es war mir inzwischen alles so vertraut. Ich liebte diesen wunderschönen »Fürst-Rainier-Saal«, ich liebte die Proben, die Musik, das Lachen und Herumalbern mit den anderen Künstlern, die heitere und leichte Atmosphäre.

»Kann ich dich mal sprechen, Burkharda?« Die anderen Künstler trollten sich. Fred fingerte eine Marlboro aus der Hemdtasche.

»Klar, Fred. Immer. Was gibt's?«

»Warum hat dich der Danz vom Flughafen abgeholt?«

Aha. Das hatte sich also schon herumgesprochen. Wie alles, was man hier auf dem Schiff tat, sich herumsprach. Und zwar schneller, als man es selbst bemerkte.

Peng. Das war eine direkte Frage. Sollte ich antworten: »Weil wir uns lieben!«

Nein. Ich fand nicht, daß Fred das etwas anging. Außerdem wußte ich ja nicht, ob Hartwin mich liebte. Er hatte es noch nie gesagt.

»Warum fragst du?«

Immer blöde Fragen mit einer Gegenfrage beantworten.

»Burkharda! Was hast du mit dem Danz?«

»Fred – ich wüßte nicht, was dich das angeht!«

»Aha! Also doch!«

Wütend und ohne Gruß verließ Fred den Saal. Die schwere Eisentür krachte hinter ihm zu.

Früher wäre ich vor Gram im Boden versunken. Aber heute war ich völlig entspannt.

»Du, Katze, was hasde denn mit demm gemacht? Der is ja fürschterlisch schläscht drauf seit gestän!«

»Nichts, Larry! Wie immer nichts!«

»Der liebt disch, Katze, daß de des nur waißt!«

Tja, dachte ich. Päsch für disch. Das wäre Ihr Preis gewesen! And the winner is ... Hartwin Danz!!

Mir ging's so gut! Ich war so gefestigt, so ausgeglichen und stark durch meine Liebe zu Hartwin.

Ich hatte ein ganz besonderes Geschenk für ihn: Ich hatte ein richtig tolles Lied für ihn gemacht. Einen Rap. Und irgendwann wollte ich ihm dieses Lied vorspielen. Vielleicht sogar auf der Welcome-Show.

Ich wollte einfach raus zu Haus, bin in dich reingerannt
und hab an deiner Nähe meine Finger mir verbrannt.
Du fällst mal grad so eben in mein kontrolliertes Leben
und bleibst wie Tesafilm an einem Kinderhändchen kleben.
Wer bist du denn – ich glaub, ich kenn dich erst 'ne Ewigkeit,
und bist du da, dann denk ich, komm ganz nah – und geh
zu weit.
Ich habe einfach nicht geglaubt, daß jemand mich so küßt,
und hab vergessen, wie das ist, wenn man jemand so vermißt.
Ich hab mir immer vorgestellt, 'n Mann mal so zu wollen.
Jetzt will ich dich, und jetzt fängt die Lawine an zu rollen.
Ich trau mich was, du machst mir Spaß und gibst mir Kraft
für beide,
und wenn du mich nicht anrufst, sollst du wissen, daß ich leide.

Ich hab jetzt Super vollgetankt
im Ozean der Gefühle.
Sehnsucht bringt mich Gott sei Dank
durch meine Alltagsmühle,

weil nichts mehr ist, wie's früher war,
ich reiße alles nieder.
Die Liebe kommt nicht in Gefahr,
ich weiß, ich seh dich wieder – ich seh dich wieder.

Ich will mit dir Brötchen kaufen, bei Aldi Schlange stehn,
Stunden auf ein Taxi warten, Hand in Hand durch Bombay gehn,
ich will Treppen putzen, fernsehn oder Tassen spüln mit dir,
will dich streicheln, küssen, stöhnen, den Himmel fühln in mir.
Du bist erst das Hauptprogramm in meiner Lebensshow,
Herz und Bauch und Kopf und Mund und Seele haben Flow.
Ich atme deine Stimme und ich höre deinen Duft,
ich fühle deine Augen und ich schmecke deine Luft.
Ich red mit deiner Seele – du bist alles, was ich will,
da kann ich gar nichts gegen tun, die Vernunft bleibt einfach still.
Ich trau mich was, du machst mir Spaß und gibst mir Kraft für beide,
und wenn du mich nicht anrufst, sollst du wissen, daß ich leide.

Ich hab jetzt Super vollgetankt
im Ozean der Gefühle.
Sehnsucht bringt mich Gott sei Dank
durch meine Alltagsmühle,
weil nichts mehr ist, wie's früher war,
ich reiße alles nieder.
Die Liebe kommt nicht in Gefahr,
ich weiß, ich seh dich wieder – ich seh dich wieder.

An diesem Abend tafelte ich an einem Zweiertisch im »Vier Himmelsrichtungen«. Mit Hartwin Danz. Und einer Flasche »Baron de L.«. Sollten die Leute tuscheln und reden und die Köpfe zusammenstecken, soviel sie wollten.

Die Chefstewardeß Beatrice Heide kam herbei und blieb mit

zuckersüßem Lächeln an unserem Tisch stehen. »Na, die Herrschaften? Alles recht?«

»O ja, Beatrice. Alles wunderbar! Danke!« Ich strahlte und wies auf den köstlichen, einzigartigen Wein.

»Wissen Sie, Burkharda, ich weiß auch, was gut ist«, sagte Beatrice, ohne mit dem süßlichen Lächeln aufzuhören. »Aber ich nehme keiner Frau den Mann weg. Schönen Abend noch.«

Mir blieb der Kaviar-Blini im Halse stecken.

»Sei stark, Burkharda«, sagte Hartwin, indem er mir das Glas hinhielt. »Das hier war erst der Anfang. Ich steh zu dir!«

Und als ich nach der Welcome-Show in meine Kabine kam, lagen auf dem Bett verstreut einunddreißig rote Rosen.

Um Punkt zwei ging das Telefon auf meiner Kabine. Jeden Mittag. »Servus! Wie geht's?«

Und um zwei Minuten nach zwei war mein Liebster bei mir.

»Danke, traumhaft, wenn ich dich sehe.«

Um drei Minuten nach zwei waren wir gemeinsam glücklich.

Eines Nachmittags lagen wir so da, Arm in Arm.

»Alle reden über uns, alle!« sagte Hartwin. »Der Käpt'n weiß Bescheid, der Staffkapitän weiß Bescheid, die Hausdame weiß Bescheid...«

»Das soll sie wohl! Wie sagst du immer: Und wenn nicht, wird sie gefeuert!«

»Und soll ich dir was sagen? Sie gönnen es uns. Alle!«

»Mit ein paar Ausnahmen«, sagte ich.

»Na ja, die Beatrice hat mir in der Silvesternacht einen Liebesbrief geschrieben. Und ich habe ihn nicht beantwortet.«

»Fred Hahn ist auch nicht so glücklich über unsere Verbindung.«

»Liebst du ihn noch?« Hartwin richtete sich abrupt auf.

»Nein. Welche Frage. Ich liebe DICH.«

Er zog mich an sich. »Schau, Schatzl. Ich hab erst ein einziges

Mal einer Frau gesagt: ›Ich liebe dich.‹ Und das war vor zwanzig Jahren, meiner eigenen Frau.«

Ich konnte es nicht fassen. War das wirklich so ein gradliniger, ehrlicher Mensch? Oder war er so ein phantastischer Schauspieler? Wenn ich daran dachte, was die Landmanns über ihn gesagt hatten, wurde mir ganz anders.

»Schatzl, schau. Ich liebe meine Frau nicht mehr. Aber ich liebe meine Kinder. Sie glauben an mich, weißt du. Seit sie auf der Welt sind, gibt es da für sie einen Papa, der ist immer auf See, wie bei Pippi Langstrumpf der Papa, aber WENN er kommt, dann ist er der Größte und Tollste und Beste. In der Schule, da erzählen sie von ihrem Papa, der zur See fährt und ihnen immer G'schichten erzählt, und ich ruf sie jeden Tag an, und meine Kleine schickt mir jeden Tag eine E-Mail ...«

Er schwieg.

»Und jetzt wissen deine Töchter, daß ihr Papa gar nicht so wunderbar ist, ja? Jetzt hat da ein fremder Mann angerufen und gesagt: Euer Papa liebt eine andere Frau und wird euch verlassen ...«

Hartwin stand auf und wanderte in der Kabine auf und ab.

»Ich habe immer darüber nachgedacht, ob dieses Leben hier einen Sinn macht. Ich lebe seit zwanzig Jahren auf zwölf Quadratmetern, ich bin Tag und Nacht im Einsatz und im Dienst, mein Piepser geht alle zwanzig Minuten, weil irgendein Idiot kein Klopapier mehr im Bad hat, oder weil sich jemand über das Essen beschwert hat, oder weil bei jemandem die Dusche tröpfelt. Ich arbeite immerfort. Für meine Familie. Damit die da drüben alles haben. Aber ich hab's immer gern gemacht, weil ich wußte, meine Arbeit hat einen Sinn. Denen da drüben geht's gut, die haben ein gutes Leben. Die Frau kann sich selbst verwirklichen, und die Kinder sind fröhlich.«

»Und jetzt – jetzt hat Rüdiger sie angerufen«, sagte ich beschämt.

»Schau, Schatzl. Wir hätten uns noch Zeit gelassen mit einer

Trennung. Ich hätte gerne selbst entschieden, ob ich meine Familie verlasse. Ich denke, das ist mein Recht.«

»Allerdings, Hartwin. Ich schäme mich für Rüdiger.«

»Weißt du, früher, da haben sich die Männer duelliert. Aber die Ehefrau des anderen anzurufen – das ist so ... unterste Schublade ...«

»Hartwin, du kannst noch zurück ...«

Hartwin drehte sich nicht um. Er stand da am Bullauge und schaute hinaus auf das weite graublaue, reglose Meer.

Er kämpfte mit sich. Und ich liebte ihn dafür, daß er es sich nicht leichtmachte. Mit jeder Sekunde, die er zögerte, war ich mehr und mehr sicher, daß er kein Hallodri, kein Schauspieler, kein Betrüger und kein Filou war.

Ich stand auf und kramte in meiner Handtasche herum. »Hier. Mein Flugticket. Laß es umbuchen. Ich fliege morgen von Singapur nach Hause.«

»Aber deine Show ...? Du stehst schon in der Vorankündigung.«

»Anthony Dusseldorfer kann seine Show vorziehen. Oder die Tänzer. Oder der Professor Weißenreim liest ein paar Gedichte. Es ist kein Problem, Hartwin. Ich rede mit Fred. Ein Notfall. Ich binde ihm irgendeinen Bären auf. Ich verschwinde aus deinem Leben. Und du bringst deine Familie in Ordnung.«

Hartwin stand am Bullauge, traurig, blaß, ernst. »Der Preis, Burkharda. Der Preis ist so hoch!«

»Geh und buch meinen Flug um, Hartwin.«

Hartwin ging zur Tür. Er hatte mein Flugticket in der Hand. »Du bist wahrscheinlich meine zweite Lebenschance, Burkharda. Aber es ist besser so.«

Damit fiel die Tür ins Schloß.

Wie in Trance folgte ich am nächsten Tag Jasmin und Kurt, dem Schlager-Paar. Mein Flug ging erst um Mitternacht, und ich konnte unmöglich den ganzen Tag auf der Kabine bleiben. Das alles erinnerte mich schrecklich an jene grauenvollen Tage, an denen ich wegen Fred Hahn so gelitten hatte. Diesmal wollte ich mit erhobenem Haupt für immer von diesem Schiff gehen. Es hatte mir kein Glück gebracht. Zum zweitenmal war ich todunglücklich.

Und wer hier noch alles unglücklich totgeblieben war!

Die »MS Blaublut« war mein Schicksalsschiff geworden.

Ich war süchtig nach ihr – und sie hatte mich zu Dingen getrieben, die zu tun ich vorher noch nicht mal im Traum imstande gewesen wäre.

Jasmin, die blonde Schlagersängerin, ahnte nichts von meiner Seelenpein. »Kurt, hier gibt es Seide!« rief sie, und dann folgten Kurt und ich ihr über die Straße in ein Seidengeschäft und blieben dort geduldig zwei Stunden sitzen, bis sie sich für zweitausend Singapur-Dollar den Stoff für acht Abendkleider gekauft hatte.

»Kurt, hier gibt es Schuhe!«

Kurt und ich hielten ihr die Taschen und den Schirm und den Fotoapparat und die Tüten, und Jasmin probierte zwei Stunden lang achtzig Paar Schuhe an.

»Sie hat zu Hause schon vierhundert Paar«, sagte Kurt gelassen, während er im Reiseführer über Singapur las.

»Stimmt nicht, Kurt! Höchstens dreihundertachtzig Paar! Und silberne Riemchensandalen hab ich höchstens fünf Paar!«

Kurt saß mit stoischer Gelassenheit da.

Ich hockte neben ihm, dankbar, überhaupt einen Menschen in meiner Nähe zu haben. Ich selbst besitze vier Paar Schuhe. Mit meinen Joggingschuhen fünf.

Aber wahrscheinlich bin ich in meiner Seele ein Kerl.

»Ich will jetzt in ein chinesisches Teehaus!« rief die nimmermüde Jasmin, nachdem Kurt geduldig mit seiner Kreditkarte ihre Riemchensandalen bezahlt hatte.

Wir schwangen uns in ein Taxi, und Kurt radebrechte auf Englisch mit dem Taxifahrer herum.

»Ein ganz typisches chinesisches Teehaus, hörst du, Kurt! Eines wie in den Romanen von Pearl S. Buck.«

Der chinesische Taxifahrer kannte die Romane von Pearl S. Buck nicht.

Er fuhr uns in ein Teehaus, das Jasmin zu Zornestränen trieb. Es war modern und nüchtern eingerichtet.

»Jetzt ist mir die Stimmung vergangen, Kurt!«

»Liebling, sag mir, wie du dir das Teehaus vorstellst.«

»Ich sag doch: wie in den Romanen von Pearl S. Buck!«

»Gut. Und das finden wir hier nicht. Äußere bitte einen anderen konkreten Wunsch.«

»Ich will Abendkleider!«

»Du hast eben Stoff für acht Abendkleider gekauft!«

»Aber ich will SOFORT Abendkleider! Die anderen müssen ja erst genäht werden!«

Also gingen wir in ein Geschäft für Abendkleider.

Und Jasmin probierte um die vierzig Abendkleider an.

Sie hatte eine phantastische Figur, das mußte der Neid ihr lassen. Sie sah in allen Kleidern hinreißend aus. Die chinesischen Verkäufer waren entzückt.

»Kurt, ich brauche eine passende Federboa!«

Kurt und ich saßen da. »Ja, Liebling. Machen wir.«

Ich schwieg.

»Ich will mich ja nicht in deine Angelegenheiten einmischen«, sagte Kurt. »Aber warum fährst du heute abend schon wieder nach Hause, wo du erst vor vier Tagen gekommen bist?«

»Kurt!! Ist der Reißverschluß nicht zu eng?!«

»Nein, Liebling. Der Reißverschluß ist genau richtig. – Also? Warum brichst du etwas ab, was richtig für dich ist?«

»Es ist eine private Sache«, sagte ich.

»Der liebt dich, das weißt du, ja?«

»Wer?« fragte ich überrascht, indem ich in meinem Rucksack nach einem Taschentuch wühlte.

»Na, der Hoteldirektor.«

»Wie kommst du darauf?«

»Schon am ersten Abend. Als du Jasmin das Du angeboten hast, abends, beim Wein, und wir beide uns dann auch geduzt haben. Da hat der Hoteldirektor sofort gesagt: ›Ich bin Hartwin.‹ MACHT das ein Hoteldirektor auf einem Fünfsterneschiff?«

»Nein. Eigentlich nicht.«

»Er hat sich dadurch sofort verraten. Er steht so sehr zu dir, daß er sich unbewußt mit dir auf eine Ebene stellt.«

»Kurt! Macht mich Blö blaß?!«

»Nein, Liebling. Du siehst hinreißend aus! – Also. Warum fährst du heute abend wieder ab? Du liebst ihn doch auch!«

»Ja, weiß Gott, das tue ich. – Weil er eine Frau und zwei Kinder hat.«

»Und? Liebt er diese Frau?«

»Und der SCHAL? PASST der SCHAL zu dem KLEID??«

»Exzellent, Liebling. Du siehst wie immer phantastisch aus!«

»Seiner Aussage nach nicht. Aber kann ich ihm glauben? Streifenhörner sind alle gleich. Sie baggern Frauen an, und wenn es ihnen zu eng wird, dann schicken sie sie wieder nach Hause. Nächste Reise kommen neue Tussis.«

Ich schluckte und schniefte in mein Taschentuch.

»Hat er DAS gesagt?«

»Nein. Das hat Fred Hahn gesagt. Letztes Jahr.«

»Auf Fred Hahn mag das zutreffen, NICHT aber auf Hartwin Danz. Wenn einer auf dieser Welt es ehrlich mit dir meint, Burkharda, dann ist es dieser Mann.«

Ich starrte Kurt an. »Woher weißt du das?!«

»Ich bin Psychologe. Ich beobachte euch seit vier Tagen. Ihr quält euch ganz schrecklich. Dabei seid ihr längst ein Paar. Ihr paßt phantastisch zusammen. Du solltest mal seine Augen sehen, wenn er dich anschaut. Und DEINE! Wenn DU ihn anschaust!« Kurt lachte.

»UND DAS PINKE?!«

»Nimm es, Liebling. Es wird uns nicht in den Bankrott stürzen!«

»Euch geht's finanziell gut, was?«

»Ja. Seit ich Jasmins Manager bin.« Kurt sagte das ohne falschen Stolz. »Ich bin, wie gesagt, Psychologe. Ich beobachte Menschen und ihre Wirkungen. Und ich weiß, wie Jasmin wann wo auf wen wirkt. Das ist das Geheimnis eines guten Managers.«

»Weißt du auch, wie ICH wirke?«

»Ja. Wie du privat wirkst, weiß ich. Das ist eine deiner fatalsten Eigenschaften. Du brichst die Herzen der stolzesten Kerls. Ohne es zu merken, das macht deine Faszination aus. Zeig mir morgen abend deine Show, und ich sage dir, wie du auf der Bühne wirkst.«

Ich beneidete Jasmin um diesen Mann.

Aber morgen abend würde ich ja schon wieder in Geilenkirchen sein.

Kurt und Jasmin ließen es sich nicht nehmen, mich um 23 Uhr zum Flughafen Singapur zu bringen.

Wir hatten noch fürstlich zusammen chinesisch gegessen.

Als Vorspeise eine ganze knusprig braun gebratene Ente, die uns mitsamt Schnabel und Augen erst mal vorgestellt und deren Haut vor unseren Augen abgeschabt und in appetitlichen Stückchen auf unsere Teller gelegt worden war.

Diese Stückchen wickelten wir in warme, dünne Teigrollen und tauchten sie in verschiedene köstliche würzige Saucen. Es war eine solche Fettbombe, daß jeder, der nicht regelmäßig joggt, davon fünf Kilo zugenommen hätte. Aber meine Fettverbrennungsöfchen liefen auf Hochtouren. Ich konnte essen, was ich wollte.

Dann gab es Suppe aus kleinen blau-weißen Porzellanschälchen, mit einem Porzellanlöffel.

Als Hauptgang servierte man uns gebratenen Reis mit Seafood und Prawns in ganzen ausgehöhlten Kokosnüssen. Dazu gab es grünen Tee, der aussah wie das Pipi eines kränkelnden Nilpferdes, und eiskaltes Bier aus der Dose. Eine köstliche Henkersmahlzeit.

»Überleg es dir, Burkharda«, hatte Kurt immer wieder gesagt. »Ihr gehört zusammen. So was passiert im Leben nur einmal.«

»Er hat sich für seine Kinder entschieden«, murmelte ich.

»Mensch, Burkharda!« mischte sich Jasmin ein, die mit fettigen Fingern an ihren gebackenen Entenfüßchen herumknabberte. »Seine Kinder werden immer seine Kinder bleiben! Aber er braucht eine Frau wie dich!! Das ist so ein toller Mann! Laß dir den nicht entgehen!«

»Er gehört zu seiner Familie.«

»Du mußt auch kämpfen, Burkharda! Wo leben wir denn! Wir sind doch nicht mehr im letzten Jahrhundert, in den Romanen von Pearl S. Buck!«

»Er liebt dich, und du liebst ihn.«

»Aber seine Frau ...«

»Liebt ihn ja ganz offensichtlich NICHT! Sie läßt sich von ihm versorgen. Er darf blechen und ist ansonsten nur zu Besuch! Ist das LIEBE?!«

»Das gehört wirklich ins letzte Jahrhundert, Burkharda. Heute haben die Menschen das Recht, glücklich zu leben!«

»Leute, ich danke euch für den seelischen Beistand, aber ich fliege.«

Entschlossen stand ich auf. Ich bezahlte die Rechnung, während Kurt in einer Ecke diskret telefonierte. Schließlich hatten diese beiden goldigen Menschen mir mit Rat und Tat den ganzen Tag zur Seite gestanden.

Jasmin zeigte mir noch ihre frisch erworbenen Federboas und Seidentücher und erzählte mir von ihren tollen Shows, die immer schon Monate vorher ausverkauft waren.

Und dann fuhren wir vor dem pieksauberen, hochmodernen Flughafen vor, in dem man vom Boden hätte essen können. Wenn wir nicht so pumpsatt gewesen wären.

»Der Flug ist superpünktlich«, meldete Jasmin, die mir schon einen Kofferwagen besorgt hatte.

»Na, dann macht's mal gut.« Ich umarmte die beiden, die mir in diesen wenigen Tagen zu richtigen Freunden geworden waren.

»Was wirst du jetzt machen?«

»Ich trenne mich von Rüdiger und ziehe auf jeden Fall in eine Großstadt. Das Kleinstadtleben ist nichts mehr für mich.«

»Du kannst fürs erste in unserer Penthousewohnung in Berlin bleiben!« Jasmin kramte bereits den Wohnungsschlüssel aus ihrer trendy Handtasche.

Ich war gerührt über ihre Großzügigkeit und schwesterliche Solidarität.

»Weißt du, Kurt war auch verheiratet, als ich ihn kennenlernte. Und er hat auch zwei Kinder. Entscheidend war, daß er nicht glücklich war. Jetzt IST er glücklich – gell, Kurt?!« Sie küßte ihn, und er küßte sie mit leuchtenden Augen. »Und die Kinder hat er noch! Sie werden immer seine Kinder bleiben!«

»Macht's gut, ihr beiden! Wir sehen uns!«

»Ja, ruf an, wenn du in Berlin bist!«

»Deine Schneiderin will ich kennenlernen! Ich bräuchte dringend auch ein Abendkleid für meine Show!«

»Zeig uns deine Show! Vielleicht können wir was zusammen machen! Geballte Frauen-Power!«

»Ich bring euch noch raus zum Taxi«, sagte ich, nachdem mein dicker blauer Koffer über das Band gerollt und in sein schwarzes Loch gefallen war.

Wir standen in der lauen Nacht. Der Mond lag auf dem Rükken. Die Sterne funkelten bläßlich über den Wolkenkratzern. Wiedersehen, ihr Palmen, Wiedersehen, laue Luft. Einige Taxis fuhren vorbei.

Immer saß ein Schlitzauge drin.
»Los, du mußt jetzt rein!«
»Ja, gleich.«
»Da kommt ein Taxi!«
»Sitzt aber wieder jemand drin!«
»Vielleicht wird es trotzdem frei!«
Das Taxi hielt. Es war kein Schlitzauge.
Ich hatte es GEWUSST!
Hartwin stieg aus, schaute mich an und sprach: »Servus! Wie geht's?«

»Weißer Vorhang zu, roter Vorhang auf! Los! Larry, Mensch, die wollen noch eine zweite Zugabe!!«
Fred stand in seiner Gasse neben der Bühne und zischte in das Mikrophon. Ich hatte ihn noch nie so engagiert erlebt.
Mir lief der Schweiß in Bächen den Rücken herunter.
Ganze 90 Minuten hatte meine Show gedauert. Im Abendkleid von Jasmin! Sie war schlanker als ich, und wir mußten mit ein paar Sicherheitsnadeln auf dem Rücken das Kleid schließen, weil ich den Reißverschluß nicht zubekam. Aber die Show war toll gewesen. Ich hatte geackert. Ohne Pause. Und die Leute hörten nicht auf zu klatschen!
»Normalerweise muß man ihnen schon die erste Zugabe aufdrängen«, sagte Friedrich Feist, der magere Pianist. »Aber dette, det hab ick ooch noch nich erlebt! Mensch, Burkhaada! Besorg's ihnen!«
Und dann gingen wir wieder raus, Hand in Hand, und verbeugten uns. Ich strahlte in das Scheinwerferlicht. Da hinten, neben der Regie, da stand der eine Mensch, für den ich das hier gemacht hatte. Der eine Mensch, der mich interessierte. Der eine Mensch, mit dem ich leben wollte.
»Zugabe!« brüllte ein Dicker aus der ersten Reihe.
Friedrich setzte sich wieder an den Flügel, und ich sang für Hartwin:

»Ich weiß, es wird einmal ein Wunder gescheh'n, und dann werden tausend Märchen wahr. Ich weiß, so schnell kann keine Liebe vergeh'n, die so groß ist und so wunderbar! …«

Die Leute tobten.

Und dann passierte das, wofür ich noch vor einem Jahr mein Leben gegeben hätte: Fred Hahn kam auf die Bühne.

Und umarmte mich vor allen Leuten.

»Willst du gebauchpinselt werden, oder willst du meine ehrliche Meinung hören?« Kurt Schatz reichte mir ein Glas eiskalten Champagner.

»Gebauchpinselt«, sagte ich. Hartwin drückte mir verstohlen die Hand. Ich war so glücklich wie noch nie im Leben.

»O.K. Du siehst ganz gut aus, du hast eine tolle Stimme, deine Bewegungen sind natürlich. Du singst sauber, dein Repertoire ist nicht verkehrt, deine Moderation ist in Ansätzen gut.«

»Aber?!«

»Du willst ja gebauchpinselt werden.«

»Laß dir von dem Kurt jetzt bloß nicht die Stimmung verderben«, rief Jasmin, die am Arm eines Streifenhornes zur Tanzfläche glitt.

»Also. Sag's.«

»Die Show, die du da ablieferst, ist zu siebzig Prozent ausbaufähig. Wer hat dir die so aufgebaut?«

»Wie, aufgebaut? Die hab ich mir selber zusammengestellt.«

»O.K. Das merkt man. Du hast kein richtiges Konzept, du hast keine Choreographie, du hast laut eigener Aussage nur ein einziges Abendkleid, du hast keine Lichteffekte, du kannst nicht mit dem Mikro umgehen, du hast kein Motto, keinen roten Faden und keinen einzigen Höhepunkt.«

»O doch«, sagte ich trotzig. Hartwin sandte mir einen winzigen, vertrauten Blick.

»Das MEINE ich nicht«, sagte Kurt Schatz. »Wer ist dein Manager?«

»Hab keinen. Brauch keinen. Ich mach alles selbst.«

»Du brauchst wohl einen. Du hast ein Wahnsinnspotential. Aber null Ahnung von Konzept und Strategie. Du verschießt sinnlos dein ganzes Pulver.«

Fred Hahn näherte sich.

»Herzlichen Glückwunsch, Burkharda. Du hast die besten Bewertungen, die man haben kann. Wenn sie auf der ›MS Blaublut‹ ›Zugabe‹ schreien, dann hast du es geschafft.«

Ich strahlte. »Danke!«

Fred war wie umgewandelt. »Tanzen wir?«

Was HÄTTE ich vor einem Jahr darum gegeben! Mein Leben!

Wir schritten nach vorn auf die Tanzfläche. Auch diesmal waren wieder die ultimativen Gold-Star-Tänzer dabei, das Parkett zu fegen. Und stampf und wisch und dreh und schreit! Ich dachte an letztes Jahr. Wo ich mich mit Gloria und Ulrich so danebenbenommen hatte. Wie ein Backfisch über diese Leute kaputtgelacht. Und heute hatte ich ganz andere Sorgen. Ich war erwachsen geworden. Fred und ich, wir tanzten hübsch und fein, von einem auf das andre Bein. Aber ich fühlte nichts mehr für ihn. Nur noch Freundschaft.

»Weißt du, was ich damals in deine Beurteilung geschrieben habe?« sagte Fred.

»Nein. Sag's.«

Wir wagten einen Schlenker.

»Wehe, wenn sie losgelassen!«

Ich grinste. »Du hattest recht. Ich war unmöglich.«

»Du warst hungrig nach Leben. Als wärest du viel zu lange eingesperrt gewesen.«

»War ich auch. Weißt du noch: mein Flaschengeist und deiner ... Ich hatte ein riesiges Nachholbedürfnis im Böse-Sein.«

»Und? Warst du jetzt lange genug böse?«

»Ich würde sagen ... fast«, lächelte ich kokett. »Weißt du, ich habe erst acht Leute umgebracht, und ich finde, zehn ist eine gute Zahl.«

Fred grinste. »Hahaha. Sehr witzig.« Die Musik war zu Ende. Die Leute verließen die Tanzfläche. Ich ging auch los. Fred blieb stehen. »Burkharda«, sagte er eindringlich. »Ich muß es wissen. WAS hast du mit dem Danz?«

Ich blieb ebenfalls stehen und drehte mich zu ihm um. »Warum fragst du das immer wieder?«

»Weil ich dich liebe, Burkharda«, sagte Fred.

So. Nun hatte ich es gehört. Das, was ich vor einem Jahr für alles in der Welt von Fred hatte hören wollen.

Zu spät, Fred.

Jetzt wollte ich es nur noch von Hartwin hören.

Und der sagte es nicht.

Hongkong. Welch eine Kulisse! Ein Wolkenkratzer neben dem anderen! Die »MS Blaublut« lag vis-à-vis der eigentlichen Insel Hongkong. Kurt Schatz, Jasmin Power und ich waren den ganzen Tag durch die faszinierende Stadt gefahren, mit der U-Bahn, mit dem Taxi, mit der doppelstöckigen Straßenbahn, die sich klingelnd und ratternd durch die belebte Hauptstraße schob. Jasmin hatte unendlich viele Abendkleider, Federboas, Schuhe und Seidenstoffe besichtigt. Kurt Schatz und ich redeten.

Er nahm meine Show auseinander, bis nichts mehr von ihr übrig war. Aber er machte das weder arrogant noch zerstörerisch. Er hatte recht mit allem, was er sagte.

»O.K., O.K.«, sagte ich schließlich. »Ich möchte, daß du mein Manager wirst.«

»Es wird mir eine Ehre sein, dich dahin zu bringen, wo du es verdient hast, zu sein!«

Wir fielen uns um den Hals.

Jasmin kam mit ihren Einkaufstüten hinter ihren Stoffballen hervor. »Na? Hat es endlich geschnackelt mit euch?!«

Wir feierten unseren Entschluß in einem chinesischen Restaurant. Es sah fast aus wie bei Pearl S. Buck.

Jasmin freute sich wie ein Kind. »Wir werden so viel gemeinsam machen! Ich bin so froh, daß wir uns kennengelernt haben!«

»Laßt uns heute abend mit Champagner feiern«, sagte Kurt Schatz.

»Das geht nicht«, sagte ich. »Abends habe ich immer was vor.«

»Hartwin kann doch mit uns feiern!« rief Jasmin.

»Liebling! Die beiden wollen allein sein!« rügte Kurt.

Ich grinste meine zwei Freunde und Gönner innig an. »Also, ich verabschiede mich jetzt mal. Meint ihr, ich finde allein aufs Schiff zurück?«

Kurt erklärte mir, welche U-Bahn-Linie ich nehmen mußte, um zur Fähre zu gelangen, die zum Ankerplatz der »MS Blaublut« fuhr.

Es war schon ein aufregendes Gefühl, ganz allein durch Hongkong zu fahren!

Aber ich fühlte mich stark, glücklich und selbstbewußt. Ich war eine Frau von Welt! Ob Hildesheim oder Hongkong, Geilenkirchen, Bombay oder Saigon – ganz selbstverständlich ging ich auf zwei Beinen dahin. Ich benutzte die U-Bahn, stieg an der richtigen Stelle aus, warf meinen Kujambel in den dafür vorgesehenen Schlitz, erreichte wieder das Tageslicht, überquerte einen riesigen belebten Platz, auf dem Busse und Taxen standen, löste mein Ticket und fuhr mit der Fähre hinüber zum Schiff.

Als ich wohlbehalten auf meiner Kabine ankam, lag auf meinem Kopfkissen ein Brief.

Ich riß ihn auf.

»Liebe Burkharda«, stand da, mit Computer geschrieben, »ich hoffe, du hattest einen netten Tag mit Kurt und Jasmin. Ich selber habe kaum arbeiten können. Habe heute wieder versucht, mit meinen Kindern zu telefonieren, aber die wollten nicht mit mir sprechen.

Meine Frau hat nun die Scheidung eingereicht.

Alles geht jetzt so schnell. Sie will in Amerika bleiben, aber ich soll dort nicht mehr auftauchen. Sie wird mir meine Sachen zum Containerhafen schicken. Die Kinder sehe ich so schnell nicht wieder. Dein Mann telefoniert nach wie vor ständig mit meiner Frau. Du hast ein Tonband über mich gehört, sagt sie. Du hast Auskünfte über mich eingeholt. Von wem? Wen hast du über mich ausgehorcht? Ich möchte so gern wissen, was du alles über mich weißt. Warum hast du mir das nicht erzählt? Wem kann ich überhaupt noch vertrauen? Ich muß heute abend allein sein. Ich werde mich überhaupt in Zukunft daran gewöhnen müssen, allein zu sein. H.«

Mit klopfendem Herzen ließ ich den Brief sinken.

Verdammt! VERDAMMT!! Er glaubte, daß ICH ihn bespitzelte!! Ich hätte ihm längst von diesem blöden Tonband erzählen müssen! Wenn es mir nicht so verdammt peinlich gewesen wäre! Aber so? Was mußte er nun von mir denken!

Ich griff zum Telefon. Mit zitternden Fingern wählte ich seine Kabine.

Es läutete lange. Ich rief im Büro an. Nichts.

Schließlich entblödete ich mich sogar, in der Rezeption nach ihm zu fragen.

»Herr Danz ist an Land.«

So. Herr Danz ist an Land. Hongkong ist ja auch wirklich übersichtlich. Wer da auf der Uferpromenade langspaziert, kann gar nicht übersehen werden.

Ich riß meinen Kabinenschlüssel vom Haken und stopfte mein Landgangmärkchen in die Jeanstasche.

Jetzt war keine Zeit mehr zum Haarewaschen und Schönmachen. Verschwitzt und erschöpft, wie ich war, verließ ich planlos das Schiff.

Wenn ich um einen Menschen auf dieser Welt kämpfen wollte, dann war er es. Hartwin Danz.

Hongkong ist riesig. Man findet eher eine Stecknadel im Heuhaufen als einen bestimmten Menschen in Hongkong.

Das war mir bewußt.

Ich bestieg erneut die Fähre, die mich zum Banken-und-Hotel-Viertel Kowloon hinüberbrachte.

Ich finde dich, ging es mir durch den Kopf.

Vor einem Jahr, da hatte Fred mit mir in Auckland dieses Spielchen gespielt. Mal sehen, wie lange die Tussi braucht für eine kleine Stadt-Rallye.

Wie anders war es doch jetzt! Hartwin spielte nicht mit mir. Aber er hatte Angst, daß ich mit ihm spielte!! Und ich war die einzige, die wußte, daß es nicht so war.

Ich hatte keine Angst. Und nicht den geringsten Zweifel. Ich würde Hartwin Danz finden. In Hongkong.

Wir gehörten zusammen. Rüdiger hatte den Stein ins Rollen gebracht. Die Würfel waren gefallen.

Die Fähre legte an. Die Chinesen strömten zu Hunderten zu dem großen Taxi-und-Bus-Platz und reihten sich in eine endlose Schlange ein.

Wohin nun, Burkharda? Wohin?

Ich sah mich um.

Wolkenkratzer, so weit das Auge reichte.

Was würde Hartwin jetzt tun? Wohin würde er gehen? Er kannte in jeder Stadt die schönsten Plätze. Er war ein stiller Genießer.

Würde er ziellos durch die Straßen irren?

Inzwischen war es ganz dunkel geworden. Alle Wolkenkratzer erstrahlten in hellem Licht.

Sie waren gut und gern siebzig, achtzig Stockwerke hoch. Dazwischen sah das eine runde Hochhaus richtig klein aus.

Das runde. Hotel Furama. Das hatte im 30. Stock ein Drehrestaurant.

Der Fahrstuhl war in wenigen Sekunden ganz oben.

Es war wie damals in Auckland. Dieser Druck auf den Ohren! Ich schluckte. Die Kulisse der beleuchteten Wolkenkratzer unter dem Sternenhimmel von Hongkong war umwerfend. Es verschlug mir regelrecht den Atem.

Das hier war ein Traum. So was träumt man. Daß man in schwindelnder Höhe aus einem Fahrstuhl steigt, jemanden sucht, den man liebt, und umgeben ist von riesigen bedrückenden Fensterfronten, die noch viel höher sind als man selbst, die nach oben hin kein Ende zu haben scheinen.

Gedämpfte Musik klang mir entgegen.

Die Leute saßen an kleinen Tischen und nahmen ihren Drink. Es war kurz vor acht.

»Madam? Can I help you?«

Ein netter chinesischer Platzanweiser lächelte mich hilfsbereit an.

»Thanks, I'm looking for somebody.«

Entschlossen schritt ich auf die gigantische Fensterfront zu. Wenn, dann saß er am Fenster. Wenn, dann saß er hier.

Ich umrundete langsam die Plattform.

Immer wieder schoß mir die Erinnerung an Auckland durch den Kopf. Damals war ich ein willenloses Hündchen, das hechelnd hinter seinem Herrchen herlief, nur um Aufmerksamkeit zu bekommen.

Jetzt war ich eine erwachsene Frau.

Die hundertprozentig dessen sicher war, was sie wollte.

Darum war ich auch nicht im mindesten aufgeregt.

Lauter schwarze Köpfe, schwarze glänzende Köpfe, in Gruppen beieinander.

Und da vorne ein blonder. Hartwin hatte keine Uniform an. Sondern einen dunkelgrauen Rollkragenpullover und ein graues Jackett. Er hätte es nicht sein müssen. Es gibt viele blonde Europäer und Amerikaner in Hongkong. Er saß mit dem Rücken zu mir. Aber ich war mir sicher.

Ich trat hinter ihn und legte ihm die Hände auf die Schultern.

»Servus«, sagte ich. »Wie geht's?!«

Und dann saßen wir da. Bei einem eiskalten Tiger-Bier.

Er schaute so ernst und bedrückt, wie ich ihn noch nie gesehen hatte.

»Du hast ein Tonband über mich gehört.«

»Ja.« Ich schämte mich schrecklich.

»Wer hat dir Auskünfte über mich gegeben, Burkharda? WER?«

»Deine Freunde aus Santa Barbara.«

»Die Landmanns? Uschi und Wolfgang?«

Die bedrückend schöne Alptraumkulisse der mächtigen, riesigen Hochhäuser zog im Schneckentempo an uns vorbei. Die Sterne funkelten ganz schwach über all den Neonlichtern.

Es war symbolisch. Wir drehten uns im Kreise. Und blieben doch auf der Stelle. Und alle anderen waren noch viel höher und größer und mächtiger als wir.

Wir konnten weder den Himmel noch die Erde sehen.

Ich konnte nur seine Augen sehen. In einem Gesicht, das voller Zweifel war.

Ich ergriff seine beiden Hände.

»Deine Frau wollte nicht schlecht über dich sprechen. Also hat sie Rüdiger die Nummer von Leuten gegeben, die dich anscheinend sehr gut kennen.«

»Ja – Landmanns sind alte Freunde von uns. Aber die geben doch keine ... Auskunft ... über mich?«

Hartwin war sichtlich in seinen Grundfesten erschüttert.

»Doch, Hartwin.«

»Und was haben sie gesagt?«

Ich schwieg. Das alles wollte ich schon längst vergessen haben. Was ging mich das Geschwätz von diesen Landmanns an? Ich hätte ihm nie davon erzählt.

»Also meinetwegen.« Ich berichtete Hartwin in knappen Worten, was seine wohlmeinenden Freunde über seinen Charakter, seine finanziellen Verhältnisse und seine Familienvatereigenschaften gesagt hatten.

Er entzog mir seine Hände. Und schüttelte immerfort fassungslos den Kopf. »Nein, das kann ich nicht glauben, Burkharda! Das ist wie ein schlechter Traum!«

Und das war es auch.

»Wir müssen da jetzt durch, Hartwin.«

»Es ist, als ob mir der Boden unter den Füßen weggezogen wird...« Ratlos starrte Hartwin auf das nächtliche Hongkong. Einer dieser Wolkenkratzer wechselte immerfort die Farbe. Die Lichterketten krochen an ihm rauf und wieder runter – rot, blau, lila, grün, gelb, pink und wieder rot... »Ich habe keine Zukunft mehr...«

»Doch, Hartwin. Du hast eine Zukunft. Und das weißt du. Ich werde bei dir sein. Wenn du willst!«

»Aber was bin ich an Land? Was könnte ich dir für ein Mann sein? Ich bin zwanzig Jahre zur See gefahren und habe alles Geld in meine Familie gesteckt. Jetzt werde ich schuldig geschieden. Ich stehe mit nichts da. Wie könnte ich dir das Leben bieten, das du verdient hast?«

»Hartwin. Ich will kein Leben geboten kriegen. Da bin ich anders als deine Frau. Ich will mit dir leben, nicht von deinen Einkünften leben! Das ist ein Unterschied!«

Hartwin sah mich lange nachdenklich an.

»Burkharda«, sagte er schließlich. »Ich empfinde wahnsinnig viel für dich. Du hast mich wieder zum Leben erweckt. Ich möchte dich nicht mehr missen. Ich brauche dich! Wenn das alles vorbei ist und ich mir ein Bild von unserer Zukunft gemacht habe, klopfe ich an.«

Ich lächelte. »Die Tür ist offen, du mußt nicht anklopfen.«

»Doch«, sagte Hartwin, und zum erstenmal an diesem Abend lächelte er auch. »Da bin ich altmodisch. Ich möchte anklopfen. Ich bin der Mann.«

Hättwich, die lange Totgeglaubte, wackelte zustimmend mit dem Kopf. So gehört sich das, Kinderchen. Eins nach dem anderen.

In Muroa, im Sultanat Brunei, konnte man sich an Land nicht frei bewegen.

»Wir müssen einen Ausflug mit den Passagieren im Bus mitmachen, das stinkt mir ja vielleicht!« maulte Jasmin, als sie davon erfuhr.

»Liebling, was möchtest du?! Möchtest du an Bord bleiben und dich sonnen, dann können wir das gerne tun. Möchtest du dir das Sultanat ansehen, dann buchen wir den Ausflug.« Wie immer war Kurt Schatz von unglaublicher Besonnenheit und Friedfertigkeit. Ich hoffte, Jasmin würde sich für den Ausflug entscheiden, denn ICH hatte Lust auf den Sultan.

»Aber nur, wenn ich im Sultanat auch ein paar Abendkleider kaufen kann.«

»Sicher, Liebling. Zu nichts anderem sind wir hier.«

»Also gut, Kurt, dann buche den Ausflug. Aber ich möchte in der dritten Reihe sitzen! Am Fenster!«

»Selbstverständlich, Liebling.«

Kurt Schatz trollte sich, um den Ausflug zu buchen.

»Du hast aber auch einen tollen Mann«, sagte ich zu Jasmin, die mit einem Schmöker auf einem Liegestuhl lag.

»Burkharda, du mußt dir die Männer erziehen«, sagte Jasmin im Brustton der Überzeugung. »Er weiß, was er an mir hat!«

»Aber du hast auch was an ihm«, wandte ich ein.

»Ich habe Lust auf römisches Dampfbad«, sagte Jasmin. »Kommst du mit?«

»Ach nein. Man wird hier schon genug beobachtet. Auf Spanner habe ich keinen Bock.«

Jasmin ahnte ja nichts von meinen schrecklichen Erfahrungen gerade im Fitneßbereich.

»Da ist nie, nie, nie jemand drin. In der Sauna, da sind sie alle, aber ins römische Dampfbad geht niemand. Außerdem servieren sie einem dort Sekt mit Eiswürfeln!«

»Das hört sich gut an.«

Also trollten wir zwei blonden Maiden uns nackert in das römische Dampfbad. Kaum hatten wir unsere schlanken Glieder dort ausgestreckt, kam auch schon ein lüsterner Opa herein.

Verdammt. Jetzt konnten wir uns nicht mehr ungestört unterhalten.

»Heiß ist es hier«, versuchte der Opa eine Konversation.

»Tja, das haben Dampfbäder nun mal so an sich«, gab Jasmin zickig zurück.

Ich kicherte.

Der Opa hatte ein Schamhaar an der Backe. Wahrscheinlich hatte er sich mit seinem Handtuch, das er vorher um die Hüften geschlungen hatte, den Schweiß aus dem Gesicht gewischt. Es war wie bei Loriot. Da hockten wir zu dritt auf der kochend heißen Bank, er wollte ganz offensichtlich mal frisches Fleisch sehen, und wir sahen beide, daß er ein Schamhaar an der Backe hatte.

Aber sagt man: »Sie haben ein Schamhaar an der Backe?«

Nein. Das sagt man natürlich nicht.

So schwiegen wir vor uns hin.

»Gehören Sie zur Crew?« fragte der Opa plötzlich.

»Ja, in gewisser Hinsicht«, sagte ich.

»Kennen Sie uns denn nicht?« fragte Jasmin entrüstet.

»Nein. Die Damen müssen schon entschuldigen, aber meine Frau und ich, wir sind gestern in Hongkong erst zugestiegen. Direkt aus L.A.«

»Oh. Wie kommt denn das?«

»Ach wissen Sie, wir haben hier einen lieben alten Freund an Bord, der braucht zur Zeit unsere Hilfe«, sagte der Opa. Die Stimme kam mir irgendwie bekannt vor. Ich starrte ihn an, soweit die Nebelschwaden das zuließen. Aber ich konnte sein Gesicht nirgendwo zuordnen.

»Wir haben uns ziemlich spontan entschlossen, meine Frau und ich ...«

Ich schlang mir das nasse Handtuch um den Körper. Das war doch nicht...?

»Na, denn noch 'n schönen Abend«, sagte der Opa und verließ das Dampfbad. Durch die Glastür sah ich noch, wie die Sportdeck-Stewardeß ihm einen Pappbecher reichte. Durstig schüttete er den Sekt hinunter.

»Alter Spanner«, schimpfte Jasmin.

Ich legte mich auf die Bank zurück und ließ mir die Stimme von diesem Mann noch ein paarmal durch den Kopf gehen.

Dieses Joviale, Gönnerhafte. Mit dem leichten Berliner Akzent. Und einem kleinen Touch Amerikanisch.

»Einen lieben alten Freund an Bord, der braucht unsere Hilfe...«

Abrupt setzte ich mich auf.

Landmann! Wolfgang Landmann!

Was hatte er gesagt? Gestern erst in Hongkong zugestiegen! Direkt aus L.A.! Das paßte! Die Herrschaften waren im Auftrag der Ehefrau angereist!

»Jasmin, tu mir einen Gefallen und verwickle den alten Spanner in ein Gespräch.«

»Wieso denn?«

»Bitte, Jasmin. Trink noch ein Glas Sekt mit ihm. Ich muß nur schnell was holen.«

»Aber was soll ich dem denn erzählen?«

»Alles über dich. Nichts über mich. Das kannst du doch. Gib mir fünf Minuten!!«

Ich raffte meinen Bademantel, zog ihn an und rannte über das Außendeck auf Deck acht, in meine Kabine.

Hartwin anrufen? Hartwin warnen? Wußte er womöglich schon längst, daß der saubere Herr Landmann mit seiner Gattin an Bord war? Nein. Hartwin hatte genug Streß. Mit der Kleinigkeit hier würde ich auch noch allein fertig. Schließlich war es nicht das erste Mal.

In meinem Schreibtisch fand ich die Großpackung Magnesiumpulver. Magnesium ist das Salz der inneren Ruhe. Wenn man die doppelte Dosis nimmt, hat man vor einem Auftritt kein Lampenfieber mehr. Vor meiner Show hatte ich sogar die dreifache Dosis genommen. Und war danach in einen totenstarrenähnlichen Schlaf gefallen, aus dem ich erst am nächsten Mittag erwacht war.

Ich raffte sechs oder sieben Heftchen an mich, stopfte sie in die Bademanteltasche und rannte wieder zum Sportdeck zurück.

Der Alte hatte Gefallen an der fragilen blonden Jasmin gefunden. Sie ließ ihren Bilderbuchbusen auch sehr wirkungsvoll aus ihrem Bademantel lugen.

Herr Landmann hatte nur noch Augen für Jasmin.

Ich schlich in die kleine Küche, in der man den Sekt aufbewahrte. Die Stewardeß erklärte gerade im benachbarten Fitneßcenter einem Passagier das Laufband. Sie tippte Daten in den Computer und war sehr beschäftigt.

Ich öffnete mit fliegenden Fingern alle sechs Magnesiumtütchen und kippte den Inhalt in einen leeren Pappbecher. Dann schüttete ich eiskalten Sekt darauf. Es sprudelte zum Verrücktwerden. Die Gischt schäumte über. »Verdammt«, murmelte ich nervös. Die Bläschen beruhigten sich langsam. Ich schenkte vorsichtig Sekt nach. Endlich sah der Pappbecher so aus wie alle anderen Sektbecher auch. Ich goß noch zwei Becher für Jasmin und mich voll, kippte Eiswürfel hinein und balancierte die Getränke auf einem kleinen Tablett nach draußen zu den Liegestühlen. Es war schon dunkel. Daß der Landmannsche Beruhigungssekt eine andere Farbe hatte als der normale, konnte man nur sehen, wenn man es wußte.

»Darf ich den Herrschaften noch ein Erfrischungsgetränk anbieten?«

Jasmin griff erfreut nach dem Landmannschen Becher.

»Liebling, zuerst gibt man dem Gast«, rügte ich im Kurt-Schatz-Ton. Und Jasmin gab den Becher weiter! Puh!

»Sehr zum Segen«, lächelte ich. Das war Kurt Schatz' Lieblings-Trinkspruch. Er hatte das mal beim »Internationalen Frühschoppen« gehört, damals, als Kind.

»Sehr zum Segen«, sagte auch Jasmin.

»Cheers«, sagte Herr Landmann. Das outete ihn endgültig.

Wir tranken. Herr Landmann hatte Durst, was nach dem Dampfbad nicht verwunderlich war. Er kippte den Sekt in einem Zug hinunter.

Ich warf Jasmin einen Danke-das-genügt-Blick zu.

Jasmin verstand sofort. »Ich geh schon mal auf die Kabine«, sagte sie. »Heute zum Käpt'ns-Dinner muß ich mich etwas aufbrezeln.« Sie verabschiedete sich und ging leichtfüßig davon.

»Und?« fragte ich aufmunternd. »Machen wir noch einen Durchgang?«

Herr Landmann hatte immer noch das Schamhaar an der Backe, als er in einen tiefen Schlaf verfiel.

Ich deckte ihn fürsorglich zu.

Vor morgen früh würde niemand mehr einen Blick in dieses Dampfbad werfen. Die Maid, die hier Dienst hatte, war soeben pfeifend in »Staff only« verschwunden.

Sie hatte sogar aufmerksamerweise die Abfalltüte mit den leeren Magnesiumheftchen und die leere Sektflasche mitgenommen.

Ich hatte sie freundlich angelächelt. »Schönen Abend noch!«

»Machen Sie dann das Dampfbad aus?«

»Ja, natürlich. Gern!«

Ich wartete vor dem Dampfbad noch mindestens eine halbe Stunde, machte meine Dehnübungen und schaute auf das weite, weite grauschwarze Meer, in das die Schraube unermüdlich ihre Furchen pflügte. Oben auf Deck acht und neun hörte ich Tanzmusik, Stimmengewirr, Wortfetzen. Das heitere Leben ging weiter. Ich zog mich an und fönte mir die Haare.

Dann schaute ich noch einmal nach Herrn Landmann.

Er lag reglos auf seiner kochend heißen Folterbank. Sein Körper war krebsrot. Eine halbe Stunde bei neunzig Grad mit einer Luftfeuchtigkeit von 100 %, und das nach einigen Gläsern Sekt und sechs Tagesrationen Magnesium, das hält selbst so ein moralisch gefestigter Mensch wie Wolfgang Landmann nicht aus. Er war längst im Koma.

Ich mußte mir nicht mal die Mühe machen, ihn zu entsorgen. Er würde ganz friedlich entschlafen.

Und morgen früh würden die Handtuch-Vietnamesen ihn finden und den Kopf schütteln über soviel Unvernunft, in dem Alter und nach so viel Sekt im Dampfbad einzuschlafen. Und Herr Dr. Hundtgeburth würde wieder mal einen Zinksarg zu Wasser lassen. Hier starben so viele alte Leute eines natürlichen Todes ...

Ich schaltete wie versprochen das Dampfbad aus, verschloß die Tür aber sorgfältig.

So konnte die Hitze nicht raus.

Und Herr Landmann natürlich ebenfalls nicht. Aber er schien auch nicht raus zu wollen. Er wollte nur noch seinen Jetlag ausschlafen. Und das würde ihn in die ewigen Jagdgründe führen.

Und da er unter einem Berg von nassen Handtüchern lag, würde mir auch keiner vorwerfen können, ich hätte einen schlafenden Herrn übersehen.

Schließlich war alles voller Nebel. Und dunkel war es auch.

Jetzt galt es nur noch, FRAU Landmann zu finden.

WO hält sich eine Dame auf, die eben von einem langen Flug gekommen ist und heute abend zum Käpt'ns-Dinner will? Beim Friseur!

Ich durchschritt den Gang auf Deck sieben. Rechts hinter Glas hingen die Aufnahmen, die der Bordfotograf von den ein- und aussteigenden Passagieren gemacht hatte.

Ich studierte sie gründlich.

Diese alten Ehepaare, die mit einem Glas Begrüßungssekt an der Gangway stehen, sehen doch alle gleich aus.

Aaah! Hier! DAS war Herr Landmann. Ohne Schamhaar an der Backe, und angezogen natürlich.

Und die ältere dickliche Dame mit der Knollnase, die neben ihm stand, das konnte doch nur seine Frau sein.

Ich prägte mir das Gesicht genau ein.

Dann lief ich hinüber zum Friseursalon.

Der schwule Lothar, den ich damals bei seiner Morgengymnastik gestört hatte, sah von seiner Arbeit auf. »Wir nehmen heute keine Kundschaft mehr an, es ist gleich Feierabend.«

Die Uhr über der Kasse zeigte zehn vor sieben.

Ich betrachtete die Dame, die da unter seinen Händen saß. WAR das die gleiche, die auf dem Foto mit windzerzausten Haaren an der Gangway gestanden hatte?

»Ist schon gut«, sagte ich. »Ich suche nur jemanden.«

Das Gesicht der Dame war im Spiegel zu sehen.

Ja. Das konnte sie sein. Die auf dem Foto hatte zwar sehr wirre, strähnige Haare gehabt, und diese hier zierte eine frisch ondulierte Fönwelle – Lothar zeigte ihr ihren Hinterkopf mit einem runden Spiegel –, aber die Nase stimmte. Ja. Sie war's.

»Sehr schön«, sagte sie. Konnte sie nicht noch mehr sagen? So war die Stimme unmöglich zu erkennen! Sie erhob sich. »Jetzt bin ich schön für det Käpt'ns-Dinner.« Sie kramte in ihrer Handtasche herum. »Kann ich mit dem Bordausweis bezahlen?«

»Gerne, gnädige Frau.« Lothar wischte sich die Hände ab und ging zur Kasse.

Ich versuchte, einen Blick auf den Bordausweis zu werfen.

»Wissen Se, wir sind nämlich mit dem Hoteldirektor befreundet«, strunzte die Dame. Aber nicht mehr lange, dachte ich. »Deswegen hamwa gleich 'n Platz am Käpt'ns-Tisch.«

Der kurzfristig frei werden wird, dachte ich. Kurt Schatz und Jasmin werden sich freuen.

»Suchst du was, Burkharda?«

»Ja, ich brauche dringend was gegen Schuppen ...« Ich reckte den Hals.

»Uschi Landmann« stand auf dem Bordausweis.

Ich seufzte auf. Na bitte. Nicht, daß ich aus Versehen den falschen Opa ins Jenseits geschickt hatte!

Nun galt es, Uschi in die Falle zu locken.

»Lothar, hast du mal einen Zettel?«

Der blondgelockte gutwillige Lothar schob mir bereitwillig seinen Notizblock zu. So heimlich wie ein Kind in der Schule, das seinen Nebenmann nicht abschreiben lassen will, kritzelte ich:

»Liebster H.! 19 Uhr, Deck drei, vorderes Treppenhaus, wie immer! – B.«

Uschi Landmann lugte. Sie dachte, sie täte dies unauffällig, aber ich sah ihre neugierigen Augen im Spiegel. Trotzdem. Sie hatte nichts entziffern können.

Sie unterschrieb ihre Strähnchen-Waschen-Fönen-Legen-Rechnung und drückte noch großzügig fünf Mark Trinkgeld ab. »Hier, für Sie, junger Mann.«

Lothar steckte den Heiermann in die Hosentasche.

Ich wendete mich scheinbar spontan an Frau Landmann. »Sie kennen den Hoteldirektor?«

»Ja! Wir sind juhte Freunde!« prahlte die Alte.

»Würden Sie dann so lieb sein, ihm diese Nachricht zu überbringen?«

Ich reichte ihr den Zettel, den ich vorher winzig klein gefaltet hatte.

Lothar schaute mich fragend an. Ich warf ihm einen warnenden Blick zu: Schnauze, Junge.

Frau Landmann nahm den Zettel an sich. »Ich sehe ihn aber erst um Viertel neune auf 'n Drink in der Bar ›Zum eitlen Fratz‹. Reicht det?«

Jetzt mußte ich pokern.

Wenn sie diskret war, würde sie den Zettel nicht lesen.

Dann würde sie auch nicht um 19 Uhr auf Deck drei sein.

Wo ich sie haben wollte.

Aber WAR Uschi Landmann diskret?! NEIN!

»Natürlich reicht das!« sagte ich liebenswürdig. »Wissen Sie, wir Künstler haben nämlich keinen Zutritt zu den Passagierzonen. Und da habe ich keine Chance, Herrn Danz eine Nachricht zukommen zu lassen. Ich bin Ihnen wirklich dankbar.«

Lothar sandte mir einen fragenden Blick. Du, Burkharda? Keinen Zutritt?

Ich beachtete ihn nicht.

Frau Landmann ging zur Tür. »Jetzt kann ich mich in Ruhe fertig machen, denn mein Mann is noch im Dampfbad.«

»Isser auch«, murmelte ich. Und da wird er noch ein ganzes Weilchen bleiben.

»Schönen Abend«, sagte ich, indem ich ihr die Tür aufhielt. »Und... noch was: Die Sache ist vertraulich zu behandeln!«

»Na, det is Ehrensache«, sagte Frau Landmann, indem sie über den Gang davonrauschte.

Ich hatte schon gefürchtet, sie wolle nun im Dampfbad nach dem Rechten sehen, aber das tat sie natürlich nicht. Sie verschwand auf direktem Wege in der Damentoilette. Um in Ruhe den Zettel zu lesen.

Jetzt mußte ich nur noch die Sekunden zählen.

Im vorderen Treppenhaus auf Deck drei war um diese Zeit kurz vor dem Käpt'ns-Dinner niemand mehr. Alle Herrschaften waren auf ihren Kabinen und zogen sich um.

Ich drückte mich an der »Staff only«-Eisentür herum, und dann sah ich auch schon Frau Landmanns Beine die Treppe herunterkommen.

Ich öffnete die schwere Eisentür, wartete, bis ich sicher war, daß Frau Landmann mich auch wirklich gesehen hatte, und ließ die Tür dann mit Krachen hinter mir zufallen. Ein paar chinesische Wäscher schleppten Säcke durch den schmucklosen, weißgetünchten Gang. Ein Dicker mit Gummischürze kam gerade wieder aus der Jauchegrube. Er stank zum Gotterbarmen. Zwei Metzger schleppten ein totes Schwein an einer Stange an mir vorbei. Dort war der Kühlraum, dort der Motorraum ... Ein Getränkeautomat, ein Billardtisch, viele weiße Türen.

Ich ging langsam weiter, ohne mich umzudrehen. Die chinesischen Wäscher verschwanden hinter einer Eisentür. Mir gingen tausend Möglichkeiten durch den Kopf. Waschmaschine? Trockner? Nein. Zu viele Leute drin. Ich ging weiter.

An der Wand ein handgeschriebener Zettel: »Hallo, Leute, wer diesmal beim Shanty-Chor mitsingen möchte, soll aber wirklich zum Üben kommen! Und beim Schunkeln halten wir ein und dieselbe Richtung ein! Alkohol gibt's danach! Gruß, Staffkapitän Hanno Hansen!«

Mehrere Türen mit Totenköpfen drauf, abwehrende Hände, »Danger«-Zeichen. Der Motorraum.

Hinter mir wurde die schwere Eisentür aufgezogen. Sie fiel nicht wie sonst krachend ins Schloß, sondern wurde bewußt leise geschlossen.

Ich schlenderte weiter. Mir würde schon was einfallen.

Der Kostümfundus lag hinten links. Ein wunderschöner Ort, um sich mit seinem Geliebten zu treffen. Genau. Das paßte. Ich schlüpfte hinein.

Drinnen standen Dutzende von Kisten mit Hüten, Federboas, Kostümen, Perücken. Der ganze Krimskrams von Rudi, dem Zauberer, lag auch hier herum. Und natürlich das Trapez-Gedöns von Natascha, seiner Frau. Ein riesiger Schrankkoffer enthielt die fünfundzwanzig Bühnenkleider der Sopranistin Caren Barbe, die für jede Arie, die sie sang, ein anderes Kleid und eine andere Perücke wählte. Auch das ganze Zubehör des Jongleurs stand hier herum. Alles in allem ein heilloses Durcheinander.

Wichtig war mir aber nur eines: das ein mal ein Meter große Bodenverlies, in dem die Ankerkette lag.

Harm Lohs, der goldige Kapitän mit der stoischen Ruhe, hatte mir dies alles einmal gezeigt.

Ich wußte sogar noch genau, hinter welchem Schrankkoffer

der riesige Kantschlüssel lag, mit dem man die acht Schrauben lösen konnte, um den Schacht zu öffnen.

Ich machte mich ans Werk. Frau Landmann würde an der Tür lauschen, und irgendwann würde sie ihre Nase hereinstecken.

Es war leicht, den Schacht zu öffnen. Die Muttern waren frisch geölt. Der Kantschlüssel hatte die Länge und Dicke meines Unterarmes.

Ächzend schob ich den Deckel beiseite.

Da. Hinter mir öffnete sich die Tür! Frau Landmann! Im letzten Moment gelang es mir, den schwarzen Umhang vom Phantom der Oper über das Loch zu werfen. Er blieb an einer der Schrauben hängen. Wunderbar. Hereinspaziert! Herzlich willkommen im Reich der Sinnestäuschungen!

Ich versteckte mich zwischen den Kostümen der Sopranistin Caren Barbe. Sie war zur Zeit nicht an Bord, weshalb die Kostüme hier vor sich hin moderten. Ausladende Petticoats gewährten mir Schutz. Sie rochen nach kaltem Schweiß, Staub und Mottenpulver. Frau Landmann schlich herein. Ich konnte sie im Spiegel des Zauberkastens von Rudi sehen. Sie blickte sich suchend um. Ich fingerte nach einer Maske, die ich greifen konnte. Es war die Horrormaske aus »Phantom der Oper«.

Als Frau Landmann direkt neben dem offenen Schacht stand, stürzte ich aus meinem Versteck. Ich stieß einen Schrei aus, wie es nur die Maori in Neuseeland können. »RRRUUUUAAAAHHHH!!!«

Entsetzt wich Frau Landmann zurück.

Der Zaubermantel gab nach, sie rutschte in den Ankerkettenschacht. Mit gellendem Schrei fiel sie drei Meter in die Tiefe.

Dort unten lag die Ankerkette. Wie eine Riesenschlange geringelt. Jedes einzelne Glied war so groß wie ein Laib Brot. Die Ankerkette war fünfundzwanzig Meter lang, wie Harm Lohs mir freundlicherweise erklärt hatte. Und jedes einzelne Glied wog sechzig Kilo. Heute gegen Mitternacht, kurz nach dem Galadiner-Dessert, würden wir in Brunei vor Anker gehen.

Und Frau Landmann würde mitsamt der Ankerkette ins Meer gelassen werden.

Das würde weder den milliardenschweren Sultan scheren noch sonst irgendeinen hier an Bord. Niemand würde sie vermissen. Auch nicht ihr Gatte, der ja im Dampfbad schlief. Niemand. Vielleicht Hartwin? Nein. Nicht wirklich. Mit Herzklopfen wartete ich neben meinem Zauberschrank. Regte sie sich? Kam sie wieder heraufgekrabbelt? Nein. Frau Landmann war sehr still. So ein Fall aus drei Metern Höhe in ein schwarzes Loch ist nicht weich, besonders dann nicht, wenn man auf eine tonnenschwere Eisenkette fällt.

Ich schraubte sorgfältig den Deckel wieder zu, mit Hilfe des wagenheberähnlichen Kantschlüssels.

Dann schob ich die Kiste mit den Kostümen über den Schacht. Selbst wenn sie schreien würde: Hier unten war heute abend niemand mehr. Heute abend sang der Shanty-Chor, und der hatte im Kostümfundus nichts verloren. Niemand würde hier mehr nach dem Rechten sehen. Und der Anker wurde von der Brücke aus geworfen. Computergesteuert, natürlich. Oben auf der Brücke würde Harm Lohs, der Kapitän, heute nacht per Knopfdruck die Ankerkette aus dem Schacht fallen lassen. Und dabei würde Frau Landmann zu Mehl gemahlen werden.

Wie bei Max und Moritz, dachte ich. Die haben ihre Nase auch in anderer Leute Angelegenheiten gesteckt. Am Schluß waren sie Mehl.

Um sieben nach sieben verließ ich über den hinteren Bühneneingang den Ort des Grauens. Inzwischen kannte ich mich hier so gut aus! Dutzende Male war ich über die verschiedensten Geheimgänge auf die Bühne gelangt. Beim erstenmal war ich hektisch und in Panik in meinem Strenesse-Hosenanzug hier herumgeirrt, um den Bühneneingang zu finden! In liebe alte Erinnerungen verstrickt, schlenderte ich über die leere Bühne.

Larry stand gerade in der Gasse und richtete die Mikrophone für den Abend ein.

»Na, Katze? Wo hast du denn dein Unwesen getrieben?«

»Im Ankerkettenschacht«, sagte ich. »Hab mal wieder jemand umgebracht. Und wie geht's dir so?«

»Ach, Katze«, sagte Larry. »Isch wollt, isch hätt 'n Sinn für dein Humor!«

»Das ist ja wohl das Letzte«, schimpfte Jasmin. »Ich laß mir doch von dieser Reiseleiterzicke nicht vorschreiben, in welches Geschäft ich gehe!«

»Liebling, wir dürfen hier nicht ohne Visum frei herumlaufen. Also bleib bei der Gruppe, ja?«

»Das ist mir scheißegal! Dieser Macho-Sultan knechtet seine Frauen! Die werden hier alle beschnitten!«

»Aber nein, Liebling! Der Sultan ist ein moderner, gebildeter Mann!«

»Der schwimmt in Milliarden, und seine Untertanen leben in diesen scheußlichen Wasserhütten!«

Tatsächlich waren die unbeschreiblich kärglichen Holzhütten auf meterhohen Stelzen keine Augenweide.

Wir tuckerten in sengender Hitze auf Booten um die Elendsbehausungen herum. So etwas hatte ich noch nie gesehen: ganze Dörfer, ganze Siedlungen auf dem schmutzigbraunen Wasser. Die Bewohner konnten nur mit Booten zu ihren Hütten gelangen, um dort an morschen, rostigen Eisenstufen hinaufzuklettern und über marode Holzbretter zu balancieren.

Es war kaum vorstellbar, daß da wirklich Menschen wohnten, denn die Hütten waren verfallen und düster. Nur die Wäsche an den Fenstern zeugte davon, daß hier kinderreiche Familien hausten. Wo konnten diese Kinder spielen? Sobald sie den Fuß vor die Hütte setzten, liefen sie Gefahr, in das metertiefe gelbbräunliche Wasser zu fallen. Hinter dem scheußlichen Gewässer aber erhob sich der prächtigste, prunkvollste und bombastischste Palast, den ich je gesehen hatte: der Wohnsitz des Sultans. Er hatte 187 Zimmer und einen Garten, in dem man sich verlaufen konnte.

Die Frau des Sultans verließ niemals den Palast. Das hätte ich an ihrer Stelle auch nicht getan.

»Sie hat dort alles, was ein Mensch braucht«, sagte unsere Reiseleiterin. »Vom Kino über den Golfplatz, über Tennisanlagen mit Flutlicht, über ein eigenes Showtheater ...«

»Bei dem Sultan will ich eine Show!« sagte Jasmin allen Ernstes zu Kurt Schatz. »Der soll mal eine oder zwei Millionen abdrücken!«

»Ja, Liebling«, sagte Kurt Schatz. »Ich werde sehen, was ich tun kann.«

Wir stiegen aus den Booten.

»Da vorne ist ein Geschäft!« Jasmin stolzierte schon wieder mit erhobenem Haupt davon.

»Liebling! Bitte! Wir wollen den Sultanspalast besichtigen!«

»Sind da Abendkleider?«

»Bestimmt, Liebling. Komm, gib deinem Herzen einen Stoß!«

Wir wanderten mit unserer Gruppe zu diesem die Augen blendenden Palast. Welch ein Prunk!

Wir mußten alle die Schuhe ausziehen, um ehrfurchtsvoll die heiligen Hallen zu betreten, in denen man des Sultans Odem atmen durfte. Schon im riesigen Vorraum war die Sänfte zu besichtigen, in der man den Sultan nach seiner Krönung durch die Stadt getragen hatte. Sie war von der Größe eines Klassenzimmers. Aus edelstem Ebenholz, mit massivem Gold verziert. Unter der Last dieser Sänfte waren wahrscheinlich Hunderte von Leibeigenen tot zusammengebrochen. Aber Hauptsache, der Sultan war gut draufgekommen. Die aus den Elendshütten hatten bestimmt nichts von dem Spektakel mitbekommen, weil sie nicht durch das Brackwasser hatten schwimmen können, um bei ihrem Sultan zu sein.

»Dieser miese, ausbeuterische Widerling!« Jasmin war stinksauer. »Und daß ich hier die Schuhe ausziehen muß, ist der Gipfel! ICH erkälte mich hier auf dem eiskalten Fußboden, aber das interessiert den Sultan natürlich nicht!!«

»Liebling, bitte fasse dich!«

Wir besichtigten alles, was mit dem Sultan zu tun hatte. Seine goldenen Toiletten, seine massiv goldenen Spuckbecken, seine Uniformen und Gewänder, sein vier mal vier Meter großes gelbes Sitzkissen aus Seide und edlem Brokat.

»Da hat der reingepupst«, sagte Jasmin verächtlich.

Die Leute aus unserer Reisegruppe sandten ihr einen irritierten Blick. Die Reiseleiterin räusperte sich verlegen.

»Dieses Macho-Schwein!« Jasmin keuchte vor Entrüstung. »Kurt, mach ein Foto von Burkharda und mir auf dem Kissen!«

»Gern, Liebling. Das werde ich dann der BUNTEN zum Abdruck anbieten.«

Wir setzten uns in verführerischer Pose auf das Pupskissen, das doch immerhin hinter purpurnen Seilen auf einem güldenen Vorsprung lag.

Sofort ging schrill eine Alarmanlage los.

»Kurt! Sag ihnen, sie sollen das ausmachen! Das hat mich tierisch erschreckt!«

»Ja, Liebling. Ich suche jemanden, der das abstellt!«

Kurt hantierte geschickt mit seinen Fotoutensilien, seinem Stativ und seinen dicken Objektiven. Unsere Reisegruppe stand wie erstarrt. Die Reiseleiterin war fassungslos. Da WAGTEN es zwei blonde Touristen-Tussis, sich auf des SULTANS ureigenstes Pupskissen zu setzen!!

Sofort schossen einige uniformierte Sicherheitsbeamte mit Krummdolch herbei. Mit harschen Gebärden forderten sie uns auf, umgehend von diesem Kissen aufzustehen!

Wohlerzogen und bescheiden, wie man in Geilenkirchen ist, sprang ich sofort auf. »'tschuldigung, Jungs, war nicht böse gemeint. Wenn sich bei uns in der Geilenkirchener Kirche ein Sultan auf den Altar setzen würde, wäre unser Pfarrer auch beleidigt.«

»Burkharda! Bleibst du wohl sitzen!« Jasmin zog mich verärgert am Ärmel. »Diese Machos sollen mal sehen, daß es auch Frauen gibt, die einen eigenen Willen haben!«

»Aber sie wollen es nicht … vielleicht schänden wir gerade ein Heiligtum!«

»Diese Macho-Schweine! Beschneiden ihre Frauen …!«

»Bitte, Liebling! Du bist hier im Sultanat zu Gast!«

»Das ist mir scheißegal! Los, Kurt! Mach jetzt das verdammte Foto!« Sie setzte sich wieder in Positur und verzog den Mund zu einem fotogenen Schnütchen.

Die Leibeigenen des Sultans zogen nun ihre Krummdolche.

Kurt begann zu schwitzen. »Liebling, steh doch besser auf! Sie wollen es nicht.«

»Sag ihnen, wir sind zwei bekannte deutsche Sängerinnen!«

Kurt Schatz sagte es den böse blickenden Henkersknechten auf Englisch. Aber wie ich schon geahnt hatte, interessierte es sie nicht wirklich, wer da auf des Sultans Pupskissen saß. Sie fuchtelten in wilden Drohgebärden mit ihren Maschinengewehren.

»Liebling! Sei doch kooperativ! Sie MÖCHTEN es nicht!«

»Sag ihnen, daß ich Jasmin Power bin! Und für den ›Echo‹ nominiert!«

»Es interessiert sie nicht, Liebling!«

»Und daß du der neue Manager von Burkharda Meier bist! Los! Sag ihnen das! Die haben ja keine Ahnung, wen sie vor sich haben!«

Ich krabbelte bescheiden unter der Absperrung hindurch. »Ist schon gut, Jungs, nehmt die Knarre runter!«

Jasmin gab sich geschlagen. Wütend überkletterte sie die Schnur. »It is MIR doch egal, what for an image your Sultanat has!! MY image is not better with a foto in the Sultan's Palace! But YOUR image could be better with such a V.I.P. like me!!«

Damit stolzierte sie erhobenen Hauptes von dannen.

»Guck dir mal diese Kleider hier an!« Sie zog mich am Arm zu einem goldenen Schaukasten, in dem mehrere Puppen unter der Last von Brillanten und Gold schier zusammenbrachen. »Das ist alles echt! Echte Brillis! Tausende!«

Ich dachte kurz an das Geburtshaus von Gandhi in Bombay,

an die kärgliche Ausstattung dort, und fand, daß Bescheidenheit doch eine Zier sei.

»War übrigens echt nett von dir, uns gestern noch so kurzfristig an den Käpt'ns-Tisch zu holen«, sagte Jasmin. »War doch ein superschöner Abend mit dem Käpt'n und deinem süßen Hartwin!«

»Keine Ursache«, antwortete ich. »Es waren kurzfristig zwei Gäste ausgefallen.«

Was ja rein grammatikalisch nicht ganz richtig war.

Der eine war umgefallen. Und die andere war reingefallen. Und daran waren sie schließlich selber schuld.

Neuseeland! Endlich waren wir wieder da! Es war genau ein Jahr her, daß ich hier am Meer entlanggejoggt war.

Und all mein Tun und Streben nur Fred gegolten hatte.

Damals war Fred ganz ausnahmsweise mal für mich vom Schiff gegangen. Ich hatte mich auf der Stelle in dieses Stückchen Erde verliebt. Und davon geträumt, hier mit Fred zu leben.

Jetzt war ich nicht mehr in Fred verliebt.

Aber immer noch in Neuseeland.

Hartwin und ich mieteten uns einen Wagen und fuhren drei Tage lang durch das satte Grün. Vieles erkannte ich wieder. Anderes erschien mir noch viel schöner als zuvor. Wir bummelten durch die kleinen freundlichen Städtchen, wir saßen lange in einer Kiwi-Farm im Sonnenschein, wir joggten am Strand entlang, wir schliefen in kleinen verschwiegenen Landhotels.

»So ein Hotel wäre ein Traum«, sagte Hartwin. »Ich würde es ganz klein und ganz fein aufziehen, wir würden der Geheimtip für gestreßte Europäer und Amerikaner sein.«

»Wir würden mit unseren Gästen wandern und Bike-Touren machen«, schwärmte ich. »Wir würden ihnen Neuseeland auf ganz besondere Weise nahebringen.«

Hartwin schaute mich lange nachdenklich an. »Du wärst eine Wahnsinnswirtin.«

Ich sagte nichts. Solange er den Konjunktiv benutzte, wollte ich ihn in seinem Denkprozeß nicht stören.

Wir wanderten durch die herrlichen Berge, die so sehr an die Schweiz erinnerten.

»Hier könnte man ein traumhaftes Relax-Hotel hinstellen«, sagte Hartwin. »Für den individuellen Einzeltouristen, der anspruchsvoll und gebildet ist. Nicht diese Club- und Animations-G'schichten, die überall aus dem Boden wachsen. Dies hier müßte ein richtiges Kleinod sein. Mit den erlesensten Weinen. Und dem allerbesten Essen. Wir würden nur ganz wenige Zimmer einrichten, aber ganz exklusiv und fein, nichts für den Massentourismus.«

Konjunktiv. Könnte, wäre, hätte, müßte.

Das wäre Ihr Preis gewesen.

Hartwin war ein richtiger sturer Steirer. Hinter seinen Schläfen arbeitete es.

Ich ließ ihn in Ruhe.

»Es ist ein Traum mit dir. Mit dir kann man unbeleidigt schweigen. Weißt du, was ich meine?«

»Ja. Mir geht's mit dir genauso.«

»Weißt du, Burrgl, Schatz, i bin eigentlich seit zwanzig Jahren immer alleine. Natürlich sind ständig Menschen um mich herum, und ich tu immer Small talk machen, jeden Tag, Burrgl, JEDEN TAG!! Gnä Frau, wie geht's, ist alles in Ordnung, ham S' gut g'schlafen, sind die Kabinen recht, war's Essen gut, darf i Ihnen an Wein empfehlen ... Aber zum REDEN, Burrgl, zum REDEN hab i niemanden!«

Wir saßen in einem kleinen Fischrestaurant am Strand von Coromandel.

Und tranken eiskaltes Bier aus der Dose.

»Sehr zum Segen«, sagte ich.

»Cheers«, sagte Hartwin. Und nach einer Weile: »Nun sind wir an einem Punkt angelangt, an dem es nicht mehr weitergeht.«

»Wie meinst du das?«

»Dein Vertrag ist zu Ende. Du fliegst in drei Tagen nach Hause. Und ich bleibe auf diesem Schiff.«

Ich antwortete nichts.

Wenn er wirklich zurück aufs Schiff ging, dann hatte all dies hier keinen Zweck gehabt. Dann würde ich tatsächlich nach Berlin gehen, in die Penthousewohnung von Jasmin und Kurt Schatz. Kurt würde mein Manager werden, und ich würde mit Jasmin auf Tournee gehen. Es würde bestimmt lustig werden, aufregend und turbulent. Bald schon würde ich genauso viele Abendkleider und Schuhe besitzen wie Jasmin. Wir würden durch die Städte touren und unsere Schlager-Shows abziehen. Dies alles würde uns ungeheuer wichtig sein. Kurt Schatz würde alle Hände voll zu tun haben mit zwei verwöhnten, anspruchsvollen, blonden Powerfrauen, die vor Kreativität und Energie kaum ruhig sitzen konnten.

Aber WOLLTE ich das?

Bestimmt, für einen gewissen Zeitraum. Zwei, drei Monate im Jahr.

Und sonst? Ich wollte endlich ein Zuhause.

Bei einem Menschen.

Bei dem Menschen, den ich liebte.

Mit dem ich jeden Morgen aufwachen wollte.

Ich hatte mich längst entschieden.

Aber Hartwin war noch nicht soweit.

»Burkharda, was ist? Sitzen wir im Flieger zusammen? Wir fliegen First Class, aber Kurt versucht natürlich, dich upzugraden. Als dein zukünftiger Manager ...« Jasmin rannte hektisch durch die Eingangshalle. Koffer stapelten und türmten sich, die freundlichen Gepäck-Vietnamesen halfen den Passagieren beim Aussteigen. »Kurt! Wir haben VIERZEHN Koffer! Hast du sie auch alle noch gezählt? Hast du auch die SIEBEN Stücke Handgepäck?«

»Ja, Liebling. Laß mich gerade noch die Nebenkosten bezahlen, und dann rufe ich uns ein Taxi zum Flughafen.«

»Nimm einen KLEINBUS, hörst du, Kurt! Burkharda fährt schließlich AUCH noch mit!!«

Hände wurden geschüttelt, Trinkgeld wurde verteilt, Adressen wurden getauscht. Das Übliche nach einer dreiwöchigen Kreuzfahrt.

»Ich habe nur einen Koffer«, sagte ich.

»Das wird sich ändern!« Jasmin kramte einen kleinen Taschenspiegel hervor und puderte sich die Nase. »Wenn wir erst zusammen auf Tournee gehen, dann hast du auch ein Dutzend Koffer!«

Kurt Schatz, der Besonnene, bezahlte die Nebenkosten. Er war die Ruhe und Gelassenheit in Person. »Siebentausend Mark, Liebling!«

»KURT!! Sind wir jetzt RUINIERT?!«

»Aber nein, Liebling. Mach dir keine Sorgen.«

Wir verteilten noch Trinkgeld an alle, die uns Gutes getan hatten.

Die nächste Reise war wieder komplett ausgebucht.

Hartwin Danz und Fred Hahn standen an der Gangway und verabschiedeten jeden einzelnen Gast mit Handschlag.

»Gute Reise, gnä Frau! – Hat's Ihnen gefallen? – Beehren Sie uns bald wieder! – Grüßen Sie daheim! – Auf bald, die Herrschaften! – Im Namen der Reederei bedanke ich mich, daß Sie die ›MS Blaublut‹ gewählt haben ...«

Wenn ich von diesem Schiff wollte, mußte ich an ihnen beiden vorbei. Fred Hahn schaute mich nicht an.

Ich beobachtete Hartwin, wie er da so steif und verkleidet stand. Auf einmal war ihm diese Uniform zu eng. Ich spürte es. Er fühlte sich nicht mehr wohl darin.

»Frau Meier?!« Er hatte mich aus den Augenwinkeln gesehen. »Brechen S' schon auf?« – In der Öffentlichkeit siezte er mich nach wie vor.

»Auf Wiedersehen, gnä Frau, servus, die Herrschaften ...« Er stand auf seiner Bühne. Seine Show war noch nicht zu Ende.

Er kramte in seiner Uniform nach einem Schlüssel und drückte ihn mir so unauffällig wie möglich in die Hand.

»Warten S' bitte einen Moment. I kümmer mich gleich um Ihr Gepäck! – Auf Wiedersehen ... habe die Ehre ... gute Reise, Vorsicht auf der Gangway ... guten Flug ...«

Ich nahm den Schlüssel. Es war sein Kabinenschlüssel.

»Burkharda! Was ist? Kommst du jetzt mit uns?« rief Jasmin.

»Ihr Lieben, ich bin mir noch nicht sicher. Fahrt schon mal ohne mich, ja?«

Kurt Schatz stand da, unter dem Porträt von Gracia von Monaco, und breitete die Arme aus. Ich drückte mich hilfesuchend an seine breite Brust.

»Was immer du tust, Burkharda. Wir sind deine Freunde.«

Wir umarmten uns. Dann nahm ich die fragile Jasmin in den Arm.

»Ja, was ist denn jetzt, kommst du mit uns? Ich würde gern im Flieger neben dir sitzen, dann können wir plaudern, ich muß dir auch noch ein paar Schnitte zeigen, ich habe da ein geiles Modeheft aus Mailand, mit SUPER-Abendkleidern ...«

»Liebling. Sie WEISS es noch nicht.«

»Aber wieso denn? Der Flieger geht in zwei Stunden ...«

»Liebling. Sie WIRD das Richtige tun.«

»Ich danke euch tausendmal. Vielleicht sehen wir uns in zwei Stunden im Flieger. Vielleicht sehen wir uns in zwei Monaten in Berlin. Oder in zwei Jahren in Neuseeland ...?«

Kurt Schatz lachte übers ganze Gesicht. »So gefällst du mir, Burkharda Meier.« Er zauberte drei Gläser Champagner hervor, die er für unseren Abschied noch bestellt hatte: »Sehr zum Segen!«

Dann gingen die beiden mit ihren unzähligen Koffern die Gangway hinab.

Die Kabinenstewardessen hatten alle Hände voll zu tun.

Sie wienerten und putzten, sie staubsaugten und bezogen Betten, sie polierten im Bad die goldenen Kräne und wischten in den

Schränken sogar die Unterseite der Böden. Die strenge Hausdame, Frau Persiani mit dem Damenbart und dem bösen Blick, schaute ihnen genau auf die Finger. Schließlich kamen in fünf Stunden die neuen Gäste!

Die Kabine von Hartwin lag auf dem Achterdeck, ganz hinten links. Es war eine spärlich eingerichtete Einzelkabine.

Ziemlich in Gedanken ging ich zum letztenmal über den langen Gang. Wie hatte ich dieses Schiff geliebt! Es roch immer etwas nach Bohnerwachs. Wie würde ich das alles hier vermissen! Fast ein Jahr war ich auf diesem Schiff gewesen, mit Unterbrechungen natürlich. Aber WAS hatte sich alles in diesem einen Jahr getan! Die »MS Blaublut« war mein Schicksal geworden.

Und das von zehn nicht mehr unter uns weilenden Menschen noch dazu. Es war Zeit zu gehen.

Die Kabinenstewardessen werkelten in den leeren Kabinen herum. Überall im Gang standen die Wagen mit den frischen Handtüchern, den Staubwedeln, den Dusch- und Shampoofläschchen und den vielen Rollen Klopapier.

Als ich Hartwins Kabine aufschließen wollte, bemerkte ich, daß auch diese Tür offenstand.

Ich warf einen Blick hinein.

Die Kabine von Hartwin Danz war leer.

Der Aufzug schoß in genau vierunddreißig Sekunden nach oben. Wieder waren Japaner und Amerikaner drin. Genau wie vor einem Jahr.

Als sich die Fahrstuhltür öffnete, fiel mein Blick sofort auf den Glasfußboden. Touristen und Besucher tasteten sich kichernd und kreischend in schwindelerregender Höhe über den durchsichtigen Grund. Unter uns, winzig klein, wie Spielzeughäuser und -straßen, die Kulisse von Auckland. Ich hatte das gleiche Ziehen in den Kniekehlen wie damals, als ich vorsichtig zur Glasfront schritt, wo man sich wenigstens an einer Stange festhalten konnte. Da drüben war die riesige Brücke, die zum Festland hinüberführte. Und da unten, in der Bucht, lag winzig klein, aber unübersehbar mein wunderbares weißes Schiff: die »MS Blaublut«.

Ich stand da und schaute hinunter.

Es ist ein faszinierendes Gefühl, zu wissen, daß dieses schwimmende Zuhause überall auf der Welt seinen Platz hat. Überall auf der Welt, wo Wasser ist. Und daß es immer, immer wiederkommen wird. Egal, wo man ist. Und da unten, neben dem rosa Carlton Hotel, war damals Fred vor meinen Augen in das Taxi gestiegen. Ich hatte mich platt auf den Boden gelegt, um ihn nicht aus den Augen zu verlieren. Und war vor Verzweiflung fast gestorben. Jetzt war ich nicht mehr verzweifelt. Ich war ruhig geworden. Ich wußte genau, was ich wollte. Und ich wußte, wo ich hingehörte.

Vorsichtig drehte ich mich um. Überall kicherten Japaner und Amerikaner, balancierten zaghaft über den Glasboden, hielten sich gegenseitig an den Händen, filmten und fotografierten sich. Kinder liefen aufgeregt herum. Es war wie damals. Und doch so anders.

Da vorne war die Wand. Die Wand mit den Sprüchen.

Ich war neugierig, ob mein Satz noch da stand. Mein Spruch, den ich vor einem Jahr für Fred geschrieben hatte: »Fred, wenn Du auf Deine Füße siehst, dann weißt Du, wie ich mich fühle, wenn ich an Dich denke.«

Viele Leute standen da herum, kritzelten, lasen, lachten. Ich wühlte mich durch. Wo war noch gleich mein Spruch? War er hier? Oder weiter rechts? Oder doch links? Die ganze riesige runde Wand war von oben bis unten bekritzelt. Da sich die Plattform drehte, war es wirklich nicht so einfach, seinen Spruch wiederzufinden. Man konnte sich an nichts orientieren. War es rechts neben dem Fahrstuhl gewesen oder links? War es am Popcornstand gewesen oder neben dem Getränkeausschank?

Und dann hatte ich die Stelle gefunden! Meine Schrift.

Meine eigene vertraute Schrift. Mit grünem Kuli.

Ich las den Spruch. Und das Datum. Es war fast genau ein Jahr her! Jemand hatte einen Pfeil gemalt. Zu einem anderen Satz. Mein Herz schlug höher. Die Handschrift kam mir bekannt vor! Ich traute meinen Augen nicht.

War dies eine Botschaft FÜR MICH? Oder war das ein Zufall?

»Servus«, stand da. Mit schwarzem Kuli. »Kannst Du Dir vorstellen, daß wir immer zusammen aufwachen? Ich liebe Dich. H.«

Ich drehte mich um. Er war hier! Er hatte sich entschieden!! Aber WO war er?? Ich liebe dich! Das, worauf ich immer gewartet hatte! Nun hatte ich es schriftlich. Öffentlich. Für immer. Tausende würden es lesen. Aber es galt nur mir.

Dieses Getümmel! Diese Reisegruppen, die aus den Aufzügen quollen! Dieses Gewirr von Menschen! Was für eine Leistung, seinen Antrag direkt neben mein Liebesgestammel für Fred zu schreiben! WAS für ein Selbstbewußtsein! Was für eine Ruhe! Was für eine Sicherheit!!

Er hatte lange gebraucht. Aber er hatte sich entschieden. Und es gab kein Zurück.

Und dann sah ich ihn. Meinen geliebten Hartwin.

Ohne Uniform. Ganz in Zivil. Ganz privat.

Da stand er. Am Abgrund. Mit dem Rücken zum Himmel.

Und lächelte mich an. Ich mußte über das Glas gehen.

Ohne nach unten zu schauen, lief ich strahlend auf ihn zu. Ich hatte gewußt, daß er kommen würde. Wir gehörten zusammen. Es gab keinen Zweifel mehr.

»Servus«, sagte ich. »Wie geht's?«

»Schau mal, wer da kommt«, sagte Hartwin.

Ich drehte mich um.

Aus dem Aufzug quollen gerade wieder viele Leute.

Einer von ihnen war Fred Hahn. Er hatte ein hellblaues Hemd an. Dasselbe, das er vor einem Jahr getragen hatte. Nervös fingerte er in seiner Hemdtasche nach einer Zigarette. Suchend sah er sich um.

»Komm«, sagte Hartwin und griff meine Hand. »Laß uns gehen.«

Wir schafften es gerade noch, mit einer Ladung Menschen den gleichen Aufzug nach unten zu nehmen.

Fred Hahn hatte uns nicht gesehen.

Oder doch?

Als wir unten waren, liefen wir Hand in Hand über die Straße. Am rosa Carlton Hotel standen die Taxis. Damals war ich in meiner blinden Verfolgungsjagd fast dem Fahrer auf den Schoß gefallen. Diesmal hielt Hartwin mir fürsorglich den hinteren Schlag auf.

»Wohin wünschen die Dame?«

»Wart einen Moment.« Ich stand da und schaute nach oben. Ich blinzelte gegen die Sonne. Viele winzige Menschlein drängelten sich da an der Glaskuppel.

Sie schauten auf uns herab.

Vielleicht bildete ich es mir ein.

Vielleicht aber auch nicht.

Eine einzelne Gestalt stand da und schaute auf uns herab. Sie hatte ein hellblaues Hemd an.

Ich hob kurz die Hand zum Gruß und winkte.

Dann stieg ich ein.

Die ganze Geschichte ist jetzt drei Jahre her.

Hartwin Danz und ich haben ein wunderschönes kleines Landhotel am Lake Rotorua. Von meiner Erbschaft hatte Hartwin nie etwas gewußt. Er wollte das Geld erst überhaupt nicht annehmen. Aber ich habe ihm gesagt, daß ich die Besitzerin des Hotels bin. Und er der Hoteldirektor. Wichtig ist doch nur, daß es blüht und gedeiht.

Hartwin ist ein wunderbarer Hoteldirektor. Wir beherbergen unsere Gäste nicht nur, wir zeigen ihnen auch das unberührte, wunderschöne Land, in dem wir jetzt leben. Das »Land der langen weißen Wolke«. Unsere Zimmer sind exklusiv eingerichtet, jedes anders. Alle haben einen eigenen Balkon, mit Blick über den weiten blauen See. Die Leute bleiben oft wochenlang, manche sogar Monate. Bei uns kann man wirklich Abstand finden, Abstand von der Hektik des Alltags. Man ist eben einfach so fern von Deutschland wie nirgendwo sonst auf der Welt. An den lauen Abenden sitzen wir mit unseren Gästen auf der Terrasse beim Essen. Der Mond liegt auf dem Rücken.

Hartwin konnte den Chefkoch der »MS Blaublut«, Detlev Löwensenf, für uns gewinnen. Er fühlt sich hier sehr wohl und verwöhnt unsere Besucher mit den edelsten Speisen. Einmal im Jahr legt die »MS Blaublut« unten in Auckland im Hafen an. Wir sind jedesmal mit unserem Landrover hinübergefahren, um zu sehen, was sich auf unserem geliebten Schiff tut.

Es läuft alles vorzüglich.

Fred Hahn ist nach wie vor der Kreuzfahrtdirektor. Er ist jetzt wieder mit Jenni, der blonden Tänzerin mit dem Knackarsch, zusammen. Larry, der Tonknecht, liebt schon lange die geschiedene Trapezkünstlerin Natascha, die abends beim Essen immer an den Fersen aufgehängt wird und über die Tafelnden weht. Rudi, der Zauberer, ist inzwischen mit der Kabinenstewardeß von Deck fünf liiert.

Die drei Warmduscher spielen nach wie vor jeden Abend die gleichen Lieder. Ab und zu ist auch mal wieder eine Diseuse an Bord. Auch meine lieben Freunde Jasmin Power und Kurt Schatz sind regelmäßig Gäste auf der »MS Blaublut«. Nachdem Jasmin aber den »Echo« und die »Goldene Stimmgabel« gewonnen hat und mit ihren Auftritten bei Dieter Thomas Heck, Carmen Nebel und den Wildecker Bauernknechten Einschaltquoten in zweistelliger Millionenhöhe erreicht, kann sich die Reederei diesen exklusiven Star kaum noch leisten. Nur durch meine Fürsprache ist es gelungen, Jasmin Power, den Weltstar ohne Allüren, noch mal auf die »MS Blaublut« zu kriegen. Wir haben natürlich einen

Deal: Sie bekommt grundsätzlich die Hochzeitssuite UND die Ownersuite, fliegt nur erster Klasse, darf ihre eigene Bänd, ihren Arrangeur, zwei Zofen für die Abendkleider und deren Familien mitbringen. Dafür zahlt sie nie wieder einen Pfennig Nebenkosten und bekommt pro Auftritt das dreifache Monatsgehalt des jetzigen Hoteldirektors. Er macht seine Sache gut, sagt Harm Lohs, der Kapitän. Alle sind zufrieden. Die Stimmung auf dem Schiff ist bestens.

Hartwin hat bei der Reederei einen Beratervertrag. Hartwin ist eben durch niemanden zu ersetzen. Aber er besorgt dem Reeder die besten Leute.

Und ich übrigens auch. Die Künstlervermittlerin, eine wirklich nette Dame aus Neustadt in Holstein, wendet sich immer wieder vertrauensvoll an mich, wenn mal dringend ein Künstler gebraucht wird.

Nachdem der dicke Lektor Kowalski ausgefallen ist, weil er doch tatsächlich eine reiche Passagierin geheiratet hat und mit ihr in Bonn-Beuel in einer Villa lebt, hat die nette Vermittlerin einen neuen Orgelspieler und Lektor engagiert.

Ich habe ihr Rüdiger selbst empfohlen. Schließlich ist er ein hervorragender Kirchenmusiker, und in Diavorträgen war er schon früher gut.

Von Anna erfahre ich immer die Neuigkeiten auf dem Schiff. Rüdiger, sagt sie, habe am Anfang schreckliche Schwierigkeiten mit Fred Hahn gehabt. Dieser habe Rüdiger gleich am ersten Abend abgebürstet, daß er mit seinem Buxtehude-Bach-Schütz-Pachelbel-Repertoire keinen Passagier hinter dem Ofen hervorlocken könne. Zwar dürfe er im Gottesdienst im »Gracia-Patricia-Kino« gerne ein paar Choräle spielen, auf seiner Heimorgel, die Rüdiger extra mitgebracht hat. Aber ansonsten hat Fred Rüdiger gezwungen, sich das Repertoire von den drei Warmduschern draufzuschaffen. Jetzt sitzt Rüdiger jeden Abend in der »Prinzessin-Stephanie-von-Monaco-Bar« und spielt Evergreens.

Und immer, wenn einer Geburtstag hat, muß Rüdiger mit seiner tragbaren Heimorgel ins Restaurant »Vier Himmelsrichtungen« gehen und dort »Zum Geburtstag viel Glück« spielen. Das stinkt ihm, ich weiß das. Er war noch nie eine große Stimmungskanone.

Rüdiger, so sagt Anna, hat leider in letzter Zeit ein Alkoholproblem. Aber wer bekommt das nicht, wenn er jede Nacht bis zwei, drei Uhr in der Bar klimpern muß. In Rüdigers Vertrag steht, daß er so lange spielen muß, bis der letzte Gast ins Bett gewankt ist. Und das kann ja dauern.

Friedrich Feist, der dünne Pianist mit der frechen Berliner Schnauze, ist nun zum Leiter des Bordorchesters avanciert. Vor jeder Probe, sagt Anna, erzählt er der achtköpfigen Bänd aus Bulgarien erst mal einen versauten Witz – das lockert die Arbeitsatmosphäre ungemein auf.

Die bulgarischen Jungs verstehen zwar nicht immer alles, aber sie lachen und sind gut drauf.

Anna, meine heißgeliebte Freundin, lehrt nach wie vor an Bord der »MS Blaublut« die Selbstverteidigungs-Kampfsportart »Wing Tsun«. Die Passagiere nehmen das mit Begeisterung an. Anna hat immer die besten Bewertungspunkte bei den Passagieren. Sie ist jetzt übrigens mit dem Kapitän, Harm Lohs, liiert. Die beiden passen wirklich gut zusammen. Sie hat die Energie und Kraft und er das Gemüt eines neuseeländischen Zuchtschafes. Sie besuchen uns regelmäßig in unserem kleinen Hotel.

Ab und zu verschwindet auf der »MS Blaublut« mal jemand auf Nimmerwiedersehen, sagt Anna, aber der Doktor Hundtgeburth läßt, ohne großes Aufsehen zu erregen, dann morgens um fünf einen Zinksarg zu Wasser. Er sagt, so ein Schiff ist doch einfach der beste Ort, um seine privaten Verhältnisse zu klären. Für viele alte Ehepaare lösen sich hier die jahrelangen Ehekonflikte von ganz allein. Wie gesagt, die Stimmung ist gut. Der Höhepunkt jeder Reise ist nach wie vor der Zwanziger-Jahre-Ball. Die Gigolos verteilen Tanzkärtchen an die alleinreisenden Damen, und es hat sich eingebürgert, daß Damen, die NICHT allein reisen, doch versuchen, wenigstens bis zum Ball alleinreisend zu sein. Damit sie endlich mal mit einem netten jungen Mann tanzen können.

Dr. Hundtgeburth sagt, daß immer in den frühen Morgenstunden des Ball-Tages mehrere Zinksärge zu Wasser gelassen werden. Ob da jemand drin ist oder nicht, interessiert keinen.

Wir haben es wunderschön auf unserem Hügel hier in Rotorua. Manchmal singe ich mit den Gästen abends zur Gitarre altes deutsches Liedgut. Wenn der Mond so auf dem Rücken liegt, die Sterne funkeln, die Bäume des Regenwaldes leise rauschen und der See dort unten im Sternenschein blinkt, dann singen wir mehrstimmig »Weißt du, wieviel Sternlein stehen...« Dann kommen uns manchmal die Tränen. Unsere Gäste lieben das. Sie wissen, daß sie am anderen Ende der Welt sind, aber daß sie die gleichen Sterne sehen wie zu Hause. Das vermittelt uns allen das Gefühl, wie klein die Erde doch ist. Und wie klein und vergänglich wir selbst.

Wenn wir allein sein wollen, gehen Hartwin und ich in unseren privaten Bungalow und sitzen noch in der lauen Nacht auf der Terrasse. Die Grillen zirpen so laut, daß man sein eigenes Wort nicht verstehen kann.

In den Ferien kommen immer seine beiden Mädchen aus Amerika. Sie genießen es, daß bei uns Weihnachten Sommer ist.

Gestern waren wir genau drei Jahre in unserem neuen Heim. Hartwin stand an der »Reling«, wie ich immer zu unserer Brüstung hoch über dem Lake Rotorua sage.

Er hielt zwei Gläser eiskalten Champagner in den Händen.

»Es hat sich alles gelohnt«, sagte er.

»Das Glück, das man sich erarbeitet, ist viel mehr wert als das Glück, das einem in den Schoß fällt«, erwiderte ich.

»Könnte ein Tagesspruch von der ›MS Blaublut‹ sein«, sagte Hartwin.

»WAR ein Tagesspruch von der ›MS Blaublut‹«, antwortete ich.

Wir küßten uns. Der laue Wind strich uns über die nackten Arme. Ich fröstelte ein wenig, und sofort legte Hartwin mir seine Jacke um die Schultern.

»Du bist so fürsorglich, Herr Direktor«, murmelte ich.

»Ich würde alles für dich tun«, sagte Hartwin. »Für dich würde ich sogar jemanden umbringen.«

»Hartwin«, antwortete ich tadelnd. »Mit solchen Sachen spaßt man nicht!«

Wir tranken den Champagner aus und warfen die Gläser hinunter in den See. Das schwarze Wasser verschluckte sie sofort.

Alle Personen und Handlungen dieses Romans sind wie immer völlig frei erstunken und erlogen.

Ich danke der Reederei Deilmann, daß ich auf der »MS Deutschland« meine Recherchen machen konnte.

Dank auch an Prof. Dr. Gerd Habenicht für seine Gedichte und an Harm Hansen für die Schiffsführungen.

Und ein besonderer Dank an meine LeserInnen, die mir trotz hoher Wellen und stürmischer See treu geblieben sind.

Quellenverzeichnis

Gedichte

Heinz Erhardt, »War ich, wo's Bier...«, S. 66 (*Bier-Fragment*); »Hinter eines Baumes Rinde...«, S. 99 f. (*Die Made*) aus: »Das große Heinz Erhardt Buch«
© Fackelträger-Verlag, Oldenburg

Erich Kästner, »Das ist mein Zimmer...«, S. 149 (*Hotelsolo für eine Männerstimme* aus: »Doktor Erich Kästners Lyrische Hausapotheke«); »Das ist das Verhängnis...«, S. 164 (*Das Verhängnis* aus: »Kurz und bündig«)
© Atrium Verlag, Zürich und Thomas Kästner

Herrmann Mostar, »Erst die Verpackung...«, S. 60 aus: »In diesem Sinn die Großmama«
© Michaela Lentz-Mostar

Robert T. Odeman, »Einer Königin entfuhr...«, S. 105 (*Navigare necesse est oder Hofluft*); »Ein grantig Jüngferlein spazierte...«, S. 132 (*Drei Wünsche*) aus: »Das hat gerade noch gefehlt«
© 1992 Bleicher Verlag, Gerlingen

Joachim Ringelnatz, »An einem Teiche...«, S. 14; »Ein männlicher Briefmark...«, S. 14; »Gibson (sehr nervig)...«, S. 18 (*Ringkampf*) aus: »Das Gesamtwerk in sieben Bänden«
© 1994 Diogenes Verlag AG, Zürich

Lieder

DAVON GEHT DIE WELT NICHT UNTER (S. 152)
Musik: Michael Jary; Text: Bruno Balz
© 1942 by Ufaton Verlagsgesellschaft mbH (BMG UFA Musikverlage), München

FÜR EINE NACHT VOLLER SELIGKEIT (S. 66)
Musik: Peter Kreuder; Text: Günther Schwenn

ICH BIN VON KOPF BIS FUSS AUF LIEBE EINGESTELLT (S. 104)
Musik und Text: Friedrich Hollaender

ICH STEH' IM REGEN (S. 145 f.)
Musik und Text: Ralph Benatzky

ICH WEISS, ES WIRD EINMAL EIN WUNDER GESCHEH'N (S. 82, 385)
Musik: Michael Jary; Text: Bruno Balz

ICH WEISS NICHT, ZU WEM ICH GEHÖRE (S. 64 f.)
Musik: Friedrich Hollaender; Text: Friedrich Hollaender und Robert Liebmann

KANN DENN LIEBE SÜNDE SEIN? (S. 49 f., 67 f., 73)
Musik: Lothar Brühne; Text: Bruno Balz

NUR NICHT AUS LIEBE WEINEN (S. 277 f.)
Musik: Theo Mackeben; Text: Hans Fritz Beckmann

EXCLUSIV-MANAGEMENT HERA LIND:
LoboMedia Artists Management
Passauer Straße 8
10789 Berlin
Telefon: 00 49-30-23 60 91-0
Telefax: 00 49-30-23 60 91-23
E-mail: office@lobomedia.de